ELLIS PETERS

Der Tod und die lachende Jungfrau
Hexenflug

W0089227

Der Tod und die lachende Jungfrau

Der Brauereibesitzer Alfred Armiger war kein besonders liebenswerter Mensch und hatte zu Lebzeiten viele Feinde. Als er ermordet wird, muß sich der Kriminalbeamte George Felse daher mit einer ganzen Reihe von Verdächtigen auseinandersetzen, bis er schließlich überzeugt ist, die wahre Schuldige gefunden zu haben: die junge, hübsche und lebenslustige Kitty Norris. Als er sie wegen Mordes an Armiger festnimmt, gibt es allerdings einen, der fest von Kittys Unschuld überzeugt ist. Dominic, Felses sechzehnjähriger Sohn, kann sich seine heimliche Angebete nicht als Mörderin vorstellen. Und er wird die Sache nicht auf sich beruhen lassen ...

Hexenflug

Annet Beck ist eine atemberaubende Schönheit. Auch der junge Lehrer Tom Kenyon hat sofort sein Herz an sie verloren. Als Annet verschwindet macht er sich große Sorgen, zumal sie zuletzt auf dem geheimnisumwitterten Berg Hallowmount gesehen wurde. Doch da taucht die junge Frau unvermittelt wieder auf und behauptet, nur zwei Tage fort gewesen zu sein, nachdem sie tatsächlich fünf Tage verschwunden war. Lügt Annet? Oder liegt hier ein Fall von Amnesie vor, vielleicht gar von Hexerei? Dann allerdings entdeckt Inspector Felse eine Verbindung zwischen diesem Rätsel und einem komplizierten Fall. Zusammen mit Tom Kenyon geht er den Vorfällen nach und stößt auf eine Spur von Verrat, Raub und Mord ...

Autorin

Ellis Peters ist das Pseudonym der englischen Autorin Edith Pargeter. 1913 in Wales geboren, begann sie nach dem Zweiten Weltkrieg Romane zu schreiben. 1959 fing ihre Karriere als Krimiautorin an, und bereits zwei Jahre später, 1961, wurde *Der Tod und die lachende Jungfrau* mit dem *Edgar-Allan-Poe-Award* ausgezeichnet. Ellis Peters starb im Oktober 1995.

Ellis Peters im Goldmann Verlag

ELLIS PETERS

Der Tod und die lachende Jungfrau

Hexenflug

Zwei Romane in einem Band

GOLDMANN

Umwelthinweis:
Alle bedruckten Materialien dieses Taschenbuches
sind chlorfrei und umweltschonend.
Das Papier enthält Recycling-Anteile.

Der Goldmann Verlag
ist ein Unternehmen der Verlagsgruppe Bertelsmann

Genehmigte Ausgabe 3/98
»Der Tod und die lachende Jungfrau«
Copyright © der Originalausgabe 1961 by Ellis Peters
Copyright © der deutschsprachigen Ausgabe 1973/1992/1998
by Wilhelm Goldmann Verlag, München
»Hexenflug«
Copyright © der Originalausgabe 1964 by Ellis Peters
Copyright © der deutschsprachigen Ausgabe 1997
by Wilhelm Goldmann Verlag, München
Umschlaggestaltung: Design Team München
Umschlagfoto: G+J / Photonica / Vojnar
Druck: Elsnerdruck, Berlin
Verlagsnummer: 13186
AB · Herstellung: Heidrun Nawrot
Made in Germany
ISBN 3-442-13186-3

1 3 5 7 9 10 8 6 4 2

Der Tod und die lachende Jungfrau

Aus dem Englischen von
Mechtild Sandberg-Ciletti

Die Originalausgabe erschien unter dem Titel
»Death and the Joyful Woman«

Als Dominic Felse zum erstenmal Kitty Norris sah, schwebte sie in einer Wolke lavendelblauen Chiffons barfuß über die Balustrade der Terrasse des Jachtklubs. In jeder Hand baumelte eine silberne Sandalette. Es war der Abend nach der Comerbourne-Regatta, der Abend des Sommernachtsfestes, und da waren solche Darbietungen keineswegs überraschend, obwohl die Akteure im allgemeinen dem männlichen Geschlecht angehörten. Außerdem war es Leslie Armigers Polterabend. Dominic allerdings hatte davon keine Ahnung, und selbst wenn er es gewußt hätte, dann hätte er nicht verstanden, weshalb diese Tatsache so bedeutungsvoll sein sollte.

Er war auf dem Heimweg vom Musikunterricht, von einer Stunde unerträglicher Langeweile, die er wöchentlich einmal über sich ergehen lassen mußte. Die Nacht war mild und warm, deshalb hatte er den Bus davonfahren lassen, um die knapp zwei Kilometer bis Comerford zu Fuß zu gehen. Am Stadtrand führte die Uferstraße unterhalb der Terrasse des Klubhauses vorbei. Musik wehte herüber, und das Gewirr fröhlicher Stimmen drang über die Balustrade. Und dort, etwa drei Meter über ihm, auf dem Geländer, schwebte Kitty in ihrem festlichen Kleid, in den gespreizten Händen die hübschen Silbersandaletten mit den hohen Absätzen. Verschiedene Männerstimmen beschworen sie in eindringlichem Ton, vernünftig zu sein und herunterzukommen. Zwei junge Männer bahnten sich hastig einen Weg durch die Tischreihen auf der Terrasse. In ihrem Eifer achteten sie nicht auf den Kellner, der ihnen mit einem vollbeladenen Tablett entgegenkam. Glas klirrte, erschreckte und verwirrte Schreie ertönten, und auf die Terrasse ergossen sich Cocktails. Unbeirrt tanzte Kitty weiter. Die Lämpchen auf den Tischen beleuchteten von unten ihr Gesicht, das in einem Ausdruck kindlicher Konzentration erstarrt schien, die Lippen leicht geöffnet, die Zungenspitze vorgeschoben. Niemals zuvor hatte Dominic ein so von strahlender Heiterkeit erfülltes Wesen gesehen.

Im ersten Augenblick hatte er mit milder Verachtung gedacht, wenn sie schon jetzt, um Viertel vor zehn, so außer Rand und Band sind, wie werden sie sich erst um eins benehmen? Doch das war nur eine automatische Beurteilung, die seiner jugendlichen Überheblichkeit entsprang und sogleich von seiner Neugier verdrängt wurde. Im Lauf des vergangenen Jahres hatte er, gewissermaßen zur Vervollständigung seiner persönlichen Erfahrungen, häufig heimlich geraucht. Aber dieses Laster der Erwachsenen hatte den Reiz des Neuen verloren, ohne daß er entdeckt hatte, worin sein Genuß lag. Jetzt, da er die Wirkung des Alkohols von fern beobachtete, wuchs in ihm die Überzeugung, daß Trinken etwas Wunderbares sein mußte, wenn die Erwachsenen es so auskosteten. Die Albernheiten, die sich über ihm abspielten, gehörten zum Ritual; Dominic schürzte verächtlich die Lippen, doch er blieb in der Dunkelheit unter der Terrasse stehen, um einen Blick auf das verbotene Paradies zu wagen. Und als er Kitty sah, versank die Welt um ihn herum.

Sie war der Mittelpunkt der geräuschvollen Gesellschaft, doch sie selbst hüllte sich in Schweigen, und vielleicht trug gerade das zu dem überwältigenden Eindruck körperloser Schönheit bei. Sie war höchstens mittelgroß, doch so schlank, daß sie hochgewachsen wirkte. Und sie sah blaß aus, beinahe durchsichtig, obwohl sie in Wirklichkeit sonnenverbrannt und kraftvoll war. Alles um sie herum schien wie ihr Körper in eine Wolke hauchzarter Illusion gehüllt zu sein, und mitten im Herzen dieses phantastischen Bildes war Kitty selbst wirklich und körperlich.

Mit aufgerissenen Augen stand er in der Dunkelheit und hielt den Atem an, weil er fürchtete, daß sie fallen könnte. Ein junger Mann streckte den Arm nach ihr aus. In einer tollkühnen Drehung wirbelte sie herum und wich ihm aus. Ihr weiter Rock schwang hoch. Dominic starrte fasziniert auf lange, schlanke

Beine, auf glatte, goldene Haut. Hastig wandte er die Augen ab, doch ebenso rasch hob er den Blick wieder. Wer konnte ihn denn schon sehen? Sie würde es nicht merken. Keiner wußte, daß er da war.

»Kitty, du fällst gleich runter! Sei doch vernünftig!« flehte der ängstliche junge Mann und griff nach ihrer Hand. Sie stieß einen schrillen Protestschrei aus, und eine ihrer Sandaletten plumpste in Dominics Hände. Dominic hielt den Schuh vorsichtig von sich weg, als sei er mit den unberechenbaren Einheiten der Verzauberung geladen. Er war so verdattert, daß er eine Weile brauchte, ehe er bemerkte, wie still es oben plötzlich geworden war. Als er schließlich den Kopf hob, sah er drei oder vier Gesichter, die sich über die hölzerne Balustrade beugten und zu ihm hinunterstarrten. Nur eines dieser Gesichter war für ihn von Bedeutung, er verschwendete keinen Blick an die anderen.

»Es tut mir schrecklich leid«, sagte Kitty. »Hoffentlich hast du dir nicht weh getan. Wenn ich gewußt hätte, daß dort unten jemand ist, hätte ich mich nicht so schlecht benommen.«
Sie besaß eine klare, volle Stimme und sprach in so höflichem Ton, daß er noch verwirrter wurde als vorhin durch ihr ungewöhnliches Gebaren. Sie war nicht betrunken, nicht einmal beschwipst. Sobald sie ihn bemerkt hatte, sprach sie mit ihm wie ein wohlerzogenes Kind mit einem Fremden. Und wo war jetzt ihre Heiterkeit? Mit großen traurigen Augen blickte sie zu ihm hinunter, das Gesicht von langem, weichem lichtbraunen Haar umrahmt, und ihr Ausdruck änderte sich auch nicht, als sie sich klarwurde, wer dort unter ihr stand. Dominic war an nachsichtige Herablassung gewöhnt, mit der man seiner Jugend begegnete, doch Kitty betrachtete ihn weiterhin mit dem neugierigen, ein wenig mißtrauischen, höflichen Blick eines Gleichgestellten und Altersgenossen.

Er fand keine Worte. Was immer er auch sagen würde, es mußte albern klingen. Er wußte nicht, wie er den Bann abwerfen sollte. Zornig über sich selbst und rot bis über beide Ohren, stand er da und wand sich vor Verlegenheit, wünschte, daß er nicht hier stehengeblieben, daß die Nacht dunkler wäre und daß die Idioten dort oben endlich aufhören würden zu grinsen oder, noch besser, sich verzögen.

»Du kannst den Schuh heraufwerfen«, rief Kitty. »Es ist schon in Ordnung. Ich kann fangen.«

Sie konnte es wirklich. Er berechnete sorgfältig die Entfernung und warf die Sandalette mit leichtem Schwung in ihre ausgestreckten Hände. Einen Augenblick hielt sie den Schuh hoch, so daß er ihn sehen konnte, und es war ihm, als winke sie ihm noch einmal zu. Dann bückte sie sich, um ihn überzustreifen. Das war das Ende der Vorstellung. Einer der jungen Männer legte ihr den Arm um die Schultern, und sie ließ sich von ihm zum Tanz führen. Nur einmal blickte sie zurück, mit einem Ausdruck des Zögerns und des Bedauerns, als wisse sie, daß sie den Seelenfrieden eines wehrlosen Mitmenschen gefährlich ins Wanken gebracht hatte. Ein goldener Schimmer lag über dem ovalen Gesicht mit den klaren, ausgeprägten Zügen; es war von braunem Haar umschattet. Die veilchenblauen Augen blickten weitaufgerissen mit einem Ausdruck trauriger Verwunderung. Nie hatte er einen Blick so voller Traurigkeit gesehen. Dann war sie verschwunden.

Doch den ganzen Heimweg beschäftigten sich seine Gedanken mit ihr, und monatelang brachte die Erinnerung an sie sein Leben und seine Gewohnheiten in Aufruhr. In der Schule rutschte er vom ersten auf den fünften Platz, und beim Rugby schien er plötzlich zwei linke Hände zu haben. Er konnte mit keinem Menschen über Kitty sprechen. Selbst seine besten Freunde hätten ihm, ohne böse Absicht, das Leben zur Hölle gemacht, und seinen Eltern konnte er sich auf keinen Fall anvertrauen, denn seine Mutter war ja schließlich eine Frau, und rein instinktiv wußte er, daß er nichts Dümmeres tun konnte, als ihr von einer anderen Frau zu erzählen, die ihr den ersten Platz in seinem Herzen streitig machte. Sein Vater wiederum war ein Mann und noch immer jung und gutaussehend genug, um in gewisser Weise als Rivale zu gelten. Selbst wenn er ihnen sein Herz hätte ausschütten wollen, hätte Dominic nicht gewußt, was er eigentlich sagen sollte. Er verstand ja gar nicht, was mit ihm geschehen war.

Wenn man vierzehn Jahre alt ist, kann das Erlebnis der Liebe überwältigend sein, um so mehr, als es völlig unbegreiflich ist. Dominic war ebenso normal wie seine verwirrten Gefühle. Er litt weder an Appetit- noch an Schlaflosigkeit, und wenn auch das, was ihm geschah, recht beunruhigend war, so bedrückte es ihn nicht, und schließlich kam er darüber hinweg. Über ein Jahr später, als er dem Mädchen zum zweitenmal begegnete, war er wieder Klassenprimus, hatte nichts anderes im Kopf als Sportwagen und gerade einen Feldzug gestartet, der seinen Vater veranlassen sollte, ihm ein Motorrad zu kaufen. Er hatte beinahe vergessen, wie Kitty aussah, und niemals herausgefunden, wer sie war, er hatte es aber auch nie wirklich versucht, weil Fragen in dieser Richtung ihn zwangsläufig verraten hätten. Sie war eben einfach Kitty, eine Erinnerung von melancholischer Schönheit, die schon zu verblassen begann.

Zum zweitenmal begegneten sie sich bei einer Blutspendeaktion Ende September im Turnsaal des Comerbourne-Gymnasiums. Dominic war länger in der Schule geblieben, weil er noch auf dem Fußballplatz trainierte, und nachdem er geduscht hatte, fiel ihm ein, daß er in der Bibliothek etwas nachschlagen wollte. Als er schließlich eine Stunde später das Gebäude verließ, war es bereits dämmrig. Er sah den Sanitätswagen vor dem Seitenflügel stehen, in dem sich die Turnhalle befand. Eine Krankenschwester eilte, mit Papieren und Instrumenten beladen, über den Hof. Jedes Vierteljahr wurde zu einer solchen Aktion aufgerufen. Er hatte sich niemals darum gekümmert und hätte es auch an diesem Tag nicht getan, wenn nicht gerade in diesem Augenblick ein knallroter Karmann-Ghia angekommen wäre, der hinter dem Sanitätswagen parkte. Voller Bewunderung für den Wagen blieb er stehen, und als die Tür geöffnet wurde, wandte er nur zögernd den Blick von der Karosserie, um zu sehen, wer der glückliche Besitzer war. Lange, schlanke Beine schwangen sich aus dem Auto. Das Mädchen schritt langsam auf die Tür zur Turnhalle zu, als sei ihm bei dem Gedanken an das, was ihm bevorstand, nicht ganz geheuer. Das Mädchen war Kitty.

Dämmerung, Tag oder schwarze Nacht – Dominic hätte sie immer erkannt. Sie brauchte nur in Erscheinung zu treten, selbst nach fünfzehn Monaten, und der Rest der Welt versank. Der Sanitätswagen, die erleuchteten Fenster, hinter denen die Schwestern geschäftig hin und her eilten, die ganze Blutspendeaktion erlangten plötzlich lebenswichtige Bedeutung für Dominic, weil Kitty Blut spenden wollte. Er wußte, er hätte nach Hause gehen und seine Hausaufgaben machen sollen, doch er konnte sich nicht aufraffen, auch nur einen Schritt zu tun. Als er sich schließlich in Bewegung setzte, schlug er die Richtung zum Turnsaal ein und nicht die zum Schultor.

Na ja, diesen Bus hätte er wahrscheinlich sowieso verpaßt, und der nächste fuhr erst in fünfundzwanzig Minuten. Wenn er jetzt nach Hause ging, würde sich ihm nie mehr eine solche Gelegenheit bieten. Diesmal war sie nicht von einem Schwarm junger Männer umgeben, sie schwebte nicht drei Meter über ihm auf der Balustrade einer Terrasse. Jeder konnte ihr in die Turnhalle folgen. Es kostete nicht mehr als einen Liter Blut. Außerdem war es ja auch eine gute Tat, und selbst wenn sie eine Liste regelmäßiger Spender besaßen, so würden sie doch einen Freiwilligen, der zum erstenmal kam, sicher nicht wegschikken. Ich sollte mir über diese Spendenaktion wirklich häufiger Gedanken machen, überlegte er tugendhaft. Besonders mit Rücksicht auf Vaters Stellung. Ich muß ihm doch Ehre machen. Jetzt oder nie, drängte eine weniger heuchlerische Stimme. Sie ist noch allein, aber wenn du dich nicht schnell entschließt, stürzen sich die Schwestern auf sie. Und dann hast du ganz umsonst einen Liter Blut gespendet, setzte die Stimme boshaft hinzu und zerstörte damit die Vorspiegelung, daß er dieses Opfer bringen wolle, weil ihm plötzlich das Wohl der Allgemeinheit am Herzen lag. Doch er wurde sich des Streitgesprächs der beiden Stimmen gar nicht richtig bewußt, denn er stieß bereits die Schwingtür auf, die in den Korridor führte.

Sie saß allein auf einem der Stühle, die man an der Wand aufgestellt hatte, und sah ein wenig verstört und verloren aus, als frage sie sich, wie sie hierhergekommen war. Sie hob hastig den Kopf, als er hereinkam, erfreut darüber, nicht mehr die einzige zu sein. Eine Locke schweren, lichtbraunen Haares streifte ihre Wange, und die großen Augen strahlten ihn hoffnungsvoll an.

»Hallo«, sagte sie beinahe schüchtern, beinahe dankbar.

Sie erkannte ihn nicht, das merkte er sofort, sondern hieß in ihm nur einen Leidensgenossen willkommen.

»Hallo«, erwiderte er mit einem zaghaften Lächeln. Er stapelte seine Bücher auf dem Fensterbrett auf und ließ sich einige Stühle von ihr entfernt nieder, aus Angst, sich ihr aufzudrängen.

»Wir sind zu früh dran«, bemerkte Kitty. »Sie sind noch nicht soweit. Es macht mich ganz nervös, wenn ich bei solchen Gelegenheiten auch noch warten muß. Dich nicht? Bist du zum erstenmal hier?«

»Ja«, antwortete Dominic etwas steif, da er glaubte, sie mache eine versteckte Anspielung auf seine Jugend.

»Ich auch«, erklärte sie erfreut, und er merkte, daß er die Situation falsch beurteilt hatte. »Ich hatte einfach das Gefühl, einmal etwas tun zu müssen. Das überkommt mich so von Zeit zu Zeit. Ich komme mir immer so unnütz vor, aber wenigstens habe ich Blut. Zumindest hoffe ich das! Hat dich auch dein Gewissen hierhergetrieben?«

Sie lächelte verschmitzt und verschwörerisch. Er spürte, daß seine Steifheit dahinschmolz wie Eis in der Sonne.

»Hm, eigentlich war es schon mehr ein plötzlicher Entschluß«, gestand er und grinste schüchtern, obwohl er sonst nie mit Schüchternheit zu kämpfen hatte, sondern eher ein wenig vorlaut war. »Ich bin zufällig später aus der Schule gekommen, und da sah ich den Krankenwagen und dachte mir, daß ich vielleicht – wissen Sie, mein Vater ist bei der Polizei.«

»Oh, wirklich?« Kitty war beeindruckt. Die großen Augen weiteten sich. Sie waren eigentlich gar nicht veilchenblau, sondern eher tiefviolett wie Stiefmütterchen.

»Ja, er ist bei der Kriminalpolizei«, erklärte Dominic und errötete, weil es so dramatisch klang und er nur zu gut wußte, daß es in Wirklichkeit alles andere als dramatisch war. Doch das Wort »Kripo« allein birgt so viel Aufregung, daß niemand sich vorstellen kann, wie alltäglich das Leben eines Kriminalbeamten tatsächlich verläuft.

»Toll«, meinte Kitty mit einem Ausdruck der Hochachtung. »Da muß ich mich ja mit dir auf guten Fuß stellen. Wer weiß, wann ich einmal einen Freund gebrauchen kann. Besonders bei diesen Geschwindigkeitsbegrenzungen und Parkverboten. Da kann es mir ohne weiteres passieren, daß mich die Polizei einmal als Verkehrssünderin ertappt.« Sie lachte, als sie bemerkte, daß er sie unverwandt anstarrte. »Ich rede schrecklich viel, nicht wahr? Und weißt du, warum? Weil mir ganz schwummrig ist. Natürlich weiß ich, daß es gar nicht schlimm ist, Blut zu spenden, aber irgendwie ist mir bei dem Gedanken, angezapft zu werden wie ein Faß, einfach unbehaglich.«

»Ich habe auch Angst«, sagte Dominic.

Es entsprach nicht der Wahrheit. Nicht einen einzigen Gedanken hatte er an das Kommende verschwendet. Doch er meinte es gut, und es kam ihm gar nicht in den Sinn, daß sie jetzt nur unter Schwierigkeiten eine Antwort finden konnte, die seine Selbstachtung nicht verletzte. Doch es gelang ihr. Irgendein guter Geist mußte sie ihr eingegeben haben. Sie blickte ihn erfreut an, dann ein wenig zweifelnd, und schließlich lächelte sie strahlend.

»Das glaube ich dir nicht«, meinte sie ganz überzeugt. »Aber es ist nett von dir, das zu sagen. Versprich mir, daß du auch schreist, wenn ich schreie, damit ich mir in meiner Feigheit nicht so allein vorkomme.«

»Ich schrei' wahrscheinlich zuerst«, versetzte er galant, rot vor Freude und Verlegenheit.

Eine Tür öffnete sich, und eine mollige Schwester steckte den Kopf heraus. »Na so was«, rief sie mit der aufreizenden Munterkeit, die nun einmal zu diesem Beruf zu gehören scheint. »Wir sind aber früh dran! Wir können es wohl gar nicht erwarten, unser Scherflein beizutragen, nicht wahr?«

»Ja, nicht wahr?« echote Kitty und wandte den Blick von Dominic, um zu vermeiden, daß sie beide in unkontrolliertes Kichern ausbrachen.

»Wenn Sie es hinter sich bringen wollen, dann kommen Sie herein.«

Sie traten den Opfergang gemeinsam an. Eine Reihe schmaler Feldbetten und zwei Schwestern erwarteten sie, während eine ältere Schwester, die an einem kleinen Tisch in Papieren gekramt hatte, sie über die Gläser ihrer randlosen Brille musterte.

»Guten Abend«, sagte sie kurz. »Ihre Namen?« Als sie Kitty ansah, erhellte sich ihr Gesicht. »Ach natürlich!« meinte sie und hakte einen Namen auf ihrer Liste ab. »Das ist eine reizende Geste von Ihnen, mein Kind. Wir sind Ihnen wirklich dankbar. Es tut gut, wenn so junge Leute ein Beispiel geben.«

Sie war wirklich höchst leutselig, stellte Dominic fest. Offenbar war Kitty eine wichtige Persönlichkeit. Na ja, ein Mädchen, das einen Karmann-Ghia fuhr, mußte schon jemand sein. Aber wenn die alte Schachtel doch wenigstens gewartet hätte, bis sie ihren Namen genannt hatte. Er versuchte, die Namen auf der Liste zu entziffern, doch die scharfen blaugrauen Augen richteten sich streng auf ihn. »Namen, bitte!«

Er gab seinen Namen an. Sie überflog rasch die Liste. »Ich habe deinen Namen nicht hier. Offenbar haben wir dich nicht erwartet.« Sie begutachtete ihn eingehend, und dann verzog sich ihr hartes, vom Leben gezeichnetes Gesicht zu einem nachsichtigen Lächeln.

»Nein, ich bin nur…«, begann er, doch sie hob mahnend den Zeigefinger und fiel ihm mit freundlicher Stimme ins Wort.

»Du bist doch nie im Leben achtzehn, mein Junge. Kennst du die Vorschriften nicht?«

»Ich bin sechzehn«, erwiderte er mit Würde, innerlich voller Haß, daß ihr das nicht entgangen war und sie es auch noch mit Stentorstimme ausposaunen mußte. Sie lächelte mit so viel nachsichtiger Herablassung, daß er sich vorkam wie ein Wikkelkind. »Ich dachte, es geht von sechzehn bis sechzig«, erklärte er voller Unbehagen.

»Es geht von achtzehn bis fünfundsechzig, mein Junge, aber es ist nett von dir, daß du dich bemüht hast. Wir können Kindern kein Blut abnehmen, sie brauchen ihre ganze Kraft für das Wachstum. Geh jetzt nach Hause und komm in ein paar Jahren wieder. Wir werden uns freuen, dich zu sehen. Aber vergiß nicht, die Einverständniserklärung deiner Eltern mitzubringen.«

Die jüngere Schwester kicherte. Sogar Kitty, deren Gesicht er nicht sehen konnte, schien zu lächeln. Nicht boshaft, das wußte er, aber deshalb war seine Erniedrigung nicht weniger schmachvoll. Er hatte wirklich gedacht, die Altersgrenze sei sechzehn. Er hätte darauf schwören können.

»Sind Sie sicher? Früher war das Mindestalter doch sechzehn?«

Sie schüttelte den Kopf und lächelte breit. »Tut mir leid. Seit ich Schwester bin, war es immer achtzehn. Die Krankheit Jugend heilt die Zeit schneller, als du meinst.«

Es blieb ihm gar nichts anderes übrig, als zu verschwinden. Kitty spähte von ihrem Feldbett aus über die Schulter der Krankenschwester und sah, wie er niedergeschlagen und schweigend auf die Tür zusteuerte. Der arme Junge war so verschüchtert, daß er sich nicht einmal von ihr verabschieden wollte.

»He, geh nicht!« rief Kitty ihm nach. »Warte auf mich. Ich fahr' dich dann nach Hause.« Sie bemühte sich, den jammervollen Ton eines Kindes anzuschlagen, das nicht allein gelassen werden will, um ihm sein Selbstvertrauen wiederzugeben, und sie hatte die Verlockung der Autofahrt hinzugefügt, um ihn auf andere Gedanken zu bringen.

Das Aufleuchten seiner Augen, als er sich umdrehte, belohnte ihre Mühe. Sie schrieb es der Aussicht auf die Autofahrt zu. Das schien logisch, war aber falsch. »Du könntest dich doch ein bißchen mit mir unterhalten«, sagte sie. »Ich habe fest gehofft, daß du mich ablenken würdest, damit ich nicht immer an diese scheußliche Flasche denken muß.«

Keiner glaubte daran, daß sie unterhalten werden mußte, doch Mädchen wie Kitty gestattet man solche Launen.

»Ja, wenn Sie wirklich wollen«, begann er, während sein Selbstvertrauen allmählich zurückkehrte.

»Ist schon in Ordnung«, erklärte die Matrone und lächelte milde. »Warte ruhig, mein Junge. Niemand möchte einen so hilfsbereiten jungen Mann wie dich vertreiben.«

Er maß sie mit einem Blick, den sie in ihrer Selbstgefälligkeit gar nicht verstand. Aber sie war jetzt sowieso nicht mehr wichtig, jetzt, da Kitty ihn zurückgerufen hatte.

»So«, sagte die junge Schwester und stellte einen Stuhl neben Kittys Feldbett. »Setz dich hin und sprich mit deiner Freundin. Nachher bringe ich eine gute Tasse Tee.«

Dominic setzte sich. Kitty blickte ihn an, während sie es sorgfältig vermied, ihre Augen auf die Flasche zu richten, die sich langsam mit ihrem Blut füllte. Aber sie tat es nicht, weil sie sich davon abgestoßen fühlte, stellte er fest. Lautloses Lachen schüttelte sie, und als sein schlanker Körper sie den Blicken der Aufnahmeschwester verbarg, flüsterte sie verschwörerisch: »Ich könnte mich totlachen über die Leute hier.«

Es war wunderbar, daß sie es so sah. Er hatte sich lächerlich gemacht, und sie schien es gar nicht bemerkt zu haben; die Schwestern benahmen sich, wie man es von ihnen erwarten konnte, höchstens ein klein wenig überspitzt, und sie konnte sich darüber totlachen.

»Ich habe wirklich gedacht, das Mindestalter ist sechzehn«, erklärte er, noch immer in der Wunde wühlend, doch schon angesteckt von ihrer Fröhlichkeit.

»Klar«, bestätigte Kitty. »Ich habe überhaupt nicht gewußt, daß es eine Altersgrenze gibt, obwohl das eigentlich ganz vernünftig ist. Bin ich fertig? Schau du nach. Ich mag nicht.«

Er mochte auch nicht. Der Gedanke, daß ihr Blut langsam aus dem runden, braunen Arm gesogen wurde, bereitete ihm fast körperliche Qual. »Beinahe«, sagte er und wandte seine Augen ab. »Da, jetzt kommt unsere gute Tasse Tee.«

Der Tee schmeckte natürlich gar nicht gut. Er war sehr stark und viel zu süß. Als die Schwester wieder gegangen war, um sie in Ruhe trinken zu lassen, setzte sich Kitty auf, beugte ein paarmal ihren Arm, auf dem jetzt ein Pflaster klebte, und nippte vorsichtig an der Tasse. Ihr Gesicht verzog sich zu einer Grimasse des Abscheus.

»Ich weiß«, meinte Dominic entschuldigend. »Ich mag ihn auch nicht mit Zucker, aber das braucht man angeblich nach der Tortur. Es gibt einem die Energie zurück, die man verloren hat.«

»Ich fühle mich gar nicht geschwächt«, stellte Kitty leicht überrascht fest und blickte nachdenklich auf das Pflaster. »Ich bin gar nicht so sicher, daß in der Flasche wirklich Blut ist«, erklärte sie geheimnisvoll. »Sieht es nicht eher aus wie Bier?« Sie bemerkte seine Verwirrung und fügte hastig hinzu: »Na ja, davon lebe ich letzten Endes.«

Er starrte sie verständnislos an. Er hoffte, daß er sich verhört hatte, aber wie sollte er sich Gewißheit verschaffen? Nichts wußte er von ihr, nur daß sie das bezauberndste und verwirrendste Wesen war, dem er je begegnet war. Und wenn er an ihre artistische Darbietung im Jachtklub dachte –

»Ich meine nicht, daß ich mich davon ernähre«, erklärte sie hastig. »Ich meine, davon lebe ich, davon bezahle ich die Rechnungen, weißt du. Ich hätte dir längst meinen Namen sagen sollen. Ich bin Kitty Norris. Sagt dir das etwas? Nun, es ist nicht weiter wichtig«, fuhr sie fort. »Ich bin einfach Norris-Biere. Das habe ich gemeint.« Sie sagte es resigniert, als spreche sie über einen Geburtsfehler, an den sie selbst sich längst gewöhnt hatte, der jedoch einen Fremden in Verlegenheit bringen mußte.

»Ach ja, natürlich«, erwiderte Dominic erleichtert und beschämt zugleich. Was mußte sie von ihm denken, da er ihre Erklärung so wörtlich genommen hatte? Er hätte es doch wissen müssen. Katherine Norris, die Bier-Erbin, deren Name mit schöner Regelmäßigkeit in den Schlagzeilen erscheint. Er hatte bestimmt schon einmal ein Foto von ihr gesehen. Ihr Name prangte auf jedem dritten Gasthausschild in der Grafschaft, also auf allen, die nicht zum Imperium der Armiger-Brauerei gehörten. Und hatte man nicht einmal gemunkelt, daß sie den Sohn des alten Armiger heiraten würde? Dominic zerbrach sich den Kopf, doch die Gesellschaftsspalte der örtlichen Zeitungen hielt er nicht für lesenswert, und so mußte ihm wohl entgangen sein, was die geplante Fusion verhindert hatte. »Ich hätte es wissen müssen«, meinte er. »Ich heiße Dominic Felse.«

»Prost, Dominic!« Sie trank ihm mit Tee zu. Dann sprang sie auf und zog den Ärmel über das Pflaster.

Es ist fast vorüber, dachte er, während er ihr folgte. Ein Strom von Blutspendern kam ihnen entgegen. Draußen war es dunkel geworden, und plötzliche Kälte schlug ihnen entgegen. Jetzt würde sie in den Karmann-Ghia steigen, ihm freundlich, aber gedankenlos zuwinken und wegfahren. Und er mußte allein zur Bushaltestelle wandern und nach Hause fahren. Ob er sie jemals wiedersah?

»Wohin kann ich dich bringen?« fragte sie vergnügt, während sie sich vom Fahrersitz herüberbeugte, um die Tür zu öffnen.

Er zögerte einen Augenblick, überlegte, ob er das Angebot annehmen sollte und ihr nicht wirklich zur Last falle.

»Vielen Dank«, sagte er und schluckte. »Aber ich gehe nur bis zur Bushaltestelle. Nur ein Katzensprung.«

»Ehrlich?« erkundigte sich Kitty unbewegten Gesichts. »Übernachtest du da immer?«

»Ich meine, da warte ich auf den Omnibus.«

»Komm, steig ein«, forderte Kitty ihn auf. »Und sag mir, wo du wohnst. Sonst denke ich noch, dir gefällt mein Auto nicht. Bist du schon mal in so einem gefahren?«

Er saß neben ihr, Schulter an Schulter, sein Arm streifte ihren. Er schwebte auf Wolken der Wonne. Kitty ließ den Motor an und stieß zurück. Die Büsche hinter ihr bewegten sich leicht in der Dunkelheit. Sie schaltete den Rückfahrscheinwerfer ein, um zu sehen, wieviel Platz sie hatte, und rechtfertigte den Stolz und die Bewunderung, die Dominic für sie empfand, als sie den Wagen in engem Bogen herumschwang und mit aufheulendem

Motor wie ein Rennfahrer-As auf das Tor zuschoß. Sie überholten sämtliche Fahrzeuge auf der Howard Road und verminderten erst vor der Verkehrsampel die Geschwindigkeit.

»Du hast mir immer noch nicht gesagt, wohin ich dich bringen soll«, bemerkte Kitty.

Er mußte kapitulieren. Ganz benommen vor Freude erklärte er ihr, wo er wohnte.

»Comerford. Das ist ja nicht einmal weit genug, um richtig aufs Gas zu treten. Weißt du was, wir machen einen Umweg!« Sie reihte sich links ein, so daß der folgende Wagen rechts an ihr vorbeifahren konnte. Der Fahrer kurbelte das Fenster herunter, rief ihnen im Vorbeifahren etwas Unverständliches zu und deutete auf die Hinterräder des Karmann. Dominic, der nichts begriffen hatte, war um Kittys willen empört, doch Kitty schimpfte, grinste und hob hastig die Hand zum Zeichen, daß sie verstanden hatte.

»Verdammt«, sagte sie, während sie den Rückfahrscheinwerfer ausschaltete. »Das passiert mir jedesmal. Nächstes Mal kauf' ich mir einen Wagen, bei dem sich das Ding automatisch abstellt. Verpetz mich nur nicht bei deinem Vater, bitte. Gewisse Dinge an einem Auto wollen mir einfach nicht in den Kopf. Der Rückfahrscheinwerfer und das Benzin. Ich kann dir gar nicht sagen, wie oft ich in diesem Jahr schon den Tank leergefahren habe.«

»Sie haben wohl keine Benzinuhr?« erkundigte er sich und musterte das Armaturenbrett.

»Nein. Ich kann nur auf Reserve schalten. Ich hielt das für besser, weil man da ungefähr weiß, daß man nur noch fünf Liter im Tank hat.«

»Hat sich das bewährt?« fragte Dominic.

»Ja und nein. Wenn ich lange Fahrten mache schon, weil ich dann nicht weiß, wie weit die Tankstellen voneinander entfernt sind, und deshalb immer an der ersten nach dem Umstellen anhalte. Aber im Stadtverkehr gondele ich quietschvergnügt weiter und denke, ach was, keine Sorge, es sind ja noch fünf Liter im Tank, und überall wimmelt es von Tankstellen. Dann vergesse ich es einfach, und mitten auf der Hauptstraße bleibt mir der Wagen stehen. Ich lerne es nie«, gestand Kitty kläglich. »In meinem alten Wagen hatte ich eine Benzinuhr, aber ich habe nie hingeschaut. Wozu also? So bin ich eben. Einfach zerstreut.«

»Sie fahren ganz prima«, erklärte Dominic, um sie zu trösten. Ihre Selbstironie, komisch und traurig zugleich, hatte sich in seinem Herzen einen bisher unentdeckten Platz erobert, wie ein Schlüssel, der eine Geheimtür öffnet.

»Meinst du das im Ernst? Ehrlich?«

»Natürlich. Sie müssen doch wissen, daß Sie gut fahren.«

»Ach!« sagte Kitty. »Trotzdem höre ich es gern. Gefällt dir der Wagen?«

Bei diesem Thema wenigstens ließ ihn seine Beredsamkeit nicht im Stich, um so weniger, als es um Kittys Auto ging. Die ganze Fahrt nach Comerford unterhielten sie sich fachmännisch über Sportwagen, und als sie vor seinem Haus anhielt, trafen ihn die Rückkehr in seine gewohnte Welt und der Gedanke an den alltäglichen Trott wie ein unerwarteter Schlag. Er mußte für dieses kleine Wunder dankbar sein, das ihm nicht ein zweites Mal widerfahren würde. Langsam kletterte er aus dem Wagen, ernüchtert von dem Sturz in die Wirklichkeit, und stand linkisch neben der Wagentür auf ihrer Seite. Er suchte nach Worten, die dieses Erlebnis nicht ins Triviale und Banale zogen.

»Vielen Dank, daß Sie mich mitgenommen haben.«

»Es war mir eine Freude«, sagte Kitty lächelnd. »Danke dir, daß du mir so hilfreich beigestanden hast. Ich kann mir niemanden vorstellen, in dessen Gesellschaft ich lieber mein Blut vergießen würde.«

»Fühlen Sie sich auch wirklich wohl?« war alles, was ihm einfiel.

Ein Stückchen Pflaster sah unter Kittys Ärmel hervor. Sie riß es mit einem Ruck herunter, und beide lachten.

»Ich fühle mich glänzend«, meinte Kitty. »Vielleicht habe ich vorher zu hohen Blutdruck gehabt und bin jetzt geheilt.«

Sie schwiegen einen Moment. Das warme Licht, das hinter

den Vorhängen seines Elternhauses hervordrang, lag weich auf ihrem vollen, klar gezeichneten Mund. Augen und Stirn waren im Schatten. Wie weich dieser Mund war und doch so energisch, mit den geschlossenen Lippen und den tiefen Grübchen an den Winkeln, wie sinnlich, wie verwundbar und wie traurig. Der Schimmer der Freude in Dominics Herz verwandelte sich in zarten Schmerz, als er sah, wie sich ihr Abschiedslächeln vertiefte.

»Also danke – und auf Wiedersehen.«

»Bis zur nächsten Blutspende«, rief Kitty fröhlich und fuhr los, die Hand zum Gruß erhoben. Er stand da und schaute ihr nach. Er hielt den Atem an, bis das Blut in seinen Ohren zu dröhnen begann.

Doch sie sah ihn früher wieder, als sie ahnte, und unter ganz anderen Umständen; und das Blut, um das es bei dieser Gelegenheit ging, das weder von ihm noch von ihr stammte, war bereits in überreichlichem Maß vergossen worden.

2

Das neueste Hotel, das dem Imperium der Armiger-Brauerei einverleibt worden war, ›Zur lachenden Barfrau‹, öffnete seine Türen in den letzten Septembertagen. Es stand an einer Landstraße zweiter Ordnung, einen guten halben Kilometer von Comerford entfernt und etwa eineinhalb Kilometer vor Comerbourne. Auf den ersten Blick schien die Lage kaum günstig, doch wenn es darum ging, Geld zu scheffeln, dann wußte der alte Armiger stets, was er tat; nur wenige Leute zweifelten daran, daß er aus dem Lokal eine Goldgrube machen würde. Die engsten Vertrauten des Bierbarons fragten sich bereits im stillen, ob er irgendwelche vertraulichen Informationen über die umstrittene Umgehungsstraße erhalten hatte und ob es sich – wenn es zu ihrem Bau kommen sollte – nicht herausstellen würde, daß sie unmittelbar an dem neuen Hotel vorbeiführte.

Vor sieben Monaten hatte er das Haus gekauft, und ein Heer von Maurern, Architekten und Innenarchitekten war in Aktion getreten. Am Abend der festlichen Eröffnung strömte alle Welt zusammen, um das Ergebnis in Augenschein zu nehmen.

Sergeant George Felse von der Landeskriminalpolizei kam nach Dienstschluß aus reiner Neugier vorbei. Oft hatte er das Fachwerkhaus bewundert und bedauert, daß es langsam, aber stetig zu einer zwar malerischen, aber nutzlosen Ruine verfiel. Früher hatten es zwei alte Damen bewohnt. Wie so viele Menschen, die miteinander alt geworden sind, starben sie kurz hintereinander, und das Gebäude hatte beinahe ein Jahr leergestanden, ehe sich der Erbe entschlossen hatte, es zu verkaufen. Das Haus war so groß und so baufällig, daß ihm gar keine andere Wahl blieb. Die Frage war nur gewesen, ob er einen Käufer finden würde. Und er hatte ihn gefunden. Alfred Armiger, weit und breit der Mann mit der besten Nase für günstige Gelegenheiten, hatte es erworben.

George begriff es noch immer nicht, als er die neue, im Tudor-Stil gehaltene Tür aufstieß und ins Foyer mit dunkler Holztäfelung, schwarzen Eichenbalken und geschnitzten Bänken trat. Seiner Schätzung nach mußte der Umbau mindestens zehntausend Pfund gekostet haben, und er konnte sich nicht vorstellen, wie Armiger das jemals wieder erwirtschaften wollte. Selbst wenn das Haus Abend für Abend so voll sein sollte wie heute am Eröffnungstag, was an sich schon zweifelhaft war, würden die Unkosten die Einnahmen übersteigen.

An diesem Abend ging es entschieden lebhaft zu. In der überfüllten Schankstube zur Linken, auf alt gemacht, mit Laternenbeleuchtung und einem imitierten offenen Kamin, an dem ebenso unechte schmiedeeiserne Schürhaken und Feuerzangen hingen, erkannte George den größten Teil der Bohemiens aus Comerbourne. Die junge Generation war in der Überzahl. Die beiden Aufenthaltsräume zur Rechten wahrten den Stil des achtzehnten Jahrhunderts, mit einigen hübschen brokatbezogenen Sesseln und bequemen Sofas, auf denen sich die wesentlich unromantischeren Hinterteile einiger ehrbarer

Bürger niedergelassen hatten. Nach der Zahl der befrackten Kellner zu urteilen, die geschäftig hin und her eilten, war auch das Restaurant gut besucht. Die meisten Kellner schienen hier fremd zu sein. Wahrscheinlich hatte man sie neu eingestellt. George kannte nur den alten Bennie vom »Weißen Roß« in Comerbourne, den man wohl wegen seiner Ortskundigkeit hierher verpflanzt hatte. Er würde sich bezahlt machen, weil er nicht nur die Honoratioren kannte, sondern auch die Randalierer.

In der Bar war das Publikum gemischt. Der große Raum war völlig umgebaut worden. Eine energische Hand hatte ihn in einen Saal aus der Zeit der Tudors verwandelt. Die Deckenbalken waren zu tief, zu erdrückend, wahllos mit schimmerndem Kupfer verziert, was aufdringlich und schamlos neu wirkte. Armiger wußte immer genau, was er wollte, und wenn er es bei den Stilmöbelfabrikanten nicht bekommen konnte, dann ließ er es eben anfertigen, selbst wenn sich daraus manchmal recht überraschende Anachronismen ergaben. Aber die Gäste hier waren wenigstens echt, Bauern, Geschäftsleute, Vertreter und Arbeiter und ab und zu ein Landtagsmitglied, dem diese Gesellschaft noch immer die liebste war.

Geduldig bahnte sich George einen Weg zur Bar und bestellte ein helles Bier. Eine Blondine mit hochtoupiertem Lockentuff und langen rosa Fingernägeln stellte das Glas vor ihn hin und teilte ihm mit einem leutseligen Lächeln mit, daß heute abend, mit der Empfehlung Mr. Armigers, alles auf Kosten des Hauses gehe. Daher also das Getümmel, dachte er. Zweifellos würden noch vor der Polizeistunde Hunderte von dieser einmaligen Gelegenheit Wind bekommen. George beließ es im allgemeinen bei nur einem Drink, wenn es nichts kostete, ja, hätte er das gewußt, so hätte er wahrscheinlich seine Neugier auf einen anderen Abend vertröstet. Aber nun war er einmal hier, und das Schauspiel schien interessant. Bestimmt waren zahlreiche Mitglieder des Gemeinderates und des Landrates hier vertreten. Armiger brauchte nur den kleinen Finger zu krümmen, und die Leute kamen angelaufen, aber wie viele von ihnen kamen aus Freundschaft und Zuneigung? An einer Hand kann man sie abzählen, dachte George.

Er war gerade auf dem Weg zu einem ruhigen Plätzchen, als eine schwere Hand auf seine Schulter niederfiel und eine dröhnende, selbstsichere Stimme ihn aus seinen Gedanken riß. »Nanu, mein Junge, ist das eine Ehre oder eine Warnung?«

»Keine Sorge«, erwiderte George und grinste seinen Gastgeber über die Schulter an. »Ich bin außer Dienst. Der Durst hat mich hergetrieben. Danke für das Bier, das hatte ich gar nicht erwartet. Prost!«

Armiger hielt ein Whiskyglas in der Rechten. Er prostete George zu und spülte den Alkohol mit einem Zug hinunter. Er war kein großer Mann, kaum mittelgroß, doch massig wie ein Bulle, mit wuchtigen Schultern, kurzem Hals und einem breiten Schädel, der ständig zum Angriff bereit schien. Gesenkten Hauptes rannte er gegen das Leben an, meisterte seine Geschäfte, setzte seine Ideen durch, überrannte seine Rivalen und alles, was ihm in den Weg kam. Er war dunkel, trug einen kurzen, schwarzen Schnurrbart und hatte das schüttere Haar über die sonnengebräunte Glatze gebürstet. Sein bläuliches Kinn und die roten Wangen wirkten irgendwie billig, auch wenn er noch so teuer gekleidet war. Vielleicht hatte er bereits ein beträchtliches Maß seiner eigenen Produkte konsumiert, vielleicht aber war er einfach von Stolz geschwellt und von Freude berauscht; er hatte ein neues Spielzeug, in das er offenbar große Hoffnungen setzte. Es war eigentlich ziemlich unwahrscheinlich, daß er jemals dem Alkohol verfiel. Zu lange hatte er über sein Bier-Reich geherrscht, Kapital daraus geschlagen, sich seine Mitmenschen kraft der Macht, die ihm gleichsam durch den Alkohol verliehen worden war, nutzbar gemacht, als daß er in diesem späten Stadium noch für diese Art von Betäubung empfänglich gewesen wäre. Alles an ihm strahlte vor Erregung und Selbstzufriedenheit. Die hellen, listigen Augen blitzten.

»Na, wie gefällt Ihnen mein kleines Reich? Habe ich es gut gemacht?«

»Phantastisch«, lobte George ehrfürchtig. »Glauben Sie

wirklich, es wird sich lohnen, hier außerhalb der Stadt? Macht doch einen ziemlich kostspieligen Eindruck.«

»Sie kennen mich doch. Ich gebe niemals Geld aus, wenn ich nicht überzeugt bin, daß es wieder hereinkommt – mit Profit. Keine Sorge, es wird sich lohnen.«

Mit einem selbstsicheren Grinsen schlug er George wieder auf die Schulter und schob sich gesenkten Hauptes, die wuchtigen Schultern vorgeschoben, durch die Menge, ließ sich hier zu einem Grußwort, dort zu einem Händedruck herbei. Ein Erfolgsmensch, von dem Wellen unerschöpflicher Energie auszugehen schienen. Ein Selfmademan auf der Höhe seiner Macht, das war Alfred Armiger; mancher weniger vitale Sterbliche war bei seinem unbeirrbaren Vormarsch auf der Strecke geblieben. Einige Opfer waren an diesem Abend anwesend, und mehr als ein Blick, der die triumphierende Gestalt auf ihrem Weg durch die Säle verfolgte, hätte getötet, wenn das möglich gewesen wäre.

»Er ist in Hochstimmung«, sagte eine Stimme an Georges Ohr. »Das ist er immer, wenn er anderen eins ausgewischt hat.«

Barney Wilson, der Architekt, rutschte neben ihm auf die Bank und stützte die Ellbogen auf den Tisch – ein hochgewachsener, düsterer junger Mann ohne Illusionen. »Scheren Sie sich nicht um mich«, bemerkte er mit einem bitteren Lächeln, als er Georges neugierigen Blick sah. »Ich bin voreingenommen. Ich hatte mal die Hoffnung, dieses Haus selbst zu erwerben. Den verfallenen Teil wollte ich abreißen lassen, und den Rest wollte ich in ein Wohnhaus umbauen. Ich bin immer noch wütend auf ihn. Wozu braucht er noch ein Hotel? Er hat doch sowieso mehr, als er zählen kann.«

»Für einen Privatmann wäre die Renovierung aber recht kostspielig gewesen«, meinte George und sah ihn nachdenklich an.

»Schon, aber ich hätte mich zunächst mit dem Notwendigsten begnügt, dann hätten Nell und die Kinder einziehen können, und das übrige hätte ich dann Schritt für Schritt gemacht. Bei der heutigen Lage auf dem Immobilienmarkt kann ich sowieso nur dann an ein großes Haus herankommen, wenn alle anderen glauben, daß sich die Instandsetzung nicht mehr lohnt. Jeder will einen modernen, komfortablen Bungalow, und das hat die Preise in die Höhe getrieben. Diese großen Häuser dagegen gibt es zu Schleuderpreisen. Angeblich kann man da ohne Hausangestellte nicht auskommen, und der Unterhalt kostet ein Vermögen. Aber für die Instandhaltung hätte ich ohne weiteres sorgen können, und Nell ist auf einem Bauernhof in Wales aufgewachsen und weiß genau, wie man ein großes Haus mit einem Minimum an Mühe und Arbeit sauberhält. Wir dachten, wir hätten es schon. Ich hatte sogar schon angefangen, die Pläne für den Umbau zu skizzieren, so sicher war ich. Aber als ich Armigers Agenten bei der Versteigerung sah, wußte ich, daß wir auf verlorenem Posten standen. Wenn er nicht gewesen wäre, hätten wir das Haus zum veranschlagten Preis kaufen können. Kein Mensch interessierte sich dafür.« Er blickte trübselig in sein Glas und seufzte. »Aber nein, er mußte es uns vor der Nase wegschnappen und eine Scheußlichkeit daraus machen. Von einem Mann, der ›Die lachende Jungfrau‹ in eine ›Lachende Barfrau‹ verwandelt, kann man alles erwarten.«

»Hieß es früher so?« erkundigte sich George überrascht und beeindruckt. »Das habe ich nie gehört.«

»Über die Geschichte dieses Hauses weiß ich Bescheid. Als ich noch glaubte, daß ich einmal darin wohnen würde, habe ich in den Archiven nachgeschlagen. Jahrhundertelang war es ein Gasthaus und hieß ›Zur lachenden Jungfrau‹. Hübsch, nicht? Und vorher war es ein Privathaus, und noch früher gehörte es zum Kloster Charnok. Jetzt ist es ›Die lachende Barfrau‹.«

»Geschäft ist Geschäft«, meinte George weise.

»Zum Teufel mit dem Geschäft. Er ist bereit, sogar einen Verlust auf sich zu nehmen, wenn er damit vermeiden kann, daß das Haus seinem Sohn in die Hände fällt. Das ist alles.«

»Wollte denn sein Sohn das Haus auch kaufen?«

»Ja, er und ich gemeinsam. Wir haben zusammen die Versteigerungssumme aufgebracht. Wir wollten den Seitenflügel, den ehemaligen Stall, in eine kleine Wohnung für ihn und Jean umwandeln, und Nell, ich und die Kinder sollten im Haus wohnen. Sie kennen doch den Stall? Er liegt drüben, auf der anderen Seite des Hofes, wo er den Parkplatz angelegt hat. Der Stall ist aus Backstein und hält bestimmt ewig. Für eine kleine Wohnung wäre er ideal gewesen. Aber irgendwie hat der liebevolle Vater davon Wind bekommen und hielt es offenbar für angebracht, ein paar Tausender in das Haus zu investieren, um damit seinem Sohn eins auszuwischen.«

Der Familienstreit der Armigers war George bekannt, wie jedem Bewohner von Comerbourne und Umgebung. Es war offenkundig, daß Armiger, aus eigener Kraft nach oben gekommen, ehrgeizig und energiegeladen, seinen einzigen Sohn als seinen Nachfolger mit einer Bier-Erbin verheiraten wollte, deren Mitgift sein Imperium fast um das Doppelte vergrößert hätte. Und vielleicht war es ebenso natürlich, daß der Sohn von den Plänen seines Vaters nichts wissen wollte und es abgelehnt hatte, Bierbaron Armiger II. zu werden. Man erzählte sich, daß Leslie Maler werden wollte, und sicherlich wäre es früher oder später zum Bruch gekommen, wenn er den Gang der Dinge nicht dadurch noch beschleunigt hätte, daß er sich mit einer Stenotypistin seines Vaters verlobte, anstatt sich nach den Wünschen des alten Armiger zu richten. Über diesen Punkt waren die unglaublichsten Gerüchte in Umlauf. Es stand jedoch fest, daß Leslie ohne einen Pfennig von seinem Vater hinausgeworfen worden war und daß das Mädchen entweder gekündigt hatte oder entlassen worden war. Sie hatten so schnell wie möglich standesamtlich geheiratet. Dann waren sie dem Blickfeld der Neugierigen entschwunden, und allmählich wuchs Gras über die Geschichte. Es war allerdings neu, daß Armiger die beiden so mit seinem Zorn verfolgte, daß er ihnen nicht einmal ein eigenes Heim gönnte.

»Er wollte doch aber bei der Versteigerung bestimmt nicht über ein Fixum hinausgehen«, bemerkte George. »Armiger hängt am Geld.«

Wilson schüttelte den Kopf. »Wir gingen bis zu unserer Grenze, und seine Mittel waren noch längst nicht erschöpft.

Vielleicht hängt er am Geld, aber er hat mehr als genug, und ihm liegt noch mehr daran, seinen Kopf durchzusetzen.«

»Aber Leslie hätte doch bestimmt Kredit bekommen bei seinem Ansehen.«

»Er hat kein Ansehen. Er hat keinen Vater mehr. Das ist endgültig, es hat sich auch herumgesprochen. Die Leute kennen Armiger. Kein Mensch würde Leslie Geld leihen. Er hat ungefähr tausend Pfund von seiner Mutter geerbt, und es bleibt ihm sonst nur das, was er verdient. Können Sie mir vielleicht jemanden nennen, der sich mit einem einlassen möchte, dem der alte Armiger Kampf bis aufs Messer geschworen hat?«

Das konnte George nicht. Nicht nur das Geld und die Macht würden die Leute abschrecken, sondern ebenso die ungebrochene Kraft dieser rücksichtslosen Persönlichkeit. Es gibt Menschen, mit denen nur Helden es aufnehmen können, und Helden gibt es wenige.

»Was macht denn der junge Leslie?« fragte George.

»Er arbeitet als Packer und Träger und Mädchen für alles bei Malden«, erwiderte Wilson bitter. »Er hat nie etwas gelernt, der arme Teufel, und mit seiner Malerei kann er nicht einmal den Milchmann bezahlen. Außerdem ist ein Baby unterwegs. Jean muß also bald ihre Stellung aufgeben.«

Armiger hatte die Bar wieder betreten, bat die Neuankömmlinge mit großartiger Geste zur Theke, strömte über vor Gastfreundlichkeit großen Stils. Georges Augen folgten dem energischen Schritt des Mannes. Seine Augen blickten nachdenklich. Armiger war jetzt von einer Gesellschaft umgeben und zog sich mit seinen Begleitern in eine Ecke des großen Raumes zurück.

»Meistens söhnen sich die Eltern mit ihren Sprößlingen am Ende wieder aus, auch wenn sie am Anfang starrköpfig sind«, erklärte George ohne viel Überzeugung.

»Eltern ja, Granitblöcke nein. Leslie hatte immer nur eine Mutter, keinen Vater. Sie starb vor drei Jahren, sonst hätte sie sich sicher für ihn eingesetzt, als es zur Krise kam. Aber sie hatte ja sowieso nie besonders viel Einfluß, die arme Seele.«

Wilson reckte den Hals, um zu der Gruppe in der anderen Ecke hinüberzuspähen. Ein Kellner mit beladenem Tablett hatte soeben einen Durchgang zum Tisch gebahnt. »Ordinäres kleines Ungeheuer«, sagte eine Frauenstimme, und ein Mann murmelte: »Es war also Kittys roter Wagen, den ich auf dem Parkplatz sah.«

Drei Personen saßen bei Armiger. Der Mann verkörperte Armigers Gegenstück und war gerade aus diesem Grund wertvoll für den Bierbaron. George wußte von dem Kontrast und von allem, was er in sich barg. Häuser, die Armigers energiegeladener Aggression verschlossen blieben, öffneten dem großen, eleganten Raymond Shelley mit dem gesetzten Benehmen lautlos ihre Türen. Wenn es darauf ankam, Verhandlungen zu führen, bei denen Fingerspitzengefühl gebraucht wurde, dann schickte Armiger Shelley vor. Dem Namen nach war Shelley sein Rechtsberater. In Wirklichkeit war er jedoch sein zweites Gesicht, das je nach den Umständen gezeigt oder verborgen wurde. Ein Mann mittleren Alters, ruhig, freundlich, nicht sonderlich tatkräftig, besaß er doch das, was Armiger brauchte, und dafür erhielt er von Armiger wiederum das, was er selbst am nötigsten brauchte, nämlich Geld. Gleichzeitig war er der Vermögensverwalter von Kitty Norris, deren Vater ein enger Freund von ihm gewesen war. Und Kitty saß jetzt neben ihm, in einem schwarzen Kleid mit weitem Rock, das sie sehr jung erscheinen ließ, eine schimmernde Seidenstola um die Schultern, in der Hand ein halbvolles Glas. Das also, dachte George, während er das klare Profil bewunderte, ist das Mädchen, das unseren Dom neulich abends nach Hause gefahren hat. Und Dom sprach über nichts anderes als über das Auto. Wie einfach das Leben ist, wenn man so jung ist.

Die dritte Person war eine gutaussehende Frau von fünfundvierzig Jahren, ruhig, mit einem Ausdruck der Resignation auf dem Gesicht. Die Bewegungen ihrer schmalen langen Hände waren anmutig und kraftvoll, ebenso wie ihr Körper in dem strenggeschnittenen schwarzen Kostüm. Sie überließ es den Männern, die Unterhaltung zu führen. Intelligente, nüchterne

Augen wanderten ohne sonderliche innere Anteilnahme von einem Gesicht zum anderen. Nur wenn sie Kitty ansah, lächelte sie kurz und bedeutungsvoll, als verbinde sie etwas mit ihr, das die Männer ausschloß. Frauen, die so tüchtig sind wie Ruth Hamilton, die in die Geheimnisse ihrer Arbeitgeber eingeweiht sind, empfinden häufig leichte Verachtung für die Götter, denen sie dienen.

»Seine Sekretärin«, flüsterte eine Männerstimme. »Schon seit zwanzig Jahren. Man munkelt, daß sie nicht nur seine Briefe tippt.«

Auch das war nicht neu. Schon seit zehn Jahren zerrissen sich die Leute darüber die Mäuler. Es war höchstens überraschend, daß man es jetzt noch erwähnenswert fand. Es war schon so lange als Selbstverständlichkeit hingenommen worden, gleichgültig, ob man es glaubte oder nicht, daß es keinerlei Sensation mehr brachte. Das Entstehen des Gerüchts war nicht zu vermeiden gewesen, denn Miss Hamilton hatte nicht nur über das Büro geherrscht, sondern auch den Haushalt der Armigers geführt, seit Mrs. Armiger erkrankt war, und das war schon eine Reihe von Jahren her.

Wilson leerte sein Glas. »Jean ist ein feiner Kerl. Aber manchmal frage ich mich, wie Leslie sie überhaupt bemerken konnte, da er doch Miss Norris kannte. Damit will ich keineswegs sagen, daß er einen Fehler gemacht hat, nein. Aber sehen Sie sie an!«

Georges Gedanken hatten sich in ähnlichen Bahnen bewegt, obwohl er Jean Armiger nicht kannte. Junge Männer können sich nicht einmal für das bezauberndste Mädchen der Welt begeistern, dachte er, wenn es ihnen von ihrem Vater aufgedrängt wird. Armiger war sicherlich mit der gleichen Haltung an dieses Unterfangen herangegangen wie an alle anderen – gesenkten Hauptes, zum Kampf bereit. Und doch – man brauchte sie nur anzusehen!

Als er gegen zehn Uhr die Bar verließ, drehte er sich noch einmal nach ihr um. Sie saß ganz still und sprach wenig. Obwohl Armiger verschwunden war und Miss Hamilton Anstalten zum Aufbruch machte, saß Kitty reglos. Dann schloß sich die Schwingtür sanft, das schwermütige Gesicht entschwand seinen Blicken. George schlug den Mantelkragen hoch und schlenderte durch die Halle zum Ausgang.

Der alte Bennie Blocksidge, ein drahtiger kleiner Gnom, durchquerte das Foyer mit einem leeren Tablett. Er blieb stehen und nickte in Richtung der Seitentür, die auf den Hof führte.

»Er ist außer Rand und Band heute abend, Mr. Felse.«

Er, das konnte nur Armiger sein. »Ich habe festgestellt, daß er verschwunden ist«, bemerkte George. »Was hat er denn jetzt noch in petto? Man sollte meinen, der Triumph des Abends hätte ihm genügt.«

»Er hat sich gerade mit einer Flasche Champagner unter dem Arm davongemacht, er will irgend jemandem den neuen Tanzsaal zeigen. Das ist der alte Stall auf der anderen Seite des Hofes. Er wollte ihn diese Woche schon eröffnen, aber die Inneneinrichtung ist eben erst fertig geworden. Er ist unheimlich stolz darauf, aber es hat ihn auch eine ganze Stange Geld gekostet.«

Das war also aus Leslies kleiner Wohnung geworden. George trat zur Seite und blickte Ruth Hamilton und Raymond Shelley nach, die das Foyer durchquerten und durch das geöffnete Portal ins Freie traten. Dann hörte er den Motor eines Wagens und sah Shelleys Austin in Richtung Comerbourne davonfahren.

»Er hat uns gesagt, wir sollten ihn nicht stören«, erzählte Bennie schnüffelnd. »Er käme schon wieder, wenn er soweit sei. Für zehn hat er seinen Wagen bestellt, und jetzt ist es zehn. ›Der kann, verdammt noch mal, warten, bis ich fertig bin, und wenn es Mitternacht wird‹, hat er gesagt. Clayton sitzt draußen im Bentley und flucht wie ein Fuhrknecht. Aber das hilft auch nichts. Wenn einem was an seiner Stellung liegt, dann muß man sich eben nach ihm richten, was anderes bleibt gar nicht übrig.«

»Und liegt Ihnen etwas an Ihrer Stellung, Bennie?«

»Mir?« fragte Bennie grinsend und zuckte mit den Achseln. »Ich hab' mich dran gewöhnt. Ich schwimme mit dem Strom.

Es gibt schlimmere Chefs. Die jungen Kerle sind immer unzufrieden.«

»Na ja, hoffen wir, daß er bald seinen Champagner trinkt und Clayton ihn nach Hause fahren kann.«

»Es war eine große Flasche. Zwei Liter. Typisch.«

»Hm«, machte George. Auch die ›Lachende Barfrau‹ war typisch für Armigers Größenwahn. »Gute Nacht, Bennie.«

»Gute Nacht, Mr. Felse.«

George wanderte nach Comerford und erstattete seiner Frau und seinem Sohn Bericht über die Ereignisse des Abends.

»Deine Freundin war auch da, Dom«, sagte er und blinzelte Dominic spitzbübisch zu, der noch über seinen Hausaufgaben saß. Er knipste rasch die Schreibtischlampe aus, um das verräterische Rot, das ihm in die Wangen gestiegen war, zu verbergen. Wie ein Tier, das in höchster Gefahr die Farbe wechselt, sagte er hastig: »Ach, wirklich? Hast du den Wagen gesehen? Ist er nicht phantastisch?«

»Den Wagen habe ich mir gar nicht angesehen.«

»Also so was!« meinte Dominic empört und verzog sich ausnahmsweise ohne Widerspruch in sein Schlafzimmer. Er hatte seinen Eltern von der Fahrt in dem Karmann erzählt, weil er wußte, daß sie, wenn sie es auch nicht selbst gesehen hatten, früher oder später von einem Nachbarn davon erfahren würden. Es war klüger, ihnen gleich seine eigene zensierte Version zu unterbreiten, und der Wagen kam als Deckmantel gerade recht. Doch wenn sein Vater sich darin gefiel, versteckte Anspielungen zu machen, dann würde sich Dominic künftig in dunkle Ecken verkriechen müssen.

Bunty Felse erwachte kurz nach Mitternacht. Eine seltsame Frage quälte sie. »George«, sagte sie, während er verschlafen und protestierend grunzte, »kannst du dich noch an diese Sängerin in Weston-super-Mare erinnern, die Dom immer zuzwinkerte und so?«

»Hm«, machte George, unwirsch, daß er wegen einer solchen Belanglosigkeit aus dem Schlaf gerissen wurde. »Was ist mit ihr?«

»Na, *das* Mädchen hat er aber bestimmt nicht übersehen.«

»Das konnte er nicht gut«, meinte George, »sie fiel ihm ja fast um den Hals. Ich möchte wissen, wie sie ihn auf die Bühne gekriegt hat? Ich bin direkt rot geworden für ihn.«

»Du schon«, sagte Bunty bedeutungsvoll, »aber er nicht. Tagelang hat er damit geprahlt. Einen netten Käfer hat er sie genannt.«

»Das hat er aus den Büchern, die er liest.«

»Na ja, und diese Kitty Norris ist offenbar tatsächlich ›ein netter Käfer‹. Aber darüber hat er nie etwas gesagt. Warum wohl?«

»Über Geschmack läßt sich streiten«, murmelte George. »Vielleicht findet er nicht, daß sie ein ›netter Käfer‹ ist.«

»Und warum nicht? Jeder findet das. Du auch«, brummte Bunty. Sie zerbrach sich noch immer den Kopf über diese Eigentümlichkeit, als das Telefon neben dem Bett zu läuten begann.

»Verdammt und zugenäht«, schimpfte George und setzte sich auf. Er griff nach dem Hörer. »Was ist denn jetzt wieder los?«

Eine zitternde Stimme quäkte aus dem Telefon. Schließlich erkannte er, daß es Bennie Blocksidge war. »Mr. Felse?« jammerte er. »Oh, Mr. Felse, ich weiß nicht, ob ich richtig gehandelt habe, aber mir ist lieber, ich sage es Ihnen, und weil Sie doch in der Nähe wohnen und heute abend so nett waren, dachte ich, ich würde Sie anrufen. Wir stecken hier in bösen Schwierigkeiten. Es ist der Chef, Mr. Armiger. Er ist nicht wiedergekommen. Es war schon nach Lokalschluß, und er kam und kam einfach nicht. Elf Uhr, halb zwölf, und da drinnen brannte immer noch Licht. Und Mr. Calverley machte sich Sorgen, na ja, und nach einigem Hin und Her gingen sie rein, um zu sehen, ob alles in Ordnung war –«

»Machen Sie es kurz«, befahl George und angelte sich seine Hausschuhe. »Was ist geschehen? Ich bin schon auf dem Weg. Los, was ist passiert? Sagen Sie es in drei Worten, nicht in dreihundert.«

»Er ist tot«, sagte Bennie. »Im Stall, ganz allein, mausetot, und alles voll Blut.«

3

Der Tod überraschte Armiger in dem Tanzsaal, der so groß war wie eine Arena. Er lag im strahlenden Glanz der neuen Lüster auf dem Bauch, Arme und Beine schlaff gespreizt, die rechte Wange an das schimmernde Parkett geschmiegt. Am grobgeschnittenen Gesicht hatte der Tod keine Spuren hinterlassen. Doch seinen Hinterkopf hatte es getroffen, dunkles Blut quoll aus den Verletzungen. Rund um Kopf und Schultern ergossen sich Blut und Champagner, doch nicht in so übertriebener Menge, wie Bennie behauptet hatte. Man konnte sich dem leblosen Körper nähern, ohne sich die Schuhe zu beschmutzen, zumindest von hinten; von hinten, dachte George, der sich über die Leiche beugte, war auch der Tod an Alfred Armiger herangetreten. Es war verständlich, daß der Feind Armigers es vorgezogen hatte, ihm nicht ins Gesicht zu sehen, als er zum Schlag ausholte. Der Flaschenhals lag in der Lache in der Nähe des zerschmetterten Schädels, und auf den wuchtigen Schultern blitzten Glassplitter.

Hier zumindest, dachte George grimmig, bleibt uns das klassische Rätsel zwischen Unfall, Selbstmord oder Mord erspart. Armiger war ermordet worden, daran bestand kein Zweifel.

George hatte seine Dienststelle in Comerbourne angerufen, bevor er von zu Hause weggegangen war, und hatte nochmals telefoniert, nachdem er einen ersten Blick auf den Tatort geworfen hatte. Dann hatte er sämtliche Umstehenden angewiesen, den Tanzsaal zu verlassen, bis der Sanitätswagen und die Kriminalbeamten eintrafen. Im Augenblick beherrschte ihn nichts weiter als ein Gefühl des Schocks und der Ungläubigkeit darüber, daß soviel Energie mit einem Schlag ausgelöscht werden konnte.

Er trat vorsichtig wieder zurück und sah sich im Raum um. Nichts schien wirklich, es war eine Kulisse, üppig und geschmacklos, vor der sich der Vorhang zu einem Reißer gehoben hatte. Der Stall war offenbar früher die Vorhalle des alten Hauses gewesen. Seine Maße waren wohlausgewogen. Die von Säulen getragene Decke mußte schön gewesen sein, bis Armiger Hand daran gelegt hatte. Die Säulen, die geschwungenen Strebebalken, alles war vergoldet worden, während die Felder zwischen den einzelnen Streben glänzend weiß lackiert waren. Und von der Mitte der Wölbung hingen vier spinnenarmige, moderne elektrische Leuchter. Ihr Licht war erbarmungslos. Die Wände entlang hatte er eine erhöhte Galerie bauen lassen, mit einem Podium für die Kapelle am einen Ende und einer glas- und chromblitzenden Bar am anderen. Eine breite Treppe schwang sich in groteskem, völlig aus dem Rahmen fallendem barocken Bogen von der Tanzfläche zur Galerie.

George war benommen von so viel stilloser Scheußlichkeit. Armer Leslie Armiger, dachte er mitleidig, niemals würde er die in ihrer Schlichtheit großartige Halle wiedererkennen, die sein Heim hätte werden sollen. Er hätte diesen Raum ja sowieso niemals heizen können, und im Winter wäre es hier eiskalt gewesen.

Soweit der Tatort. Außer der Leiche störten nur noch zwei Dinge die makellose Ordnung des Raumes. Eine der Gipsstatuetten, welche die Nische neben der Tür zierten, lag zerschmettert am Boden. Ein Grund dafür war nicht zu erkennen, sie lag gut fünfzehn Meter von Armigers Körper entfernt, und abgesehen von den Scherben ließen keinerlei Anzeichen auf einen Kampf schließen. Die zweite Ungereimtheit wirkte seltsam ironisch. Jemand, höchstwahrscheinlich Armiger selbst, hatte zwei Champagnergläser auf den kleinen Tisch neben dem vergoldeten Podium auf der Galerie gestellt. Offenbar hatte er nichts geahnt, war noch immer in Hochstimmung gewesen; doch er war niemals dazu gekommen, die Champagnerflasche zu öffnen.

Nachdenklich schritt George die wenigen Meter ab, die die

gespreizten Füße in den handgemachten Schuhen vom Fuß der Treppe trennten. Auf dem glänzenden Parkett waren keine Spuren zu sehen. Er musterte die zerbrochene Flasche. Aller Wahrscheinlichkeit nach war sie das Mordwerkzeug gewesen. Bis zu der goldenen Folie am Korken war sie blutverschmiert, und mit bloßem Auge konnte man Spuren von Haar und Haut am Rand des Flaschenbodens erkennen.

George blickte sich noch ein letztes Mal in dem blendend erleuchteten Tanzsaal um. Dann ging er hinaus zu den drei Männern, die voller Nervosität im Hof warteten.

»Wer von Ihnen hat ihn gefunden?«

»Clayton und ich sind zusammen hineingegangen«, sagte Calverley.

Alle Männer, die Armiger sich als Direktoren seiner Häuser ausgesucht hatte, verband eine gewisse Artverwandtschaft, und plötzlich wußte George auch, was es war: Sie ähnelten alle Armiger. Er wählte Menschen aus, die in ihrer körperlichen und geistigen Veranlagung seiner eigenen Persönlichkeit entsprachen. Calverley war noch relativ jung, untersetzt, doch athletisch wie ein ehemaliger Fußballspieler, ohne ein Gramm überflüssigen Fetts. Er trug einen Schnurrbart, war selbstsicher und zäh. Verständlicherweise hatte ihn seine joviale Gelassenheit im Augenblick im Stich gelassen. Sein Gesicht war aschfahl, und die flinken Augen, geschult, auf Profit und Unannehmlichkeiten gleichermaßen zu achten, verrieten Bestürzung und Sorge darüber, daß ihn diese Sache mehr anging, als ihm lieb war. Es schien, als habe er versucht, das Risiko dadurch zu vermindern, daß er sich einen Genossen suchte. Leute, deren tägliches Leben sich im Schatten Alfred Armigers abspielte, lernten schnell, vorsichtig zu werden.

»Wann war das ungefähr?« Sie konnten ihm die Zeit auf die Minute genau sagen. Über eine Stunde lang hatten sie unablässig auf die Uhr gesehen, darauf gewartet, daß Armiger endlich aufbrechen würde.

»Etwa vier oder fünf Minuten nach Mitternacht«, erwiderte Calverley und befeuchtete die Lippen. Jetzt war es noch nicht ein Uhr. »Wir hatten ausgemacht, bis Mitternacht zu warten. Deshalb wissen wir die Zeit so genau. Wir haben seit Lokalschluß auf ihn gewartet, aber er wollte ja nicht gestört werden. Aber so gegen halb zwölf begannen wir uns Gedanken zu machen, ob wirklich alles in Ordnung war, und wir einigten uns, ihm noch bis zwölf Zeit zu geben und dann hineinzugehen. Das haben wir getan. Punkt zwölf gingen wir raus und direkt hier herüber.«

»Waren alle Lichter an, so wie jetzt? Haben Sie nichts berührt? War die Tür offen oder geschlossen?«

»Geschlossen.« Clayton suchte nach einer Zigarette und riß ein Streichholz an. Ein schlanker, drahtiger Mann undefinierbaren Alters, der mit sechzig wahrscheinlich noch genauso aussehen würde wie in diesem Moment. Aschblondes Haar, eine schmale Stirn, intelligente, harte Augen, die Georges Blick nicht auswichen. Seine Hände zitterten nicht. »Ich trat zuerst ein. Ich machte die Tür auf. Ja, die Lichter brannten. Dann sahen wir ihn. Wir haben überhaupt nichts angerührt. Wir gingen nur ein wenig näher an ihn heran und stellten fest, daß er tot war. Dann rannte ich ins Haus zurück, um Bennie zu sagen, er solle die Polizei anrufen. Mr. Calverley wartete an der Tür.«

»Hat irgend jemand Mr. Armiger gesehen, nachdem er in den Tanzsaal gegangen war?« George blickte den alten Bennie an, der fröstelnd im Hintergrund stand.

»Nicht daß ich wüßte, Mr. Felse. Vom Haus war niemand hier drüben. Als er den Champagner und das Eis geholt hatte, ging er weg und kam nicht wieder. Ich sah ihn zur Seitentür hinausgehen. Sie wissen doch, Mr. Felse, Sie kamen gerade ins Foyer.«

»Ich weiß«, bestätigte George. »Haben Sie eine Ahnung, wer der Mann war, dem er den Tanzsaal zeigen wollte? Sie haben ihn wohl nicht gesehen?«

»Nein, er war nicht bei ihm, als ich ihn weggehen sah.«

»Und er sagte ausdrücklich, daß er nicht gestört werden wolle?«

»Nun –«, Bennie zögerte. »Mr. Armiger gab immer klare

Anweisungen, wissen Sie. Es war nichts Besonderes.«

»Können Sie sich noch an seine Worte entsinnen? Versuchen Sie's. Diese Verabredung interessiert mich.«

»Also, ich sage zu ihm: ›Mr. Clayton ist mit dem Wagen da.‹ Und er sagt: ›Der kann, verdammt noch mal, warten, bis ich fertig bin, und wenn es Mitternacht wird. Ich geh' nur rüber, um einem Freund den Tanzsaal zu zeigen. Er behauptet, es interessiert ihn, was man aus so einem Raum machen kann, wenn man das nötige Kleingeld dazu hat. Und ich möchte nicht, daß uns jemand stört. Ich komm' zurück, wenn ich Lust dazu habe. Früher nicht.‹ Und dann ist er gegangen.«

»Aber er machte keinen erregten oder ärgerlichen Eindruck?«

»O nein, Mr. Felse. Er war richtig aufgekratzt. Na ja, wie schon den ganzen Abend. Sie haben ihn ja selbst getroffen.«

»Komisch, daß er keinen Namen nannte.«

»Mit so viel Geld«, erklärte Clayton mit seiner kühlen Stimme, »konnte er es sich leisten, komisch zu sein.«

»Er lachte sich halbtot«, erzählte Bennie. »Als er sagte, er wollte jemandem den Tanzsaal zeigen, war er vor Vergnügen ganz außer sich.«

»Irgend jemand muß den Mann gesehen haben«, meinte George. »Wir werden mit dem anderen Personal sprechen müssen, aber diejenigen, die nicht im Haus wohnen, sind wohl längst nach Haus gegangen, was?« Sobald die Leiche abgeholt worden war, mußte mit den Verhören begonnen werden. »Wohnen außer Ben noch andere Angestellte hier?«

»Zwei Kellner und zwei Mädchen«, erklärte Calverley. »Sie sind noch wach. Ich dachte mir, man würde sie brauchen, obwohl ich nicht glaube, daß sie etwas wissen. Meine Frau ist auch noch auf.«

»Gut. Wir wollen sie alle so bald wie möglich zu Bett gehen lassen.« George hörte mehrere Autos von der Straße abbiegen. »Da sind sie schon. Machen Sie doch bitte das Licht an, Bennie! Und dann, glaube ich, könnten Sie drei zu den anderen gehen, die drinnen im Haus warten.«

Sie zogen sich dankbar zurück. Der Leichenwagen polterte in den Hof, gefolgt vom Wagen des Chefinspektors Christopher Duckett. Der Fall Armiger geriet ins Räderwerk der Landeskriminalpolizei. Es war ein Beweis für die zwingende Macht des Verstorbenen, daß der Chef selbst sich aus seinem Bett bequemt hatte. Höchstens ein Mord an seinem Vorgesetzten hätte ihn mehr konsterniert. Zum Schutz gegen die Nachtkühle in einen dicken Mantel gehüllt, beugte er sich über die Leiche.

»Eine verdammte Geschichte, George. Als Sie mich anriefen und mir Bescheid gaben, dachte ich, entweder bei mir oder bei Ihnen sei eine Schraube locker.«

»So ähnlich ist es mir auch gegangen«, bestätigte George. »Aber es ist leider keine Einbildung.«

Chefinspektor Duckett untersuchte eingehend den Tatort, nahm die Leiche und das Mordwerkzeug in Augenschein und sprach kein Wort, bis der Arzt sich über den leblosen Körper beugte und vorsichtig den verletzten Schädel untersuchte. »Wie viele Schläge?« erkundigte sich Duckett knurrend.

»Mehrere. Ich kann es noch nicht bestimmt sagen, aber sechs oder sieben mindestens. Die letzten wahrscheinlich, als er schon tot war.«

»Und ich dachte immer, wenn überhaupt, würde er mal an einem Schlaganfall sterben«, bemerkte Duckett. »Wie lange ist er tot?«

»Würde sagen, seit halb zwölf, vielleicht auch etwas länger. Später kann ich's Ihnen genauer sagen, aber sagen wir, die Zeit zwischen Viertel nach zehn und halb zwölf käme als Todeszeit in Frage. Die meisten Schläge wurden geführt, während er hier an dieser Stelle lag. Offenbar lag er ganz still.«

»Aha. Der erste hat ihm wohl das Bewußtsein geraubt, und dann hat der Angreifer wie ein Wahnsinniger drauflosgeschlagen, um sicherzugehen, daß Armiger nie mehr aufstehen würde.«

»Nein, nicht wie ein Wahnsinniger. Die Schläge sind zu genau. Jeder sitzt. Man könnte vielleicht sagen, der Schläger war in einem Rausch. Er schlug weiter zu, auch als es längst nicht mehr nötig war.«

»Ja, sieht ganz danach aus. Er hat erst aufgehört, als die Flasche zerbrach. Eigenartig, daß sie nicht schon früher zerbrochen ist. George, von diesen Einzelheiten wird nichts verlautbart«, wandte sich Duckett an George. »Tot, ja. An Kopfwunden, so weit müssen wir schon Farbe bekennen, aber das übrige behalten wir vorläufig für uns. Ich werde selbst eine Erklärung abgeben. Schicken Sie die Reporter zu mir. Und geben Sie den Männern, die ihn gefunden haben, Bescheid. Ich möchte, daß nichts von dieser Sache an die Öffentlichkeit dringt, bevor ich nicht selbst klarsehe.«

»Gut«, meinte George. »Können Sie mit dieser zerbrochenen Statuette etwas anfangen?«

Duckett trat einen Schritt näher und starrte stirnrunzelnd darauf. Dann nahm er die unversehrte Statuette und grunzte verwundert über das geringe Gewicht. Er drehte sie um und betrachtete sie voller Mißfallen. »Talmi, wie alles hier.« Er stellte die Figur wieder an ihren Platz und rüttelte versuchsweise an dem Sockel darunter. Die Statuette stand fest auf ihrem breiten Sockel und wackelte nicht einmal. »Die fällt nicht mal runter, wenn daneben die Wand einbricht. Man muß sie schon hinunterstoßen. An den Scherben sind keine Spuren festzustellen, es ist nichts geworfen worden. Keine abgesprungene Farbe. Na, und eigentlich hätte das Ding ja in leichtem Bogen herunterfallen müssen, so daß die Scherben ein Stück von der Wand entfernt verstreut wären. Aber sie liegen ja direkt an der Wand. Vielleicht ist das völlig nebensächlich, vielleicht auch nicht. Machen Sie ein Foto, Loder. Fingerabdrücke kriegen wir da sowieso nicht, die Oberfläche ist zu rauh, aber Johnson soll es trotzdem mal versuchen.« Der Fotograf, der Armigers Leiche aus allen Blickwinkeln aufnahm, nickte geistesabwesend.

»Die Champagnergläser«, bemerkte George.

»Ich hab' sie gesehen. Wessen Fingerabdrücke wir darauf feststellen werden, ist nicht schwer zu erraten. Es wäre ja ein Wunder, wenn auch noch andere darauf zu finden wären.

Höchstens die von dem Mädchen, das die Gläser abgetrocknet hat. Na ja, trotzdem werden wir es prüfen. Die Tür natürlich, Johnson, sämtliche möglichen Flächen, das Treppengeländer und die Scherben da.«

»Wer immer auch die Flasche in der Hand gehalten hat«, meinte George, »muß Blutflecken abbekommen haben. Schuhe und Hose müssen bespritzt gewesen sein, wenn auch vielleicht nicht so auffallend, daß es Aufmerksamkeit erregt hätte. Ich würde sagen, er stand auf dieser Seite. Er hat sorgfältig darauf geachtet, nicht in die Blutlachen zu treten. Zwischen der Leiche und der Tür sind keinerlei Spuren.«

»Hm«, sagte Duckett unzufrieden. »Erzählen Sie mir, was Sie wissen.«

George gab ihm einen raschen Bericht und erwähnte auch seine kurze Unterhaltung mit Bennie an diesem Abend.

»Und die anderen beiden? Was haben sie zwischen zehn und zwölf getan?«

»Clayton saß vorn im Auto, als ich ging. Das wird kurz nach zehn gewesen sein. Er behauptet, er hätte den Wagen gegen zwanzig nach zehn in den Hof gefahren, da Armiger nicht kam, und er war bis zum Geschäftsschluß im Lokal. Das ist alles. Von halb elf bis elf wartete er beim Wagen. Aber sein Chef erschien noch immer nicht. Dann forderte ihn Calverley auf, zu ihm hereinzukommen, und dort saß er dann mit Calverley und seiner Frau bis zwölf Uhr herum. Die Aussagen der drei stimmen überein. Bennie räumte zusammen mit den anderen Kellnern auf und paßte auf, ob Armiger zurückkam, damit er Clayton Bescheid geben konnte. Gegen halb zwölf wurden Calverley und Clayton unruhig. Sie sind alle gewohnt, das zu tun, was Armiger sagt, und zwar ohne viel Aufhebens. Andererseits erwartete aber Armiger von ihnen auch, daß sie automatisch zur Stelle sein sollten, wenn etwas nicht so verlief, wie er es sich vorgestellt hatte. Sie waren oft in einer Zwangslage, denn höchstwahrscheinlich war gerade das, was sie taten, falsch. Es fragte sich also heute, was sie tun sollten: ihn stören, obwohl er es sich ausdrücklich verbeten hatte, oder weiter warten, obwohl er vielleicht ihre Anwesenheit wünschte. Ich möchte nicht sagen, daß sie sich Sorgen um ihn machten, aber sie wurden allmählich unsicher und wußten nicht, wie sie sich eigentlich verhalten sollten. Als es dann zwölf Uhr war, beschlossen sie, das Risiko auf sich zu nehmen. Und sie gingen zusammen hinein und fanden ihn so vor. Lediglich für die Zeit zwischen halb elf und elf können sie nicht füreinander einstehen, aber ich nehme an, daß Ihnen das Hauspersonal ziemlich genau sagen kann, was Calverley während dieser Zeit getan hat. Clayton kann sich natürlich unbeobachtet draußen herumgetrieben haben. Ich hatte noch keine Gelegenheit, die anderen zu vernehmen, aber sie warten auf mich.«

»Da müssen wir eine Menge Mäuler stopfen«, meinte Dukkett. »Ich bin überzeugt, daß die drei schon alles brühwarm berichtet haben.«

»Das bezweifle ich. Sie dürfen nicht vergessen, daß das Lokal erst heute abend eröffnet wurde und daß die Angestellten, ausgenommen Bennie, sowohl untereinander als auch hier in der Gegend noch fremd sind. Wenn Fremde in so eine Sache verwickelt werden, halten sie, glaube ich, lieber den Mund als viel darüber zu reden. Letzten Endes kann ja die Person, die neben einem sitzt, der Mörder sein.«

»Also, dann knöpfen Sie sich die Leute jetzt vor. Wenn wir hier fertig sind und die Leiche weg ist, bleiben Sie hier, um die Stellung zu halten, George. Rufen Sie mich morgen früh an, dann schicke ich eine Ablösung.«

»Wenn es Ihnen nichts ausmacht«, entgegnete George, »möchte ich den ganzen Tag Dienst machen.« Ihm war es lieber, die kommende Nacht ungestört zu schlafen, als bei Tag im Bett zu dösen. »Soll ich Armigers Rechtsanwalt anrufen, oder tun Sie das?«

»Cui bono?« fragte Duckett geistesabwesend. »Das übernehme ich. Sie befassen sich mit den Leuten hier, und ich schicke Ihnen Grocott, damit er Ihnen bei der Vernehmung des übrigen Personals hilft, wenn es morgen früh eintrudelt. Und machen Sie mir eine Liste, wer heute abend alles da war.«

George verließ den Saal, um die verschreckten Mädchen und Kellner zu vernehmen, ebenso wie die hübsche Blondine, die Mrs. Calverley war. Das Verhör erbrachte, ganz wie er erwartet hatte, reichlich wenig, doch immerhin konnte er aus dem bedrückenden Schweigen den Schluß ziehen, daß seine Voraussage sich bewahrheitet hatte und alle sich lieber schweigend ihr Teil gedacht hatten. Mit viel Mühe stellte er einen Bericht darüber zusammen, was Armiger während der letzten ein bis zwei Stunden seines Lebens unternommen hatte. Kurz vor zehn, so erzählte Mrs. Calverley, hatte einer der Kellner – ein junger Mann namens Turner, der in Comerford wohnte – die Bar betreten und Mr. Armiger eine Nachricht überbracht. Armiger hatte sich bei seinen Freunden entschuldigt und war dem Kellner hinausgefolgt. Wenige Minuten später war er zu der kleinen Gruppe zurückgekehrt, hatte sich kurz mit ihnen unterhalten und war dann wieder verschwunden. Es hatte den Anschein, als sei dies der Augenblick gewesen, in dem der unbekannte Freund ankam, dem er den Tanzsaal zeigen wollte. Denn gleich darauf holte er sich eine große Flasche Champagner und steuerte auf die Seitentür zu. Unterwegs traf er Bennie, gab ihm Anweisungen im Hinblick auf Clayton und den Wagen und ging. Danach hatte ihn niemand mehr lebend zu Gesicht bekommen.

Als George schließlich den letzten Angestellten vernommen hatte, war es fast Morgen. Längst hatte der Leichenwagen den Toten fortgebracht, wenn auch Johnson im Tanzsaal noch immer unermüdlich nach Fingerabdrücken suchte. George eilte nach Hause, nahm ein Bad und frühstückte. Nach einer kurzen, sorgenvollen Unterhaltung mit Bunty machte er sich schleunigst wieder auf den Weg, um nicht Dominic in die Arme zu laufen, der ihn erbarmungslos mit Fragen bombardiert hätte.

Er suchte die Pension auf, in der der Kellner Turner wohnte, und fand den jungen Mann in seinem Zimmer, halb angezogen und noch nicht rasiert. Turner stammte aus London. Sein Gesicht war ungesund blaß, wie die Gesichter der meisten Großstädter, er war dünn, hatte einen scharfen Blick und war offenbar nicht sonderlich begeistert von Comerford. Lange würde er es hier nicht aushalten. Das Schicksal der Leute, die in den Fall verwickelt waren, würde ihn wenig berühren, denn er kannte sie ja nicht, und auch der Besuch der Polizei beunruhigte ihn weniger, als er ihn neugierig machte.

Ja, erzählte er, kurz vor zehn, er könne die Zeit nicht genau sagen, habe er das Foyer durchquert, als ein junger Mann zur Tür hereingekommen sei, ihn aufgehalten habe und nach Mr. Armiger gefragt habe. Er habe seinen Namen nicht genannt, sondern ihn lediglich beauftragt, Mr. Armiger zu fragen, ob er ein paar Minuten Zeit habe, die Angelegenheit sei wichtig und würde ihn nicht lange aufhalten. Er hatte die Nachricht überbracht, und Mr. Armiger war hinausgegangen ins Foyer, in dem der Besucher auf ihn wartete. Danach hatte Turner die beiden nicht mehr gesehen, weil er wieder in den Speisesaal zurück mußte. Auf Georges Frage, ob er den jungen Mann kenne, erwiderte er, er kenne überhaupt keinen Menschen hier, da er soeben erst angekommen sei. Könnte er ihn wenigstens beschreiben? Nun, er war nichts Besonderes. Jung, vielleicht fünf- oder sechsundzwanzig, dunkler Mantel und grauer Anzug. Kein Hut. Nicht übermäßig groß, braunes Haar, keinerlei Besonderheiten. Aber er würde ihn wiedererkennen. Auch auf einer Fotografie? Hm, wahrscheinlich schon, aber Fotos täuschten manchmal. Er könne es versuchen. Wozu überhaupt? Worum handelte es sich denn überhaupt? Was war geschehen?

George schilderte ihm rasch und schonungslos die Ereignisse. Turners Gesicht zeigte keine Regung, nur seine Augen weiteten sich ein wenig, aber weder Furcht und Argwohn standen in ihnen, nur Neugier und Sensationslust.

»Weiter«, forderte er George mit unverhohlenem Vergnügen auf. »Das ist ja toll.« Mit dem Mord an Armiger hatte der Kellner nach Georges Ansicht nichts zu tun. »Glauben Sie, daß es der Mann getan hat, den ich gesehen habe?«

»Es ist nur eine von vielen Spuren«, erwiderte George trokken. »Ich versuche lediglich, die Geschehnisse des Abends lükkenlos zu rekonstruieren. Wann sind Sie gestern abend nach

Hause gegangen?«

»Gegen zwanzig vor elf.« Der Gedanke, daß man auch von ihm ein Alibi fordern könnte, hatte seine Selbstsicherheit nicht im geringsten erschüttert. »Ich war noch vor elf Uhr hier. Meine Wirtin kann das bestätigen. Außerdem bin ich nicht allein heimgegangen, sondern Stokes, einer von den Kellnern, der auch hier in der Stadt bei Mrs. Lewis wohnt, hat mich begleitet. Das ist ja wirklich toll«, murmelte er und pfiff durch die Zähne.

George stieg die düstere Treppe hinunter und machte sich auf den Weg zur ›Lachenden Barfrau‹. Er rief Duckett an, gab ihm einen kurzen Bericht über die Verhöre und die mageren Ergebnisse und stellte dann mit Bennie Blocksidges Hilfe eine Liste aller Leute zusammen, die bei der Eröffnungsfeier zugegen waren.

Als sie schließlich mit vereinten Kräften ein Verzeichnis fertiggestellt hatten, das ihrer Meinung nach ziemlich vollständig sein mußte, trafen Grocott und Price ein. George versah sie mit einer Namensliste aller Personen, deren Vernehmung ihm aussichtsreich schien, und rief dann Duckett wieder an. Die Frage »cui bono?« lag ihm noch immer auf dem Herzen, und vielleicht hatte Duckett sich bereits mit dem Rechtsanwalt in Verbindung gesetzt. Hatte Armiger seinen Sohn tatsächlich enterbt, oder hatte er ihm nur damit gedroht, in der Hoffnung, ihn gefügig zu machen? Vielleicht war es nur eine Laune gewesen, vielleicht hatte er seinen Sohn strafen, ihn fühlen lassen wollen, wie bitter die Armut schmeckte, um ihn später als reuigen Sünder wieder aufzunehmen.

Mit der Schwiegertochter, der ehemaligen Stenotypistin, die ihn unablässig daran erinnert hätte, daß er als Vater eine Niederlage erlitten hatte? Nein, das war eigentlich kaum denkbar. Es stand hundert zu eins, daß Leslie Armiger im Testament seines Vaters gar nicht oder allenfalls auf höchst demütigende Weise bedacht wurde. Armigers Frau aber war schon seit einigen Jahren tot, und er hatte keine anderen Kinder. Das bedeutete demnach, daß irgend jemandem ganz unverhofft ein Vermögen in den Schoß gefallen war. Armiger hatte sein Reich bestimmt nicht unter verschiedenen Erben aufgeteilt. Und es war auch nicht mit seinem Charakter zu vereinbaren, daß er die Enterbung vielleicht aufgeschoben hatte, um darüber nachzudenken. Er hatte niemals lange nachgedacht, sondern war sogleich zum Angriff übergegangen.

»Ich habe mit Hartley gesprochen«, berichtete Duckett. »Auf den ersten Blick wird uns das Testament nicht viel weiterhelfen, aber es ist interessant. Höchst interessant. Er hat sein altes Testament vernichtet und am selben Tag, als er seinen Sohn hinauswarf, ein neues diktiert. Der Junge wird nicht einmal erwähnt. Sein Vater hat ihn offenbar als tot betrachtet.«

»Ich wette, daß er sein Vermögen nicht geteilt hat, stimmt's?«

»Stimmt. Sein ganzes Leben lang ist es sein Bestreben gewesen, seine Macht zu vergrößern, und er wollte vermeiden, daß sein Reich sich nach seinem Tod verteilt. Natürlich hat er seinen Angestellten Legate hinterlassen, aber die sind ganz unerheblich. Für solche Beträge würde man nicht einmal eine Fliege töten. Ich glaube nicht, daß er aus Geiz so kleinlich war, sondern lediglich aus dem Instinkt heraus, sein Vermögen zusammenzuhalten. Seinen ganzen Besitz also, abgesehen von den Legaten, hat er – nun, können Sie erraten, wem er es hinterlassen hat?«

»Kaum«, erwiderte George. »Ich habe keinen Schimmer. Er hat wohl nicht zufällig die Möglichkeit in Betracht gezogen, daß ihm Enkel beschert werden könnten, und sein Vermögen bis zu ihrer Volljährigkeit einem Treuhänder anvertraut?«

»Keine Spur. Die Dynastie ist ausgelöscht. Er macht einen neuen, außerordentlich überraschenden Anfang. Also, George, alleinige Erbin ist Katherine Norris. Was sagen Sie dazu?«

4

Ja, was sagte George dazu? Wollte Armiger mit dem Testament seinen Sohn kränken? War es seine Reaktion darauf, daß Leslie Kitty Norris verschmäht und eine andere geheiratet hatte? Beabsichtigte er, Leslie besonders hart zu treffen, indem er das, was eigentlich seinem Sohn zustand, ausgerechnet dem Mädchen vermachte, das dieser verschmäht hatte? Ein Trost für Kitty sollte es sicher nicht sein. So plump war Armiger nicht, selbst wenn er wütend war. Oder steckte mehr dahinter? Auf jeden Fall war dieser Schritt dazu bestimmt, die beiden Imperien Norris und Armiger zu vereinigen und das Zepter an Kitty weiterzureichen. Aber war dieses Testament nicht vielleicht ein Schachzug gewesen, der noch zu seinen Lebzeiten ein ganz bestimmtes Ergebnis hätte zeitigen sollen? Hatte er Kitty seinen guten Willen beweisen wollen, um eine Fusion zustandezubringen, die ihm am Herzen lag, die jedoch bis jetzt gescheitert war? Sollte Kitty dahingehend beeinflußt werden, daß sie einer Vereinigung der beiden Reiche zustimmte, die Armiger zeit seines Lebens beherrschen wollte, um sie nach seinem Tod an Kitty zu übergeben? Als Leslie für ihn nicht mehr existierte, dürfte es Armiger nicht schwergefallen sein, seinen ganzen Besitz Kitty zu vermachen, da nahe Verwandte nicht vorhanden waren und er sein Geld nicht mitnehmen konnte. Irgend jemandem mußte er es hinterlassen, warum also nicht Kitty, wenn sie mit Rücksicht darauf möglicherweise einer sofortigen Fusion zustimmte?

Angenommen, es bestand tatsächlich von Armigers Seite der Vorschlag zu einer Fusion, dachte George, und die Norris-Brauerei verhielt sich zurückhaltend – das wäre verständlich, denn wenn die beiden Unternehmen erst einmal vereinigt wären, hätte Armiger zweifellos absolut geherrscht –, würde dann nicht gerade dieses Testament einen nicht zu verachtenden Trumpf in Armigers Hand darstellen? Was hatte er denn zu verlieren? Wenn sein Plan nicht verfing, konnte er dieses Testament ebensogut vernichten wie das vorhergehende. Es war durchaus einen Versuch wert. Im allgemeinen bekam Armiger das, was er wollte, deshalb war auch seine Reaktion in dem einen Fall, da ihm dies nicht gelungen war, so heftig und endgültig.

George ging zu seinem Wagen, setzte sich hinter das Steuer und überlegte seine nächsten Schritte. Seltsam eigentlich, daß der alte Norris die rechte Hand Armigers zum Treuhänder seiner Tochter gemacht hatte. Aber die drei Männer waren gute Freunde gewesen, und niemand hatte je Raymond Shelleys Integrität angezweifelt. Er hatte keine Ahnung, ob das treuhänderische Verhältnis jetzt, da Kitty volljährig war, aufgelöst worden war. Es gab eine Menge nicht unerheblicher Dinge, über die er nichts wußte, und eigentlich hatte er auch kein Recht, darüber Erkundigungen einzuziehen. Nur an eine einzige Person konnte er sich mit vollem Recht wenden, um Auskünfte über Kitty Norris einzuholen, und das war Kitty selbst. Sie war am Vorabend in der ›Lachenden Barfrau‹ gewesen, hatte sich mit Armiger unterhalten, kurz bevor er verschwunden war, um mit seinem neuesten Spielzeug zu prahlen. Früher oder später mußte George mit ihr sprechen. Entschlossen ließ er den Motor an und fuhr zu ihr.

Kitty besaß eine Wohnung in einer ruhigen Straße Comerbournes, nicht weit vom Zentrum entfernt. Obwohl die Straße vom Geschäftsverkehr verschont war, dauerte es eine Weile, ehe er einen Parkplatz für den Morris gefunden hatte. Der rote Karmann-Ghia stand brav am Randstein. Kitty war also zu Hause. Es war fast Mittag. Als sie ihm die Tür öffnete, schaute sie ihn verwundert an.

»Mein Name ist Felse«, erklärte George. »Ich bin Polizeibeamter, Miss Norris.« Der verwirrte Ausdruck verschwand so schlagartig, und sie wich so bereitwillig zur Seite, um ihn hereinzulassen, daß er merkte, sie wußte Bescheid. »Sie haben wohl die traurige Nachricht schon erfahren?«

»Mr. Shelley hat mich angerufen. Kommen Sie herein, Mr. Felse.«

Sie musterte ihn ein wenig neugierig, und, so glaubte er zu

wissen, diese Neugier bezog sich weniger auf sein Amt als auf seine Person. Er war Mensch und Mann genug, um sich durch ihre Aufmerksamkeit geschmeichelt zu fühlen. Es gibt genug Leute, die einem nicht gerade ins Gesicht sehen können, selbst wenn sie nichts zu verbergen haben. Kitty jedoch, dachte George, würde jedem Blick standhalten, auch wenn sie ein schlechtes Gewissen hatte. Das entsprach ihrem Charakter, und sie konnte nichts dagegen tun.

»Ich führe die Ermittlungen über Mr. Armigers Tod, und es bestehen gewisse Unklarheiten, zu deren Klärung Sie, glaube ich, beitragen könnten. Ich werde Sie nicht lange aufhalten.«

»Ich habe sowieso nichts vor«, erwiderte sie und führte ihn in ein großes, in Pastellfarben gehaltenes Zimmer, das von der Sonne durchflutet war. »Bitte, setzen Sie sich, Mr. Felse. Darf ich Ihnen etwas zu trinken anbieten?« Sie blickte ihn mit einem kleinen, traurigen Lächeln an. »Es klingt wie der Anfang eines Kriminalromans von Raymond Chandler, nicht wahr? Aber ich wollte sowieso ein Glas Sherry trinken. Außerdem sind Sie ja kein Privatdetektiv.«

»Nein«, sagte George. Es lief gar nicht so, wie er erwartet hatte, aber er wollte nichts forcieren. Häufig ergaben sich interessante Dinge, wenn man sich begnügte, die Unterhaltung treiben zu lassen.

»Ich hoffe, Sie mögen ihn trocken«, meinte Kitty. »Etwas anderes habe ich nicht da.« Die Hand, die ihm das Glas bot, war nicht ganz ruhig. Aber warum sollte sie unter diesen Umständen nicht zittern?

»Danke. Es muß ein schwerer Schock für Sie gewesen sein, Miss Norris. Ich meine Mr. Armigers Tod.«

»Ja«, sagte sie leise und setzte sich ihm unmittelbar gegenüber. »Mr. Shelley und Miss Hamilton haben mich angerufen. Ich wollte es nicht glauben. Sie wissen doch, was ich meine. Er war voller Leben. Ob man ihn nun mochte oder nicht, ob man seine Handlungsweise billigte oder nicht, man kann sich die Welt ohne ihn nicht vorstellen. Er hatte auch bewundernswerte Züge, wissen Sie. Er war tapfer und mutig. Bei seiner Geburt

besaß er nichts, aber er nahm den Kampf auf, um das zu erreichen, was er wollte. Und selbst als er so viel besaß, kannte er
keine Furcht. Viele Menschen lernen die Angst kennen, wenn
sie etwas zu verlieren haben, aber er fürchtete nichts. Er konnte
auch großzügig sein – manchmal. Und Humor hatte er. Er
schämte sich nicht, mit Kindern zu spielen, als sei er selbst ein
Kind, obwohl in ihm doch eigentlich gar nichts Kindliches
mehr steckte. Vielleicht kam das daher, daß Kinder für ihn wil-
liges Spielzeug waren, leicht zufriedenzustellen und niemals
aus Prinzip oder Überzeugung widerspenstig wie Erwachsene.
Damals war es so leicht, mit ihm auszukommen. Und später
wurde es so schwer.« Sie starrte in ihr Glas, und George bemerkte zum erstenmal, was Dominic schon vor ihm gesehen
hatte: die unauslöschliche Traurigkeit in ihrem Gesicht. Und
wie Dominic verwirrte und fesselte sie ihn. Das Geheimnis ihrer Einsamkeit und Zurückgezogenheit schlug ihn in ihren
Bann.

Sie lebt, dachte er, als sei ihr Weg vorgeschrieben, als bedeute
ihr eigener Wille nichts, da er sich lange schon einem fremden
Einfluß gebeugt hatte, der über sie verfügte. Nicht Armigers
Einfluß, sonst hätte sie nicht so von ihm sprechen können.
Vielleicht überhaupt keines Menschen Einfluß, sondern einfach eine Flut der Ereignisse, die sie mitgerissen hatte und der
sie sich anvertraute, weil sie keine andere Wahl hatte.

»Wir haben alle Fehler«, sagte George und bemühte sich,
ebenso einfach zu sprechen wie sie, ohne belehrend zu wirken.
»Mir gefällt, was Sie eben über ihn gesagt haben.«

»Ich hätte viel gegen ihn vorzubringen«, entgegnete sie.
»Deshalb möchte ich gerecht sein. Wenn ich Ihnen irgendwie
helfen kann, tue ich das selbstverständlich gern.«

»Sie waren gestern zumindest für einen Teil des Abends mit
ihm zusammen. Gegen zehn Uhr, so berichtete mir einer der
Kellner, bat jemand Mr. Armiger um eine kurze Unterredung,
und Mr. Armiger ging hinaus. Er kam gleich wieder zurück
und wechselte einige Worte mit Ihnen und den anderen Personen, die an Ihrem Tisch saßen, und dann verschwand wieder.

Ist das soweit richtig?«

»Ich habe nicht auf die Uhr gesehen«, versetzte sie, »aber ich glaube, es stimmt. Ja, er kam zum Tisch und bat uns, ihn eine Viertelstunde zu entschuldigen, weil er mit jemandem sprechen wolle. Er wäre gleich wieder zurück und hoffe, daß wir auf ihn warten würden.«

»Ist das alles? Hat er keinen Namen erwähnt?«

»Nein, das ist alles. Er ging, und dann sagte Ruth, daß sie ebenfalls gehen müsse, weil sie einen Anruf von ihrer Schwester aus London erwarte und versprochen habe, pünktlich um Viertel vor elf zu Haus zu sein. Das ist Miss Hamilton, Mr. Armigers Sekretärin. Sie war mit Mr. Shelley gekommen, und deshalb mußte er auch mit ihr zusammen aufbrechen. Ich wollte erst warten, aber das habe ich dann doch nicht getan. Ich war müde und wollte bald ins Bett. Es muß ungefähr Viertel nach zehn gewesen sein, als ich mich auf den Heimweg machte. Vielleicht hat mich jemand gesehen. Mein Auto ist ziemlich auffallend.«

Ja, Clayton hatte sie gesehen, als er im Bentley seines Chefs wartete und fluchte. Fünf Minuten bevor er den Wagen wieder in den Hof gebracht hatte, war Kitty weggefahren. Er hatte beobachtet, wie sie den Wagen vom Parkplatz geholt hatte und die Richtung nach Comerbourne eingeschlagen hatte.

»Aha«, bemerkte George. »Dann waren Sie also kurz nach halb elf zu Hause.«

»Oh, wahrscheinlich schon früher. Ich brauche höchstens zehn Minuten. O Gott!« Kitty schlug die Hand vor den Mund. »Das hätte ich Ihnen gar nicht erzählen sollen, nicht wahr?«

»Mit Bleistift und Papier bin ich hilflos. Ich kann die Geschwindigkeit nicht ausrechnen«, beruhigte George sie lächelnd. Doch selbst wenn einen dieses Mädchen zum Lachen brachte, war man innerlich dem Weinen viel näher, und das ohne ersichtlichen Grund. Armigers Tod hatte ihr Herz nicht gebrochen. Sie war vielleicht erschüttert, aber es war nicht der Ausdruck der Erschütterung, der selbst ihr Lächeln beherrschte.

»Darf ich Ihnen einige persönliche Fragen stellen, Miss Norris? Sie mögen Ihnen unerheblich scheinen, doch ich glaube, daß ihre Beantwortung mir helfen wird.«

»Bitte«, forderte Kitty ihn auf. »Aber wenn es sich um geschäftliche Dinge handelt, dann werde ich wohl die Antworten selbst nicht wissen.«

»Soviel ich weiß, hat Ihr Vater bei seinem Tod sein Vermögen einem Treuhänder anvertraut, da Sie damals noch ein Kind waren. Können Sie mir sagen, ob dieses treuhänderische Verhältnis mit Ihrer Volljährigkeit gelöst wurde?«

»Ja«, antwortete sie leicht erstaunt. »Ich kann mit meinem Geld tun und lassen, was ich will. Man kann mich nur beraten. In Wirklichkeit geht alles so weiter wie bisher, aber das ist die rechtliche Lage.«

»Wenn also die Frage einer Fusion zwischen Armiger und Norris aufgeworfen worden wäre, hinge die Entscheidung allein von Ihnen ab?«

»Ja«, erwiderte sie so ruhig, daß er wußte, sie hatte erkannt, was hinter seiner Frage steckte. »Er strebte eine Fusion an«, erklärte sie. »Schon seit einiger Zeit. Die Leitung unseres Unternehmens hielt nicht viel davon, aber er war hartnäckig, und ich glaube, daß er am Ende seinen Willen durchgesetzt hätte. Aber bis jetzt war noch kein Schritt in dieser Richtung getan worden.«

»Und wie hätten Sie sich entschieden?«

»Ich wollte mich gar nicht entscheiden. Ich wollte nichts davon wissen, wollte überhaupt nicht darüber nachdenken. Ich hätte ihm gern zugestimmt, aber letzten Endes arbeiten bei uns eine Menge Leute, und für sie bedeutet ein solcher Schritt mehr als für mich. Es ist belastend, wenn man etwas besitzt, was für andere Menschen eine größere Rolle spielt als für einen selbst. Wenn ich wüßte, wie man vorgehen muß, oder wenn ich Ray Shelley dazu bringen könnte, mich zu verstehen, dann würde ich es diesen Menschen geben.«

»Dieser Gedanke, die beiden Firmen zu vereinigen, war doch nicht neu? Verzeihen Sie, daß ich mich so weit vorwage, aber man hatte allgemein den Eindruck, daß Mr. Armiger schon früher mit der Idee spielte und beabsichtigte, sein Ziel auf andere Art zu erreichen; durch eine direkte Verbindung Ihrer beiden Familien nämlich.«

»Ja, es war sein Wunsch, daß Leslie und ich heiraten sollten«, erwiderte sie so schlicht, daß er sich seiner umständlichen Redeweise schämte. Sie blickte von ihrem leeren Glas auf. »Aber der Einfall stammte von ihm, nicht von uns. Man kann solche Dinge nicht für andere Menschen arrangieren. Das hätte er wissen müssen. Zwischen Leslie und mir bestand niemals eine tiefere Bindung.«

Einen Augenblick schwiegen beide. Sie blickte ihn unverwandt an, und ihre Wangen wurden ein wenig blasser. Noch eine Frage wollte er ihr stellen, doch er wartete damit, bis er sich erhoben hatte. Dann drehte er sich ganz unbefangen um, als sei ihm plötzlich etwas Unwesentliches eingefallen, und fragte: »Kennen Sie zufällig den Inhalt von Mr. Armigers Testament?«

»Nein«, entgegnete sie rasch. Ihr Kopf hob sich in einer unerwartet heftigen Bewegung, die großen, samtenen Augen blickten ihn an. Hoffnung flammte in ihnen auf, und es war, als habe jemand eine Lampe entzündet. Was wollte sie von ihm? An Geld schien ihr nichts zu liegen. Aber jetzt mußte er Farbe bekennen, weil er wissen mußte, ob das, was er ihr zu sagen hatte, auch das war, was sie erhoffte.

»Er hat sein ganzes Vermögen Ihnen hinterlassen«, erklärte George.

Der Hoffnungsschimmer erlosch, doch das war das wenigste. Sie starrte ihn offenen Mundes an, alle Farbe wich aus ihrem Gesicht. Ihre Knie drohten nachzugeben, und sie streckte hilfesuchend die Hand nach der Sessellehne aus. Benommen setzte sie sich nieder, die Hände im Schoß zusammengepreßt.

»O nein!« stieß Kitty mit einem Seufzer hervor, in dem sich Enttäuschung, Verwirrung und Zorn mischten. Aber noch etwas anderes war darin enthalten, eine Art Verzweiflung, deren Ursache er nicht erraten konnte. »O Gott, ich hatte gehofft, er würde seine Drohung niemals wahrmachen oder er würde wenigstens seine Meinung wieder ändern. Natürlich wegen Leslie. Er hat immer geschworen, daß er seinen Entschluß nicht geändert habe und auch nicht ändern würde, aber selbst wenn er es getan hätte, wäre er niemals fähig gewesen, das zuzugeben, sehen Sie. Und jetzt… Oh, Gott verfluche ihn!« sagte sie hilflos. »Warum hat er das getan? Er wußte doch, daß ich sein Geld nicht brauche, daß ich es nicht haben wollte.«

»Er mußte es jemandem hinterlassen«, meinte George sachlich. »Es stand ihm frei, über sein Einkommen zu verfügen. Es besteht kein Grund, weshalb Sie sich dafür verantwortlich fühlen sollten, daß ein anderer seines Erbes beraubt wurde. Das wissen Sie doch. Es lag nicht in Ihrer Hand.«

»Nein«, erwiderte sie tonlos. Müde stand sie wieder auf, um George hinauszubegleiten, und die ganze Zeit lag dieser verlorene Ausdruck in ihren Augen. Als die Tür sich geschlossen hatte, trat er drei Schritte zur Treppe hin, dann näherte er sich wieder lautlos der Tür. Sie war nicht ins Zimmer zurückgegangen. Sie lehnte auf der anderen Seite neben der Tür an der Wand, und er hörte, wie sie fassungslos wiederholte: »O Gott, o Gott, o Gott!« Es klang, als rufe sie einen uneinsichtigen Gott vergeblich um Verständnis an.

Was hatte er ihr angetan? Was denn nur? Selbst wenn man voraussetzte, daß sie das Geld nicht haben wollte, daß sie fand, Leslie hätte es erben sollen, so blieb dennoch unverständlich, weshalb sie die Nachricht so voller Entsetzen entgegennahm. Als stelle sie einen besonders niederträchtigen Angriff auf sie dar. Man konnte nicht leugnen, daß seine Worte bei ihr einige höchst interessante Reaktionen ausgelöst hatten, doch das schlimmste war, daß er keine Ahnung hatte, wie er sie auslegen sollte.

Unzufrieden mit sich selbst, beinahe beschämt, stieg er die Treppe hinunter. Er machte nicht einmal den Versuch, die Steine des Puzzlespiels zusammenzufügen. Zu wenige waren es noch. Als er zu seinem Wagen kam, erkannte er Dominic, der nachlässig am Kotflügel lehnte.

Er war ein wenig außer Atem, da er den ganzen Weg zum Auto gerannt war, während George noch auf der Treppe stand, doch die Gedanken seines Vaters beschäftigten sich mit anderen Dingen, so daß er es nicht bemerkte. Das neugierige Lächeln wirkte natürlich, das »Tag, Papa!« klang normal, und George war nicht argwöhnisch.

»Tag!« erwiderte er. »Was machst du denn hier?«

Schon zum drittenmal hatte Dominic die Mittagspause in der Schule dazu benützt, sich in die Church Lane zu stehlen, in der Hoffnung, dort vielleicht Kitty zu sehen oder zu treffen. Nachdem sie ihm ihren Namen gesagt hatte, brauchte er nur im Telefonbuch nachzuschlagen, um ihre Adresse zu erfahren. Er hatte sich noch immer nicht ganz von dem Schrecken erholt, plötzlich seinen Vater im Treppenflur des Hauses zu erblicken, in dem Kitty wohnte, und wenn ihm beim Anblick des Wagens nicht eine rettende Idee gekommen wäre, dann wäre er wahrscheinlich immer noch gerannt.

»Ich habe für Chuck etwas erledigt«, erklärte er und bemühte sich, gleichmäßig zu atmen. Chuck war der harmloseste der verschiedenen Spitznamen, mit dem die Schüler des Gymnasiums ihren Direktor bedachten.

»Hier?« fragte George, dem das unwahrscheinlich schien, obwohl er keinen Grund zum Argwohn hatte.

»Ich mußte zum Pfarrer«, erwiderte Dominic ernst und wies auf die Friedhofsmauer. »Dann sah ich den Wagen und hab' gewartet. Es ist ja schon fast halb eins, und ich dachte, mit ein bißchen Glück würdest du mich zum Mittagessen einladen.«

George dachte einen Moment nach und stimmte dann zu. Auch wenn Bierbarone sterben, geht das Leben weiter. »Steig ein«, forderte er Dominic auf und fuhr mit ihm in ein Restaurant in der Nähe der Schule. »Was ist mit Chuck? Kann die Antwort warten?«

»Keine Antwort«, versetzte Dominic. »Ist schon erledigt.« Das Eigenartige war, daß er sich gar nicht als Lügner fühlte; er konnte nur die Wahrheit niemandem gegenüber eingestehen, obwohl sie weder beschämend noch irgendwie belastend für ihn war. Es war ihm neu, daß er plötzlich das Bedürfnis empfand, etwas vollkommen für sich zu behalten. Seit er in die Schule gekommen war, hatte er ab und zu geschwindelt, wie das eben Kinder tun, wenn sie ein Geheimnis haben, aber er hatte niemals darüber nachgedacht, weshalb er es tat, und hatte nur selten gelogen, weil seine Eltern, besonders seine Mutter, es ihm immer leichtgemacht hatten, sich ihnen anzuvertrauen. Aber das hier war etwas anderes, etwas so Bedeutungsvolles, daß er lieber gestorben wäre, als es zu verraten. Und doch würde er Dinge tun müssen, die vor der Gefahr der Entdekkung nicht sicher waren. Er mußte es, denn was hatte sein Vater ausgerechnet in dem Haus zu suchen, in dem Kitty wohnte? Am Morgen nach dem Tod des alten Armiger, mit dem Kitty in der ›Lachenden Barfrau‹ gewesen war? »Deine Freundin war da« – und jetzt dieser Besuch. Natürlich mußten sie mit allen Zeugen sprechen, aber weshalb schon so bald mit Kitty?

»Du gehst diesem Mordfall nach, nicht?« erkundigte sich Dominic mit einem Versuch, Spannung und Neugier in seine Stimme zu legen. »Mama hat mir heute morgen erzählt, daß Armiger tot ist. So was! Ich habe meinen Freunden natürlich nichts gesagt, aber inzwischen weiß es schon die ganze Stadt. Man hat schon ein halbes Dutzend Leute in Verdacht.«

»So?« meinte George ruhig. »Und wer ist Favorit?«

Dominic warf seinen Köder aus und hoffte auf einen Fischzug. »Dieser Clayton. Ich wette, du weißt nicht, daß ihm gekündigt worden war!«

»Teufel, nein!« bestätigte George und überlegte sich, ob Grocott das bereits herausgefunden hatte.

»Der Sohn von Armigers Gärtner ist in meiner Klasse. Vor drei Tagen hatten Clayton und Armiger einen Riesenkrach wegen der Arbeitszeit. Clayton sagte, er wollte sich nicht mehr zu jeder Tages- und Nachtzeit herumkommandieren lassen. Und dann hielt Armiger ihm vor, daß er mal wegen Diebstahls im Gefängnis war und ein andermal, weil er ein gestohlenes Auto in seinem Besitz hatte, und er sagte, er könne von Glück reden, daß er überhaupt eine Stellung habe, und dann warf er ihn raus.

Wußtest du, daß er vorbestraft ist?«

»Ja, das wußten wir. Es ist zehn Jahre her. Kein Grund, ihm einen Strick daraus zu drehen.«

»Es war doch nicht vorsätzlicher Mord?« meinte Dominic.

»Ich hoffe, du entwickelst dich nicht zu einem Rechtsanwalt in Taschenformat«, bemerkte George.

Er sperrte den Wagen ab und schob seinen Sohn vor sich her in das Restaurant ›Zum geflügelten Roß‹. Die Unterbrechung ist schlecht, überlegte Dominic, nachdem sie sich an einem Tisch niedergelassen hatten. Jetzt muß ich ihn ganz unverblümt fragen.

»Hast du schon eine Spur?« Dominic litt darunter, daß er seinem Vater eine Komödie der Unbefangenheit und Neugier vorspielen mußte, obwohl für ihn diese Sache von so lebenswichtiger Bedeutung war. Natürlich bewunderte er seinen Vater und zeigte stets großes Interesse für seine Fälle, aber jetzt saß er da und heuchelte, parodierte seine eigene Bewunderung, um sein Ziel zu erreichen. Er empfand beinahe körperlichen Schmerz, als sein Vater gutmütig lächelte und vorsichtig eine ausweichende Antwort gab.

»Reine Routine, Dom. Wir haben ja kaum angefangen. Es liegt noch ein langer Weg vor uns.«

»Wen hast du denn in der Church Lane besucht? Wohnen da auch Verdächtige?«

Nach einem Augenblick des Nachdenkens erwiderte George ruhig: »Ich habe Miss Norris aufgesucht. Wie gesagt, reine Routine. Ich muß mich durch eine ganze Liste durcharbeiten. Lauter Leute, die gestern abend am Tatort waren. Das ist alles.«

»Und noch keine Spur? Na, *sie* hat dir wahrscheinlich auch nicht viel sagen können, was?«

»Praktisch nichts, was ich nicht schon wußte. Bestell jetzt und versuch nicht, mich auszuhorchen.«

5

»Ja«, sagte Jean Armiger. »Ich weiß es schon. Es steht in den Mittagszeitungen. Ich habe Sie erwartet.«

Sie war ein zierliches Mädchen mit kurzem schwarzen Haar, das sich eng an ihren Kopf schmiegte. Das runde breite Gesicht war voll leidenschaftlicher Ausdrucksfähigkeit. Sie war höchstens vierundzwanzig Jahre alt. Aufrecht stand sie mitten in dem häßlichen Wohn-Schlafzimmer ihrer Wohnung in Mrs. Harkness' schäbigem Haus, das in einem Hinterhof am Stadtrand lag. Ohne Furcht blickte sie George an. Trotz der gegenwärtigen Schwerfälligkeit ihres Körpers verriet jede Bewegung ihres Kopfes und ihrer Hände Anmut und Lebendigkeit. Aus irgendeinem Grund, vielleicht, weil er an Kitty dachte, hatte George nicht erwartet, ein so attraktives und lebhaftes Mädchen anzutreffen. Es war eigentlich gar nicht so unverständlich, daß Leslie Armiger sich trotz Kittys Nähe in Jean verliebt hatte.

»Sie werden sicher verstehen, daß unsere Pflicht uns dazu zwingt, jeden zu vernehmen. Waren Sie gestern abend zu Hause, Mrs. Armiger?«

Sie schürzte die Lippen bei der Frage und blickte sich in dem Zimmer um, das er als Zuhause bezeichnet hatte. Gut, draußen war zwar eine kleine Kochnische und im Garten ein Schuppen, wo Leslie seine Malutensilien aufbewahrte – aber Zuhause?

»Ja«, erwiderte sie. »Den ganzen Abend.«

»Und Ihr Gatte?«

»Leslie war auch hier. Nur um halb zehn ist er kurz weggegangen, um Briefe aufzugeben und frische Luft zu schöpfen. Er war gestern den ganzen Tag im Lager und hat gepackt, da brauchte er ein bißchen frische Luft. Aber er kam schon nach einer halben Stunde wieder.«

»Er war also um zehn wieder zu Hause?«

»Ich glaube sogar schon früher. Aber um zehn auf jeden Fall.«

»Und dann ist er nicht wieder ausgegangen?«

»Nein. Sie können ihn natürlich selbst fragen«, fügte sie verächtlich hinzu. Wenn alles nach Plan ging, dann verhörte genau in diesem Augenblick Grocott Leslie Armiger ganz diskret im Direktionsbüro von Malden. George wußte selbst nicht, weshalb er es so eingerichtet hatte, daß die beiden Verhöre zu gleicher Zeit stattfanden. Noch hatte er keinen Grund, dem jungen Paar zu mißtrauen. Lediglich ein noch nicht erwiesener Verdacht lastete auf ihnen, doch er hatte gelernt, seine Ahnungen nicht zu mißachten. Wenn sie beide die Wahrheit sagten, dann hatte er ihnen kein Unrecht angetan.

»Das werden wir natürlich tun«, meinte er ganz offen. »Mrs. Armiger, sind Sie seit Ihrer Heirat mit Ihrem Schwiegervater in Berührung gekommen? Haben Sie ihn gesehen oder gesprochen?«

»Nein. Nie.« Ihr Tonfall verriet deutlich genug, daß sie selbst das nicht gewollt hatte.

»Und Ihr Gatte?«

»Er hat ihn nie besucht. Einmal hat er geschrieben, nur einmal, vor ein paar Monaten.«

»Wollte er eine Versöhnung in die Wege leiten?«

»Er wollte um Hilfe bitten«, erklärte Jean bitter und preßte die Lippen zusammen.

»Mit Ihrer Einwilligung?«

»Nein!«

Sie machte wirklich kein Hehl aus ihren Gefühlen, dennoch war es nicht ihre Absicht gewesen, dieses eine Wort mit so viel Bitterkeit hervorzustoßen. Einen Augenblick wandte sie den Kopf ab, doch sie nahm nichts zurück und machte auch nicht den Versuch, die Schärfe zu mildern.

»Mit welchem Erfolg?«

»Ohne Erfolg. Er schrieb uns einen demütigenden Brief und weigerte sich.« Sie war dankbar dafür gewesen. Es hatte den Schmerz der Wunde gelindert, die Leslie, ohne es zu wollen, ihrem Stolz geschlagen hatte.

»Und danach ist Ihr Gatte nicht mehr an seinen Vater herangetreten?«

»Nein, meines Wissens nicht. Aber ich bin nicht sicher.«

Widerstrebend klärte George sie über Armigers Testament auf. »Ist das eine Überraschung für Sie, Mrs. Armiger?«

»Nein«, erwiderte sie unberührt. »Weshalb sollte es? Er mußte schließlich sein Geld jemandem hinterlassen, und er hatte keine Verwandten mehr, mit denen er sich noch nicht gestritten hatte.«

»Sie wußten nichts davon, daß er Miss Norris als Erbin einsetzen wollte?«

»Wir wußten nur, daß Leslie endgültig abgeschrieben war, alles übrige interessierte uns nicht. Leslies Vater hatte keinen Zweifel daran gelassen.«

Sie drehte den schmalen Ehering an ihrem Finger. George sah, daß er nur lose saß. Die Wangen, von dem schimmernden schwarzen Haar umrahmt, waren schmaler, als es gut war, vielleicht vor Müdigkeit und Sorge. Sie erwartete ein Kind, führte den Haushalt und arbeitete halbtags, um das Budget aufzubessern. Aber vielleicht war es auch etwas anderes, das an ihren Kräften zehrte. Ein vernichtender Schlag der Enttäuschung hatte sie getroffen, als Leslie gleichsam zu Kreuze gekrochen war und seinem Vater geschrieben hatte. Vielleicht würde er es niemals wiedergutmachen können. Doch dank der rücksichtslosen Unbeugsamkeit seines Vaters bot sich ihm jetzt nochmals die Gelegenheit, ihre in ihn gesetzten Erwartungen zu rechtfertigen, wenn er den Charakter dazu besaß. Aber jetzt mußte er erst den Beweis erbringen, vorher hatte sie bedingungslos daran geglaubt. George konnte Leslie verstehen. Er mußte seine Frau über alles lieben, sonst hätte er nicht alle Brücken um ihretwillen hinter sich abgebrochen. Sie hier zu sehen, von Mühen und Sorgen gequält, sich vorzustellen, daß sein Kind die ersten Monate seines Lebens hier verbringen sollte, das konnte ihn schon zu diesem Schritt treiben, mochte es auch noch soviel Überwindung kosten. Ja, man konnte sogar sagen, daß seine Haltung mehr Verantwortungsgefühl zeigte als ihre. Eines stand jedenfalls fest: Mit diesem von Herzen gutgemeinten Schritt hätte er beinahe seine junge Ehe zerstört.

»Ich möchte Sie nicht länger aufhalten, Mrs. Armiger. Ich danke Ihnen für Ihre Hilfe.«

Er stand auf, und sie ging mit ihm zur Tür, schweigend, zu stolz, um etwas hinzuzufügen oder zu fragen. Oder wollte sie etwas verbergen? Nein, wenn sie es für richtig hielt, dann würde sie auch die Wahrheit nicht preisgeben. Vielleicht würde er bald wissen, ob sie bereits etwas verschwiegen hatte.

Das Treppenhaus war eng und dunkel. Es roch nach verbrauchter Luft und Möbelpolitur. Mrs. Harkness' kühle Freundlichkeit würde nicht viele Besuche der Polizei dulden. George hatte bereits festgestellt, daß im Haus kein Telefon war. Die nächste Zelle stand an einer Straßenecke, etwa fünfzig Meter entfernt. Er fuhr in entgegengesetzter Richtung davon. Doch an der nächsten Nebenstraße bog er ab, fuhr um den Häuserblock herum und parkte unter den Bäumen. Eine Viertelstunde saß er wartend im Wagen, die Augen auf das rote Telefonhäuschen gerichtet. Aber Jean Armiger kam nicht.

Er war froh darüber. Sie hatte ihm gefallen, und er hatte sich gewünscht, daß sie ehrlich sein möge. Obwohl er schon häufig Enttäuschungen erlitten hatte, hatte er es noch immer nicht gelernt, sich vor dem Wohlwollen zu hüten, mit dem er die Handlungen und Beweggründe solcher Leute beurteilte, die ihm auf den ersten Blick sympathisch waren. Doch der Form halber ließ er auch der Skepsis ihr Recht. Er würde sich nicht dazu verleiten lassen, ihr zu glauben, ehe er nicht Grocott angerufen hatte.

Das Gespräch schien seine Meinung, daß Jean ehrlich und ihre Aussage zuverlässig war, zu bestätigen. Leslie Armigers Geschichte stimmte in allen Punkten mit der seiner Frau überein. Er war nicht direkt nach Hause gegangen, nachdem er die Briefe aufgegeben hatte, sondern hatte noch einen Spaziergang gemacht. Er war nicht einmal eine halbe Stunde unterwegs gewesen, denn er war ziemlich sicher, daß die Kirchenuhr noch nicht geschlagen hatte, als er das Haus wieder betrat. Alles höchst einfach und durchaus im Bereich des Wahrscheinlichen, und die beiden hatten sich nicht miteinander in Verbindung gesetzt. Und doch veranlaßte dieses Ergebnis George dazu, noch einmal über alles nachzudenken. Zweifel wurden in ihm wach. Ducketts Erklärung war, wie ja auch Jean unvorsichtigerweise zu wissen behauptet hatte, in den Mittagszeitungen veröffentlicht worden. Am Abend zuvor hatte man Armiger im Tanzsaal der ›Lachenden Barfrau‹ tot aufgefunden. Die Ursache waren schwere Kopfverletzungen. Man wußte, daß die Polizei nicht an einen natürlichen Tod glaubte, obwohl Duckett es peinlich vermieden hatte, sich klar auszudrücken. Doch das war genug, um den enterbten Sohn und seine Frau, die bedingungslos zu ihm hielt, in Alarmbereitschaft zu versetzen. Schuldig oder nicht, sie mußten gewußt haben, daß sie über ihr Tun und Lassen an jenem Abend Rechenschaft würden ablegen müssen. Schuldig oder nicht, sie wußten, daß sie aufeinander angewiesen waren, und hatten schleunigst ihre Aussagen koordiniert, noch ehe die Fragen gestellt wurden. Zwischen dem Erscheinen der Mittagszeitungen und dem Zeitpunkt, den George für das Verhör festgesetzt hatte, hatten sie natürlich die Möglichkeit zu telefonieren. Niedergeschlagen bemühte sich George, diese Zweifel aus der Welt zu schaffen, doch es gelang ihm nicht.

»Was machte er für einen Eindruck?« erkundigte er sich.

»Erschüttert natürlich, aber er gab gar nicht vor, daß er sich mit seinem Vater gut verstanden hätte oder daß er vom Schmerz gebrochen sei. Das würde er übrigens sowieso nicht zeigen, selbst wenn es der Fall wäre. Sehr zurückgezogen und ein bißchen in Abwehrstellung.«

»Angst?«

»Das würde ich nicht sagen. Aber er ist sich klar darüber, daß er in einer Lage ist, die – nun sagen wir – die unwillkommene Aufmerksamkeit der Öffentlichkeit und der Polizei erregen dürfte. Er ist kein Narr und weiß, daß sein Privatleben sozusagen Gemeingut ist, aber auch, daß die Tatsache, daß er durch den Tod seines Vaters nichts zu gewinnen hatte, seine stärkste Waffe ist.«

»Das hat er wohl deutlich durchblicken lassen?«

»Sie unterschätzen ihn«, erwiderte Grocott. »Er hält uns für klug genug, das selbst zu bemerken. Aber immer, wenn es ein bißchen unangenehm wurde, schien er daraus Kraft zu schöpfen.«

»Wie kommt er mit den Fahrern und Lagerarbeitern aus?« fragte George neugierig.

»Überraschend gut. Sie scheinen ihn zu mögen, nennen ihn Les und behandeln ihn wie einen Gleichgestellten. Das liegt, glaube ich, in erster Linie daran, daß er ganz er selbst ist. Er versucht nicht, um ihre Gunst zu werben oder seine gepflegte Sprache aufzugeben, um sich der ihren anzupassen. Sonst würden die ihn schön links liegenlassen.«

Auch durch diese sympathische Beschreibung Leslie Armigers durfte sich George, und das wußte er, nicht dazu verleiten lassen, ihn für unschuldig zu halten. Geld ist nicht das einzige Mordmotiv. Auf der einen Seite stand die Erbin, die bereits so viel Geld besaß, daß dieses Motiv praktisch ausgeschlossen war, und auf der anderen Seite stand dieses junge Ehepaar, das zwar in Armut lebte, das jedoch durch Armigers Tod nichts zu gewinnen hatte. Ja, in gewisser Hinsicht wäre er für sie sogar besser am Leben geblieben, denn früher oder später hätte er sich vielleicht doch erweichen lassen und sie in Gnaden aufgenommen. Besonders jetzt, da ein Enkel unterwegs war. Andererseits wiederum behaupteten jene, die ihn am besten kannten, daß er seinen Entschluß niemals geändert hätte; außerdem: Jeder kann einmal von Wut übermannt werden, selbst wenn er nichts dabei zu gewinnen hat als die Befriedigung eines übermächtigen Hasses.

Aber es gab, abgesehen von seinem Sohn, auch noch andere, die ihn nicht geliebt hatten. Clayton, der ruhige zähe Bursche, dem gekündigt worden war, dem Armiger die Liste seiner Vorstrafen vorgehalten hatte, mit dem Hinweis, er könne »von Glück reden, daß er überhaupt eine Stellung habe«. War das nur eine im Zorn hingeworfene Beleidigung gewesen, oder hatte Armiger damit andeuten wollen, daß es in seiner Macht stand, den jungen Mann in den ganzen Midlands unmöglich zu machen? Schon aus viel unwesentlicheren Gründen sind Menschen zu Mördern geworden. Dann war da auch Barney Wilson, dem Armiger das Haus weggeschnappt hatte, an dem sein Herz hing. Und noch andere, auf deren Kosten Armiger sich bereichert hatte.

George riß sich aus seiner Lethargie und fuhr zum Hauptbüro der Armiger-Brauerei. Die Brauerei selbst lag hinter dem Güterbahnhof, im Dunst und Ruß von Alt-Comerbourne. Doch die Geschäftsleitung war in einem modernen Gebäude untergebracht. Der Blick aus den Fenstern fiel auf grünen Rasen und üppige Bäume. Auf dem Parkplatz bemerkte George Miss Hamiltons alten Riley.

Sie fuhr gut. George hatte sie oft hinter dem Steuer sitzen sehen und ihre Ruhe und Sicherheit bewundert. Häufig saßen zwei oder drei Jungen in ihrem Wagen, wenn man sie im Sommer am Wochenende durch die Stadt fahren sah, Mitglieder des Jugendklubs, bei dessen Führung sie dem Beauftragten des Jugendamts half.

Raymond Shelley durchquerte gerade das Foyer, als George eintrat. Er blieb sofort stehen.

»Möchten Sie zu mir? Ich wollte gerade weg, aber –« Er hatte seine Aktenmappe unter dem Arm und den grauen Hut in der Hand. Das lange, scharfgeschnittene Gesicht sah müde und besorgt aus. »Heute morgen war einer Ihrer Leute hier, deshalb dachte ich, Sie seien für heute mit uns fertig. Ich wollte eben zu Miss Norris. Aber ich kann es auch verschieben.«

»Aber nein«, widersprach George. »Ich möchte mit Miss Hamilton sprechen, wenn sie Zeit hat.«

»Brauchen Sie mich wirklich nicht? Es würde mich freuen, wenn ich Ihnen Ihre Arbeit erleichtern könnte. Zumindest werde ich Sie zu Ruths Büro begleiten. Wir haben selbstverständlich über unser Tun und Lassen schon Auskunft gegeben«, sagte er mit einem bitteren Lächeln.

»Ich selbst habe zufällig gesehen, wie Sie gestern abend mit Miss Hamilton abfuhren.« George lächelte ebenfalls. »Ich war im Foyer.«

»Gut. Dann ist unsere Aussage ja kaum anzuzweifeln. Ich

wollte, all die anderen Schwierigkeiten lösten sich so leicht in Wohlgefallen auf«, meinte Shelley kummervoll. »Das ist eine gräßliche Angelegenheit, Mr. Felse.«

»Mord ist meistens gräßlich, Mr. Shelley.«

Bei dem Wort erstarrte er. »Ist es sicher, daß es sich um Mord handelt? Die offizielle Erklärung läßt diese Frage offen, und Ihr Beamter heute morgen war sehr zurückhaltend.« Er stieg weiter die Treppe hinauf und bog nach rechts ab. »Ich will nicht vorgeben, daß mich das überrascht. Alles deutet darauf hin. Es wird lange dauern, bis wir uns daran gewöhnen, daß er nicht mehr da ist.«

»Das kann ich verstehen«, erwiderte George. »Sie haben viele Jahre mit ihm zusammengearbeitet. Sie haben ihn vielleicht besser gekannt als jeder andere. Sie werden ihn vermissen.«

»Ja.« Er begnügte sich mit dem einen Wort, versuchte nicht, seine Zuneigung zu beteuern, er schien höchstens erstaunt darüber, daß der Tod Alfred Armigers eine solche Lücke in sein Leben gerissen hatte. Er klopfte an die Tür und streckte den Kopf ins Zimmer. »Ein Besucher für Sie, Ruth«, meldete er und ging.

Sie stand hinter dem Schreibtisch, eine große, gelassene Frau, das glatte schwarze Haar in der Mitte gescheitelt und im Nacken zu einem Knoten aufgesteckt. Zwanzig Jahre lang hatte sie für Armiger gearbeitet. Es gab nicht viel, was sie über ihn oder seine Familie nicht wußte, und vielleicht hatte ihr Verständnis sie vieles verzeihen lassen. Sie war genauso ruhig wie sonst, doch ihre Züge trugen die Spuren der Erschütterung und der Anspannung. Bei Georges Eintritt zogen sich ihre Brauen zusammen, doch sie begrüßte ihn und setzte sich ihm gegenüber vor ihren Schreibtisch, zum Zeichen, daß sie ihn nicht in ihrer Eigenschaft als Alfred Armigers Sekretärin empfing.

»Ich wende mich an Sie, weil ich glaube, daß Sie mir am ehesten über Mr. Armigers Verhältnisse Auskunft geben können«, sagte George offen. »Jede Kleinigkeit in Zusammenhang mit Mr. Armigers persönlichem Leben oder seinen Geschäften kann von größter Wichtigkeit sein. Das wissen Sie wohl. Sie sind in der Lage, ein unbefangenes Urteil abzugeben, und deshalb möchte ich Sie bitten, mir alles über den Streit Mr. Armigers mit seinem Sohn zu erzählen.«

Sie stellte eine Zigarettendose und einen Aschenbecher auf den Schreibtisch und überlegte einen Augenblick. Er blickte sich im Zimmer um. An der Wand hingen zwei gerahmte Fotografien. Sie zeigten Gruppen von Jungen, die dem Jugendklub angehörten. Auf dem Schreibtisch stand ein drittes Foto, das sie selbst inmitten einer Gruppe von Jungen zeigte. Sie sah so hübsch und weiblich darauf aus, daß sich bestimmt jeder dieser labilen Sechzehnjährigen wie ein kleiner König vorkam, wenn sie ihm erlaubte, ihr eine Zigarette anzuzünden oder sie zum Tanz zu führen. Was für eine Verschwendung, dachte George. Zwanzig Jahre ihres Lebens hatte diese Frau damit vergeudet, ein unpersönliches Büro zu leiten und die Launen Alfred Armigers zu ertragen.

»Die Fehler lagen auf beiden Seiten«, sagte sie schließlich. »Aber im Grunde genommen war Mr. Armiger selbst für alles verantwortlich. Ich brauche Ihnen wohl nicht zu sagen, daß er ein schwieriger Mensch war. Sei es nun als Arbeitgeber oder als Vater. Nicht absichtlich, aber er konnte sich einfach nicht in andere Menschen hineinversetzen. Er war ehrlich davon überzeugt, daß alles sich um ihn drehen und jeder tun mußte, was er erwartete. Als Kind wurde Leslie entsetzlich verwöhnt. Jeder Wunsch wurde ihm erfüllt, vorausgesetzt, daß sein Vater nicht dagegen war; solange er ein Kind war, kam es natürlich nie zu einer richtigen Auseinandersetzung. Jede seiner Leistungen, wie zum Beispiel seine Malerei, alles, worin er sich auszeichnete, schmeichelte seinem Vater. Er wurde niemals bestraft, wenn er seinen Vater nicht gerade ärgerte. Sie verstehen, was ich meine. Als Mrs. Armiger zu kränkeln begann und sich fast nur noch in ihrem Zimmer aufhielt, baten sie mich, zu ihnen zu ziehen. Damals verbrachte Mr. Armiger viel mehr Zeit zu Hause und führte einen großen Teil seiner Geschäfte von dort aus. Im Laufe der wenigen Jahre, die ich bei ihnen lebte, habe ich mein Bestes getan, um alles ins Lot zu bringen, aber es war schon ein wenig spät, um Leslie noch zu ändern. Der Schaden war schon angerichtet. Als Leslie erwachsener wurde und ein eigenes Leben führen wollte, begannen die Zusammenstöße. Das können Sie sich wohl vorstellen. Vier oder fünf Jahre dauerte die Fehde. Natürlich blieb Mr. Armiger stets Sieger. Er hatte alle vernichtenden Waffen in der Hand. Aber als die Streitobjekte wichtiger wurden, widersetzte sich Leslie immer stärker. Leslie malt gut, er wollte Maler werden, doch sein Vater erlaubte es nicht. Er zwang ihn, hier im Büro anzufangen. Alles mußte so gehen, wie er es geplant hatte. Leslie sollte Kitty Norris heiraten. Aber noch während der Schlacht wegen Leslies Malerei lernte Leslie Jean kennen.«

»Hier im Büro?«

»Zunächst ja. Dann trafen sie sich von Zeit zu Zeit, nicht einmal heimlich, und Mr. Armiger war wütend. Es kam zu einer entsetzlichen Szene, in deren Verlauf Mr. Armiger Leslie verbot, sich weiter mit Jean zu treffen, und ihn klipp und klar vor die Wahl stellte: Entweder er fügte sich und blieb, oder er fügte sich nicht, dann konnte er gehen. Ich glaube nicht, daß er es damals wirklich ernst meinte, er versuchte lediglich Leslie zu erpressen. Leslie hätte nachgeben sollen. Statt dessen ging er unmittelbar danach mit Jean tanzen und verlobte sich mit ihr.«

»Nicht gerade der günstigste Start für eine Ehe«, bemerkte George, »wenn er nur aus Rebellion gegen seinen Vater heiratete.«

»Das war es nicht«, widersprach sie mit entschiedenem Kopfschütteln. »Durch die Auseinandersetzung mit seinem Vater war ihm nur klargeworden, was auf dem Spiel stand und welche Bedeutung dieser Streit für ihn und sein Leben hatte. Und sobald er das erkannt hatte, griff er zu, wie ein vernünftiger Mensch, und hielt daran fest, obwohl die Folgen haarsträubend waren. Am nächsten Tag kam er zu seinem Vater ins Büro, stellte sich vor seinen Schreibtisch und verkündete ohne jede Überleitung, daß er sich verlobt habe. Selbst damals glaubte Mr. Armiger noch, daß er ihm einfach befehlen könnte, die Verlobung zu lösen. Als er feststellen mußte, daß dem nicht so war, erwartete ich fast, er würde einen Herzanfall bekommen. Er konnte es nicht fassen, daß ihm das geschah. Und als er schließlich eingesehen hatte, daß er nichts ändern konnte, warf er sie beide raus und blieb bei seinem Entschluß. ›Gut‹, sagte er, ›wenn du sie heiraten willst, wenn sie dir so viel wert ist, dann nimm sie. Hole sie jetzt und laß dich niemals wieder hier blikken.‹ Und Leslie sagte, o. k., das passe ihm gut, und ging hinunter, holte Jean ab und verließ mit ihr das Haus. Sie wohnte weiter in ihrem möblierten Zimmer, während er in ein Hotel zog. Sie warteten auf ihre Heiratspapiere und suchten eine Wohnung. Leslie kam nur noch einmal nach Hause, um seine Sachen abzuholen, aber soviel ich weiß, hat er seinen Vater nicht wiedergesehen. Als es dann ernst wurde, fand er keine Stellung, weil er ja nichts gelernt hatte. In Oxford hatte er lediglich seiner Malerei gefrönt. Er mußte als ungelernter Arbeiter anfangen.«

»Hätte er jemals nachgegeben?« erkundigte sich George.

»Mr. Armiger? Niemals. Seine Pläne zu durchkreuzen kam für ihn einer Blasphemie gleich. Vielleicht wäre er mit neunzig senil und sentimental geworden und hätte eine Versöhnung gewünscht – aber niemals, solange er im Vollbesitz seiner geistigen und körperlichen Kräfte war.«

»Hat irgend jemand damals versucht, vernünftig mit ihm zu reden?« Sie lächelte bei dieser Frage, die, wie sie richtig vermutete, eigentlich anders lauten sollte, nämlich: Haben *Sie* vernünftig mit ihm geredet?

»Ja, Ray Shelley hat sich wochenlang die Zähne an dem Problem ausgebissen, und auch Kitty hat alles versucht. Sie war schrecklich erregt, denn in gewisser Weise fühlte sie sich verantwortlich. Ich habe mich ruhig verhalten. Ich kannte Armiger. Ich wußte, daß es nichts nützen würde, und außerdem war mir klar, daß ihn das Gerede anderer nur noch störrischer machen würde, selbst wenn er im tiefsten Herzen den Wunsch zur Versöhnung hatte.«

»Haben Sie zufällig den Brief gesehen, den Leslie vor zwei Monaten seinem Vater schrieb?«

Die dunklen Augen blickten ihn forschend an. »Hat Leslie Ihnen davon erzählt?«

»Nein, seine Frau. Ich habe nicht mit Leslie gesprochen.«

»Ja, ich habe ihn gesehen«, antwortete sie ruhig. »Es war keineswegs ein unterwürfiger Brief, falls Sie nicht wissen sollten, was er enthielt. Eher halsstarrig, obwohl er natürlich in gewissem Sinn einer Kapitulation gleichkam. Offenbar hatte sich gerade mit Gewißheit herausgestellt, daß Jean ein Kind erwartet, und der arme Junge wurde sich seiner Verantwortung bewußt und fühlte sich ihr vielleicht nicht ganz gewachsen. Er teilte seinem Vater mit, daß das Kind unterwegs sei; er bat ihn, ihnen wenigstens dabei zu helfen, sich ein eigenes Dach über dem Kopf zu schaffen, da er sie des einen Hauses, das sie zu kaufen gehofft hatten, beraubt habe. Ich weiß nicht, ob Sie –«

»Doch, ich weiß«, sagte George. »Erzählen Sie weiter.«

»Mr. Armigers Antwort war sehr schroff. Er wiederholte, daß eine Beziehung zwischen ihm und Leslie nicht mehr existiere und daß Leslie allein für seine Familie verantwortlich sei. Er formulierte es absichtlich so, damit jede Hoffnung auf eine spätere Versöhnung ausgeschlossen war. Er gab vor, er habe niemals gewußt, daß Leslie an dem alten Haus interessiert gewesen sei, und schrieb zum Schluß, daß er – da sich Leslie ja für das Haus interessiere – als sein erstes und letztes Geschenk ein Andenken beilege. Als künftiger großer Maler, fügte er hinzu, würde Leslie das Geschenk sicherlich zu schätzen wissen. Es war das alte Wirtshausschild.«

»Von der ›Lachenden Jungfrau‹?« fragte George.

»Hieß es so? Das wußte ich nicht. Ich sah es, als Mr. Armiger es einpacken ließ. Es war eine ziemlich primitive Malerei, eine lachende Frau. Es wurde im Speicherraum gefunden, als die Maurer ihre Arbeit begannen. Es war eine dicke Holztafel, sehr schmutzig und beschädigt. Ein Firmenwagen hat es bei Leslies Wirtin abgegeben.«

Jean hatte von diesem Geschenk nichts erzählt, lediglich das kurze, endgültige Schreiben hatte sie erwähnt. Aber das war wahrscheinlich völlig bedeutungslos, da das Geschenk ja nur kränken und dem Brief Nachdruck verleihen sollte. Das ist alles, was ihr von mir zu erwarten habt, hieß es. Und es ist das einzige, was euch jemals von der »Lachenden Jungfrau« gehören wird.

»Leslie hat sich nicht mehr gemeldet?«

»Niemals, soviel ich weiß.«

Und ich, dachte George, kann eine bestimmte Möglichkeit ausschließen, weil ich so sicher war, daß – wenn Leslie wirklich um eine Unterredung gebeten hätte – Armiger sie ihm nicht gewährt hätte; daß er, wenn er wider Erwarten doch mit seinem Sohn sprechen wollte, ihn kaum mit überschäumender Herzlichkeit und Champagner empfangen hätte, um ihm den neuen Tanzsaal zu zeigen. Vielleicht aber hatte er gerade das getan, um Salz in Leslies Wunden zu streuen, um ihn bis aufs Blut zu reizen. An einem Abend des Erfolgs und des Triumphs entsprach dieser ätzende Zynismus vielleicht eher seinem Charakter als offener Ärger: Es wird ihn interessieren, was man mit Geld aus einem solchen Haus machen kann –. Er war ganz außer sich vor Vergnügen.

»Miss Hamilton, haben Sie zufällig ein neueres Foto von Leslie?«

Sie musterte ihn nachdenklich, als erwäge sie, ob er das Foto zu einem guten Zweck brauche und ob sie, wenn sie es ihm verwehrte, nicht nur das Unvermeidliche hinauszögern würde. Dann stand sie wortlos auf, trat hinter den Schreibtisch und holte eine Porträtaufnahme aus einer der Schubladen. Sie hielt sie ihm mit einem dünnen, traurigen Lächeln hin. Früher mußte sie gerahmt gewesen sein, denn die Ränder waren etwas dunkler. Dann hatte sie jemand zerrissen, und danach waren die beiden Teile sorgfältig mit Klebestreifen wieder zusammengefügt worden.

George blickte die Frau hinter dem Schreibtisch an.

»Ja«, sagte sie. »Ich habe es aus seinem Papierkorb geholt und wieder zusammengeklebt. Ich weiß selbst nicht, warum. Leslie hat mir nie sonderlich nahegestanden, aber ich habe ihn aufwachsen sehen, und es widerstrebte mir einfach, daß die letzten Spuren seines Daseins so endgültig ausgelöscht werden sollten. Das Foto ist zwei Jahre alt, aber es ist das einzige, das er hier im Büro hatte. Ich glaube, es dürfte ziemlich zwecklos sein, in seinem Haus nach einem besseren zu suchen.«

»Danke, Miss Hamilton. Ich werde dafür sorgen, daß Sie es wieder zurückbekommen.«

Leslies Bild stand noch immer vor seinen Augen, als er hinaus zu seinem Wagen ging. Er war seinem Vater nicht sehr ähnlich. Größer, mit langen, schmalen Gliedern, die Stirn hoch, und die Augen blickten offen und hell, mit jener scheuen Wildheit leicht entflammbarer Wesen. Und auch im Schwung seiner Lippen wiederholte sich diese Sensibilität. Er war seinem Vater nicht gewachsen, das sah man auf den ersten Blick.

Es war gerade vier Uhr. Dominic schlenderte zum Bus. Gewöhnlich schaute er auf dem Weg ins Polizeirevier hinein, in der Hoffnung, dort seinen Vater mit dem Wagen anzutreffen. Manchmal hatte er Glück, und George war gerade im Begriff, nach Hause zu fahren. An diesem Tag las ihn George an der Ecke auf und nahm ihn mit ins Revier. Dann fuhren sie zusammen nach Hause.

»Ich muß rasch noch etwas erledigen«, sagte George. »Es dauert nicht lange.«

»Bist du dann für heute fertig?« Dominics Augen forschten in den Zügen seines Vaters. Am liebsten hätte er sich ganz unverblümt erkundigt, ob sich irgend etwas Definitives ergeben hatte, ob Kitty von jedem Verdacht befreit war, doch wie sollte er das machen? Seit Jahren bestand ein stillschweigendes Abkommen zwischen ihnen in bezug auf Georges Arbeit, dessen Bedingungen heilig waren. Und schon einmal hatte ihn sein Vater heute gewarnt, sie nicht zu mißachten. Man fragte nicht. Man durfte zuhören, wenn Informationen freiwillig gegeben wurden, man durfte Vorschläge machen, wenn man dazu aufgefordert wurde, aber man durfte keine Fragen stellen. Und schweigen mußte man. Dieses Gebot war ebenso unverletzbar wie das Beichtgeheimnis.

»Ich weiß noch nicht, Dom. Es hängt davon ab, was ich hier erfahre. Wenn der Mann, den ich suche, hier ist, dauert es nicht länger als fünf Minuten, was immer auch dabei herauskommt.«

Er fuhr auf den leeren Parkplatz vor der ›Lachenden Barfrau‹.

Es dauerte nicht einmal fünf Minuten, denn Turner saß mit einer Zigarette im Mund, vor sich die Sportzeitung, im Schankraum. Ein Blick auf Leslie Armigers Foto genügte.

»Das ist er. Das ist der junge Mann, der nach Mr. Armiger gefragt hat. Er stand draußen und wollte auf ihn warten, aber ich habe ihn im Licht gesehen, als er zuerst reinkam. Natürlich war er anders angezogen, aber er ist es.«

»Können Sie das beschwören?«

»Jederzeit. Ungefähr um fünf vor zehn kam er rein, und Mr. Armiger ging dann zu ihm hinaus. Dann habe ich beide nicht mehr gesehen.«

»Danke«, sagte George. »Das ist alles, was ich wissen wollte.«

Er steckte die Fotografie in die Tasche und ging zum Wagen. Um zehn warst du zu Hause, mein Freund, dachte er voller Ingrimm. Du hast also das fertiggebracht, was ich schon längst lernen wollte: wie man an zwei Orten zu gleicher Zeit sein kann. Jetzt bin ich nur gespannt, ob du mir auch sagen kannst, wie man das macht.

6

Leslie Armiger war kein geschickter Lügner. In seinen Augen stand beinahe ebensoviel Erleichterung wie Furcht, als er von dem Foto weg und George ins Gesicht blickte. Jean stellte sich neben ihn, und er legte einen Augenblick seinen Arm um ihre Taille.

»Das beste ist«, begann George streng, »Sie sagen mir jetzt alles. Sie sehen ja, was geschieht, wenn Sie es nicht tun. Auch

Sie, Mrs. Armiger. Sie müssen doch zugeben, es hätte einen wesentlich besseren Eindruck gemacht, wenn Sie von vornherein die Wahrheit gesagt hätten, als darauf zu warten, daß sie auf diese häßliche Art ans Licht kommt.«

»Moment!« Leslies Nasenflügel bebten vor Nervosität. »Jean hatte damit gar nichts zu tun. Sie hat überhaupt keinen Zeitsinn. Als sie sagte, es sei zehn Uhr gewesen, hat sie einfach geraten.«

»Und ganz zufällig eine Zeit erwischt, die genau mit Ihrer Aussage übereinstimmte, Mr. Armiger? Die Geschichte ist vorher abgesprochen worden. Das wissen Sie ebensogut wie ich.«

»Nein, das ist nicht wahr. Jean machte einen Fehler –«

»Und Sie hielten es für klüger, ihre Aussage zu decken, als sie in Verlegenheit zu bringen? Na, hören Sie! Sie haben doch nicht vergessen, daß Sie beide genau zur selben Zeit verhört wurden, und zwar mehr als zwei Kilometer voneinander entfernt? Mein Lieber, Sie fordern mich ja geradezu heraus.«

»Ach du meine Güte«, rief Leslie hilflos und ließ sich in einen Sessel fallen. »Dazu habe ich kein Talent.«

»Gar keines. Ich bin froh, daß Sie das einsehen. Ich wäre Ihnen dankbar, wenn Sie mir jetzt die Wahrheit berichten würden.«

»Ich mache Kaffee«, sagte Jean ruhig und verschwand in der engen Kochnische. Es entging George nicht, daß sie die Tür offenließ. Was für Vorwürfe auch immer sie ihrem Mann zu machen hatte, sie würde ihm getreulich zur Seite stehen, wenn es hart auf hart gehen sollte.

»Also dann. Wann sind Sie wirklich heimgekommen?«

»Gegen zehn vor elf«, erwiderte Leslie trotzig. »Ich bin zu seinem Hotel gegangen und habe ihn um eine Unterredung gebeten; ich gebe Ihnen mein Wort darauf, daß Jean nichts wußte. Sie machte sich nur Sorgen wegen der Zeit, weil ich doch für eine Dreiviertelstunde kein Alibi hatte. Aber ich habe ihr nicht gesagt, wo ich war.«

George glaubte ihm das ohne weiteres. Jeder Blick, den die

beiden wechselten, jede zögernde Bewegung, so gezwungen und behutsam, tat das kund. Es war klar, daß sie wußten, wie weit sie voneinander entfernt waren, und daß die Kluft, die sich zwischen ihnen aufgetan hatte, sie erschreckte. Das lebhafte Mädchen, das jetzt schweigend und lauschend in der Kochnische stand, war von bitterem Zweifel gequält, ob ihre Heirat richtig gewesen war. Besaß er die Stärke, das Leben zu meistern? Hatte er sich nur aus einer augenblicklichen Schwäche heraus an seinen Vater gewandt, oder lag die Schwäche in seinem Charakter? Sie mußten einander voller Bitterkeit begegnet sein, dachte George, mußten sich gegenseitig erschreckt und verletzt haben. Doch jetzt war *er* der Feind. Und in fester Einigkeit standen sie gegen ihn.

»Dann sagen Sie es ihr jetzt, meinen Sie nicht?« schlug George mit fester Stimme vor. »Es ist besser, sie hört es von Ihnen als von anderen.«

»Ja, wahrscheinlich.« Aber in seiner Stimme lag keine Überzeugung. Er war zu verwirrt und bestürzt, um zu wissen, welchen Weg er einschlagen sollte. Er schluckte die Erniedrigung, belehrt worden zu sein.

»Also ich ging, um die Briefe aufzugeben, und dann wanderte ich einfach weiter, direkt zum Hotel, und fragte nach meinem Vater. Ich wollte nicht hineingehen, sondern wartete an der Tür, bis er kam. Ich sah auch niemanden, den ich kannte – der Kellner war mir fremd –, und deshalb war ich auch dumm genug zu glauben, ich könnte den Besuch geheimhalten, als ich von meines Vaters Tod hörte. Aber Sie dürfen Jean keinen Vorwurf daraus machen, daß sie versuchte, mir zu helfen.«

»Lassen wir Ihre Frau aus dem Spiel. Warum haben Sie um die Unterredung gebeten? Wollten Sie ihn um Hilfe bitten?«

»Nein«, erwiderte Leslie grimmig. »Das war für mich erledigt. Nein, ich wollte mir etwas holen, was er mir weggenommen hatte, oder, wenn ich es nicht zurückerhalten konnte, wollte ich ihm wenigstens meine Meinung sagen.« George lehnte sich zurück und hörte sich schweigend die Geschichte von Leslies erstem Brief an, von der Antwort, die er erhalten hatte, von dem Geschenk, das ihm sein Vater als Zeichen seines Triumphes geschickt hatte. George ließ sich nicht anmerken, daß er diesen Bericht schon zum zweitenmal hörte.

»Ja, und vor zwei Wochen geschah etwas Merkwürdiges. Er besann sich plötzlich anders. Eines Abends tauchte Ray Shelley hier auf und strahlte vor Vergnügen. Ich weiß, daß er zur Zeit des Bruchs sein Bestes für mich getan hat, und deshalb freute er sich auch so über die Nachricht, die er mir zu überbringen hatte. Er sagte, mein Vater habe eingesehen, daß er sich unschön verhalten habe, und wenn er auch zu einer Versöhnung keineswegs bereit sei, so wolle er doch den grausamen Scherz mit dem Wirtshausschild zurücknehmen. Aber da er nun einmal Armiger war, konnte er es nicht selbst zugeben, deshalb hatte er Shelley geschickt, um das Schild wieder abzuholen. Dafür brachte er mir fünfhundert Pfund, sozusagen als Bußgeld. Aber er betonte, daß das die letzte Unterstützung sei, die wir von Vater erwarten könnten.«

Jean hatte den Kaffee serviert. Ihr Mann beachtete seine Tasse nicht. Sie trat hinter ihn und berührte leicht seinen Ellbogen, um ihn an den Kaffee zu erinnern. Nicht einmal einem völlig Fremden hätte sie mehr Scheu zeigen können. Er fuhr zusammen und blickte zu ihr auf, hoffnungsvoll und unglücklich zugleich. Die Spannung, die zwischen ihnen herrschte, erfüllte den ganzen Raum.

»Weiter«, forderte George. »Was sagten Sie zu dem Angebot?«

»Ich lehnte ab. Ich hatte genug. Es tut mir leid, daß der gute Shelley den Ausbruch über sich ergehen lassen mußte, denn schließlich bemühte er sich ja, mir zu helfen, aber ich konnte es nicht ändern. Er trollte sich also ziemlich fassungslos davon. Er bot sich sogar an, mir Geld zu leihen, aber ich hätte es nicht annehmen können. Ich kenne ihn. Obwohl er bestimmt eine Menge verdient, kommt er gerade so hin. Er hoffte, wir würden uns nicht ganz von ihm zurückziehen, und fragte, ob er uns ab und zu besuchen könne. Und wir sagten natürlich, er könne jederzeit vorbeikommen. Na ja, und dann erklärten wir ihm genau, wie er sich verhalten solle, wenn er uns besuchen wollte, weil die alte Schachtel, unsere Wirtin, unten sich weigert, unseren Besuchern die Tür zu öffnen. Wenn sie da ist, läßt sie die Tür angelehnt, damit jeder direkt zu uns heraufkommen kann. Wir sagten ihm auch, wo er den Schlüssel zu unserem Zimmer finden kann, wenn er einmal zu früh kommen sollte und auf uns warten müßte. Ich weiß«, sagte Leslie, der Georges Blick bemerkt hatte, »Sie fragen sich, ob all dies eine Rolle spielt. Es ist wichtig. Vorgestern nämlich, als wir beide nachmittags nicht zu Hause waren, ist jemand in das Zimmer eingedrungen und hat den Brief meines Vaters gestohlen.«

»Den Brief? Weshalb sollte jemand den Brief stehlen wollen?«

»Wenn Ihnen dafür mehr als eine Erklärung einfällt, dann Hut ab. Es gibt nur eine. Mein Vater wollte das Schild wirklich wieder zurückhaben. Deshalb hat er Shelley zu uns geschickt. Er wollte es haben, es war ihm sogar fünfhundert Pfund wert. Als dieser Versuch fehlschlug, machte er den nächsten Schritt. Er ließ den einzigen Beweis dafür, daß er mir das Schild geschenkt hatte, verschwinden. Ohne den Brief stand mein Wort gegen das seine, und wem, meinen Sie, würde man glauben?«

»Das stimmt nicht ganz«, berichtigte ihn George. »Miss Hamilton hat den Brief getippt. Sie weiß genau, was er enthielt, und hat mir bereits alles über dieses Geschenk erzählt. Außerdem wären da noch die Aussagen der Leute, die es verpackten und bei Ihnen ablieferten.«

Leslie lachte, ein wenig bitter vielleicht, aber auch erheitert. »Sie haben wirklich keine Ahnung, welche Vereinbarungen mein Vater mit seinen Leuten getroffen hat, nicht wahr? Hammie war Ihnen gegenüber vielleicht die Ehrlichkeit selbst, jetzt, weil er tot ist, aber wenn er noch am Leben gewesen wäre, dann hätte sie genau das getan, was er von ihr verlangte. Sonst wäre sie ohne Zeugnis geflogen. Sie hätte sich an nichts erinnern können, was ihn vielleicht in eine unangenehme Lage gebracht hätte, darauf können Sie sich verlassen. Mit den Packern und dem Fahrer verhält es sich genauso. O nein, von dieser Seite brauchte er nichts zu befürchten. Der Brief war der einzige Beweis. Mein Vater wollte das Schild wiederhaben, er war bereit, fünfhundert Pfund dafür zu zahlen, und als das nicht wirkte, ergriff er die ersten Schritte, um später das Ding zurückverlangen zu können.«

»Glauben Sie, daß Mr. Shelley an diesem Streich beteiligt war?«

»Nein, zumindest nicht wissentlich. Gott, ich weiß nicht. Ich bin niemals dahintergekommen, bis zu welchem Grad er sich darüber klarwar, wie mein Vater ihn für seine Zwecke ausnützte. Es war immer das gleiche, wenn Vater Eindruck machen wollte, schickte er Shelley vor. Vielleicht hat Shelley die Augen vor seinen Machenschaften verschlossen, vielleicht sieht er sie wirklich nicht. Sicherlich ist er nicht zu meinem Vater gegangen und hat gesagt: ›Immer mit der Ruhe, alter Junge. Du kannst einfach reingehen. Die Tür ist angelehnt, und der Zimmerschlüssel liegt da und da.‹ Nein, so nicht. Aber er hat ihm davon erzählt, denn sonst hätte es mein Vater nicht wissen können. Und dann kam er oder schickte jemanden. Auf jeden Fall ist der Brief weg.«

»Haben Sie Mrs. Harkness gefragt, ob sie den Besucher bemerkt hat? Sie muß doch dagewesen sein, sonst wäre ja die Tür verschlossen gewesen.«

»Natürlich war sie da, und sie hat bestimmt auch gesehen, wer kam, aber was kommt dabei heraus, wenn ich sie frage? Sie würde einfach lügen und sich aufs hohe Roß setzen, weil sie genau weiß, daß es mir nicht entgangen ist, daß sie immer ihre Küchentür offenläßt, um zu lauschen und zu schnüffeln.«

»Ja, es wäre besser, wenn *wir* sie fragen, aber wahrscheinlich auch nicht wirksamer. Dann ergibt sich noch eine Frage. Ich habe bemerkt, daß Sie das Schild selbst nicht erwähnt haben. Wenn er schon den Brief gestohlen hat, warum nicht auch gleich das Schild?«

»Weil er nicht konnte. Es war nicht hier. Das Ding interessierte mich. Es ist so häufig übermalt worden, daß man gar nicht sagen kann, was sich darunter verbirgt, und irgend etwas an den Proportionen und Formen der Malerei läßt mich vermuten, daß sie keinesfalls aus dem neunzehnten Jahrhundert stammt. Wissen Sie, ich glaube nicht, daß sie viel wert ist, jedenfalls nicht in Geld, aber ich möchte gern etwas über ihre Geschichte wissen und sehen, ob unter den obersten Farbschichten etwas Wertvolleres verborgen ist. Ich habe mit Barney Wilson darüber gesprochen, und er schlug vor, es zu dem Antiquitätenhändler am Abbey Place zu bringen. Barney fuhr das Schild hin und bat um ein Gutachten, und dort ist es jetzt immer noch.«

»Wann haben Sie das Schild dorthin geschickt? Natürlich bevor der Brief abhanden kam. War es auch schon weg, als Mr. Shelley zu Ihnen kam?«

Leslie zählte die Tage nach. In seinen Wangen war wieder Farbe, und leichte Erregung stand in seinen Augen. »Ja, tatsächlich. Shelley war Donnerstag abend hier. Barney kam Montag morgen mit dem Wagen, um das Schild abzuholen. Drei Tage vorher also.«

»Aufschlußreich, meinen Sie?«

»Sie nicht? Damals hatte ich es schon sechs Wochen, und mein Vater hatte keinerlei Interesse gezeigt. Kaum habe ich es dem Händler übergeben, jagt mein Vater auch schon mit allen Mitteln dahinter her. Meinen Sie nicht auch, daß da eine Verbindung bestehen muß?«

»Sie glauben also, der Händler gab ihm einen Tip, daß es doch wertvoll sein könnte?«

»Ich weiß nicht. Möglicherweise hat es völlig gereicht, daß mein Vater von dem angeforderten Gutachten hörte. Stellen Sie sich nur vor, wenn er mir versehentlich ein wertvolles Geschenk gemacht hätte, dann hätte ich die Lacher auf meiner Seite gehabt. Dieser Gedanke brachte ihn zur Weißglut.«

»Gut, lassen wir es dabei«, meinte George. »Der Brief verschwand. Was dann?«

»Nun, gestern abend zog ich los, wie gesagt, um ihm meine Meinung zu sagen. Jean wußte nichts davon. Ich wollte nicht zu ihm ins Haus gehen, und gestern abend wußte ich genau, wo er sich aufhielt; wahrscheinlich war ich auch gerade in der richtigen Stimmung, um es auf einen Streit ankommen zu lassen. In mir kochte es vor Wut. Nein, so wütend war ich auch wieder nicht«, verbesserte er sich mit einem bitteren Lächeln auf Georges abschätzenden Blick hin. »Ich habe ihn nicht einmal berührt. Ich kam kurz vor zehn hin und ließ ihn durch den Kellner rufen. Ich habe meinen Namen nicht gesagt, weil ich dachte, dann würde er mich einfach stehen lassen, aber wahrscheinlich war das ein Irrtum. Er wäre wohl auf jeden Fall gekommen. Er lachte, als er mich sah, und schlug mir auf die Schulter, als habe ich gerade noch gefehlt, die Freude des Abends zu vervollständigen. Er sagte, er würde nur schnell seinen Bekannten Bescheid geben. Er schob mich zur Seitentür hinaus und meinte: ›Geh rüber und sieh dir den alten Stall an, wenn du ihn überhaupt wiedererkennen kannst. Geh nur rein, die Tür ist offen. Ich wollte später sowieso hinübergehen.‹ Ich ging hinüber, ich konnte mir schon vorstellen, was er damit bezweckte; aber mir war es gleichgültig, mir lag vor allem daran, allein mit ihm zu sein. Nach ein paar Minuten erschien er in Hochstimmung, mit einer Flasche Champagner unter dem Arm. ›Na, was sagst du zu deinem idealen Heim, mein Junge?‹ fragte er. ›Bist du nicht erschüttert?‹ Mich ließen die Anspielungen ziemlich kalt. Bei der ersten Gelegenheit sagte ich ihm klipp und klar, was ich von ihm hielt, und beschuldigte ihn, den Brief gestohlen zu haben. Er lachte mir ins Gesicht und leugnete. ›Du bist verrückt‹, sagte er. ›Weshalb sollte ich meinen eigenen Brief stehlen?‹ Im Grunde genommen hatte ich wahrscheinlich gar nicht erwartet, daß er irgend etwas zugeben würde, ich hatte wohl nur meinem Ärger Luft machen wollen. Und das tat ich gründlich. Ich sagte ihm, daß ich ihn sein Leben lang bekämpfen würde, und wenn es mich noch so teuer zu stehen kommen sollte.«

»Eine halbe Stunde später war er tot«, bemerkte George.

»Ich weiß. Aber ich habe ihn nicht angefaßt.«

Jean schob wortlos ihre Hand über den Tisch, bis sie Leslies Hand berührte.

»Ich habe ihn nicht angefaßt«, wiederholte Leslie etwas ruhiger. »Er rannte da auf der Galerie herum, holte Gläser aus der Bar, und ich fragte ihn, ob er vielleicht jetzt das endgültige Zerwürfnis begießen wollte. ›Der Champagner ist nicht für dich, mein Junge‹, antwortete er, ›ich erwarte angenehmere Gesellschaft.‹ Da bin ich gegangen. Er war noch bei bester Gesundheit. Es kann noch nicht halb elf gewesen sein, denn der Parkplatz war noch ganz voll, und nichts ließ darauf schließen, daß bereits Polizeistunde war. Ich ging schnell, weil ich noch immer erregt war. Gegen zehn vor elf war ich hier.«

»Haben Sie jemanden gesehen, als Sie aufbrachen? Oder unterwegs? Nur damit man die Zeit feststellen könnte.«

»Nein«, antwortete Leslie erblassend. »Ich habe nicht daran gedacht, daß man später Rechenschaft von mir verlangen könnte. Ich zog es vor, meinen Ärger allein abzureagieren.«

»Ich kann bestätigen, daß Leslie gegen zehn vor elf heimkam«, sagte Jean fest, und ihre Hand schloß sich jetzt um Leslies Finger. »Zwei oder drei Minuten bevor Leslie kam, hörte ich die Kirchenuhr dreiviertel schlagen.«

»Vielleicht hat ihn sonst noch jemand unterwegs bemerkt.« Und trotzdem konnte er Armiger ebensogut tot wie lebend im Tanzsaal zurückgelassen haben. Der Arzt hatte festgestellt, daß der Tod möglicherweise schon um zehn Uhr fünfzehn eingetreten sein konnte. »Ich nehme nicht an, daß Mrs. Harkness Sie hereingelassen hat? Sie haben wohl Ihren eigenen Schlüssel?«

»Ja. Und wahrscheinlich hat sie mich auch nicht kommen hören. Sie geht früh zu Bett und schläft nach hinten hinaus.« Leslie verfiel jetzt ins andere Extrem und machte gleich auf alles aufmerksam, was sich nachteilig für ihn auswirken konnte.

»Machen Sie sich keine Mühe«, meinte George mit leichtem Lächeln. »Auch andere müssen uns über ihr Tun und Lassen genaue Auskunft geben. Wenn Sie nichts Unrechtes getan haben, dann haben Sie nichts zu verbergen und brauchen sich keine Sorgen zu machen. Und wenn ich Ihnen einen Rat geben darf, verschweigen Sie nichts.« Er stand auf und unterdrückte ein Gähnen. »Inzwischen werden wir Sie hier jederzeit erreichen können, nicht wahr?«

»Natürlich«, bestätigte Leslie etwas heiser, die Kehle ausgetrocknet von der wiederkehrenden Angst.

7

»Ich bin geneigt, ihm zu glauben«, meinte George und blickte stirnrunzelnd auf seine gekritzelten Notizen. »Er behauptet, sein Vater habe gesagt: ›Geh rein, die Tür ist offen. Ich wollte später sowieso rübergehen.‹ Und dann im Zusammenhang mit dem Champagner: ›Der ist nicht für dich, mein Junge. Ich erwarte angenehmere Gesellschaft.‹ Ich glaube, das entspricht der Wahrheit, um so mehr, als es mit den Tatsachen übereinstimmt. Wenn der Champagner zu seinem Triumph über Leslie gehört hätte, dann hätte er Zeit gehabt, die Flasche zu öffnen. Aber sie war nicht geöffnet. Deshalb scheint es viel wahrscheinlicher, daß er eine andere Person erwartete, die mit ihm feiern sollte. Nicht Leslie. Leslies Besuch war ein rein zufälliges Ereignis, das ihm die Zeit bis zum Auftauchen der erwarteten Person vertreiben sollte. Wenn ich recht habe, dann wollte er nicht wegen Leslies Besuch ungestört bleiben, sondern wegen der anderen Person. Es hätte ihm bestimmt nichts ausgemacht, wenn jemand zuhörte, wie er seinen Sohn quälte. Im Gegenteil, mit Publikum hätte er es noch mehr genossen.«

»Hat Miss Norris dir nicht gesagt, er habe versprochen, nur eine Viertelstunde auszubleiben?« fragte Bunty. »Dann war er aber doch zeitlich ziemlich im Druck.«

»Es scheint so. Aber nur sie hat diese Zeitangabe gemacht. Nach Miss Hamilton und Mr. Shelley sagte er lediglich, er komme wieder und hoffe, sie würden auf ihn warten. Vielleicht spielt ihr das Gedächtnis einen Streich, oder vielleicht hat er das nur so als Redewendung gebraucht. Außerdem können auch wichtige Besprechungen in einer Viertelstunde erledigt werden, wenn es sein muß.«

»Angenommen, Leslie kam wirklich um zehn vor elf heim, hätte er dann Zeit gehabt, Armiger zu ermorden? Er hat keinen Wagen, ein Bus geht um die Zeit auch nicht, er muß also zu Fuß gegangen sein. Selbst wenn er schnell ging, brauchte er bestimmt zwanzig Minuten. Er ist also spätestens um halb elf weggegangen.«

Wenn ihr Mann seine dienstlichen Fälle mit ihr erörterte, sprach sie immer ruhig und gleichmäßig, um Georges Gedankenfluß nicht zu unterbrechen. Manchmal brachte sie ihn auf ganz neue Einfälle, manchmal wies sie ihn nur auf Übersehenes hin.

»Doch«, meinte George. »Er hatte genug Zeit, allerdings durfte er keine Minute verlieren. Die Obduktion bestätigt, daß der Tod zwischen zehn und halb zwölf eingetreten ist.«

»Und es dauert natürlich nicht lange«, überlegte Bunty, »jemanden mit einer Flasche über den Kopf zu schlagen und das Weite zu suchen.«

»Ganz so einfach ist es nicht. Es war nicht nur ein Schlag, es scheinen mindestens neun gewesen zu sein. Mehrere Brüche und Splitterungen wurden festgestellt. An der rechten Schläfe und Wange ist eine große Schramme. Sie stammt wahrscheinlich von seinem Sturz, als ihn der erste Schlag traf. Aber das hat ihn vermutlich nicht getötet, er ist höchstens bewußtlos geworden. Mindestens vier der anderen Schläge waren tödlich. Es dauert vielleicht nicht lange, einem Menschen auf diese Weise den Kopf zu zerschmettern, aber bestimmt braucht man mehr als nur einen einzigen Schlag. Wenn Leslie es getan hat, muß er schnell gehandelt haben.«

»Grausam war es auch«, warf Bunty ein.

»Ja, das haben wir nicht vergessen. Johnsons Bericht hilft auch nicht viel, er beweist lediglich, daß der Mörder Handschuhe getragen haben muß, die sicherlich blutbefleckt waren. Auf der Flasche und den Gläsern fand man nur Armigers Fingerabdrücke. Auch die Untersuchung der Statuette hat nichts ergeben, und sämtliche Abdrücke im ganzen Raum stammen entweder von Armiger oder den Dekorateuren und Elektrikern. Nur in ein oder zwei Fällen konnte man sie nicht identifizieren. Claytons Abdrücke sind auf der Türklinke, aber sonst nirgends. Außerdem sind noch andere an der Tür, die wir jetzt mit Leslies vergleichen müssen. Na ja, wenn der Chef nichts dagegen hat, werde ich mal die Spur mit dem alten Schild verfolgen. Wir werden ja sehen, ob da was dahintersteckt.«

Dominic stand mit der Schultasche unter dem Arm auf der Schwelle. Er wartete schon seit einiger Zeit darauf, bemerkt zu werden, da er die Überlegungen seines Vaters nicht unterbrechen wollte.

»Soll ich heute mit dem Rad fahren, Papa, oder fährst du auch rein?« fragte er, als sein Vater verstummte.

»Ich fahre zum Revier. Ich nehme dich mit. In fünf Minuten.«

Dominic hatte gehofft, daß sein Vater sich während der Fahrt mitteilsam zeigen würde. Doch George war völlig mit seinen Gedanken beschäftigt, und sie wechselten kein Wort, bis sie vor dem Polizeirevier anhielten. Es kostete Dominic noch immer mühsame Beherrschung, keine Fragen zu stellen, aber da die Ermittlungen Kitty offenbar gar nicht mehr betrafen, fiel es ihm nicht mehr ganz so schwer, seine Neugier zu bezähmen.

»Kann ich heute nachmittag mit dir zurückfahren? Ich komme etwas später, weil ich noch trainiere. Ungefähr um Viertel vor fünf.«

»Wenn ich bis dahin fertig bin«, stimmte George zu. »Du kannst ja auf jeden Fall vorbeikommen. Ich bin hier.«

Er machte sich auf den Weg zu einer Besprechung mit Chefinspektor Duckett. Duckett fand die Aussage Leslie Armigers ebenso interessant wie George und sprach sich sogleich dafür aus, der Sache mit dem Schild nachzugehen. Die verbissene Suche nach blutbefleckten Kleidern, die eingehenden Verhöre jedes einzelnen, der an der Eröffnungsfeier der ›Lachenden Barfrau‹ teilgenommen hatte, würden den ganzen Tag über fortgesetzt werden und wohl auch während der nächsten Tage viel Zeit in Anspruch nehmen, doch wenn noch eine andere Spur inzwischen die Arbeit verkürzen konnte, dann war das um so besser für alle Beteiligten.

George suchte Barney Wilson auf.

»Das stimmt«, meinte Wilson liebenswürdig. »Ich erbot mich, das Schild bei Leslie abzuholen und zu Cranmer zu bringen. Doch, ja, ich glaube schon, daß der alte Cranmer sein Handwerk versteht. Er hat schon verschiedene gute Sachen in seinem Laden gehabt. Nein, über die Malerei, die mir Leslie mitgab, weiß ich gar nichts. Ich habe sie natürlich gesehen, aber auf den ersten Blick ist nichts daran außergewöhnlich, lediglich vielleicht der gute Zustand der Holztafel selbst. Nein, ich kann nicht behaupten, daß ich Cranmer gut kenne. Ich war ein paarmal bei ihm und habe mich in seinem Laden umgesehen, auch mal was gekauft. Er ist seit einigen Jahren hier. Typischer Antiquitätenhändler, alt und vertrocknet und hart wie Kruppstahl.«

Die Beschreibung paßte recht gut auf Mr. Cranmer, überlegte George, als er den kleinen Laden am Abbey Place betrat und die Person musterte, die sich diskret im Hintergrund hielt. Die Wände des Raumes waren weiß gekalkt, und über ihnen wölbten sich die schweren Holzbalken der Decke. Der Mann war kaum mittelgroß, leicht vornübergebeugt, mit grauem Haar und grauem Teint und von drahtiger Magerkeit. Er trug eine große Brille mit dicken Gläsern, hinter denen seine Augen riesig und unnatürlich blau schienen.

Seine Stimme war alt und sein Verhalten so reserviert, daß George ihm auch nicht die kleinste Einzelheit entlocken konnte, bevor er nicht seinen Dienstausweis gezeigt hatte. Dann wurde er redselig. Ja, er habe die Malerei hier in der Werkstatt, er wisse, daß sie das Schild eines Gasthauses mit dem Namen ›Zur lachenden Jungfrau‹ gewesen sei. Möglicherweise könne sich herausstellen, daß die Tafel einigen Wert besitze, wenn auch wahrscheinlich keinen großen.

»Sie ist verschiedentlich ganz unsachgemäß übermalt worden, wissen Sie, und als sie noch als Aushängeschild diente, war sie natürlich der Witterung ausgesetzt, so daß sie mehrmals ausgebessert und aufgefrischt werden mußte. Doch ich habe das Gefühl – aber es ist wirklich nur ein Gefühl –, daß sich darunter ein Porträt aus dem achtzehnten Jahrhundert befindet, das von einem örtlichen Künstler namens Cotsworth stammt. Sie haben wahrscheinlich nicht von ihm gehört. Er ist auch nicht wichtig, aber recht interessant. Wenn die Malerei tatsächlich sein Werk ist, dann dürfte ein Liebhaber es sich schon ein paar hundert Pfund kosten lassen.« Er schlurfte in sein Hinterzimmer und kehrte mit einem gerahmten Bild zurück. »Das ist ein Cotsworth«, erklärte er. George erschien das Gemälde plump und häßlich, doch er hütete sich, das zu sagen.

»Soviel ich gehört habe, ist die Malerei seit etwa vierzehn Tagen bei Ihnen? Haben Sie irgendwelche Versuche gemacht? Hat der junge Mr. Armiger Ihnen Vollmacht dazu gegeben, oder wollte er zunächst nur ein Gutachten?«

»Er bat mich um ein Gutachten. Aber wenn er nichts dagegen hat, möchte ich an einer Ecke die alte Farbe bloßlegen, um zu sehen, ob meine Ahnung richtig ist. Wenn ja, dann bin ich bereit, Mr. Armiger zweihundertfünfzig Pfund für das Schild zu bieten.«

»Sehr interessant, Mr. Cranmer. Haben Sie Mr. Armiger senior oder einen seiner Angestellten davon unterrichtet, daß Sie das Schild hier haben und daß es unter Umständen wertvoll ist?«

Die Erwähnung der zweihundertfünfzig Pfund hatte in George die ersten Zweifel an der Aufrichtigkeit des Mannes geweckt. Wenn er von einer solchen Summe sprach, dann dachte er mindestens an tausend oder mehr.

»Aber nein«, erwiderte der alte Mann förmlich. »Mr. Wilson überbrachte mir das Schild von Mr. Armiger junior, und es würde mir gar nicht einfallen, jemandem sonst davon Mitteilung zu machen. Außer natürlich der Polizei, um sie bei ihrer Arbeit zu unterstützen.« Das sollte ein würdevoller Vorwurf sein, trotzdem aber blieb die Tatsache bestehen, daß niemand von ihm verlangt hatte, die Arbeit der Polizei damit zu unterstützen, daß er einen Preis nannte. Er hatte dafür nicht die geringste Veranlassung. Wenn er nicht damit beabsichtigte, das Angebot auf dem höchst respektablen Weg über die Polizei dem Eigentümer zu Ohren kommen zu lassen. Es sprang vielleicht nichts dabei heraus, aber es war immerhin einen Versuch wert.

Alles höchst korrekt, dachte George und blieb stehen, um drei mittelmäßige Moderne im Schaufenster zu betrachten. Aber es war schließlich nur zu verständlich, daß er nach Armigers Tod korrekt und vorsichtig sein mußte. Er wollte auf keinen Fall in die Sache verwickelt werden. Und trotzdem hatte George den ehrenwerten Mr. Cranmer im Verdacht, daß er Alfred Armiger unverzüglich eine Warnung hatte zukommen lassen: Achtung, Sie haben etwas verschenkt, das möglicherweise wertvoll ist! Er hatte wahrscheinlich nicht gewußt, daß Armiger ganze fünfhundert Pfund geboten hatte, um das Schild zurückzuerhalten, sonst hätte er sicherlich nicht nur zweihundertfünfzig erwähnt. Der Unterschied zwischen den beiden Beträgen war zu groß, das fiel ja in jedem Fall auf. Allerdings hatte er ja auch kein direktes Angebot gemacht, sondern lediglich durchblicken lassen, daß er dazu unter Umständen bereit wäre. Zweifellos hätte er eine beachtliche Provision eingeheimst, wenn er dem alten Armiger geholfen hätte, Leslie zu übertölpeln. Nach Armigers Tod hatte Cranmer beschlossen, selbst als Käufer aufzutreten. All das, dachte George, während er zu seinem Wagen schlenderte, hängt natürlich davon ab, ob Mr. Cranmer über den ursprünglichen Besitzer des Bildes informiert war. Aber da er das Schild vom jungen Armiger erhalten hatte und wußte, daß es zum Gasthaus ›Zur lachenden Jungfrau‹ gehörte, konnte er erraten, daß der alte Armiger die Malerei als wertlosen Ballast betrachtet hatte. Vielleicht hatte auch Wilson ihm das erzählt.

Es steht jedenfalls fest, überlegte George, daß Leslie das Schild besser zurückholen und alle Kaufangebote ausschlagen sollte, um es erst einmal von einem unbestechlichen Fachmann begutachten zu lassen. Das werde ich ihm auch raten.

Den Rest des Morgens verbrachte George in seinem Büro; am frühen Nachmittag fuhr er mit Duckett zum Kommissar zu einer Besprechung.

»Reine Zeitvergeudung«, brummte Duckett verächtlich, als sie nach Comerbourne zurückfuhren. »Lassen Sie Ihren Jungen bloß nicht zur Polizei gehen.«

»Er will sowieso nicht«, erwiderte George. »Am Ende ist er meistens auf der Seite des Verbrechers.«

»Diese ganze Generation ist asozial«, knurrte Duckett voller Abscheu.

»Nein, ich glaube, es ist einfach Mitleid mit dem Gejagten. Vielleicht auch ein Gefühl, daß unsere Gesellschaft für die Verbrechen verantwortlich ist und sie verdient.« Er fragte sich, ob er da nicht seine eigenen gelegentlichen Gewissensbisse auf Dominics Schultern abwälzte. Es war besser, sich nicht näher damit zu befassen. Die Niedergeschlagenheit, die manchmal einem erfolgreich gelösten Fall folgte, war schon schlimm genug. »Nur keine Aufregung«, sagte er versöhnlich. »Wer weiß, vielleicht hat sich in der Zwischenzeit etwas Neues ergeben.«

Als sie in der Hill Street um die Ecke bogen und den Menschenauflauf vor dem Revier erblickten, hatte es tatsächlich den Anschein, als gäbe es Neuigkeiten. Vor dem Revier stand ein zweirädriger Karren, mit Lumpen und Gerümpel beladen, auf dem drei kleine, stille Kinder mit aufgerissenen Augen saßen. Ein etwas größerer Junge in den abgetragenen Hosen seines Vaters, die mühsam seiner Größe angepaßt waren, hielt ein zottiges braunes Pony am Halfter. Ein uniformierter Beamter schlenderte mit dem bewundernswerten Gleichmut, den er sich erst nach vielen peinlichen Situationen angeeignet hatte, zwischen der Tür und den wartenden Kindern hin und her und verscheuchte von Zeit zu Zeit die drängende Menschenmenge.

»Du großer Gott«, sagte Duckett und bremste. »Grocott hat wohl den Verstand verloren, daß er uns diese Bagage hier anschleppt.«

»Nein, Sir«, erwiderte der Beamte. »Die sind von selbst gekommen. Der Mann meint, wichtige Informationen für uns zu haben.«

»Also hat er sich erst mal vollaufen lassen und hat dann noch die ganze Stadt mitgebracht«, stellte Duckett angewidert fest.

»Wer sind sie?« erkundigte sich Duckett unwirsch. »Lays?«

»Nein, Sir. Creaveys.«

»Was spielt das schon für eine Rolle. Da weiß sowieso keiner, wer mit wem verheiratet ist, welches Kind welchen Eltern gehört. Wenn man ein Creavey ist, ist man auch ein Lay.«

Er stakte ins Revier und stieg, von George gefolgt, die Treppe zu seinem Büro hinauf. Grocott stand schon an der Tür.

»Also los. Erzählen Sie. Das ist doch Joe Creaveys Pony da unten, nicht wahr?« meinte Duckett.

Joe war das Mitglied der Familie Creavey – oder Lay –, das die wenigsten Sorgen machte. Wenn das Lumpensammlergeschäft blühte, blickte er ab und zu einmal zu tief ins Glas, und einmal war er mit der Bratpfanne auf sein Eheweib losgegangen, aber sonst lag nichts gegen ihn vor. Er ernährte seine Kinder, kümmerte sich um seine eigenen Angelegenheiten, ohne andere Leute damit zu belasten, und war zweifellos ein zufriedener Mensch. »Ja. Joe ist unten mit Lockyer. Er kam vor einer Stunde und meldete, er habe wichtige Aussagen im Fall Armiger.«

Joe war in den schäbigeren Vierteln Comerbournes wohlbekannt. Er machte dort regelmäßig mit seinem Ponykarren die Runde, sammelte Lumpen und Altpapier, und mancher Bürger hob aus Gewohnheit alte Sachen für ihn auf. An jenem Morgen hatte ihn seine Runde durch das Viertel geführt, in dem Mrs. Harkness wohnte, und nachdem er ihre Lumpen auf seinen Wagen geladen hatte, hatte er vorsichtshalber noch einmal in der Mülltonne nachgesehen. Er fand ein Paar Handschuhe, alt, aber aus teurem Leder, mit den Initialen L. A. versehen. Er nahm sie automatisch an sich, und erst später, als er in einem Gasthaus saß, besah er sie näher. Da stellte er fest, daß die Finger des rechten Handschuhs dunkle Flecken aufwiesen und ganz steif waren. Auch auf dem linken Handschuh fand er ähnliche dunkelbraune Flecken. Joe wußte, wer bei Mrs. Harkness wohnte, sie gehörte zu seinen regelmäßigen Kunden. Er wußte, was die Initialen L. A. bedeuteten. Und er wußte auch oder war jedenfalls überzeugt, es zu wissen, woher die Flecken auf den Handschuhen stammten und weshalb man sie in die Tonne geworfen hatte. Er wußte ferner, was seine Pflicht war. Doch auf dem Weg zum Revier war er noch in vier anderen Gasthäusern eingekehrt, und als er schließlich anlangte, wußte ganz Comerbourne, daß Leslie Armiger seinen Vater umgebracht und daß Joe Creavey den Beweis dafür in der Hand hatte.

»Hat's in der ganzen Stadt rumposaunt und eine Prozession mitgebracht. Er ist nicht gerade betrunken – so wie man es von ihm gewöhnt ist –, aber ganz schön angesäuselt. Wollen Sie ihn sprechen?«

»Nein«, erwiderte Duckett. »Er soll mal ein Weilchen im eigenen Saft braten. Aber die Handschuhe will ich sehen und den jungen Armiger auch.«

Grocott brachte die Handschuhe. Die Innenflächen nach oben gekehrt, lagen sie auf dem Schreibtisch. Die braunen, verkrusteten Flecken sahen wirklich wie Blut aus.

»Na, was halten Sie davon, George?«

»Erstens Kreosot«, meinte George prompt und schnüffelte an den steifen Fingern. »Aber das heißt noch nicht, daß es alles ist.«

»Nein, auch Farbspuren. Johnson soll sie mal lieber ins Labor bringen.«

»Sie haben doch nicht vor, Joe hier auszunüchtern?« ließ sich Grocott vernehmen.

»Ihn über Nacht hierbehalten? Kommt nicht in Frage. Also, George, gehen Sie jetzt und holen Sie mir den jungen Armiger.«

George verabscheute diesen Auftrag. Er tat sein Bestes, ließ sich beim Abteilungsleiter nicht anmelden und gab sich alle Mühe, die Vorladung so zu formulieren, als handle es sich um eine Bitte um Unterstützung. Leslie, der eilig aus dem Lager kam, erstarrte, als er ihn sah. Doch als er hörte, daß man ihn nur vernehmen wolle, kehrte die Farbe in sein Gesicht zurück, und seine Augen spiegelten trotzige Härte.

»Mr. Felse«, brachte er mühsam hervor, als sie im Wagen saßen. »Könnten Sie mir einen Gefallen tun? Ich wäre Ihnen sehr dankbar, wenn Sie meiner Frau Bescheid geben würden.«

»Sie kommen doch selbst etwa in einer Stunde heim«, meinte George beruhigend. »Oder nicht?«

»Woher soll ich das wissen?«

»Es hängt davon ab, was Sie getan haben. Nur Sie wissen also die Antwort.«

»Ich hoffe, Sie haben recht«, sagte Leslie. »Sie könnten mir wohl nicht sagen, worum es eigentlich geht?«

»Nein, das kann ich nicht. Sie werden es bald wissen. Aber lassen Sie mich Ihnen jetzt eine Frage stellen, zu der ich neulich nicht gekommen bin. Haben Sie ihn getötet?«

»Nein«, antwortete Leslie ohne unnötigen Nachdruck, beinahe sanft.

»Dann werden Sie heute abend auch nach Hause gehen. Es kann höchstens geschehen, daß Sie sich ein wenig verspäten. Das wird sie Ihnen verzeihen, lange bevor sie uns dafür verziehen hat, daß wir Sie in Angst versetzen.«

Leslie war so beruhigt von seinen Worten, daß er ganz vergaß, gegen die Unterstellung, er könne Angst haben, zu protestieren. Mit raschen Schritten betrat er das Revier und blieb plötzlich stehen, da George nicht mehr an seiner Seite war. Er drehte sich um und sah ihn im Gespräch mit einem Schuljungen.

»Mein Sohn«, erklärte er. »Er hat noch immer die Hoffnung nicht aufgegeben, daß ich ihn heute abend nach Hause fahren kann. Eigentlich sollte ich jetzt schon dienstfrei haben.«

»Na, hören Sie«, meinte Leslie mit einem schwachen Aufleuchten der Belustigung in den Augen. »Ich möchte Sie wirklich nicht unnötig aufhalten. Ich kann auch ein andermal wiederkommen.«

»So ist's richtig«, sagte George und klopfte ihm auf die Schulter. »Kommen Sie, gehen wir hinauf.«

Dominic blickte ihnen nach, als sie die Treppe hinaufstiegen. War es möglich, daß alles schon vorüber war? Leslie Armiger sah nicht wie ein Mörder aus. Aber kein Mörder sah je wie ein Mörder aus. Trotzdem.

Dieser geheime, bedrückende Teil seines Ich, der sich immer wieder mit den Verfolgten identifizierte, mit den Menschen, die durch die Umstände in die Enge getrieben wurden oder, und sei es auch noch so berechtigt, in das Räderwerk der Justiz gerieten, verstörte Dominic. Er mußte einfach einen Teil seines Mitleids den Verfolgten zukommen lassen, weil es so leicht geschehen konnte, daß man selbst zum Wild wurde. Oder, und das war unendlich schrecklicher, weil jemand gejagt werden konnte, der ihm mehr bedeutete als sein Leben. Es konnte Kitty sein. Doch wollte er auch nicht froh darüber werden, daß es der junge Mann in dem abgetragenen, teuren Anzug mit dem mühsamen Lächeln und den verschreckten Augen sein sollte. Er ging hinaus in das Zwielicht des Septemberabends, um auf seinen Vater zu warten.

So sah er den roten Karmann-Ghia, der mit großem Schwung von der Straße abbog und neben dem Karren des Lumpensammlers hielt. Kitty schwang ihre langen, schlanken Beine aus dem Wagen.

Ungewohnt langsam schlug sie die Wagentür zu und schritt unsicher auf den Eingang des Reviers zu. Je näher sie kam, desto zögernder wurden ihre Schritte, und schließlich blieb sie wenige Meter vor der Tür stehen, die Hände voll Unentschlossenheit verkrampft. Sie blickte nach rechts und links, als hoffte sie, Ermutigung für die letzten schweren Schritte zu finden; so sah sie Dominic, der schweigend und reglos auf einer Bank saß, neben sich seine Schulmappe.

Noch als er ihre Augen aufleuchten sah, glaubte er nicht, daß sie ihm weitere Beachtung schenken würde. Er war einfach jemand, den sie zufällig kannte. Doch sie drehte sich um und kam auf ihn zu. Er sprang auf, das Hämmern seines Herzens dröhnte in seinen Ohren, so daß er ihre ersten Worte kaum verstand.

»Dominic, ich bin so froh, dich hier zu treffen.« Eine Welle der Seligkeit und des Glücks überflutete ihn, als er neben ihr saß, ihre Hände in den seinen hielt und ihre großen, dunkel schimmernden Augen seinem Gesicht so nahe waren. Erst als sie verzweifelt und dringlich ihre Frage wiederholte, wurde ihm die Bedeutung der Worte klar. »Ist Leslie dort drinnen? In den Läden haben sie erzählt, daß die Polizei ihn abgeholt hat. Ist das wahr?«

»Ja«, stammelte er. »Er kam mit meinem Vater. Erst vor ein paar Minuten.«

»O Gott!« rief sie. »Ist er verhaftet?«

»Ich weiß es nicht. Ich glaube nicht – noch nicht.«

»Und dein Vater ist auch da? Ich bin froh, daß er es ist und kein anderer. Ich muß ihn sprechen, Dominic. Unbedingt.«

Mit einem tiefen Seufzer ließ sie seine Hände los und strich sich mit einer müden Bewegung das Haar aus dem Gesicht.

»Ich muß es ihm sagen«, fuhr sie tonlos fort. »Denn wenn ich schweige, dann muß Leslie dafür büßen, und der arme Junge hat weiß Gott genug mitgemacht.« Sie hob den Kopf und blickte Dominic mit dem Ausdruck eines Kindes in die Augen, das seine Sünden beichtet, erleichtert, sich einer Last zu entledigen, die allzu schwer geworden ist, selbst wenn das Geständnis Strafe nach sich ziehen sollte. »Denn weißt du, ich habe seinen Vater umgebracht.«

8

Dominic wollte sprechen, doch er fand keine Worte.

»Sie dürfen so etwas nicht sagen«, brachte er schließlich hervor. »Selbst wenn – wenn etwas geschehen ist, das Sie sich vorzuwerfen haben – es kann nicht wahr sein, und Sie sollten es nicht sagen.«

»Aber ich habe es doch getan, Dominic. Ich wollte es nicht, aber ich tat es. Er kam zu mir und sagte: »Jetzt werde ich Leslie ein für allemal hier rauswerfen, und zwar mit Hochgenuß. Und dann muß ich dir etwas sagen, nicht hier, komm hinüber in den Tanzsaal, da haben wir Ruhe. Laß mir fünfzehn Minuten Zeit, um Seine Lordschaft loszuwerden, und dann komm.‹ Ich war fest entschlossen, nicht zu gehen. Ich ging zum Wagen und wollte heimfahren. Aber dann bin ich doch umgekehrt und über den kleinen Nebenweg zum Stall gefahren. Ich parkte den Wagen unter den Bäumen beim Wäldchen und betrat den Hof von der Rückseite. Ich hoffte, daß ich ihn vielleicht erweichen könnte. Schließlich war Leslie sein Sohn. Ich konnte es einfach nicht glauben, daß seine Entscheidung endgültig sein sollte. Leslie war nicht mehr da, nur sein Vater. Er begann, mir von seinen großen Plänen für die Zukunft zu erzählen, ganz begeistert von sich und der Welt. Auf einem Tisch standen eine Flasche Champagner und Gläser. Ach, Dominic, wenn du wüßtest, wie grauenhaft und lächerlich zugleich es war –«

Er wollte ihr so vieles sagen und durfte nicht. Sein Herz war so schwer, daß er kaum atmen konnte. »Kitty, ich wollte, ich könnte Ihnen helfen«, sagte er heiser.

»Du hilfst mir ja, Dominic. Du hilfst mir wirklich. Du bist mir ein Freund, und bis jetzt bist du noch nicht einen Millimeter von mir abgerückt. Aber das wird noch kommen.«

»Nein!« rief er voller Protest. »Nie!«

»Vielleicht hast du recht. Du gehörst nicht zu dieser Sorte. Aber laß mich weitererzählen. Es macht alles leichter.«

Er hielt sie wieder an den Händen, und ihre schlanken Finger klammerten sich dankbar an die seinen.

»Er hatte einen Geistesblitz«, fuhr Kitty mit halberstickter Stimme fort, in der Lachen und Entsetzen schwangen. »Da Leslie mich nicht haben wollte, würde er mich nehmen. Er selbst wollte mich heiraten! Deswegen der Champagner und die Begeisterung. Er fragte mich nicht einmal, er stellte mich einfach vor vollendete Tatsachen. Er heuchelte nicht einmal Gefühl. Als er den Arm um mich legte und mich küssen wollte, war es weder widerlich noch abstoßend, es war einfach, als würde ein Fusionsvertrag unterschrieben. Ich Idiot hatte die ganze Zeit versucht, mit ihm über Leslie zu sprechen. Er hatte nicht einmal zugehört. Ich war außer mir. Das alles war so unwürdig und grotesk, so gemein und entsetzlich, daß ich einfach den Verstand verlor. Ich wollte nur noch weg. Ich stieß ihn mit aller Kraft zur Seite. Wir standen oben am Tisch, direkt an der Treppe, wo er den Champagner und die Gläser hingestellt hatte. Ich weiß nicht, wie es geschah – er schwankte, verlor den Boden unter den Füßen und rollte die ganze Treppe hinunter. Unten blieb er liegen. Ich raste hinunter, an ihm vorbei zur Tür. Ich hatte Todesangst, daß er aufstehen und nach mir greifen könnte. Aber er blieb da liegen, auf dem Bauch, und rührte sich nicht. Ich habe mir nichts dabei gedacht, ich blieb auch nicht stehen, um nachzusehen, ob er sich verletzt hatte, ich rannte nur zum Wagen zurück. So, jetzt weißt du, daß ich ihn getötet habe. Ich muß es der Polizei sagen. Ich wollte ihn nicht umbringen, es kam mir gar nicht in den Sinn, daß etwas Derartiges geschehen sein könnte. Erst im Auto überlegte ich, daß er vielleicht verletzt war. Ich kann nicht zulassen, daß Leslie in Verdacht bleibt.«

Dann hob sie den Kopf und blickte ihn aufmerksam an, fast beschämt über ihre Schwäche, dieses grauenhafte Geständnis den schwachen Schultern eines Kindes aufgebürdet zu haben, das alt genug war, um daran Schaden zu nehmen, aber dennoch nicht alt genug, um es richtig zu beurteilen. Doch war es kein Kind, das sie jetzt unverwandt ansah, es war ein Mann, ein sehr junger vielleicht, doch fraglos in diesem Augenblick ihr an Reife überlegen.

»O Gott«, sagte sie schwach. »Daß ich dich da hineinziehe!«

»Das war ganz richtig, Kitty. Ich werde es Ihnen beweisen. Was Sie mir erzählt haben, ist alles? Sind Sie sicher? Sie haben ihn weggestoßen, und er fiel die Treppe hinunter und war bewußtlos. War das alles?«

»Ist das nicht genug? Er war tot, als er gefunden wurde.«

»Ja, er war tot. Aber Sie haben ihn nicht getötet.« Er war sich klar darüber, was er vorhatte, und es war so schrecklich, daß es beinahe das Gefühl der Freude und Erleichterung über ihre Unschuld aufwog. Niemals zuvor in seinem Leben, nicht einmal als kleiner, naseweiser Junge, hatte er auch nur die kleinste Einzelheit dessen verraten, was er nur deshalb wußte, weil er der Sohn eines Polizeibeamten war. Wenn er es jetzt tat, so zerstörte er damit ein Vertrauensverhältnis, das in seinem ganzen Leben eine entscheidende Rolle gespielt hatte; die Zukunft, die sich bar dieses Vertrauens vor ihm auftat, war einsam und erschreckend. Doch er hatte den ersten Schritt schon getan und wäre nicht umgekehrt, selbst wenn er noch gekonnt hätte.

»Hören Sie mir zu, Kitty. In den Zeitungen stand nur, daß Mr. Armiger an Kopfverletzungen starb. Aber sie wurden nicht nur durch den Sturz von der Treppe hervorgerufen. Ich weiß das, weil mein Vater die Ermittlungen führt, und Sie dürfen keinem Menschen sagen, daß ich es Ihnen verraten habe. Als er bewußtlos auf dem Boden lag, schlug ihm jemand mit voller Absicht die Champagnerflasche über den Kopf. Neunmal. Erst als die Flasche zerbrach, hörte der Mörder auf. Und Sie waren das doch nicht?«

Benommen vor Entsetzen, Ungläubigkeit und Erleichterung, starrte sie ihn an. »Nein – nein, das war ich nicht«, flüsterte sie. »Ich hätte es nie tun können.«

»Das weiß ich. Aber jemand anders hat es getan. Sehen Sie, Kitty, Sie haben ihn nicht getötet, Sie haben ihn nur von der Treppe gestoßen. Später kam ein anderer und hat ihn erschlagen. Sie brauchen der Polizei gar nichts zu erzählen. Das werden Sie doch nicht tun, oder? Die Geschichte mit den Handschuhen ist bestimmt harmlos. Sie werden Leslie kein Haar krümmen. Warten Sie wenigstens, bis wir das wissen.«

Sie hatte nur mit halbem Ohr zugehört. Noch immer rang sie mit der Erkenntnis, daß er ihr die Freiheit wiedergeschenkt hatte. Farbe kam in ihre Wangen, und Hoffnung spiegelte sich in ihren Augen.

»Es ist doch wahr? Du versuchst doch nicht nur, mich mit einem Märchen zu trösten? Nein, das tust du nicht. O Dominic! Dann bin ich also keine Mörderin? Du ahnst ja nicht, was ich seit gestern früh durchgemacht habe, als ich hörte, daß er tot ist.«

»Natürlich sind Sie unschuldig. Alles, was ich gesagt habe, ist wahr. Aber Sie werden denen da drin doch nichts erzählen?«

»Doch«, erwiderte sie. »Ich muß. Dominic, was hätte ich

ohne dich anfangen sollen? Verstehst du denn nicht – jetzt macht es mir gar nichts mehr aus. Aber ich muß es ihnen sagen, wegen Leslie. Ich kann beweisen, daß sein Vater noch am Leben war, als er ihn verließ. Ich kann beweisen, daß er ihn nicht getötet hat. Jetzt bin ich einmal hier und werde auch nicht umkehren. Ich habe lange genug die Wahrheit verschwiegen. Wenigstens kann ich dafür sorgen, daß Leslie mit dieser Sache nicht mehr behelligt wird.«

»Aber nein«, protestierte Dominic, als sie aufstand. Er ergriff ihr Handgelenk und zog sie wieder neben sich. »Sie können nur beweisen, daß er ihn während der kurzen Zeit, die Sie bei ihm waren, nicht getötet hat. Aber er kann ja zurückgekommen sein. Irgend jemand muß ja gekommen sein. Außerdem, wenn Sie der Polizei die Sache erzählen, dann denken sie vielleicht, Sie haben den Schluß einfach weggelassen. Sie werden glauben, daß Sie geblieben sind und ihn getötet haben.«

»Warum sagst du das?« fragte Kitty mit aufgerissenen Augen. »*Du* denkst doch nicht so. Du glaubst mir doch. Warum nicht auch sie?«

»Weil es zu ihrer Pflicht gehört, niemandem und nichts zu glauben. Wie wollen Sie es denn beweisen?«

»Ich kann es nicht«, meinte sie erblassend. »Aber jetzt kann ich nicht mehr umkehren. Ich könnte es nicht ertragen. Du brauchst dir meinetwegen keine Sorgen zu machen.«

Sie drehte sich noch einmal nach ihm um, als sie ging. »Keine Angst, ich werde dich nicht verraten«, rief sie ihm zu. Er wäre beinahe in Tränen der Wut ausgebrochen, weil er ihr nicht zurufen konnte, daß er nicht um sich selbst Angst hatte, daß ihm gleichgültig war, was mit ihm geschah, daß nur sie ihm wichtig war und daß sie einen entsetzlichen Fehler beging, daß er genau das nicht ertragen konnte und daß er sie liebte.

Kitty war verschwunden. Es war zu spät. Er setzte sich wieder, schrumpfte auf der Bank zusammen, quälte sich mit seinen Gedanken, bis die furchtbaren Folgen seiner Tat ihm schlagartig vor Augen kamen. Er hatte sie ihrer einzigen Verteidigung beraubt, ihrer Unwissenheit! Wenn sie ihrem Impuls gefolgt und ohne Zögern hineingegangen wäre, um ihre Geschichte zu erzählen, dann hätten die Kriminalbeamten selbstverständlich ebenso klar wie er die klaffende Lücke bemerkt. Sie hätten ihr Fragen über das Tatwerkzeug gestellt, über die Verletzungen, und sie hätte keine Ahnung gehabt, wovon sie redeten. Ihre Verwirrung, ihre Fragen wären glaubhaft gewesen. Doch jetzt hatte er ihr die Wahrheit gesagt. Sie war keine gute Schauspielerin, die sich dumm stellen konnte, sie würde sich verraten. Und schlimmer noch – sie würde zu ihrem Wort stehen, ihn decken und nicht erklären, woher sie die geheimgehaltenen Details hatte. Nur eine Handvoll Leute wußten davon – und der Mörder. Er hatte sie also praktisch der Verurteilung ausgeliefert.

Er hatte keine andere Wahl, als seinem Vater die Wahrheit zu gestehen. Nur so konnte er Kitty vielleicht noch helfen und den Schaden, den er angerichtet hatte, wiedergutmachen. Aber er mußte mit seinem Vater allein sprechen. Vielleicht ergab sich doch noch ein winziger Hinweis auf Kittys Unschuld, der es unnötig machte, sein Geständnis im ganzen Revier zu verbreiten. Angenommen, sein Vater fühlte sich verpflichtet, den Dienst zu quittieren, angenommen…

Er sehnte sich danach, daß sein Vater herauskommen möge, um ihn nach Hause zu bringen. Doch als schließlich auf den Fliesen im Vorsaal Schritte widerhallten und er sich hoffnungsvoll und ängstlich zugleich umdrehte, war es nur Leslie Armiger, beschwingt und strahlend vor Erleichterung. Er fühlte sich wie neugeboren. Die alten Handschuhe, die er weggeworfen hatte, nachdem er den Schuppen gestrichen hatte! Sie waren zwar von allen möglichen Farben, Lacken und Lösungsmitteln fleckig, doch nicht von Blut. Bei ihrem Anblick hatte er voller Erleichterung gelacht, befreit von der Beklemmung, in die ihn Georges Kommen gestürzt hatte. Jetzt war seine Lage weder besser noch schlechter als vor diesem Sturm im Wasserglas, doch immerhin war durch diese Niederlage der Polizei sein Ansehen ein wenig gestiegen.

George Felse war vom Verhör abberufen worden, um in seinem Büro eine andere Person zu vernehmen, doch Leslie wußte nicht, wer diese Person war, und er hatte keine Ahnung, ob sie etwas mit dem Tod seines Vaters zu tun hatte. Er wußte es nicht, und es kümmerte ihn auch nicht. Er war auf dem Weg nach Hause, zu Jean, frei und beinahe rehabilitiert, und niemals wieder würde er sich so schnell ins Bockshorn jagen lassen.

Es dauerte noch zehn Minuten, bis George auftauchte, um mit seinem Sohn zu sprechen. Auch dann teilte er ihm nur rasch mit, daß er noch nicht nach Hause fahren könne, sondern wahrscheinlich noch mehrere Stunden zu tun habe. Dom solle lieber den Bus nehmen. Noch ehe Dominic überhaupt den Mund öffnen konnte, war sein Vater schon wieder verschwunden.

Hängenden Kopfes machte er sich auf den Weg. Er hatte keine andere Wahl. Buntys Fragen begegnete er mit Einsilbigkeit, verzehrte lustlos sein Abendessen und flüchtete sich dann mit seinen Büchern in eine Ecke.

Erst um zwanzig vor zehn kam George nach Hause. Er sah abgespannt aus, war nicht ansprechbar. Bunty setzte schweigend das Essen vor ihn hin und stellte keine Fragen, obwohl sie an vertrauten Anzeichen erkannte, daß ihn etwas beschäftigte, was früher oder später auch zur Sprache kommen mußte. Als er gegessen hatte, lehnte er sich müde zurück und sagte mit einer Stimme, in der weder Befriedigung noch Freude schwangen: »Es ist alles vorüber. Wir haben soeben eine Verhaftung im Fall Armiger vorgenommen: Kitty Norris.«

Buntys Ausruf wurde vom Quietschen eines Stuhles übertönt. Zitternd sprang Dominic auf.

»Nein«, sagte er schwach. »Bitte, Papa, ich muß mit dir sprechen. Deswegen. Es ist wichtig.« Er sah seine Mutter flehend an, seine Lippen zitterten. »Mami, macht es dir etwas aus –«

»Schon gut, mein Schatz«, erwiderte Bunty und belud ihr Tablett, als sei nichts geschehen. »Ich gehe spülen.«

Sie räumte den Tisch ab, strich Dominic einmal leicht über die Wange und trug das Tablett hinaus in die Küche. Sorgfältig schloß sie die Tür hinter sich. Ein wenig hilflos blickten Vater und Sohn einander an, nachdem Bunty sie allein gelassen hatte. Beide wußten, daß sie jetzt einer entscheidenden Krise ins Auge sehen mußten, und George schreckte ebenso davor zurück wie Dominic. Er war müde und schlecht gelaunt, und er war sich dessen bewußt. Dieser unglückselige Junge war im Begriff, Unheil heraufzubeschwören, das sich vielleicht nicht abwenden ließ, selbst wenn sie sich alle Mühe gaben.

»Du weißt doch, daß ich heute abend draußen auf dich gewartet habe, als Kitty Norris kam«, begann Dominic verzweifelt. »Ich habe vor dir mit ihr gesprochen. Sie erzählte mir, wie sie Armiger die Treppe hinuntergestoßen hat, weil er – sie beleidigte. Und sie glaubte, sie hätte ihn getötet. Sie hat es nicht getan. Du mußt mir glauben. Sie ist nur weggegangen und hat ihn da liegenlassen. Sie sagte –«

»Ich weiß nicht, weshalb wir uns darüber unterhalten«, unterbrach ihn George mühsam beherrscht. »Aber wenn ich dir damit einen Gefallen tun kann, bitte. Wenn sie wirklich weggegangen ist und ihn bewußtlos dort liegen ließ, woher wußte sie dann, daß er mit einer Champagnerflasche erschlagen worden ist? Woher? In den Zeitungen wurde lediglich berichtet, daß er an Kopfverletzungen gestorben ist.«

Sie hatten ihr also Fangfragen gestellt, sie ins Kreuzverhör genommen, so lange, bis sie gestolpert war und sich verraten hatte. Dominic haßte sie alle, sogar seinen Vater, doch am meisten haßte er sich selbst. Er hätte wissen müssen, daß sie darauf bestehen würde, alles zu sagen, weil sie Leslie retten wollte, Leslie, diesen Narren, der sie nicht geheiratet hatte, Leslie, den sie noch immer so hoffnungslos und verzweifelt liebte.

»Sie wußte es, weil ich es ihr gesagt habe«, krächzte Dominic.

Er setzte sich, da seine Knie nachgaben. George trat schwerfällig vor ihn hin. Er stützte seine Hände auf den Tisch und beugte sich zu seinem Sohn hinunter. Unwillkürlich zog Dominic den Kopf zwischen die Schultern. Am liebsten hätte er die Augen geschlossen, aber das konnte er nicht, weil er das, was jetzt auf ihn zukam, selbst verschuldet und verdient hatte.

»*Was* hast du getan?« fragte George.

»Ich habe es ihr gesagt. Ich dachte, sie würde euch dann gar nicht erzählen müssen, daß sie überhaupt dort war. Sie wollte dir sagen, daß sie ihn getötet hat, aber sie wußte doch gar nicht, daß er erschlagen worden ist. Sie dachte, er hätte einen tödlichen Schädelbruch erlitten, als er die Treppe hinunterstürzte. Ich wußte natürlich, daß sie seinen Tod nicht verschuldet hatte. Wie konnte ich sie da im Glauben belassen, eine Mörderin zu sein? Ich mußte ihr die Wahrheit sagen.« In seiner Verzweiflung stieß er trotzig hervor: »Ich würde es wieder tun.«

»Es war sehr dumm.«

»Ich weiß«, sagte er düster. »Aber ich mußte es tun. Jetzt habe ich alles nur verschlimmert.«

»Abgesehen davon hast du es uns unmöglich gemacht, zu beurteilen, inwieweit sie die Wahrheit sagt. Du weißt auch, was du noch getan hast, nicht wahr?« fragte George unbarmherzig.

Ja, das wußte er. Er hatte die Grundfesten des Hauses erschüttert, die Säulen, auf denen sein Dach ruhte. Er hätte selbst niemals geglaubt, daß er dazu fähig sein würde. Einen Augenblick waren seine Gefühle geteilt; er empfand mit seinem Vater, der überrascht und vorwurfsvoll vor ihm stand, und mit Kitty, die verletzt und gefangen war. Er fühlte sich hin- und hergerissen zwischen diesen beiden Polen.

»Ich werde natürlich dem Chef darüber berichten müssen«, meinte George. »Ich mache mir selbst mehr Vorwürfe als dir. Es bleibt mir nichts anderes übrig, als ihm zu melden, daß ich ständig das Dienstgeheimnis verletzt habe. Ich hätte dich nicht in dienstliche Dinge einweihen dürfen. Es war unvernünftig, von dir Verschwiegenheit zu erwarten.« Und trotzdem hatte er sie als selbstverständlich vorausgesetzt. Erst jetzt, da er dieses bedingungslose Vertrauen verloren hatte, wußte Dominic es zu schätzen.

»Ich habe es nicht leichten Herzens getan«, sagte er verschreckt. »Es war das erste Mal.«

»Einmal ist zuviel. Ich muß morgen mit Chefinspektor Duckett sprechen und die Verantwortung auf mich nehmen.«

»Es tut mir leid«, stammelte Dominic niedergeschlagen. »Mußt du das wirklich?«

»Ja. Aus Fairneß nicht nur dir, sondern auch Kitty gegenüber. Wenn er mich auffordert, den Hut zu nehmen, dann ist er völlig im Recht.«

Es war grausam, das zu sagen, denn er war überzeugt, daß Duckett unter den gegebenen Umständen, jetzt, da der Fall praktisch abgeschlossen war, sich kaum die Mühe machen würde, ihm zuzuhören, und sich höchstens zu einer rein formellen Rüge aufraffen würde. »In Zukunft«, fuhr er fort, »werde ich natürlich darauf achten müssen, nicht von einem Fall zu sprechen, wenn du in Hörweite bist. Ich werde dafür sorgen, daß so etwas nicht wieder vorkommt. Du wirst mir jetzt, an dieser Stelle, dein Wort geben, dich nicht mehr in meine dienstlichen Angelegenheiten zu mischen. Du hast genug Schaden angerichtet.«

»Das kann ich nicht. Das werde ich nicht tun. Ich sagte dir doch, Kitty wußte gar nichts. Erst ich habe es ihr erzählt. Siehst du denn nicht ein, daß es keinerlei Beweise gegen sie gibt? Papa, ihr müßt sie freilassen! Ihr habt kein Recht, sie festzuhalten, jetzt, da ich dir alles gesagt habe. Sie ist unschuldig, und wenn du nichts tust, um das zu beweisen, werde ich es selbst tun.«

George hatte es restlos satt. Er öffnete schon den Mund, um etwas zu erwidern, was ihm später bestimmt leid tun würde. Doch dann schwankte die junge Stimme, die ihn anschrie, und er schluckte es hinunter. Aufmerksam blickte er in das blasse, erregte Gesicht, sah die Qual in den Augen, die seinem Blick standhielten.

Und er verstand. Ein Mensch, den er immer für ein Kind gehalten hatte, blickte ihn plötzlich mit dem Ausdruck eines leidenden Mannes an, und das nahm ihm den Atem. Es wird natürlich nicht lange dauern, sagte er sich, noch ist es nicht endgültig, er wird noch hundertmal zwischen Kindlichkeit und Reife schwanken, doch es ist die erste Vorahnung des Kommenden. Gott, dachte George fassungslos, und ich habe ihn mit ihr geneckt. Wie kann man nur so blind sein?

Mit langsamen Schritten ging George zum Tisch und setzte sich. »Gut, mein Junge«, sagte er sachlich, »ich bin dir gegenüber nicht fair gewesen. Es ist das erste Mal, daß du mich enttäuscht hast, und in Anbetracht der Umstände ist es verzeihlich. Ich glaube nicht, daß du es leichtfertig getan hast, ich unterschätze deine Beweggründe nicht. Ich mache dir auch keine Vorwürfe, daß du mir dein Wort nicht geben willst. An deiner Stelle würde ich wahrscheinlich genauso handeln. Da ich schließlich derjenige war, der die Regeln mißachtet hat, kann ich es ebensogut noch einmal tun und dir sagen, wie der Fall jetzt liegt. Es wird dich kaum glücklicher machen, aber vielleicht wirst du dich dann nicht mehr quälen. Seit Kitty Norris uns heute abend ihre Geschichte erzählt hat, haben wir uns umgehört. Wir haben ihre Nachbarn vernommen, und die aus dem Parterre erzählten uns, daß sie nicht um halb elf, wie sie ursprünglich behauptete, und auch nicht um zehn nach elf, wie sie heute abend behauptete, nach Hause kam, sondern erst nach Mitternacht. Sie weigert sich, uns eine Erklärung zu geben.«

»Vielleicht haben sie sich geirrt«, begann Dominic mühsam.

»Ich habe nicht gesagt, daß sie etwas leugnete; ich sagte, sie weigert sich, uns eine Auskunft zu geben.« Die Stimme wurde immer sanfter. »Das ist nicht alles, Dom. Wir sicherten auch die Kleider, die Kitty an jenem Abend trug. Ich habe sie gesehen, sie hatte ein schwarzes Seidenkleid mit weitem Rock an und dazu eine rot-blaue Seidenstola mit Goldstickerei. Ich habe die Sachen schnell gefunden. An der Stola ist eine Ecke abgerissen, und bis jetzt haben wir keine Spur davon gefunden. Am Rocksaum auf der linken Seite haben wir Flecken festgestellt. Sie waren nicht leicht zu erkennen, wegen der dunklen Farbe des Kleides, aber wir haben Untersuchungen gemacht. Es ist Blut. Die Blutgruppe Armigers. Auch auf ihrer linken Schuhspitze fand sich ein Fleck. Ebenfalls Blut, Dom. Dieselbe Gruppe. Aber nicht Kittys Gruppe. Wir haben es geprüft.«

Dominic schloß die Augen. Die Silbersandaletten, die sie im Jachtklub in den Händen gehalten hatte, glitzerten vor seinen Augen. Es waren sicherlich nicht die Schuhe, die sie an diesem

Abend trug, aber sie tanzten und schwebten und ließen sich nicht bannen.

»Es tut mir leid, Junge«, schloß George. Er stand auf und entfernte sich vorsichtig. Er konnte Dominics Gesicht nicht länger ansehen. Die schmalen Schultern waren hochgezogen, bewegungslos. »Natürlich ist es noch nicht das Ende der Geschichte, Dom«, meinte George tröstend, »aber wir dürfen keine Vogel-Strauß-Politik treiben. Die Aussichten sind nicht rosig. Ich mußte es dir sagen, um dich nicht irrezuführen. Nimm es dir nicht so zu Herzen.«

Einen Augenblick ruhte seine Hand auf Dominics Schulter.

Brüsk stand Dominic auf und steuerte blindlings zur Tür. An Bunty vorbei stolperte er zur Treppe. Bunty sah ihm nach, streifte George mit einem Blick und wollte ihrem Kind folgen. »Nein!« rief George warnend und schüttelte den Kopf. »Laß ihn allein. Er muß darüber hinwegkommen.«

9

Als er am nächsten Morgen zum Frühstück erschien, war Dominic mit sich und seinen Gefühlen im reinen und hatte eine Stellung bezogen, aus der ihn keiner verdrängen sollte. Das verrieten der entschlossene Ausdruck seines blassen Gesichts und die zusammengepreßten Lippen. Er schien über Nacht gereift zu sein, seine Züge schienen sich gefestigt zu haben. Beherrscht setzte er sich an den Tisch, wünschte seinen Eltern ebenso wohlerzogen wie sonst guten Morgen, zum Zeichen, daß er sich ganz in der Gewalt hatte, und zeigte Bunty eine Art männlicher Aufmerksamkeit, die sie nicht an ihm kannte. Ernsthaft ging sie darauf ein. Es könnte interessant werden, plötzlich zwei Männer im Haus zu haben. Sie konnte sich über George zwar nicht beklagen, aber ein Rivale würde ihm nicht schaden. Ihr jedenfalls hätte es Spaß gemacht, wenn es nur nicht gerade auf diese Art und Weise dazu gekommen wäre. Sie und George hatten sich am frühen Morgen über Dominic unterhalten, und es fiel ihnen jetzt schwer, sich nicht anmerken zu lassen, daß sie sich um ihn Sorgen machten.

»Wegen gestern abend, Papa«, begann der Junge schließlich ohne Umschweife und fast beiläufig, »ich habe darüber nachgedacht, was ich tun soll. Alles, was du mir erzählt hast, habe ich mir durch den Kopf gehen lassen. Danke, daß du offen warst. Aber eines weiß ich gewiß, und für mich ist das entscheidend, auch wenn du es nicht akzeptierst – ich meine, weil du einfach nicht so sicher sein kannst wie ich. Als Kitty mit mir sprach, wußte sie nicht, wie Mr. Armiger getötet worden war. Folglich kann sie ihn unmöglich umgebracht haben. Ich erwarte nicht, daß du davon ebenso überzeugt bist wie ich, weil du sie ja nicht gehört hast. Aber für all die anderen Beweise, die gegen sie sprechen, muß es eine Erklärung geben.«

»Wir werden versuchen, sämtliche Fragen zu klären«, entgegnete George. »Ich sagte dir doch, daß der Fall noch nicht abgeschlossen ist.«

»Ja. Aber ihr werdet euch bei eurer Arbeit nur von einem Gedanken leiten lassen. Euer Ziel ist doch die Verurteilung, oder nicht?«

Die Bitterkeit in Dominics Stimme rührte George. Aber er wollte mit ihm sprechen wie mit einem Mann, und deshalb fragte er scharf: »Verdammt noch mal, glaubst du denn, daß mir diese Lösung besser gefällt als dir?« In diesem Augenblick war es ihm gleichgültig, ob Bunty der schneidende Unterton störte, wenn er damit nur Dominics Selbstvertrauen stärken konnte.

Die dunkelgeränderten Augen streiften ihn mit einem scheuen, überraschten Blick, dann senkten sich die Lider hastig.

»Nein, wahrscheinlich nicht«, meinte Dominic vorsichtig. »Nur, ich bin eben meiner Sache sicher, und deshalb erscheint mir alles in einem ganz anderen Licht. Vielleicht werde ich auch gerade aus diesem Grund Dinge entdecken, die euch entgehen. Du wirst verstehen, daß ich es versuchen muß.«

»Ich kann verstehen, daß dich die Ereignisse zum Handeln drängen«, stimmte George einschränkend zu.

»Du hast also nichts dagegen?«

»Vorausgesetzt, daß du uns nicht behinderst. Aber wenn du tatsächlich etwas Wesentliches ermitteln solltest, dann vergiß nicht, daß es deine Pflicht ist, die Polizei zu verständigen.«

»Gehe ich richtig in der Annahme, daß du andererseits dich nicht verpflichtet fühlst, mich über eure Ergebnisse zu informieren?«

Das kam so arrogant, daß George seine Theorie über Dominics Selbstvertrauen revidierte. Er schien sich auch so recht gut zu entwickeln, und es bestand kein Grund dafür, die Dinge ins Kraut schießen zu lassen. »Ja«, erwiderte er fest. »Nach den gestrigen Geschehnissen wird dich das wohl kaum überraschen.«

»O. k.«, sagte Dominic ernüchtert. »Entschuldigung.«

Er stand auf und ging, ohne ein Wort über seine Absichten verlauten zu lassen. Es war Samstag, da blieb es ihm wenigstens erspart, sich über Schulbücher hocken zu müssen, auf die er sich doch nicht hätte konzentrieren können. Bunty folgte ihm in den Garten, wo er voller Ingrimm das Fahrrad aufpumpte. Sie stellte keine Fragen, sondern sagte nur: »Mach's gut, mein Schatz«, und küßte ihn, wie immer, wenn sie wußte, daß ihm etwas Schweres, beispielsweise eine Klassenarbeit, bevorstand. Pflichtschuldig hob er den Kopf. Doch anstatt den Kuß hastig mit dem Handrücken abzuwischen, was er gewöhnlich tat, richtete er sich auf und blickte sie mit einem Ausdruck inneren Zwiespalts an, als wisse er nicht genau, wohin er eigentlich gehöre, in die Welt der Erwachsenen oder in die der Kinder.

»Danke, Mami«, sagte er rauh, in Einklang mit dem gewohnten Ritual.

Sie stopfte eine Zehnshillingnote in seine Tasche. »Ein Vorschuß auf dein Taschengeld«, bemerkte sie.

Einen Augenblick war er sich nicht sicher, ob er wirklich ernst genommen wurde. »Ich mache keine Witze«, brummte er tadelnd.

»Ich auch nicht«, erwiderte Bunty. »Ich kenne das Mädchen nicht, aber du kennst es. Und wenn du sagst, daß Kitty es nicht getan hat, dann glaube ich das auch. Wenn du etwas brauchst, dann komm zu mir, ja?«

»Ja. Vielen Dank, Mammi.«

Er bedankte sich nicht für das Geld und auch nicht für die angebotene Unterstützung, nein, er dankte ihr für ihr Verständnis, weil sie erkannt hatte, daß sein Gefühl für Kitty echt war und daß man ihm Achtung zollen mußte.

Doch diese warme Aufwallung half ihm nicht weiter, und während er sich auf sein Fahrrad schwang und zu der ›Lachenden Barfrau‹ radelte, überkam ihn die Mutlosigkeit mehr denn je. An der Straßengabelung hielt er und starrte nachdenklich das Haus an. Nur noch wenige Leute blieben vor dem Gebäude stehen. Ihre Neugier hatte sich Kitty zugewandt. Heute morgen hatten die Zeitungen in Schlagzeilen von der sensationellen Festnahme berichtet. Kitty Norris! Ist denn das die Möglichkeit?

Dominic wollte Kittys Heimweg an jenem Abend rekonstruieren. Er radelte zu dem neuen Hotel. Hier hatte sie angehalten, bevor sie rechts abgebogen und in Richtung Comerbourne davongefahren war. Das mußte gegen Viertel nach zehn gewesen sein. Unterwegs hatte sie sich dann anders besonnen, noch vor der Abzweigung nach Wood's End, die dann in einen holprigen Weg mündete, der sonst nur von Bauern benützt wurde. Er schlängelte sich zwischen Abhängen und Sumpfwiesen dahin. Wahrscheinlich war sie langsam und vorsichtig gefahren, wegen der scharfen Kurven und der Schlaglöcher.

Nach etwa fünfhundert Metern war sie dann vor dem Ortsschild von Wood's End wiederum nach rechts in einen Feldweg abgebogen. Nach etwa dreihundert Metern hatte sie die hohe Mauer erreicht, die den Hof der ›Lachenden Barfrau‹ umgab. Dort am Wäldchen hatte sie geparkt. Es war nur zu leicht einzusehen, weshalb. Hier konnte man nämlich gefahrlos von der Straße abbiegen, auf eine niedergetretene Wiesenfläche im Schatten der Bäume. Zu diesem Zeitpunkt mußte es ungefähr halb elf gewesen sein. Dominic stieg ab und schob sein Rad die letzten fünfzig Meter von der Stelle, wo sie geparkt hatte, bis zum hinteren Tor des Hofes. Zwei hohe eiserne Pfosten versperrten Autos die Durchfahrt. Der Tanzsaal lag ganz in der Nähe. Sie hatte lediglich diesen abgelegenen Hofwinkel zu durchqueren, um zur Tür zu gelangen. Dort hatte Armiger auf sie gewartet; ganz erfüllt von seinem neuen Plan, an ihrer Zustimmung keinen Augenblick zweifelnd.

Welchen Zeitraum hatte das Geschehen beansprucht? Sicher keinen großen. Sie hatte versucht, ihn Leslie geneigt zu machen, während er sich im Glanz seiner Zukunftspläne sonnte, überzeugt, daß sie auf seiner Seite stand. Zwei Menschen, die mit jedem Wort aneinander vorbeiredeten. Wenn sie gegen halb elf hier erschienen war – oder vielleicht auch etwas später –, dann, so überlegte Dominic, mußte sie schon lange vor elf wieder geflohen sein. Armiger hatte bestimmt höchstens eine Viertelstunde gebraucht, um ihr seine Ideen darzulegen, er war kein Freund von Umschweifen. Außerdem ließ auch Kittys Behauptung, daß sie zehn nach elf zu Hause gewesen sei, eine ziemlich genaue Schätzung zu. Denn obwohl die Aussagen ihrer Nachbarn sie Lügen straften, mußte sie sich ausgerechnet haben, daß sie um diese Zeit nach Hause gekommen wäre, wenn nicht etwas sie aufgehalten hätte. Zwischen zehn vor elf und fünf vor elf also mußte sie aus dem Tanzsaal gerannt sein, in dem Armiger bewußtlos an der Treppe lag. Dominic war davon überzeugt.

Und dann?

Sie mußte nur eines im Sinn gehabt haben, wie sie ja auch selbst gesagt hatte: Flucht. War sie bis zur nächsten Abzweigung gefahren, um an dem Hotel vorbei wieder auf die Hauptstraße zu gelangen? Oder drehte sie einfach um und fuhr denselben Weg zurück, den sie gekommen war? Er entschied sich dafür, daß sie umgekehrt war. Dieser Weg war einsamer und kürzer. Mit ziemlicher Sicherheit war sie wieder bis Wood's End gefahren. Sie hätte also nach fünfzehn Minuten zu Hause sein müssen. Warum wurde es aber Mitternacht?

Er dachte angestrengt nach. Ganz bestimmt war das der einzige Punkt, in dem sie gelogen hatte. Aber warum? Eine ganze Stunde, über die sie keine Rechenschaft ablegen wollte. Was immer sie auch in dieser Zeit getan haben mochte, er war sicher, daß sie nicht zurückgefahren war und Alfred Armiger getötet hatte. Warum also wollte sie nicht erklären, was in dieser Zeit geschehen war? Weil dann ein anderer in den Fall verwickelt würde? Jemand, der ebenso unschuldig war wie sie und dem sie nicht schaden wollte?

Ihr einziger Wunsch war es gewesen, das Weite zu suchen. Wenn sie das nicht getan hatte, dann nur weil sie es nicht konnte.

Er schob langsam sein Fahrrad zurück nach Wood's End. Er ging lieber zu Fuß. Immer wieder ließ er die mageren Ergebnisse seiner Nachforschungen an sich vorüberziehen, versuchte sie auszuwerten und zu einem Schluß zu gelangen. Hier hatte sie gedreht und war zurückgefahren, und doch war sie erst nach Mitternacht nach Hause gekommen. Wahrscheinlich war sie schnell gefahren, auf der Flucht vor dem beschämenden Erlebnis, das sie mit ohnmächtigem Zorn erfüllte. Irgendwo auf diesem Weg überfiel sie die Furcht, und sie fragte sich, ob Armiger schwer verletzt war. Aber sie konnte sich nicht zur Umkehr überwinden, im Gegenteil, dieser Gedanke ließ sie nur um so schneller fahren. Warum also war sie nicht kurz nach elf nach Hause gekommen?

Und dann wußte er es plötzlich.

Es war so einfach, so lächerlich, daß es wahr sein mußte. Er hörte förmlich den Motor spucken und aussetzen, glaubte Kitty vor sich zu sehen, wie sie ungeduldig mit dem Fuß den Hahn auf Reserve zu drehen versuchte, wie sie ihn wütend und gereizt zurückzog, weil er bereits auf Reserve stand. Sie war wieder ein Opfer ihrer Vergeßlichkeit geworden. Wahrscheinlich hatte sie den ganzen Tag das Tanken aufgeschoben, bis sie es schließlich vergessen hatte.

›Ich lerne es nie... mitten auf der Hauptstraße bleibt mir der Wagen stehen.‹ Er hörte ihre Stimme, erinnerte sich an jedes

Wort. Niemand, der Kitty nicht so gut kannte wie er, keiner, den sie nicht in ihren Fehler eingeweiht hatte, konnte diese einfache Erklärung finden. Sie hatte kein Benzin mehr!

Die nächste Frage: Wo ging es ihr aus? Er dachte nach und kam zu dem Schluß, daß es noch in ziemlicher Nähe des Hotels gewesen sein mußte, von Comerbourne noch ein gutes Stück entfernt. Wenn ihr das Mißgeschick in der Nähe der Stadt zugestoßen wäre, hätte sie einfach einen vorbeifahrenden Wagen angehalten und den Fahrer gebeten, ihr etwas Benzin abzuzapfen oder die nächste Tankstelle zu benachrichtigen. Der Zwischenfall wäre für sie ein ebenso gutes Alibi gewesen wie etwa ihre Ankunft zu Hause um zehn nach elf. Sie hätte nicht zu lügen brauchen. Doch Kitty hatte gelogen, das war einer der wichtigsten Belastungspunkte. Nein, hier auf diesem Weg, in der Nähe des Hotels, mußte der Wagen gestreikt haben. Hier hatte sie keinen Wagen anhalten und den Fahrer um Hilfe bitten wollen, weil sie sonst aufgefallen wäre. Niemand sollte erfahren, daß sie hier gewesen war.

Es war kurz vor Wood's End, als Dominic auf eine Stelle stieß, wo zweifellos ein Wagen ganz nahe an die Hecke herangefahren worden war. Im Gras waren Reifenspuren zu erkennen, und einige Zweige waren abgeknickt. Das konnte Kittys Wagen gewesen sein, aber vielleicht auch ein anderer. Er konnte sich nur Gewißheit verschaffen, wenn sie sich entschloß, die Wahrheit zu sagen.

Aber angenommen, dies war tatsächlich die Stelle, an der ihr Wagen stehengeblieben war, was war ihr nächster Schritt? Auf jeden Fall mußte sie jemanden um Hilfe bitten. Das Nächstliegende war, bis zu der Telefonzelle in Wood's End zu laufen und jemanden anzurufen, dem sie bedingungslos vertrauen konnte. Diese Person war ihr zu Hilfe gekommen, hatte ihr Benzin gebracht. Kittys beharrliches Schweigen beruhte zweifellos darauf, daß sie fürchtete, diese Person könne jetzt wegen Beihilfe zum Mord belangt werden. Wenn sie, Kitty Norris, verurteilt werden sollte, dann würde auch ihr Helfer angeklagt werden. Aber nie würde Kitty einen Menschen, der sie aus der

Not gerettet hatte, verraten. Dominic zögerte vor der Telefonzelle. Er starrte sie einen Augenblick an, und dann, ohne eigentlich zu wissen, was er zu finden hoffte, zog er die Tür auf und blickte hinein. Nichts. Er wollte gerade die Tür wieder zufallen lassen, als sein Blick ein goldenes Schimmern erhaschte. Hastig riß er die Schwingtür wieder auf. Leicht wie ein Spinnennetz flatterte ein Stück blauroter Seide im Luftzug. Es hatte sich in der Türangel verfangen.

Er streckte die Hand aus, um es abzureißen, doch im letzten Augenblick hielt er inne. Es war eine Ecke der Stola, die Kitty am Abend von Armigers Tod getragen hatte.

Er durfte es nicht berühren. Er mußte es erst seinem Vater zeigen. Mit zitternder Hand wählte er die Nummer des Reviers.

»Hier ist Dominic Felse. Kann ich bitte meinen Vater sprechen? Ich weiß, aber es ist wichtig. Es hat etwas mit dem Fall zu tun.«

George steckte bis über beide Ohren in Arbeit. Unterbrechungen reizten ihn, doch Dominic tat ihm leid, und er wollte es ihm nicht noch schwerer machen. Ohne sonderliches Interesse meldete er sich. Da hörte er voller Überraschung: »Ich bin in der Telefonzelle in Wood's End, Papa. Ich habe die Ecke gefunden, die an Kittys Stola fehlt.«

»Was?«

Geduldig wiederholte Dominic seine Worte. »Der Stoff hat sich in der Türangel verfangen. Wahrscheinlich war sie in Eile und hat einfach daran gerissen, und da blieb das Stückchen stecken. Ich weiß, ich habe es nicht angefaßt. Ich bleibe hier, bis du kommst.«

»Wie um alles in der Welt bist du denn überhaupt dorthin gekommen?« fragte George völlig verdattert.

»Kombination, Papa. Komm her, dann erzähl' ich dir alles.« Er konnte sich diesen kleinen Triumph nicht versagen, doch in Wirklichkeit war er keineswegs in einem Freudentaumel. Noch lag ein langer Weg vor ihm, und viel stand auf dem Spiel. Während er wartete, lag er mit sich selbst im Kampf, wieviel er seinem Vater erzählen sollte, wieviel er ihm erzählen mußte. Das einzige Beweisstück war dieser Stoffetzen, doch es unterstützte seine Theorie, machte sie beinahe zum Tatbestand. Vielleicht sollte er alles erzählen. Denn auch die Tatsache, daß Kitty ihm früher zufällig von ihrer Vergeßlichkeit, was Tanken anging, erzählt hatte, konnte als Beweis gelten, ebenso die beschädigte Hecke und die Reifenspuren im Gras.

Schließlich berichtete er dem Vater rückhaltlos von seinen Überlegungen, die schließlich zu der Telefonzelle geführt hatten.

»Klingt alles sehr einleuchtend«, bestätigte George, während er die Hecke untersuchte. »Wir können uns den Wagen ansehen. Vielleicht lassen sich Spuren feststellen. Der Kotflügel müßte ziemlich weit ins Gestrüpp gedrungen sein.«

»Ich kann Kitty wohl nicht besuchen?« fragte Dominic sehr beherrscht.

»Ich fürchte nein, Dom. Ich glaube nicht, daß sie dich hineinlassen. Du müßtest schon einen ganz stichhaltigen Grund haben – daß du zum Beispiel ihr Anwalt bist oder ein Mitglied der Familie.«

»Ja, natürlich. Aber du könntest sie doch besuchen, nicht wahr? Du könntest ihr an meiner Stelle Fragen stellen. Wo ihr das Benzin ausgegangen ist, wen sie angerufen hat und so. Ich glaube zwar nicht, daß sie dir antwortet, aber dein Wissen wird sie so überraschen, daß sie sich vielleicht verrät, ohne es zu wollen. Sie ist doch wirklich keine geschickte Lügnerin«, sagte Dominic mit erstickter Stimme. »Sie vergißt, was sie gesagt hat, und dann rutscht ihr unversehens ein Stückchen Wahrheit heraus. Nur, wenn sie für jemanden lügt, wird sie natürlich doppelt vorsichtig sein.« Er scharrte mit den Füßen. »Du könntest ihr nicht eine Nachricht von mir überbringen? Oh, nur Grüße. Vielleicht kannst du ihr sagen, daß ich alles tue, was in meiner Macht steht.«

»Diese Nachricht werde ich ihr mit Freuden weitergeben«, erwiderte George ernst. Er verriet Dominic nicht, daß man am Fahrersitz von Kittys Wagen zwei winzige Blutspritzer entdeckt hatte, und auch nicht, daß die feinen Kratzer am linken Kotflügel ihnen bereits seit Stunden Rätsel aufgegeben hatten. Es schien ungerecht, Dominic nichts davon zu sagen, obwohl er so wertvolles Material beigesteuert hatte, doch es blieb keine andere Wahl. Sie hatten die Bedingungen ihres Waffenstillstands vereinbart.

An diesem Nachmittag besuchte George Kitty. Er begegnete Raymond Shelley, der mit abgespanntem und sorgenvollem Gesicht an ihm vorbeiging. Es fiel ihnen schwer, jetzt noch miteinander zu sprechen. Sie waren Gegner geworden, jeder von ihnen vertrat seine Partei.

»Sie werden natürlich einsehen«, begann Raymond Shelley, »daß ihre Verteidigung darin bestehen wird, die Anklage als völlig grundlos und ungerechtfertigt abzuweisen. Jeder Arzt wird Ihnen sagen können, daß eine Frau gar nicht in der Lage ist, solche Schläge zu führen. Es fehlt ihr auch die physische Kraft dazu, ganz abgesehen von der Brutalität.«

George erwiderte nichts. Er hatte eben diese Bedenken Duckett gegenüber geäußert, aber sein Chef hatte nur verächtlich geknurrt. »Das glauben Sie doch selbst nicht. Sie brauchte doch nur zuzuschlagen, das Opfer lag still vor ihr. Jedes kräftige zehnjährige Kind hätte das fertiggebracht.«

»Ich kann es nicht glauben«, stieß Shelley kopfschüttelnd hervor. »Kitty! Ich kenne sie seit ihrer Kindheit. Sie könnte nicht einmal einer Fliege etwas zuleide tun. Es ist nicht wahr, Felse, es kann nicht wahr sein. Ich werde mir niemals verzeihen, daß ich sie an jenem Abend allein gelassen habe. Wenn ich gewußt hätte, was er vorhatte, hätte ich ihn davon abhalten können.«

Hätte er das wirklich gekonnt? fragte sich George, während er Shelley mitleidig nachblickte. Wie groß war sein Einfluß auf Armiger wirklich gewesen, wenn es darauf ankam? Hatte nicht Leslie gesagt, daß sein Vater ihn nur benutzt hatte? Er wußte nur so viel von den Angelegenheiten seines Chefs, wie dieser ihm mitzuteilen geruhte, um seine Ziele zu erreichen. Nein, Shelley hätte Armiger nicht von seinem Plan abbringen können, eher wäre er ein Opfer seiner eigenen Opposition geworden.

Kitty hatte den ersten Schmerz überwunden: die Tränen der Hilflosigkeit, der Einsamkeit und der Scham, die sie gestern so erschüttert hatten. Dominic wußte zum Glück nichts von dieser Stunde des Zusammenbruchs, und er würde es auch niemals erfahren. Ohne Verlegenheit, schlicht und offen, entschuldigte sich Kitty bei George. Es würde nicht mehr vorkommen.

»Es tut mir leid, daß ich es Ihnen so schwergemacht habe. Es hat mich selbst überrascht. Ich war ganz außer mir. Dabei dachte ich immer, ich hätte ein ausgeglichenes Temperament.«

»Mein Sohn schickt Ihnen Grüße«, bemerkte George. »Ich soll Ihnen sagen, daß er tut, was in seiner Macht steht.«

Sie hob den Kopf und lächelte ihm zu. Sie sah blaß und abgespannt aus, die Augen wirkten größer denn je, und das zarte Lächeln vertiefte die Schwermut in ihrem Gesicht.

»Bitte, richten Sie ihm meinen Dank aus. Er ist fast der einzige, der mir glaubt. Kinder und Narren…« Sie schlug plötzlich die Hand vor den Mund und blickte ihn erschrocken an. »Nein, sagen Sie ihm das nicht. Es trifft ja gar nicht zu und würde ihn nur kränken. Danken Sie ihm, und grüßen Sie ihn von mir.«

»Wir haben die Stelle gefunden, an der Sie Ihren Wagen an den Rand, neben die Hecke, fuhren, weil Sie kein Benzin mehr hatten«, stellte George fest. »Warum haben Sie uns davon nichts erzählt? Sie hätten doch wissen müssen, daß wir es herausbekommen.«

»Er hat es herausgefunden«, widersprach Kitty und lächelte wieder. Ein Lächeln, das für Dominic bestimmt war. »Was für ein Junge. Daß er sich daran erinnert. Aber wissen Sie, er könnte sich auch täuschen. Aber jetzt will ich nicht mehr darüber sprechen. Dieses Thema gefällt mir nicht, und Sie können mich nicht zum Reden zwingen. Ja, eigentlich kann mich jetzt niemand mehr zu etwas zwingen. Nur noch besuchen können mich die Leute. Sie sind mir der liebste Besucher. Der gute alte Ray sieht so traurig aus, daß es mir fast das Herz bricht. Aber wer sonst sollte sich in meine Nähe wagen?«

»Sie haben doch eine Menge Freunde«, meinte George.

»Die hatte ich. Wissen Sie, wie viele standesgemäße junge Männer mich heiraten wollten, seit Leslie vergeben ist? Sieben haben mir einen regelrechten Antrag gemacht, und fünf ungefähr standen kurz davor. Und wissen Sie, wie viele versucht haben, mich heute zu besuchen, um mir ihre Liebe zu beweisen? Einer. Es war Leslie, derjenige, der mir niemals Liebe vorspielte.« Sie lachte. Es war kein bitteres, sondern ein fröhliches Lachen. Erst da verstand George. Sie lachte, weil sie sich über Leslies Besuch freute. Ihre Not hatte also auch ihre Lichtblicke.

»Hat man ihn zu Ihnen gelassen?«

»O ja. Er hatte ja immerhin einen gewissen Anspruch. Schließlich ist er der Sohn meines Opfers, der wie ein Bruder mit mir aufwuchs. Er war rührend«, sagte Kitty und lächelte zärtlich auf ihre Hände hinunter; jeder Mann hätte für dieses Lächeln Wunder vollbracht. »Und schrecklich erregt. Ich glaube fast, er fühlt sich für mich verantwortlich, nur weil es sein Vater war, der getötet wurde. Als ob er mich in diese Lage gebracht hätte. Aber ich allein trage daran die Schuld. Sie werden das hoffentlich nicht als Geständnis auslegen. Es ist nämlich keines.«

»Sie decken einen anderen«, sagte George unvermittelt.

Sie wandte den Kopf und sah ihn an, nicht so jäh, daß er hätte behaupten können, sie habe eindeutig reagiert, doch immerhin so aufmerksam, daß er wußte, sie hörte genau zu.

»Die Person nämlich, die Sie anriefen und um Hilfe baten«, fuhr George fort. »Wir fanden das Stück Ihrer Stola in der Telefonzelle in Wood's End. Dachten Sie etwa, wir würden von Ihrem Anruf nichts erfahren? Das beste ist, Sie berichten uns jetzt alles über diesen Zwischenfall, es ist sowieso nur eine Zeitfrage.«

»Ich habe Zeit«, erwiderte Kitty lächelnd, beinahe keck, obwohl durch jedes ihrer Worte Traurigkeit schimmerte.

»Wer war es, Kitty?«

»Ich weiß gar nicht, wovon Sie sprechen. Mir ist eben etwas

eingefallen. Wenn ich verurteilt werde, kann ich doch mein Opfer nicht beerben, oder? Was geschieht also mit dem Geld? Ich habe gar nicht daran gedacht, Ray zu fragen, weil ich ihn dauernd trösten mußte. Wissen Sie es vielleicht?«

»Ich bin nicht sicher. Aber meiner Ansicht nach würde es automatisch an den nächsten Verwandten des Verstorbenen fallen, wenn das Testament nicht ausdrücklich etwas anderes bestimmt.«

»Gut«, bemerkte sie befriedigt. »Dann brauchen sich Leslie und Jean wenigstens nicht mehr zu sorgen. Ich sollte wohl auch ein Testament machen, meinen Sie nicht?«

George öffnete den Mund, doch er brachte kein Wort heraus. Sie blickte auf. »Es ist schon gut«, sagte sie schnell und tröstend. »Ich habe es nicht so gemeint. Ich weiß, selbst wenn alle Stricke reißen, kann man mir keinen vorsätzlichen Mord vorwerfen.«

10

»Da ist sie«, sagte Leslie und trat vom Tisch zurück. »Die ›Lachende Jungfrau‹ in höchsteigener Person. Ich habe Ihren Rat beherzigt und sie gestern von Cranmer abgeholt. Was halten Sie von ihr?«

Wenn George einfach die Wahrheit gesagt hätte, wäre die Antwort so ausgefallen: Nicht viel! Die Holztafel lehnte an der Wand, und im trüben Licht dieses Sonntagvormittags ließ sie ihn völlig unbeeindruckt. Die Fleischfarben schimmerten in gelblichbraunem Ton, und die kräftigeren Töne waren zu einem tiefen Tabakbraun verwittert. Gegen den Hintergrund, der einstmals tiefblau oder grün gewesen sein mochte, hob sich der Körper einer Frau ab. Ihre Hände waren unter dem zarten, jungfräulichen Busen gekreuzt, der von dem unbeholfen gemalten Spitzengeriesel ihres Kragens verborgen war. Die Schultern unter den Falten ihres Kleides waren gestrafft, der

Hals war lang, in seiner gegenwärtigen Darstellung ganz form-
los, und leicht nach vorn geneigt wie der Stiel einer Blume, der
Kopf in den Nacken gelegt. Sie blickte nach rechts, bot gleichsam dem Licht ihr Gesicht, und lachte. Trotz des fehlenden
Spiels von Licht und Schatten, obwohl ihr Gesicht so gar nicht
plastisch wirkte, konnte man sehen, daß es ein Lachen der
Freude war und nicht ein Lachen der Belustigung.

»Ich weiß in der Malerei gar nicht Bescheid«, bekannte
George ehrlich. »Offen gestanden finde ich es ziemlich häßlich.
Es ist so ein seltsamer Mischmasch. Dieses Spitzengeriesel um
ihren Hals, die Korkenzieherlocken, das alles sieht mir eigentlich mehr nach frühviktorianischem Realismus aus. Aber ihre
Pose ist gar nicht viktorianisch oder realistisch. Die Haltung
des Kopfes ist mehr die einer altägyptischen Priesterin. Klingt
das einigermaßen vernünftig?«

»Höchst vernünftig sogar. Was finden Sie an der Malerei
häßlich? Die Proportionen oder die Details?«

»Die Details, glaube ich. Die Proportionen stimmen. Die
Farbe ist natürlich ziemlich plump aufgetragen, aber das
kommt wahrscheinlich daher, daß das Bild im Laufe der Jahre
immer wieder übermalt worden ist.«

»Hören Sie mal«, sagte Leslie respektvoll, »ich habe fast das
Gefühl, Sie machen unseren Kunstkritikern den Rang streitig.«
Er hatte in seiner Aufregung ganz vergessen, daß er und George
bisher Gegner waren. »Genau das ist nämlich geschehen, und
zwar schon während der letzten Jahrhunderte. Jedesmal, wenn
die Farben zu verblassen drohten, hat irgendein völlig unbe-
gabter Mensch zu Pinsel und Farbe gegriffen. Ab und zu hat
sich einer dieser Dilettanten dazu hinreißen lassen, irgendwel-
chen Firlefanz hinzuzufügen, wie beispielsweise die Korkenzieherlocken, die Sie mit Recht störten. Aber die Ausgewogen-
heit der Formen, die Aufteilung des Raumes, das ist ursprünglich und gut. Ich wüßte gern, wie die Malerei ausgesehen hat,
ehe sie zum Gasthausschild degradiert wurde. Denn ich bin sicher, daß sie das nicht immer war.«

Jean starrte die lachende Frau aufmerksam an. »Weißt du, sie erinnert mich an irgend etwas. Es fällt mir nur nicht ein. Glaubst du, daß sie immer gelacht hat?«

»Ja, das glaube ich schon. Die Haltung ihres Kopfes verrät es. Aber wenn wir Glück haben, werden wir es bald wissen. Heute nachmittag bringe ich sie zu einem Sachverständigen, der für die Universitätsgalerie verantwortlich ist«, erklärte Leslie befriedigt. »Brandon Lucas. Mir ist eingefallen, daß ich mit seinem Sohn zusammen in Oxford war. Da war das Eis natürlich viel schneller gebrochen. Er sagte, er würde sie sich gern einmal ansehen.«

»Hat Cranmer Ihnen Schwierigkeiten gemacht, als Sie sie zurückholten?« erkundigte sich George.

»Nein, Schwierigkeiten nicht. Er war zwar nicht unbedingt erfreut, aber ich nehme an, er wollte sich sein Interesse nicht anmerken lassen.«

»Hat er Ihnen ein Angebot gemacht?«

»Ja«, erwiderte Leslie.

»Wie hoch ist er gegangen?«

Zu spät merkte George die plötzliche Spannung zwischen den Eheleuten. Er hätte nicht fragen sollen. Auseinandersetzungen um Geld hatten seit Beginn ihrer jungen Ehe ihr Leben überschattet.

»Sechshundert Pfund«, sagte Jean bitter und ging zur Tür.

Leslie drückte seine Zigarette aus. Seine Finger zitterten plötzlich. »Du wolltest die Scheine nicht mal mit der Feuerzange anfassen, als mein Vater uns fünfhundert bot«, stellte er gereizt fest. »Damals fandest du es ganz richtig, daß ich ablehnte. Was ist an diesem neuen Angebot so anders?«

»Es sind hundert Pfund mehr«, erwiderte sie kalt. »Und das Geld kommt nicht von deinem Vater. Es kommt von einem Händler, und ich könnte mit gutem Gewissen damit einkaufen.«

So war das also. Als das Angebot eine so verlockende Höhe erreicht hatte, war sie bereit anzunehmen. Ganz verständlich. Sie erwartete ein Kind und wollte vorsorgen, um jeden Preis, solange nur ihr Stolz nicht verletzt wurde. Wenn ihr Vertrauen in Leslie noch ebenso unerschütterlich gewesen wäre wie zu Beginn ihrer Ehe, dann hätte sie seine Entscheidung ohne weiteres gutgeheißen. Doch das war endgültig vorbei. Von jetzt an mußte er ihr stets von neuem beweisen, daß er ihres Vertrauens würdig war, niemals wieder würde sie sich blindlings auf ihn verlassen, jeder seiner Schritte würde in Zukunft kritisch beurteilt und – wenn etwas falsch war – erbarmungslos verurteilt werden, nicht aus Egoismus, sondern weil sie unerbittlich war, wenn es um ihr Kind ging.

»Wenn ich das Angebot angenommen und später erfahren hätte, daß die Tafel zehnmal soviel wert ist, hätte ich keine ruhige Minute mehr gehabt«, sagte Leslie scharf. Er errötete selber über den unbeherrschten Ton in seiner Stimme. Er schämte sich, daß George Zeuge ihres Ehekrachs geworden war, und sie offenbar auch, denn an der Tür blieb sie stehen und bemerkte, ohne den Kopf zu drehen: »Na ja, es hat keinen Zweck, jetzt noch darüber zu diskutieren. Vielleicht haben wir doch noch Glück.«

»Glauben Sie mir, Mrs. Armiger«, erwiderte George beschwichtigend, »wenn Cranmer sechshundert geboten hat, dann war er überzeugt, daß er es zu einem wesentlich höheren Preis weiterverkaufen kann. Er ist ja nicht zum Spaß Geschäftsmann. Behalten Sie die Malerei, bis ein wirklich Unparteiischer ein Gutachten abgibt.«

Er stellte sich neben Leslie, um die Tafel noch einmal anzusehen. Zwischen den kindlichen Brüsten steckte ein seltsames Schmuckstück. Es sah aus wie eine große, ovale Brosche mit gehämmerten Ornamenten. »Darüber haben Sie sich wohl schon Gedanken gemacht?« fragte er Leslie neugierig.

»Hm, das stimmt, aber ich wage nicht, daran zu glauben. Es ist zu unglaublich. Ich möchte lieber nicht darüber sprechen, ehe nicht der Sachverständige sich darüber geäußert hat.« Er wickelte die Holztafel in ein altes Tuch und verstaute sie in einer Ecke. »Tut mir leid, ich beschäftige mich so viel mit der Malerei, daß ich kaum an etwas anderes denke. Sie sind doch sicher nicht gekommen, um sich mit mir über das Bild zu unterhalten.

Hat es mit Kitty zu tun?« Bei dem Gedanken an das Mädchen verdüsterte sich sein Gesicht.

»Ja«, antwortete George. »Sie haben sie doch gestern morgen besucht, nicht wahr?«

»Stimmt. Sobald ich mich freimachen konnte. Erst als ich zur Arbeit ging, erfuhr ich, daß man sie festgenommen hat. Warum? Es ist doch nichts dabei?«

»Oh, keineswegs. Ich hätte lediglich gern gewußt, ob sie Ihnen gegenüber weniger zurückhaltend war. Sie weigert sich beharrlich, uns etwas über ihre Beschäftigung in der Zeit zwischen elf und zwölf an jenem Abend zu verraten, und wir haben Grund zu der Annahme, daß sie damit jemanden schützen will. Meiner Ansicht nach wäre es das beste, wenn jeder ihrer Schritte, die sie in der Mordnacht unternommen hat, offen vor uns läge.«

»Gleichgültig, ob sie schuldig oder unschuldig ist?«

»Richtig.«

»Hm«, machte Leslie nachdenklich. »Wenn Sie meinen, daß sie mir gestern morgen etwas erzählt hat, was sie Ihnen am Nachmittag verschwieg, dann muß ich Sie enttäuschen. Wir haben nicht ein Wort über meinen Vater oder über jenen Abend gewechselt. Wir haben überhaupt nicht viel gesprochen. Sie hat nur gesagt, daß sie es nicht getan hat, und ich versicherte ihr, daß ich das sowieso niemals geglaubt hätte.«

»Wie lange waren Sie bei ihr? Eine halbe Stunde? Was haben Sie denn getan, wenn Sie nicht gesprochen haben?

»Kitty«, begann Leslie, während plötzlicher Zorn sein Gesicht rötete, »weinte fast die ganze Zeit, und ich versuchte, sie zu trösten. Sie brauchte das einfach, und bei mir konnte sie sich ausweinen. Über die Zeit zwischen elf und zwölf hat sie keinen Ton verlauten lassen. Und Sie wissen vielleicht, daß Sie nicht der erste sind, der mich danach fragt. Ihr Sohn kam gestern zu mir.«

»Das wußte ich zwar nicht, aber es überrascht mich nicht.« Dominic hatte ihm über die Ergebnisse seiner Nachforschungen in dieser Richtung nichts mitgeteilt, und das bedeutete wahrscheinlich, daß er nichts Wissenswertes erfahren hatte. »Wir haben ein Abkommen geschlossen«, erklärte George mit einem Lächeln. »Hat er Sie auch folgendes gefragt: An wen würde sich Kitty Ihrer Meinung nach wenden, wenn sie schnelle Hilfe brauchte, weil sie in einer verzweifelten Lage war? Wer würde sich mitten in der Nacht bereit erklären, zu ihr zu fahren, um ihr zu helfen?«

»Nein, wörtlich hat er diese Frage nicht gestellt, aber unsere Unterhaltung lief etwa auf das gleiche hinaus. Früher einmal hätte ich ohne zu zögern gesagt, sie hätte sich an mich gewandt. Wir waren gute Freunde, und ich betrachtete sie praktisch als eine jüngere Schwester, aber die Pläne meines Vaters zerstörten das. Was hätte man auch anderes erwarten können? Kitty ist ein seltsamer Mensch, bezaubernd, witzig und grundehrlich, aber auch sehr einsam. Ich habe sie von Herzen gern, und ich glaube, daß auch sie mir sehr zugetan war, bis mein Vater alles zunichte machte. Ich habe sie gestern gefragt, weshalb sie nicht zu mir kam, als sie in der Klemme saß. Doch sie murmelte nur irgend etwas Verschwommenes darüber, daß mein Name leider nicht mehr im Telefonbuch stehe. Als sei das ein Grund, mich aus ihrem Leben zu streichen! Sagten Sie etwas?«

George schüttelte den Kopf. »Nein. Erzählen Sie weiter. Wenn also nicht an Sie, an wen würde sie sich dann wenden?«

»Nun, sie wird natürlich ständig von jungen Männern umschwärmt, aber ich kann mir nicht vorstellen, daß sie einen von ihnen um Hilfe gebeten hätte. Ich glaube eher, daß sie sich einer älteren Person anvertraut hätte. Ihrer Tante beispielsweise, aber die ist vor einem Jahr gestorben. Immerhin ist da noch der Brauereidirektor von Norris, den sie seit ihrer Jugend kennt, ein gutmütiger, hilfsbereiter Mensch, dann natürlich auch Ray Shelley. Sie hat sich immer gut mit ihm verstanden, besonders nachdem er versucht hatte, meinen Vater umzustimmen, als es zum Zerwürfnis kam. Nun, eben ein älterer Mensch. Eine große Hilfe bin ich Ihnen wohl nicht?«

»Doch, vielleicht.«

»Verstehen Sie mich nicht falsch. Ich will ja nur Kitty helfen, nicht Ihnen. Das dürfen Sie mir nicht übelnehmen. Ich bin eben kein Polizist, sondern Kittys Freund.«

»Natürlich«, meinte George, der sich damit abgefunden hatte, stets als Gegner betrachtet zu werden. »Übrigens – Dom hat Ihnen wohl klargemacht, auf wessen Seite er steht?« Das kleine Lächeln in Leslies Augen gab ihm zu verstehen, daß Dominic das nicht versäumt hatte und es entsprechend aufgenommen worden war.

George schritt zur Tür und drehte sich noch einmal um. »Noch etwas: es wird Sie interessieren, daß wir jemanden fanden, der Ihre Zeitangaben für den betreffenden Abend bestätigte. Ein Bergarbeiter, der Nachtschicht hatte und auch in dieser Straße wohnt. Er stieg gerade aus dem Werkbus, als er Sie nach Hause kommen sah. Damit wird die Zeit ziemlich genau auf Viertel vor elf festgelegt.«

»Aha«, sagte Leslie. »Danke, daß Sie es mir erzählt haben. Vor ein paar Tagen wäre mir dadurch eine Menge erspart geblieben.«

»Erst gestern abend kamen wir auf den Gedanken, die Leute, die mit dem Werkbus von Warren nach Hause fuhren, zu vernehmen. Wenn ich es vorher gewußt hätte, dann hätte ich Ihnen Bescheid gesagt. Jetzt wünsche ich Ihnen jedenfalls viel Glück mit Ihrer lachenden Jungfrau. Soll ich Sie vielleicht im Wagen zu dem Sachverständigen bringen? Es ist doch ziemlich umständlich, mit dem Bild im Bus zu fahren.«

»Das ist sehr entgegenkommend von Ihnen, aber Barney Wilson leiht mir seinen Lieferwagen. Ich habe den zweiten Schlüssel für den Wagen, und wenn er ihn nicht braucht, kann ich ihn einfach aus der Garage holen. Er stellt ihn im Amt ab, weil er zu Hause keine Garage hat.«

»Ein vertrauensseliger Mensch«, stellte George fest. »Die meisten Leute leihen einem lieber ihre eigene Frau.«

Während er langsam nach Hause fuhr, überlegte er, daß die Unterhaltung doch nicht ganz so ergebnislos verlaufen war, wenn auch eine Menge Fragen immer noch offenblieben. Da war zunächst einmal ›Die lachende Jungfrau‹, dieses unscheinbare Kunstwerk, für das ein mit allen Wassern gewaschener Händler sechshundert Pfund geboten hatte. Hatte das Bild mit Armigers Tod etwas zu tun? Es paßte jedenfalls nicht in die Theorie, die ihm seit seinem gestrigen Besuch bei Kitty ständig durch den Kopf ging, doch wenn sich herausstellen sollte, daß die Malerei hohen Wert besaß, dann mußte man die Möglichkeit in Betracht ziehen, daß sie eine Rolle gespielt hatte.

Und doch – wenn Geld das Mordmotiv war, dann dürfte es sich doch wohl kaum um die paar tausend Pfund gehandelt haben, die dieses Kunstwerk wert sein mochte, sondern um Armigers ganzes Vermögen. Zwei Millionen Pfund, die praktisch Leslie gehört hatten, ehe es zum Bruch gekommen war. Hatte er sich wirklich damit abgefunden, daß er sie niemals erben würde? Angenommen, er hätte sich tatsächlich mit der Armut abgefunden, weil ihm keine andere Wahl blieb, wie hätte er reagiert, wenn das Schicksal ihm plötzlich eine geradezu ideale Gelegenheit geboten hätte, sein Vermögen wiederzuerlangen?

Zweifellos hatte Leslie das Hotel an jenem Abend ohne jede schändliche Absicht verlassen. Er wollte einfach zu Fuß nach Hause gehen, und das tat er auch. Die Aussage des Bergarbeiters hatte das bestätigt. Er konnte sich keinesfalls in der Nähe des Tanzsaals herumgetrieben und Kittys Flucht beobachtet haben, um dann zurückzukehren und die Arbeit, die sie unabsichtlich begonnen hatte, zu vollenden. Er war zu diesem Zeitpunkt in Comerbourne gewesen. Zwei Kilometer vom Tatort entfernt. Wenn er getötet hatte, dann war er zurückgekehrt, um zu töten, und der Gedanke war ebenso plötzlich geboren worden wie ein Blitz – wie ein Hilfeschrei. Ein Schrei von Kitty.

Als George an diesem Punkt angelangt war, dämmerte es ihm, daß er ja an Kittys Unschuld nicht mehr den leisesten Zweifel hegte. Es überraschte ihn nicht einmal. Schon während der letzten vierundzwanzig Stunden hatte er an Kittys Unschuld geglaubt, nur hatte er es sich nicht eingestanden.

Kitty war es nicht gewesen, sondern ein anderer. Die Person vielleicht, die sie von Wood's End aus angerufen hatte? Angenommen, daß jemand von der völlig aufgelösten Kitty erfahren hatte, daß Armiger bewußtlos im Tanzsaal lag, angenommen, daß dieser Jemand genau in diesem Augenblick den unbezwingbaren Drang empfand, das Werk zu vollenden... Kitty war außer sich, ihr konnte man die Schuld in die Schuhe schieben, weil sie selbst gerade den Tod Armigers fürchtete, und hier, mit dem entsetzten Anruf Kittys, bot sich dem Mörder eine unwiederbringliche Gelegenheit.

Kitty selbst hatte George auf diesen Gedanken gebracht, ohne dessen gewahr zu werden, nur weil sie sich ahnungslos an den einzigen Lichtstrahl geklammert hatte, der ihr geblieben war. Wenn ich verurteilt werde, kann ich das Erbe meines Opfers nicht antreten, nicht wahr? Was geschieht also mit dem Geld? Und dann voller Befriedigung: Gut! Dann brauchen sich Leslie und Jean wenigstens keine Sorgen mehr zu machen.

Das Zusammentreffen der Umstände, wie zufällig auch immer, war ideal. Der Mörder brauchte sich nicht einmal den Vorwurf zu machen, Kittys Tod zu verschulden, denn, wie sie selbst gesagt hatte, man könnte ihr niemals einen *vorsätzlichen* Mord zur Last legen. Und doch verwehrte das Gesetz dem Täter – gleichgültig, ob er seine Tat mit Vorsatz begangen hatte oder nicht –, sein Opfer zu beerben. Auch wenn Kitty verurteilt würde und infolgedessen die Erbschaft nicht antreten konnte, so würde sie doch als relativ junge und sehr reiche Frau entlassen werden. Vielleicht hatte sich der Mörder, mit dem Preis von zwei Millionen Pfund vor Augen, sogar eingeredet, daß er ihr gar kein so entsetzliches Unrecht antat. Häufig schon ist die Stimme des Gewissens mit solchen Summen zum Schweigen gebracht worden.

An Georges Theorie waren nur zwei Haken. Leslie besaß keinen Wagen, mit dem er in jener Nacht zum Tanzsaal hätte zurückfahren können, und er war telefonisch nicht zu erreichen. Allerdings mußte man daran denken, daß Leslie sich jederzeit den Lieferwagen von Barney Wilson leihen konnte. Die Garage war nicht weit von Leslies Wohnung entfernt. Ob sich das Rätsel mit dem Telefon ebenso leicht lösen lassen würde?

Der Fall schien verwickelt, doch George wußte, daß sich

durch dieses Gewirr von Fakten und Umständen die Wahrheit wie ein roter Faden hindurchziehen mußte. Endlich hatte er einen Anfang gefunden. Er bot sich ihm in einem überzeugenden Motiv, in einer unwiderstehlichen Versuchung. Ein Mann, der zwei Millionen Pfund in Aussicht hat, kann es sich leisten, ein Angebot von lächerlichen sechshundert auszuschlagen.

Aber – Leslie hatte kein Telefon.

11

Am Sonntagabend näherte sich Dominic seinem Vater mit einem so entschlossenen Gesicht, daß es nicht zu übersehen war, daß sein Ziel feststand. Er suchte eine ernsthafte Unterhaltung mit seinem Vater. Bunty war in die Kirche gegangen. George hätte es nichts ausgemacht, wenn sie an den Beratungen teilgenommen hätte, doch Dominic war dagegen.

»Vater, ich habe über die Sache mit den Handschuhen nachgedacht«, begann er und stützte die Ellbogen auf den Tisch.

»Ja?« sagte George. Es war zwar nicht der Beginn, den er erwartet hatte, doch er war durchaus angebracht. Man durfte die Handschuhe nicht außer acht lassen.

»Du weißt, was ich meine. Die Handschuhe von Leslie waren in Ordnung, aber irgend jemand mußte sich bestimmt möglichst rasch seiner Handschuhe entledigen. Die Flasche war ja bis zum Kork voll Blut. Und so wie ihr alle auf die Handschuhe losgestürzt seid – dieses Beweisstück hattet ihr doch erhofft, nicht wahr? Ich meine, ihr wart euch klar, daß die Kleidungsstücke des Mörders vielleicht Spuren trugen, oder ihr wußtet, daß die Handschuhe Spuren tragen mußten. Denn er hat doch auf jeden Fall Handschuhe getragen, nicht wahr?«

»Ja. Und?«

»Nun, hat Kitty eigentlich an jenem Abend Handschuhe angehabt?« Er wollte mit dieser Frage keinerlei Beweise erbringen, doch die Antwort darauf gehörte einfach zur Entwicklung seines Gedankengangs.

»Im Haus nicht«, erwiderte George sofort. »Aber sie kann natürlich welche im Wagen gehabt haben.«

»Ja, aber ihr habt doch nie fleckige Handschuhe bei ihr gefunden. Nun, ohne die Sache mit den Handschuhen zu vergessen, habe ich mir überlegt, was an jenem Abend geschehen sein muß. Sie rannte aus dem Tanzsaal, um nach Hause zu fahren, und nach ein paar hundert Metern ging ihr das Benzin aus. Sie ist in Panikstimmung und denkt, daß sie etwas Entsetzliches getan hat, daß sie Armiger schwer verletzt hat, vielleicht sogar tödlich. Sie muß weg, aber sie wagt nicht, eine Tankstelle anzurufen. Sie läuft zur Telefonzelle und ruft einen Freund an, dem sie vertrauen kann, erklärt, wo sie ist, und bittet um Hilfe. Gleichzeitig nimmt sie dem Freund das Versprechen ab, keinem Menschen etwas zu verraten, und erklärt, daß sie etwas Schreckliches getan hat. Und dann sprudelt sie die ganze Geschichte heraus. Das ist unter diesen Umständen verständlich. Angenommen nun, der Mensch, den sie angerufen hat, besitzt allen Grund, Armigers Tod zu wünschen. Vielleicht hat er niemals daran gedacht, irgend etwas zu unternehmen, doch in diesem Augenblick erkennt er blitzartig die Chance seines Lebens. Armiger liegt bewußtlos im Tanzsaal, ein wehrloses Opfer, wenn er nur so lange ohnmächtig bleibt, bis der Mörder kommt, und außerdem bietet sich auch noch ein Sündenbock an. Ich will nicht sagen, daß die Person fest entschlossen ist, Armiger zu töten, aber Neugier und dieser vielleicht schattenhafte Gedanke an Mord treiben sie dazu, zum Tatort zu fahren. Selbstverständlich ist die Lage nicht ohne Risiko, vielleicht war Armiger nur wenige Minuten bewußtlos und schon wieder zu sich gekommen. Vielleicht hat er den Tanzsaal schon verlassen. Aber was hat der Mörder denn schon zu verlieren? Wenn Armiger nicht mehr da ist, dann hat sich die Sache erledigt. Wenn er das Bewußtsein wiedererlangt hat und nun vielleicht mit schmerzendem Kopf im Tanzsaal sitzt, dann braucht man nur Teilnahme und Sorge zu heucheln, ihm in den Wagen zu helfen und dann zu Kitty zu brausen. Wenn aber Armiger noch immer da liegt, wo Kitty ihn verlassen hat – nun, dann besteht eine Chance. Die Person macht sich also auf den Weg, aber nicht zu Kitty, sondern zum Tanzsaal. Und tatsächlich, Armiger ist noch bewußtlos. Die Chance ist da.«

»Weiter«, forderte George ihn ruhig auf, während er den von seinen Gedanken völlig gefangengenommenen Jungen forschend anblickte. »Komm, erzähl weiter. Ich möchte hören, wie du die Einzelheiten zusammenfügst.«

»Sie passen«, versicherte Dominic. »Alle. Die Nerven dieses Unbekannten sind bis zum Äußersten gespannt, aber bis jetzt hat er nicht wirklich daran geglaubt, daß er handeln würde. Er hat keine Waffe, hat keine Vorbereitungen getroffen. Er trägt nur deshalb Handschuhe, weil der Abend ziemlich kühl ist. In dem Augenblick, als er durch die Tür tritt und Armiger auf dem Boden liegen sieht, ergreift er die nächste Waffe, die ihm unter die Augen kommt, nämlich die Gipsstatuette aus der Nische unmittelbar neben der Tür. Ich weiß noch, wie du gesagt hast, daß sie so stabil aussehen und in Wirklichkeit ganz leicht und innen hohl sind. Er greift also danach, um Armiger damit auf den Kopf zu schlagen, doch sofort wirft er sie unwillig wieder weg, weil sie so lächerlich leicht ist. Er rast daraufhin die Treppe hinauf, packt die Flasche und schlägt damit auf Armiger ein, bis sie zerbricht. Als er sieht, daß Armiger tot ist, kommt er zur Vernunft. Er muß alle Spuren beseitigen. Besonders die Handschuhe muß er loswerden, und zwar schnell. Er muß sich ihrer innerhalb eines Umkreises von wenigen hundert Metern entledigen, weil er ja direkt zu Kitty fahren muß, um ihr zu helfen, wie er versprochen hat. Andernfalls läuft er auch Gefahr, daß sie ihn mit dem Mord in Verbindung bringt, sobald er publik wird, auch wenn sonst kein Mensch auf den Gedanken verfällt, ihn zu verdächtigen. Gerade das ist doch das Vollendete am Zusammentreffen der Umstände, daß niemand etwas von ihm erfahren wird. Er kann es sich leisten, darauf zu warten, daß die Polizei ihren Weg zu Kitty findet. Aber er kann es sich nicht leisten, sie in ihrem Wagen sitzenzulassen, denn dann muß er damit rechnen, daß Kitty unter dem Druck der Untersuchungshaft die ganze Geschichte preisgibt. ›Ich habe Soundso angerufen und um Hilfe gebeten, aber er ist nicht gekommen.‹ Denn selbst wenn sie dann nicht Verdacht schöpfen würde – ihr von der Polizei würdet doch bestimmt mißtrauisch werden, oder?«

»Ja, wir hätten die Bedeutung dieser Tatsache wohl kaum übersehen«, stimmte George zu.

»Er hat vielleicht gar nicht geplant, Kitty die Schuld aufzuhalsen. Sicherlich hatte er nichts gegen sie, und es wäre ihm ganz recht gewesen, wenn sie ungeschoren geblieben wäre, solange auch ihm nichts geschah, natürlich. Aber wenn sie in Verdacht geraten sollte, würde er jedenfalls nichts für sie tun. Auf jeden Fall mußte er aber schnell zu ihr fahren. Er war nicht sehr verspätet, denn die Szene im Tanzsaal hatte bestimmt nur wenige Minuten gedauert. Jetzt galt es, die Handschuhe loszuwerden. Er mußte Kitty treffen, mit ihr sprechen, ihr Benzin bringen. Er konnte es sich nicht leisten, Kittys Argwohn dadurch zu wecken, daß er irgendwo Blutflecken hinterließ. Er wagte es nicht, die Handschuhe in seine Tasche zu stecken oder in seinem Wagen zu verstecken. Er mußte sie also wegwerfen oder sie verstecken, noch ehe er Kitty traf.«

»Du hast über alles genau nachgedacht, was?« bemerkte George. »Erzähl weiter. Wie wird er die Handschuhe los?«

»Er hat nicht viel Zeit und auch nicht viele Möglichkeiten. Er kann sich nicht zu weit von der Straße entfernen, weil das zu lange dauert, und er darf andererseits von Kitty nicht gesehen werden. Er verläßt den Tanzsaal, schließt die Tür wahrscheinlich mit der linken Hand, weil dieser Handschuh nicht so von Blut durchtränkt ist. Ich glaube nicht, daß er sie irgendwo drinnen gelassen hat, selbst wenn sich dort ein gutes Versteck geboten hätte, eben wegen der Türklinke. Besser Blutspuren als Fingerabdrücke. Dann zieht er die Handschuhe aus, stülpt das Futter nach außen, und wahrscheinlich hat er dann auch noch den rechten in den linken hineingestopft, damit die sauberste Fläche nach außen kam. Ich habe mich in der Umgebung umgesehen. Hinter dem ehemaligen Stall befindet sich ein Wasserabfluß mit einem Eisengitter darüber. Das ist als Versteck natürlich verlockend, aber zu offensichtlich, denn wenn die Strömung nicht sehr stark ist, bleiben die Handschuhe unmittelbar unter dem Gitter hängen. Und außerdem würde die Polizei an einer solchen Stelle als erstes nachsehen.«

»Sie hat nachgesehen. Nachdem wir den Tanzsaal durchsucht hatten.«

»Dann bleiben nur noch die enge Straße, die Hecken, die Gräben und das Wäldchen. Natürlich, das Wäldchen erscheint vielleicht auf den ersten Blick nicht geeignet, aber ich möchte annehmen, daß es eine Menge Zeit und Leute kostet, wenn man es durchkämmt. Der Boden ist ganz von vermodertem Laub bedeckt, und selbst wenn man jeden Millimeter absucht, stößt man vielleicht doch nicht auf das, was man sucht. Na ja, ich jedenfalls hätte die Handschuhe da versteckt. Dann fährt er zu Kitty, füllt ihr das Benzin in den Tank und sagt, sie solle jetzt heimfahren und sich keine Sorgen machen, dem alten Knaben sei bestimmt nichts geschehen. Und Kitty – du sagtest doch, sie trug ein Kleid mit weitem Rock – ist so erleichtert, daß sie immer ganz dicht neben ihm steht, ihr Rock streift seine Hosenbeine, die blutbespritzt sind, und ein Tropfen von seinem Ärmel fällt auf ihren Schuh. In der Dunkelheit fällt es keinem von beiden auf. Das ist alles. Beweismaterial für dich. Habe ich etwas vergessen?«

George mußte gestehen, daß Dominic für jeden Punkt eine Erklärung parat gehabt hatte.

»Du bist ziemlich sicher, daß der Unbekannte Armiger getötet hat, bevor er Kitty zu Hilfe kam. Warum nicht hinterher?«

»Das ist doch klar. Er mußte damit rechnen, daß Armiger nicht für lange bewußtlos bleiben würde. Wenn der Bursche erst zu Kitty gefahren wäre, dann hätte er meiner Ansicht nach gar nicht mehr die Nerven gehabt, zurückzufahren und nachzusehen, ob die Gelegenheit noch immer auf ihn wartete.«

Bis zum Ende seines Berichtes war er sich ganz sicher gewesen, doch als George beharrlich schwieg, hielt er der Belastung nicht länger stand.

»Sag doch etwas«, stieß er hervor, und in seiner Stimme zitterten Hoffnung und Spannung. »Du sitzt einfach da und hüllst dich in Schweigen. Dir ist es ganz gleichgültig, ob Kitty lebenslänglich ins Gefängnis muß, wenn du nur deinen Fall abschließen kannst. Für dich spielt es keine Rolle, ob sie es getan hat oder nicht. Du tust überhaupt nichts.«

George riß sich aus seinen Gedanken.

»Jetzt ist es genug, mein Junge. Nimm dich gefälligst zusammen.«

»Ja, ja, ich weiß. Es tut mir leid. Aber du sitzt wirklich nur da und sagst gar nichts.«

»Doch«, erwiderte George. »Wenn du heute nachmittag mal in deinem Wäldchen gewesen wärst, hättest du festgestellt, daß es dort von Polizeibeamten wimmelte. Sie suchten alle nach den Handschuhen. Seit wir zu dem Schluß gelangt sind, daß der Mörder Handschuhe getragen hat, suchen wir überall. Du wirst es nicht glauben, aber sogar nebensächliche Punkte, wie etwa die Frage, ob die geringfügigen Blutspuren auf dem Saum eines Kleides unter den gegebenen Umständen ins Bild passen, interessieren uns. Du bist nicht der einzige, der Theorien aufstellen kann, mein Junge. Wir möchten gern wissen, wen sie an jenem Abend angerufen hat. Befasse dich einmal mit dieser Frage, und teile mir die Antwort mit.«

Das Schweigen, das seinen Worten folgte, ließ erkennen, daß Dominic den Sinn seiner Worte nur zu gut verstanden hatte. Dominic verbarg seine Gefühle hinter einer Maske der Ausdruckslosigkeit, während er seinem Vater forschend ins Gesicht blickte.

So ist das also, sagten die Augen. Ich verstehe. Die anderen suchen vielleicht die Handschuhe, weil sie den Fall abschließen wollen, aber du nicht. Du willst sie finden, weil du nicht an ihre Schuld glaubst. Was habe ich dir gesagt? Ich wußte ja, daß du früher oder später ebenso denken würdest wie ich.

Es ist verständlich, daß diese Erkenntnis ihn mit Freude erfüllte, daß es ihn tröstete, weil er mit seiner Überzeugung nicht mehr allein stand, doch hinter dieser Maske der Ausgeglichenheit ging noch etwas anderes vor, etwas, das eigentlich nicht vorauszusehen gewesen war, das ihn selbst verwirrte. Er war froh, einen Verbündeten zu haben, und doch hieß er diesen Verbündeten nicht willkommen. Er hatte sich nach einem Verbündeten gesehnt, doch einen Rivalen wollte er nicht.

»Ich befasse mich schon damit«, erklärte Dominic. »Ja, ich glaube sogar, daß ich der Antwort auf der Spur bin.« Doch er ließ offen, ob er sie seinem Vater oder einem anderen verraten würde.

12

Am Montagmorgen, eine Stunde bevor Alfred Armiger wider alles Erwarten von seinem düster dreinschauenden Sohn zur letzten Ruhe geleitet wurde, führte man Kitty der Form halber zwei Minuten dem Gericht vor. Sie wurde für eine weitere Woche in Haft genommen.

Ruhig ließ sie das kurze Verfahren über sich ergehen, ohne irgend jemandem einen Blick oder ein Lächeln zu schenken. Nicht einmal Raymond Shelley, der sie vertrat. Gehorsam stand sie auf, trat vor, setzte sich wieder, wenn sie dazu aufgefordert wurde. Die dunklen Augen, von vergossenen Tränen und schlaflosen Nächten zeugend, beherrschten das schmale Gesicht. Sie wanderten von einem Gegner zum anderen, hoffnungslos und doch nicht furchtsam. Sie hatte sich dem Strom ergeben, der sie trieb, und was immer auch geschah, sie ertrug es schweigend, weil es keine Hilfe gab. George brach es fast das Herz, als er sie ansah. Wenigstens, dachte er, blieb Dominic dieser Anblick erspart.

»Kopf hoch, Kitty«, sagte er, als er ihr aus dem Wagen half, und erst als ihr Name so verräterisch über seine Lippen gekommen war, wurde er dessen gewahr.

»Warum?« fragte Kitty und blickte durch ihn hindurch in weite Fernen.

»Weil Sie es sich selbst schuldig sind – und Ihren Freunden, die an Sie glauben.«

Seine Kehle war plötzlich wie zugeschnürt. Er war zornig auf sich selbst, daß er solchen berufswidrigen Gefühlen Ausdruck gab. Später, als er die Befürchtung, mißverstanden zu werden, noch immer nicht überwunden hatte, sagte er sich, daß er nichts anderes verdient hatte. Denn Kitty lächelte unversehens freundlich, und für einen Augenblick schien sie ihn wirklich zu sehen. »Ach ja«, meinte sie. »Ich darf Dominic nicht enttäuschen. Sagen Sie ihm, ich werde mich meiner Haut zu wehren wissen. Ich kann ja gar nicht verlieren, wenn er mir zur Seite steht.«

An diesem Abend kam George spät nach Hause. Die hektische, doch bis jetzt ergebnislose Arbeit des Tages hatte ihn seine ganze Kraft gekostet. Gereizt blickte er Dominic an, der aus dem Wohnzimmer stürzte, noch ehe er Zeit gehabt hatte, seine Mappe wegzulegen und seinen Hut abzunehmen. Dominic stand neben ihm vor dem Spiegel, und der Kontrast zwischen seinem eigenen, von Müdigkeit gezeichneten Gesicht mit dem glatten Haar, das an den Schläfen schon grau wurde, und den jungen, frischen, noch nicht gefestigten Zügen Dominics war nicht tröstlich.

»Tut mir leid, mein Junge«, bemerkte George. »Wir haben sie noch nicht gefunden.«

Dominic rührte sich nicht. Die besorgten Augen folgten jeder Bewegung Georges, während er seinen Mantel aufhängte und auf die Treppe zusteuerte. George selbst hatte seinen Leuten im stillen bis heute abend Zeit gegeben. Wenn sie dann die Handschuhe noch nicht gefunden hatten, bestand wenig Aussicht, sie jemals aufzuspüren.

Es hatte keinen Zweck, länger auf eine Wendung des Schicksals zu warten. Die Wendung mußte erzwungen werden. Dominic wußte, daß jetzt nur noch außergewöhnliche Maßnahmen helfen konnten. Diesmal war es unmöglich, sich dem Vater anzuvertrauen, weil die Art der Schocktherapie, die Dominic im Sinne hatte, von der Polizei nicht unterstützt werden konnte. Wenn er Vater nur ein Wort davon sagte, würde sein ganzer Plan ins Wasser fallen. Nein, er mußte sich allein durchbeißen, und selbst wenn er wirklich Hilfe brauchen sollte, konnte er sich keinesfalls an seinen Vater wenden. Doch bevor er zur Tat schritt, mußte er sicher sein, daß seine Kenntnisse über den Fall lückenlos waren. Er konnte seinen Vater nicht nach den Dingen fragen, die er noch nicht wußte, aber Leslie Armiger konnte es ihm sagen.

»Ich gehe weg, Mami«, verkündete Dominic, als er Bunty in die Küche folgte. Es war schon nach acht Uhr, und sie war überrascht, doch sie fragte nicht nach dem Warum und dem Wohin, sondern sagte nur: »Gut, mein Junge. Komm nicht zu spät heim.«

Er holte sein Fahrrad und fuhr nach Comerbourne. Vor dem Haus von Mrs. Harkness stieg er ab und ging die Treppe hinauf zum Zimmer der Armigers.

Leslie saß am Tisch, über einen Stoß Bücher gebeugt. Eine Rauchwolke hüllte ihn ein. Dominic hatte während der letzten Tage seine Hausaufgaben schändlich vernachlässigt, doch Leslie widmete sich seinen Studien mit Eifer. Er war ohne akademischen Grad von Oxford abgegangen, da er seine Studienjahre mit voller Billigung seines Vaters lieber dazu benützt hatte, seinen monatlichen Wechsel unter die Leute zu bringen, leidenschaftlich zu spielen, begeistert zu malen, auf Bällen und Partys eine gute Figur zu machen und nur ab und zu einmal die Nase in die Lehrbücher zu stecken, um seinen Professoren einen Gefallen zu tun. Jetzt, da Ehe und Verantwortung seiner Jugend ein unvermitteltes Ende gesetzt hatten, mußte er viel nachholen.

»Oh, entschuldigen Sie«, sagte Dominic enttäuscht. »Ich wollte Sie nicht stören.«

»Nein, komm nur rein«, forderte Leslie ihn auf und klappte das Buch zu. »Ich bin froh, daß ich eine Ausrede habe. Es gibt doch nichts Neues, oder? Wegen Kitty?«

Dominic schüttelte den Kopf. »Sie haben sie wohl nicht wieder besucht?«

»Noch nicht. Es hat keinen Zweck, zu oft hinzugehen, da lassen sie einen doch nicht hinein. Kann ich dir helfen?«

»Ja. Wahrscheinlich werden Sie es komisch finden, aber ich wollte Sie wegen des Bildes etwas fragen. Würde es Ihnen etwas ausmachen, mir die Geschichte zu erzählen, wie jemand versucht hat, es Ihnen wegzunehmen? Ich glaube, das würde mir helfen. Weil ich nämlich eine Art Theorie aufgestellt habe, aber ich weiß noch nicht genug über die Einzelheiten.«

»Du meinst, daß die ›Lachende Jungfrau‹ mit der Sache etwas zu tun haben kann?« erkundigte sich Leslie und musterte ihn neugierig. Ein seltsamer Junge. Groß, mit einem offenen, freundlichen Gesicht, ein Junge, der leicht aus sich herausging und von einem gesunden Selbstbewußtsein erfüllt war, der sich vielleicht eine Idee zu wichtig nahm, aber das war ja in diesem Alter nur normal. Unter Jungen seines Alters wußte er sich bestimmt Platz und Gehör zu verschaffen. Was immer er auch anfangen mochte, man konnte sich vorstellen, daß er sich tapfer schlug, im Sport lag er vielleicht eine Stufe über dem Durchschnitt, wenn es um Intelligenz und Wissen ging, möglicherweise zwei oder drei, und dann blieb ihm vermutlich immer noch genug Tatendrang, um sich seinen Hobbys zu widmen.

Leslie setzte sich zu ihm und erzählte ihm noch einmal die ganze Geschichte der ›Lachenden Jungfrau‹ von Anfang an. Dominic quittierte seine Worte mit raschen Fragen und hoffnungsvollem Blick. Jean kam herein und brachte ihm eine Kanne Kakao und ein paar Kekse.

»Dieser Cranmer kann also Ihrem Vater gegenüber eine Andeutung über den Wert der Malerei gemacht haben.« Wärme und Eifer sprachen aus Dominics Blicken. Es fügte sich alles zusammen. »Aber Mr. Shelley hat Sie dann besucht?«

»Im Auftrag meines Vaters natürlich.«

»Warum natürlich? Sie wissen das nur, weil er es behauptet hat. Nehmen Sie doch einmal an, es war folgendermaßen: Cranmer hält das Bild für wertvoll, er weiß, daß Ihr Vater ihm keine Bedeutung beigemessen hat. Er ist der Ansicht, daß es sich nur bezahlt machen kann, wenn er sich mit Ihrem Vater gut stellt, und ruft im Büro an, um ihn zu warnen. Er erreicht ihn aber nicht. Man verbindet ihn mit Mr. Shelley, und er berichtet Shelley von seinen Überlegungen. Daß Mr. Armiger doch einmal darüber nachdenken solle, daß er ein kleines Vermögen weggeworfen habe. Aber anstatt die Nachricht weiterzugeben, machte sich Mr. Shelley seine eigenen Gedanken. Er ist inzwischen so sicher, daß der Bruch zwischen Ihnen und Ihrem Vater nicht mehr zu kitten ist, daß er eine Aussprache zwischen Ihnen beiden nicht fürchtet. Er beschließt, sich diesen glücklichen Zufall zunutze zu machen. Behalten Sie das Bild und bewahren Sie Stillschweigen, dann können Cranmer und er ein Geschäft machen und den Erlös teilen. Armiger will er aus dem Spiel lassen. Dann präsentiert er Ihnen die Geschichte, daß Armiger seinen schlechten Scherz bereut und Ihnen fünfhundert Pfund schicken läßt im Tausch gegen das Bild. Sie sagten doch, er habe das Geld in bar bei sich gehabt. Ist Ihnen das nicht merkwürdig vorgekommen?«

»Nicht besonders. Mein Vater hat häufig große Beträge mit sich herumgetragen. Aber ich stimme dir zu, diese Version klingt plausibel. Es kann schon sein, daß Shelley dachte, das sei der Weg des geringsten Widerstandes, um an das Bild heranzukommen, aber er hätte doch niemals gewagt, weiterzugehen, nachdem ich mich einmal geweigert hatte. Das wäre zu riskant gewesen.«

»Das kommt darauf an, was auf dem Spiel stand. Sie schicken ihn weg, und er kommt zurück, um den Brief Ihres Vaters zu stehlen. Es ist ja der einzige Beweis, daß die Malerei Ihnen gehört. Er verläßt sich völlig darauf, daß Sie sich unter keinen Umständen mit Ihrem Vater in Verbindung setzen werden. Denn er weiß ja, was Sie empfinden. Er ist überzeugt, daß diese Sache Sie mit Abscheu erfüllen wird, daß Sie jedoch nichts unternehmen werden, weil Sie von dem Wert der Malerei nichts ahnen. Der alte Knacker ist zu vorschnellen Schlüssen gelangt, nur weil er irgendwo aufgeschnappt hat, daß Sie ein Gutachten von dem Bild haben wollen. Geschieht ihm ganz recht, wenn er reinfällt. Das sollten Sie denken, damit hat Shelley gerechnet.«

Dominic schlug sich auf den Mund. »Oh, entschuldigen Sie. Ich hätte nicht so von Ihrem Vater sprechen sollen. Es tut mir leid.«

»Ist schon gut«, entgegnete Leslie mit einem traurigen Lächeln.

»Sie nehmen es mir also wirklich nicht übel? Aber Sie sehen ja selbst, was es bedeutet, wenn Shelley so gedacht haben sollte. Er ist überzeugt, daß Sie keinen Anspruch auf das Bild erheben werden, wenn Cranmer Ihnen mitteilt, daß Ihr Vater behauptet, es gehöre ihm und nicht Ihnen; es ist ebenso sicher, daß Sie danach mit der ganzen Angelegenheit nichts mehr zu schaffen haben wollen. Shelley und Cranmer hätten dann in aller Stille die Malerei an den Mann bringen und sich den Erlös teilen können. Aber aus heiterem Himmel ruft Kitty ihn an jenem Abend an, nachdem er von der Eröffnungsfeier nach Hause gegangen ist. Sie erzählt ihm alles und bittet ihn, ihr zu helfen. Sie ist sich natürlich gar nicht klar, daß sie ihm etwas Entsetzliches berichtet, als sie sagt, daß Sie mit Ihrem Vater im Tanzsaal waren. Aber für Shelley ist es der Weltuntergang; diese Begegnung war das, was er niemals erwartet hatte. Anstatt die Geschichte einfach auf sich beruhen zu lassen, rannten Sie zu Ihrem Vater, um Ihrem Ärger über den üblen Scherz Luft zu machen. Ihr Vater hingegen wußte nicht, wovon Sie eigentlich sprachen, und er sagte Ihnen das auch. Damit wäre die Katze aus dem Sack. Exit Shelley. Er arbeitete schon wie lange mit Ihrem Vater zusammen? Überlegen Sie nur, was es für ihn bedeutet hätte, wenn er jetzt hinausgeworfen worden wäre und neu anfangen müßte – mit Ihrem Vater als Feind. Vielleicht hätte man ihn sogar vor der Öffentlichkeit bloßgestellt und Anzeige erstattet. Andererseits ist da Kitty am Telefon und jammert voller Aufregung, daß sie Ihren Vater die Treppe hinuntergestoßen hat und daß er bewußtlos im Tanzsaal liegt. Wenn Shelley einen Skandal vermeiden und seinen Anteil aus dem Erlös des Bildes einstreichen will, darf er nicht zögern. Er beruhigt also Kitty, rät ihr zu warten, bis er kommt. Dann geht er zu seinem Wagen und rast zurück zum Tanzsaal. Er tötet Ihren Vater.«

Beide starrten ihn aus großen Augen an. »Natürlich, es kann so gewesen sein«, meinte Leslie gepreßt.

Jean war während dieses Wortwechsels ganz ruhig dagesessen. Sie hatte das Kinn auf die Hände gestützt, und ihre Augen wanderten von einem zum anderen. Plötzlich hob sie protestierend die Hand. »Nein, es kann sich nicht so abgespielt haben«, behauptete sie. »Bestimmt nicht. Tut mir leid, daß ich euch beide enttäuschen muß, aber die Geschichte hat einen Haken. Ich will nicht sagen, daß Mr. Shelley nicht der Täter gewesen sein kann, aber der Ablauf der Dinge stimmt nicht.«

Sie drehten beide die Köpfe und starrten sie an. »Warum nicht?« fragten sie wie aus einem Mund.

Mit sanfter Beredsamkeit und absoluter Autorität erklärte Jean es ihnen.

13

Der Oktober kam mit böigem Wind und Kälte, mit trüben, regnerischen Tagen und frostklaren Nächten. Der Rasen vor dem Direktionsbüro der Armiger-Brauerei wurde braun, die Bäume schüttelten ihr Blätterkleid von sich und streckten die kahlen Äste zum wolkenverhangenen Himmel. Im Gebäude hatte man zum erstenmal die Heizung angeschaltet.

Ruth Hamilton, die am Donnerstagabend um fünf die Treppe herunterkam, lauschte dem Ächzen des Windes und zog fröstelnd die Schultern zusammen. Es würde eine stürmische Nacht werden. Der Wind hatte die letzten Spuren des Sommers verweht.

Der alte Portier Charlcote, ein Rentner, hatte sein Gehäuse verlassen. Er hatte schon seinen Mantel an. Miss Hamilton war fast immer die letzte, die das Gebäude verließ, und oft schon hatte er über ihr unerschütterliches Pflichtgefühl geflucht. Allerdings nicht laut, das hätte ihm bei ihrer Stellung schaden können. Er zog seine selbstgestrickten Handschuhe an, teilte seine Aufmerksamkeit zwischen Uhr und Treppe, ohne der Person, die sich so eifrig um seine Aufmerksamkeit bemühte, mehr als ein Mindestmaß an Beachtung zu schenken. Was, um alles in der Welt, wollte dieser Schuljunge hier?

»Was ist denn, Charlcote?« erkundigte sich Miss Hamilton.

Warum hatte sie nicht eine Minute später kommen können? Dann hätte er den Jungen längst weggeschickt gehabt, und jeder hätte nach Hause gehen können. Jetzt würde ihre Gewissenhaftigkeit sie bestimmt dazu veranlassen, den kleinen Störenfried ins Gebet zu nehmen, und er würde dazu verdammt sein, noch mindestens eine Stunde hier herumzulungern, ehe er endlich abschließen konnte.

»Der Junge hat nach Mr. Shelley gefragt, Miss. Aber der ist ja schon vor zehn Minuten gegangen. Ich glaube nicht, daß es etwas Dringendes ist.«

Der Junge faßte seine Schulmappe fester. »Doch, es ist dringend«, widersprach er. »Ich muß unbedingt heute abend mit Mr. Shelley sprechen. Aber er ist ja schon weg.«

Der Junge machte ein unglückliches Gesicht. Die großen, hellen Augen ruhten fragend auf Miss Hamiltons Gesicht, als warteten sie auf ein Zeichen der Ermunterung. »Es ist schwierig«, sagte er. »Ich weiß nicht, was ich tun soll.«

»Es tut mir leid. Mr. Shelley ist heute abend etwas früher gegangen. Er hat im Augenblick sehr viel zu tun.« Sie hielt es nicht für nötig, genaueres preiszugeben. Was konnte dieses Kind von der Sache wissen, die Ray Shelley unablässig beschäftigte? »Ich fürchte, er ist heute abend nicht erreichbar. Er hat eine Verabredung, die wahrscheinlich den ganzen Abend dauern wird.« Sie wußte, daß er mit Kitty und einem Rechtsanwalt sprechen wollte. »Ist nicht auch morgen noch Zeit? Morgen ist er hier.«

»Ich muß morgen in die Schule«, erklärte der Junge leicht verlegen. »Ich wäre heute schon früher gekommen, aber ich mußte noch zum Rugby-Training. Ich habe mich sehr beeilt.«

»Habe ich dich nicht schon einmal gesehen? Du kommst mir bekannt vor.«

Ein blasses Lächeln löste einen Augenblick die gespannten Züge. »Wir haben im Sommer ein paarmal gegen Ihren Klub gespielt. Wahrscheinlich haben Sie mich da gesehen. Mein Name ist Dominic Felse.«

»Felse? Doch nicht der gleiche Felse – ich meine der Kriminalbeamte?«

»Doch. Er ist mein Vater«, bemerkte der Junge. »Ich wollte mit Mr. Shelley wegen des Falles sprechen.«

»Aber dein Vater würde doch nicht –«

»Er weiß nichts davon«, gestand Dominic und schluckte. »Es war meine Idee, und ich dachte, ich sollte Mr. Shelley davon erzählen.«

Sie war daran gewöhnt, von Jungen ins Vertrauen gezogen zu werden und dieses Vertrauen zu respektieren. Ihr Blick wanderte zur Uhr. Auch Charlcote sah vielsagend hinüber. Er war ungeduldig und hatte keineswegs die Absicht, seine Zeit und sein Interesse an diesen lästigen kleinen Burschen zu verschwenden.

»Kannst du's mir nicht sagen?« fragte sie mit sanfter Stimme und lächelte grimmig, als sie sah, wie Charlcote in stummer Wut die Augen rollte. »Vielleicht kann ich dir helfen?«

Das Klirren der Schlüssel klang wie eine Mahnung. »Ist schon gut, Charlcote«, sagte sie. »Lassen Sie die Außentür offen, und gehen Sie. Ich schließe später ab. Sie brauchen nicht zu warten.«

Sie nahm Dominic am Arm und schritt mit ihm zur Treppe. »Komm mit in mein Zimmer. Da ist es gemütlicher.«

»Darf ich wirklich? Macht es Ihnen nichts aus?« Dankbar ließ er sich von ihr führen. Sie fühlte das leichte Zittern der Hoffnung und Erleichterung, obwohl sein Gesicht noch immer überschattet war. In ihrem Büro drückte sie ihn in den Besuchersessel und zog sich einen Stuhl vor den Schreibtisch, so daß sie jede Regung seines Gesichts beobachten und er ihrem Blick nicht ausweichen konnte. Aber das wollte er offenbar sowieso nicht. Ernst und glücklich sah er sie an, und als sie sich eine Zigarette nahm, um ihm Zeit zu lassen, sich zu sammeln, sprang er auf und gab ihr Feuer. Ganz männlich. Nur seine Finger zitterten so, daß sie seine Hand festhalten mußte. Wenn diese Berührung nur ein klein wenig persönlicher gewesen wäre, dann, dachte sie, wäre er auf der Stelle in Tränen ausgebrochen.

»Setz dich, mein Junge«, sagte sie fest. »Jetzt erzähl mir, was los ist. Worum handelt es sich? Was wolltest du von Mr. Shelley?«

»Nun, Sie wissen ja, daß er Miss Norris' Rechtsbeistand ist, und da dachte ich, es wäre das beste, mich an ihn zu wenden. Es ist etwas geschehen«, sagte Dominic. Seine Worte begannen sich zu überschlagen. »Etwas Schreckliches. Ich muß es einfach jemandem sagen. Ich weiß nicht, was ich machen soll. Sie haben überall gesucht – ich meine die Polizei – nach den Handschuhen. Wußten Sie das? Seitdem es geschehen ist, haben sie gesucht. Und jetzt…«

»Handschuhe?« wiederholte Miss Hamilton verständnislos. »Was für Handschuhe?«

»Die Handschuhe des Mörders. Sie behaupten, daß die Person, die Mr. Armiger getötet hat, Handschuhe getragen hat und daß sie ganz blutbefleckt sein müssen. Sie haben überall gesucht, um den Fall zum Abschluß zu bringen. Ich habe auch danach gesucht«, erklärte er und blickte sie verzweifelt an, »weil ich felsenfest davon überzeugt war, daß es nicht Miss Norris' Handschuhe sein konnten. Ich war sicher, daß sie unschuldig ist, und wollte es beweisen. Jetzt habe ich sie gefunden«, schloß er flüsternd.

»Dann ist ja sicher alles in Ordnung«, meinte sie, um Ruhe bemüht. »Das wolltest du doch, nicht wahr? Du hast sie doch sicher deinem Vater übergeben, und jetzt wird alles seinen Gang nehmen. Weshalb machst du dir noch Sorgen?«

Er hatte die Schulmappe neben sich auf den Boden gestellt. Seine Finger krampften sich ineinander. Er blickte auf die Hände hinunter, und in seinem Gesicht arbeitete es.

»Nein, ich habe sie nicht abgegeben. Ich habe keiner Menschenseele etwas davon gesagt. Ich will nicht, ich kann es nicht ertragen, ich weiß nicht, was ich tun soll. Ich war so sicher, es würden Herrenhandschuhe sein. Aber es sind Damenhandschuhe, Kittys!«

Die verkrampften Hände rissen sich voneinander los, er wollte sein Gesicht verbergen. Seine Stimme versagte, er senkte den Kopf und begann zu weinen. Er schluckte und schnüffelte und bemühte sich vergeblich, sich zu beherrschen. Miss Hamilton legte ihre Zigarette in den Aschenbecher, umfaßte seine Schultern und schüttelte ihn. Erst sanft, dann härter.

»Das ist doch dumm. Komm, erzähl mir alles. Wo hast du sie gefunden? Wie hast du sie gefunden, obwohl die Polizei das nicht konnte?«

»Ich sollte es Ihnen nicht erzählen«, stieß er schluchzend hervor. »Niemandem sollte ich etwas davon sagen. Wenn ich Ihnen die Wahrheit sagen würde, dann müßten Sie auch lügen.«

»Sei doch vernünftig. Ich versuche ja, dir zu helfen. Wenn du mir nichts erzählen willst, wie soll ich mir dann über die Bedeutung der Handschuhe ein Urteil bilden? Vielleicht mißt du ihnen zu viel Wichtigkeit bei. Möglicherweise sind es gar nicht die richtigen, und du machst dir ganz umsonst Sorgen.«

»Es sind die richtigen. Ich weiß es. Es sind Blutflecken dran«, gestand er schluckend. »Was soll ich nur tun?«

Sie trat zurück und musterte ihn nachdenklich, während er sich die Tränen aus den Augen wischte.

»Deshalb wolltest du mit Mr. Shelley sprechen?«

Er nickte unglücklich. »Er ist doch ihr Anwalt, und – und ich dachte, vielleicht – ich könnte sie ihm einfach geben. Ich hoffte, er würde die Verantwortung übernehmen, weil ich – ich –«

»Du könntest sie vernichten«, schlug Miss Hamilton vor, »wenn du so überzeugt bist. Vernichte sie, und vergiß das alles.«

»Nein, das kann ich nicht. Wie denn? Verstehen Sie denn meine Lage nicht? Mein Vater – es ist entsetzlich. Er vertraut mir.« Wieder kämpfte er mit den Tränen. »Aber es handelt sich um Kitty.«

Sechzehnjährige Jungen, die hoffnungslos verliebt sind, bieten einen mitleiderregenden Anblick. Sie sah ein, daß seine Situation wirklich nicht beneidenswert war. Was immer er auch beschließen würde, er konnte die Last nicht allein tragen, früher oder später würde er sich seinem Vater anvertrauen. Inzwischen jedoch mußte ihm jemand die Last von den Schultern nehmen.

»Hör zu, Dominic«, begann sie fest. »Du bist doch ganz sicher, daß Kitty Mr. Armiger nicht getötet hat? Du mußt Mut haben. Sag Mr. Shelley kein Wort. Er ist ein Mann des Rechts. Es wäre grausam, ausgerechnet ihm den Schwarzen Peter zuzuschieben. Du kannst mir die Handschuhe geben. Ich bin kein Anwalt. Ich habe keine Angst davor, zu meiner Überzeugung zu stehen.«

Dominics Augen leuchteten vor Verwirrung und Hoffnung.

»Gesetz oder nicht«, fuhr sie entschlossen fort. »Ich will nicht, daß Kitty lebenslänglich ins Gefängnis geschickt wird, selbst wenn sie einen gewissenlosen alten Mann aus Notwehr getötet hat. Genau wie du bin ich keineswegs überzeugt, daß sie es getan hat. Ich werde die Verantwortung auf mich nehmen. Tun wir einfach so, als hätte ich die Handschuhe gefunden.«

»Oh, wirklich?« fragte er eifrig.

»Du brauchst nicht einmal zu wissen, was ich mit ihnen tue. Gib sie mir, und vergiß sie. Vergiß, daß du sie jemals gefunden hast.«

»Ich wäre Ihnen ja so dankbar. Ich habe sie nicht bei mir, weil ich direkt von der Schule gekommen bin und es nicht riskieren konnte, sie den ganzen Tag mit mir herumzutragen. Meine Klassenkameraden sind schrecklich neugierig. Aber ich muß heute abend sowieso zur Musikstunde nach Comerbourne. Kann ich sie Ihnen dann bringen?«

»Natürlich. Allerdings muß ich heute abend auch kurz in den Klub. Wo wohnt deine Musiklehrerin?«

Er erklärte es ihr. Sein Gesicht hellte sich immer mehr auf, seine Stimme wurde wieder sicher. Die Wohnung der Musiklehrerin lag in Hedington Grove, einer kleinen Sackgasse, die von der Brook Street abbog. Am Stadtrand. »Ich gehe um neun dort weg. Im allgemeinen nehme ich den Bus um zwanzig nach neun nach Comerford.«

»Um den Bus brauchst du dich heute abend nicht zu kümmern«, meinte sie gutgelaunt. »Um die Zeit bin ich im Klub fertig. Ich hole dich an der Ecke Hedington Grove und Brook Street ab und fahre dich nach Hause. Um neun bin ich da. In Ordnung?«

»Wunderbar. Hoffentlich macht es Ihnen nicht zuviel Mühe. Sie waren so nett zu mir.« Er rieb sich noch einmal die Augen, hastig, mit beschämtem Gesicht, und fuhr sich mit den Fingern durch das Haar. »Es tut mir leid, daß ich mich so kindisch benommen habe. Aber ich wußte wirklich nicht, was ich machen sollte.«

»Ist es jetzt besser?«

»Viel besser. Tausend Dank!«

»Gut. Jetzt geh noch rasch dort hinein und wasch dein Gesicht. Dann läufst du nach Hause. Mach dir keine Sorgen. Aber sage sonst keinem Menschen ein Wort«, warnte sie, »sonst sitzen wir in der Tinte.«

»Bestimmt nicht«, versprach er voll Eifer.

Gemeinsam stiegen sie die Treppe hinunter in das schweigende Foyer und hinaus in die Dunkelheit. Der Junge fühlte wieder Boden unter den Füßen und wollte ihr seine Männlichkeit beweisen, um so mehr, da sie ihn in so erbärmlichem Zustand gesehen hatte. Er lief ihr voraus, um die Tür aufzuhalten, und begleitete sie wohlerzogen über den Parkplatz bis zu der Stelle, wo der große alte Riley wartete.

»Kann ich dich irgendwo absetzen? Ich kann dich zur Bushaltestelle mitnehmen, wenn du jetzt nach Hause fährst.«

»Vielen Dank, das ist sehr nett, aber ich habe mein Rad hier.«

Trotzdem ging er mit ihr zum Wagen, öffnete die Tür und schloß sie, nachdem sie sich hinter das Steuer gesetzt hatte. Er wartete, bis sie ihre schwarzen Rehlederhandschuhe aus dem Handschuhfach geholt hatte und den Motor anließ. Dann trat er zurück und hob mit einem verlegenen Lächeln die Hand, als sie anfuhr.

Als der Wagen verschwunden war, fühlte er plötzlich den

kalten Wind und rannte zu seinem Fahrrad. Er fuhr zur Stadt-
mitte zurück, als sei er von Furien gehetzt.

14

Es war Donnerstagabend, als Professor Brandon Lucas auf seinem Weg zu einer Kunstschule, die ihn höchst wenig interessierte, der er aber unklugerweise einen Vortrag zugesagt hatte,
ganz plötzlich den Entschluß faßte, Jean und Leslie Armiger einen Besuch abzustatten. Man hätte meinen können, der Besuch
sei geplant gewesen, denn er hatte sämtliche Aufzeichnungen
und Skizzen über das Schild der ›Lachenden Jungfrau‹ bei sich,
doch erst als die Stunde der Langeweile immer näher kam und
sein Widerwillen immer heftiger geworden war, hatte er es sich
selbst eingestanden. Warum sollte er schon vor dem Abendessen in der Schule eintreffen? Das Essen im Ellanswood College
war kärglich und eintönig, in Comerbourne hingegen kannte er
ein recht akzeptables kleines Restaurant.

Da er ohne Brille hilflos war und außerdem keine Lust hatte,
erst mit der Suche nach Leslies Namensschild Zeit zu verschwenden, schreckte er die stille Straße mit dem Dröhnen von
Mrs. Harkness' Türklopfer auf. Die Dame des Hauses be-
quemte sich selbst heraus. Er war ihr durchaus gewachsen und
hinterließ einen so tiefen Eindruck, daß Leslies Ansehen bei ihr
um einige Grade stieg.

Unangemeldet erklomm der Professor die Treppe und fand
Leslie in Hemdsärmeln vor dem kleinen Spülbecken im Treppenflur. Der aromatische Duft des Kaffees, der auf der Wärm-
platte stand, stieg ihm in die Nase, und er verkündete voller
Freude, daß er offenbar gerade zur rechten Zeit komme. Das
Essen im ›Geflügelten Roß‹ sei zwar ausgezeichnet gewesen,
doch der Kaffee habe ihn enttäuscht. Damit ließ er sie gleichzeitig auf diskrete Art wissen, daß er nicht erwartete, von ihnen
zum Essen eingeladen zu werden. Er ließ sich in einem Sessel

nieder und erklärte, daß er nicht lange bleiben könne.

»Ich bin nämlich auf dem Weg zu einer Kunstschule, wo ich einen Vortrag halten soll. Ich dachte, es könne nicht schaden, Ihnen sozusagen einen Zwischenbericht zu geben. Sie haben da wirklich einen sehr interessanten Fund gemacht, mein Junge.«

Leslie rollte die Hemdsärmel herunter, stellte Gläser auf den Tisch, zusammen mit einer Flasche Kognak, die Barney Wilson von seinem Urlaub in Frankreich mitgebracht hatte. Jean hatte eine Glasschale hervorgezaubert, von der er nicht einmal gewußt hatte, daß sie so etwas besaßen, und sie mit Schokoladenkeksen gefüllt. Sie hatte das abgetragene blaue Kleid abgelegt und erschien in einer honiggelben Bluse, gegen die sich ihr Haar beinahe blauschwarz abhob, während ihre Haut so klar und kühl wie Tau schimmerte. Noch vor einer halben Stunde hatten sich beide mit der vorsichtigen Zurückhaltung von Freunden unterhalten, die einen Streit vermeiden wollen, doch sobald die Ereignisse von Jean eine Geste der Einigkeit mit ihrem Mann verlangten, war sie zur Stelle, immer bereit und unbesiegbar.

»Kommt etwas dabei heraus? Ich wollte es selbst nicht anrühren, aber trotzdem konnte ich mich kaum beherrschen.«

»Hatten Sie denn bestimmte Vorstellungen?«

»Nun, eigentlich ziemlich unbestimmte. Ich machte mir Gedanken über das Datum und den Stil, dem das Bild angehört.«

»Haben Sie es noch jemand anderem gezeigt?«

»Einem Händler hier in der Stadt. Er meinte, das Bild stamme von einem Maler namens Cotsworth und sei ursprünglich ein Porträt gewesen. Aus dem achtzehnten Jahrhundert.«

»Völlig absurd«, krächzte Lucas und lachte dröhnend.

»Vielleicht weniger absurd als gerissen, würde ich sagen. Er hat mir nämlich inzwischen sechshundert Pfund geboten.«

»Aha! Und Sie haben abgelehnt. Guter Junge! Sie müssen also schon eine Ahnung gehabt haben, daß da etwas weit Wertvolleres dahintersteckt als ein Werk von einem Stümper wie Cotsworth. Allerdings ist es durchaus möglich, daß der tatsächliche Handelswert nicht besonders hoch ist. Ich bin nicht sicher, welches Interesse eine solche Entdeckung gegenwärtig bei den Händlern finden wird. Immerhin darf man optimistisch sein.«

Leslie stellte erstaunt fest, daß seine Hände vor Erregung zitterten. Er wollte Jean nicht ansehen, sie würde nur glauben, daß er damit betonen wolle, daß der Professor sein Urteil bestätigt hatte. Sie erwartete wahrscheinlich sogar, daß er sich diese Gelegenheit nicht entgehen lassen würde, nicht weil er recht haben wollte, sondern weil er innerlich so unsicher war. Und doch sehnte er sich danach, Blicke mit ihr zu tauschen, zu sehen, ob sie ebenso zitterte wie er.

»Das Datum«, bemerkte Lucas. »Wann glauben Sie, daß die Malerei geschaffen wurde?«

»Vierzehntes Jahrhundert.« Es klang furchtbar überheblich. Am liebsten hätte er es zurückgenommen, doch dazu war es zu spät. Er machte ein wild entschlossenes Gesicht. »Mir schien es, als könne die Pose an sich nicht aus einer späteren Zeit stammen und auch die Hände nicht, die langen biegsamen Finger, die aussehen, als hätten sie gar keine Gelenke. Und dann auch die nach hinten gestrafften Schultern, der geneigte Kopf, ja und irgendwie sogar die Farbverteilung des Kleides. Wenn man das ursprüngliche Gemälde ganz bloßlegen könnte, dann, glaube ich, würden diese ausgearbeiteten, gefältelten Drapierungen zum Vorschein kommen, die im fünfzehnten Jahrhundert schon nicht mehr vorhanden waren.«

»Und die Richtung? Sie sagten doch, auch darüber hätten Sie sich Gedanken gemacht.«

Leslie streifte Jean mit einem verstohlenen Blick. Ihre großen, verwunderten Augen ruhten auf ihm. Er wußte nicht, ob sie ihm zur Seite stand oder ob sie lediglich über so viel Unverfrorenheit erstaunt war und erwartete, daß er bei nächster Gelegenheit scharf zurechtgewiesen würde.

»Ich glaube, es ist eine Arbeit aus dieser Gegend«, erklärte er kleinlaut. »Meiner Ansicht nach ist das Schild jahrhundertelang hier herumgestoßen worden, ohne jemals weit herumzukommen. Bestimmt hing es ursprünglich nicht an einem Gasthaus.

Das einzige, was aus dem Rahmen fällt, ist das Lachen.«

»Ja«, stimmte Lucas zu, während seine Augen nachdenklich auf dem Gesicht des jungen Mannes ruhten. »Das Lachen. Das sollte Sie nicht kümmern. So eine Ausnahme kommt in jeder Richtung von Zeit zu Zeit vor. Es ist das Zeichen eines ganz individuellen Genies, dem nichts Ähnliches vorausgegangen ist und das nachher keiner nachzuahmen wagte. Diese genialen Verirrungen können ganz außergewöhnlich sein. Weiter. Welcher Richtung entstammt das Bild? Sie sind noch nicht dazu gekommen, es mir zu sagen.«

»Dies ovale Gebilde«, fuhr Leslie fort, als flöße ihm seine Phantasie Ehrfurcht ein, »das aussieht wie eine Brosche, das brachte mich zuerst auf den Gedanken. In seiner ursprünglichen Form war es wie eine Art Röntgenplatte in die Welt des Jenseits. Oder nicht?«

»Sie sollen es mir sagen.«

»Ja. Es war das Bild des Kindes, das sie unter dem Herzen trägt. Es soll wohl Maria bei der Verkündigung darstellen, vor der Geburt des Herrn jedenfalls.«

»Mariens Lobgesang, das Magnifikat, soll dargestellt werden. Sie scheinen auch ohne Sachverständigen zurechtzukommen, mein Junge.«

»Ich habe gar nicht gewagt, ernsthaft mit diesem Gedanken zu spielen«, gestand Leslie mit schwankendem Lachen. »Aber Sie haben praktisch angedeutet, daß auch die verstiegensten Theorien erlaubt seien, sonst wäre ich auch jetzt noch nicht damit herausgerückt. Soll das wirklich heißen, daß ein Kunstwerk wie dieses seit Jahrhunderten irgendwo in modrigen Speicherräumen verstaut wurde und seit dem vierzehnten Jahrhundert als Aushängeschild für ein Wirtshaus verwendet wurde?«

»Seit der späten Hälfte des sechzehnten Jahrhunderts. Sie wissen doch sicherlich, daß das Haus, von dem die Tafel stammt, früher zum Kloster Charnok gehört hat? Und daß der letzte Prior sich nach der Auflösung zurückgezogen hat?«

»Hm, ein Freund von mir hat so etwas Ähnliches aus den Archiven gegraben und davon berichtet, aber vorher wußte ich eigentlich gar nichts darüber.«

»Tatsächlich nicht? Das erleichtert mich. Ich nämlich auch nicht, aber offenbar verhielt es sich so. Was mir an dieser Tafel auffiel, war die Ähnlichkeit zu Überresten, die uns von der Charnoker Gemeindekirche erhalten geblieben sind. Kennen Sie eigentlich den Gemeindepfarrer? Ein gelehrter alter Herr, der in der mittelalterlichen Kunst recht gut zu Hause ist. Er interessiert sich in erster Linie für Glasarbeiten, doch auch unter den Malern jener Epoche kennt er sich gut aus, und er hat viele Jahre seines Lebens damit zugebracht, alte Kunstwerke, die zur Charnoker Kirche gehörten und nach der Auflösung des Klosters verlorengingen, wieder zusammenzutragen. Die jetzige Gemeindekirche ist auf den Fundamenten der ehemaligen Klosterkirche erbaut, und jedes Überbleibsel aus der Zeit der alten Kirche, das er auftreiben konnte, hat er wieder an seinen ursprünglichen Platz zurückversetzt. Ein Engelskopf mit der Schriftrolle ist das einzige, was ihm von einem größeren Altargemälde geblieben ist, das wahrscheinlich die Kapelle der Madonna schmückte.«

»Und Sie glauben, wir haben die Madonna gefunden?« fragte Leslie aufgeregt.

»Ich halte es für sehr wahrscheinlich. Ich habe den Pfarrer aufgesucht. Aus seinen alten Chroniken geht hervor, daß der letzte Prior Teile der Kirchenausstattung mitgenommen hat, als er sich zur Ruhe setzte. Außerdem besitzt er einige hochinteressante Skizzen und Notizen, die er aus verschiedenen Quellen zusammengetragen hat. Er meint, daß der Engel mit der Schriftrolle der Engel des Magnifikats ist. Er besitzt zeitgenössische und spätere Aufzeichnungen, die es möglich machen, eine recht genaue Vorstellung von dem Bild zu erhalten, und ich möchte eigentlich sagen, daß Ihre Jungfrau zu dem Altarbildnis gehört. Der Meister, der es geschaffen hat, ist unbekannt, doch es wurden bereits mehrere Werke gefunden, die einwandfrei von ihm stammen, darunter auch einige Erleuchtungen Mariä. Eine dieser Madonnen hat eine unverkennbare Ähnlichkeit mit der Ihren.«

»Auch das Lachen?« erkundigte sich Jean leise.

»Auch das Lachen. Alles in allem gibt es so viele deutliche Hinweise, daß ich es nicht für schwierig halte, die Echtheit dieses Kunstwerks zu beweisen. Der Gemeindepfarrer hat es sich angesehen. Er ist absolut überzeugt. Aus den verschiedenen Aufzeichnungen hatte er sich mit aller Sorgfalt das Bild der Madonna rekonstruiert. Es ist dem Bildnis auf dieser Tafel ausgesprochen ähnlich. Er hat eine Skizze von dem Bild gemacht.«

Er klappte seine Aktenmappe auf und breitete einen Wust von Papieren auf dem Tisch aus.

»Ich habe Ihnen seine Notizen und Zeichnungen mitgebracht. Sie können sie sich übers Wochenende ansehen, wenn Sie wollen. Und hier ist seine letzte Skizze.«

Sie war sehr klein, kleiner als eine Viertelseite Papier. Sie rückten nah zusammen, um die Skizze zu studieren. Die ›Lachende Jungfrau‹ hatte ihr Spitzenfichu abgelegt und auch die Korkenzieherlocken, ebenso die Spitzenmanschetten um ihre Handgelenke. Nun stand sie in all ihrer frühenglischen Schlichtheit vor ihnen, in einen blauen Mantel gehüllt, darunter ein gelbes Gewand, das Haar unter dem weißen Schleier streng nach hinten gekämmt. Die lilienzarten Hände umfaßten gleichsam ihren Leib, und das symbolische Bild ihres ungeborenen Sohnes stand aufrecht in ihren gekreuzten Händen. Sie blickte zum Himmel und lachte voller Freuden. Niemand sonst war mit ihr auf dem Bild, niemand sonst war auf der Welt. Sie war allein, eine Welt für sich.

Leslie empfand Jeans Schweigen so stark, als habe sie niemals vorher geschwiegen. Er befeuchtete seine Lippen. Er mußte die Antwort wissen. Er wußte, daß seine Frage gerade in diesem Augenblick roh klingen würde, doch er mußte wissen, woran er war.

»Haben Sie eine Vorstellung davon, wieviel man mir bieten wird, wenn ich sie verkaufe? Angenommen natürlich, daß wir recht haben.«

»Das hängt natürlich vom Zufall ab. Aber die Arbeiten dieses Meisters sind bekannt und geachtet, und es existieren nur wenige Werke, wahrscheinlich keines, das sich mit diesem hier vergleichen läßt. Außerdem kann mit dem Interesse der ortsansässigen Händler und Liebhaber gerechnet werden. Aber ich glaube, wenn man einmal ein Minimum annimmt, sagen wir, wenn Sie schnell verkaufen wollen, so würde man Ihnen jedenfalls zwischen sieben- und achttausend bieten.«

Schweigend lauschten Leslie und Jean auf dieses Versprechen künftigen Wohlstands.

»Und der Pfarrer, würde er auch bieten? Ich meine, er will es doch sicherlich erwerben, wenn er so sicher ist.«

»Natürlich, er würde alles darum geben. Seit er davon weiß, kann er weder schlafen noch essen. Aber er hat sowieso schon um eine Unterstützung der Gemeinde für die Renovierung seiner heruntergekommenen Kirche gebeten. Für Madonnen gibt es keine Subventionen.«

»Nicht einmal, um ihnen ihr Heim wiederzugeben«, bemerkte Leslie. Er trat ein wenig von Jean weg, weil er ihr Gesicht sehen wollte, doch sie starrte noch immer auf die kleine Skizze. Er fragte sich, ob sie sich bewußt war, daß sie ihre eigenen Hände unter der Brust gefaltet hatte, in derselben feierlich beschützenden Geste.

»Nein, nicht einmal, um ihnen ihr Heim wiederzugeben. Aber es werden andere Interessenten auftreten. Wenn Sie warten, bis die Reklametrommel kräftig gerührt worden ist, dann bietet man Ihnen vielleicht sogar das Doppelte.« Professor Lucas schloß seine Mappe und schob den Stuhl zurück.

»Ich kann es mir nicht leisten, all die Arbeit zu bezahlen, die zur Wiederherstellung des Bildes nötig ist«, erklärte Leslie. »Würde Ihr Laboratorium die Kosten tragen, wenn ich die Arbeit an Charnok zurückgäbe?«

Lucas richtete sich auf und blickte ihn unverwandt und aufmerksam an. »Mein lieber Junge, wissen Sie, was Sie da sagen?«

Ja, er wußte es. Er hatte es schnell und fest gesagt, damit er seine Worte nicht mehr zurücknehmen konnte. Er wagte nicht, Jean anzusehen; er wußte, daß er etwas getan hatte, was sie niemals verstehen oder verzeihen würde; aber er hatte es tun müssen, er hätte sonst nicht mehr mit sich selbst leben können.

»Es gehört mir gar nicht«, sagte er. »Nur durch eine Reihe häßlicher Zufälle ist es in meine Hände gekommen. Ich will es nicht. Es soll wieder dahin, wo es hingehört. Es ist auch nicht wegen der Kirche«, fuhr er beinahe ärgerlich fort, um nicht mißverstanden zu werden. »Ich würde genau das gleiche empfinden, wenn es profane Kunst wäre. Es ist für einen bestimmten Ort und zu einem bestimmten Zweck geschaffen worden, und mir ist es lieber, es geht wieder dahin zurück. Nur, es wäre natürlich ein wenig grausam, wenn ich dem Pfarrer das Bild zurückgeben würde, und er könnte sich die nötigen Restaurierungsarbeiten nicht leisten.«

»Wenn Sie es wirklich ernst meinen, dann brauchen Sie sich über diesen Punkt keine Sorgen zu machen. Ich wäre selbstverständlich bereit, die Arbeiten in unserer Werkstatt zu erledigen. Aber überlegen Sie es sich noch einmal«, meinte der Professor freundlich und klopfte ihm auf die Schulter. »Ich lasse Ihnen die Papiere hier. Sehen Sie sie durch, dann können Sie sich immer noch entscheiden.«

»Ich habe mich entschieden, aber ich möchte das natürlich alles gern lesen. Ich möchte nicht als edler Spender dastehen«, erklärte er vorsichtig, »obwohl mir das natürlich auch Spaß machen wird. Aber angenommen nun, das Gemälde geht nach Amerika oder in irgendeine Privatsammlung hier im Lande, wenn ich einfach das Höchstangebot annehme – ich würde mich mein Leben lang klein und häßlich fühlen. Ich möchte, daß sie in ihre Heimat zurückkehrt, dort wird sie dann allen gehören. Auch mir, dann erst endgültig. Jetzt empfinde ich das nicht.«

»Ich versuche nicht, Sie davon abzubringen. Sie brauchen keine Erklärungen abzugeben. Ich will nur nicht, daß Sie die Dinge überstürzen und es dann womöglich bedauern. Sie lassen sich das noch einmal durch den Kopf gehen, und dann tun Sie, was Sie wollen. Rufen Sie mich doch in ein paar Tagen an, dann können wir uns vielleicht in der Galerie treffen. Ich muß jetzt gehen.« Er klemmte seine Aktenmappe unter den Arm.

»Gute Nacht, Mrs. Armiger. Ich danke Ihnen für den Kaffee. Er war ausgezeichnet.«

Jean riß sich aus ihrer Geistesabwesenheit. Als Leslie den Besucher hinausbegleitet hatte und das Zimmer wieder betrat, stand sie am Tisch und betrachtete voll ernster Bewunderung die Skizze des Pfarrers.

Er schloß behutsam die Tür hinter sich und wartete darauf, daß sie sprechen oder ihn wenigstens ansehen würde. Als nichts geschah, wußte er nicht, wie er das Schweigen brechen sollte. Er fürchtete eine Auseinandersetzung. Sie schien die Spannung, die ihn belastete, nicht zu empfinden, so verloren war sie in ihre eigenen Gedanken.

»Ich mußte es tun«, bemerkte er hilflos.

Sie hob den Kopf, blickte ihn aus großen, dunklen Augen an, in denen er nichts lesen konnte, reglos wie eine Frau im Schockzustand.

»Es hat mir gehört«, erklärte er brüsk. »Ich konnte damit machen, was ich für richtig hielt.«

»Ich weiß«, erwiderte sie ruhig, und in der Tiefe ihrer Augen strahlte der Schimmer eines Lächelns auf.

»Ich habe dich wohl enttäuscht, und es tut mir leid. Ich wäre aber nicht glücklich gewesen, wenn ich nicht –«

Mit einer seltsamen kleinen Bewegung des Protests trat sie unversehens auf ihn zu. »Sei doch still«, sagte sie. »Du Dummkopf. Ich möchte dich am liebsten schütteln.« Sie rannte zu ihm und umfaßte seine Schultern, als wolle sie ihre Drohung wahr machen, und dann schlang sie ihre Arme um seinen Hals und drückte ihn an sich und verbarg ihr Gesicht an seinem Hals. »Ich liebe dich. Ich liebe dich«, murmelte sie immer wieder.

Er verstand gar nichts. Niemals würde er es verstehen, es würde ihm ebenso schleierhaft bleiben, was er plötzlich richtig gemacht hatte, wie es ihm immer unerklärlich geblieben war, was er eigentlich falsch gemacht hatte. Vielleicht war sie eben nur typisch weiblich unlogisch und brauchte eine feste Hand. »Ich liebe dich«, wiederholte sie. Automatisch hatte er die Arme um sie gelegt, er hielt sie vorsichtig, als habe er Angst, sie würde zerbrechen, doch ihre Wärme, die Nähe ihres Körpers ließen ihn erzittern, von Hoffnung überwältigt.

»Es tut mir leid wegen des Geldes, Jean«, stammelte er, von Wellen der Zärtlichkeit, der Furcht und der wiederkehrenden Freude geschüttelt. »Aber wir kommen auch ohne das Geld aus. Ich weiß, du findest es unverantwortlich, aber ich kann es nicht ändern. Ich hatte einfach nicht das Gefühl, daß es mir gehört. Oh, Jean, bitte wein doch nicht.«

Sie hob den Kopf, und sie weinte gar nicht. Sie lachte, nicht belustigt, sondern aus reiner Freude. Sie hob ihr Gesicht zu ihm auf und lachte und sah aus wie die Frau auf dem Bild. »Oh, sei doch still, mein Liebling«, sagte sie. »Du bist ja verrückt.« Und dann küßte sie ihn. Es war zwecklos, ihm die plötzliche Erleuchtung, die über sie gekommen war, erklären zu wollen, die Erkenntnis, wie reich sie waren an Wesentlichem, er und sie und das Kind, das noch nicht geboren war. Wie hatte sie sich über so nebensächliche Dinge den Kopf zerbrechen können? Wie hatte sie etwas anderes als Mitleid für den armen Alfred Armiger empfinden können, der so viel besaß und doch niemals andere daran teilhaben lassen konnte? Und wie hatte sie jemals Unzufriedenheit und Enttäuschung über ihren Mann fühlen können, der nichts besaß und dennoch ein so wunderbares Geschenk machen konnte?

»Du meinst, es macht dir nichts aus?« fragte er verwirrt, noch immer atemlos. Aber er wartete nicht auf ihre Antwort. Was spielte es schon für eine Rolle, ob er verstand, wie diese plötzliche Einigkeit zustande gekommen war? Er wollte nicht fragen, wie sie wieder zu ihm gefunden hatte, es genügte, daß es geschehen war.

Erst das unerwartete Klopfen an der Tür riß sie auseinander, dieses scharfe Pochen, das nur bedeuten konnte, daß Mrs. Harkness draußen stand. Leslie gab widerwillig seine Frau frei und ging zur Tür.

Mrs. Harkness sah ungewöhnlich friedfertig und freundlich aus. Der nachhaltige Eindruck, den Professor Lucas bei ihr hinterlassen hatte, wirkte sich noch immer aus.

»Vor einer Weile hat ein Junge diesen Brief für Sie gebracht, Mr. Armiger. Er sagte, Sie müßten ihn sofort haben, aber da Sie noch Besuch hatten, wollte ich Sie nicht stören.«

»Ein Junge? Was für ein Junge?« erkundigte sich Leslie, der sogleich an Dominic dachte, obwohl er sich nicht vorstellen konnte, was Dominic dazu veranlassen konnte, ihm einen Brief zu schicken, anstatt selbst heraufzukommen.

»Der Sohn von Mr. Moore, hier aus der Straße. Ich dachte mir, auf eine Viertelstunde früher oder später käme es nicht an.«

»Nein, wahrscheinlich nicht. Danke, Mrs. Harkness.«

Er schloß die Tür und blickte stirnrunzelnd auf den Umschlag in seiner Hand. Aus irgendeinem Grund fühlte er sich unruhig. Der kleine Moore war etwa im gleichen Alter wie Dominic und besuchte dieselbe Schule, wahrscheinlich waren sie sogar Klassenkameraden. Aber wozu diese Nachricht?

»Was ist es?« fragte Jean und sah ihn forschend an.

»Ich weiß nicht. Sehen wir mal nach.« Er riß den Umschlag auf und begann zu lesen.

Lieber Mr. Armiger!

Ich habe Mick Moore gebeten, Ihnen diesen Brief Punkt halb neun Uhr zu überbringen, weil ich um neun Uhr dringend Hilfe brauche. Es ist unheimlich wichtig, aber ich getraue mich nicht, mehr als eine halbe Stunde vorher etwas davon verlauten zu lassen. Wenn mein Vater zu früh davon erfährt, dann läßt er die ganze Sache auffliegen, aber wenn er es gerade noch rechtzeitig erfährt, um als Zeuge zur Stelle zu sein, dann wird er mich hoffentlich meinen Plan ausführen lassen. Ich hoffe, er kann mich nicht davon abhalten. Ich möchte nicht selbst anrufen, weil dann vielleicht meine Mutter an den Apparat geht, und ich möchte ihr keine Sorgen machen. Sie soll nichts davon erfahren, ehe nicht alles vorbei ist. Und deshalb dachte ich, es wäre das beste, Ihnen diese Nachricht zu hinterlassen.

Ich wäre Ihnen dankbar, wenn Sie folgendes für mich tun würden. Bitte rufen Sie meinen Vater an und sagen Sie ihm, er möchte einen Streifenwagen zur Ecke Hedington Grove und Brook Street schicken, und zwar soll er um neun Uhr da sein. Dort wird ein Wagen auf mich warten, um mich mitzunehmen und nach Comerford zurückzubringen. Bitte veranlassen Sie, daß die Polizei dem Wagen folgt, unbedingt, es ist dringend. Ich habe etwas getan, um die Dinge ins Rollen zu bringen, aber die Polizei muß da sein, um es zu sehen, sonst ist alles umsonst und Kitty nicht geholfen.

Wenn mir etwas zustößt, bitte, versuchen Sie, Kitty zu helfen. Mir macht es nichts aus, wenn nur Kitty gerettet wird. Vielen Dank.

Dominic Felse

»Was, zum Teufel, soll das?« sagte Leslie verständnislos. »Macht er Witze?«

»Nein, nicht wenn es um Kitty geht. Niemals. Ihm ist es bitterernst, Leslie.« Jeans Finger umklammerten seinen Arm. »Er hat Angst. Was hat er nur getan?«

»Das weiß Gott! Irgend etwas Verrücktes. Ach, du große Güte!« rief Leslie erschrocken und sah auf die Uhr. Er rannte zur Tür und hastete die Treppe hinunter. Es war elf Minuten vor neun.

Er hörte Jeans Absätze hinter sich auf den Stufen klappern und drehte sich um, um ihr zuzurufen, sie solle bleiben, wo sie war. Doch sie war direkt hinter ihm, als er die Tür zur Telefonzelle aufstieß.

Es schien Ewigkeiten zu dauern, ehe er George Felses Nummer gefunden hatte, und noch länger, ehe sich jemand meldete. Dann war auch Bunty am Apparat. Dominics Hinweis, daß Mütter nicht in Sorge gestürzt werden dürften, band Leslie die Zunge. Nein, nein, nichts Wichtiges. Es konnte warten, wenn Mr. Felse nicht zu Hause war. Er würde wieder anrufen. Er knallte den Hörer auf die Gabel und versuchte aufs neue sein Glück.

»Polizeirevier Comerbourne? Hören Sie, es ist dringend. Bitte tun Sie sofort, worum ich Sie bitte, und lassen Sie mich später erklären. Es handelt sich um den Fall Armiger. Hier spricht Leslie Armiger. Wenn Mr. Felse da ist, holen Sie ihn bitte. Nein, dann nicht, hören Sie zu –«

»Ich hole Barneys Wagen«, flüsterte Jean neben ihm. »Ich bin gleich wieder da.« Sie stieß die Tür auf und raste hinaus, das Stakkato ihrer Absätze verklang.

»Ecke Hedington Grove und Brook Street. Um neun Uhr.« Leslie wiederholte die Worte immer wieder. »Wir kommen von hier aus auch hin. Sorgen Sie dafür, daß ein Wagen da ist, der dem Jungen folgt.«

Es war zwei Minuten vor neun, als er den Hörer auflegte.

15

Zum hundertstenmal an diesem Abend schlug Dominic den falschen Ton an und sagte resigniert: »Tut mir leid. Ich krieg's einfach nicht hin. Soll ich nicht lieber aufhören?«

»Das schon«, bekannte Miss Cleghorn offen, »aber deine Eltern bezahlen für eine volle Stunde, mein Junge, und eine Stunde wirst du hier absitzen, selbst wenn ich dabei die Wände hochgehen muß. Allmählich glaube ich fast, ich muß auf die alten Methoden zurückgreifen und dir jedesmal, wenn du meine Nerven so strapazierst, eins mit dem Lineal über die Finger geben.«

Dominic entlockte dem Klavier höhnisches Gelächter und schnitt ein Gesicht. Miss Cleghorn war mollig, ungefähr sechzig Jahre alt, lebhaft wie ein kleiner Terrier und verstand sich glänzend mit ihren Schülern. Dominic betrachtete sie als das einzig Erfreuliche an diesen wöchentlichen Klavierstunden. Bunty hatte darauf bestanden, daß er ein Instrument lernte, da das ihrer Ansicht nach zum Schliff eines jungen Mannes gehörte.

»Mit einem Lineal, daß ich nicht lache«, brummte Dominic. »Ich glaube nicht einmal, daß Sie eines besitzen, geschweige denn jemanden damit schlagen würden.«

»Nur keine voreiligen Schlüsse. Das kann geändert werden. Komm jetzt, versuch keine Ablenkungsmanöver. Fang noch einmal an, und konzentriere dich um Himmels willen.«

Er tat sein Bestes, aber das Schlimme war, daß seine Gedanken sich hartnäckig mit seinem Vorhaben beschäftigten. Er biß die Zähne zusammen und kämpfte sich voller Erbitterung durch die Etüde, doch seine Gedanken eilten voraus, stellten Spekulationen über die Schrecken an, die ihm bevorstehen mochten. Es machte ihm die größten Sorgen, daß er sein Vorgehen fast ganz auf Vermutungen aufbauen mußte, daß bei jedem Schritt eine Fehlspekulation alles zunichte machen konnte. Aber jetzt war es zu spät, um sich den Kopf zu zerbrechen. Jetzt gab es kein Zurück.

»Eines steht fest«, erklärte Miss Cleghorn und nickte nachdrücklich. »Seit letzten Donnerstag hast du das Klavier nicht einmal angesehen, oder?«

Damit hatte sie recht, und er gab es zu.

»Wie willst du spielen lernen, wenn du nicht übst? Nichts da, du kannst mich mit klimpernden Fingerübungen nicht milde stimmen. Nimm die Hände von den Tasten und hör mir zu.«

Gehorsam folgte er ihr und saß zerknirscht da, die Hände im Schoß gefaltet, während sie ihn schalt. Niemand hätte behaupten können, daß er zuhörte, wenn auch seine Augen voller Aufmerksamkeit auf ihr rosiges Gesicht gerichtet waren. Es war tröstlich, sie anzusehen, sie war so normal und durchschnittlich, hatte nichts mit der Nacht da draußen gemeinsam.

»Das ist alles gut und schön«, sagte sie streng. »Du sitzt da und lächelst und denkst, damit ist alles wieder gut. Das ist dein Fehler, mein Junge, du glaubst, du brauchst nur ein charmantes Lächeln aufzusetzen, und dann verzeiht man dir sogar einen Mord.«

Sie hätte ihre Worte glücklicher wählen können, aber woher hätte sie wissen sollen, daß sie der Wahrheit so nahe kam?

»Ich weiß«, meinte er versöhnlich. »Aber die ganze Woche war ich beschäftigt. Ehrlich, ich hatte einfach keine Zeit. Nächste Woche mache ich es besser.« Wenn ich dann noch hier bin, dachte er und erstarrte innerlich vor Furcht. Er grinste sie an.

»Na schön, pack deine Sachen zusammen. Du kannst noch eine Tasse Schokolade mit mir trinken.«

Es war kurz vor neun, und er wollte auf keinen Fall auch nur eine Minute vor der verabredeten Zeit unten sein. Wenn Leslie seiner Bitte entsprochen hatte, dann mußte der Polizeiwagen die Straße beobachten. Er konnte nicht zu früh auftauchen, weil dann sein Vater ihn sehen und voller Zorn seinen mißratenen Sohn unter die Fittiche nehmen würde. Das wäre das Ende seines sorgfältig ausgedachten Planes. Sogar einsichtsvolle Väter können recht seltsam reagieren, wenn man ihre Autorität mißachtet und sich in Gefahr begibt. Und Dominic zweifelte nicht daran, daß er in Gefahr schwebte. Daran hing ja die ganze Sache. Wenn er nicht in Gefahr war, dann war er auch nicht auf der richtigen Spur, und Kitty war ihren Schergen ebenso hilflos ausgeliefert wie zuvor. Wenn er sich aber in Gefahr befand, dann durfte er sich nicht wehren. Er würde ruhig mitansehen müssen, wie sie immer näher auf ihn zukam. Er durfte nicht kämpfen, er mußte es anderen überlassen, ihn zu retten, und konnte nur hoffen, daß sie rechtzeitig zur Stelle sein würden, um Augenzeugen zu werden.

»Du bist aber auch in einem Zustand heute abend«, stellte Miss Cleghorn kopfschüttelnd fest. »Du hörst ja nicht einmal, daß ich dir Kekse angeboten habe. Was ist denn los mit dir? Hast du Sorgen in der Schule?«

Schule! Nur daran konnten sie denken. Wenn man sechzehn war, durfte man sich offenbar nur über die Schule Gedanken machen.

»Nein, es ist alles in Ordnung. Ich kann mich nur heute nicht konzentrieren. Nächstes Mal ist es bestimmt besser.«

»Das will ich hoffen. So, trink die Schokolade, draußen ist es eiskalt. Du mußt etwas Warmes im Magen haben, wenn du auf den Bus wartest.«

Er trank seinen Kakao langsam. Lieber wollte er ein oder zwei Minuten später kommen, falls Ruth Hamilton im Klub aufgehalten worden war.

»Ich sage meiner Mutter, daß Sie bei mir gute Fortschritte festgestellt haben, ja?« meinte er, während er den Mantel anzog.

»Von wegen! Du kannst ihr sagen, ich empfehle eine Tracht Prügel. Geh vorsichtig jetzt, draußen ist es schon gefroren.«

»Gute Nacht«, sagte er.

»Gute Nacht, Dominic«, erwiderte Miss Cleghorn und schloß langsam, beinahe widerwillig die Tür hinter ihm. Was war mit dem Jungen los? Irgend etwas mußte ihm im Kopf herumgehen. Soll ich mit seiner Mutter sprechen? überlegte sie. Nein, lieber nicht. Er ist in einem komischen Alter, wahrscheinlich ist es etwas, wovon sie nichts wissen soll. Er würde es mir nie verzeihen, wenn ich mich da einmische. Sie stellte den Fernsehapparat an und machte es sich bequem. Nach einer Weile hatte sie Dominic vergessen.

Er wanderte zum Ende der Straße. Je näher er kam, desto langsamer wurde sein Schritt. Ich muß mich normal benehmen. Mir ist doch ein Stein vom Herzen gefallen, jedenfalls denkt sie das. Nimm dich zusammen, Dominic! Denk an Kitty! Er versuchte, sie sich vorzustellen, und die innere Spannung wich einer plötzlichen Wärme. Was bedeutet schon Gefahr? Wenn nur Kitty geholfen wird. Was jetzt geschieht, kann ihr nicht schaden, es kann sie nur befreien. Er faßte neuen Mut. Selbst wenn es geschah, wollte er es entgegennehmen und der Gefahr nicht weichen.

Es bestand natürlich immer die Möglichkeit, daß sie die Verabredung nicht einhielt. Daß sie es sich anders überlegt hatte. Und dann war da auch die Möglichkeit, daß sie kam, jedoch wirklich nur aus Hilfsbereitschaft. Dann würde sie das, was er ihr geben wollte, einfach an sich nehmen, ihn beruhigen und nach Hause fahren. Die tausend Tode, die er unterwegs sterben würde, hätte er dann verdient. Es gab so viele mögliche Fehlerquellen, er konnte so leicht einem Irrtum unterlegen sein, und doch wußte er die ganze Zeit im Innersten seines Herzens, daß er auf der richtigen Spur war.

Sie war da. Als er sich der Ecke der stillen, frostglänzenden Straße näherte, erblickte er die lange, elegante Karosserie des alten Riley am Randstein. Lächelnd öffnete sie ihm die Tür. Niemals zuvor war ihm aufgefallen, wie still und einsam dieses Stadtviertel nachts sein konnte. Nirgends war eine Menschenseele zu sehen, und während er an den Wagen herantrat, fuhr nur ein einziges Auto auf der breiten Straße an ihnen vorbei. Als es verschwunden war, herrschte so tiefes Schweigen, daß seine leichten Schritte laut widerhallten.

»Tag, Dominic«, begrüßte ihn Miss Hamilton und raffte mit den Händen ein Gewirr von Dingen vom Sitz, um es auf den Rücksitz zu werfen. Schal, Handtasche und einen Stoß von Papieren, dazu eine große Taschenlampe, die in die hinterste Ecke des Ledersitzes rollte.

»Tag, Miss Hamilton. Das ist wirklich sehr freundlich von Ihnen. Macht es Ihnen wirklich keine Mühe? Ich könnte doch den Bus nehmen.«

»Kommt gar nicht in Frage«, erwiderte sie gelassen. »Steig ein. Es dauert ja nicht lange. Es ist viel zu kalt, um auf den Bus zu warten.« Sie beugte sich zu ihm hinüber und drückte die Türklinke zu. »Die hier ist schon ziemlich abgenützt. Ich muß mir bald mal eine neue Klinke machen lassen. Ich muß immer abschließen, sonst kann es geschehen, daß die Tür aufgeht, besonders an einer Kurve. Da ich manchmal recht lebhafte Passagiere befördere, könnte das gefährlich sein«, schloß sie mit einem Lächeln.

»Heute abend ist keiner an Bord«, stellte er fest und warf einen Blick auf den Rücksitz.

»Ich habe gerade zwei von ihnen abgesetzt. Im Klub geht die Sitzung weiter, aber ich habe nicht die Zeit, den ganzen Abend zu bleiben.« Sie lehnte sich zurück und blickte ihn mit einem nachsichtigen Lächeln an, das seiner Jugend und seiner Empfindlichkeit galt, seinen hilflosen Tränen vom Nachmittag.

»Nun, hast du sie mitgebracht?« erkundigte sie sich mit sanfter Stimme. »Oder hast du es dir anders überlegt und sie deinem Vater gegeben? Ich würde dir das gar nicht zum Vorwurf machen, im Gegenteil, ich würde es verstehen. Die Entscheidung liegt ganz bei dir.«

»Ich habe sie mitgebracht«, erklärte er.

»Dann ist es das beste, du gibst sie mir jetzt gleich. Ich lege sie weg, und du kannst die Sache vergessen. Ich werde dich niemals daran erinnern, und sonst weiß niemand etwas davon. Du hast doch sonst niemandem etwas gesagt?«

»Nein, kein Wort.«

»Gut, das sollst du auch nicht. Von heute abend an brauchst du dir keine Sorgen mehr zu machen, verstanden? Kitty wird bestimmt freikommen, wenn sie es nicht getan hat, und wir beide sind uns doch einig, daß sie es nicht wahr. Ja?«

»Natürlich.« Aus seiner Mappe mit den Noten zog er ein kleines, weiches Päckchen, das ziemlich unordentlich in Krepppapier eingerollt war, so lose, daß die Ecke eines durchsichtigen Plastikbeutels zu sehen war, und im Schein der Straßenlaternen konnte man einen Blick auf ein Stück schwarzes, verknittertes und beschmutztes Rehleder erhaschen. Er legte das Päckchen in Miss Hamiltons geöffnete Hand. Seine großen Augen waren vertrauensvoll auf sie gerichtet, und er seufzte voller Erleichterung, als sei sein Herz von einer Zentnerlast befreit.

Nur einmal huschten ihre Augen von seinem Gesicht zu dem Päckchen in ihrer Hand und wieder zurück. Sie öffnete das Handschuhfach vor ihm und schob die Handschuhe in die hinterste Ecke. »Keine Angst«, bemerkte sie, als sie seinen ängstlichen Blick sah, »ich werde sie nicht vergessen. Sie sind in Sicherheit. Tu du, was ich gesagt habe: Vergiß die ganze Sache. Du brauchst niemals wieder an die Handschuhe zu denken, du wirst sie niemals wiedersehen. Kein Wort mehr über diese Angelegenheit, weder jetzt noch später. Sie ist hiermit abgeschlossen, verstanden?«

Er nickte. »Danke«, antwortete er mühsam mit leiser Stimme.

Sie ließ den Motor an. Ein Motorrad knatterte an ihnen vorbei in Richtung auf die Stadt. Gleich darauf verhallte das Geräusch. Ein einsamer alter Mann, der wohl vom Briefkasten kam, bog in eine Nebenstraße ein und verschwand. Sie bewegten sich in einer entvölkerten Welt. Er durfte sich nicht umsehen. Ganz instinktiv wollte er den Kopf drehen, die Augen die Straße zurückwandern lassen, alle seine Sinne waren gespannt, er wartete darauf, irgendwo das Aufbrummen eines anderen Motors zu vernehmen; aber er durfte sich nicht umblicken, er durfte sich seine Nervosität nicht anmerken lassen. Denn er war ja ein naiver Einfaltspinsel ohne den geringsten Verdacht, der keinem Menschen etwas von dieser Verabredung erzählt hatte. Was würde ihn unter normalen Umständen jetzt interessieren, da sie ihn von der Last befreit hatte? Ach ja, das Auto natürlich. Es war der Erwähnung wert, und zudem erwarten ja Erwachsene, daß sechzehnjährige Jungen ihre Sorgen schnell vergessen und leicht abzulenken sind.

»Welches Modell ist es?« erkundigte er sich, während sich der Wagen in Bewegung setzte.

Sie lächelte schwach, als sie seine Frage beantwortete, das beherrschte, nachsichtige Lächeln eines verständnisvollen Erwachsenen, der sich dazu herbeiläßt, das Interesse eines Kindes flüchtig zu teilen. Genau das Lächeln, das man unter den Umständen von ihr erwarten konnte, und es verriet ihm gar nichts. Dabei hatte er gehofft, irgendein Zeichen ihrer Absichten zu erhaschen. Dieser eine kurze Blick, den sie auf das Päckchen geworfen hatte, hätte ihm etwas enthüllen sollen, einen Hinweis darauf, ob er auf dem richtigen Weg war, oder ob er auf das falsche Pferd gesetzt und sich höchstens lächerlich gemacht hatte. Aber keine Regung hatte sich auf ihren Zügen gezeigt, weder ein Aufleuchten ihrer Augen noch ein plötzlicher Ausdruck der Härte auf ihrem Gesicht. Jetzt war es zu spät, darüber nachzudenken.

»Der Wagen ist in wunderbarem Zustand«, stellte er ehrlich fest.

»Danke«, erwiderte sie ernst. »Ich tue mein Bestes.«

Die Straße war schmaler geworden, die Bäume an den Seiten hörten plötzlich auf, Gartenzäunen folgten Hecken, die freies Feld umrandeten. Am liebsten hätte er sich nach rechts gebeugt, um einen Blick in den Rückspiegel zu erhaschen, doch er wußte, daß er das nicht durfte.

»Wir fahren die Uferstraße entlang«, erklärte Miss Hamilton. »Sie ist kürzer. Du hast wohl noch nicht fahren gelernt?«

»Nein. Das wäre ziemlich schwierig. Auf der Straße darf ich noch nicht fahren, und zu Hause haben wir nur eine ganz kurze Einfahrt. Viel zuwenig zum Üben. In der Schule war mal die Rede davon, daß Stunden gegeben werden sollten, aber bis jetzt ist noch nichts dabei herausgekommen.«

»Aber das ist an sich eine gute Idee«, meinte sie. »In der Schule ist man so daran gewöhnt, daß man lernen muß, daß man auch das bestimmt schnell lernen würde. Heutzutage gehört Autofahren ja praktisch zur Allgemeinbildung.«

»Ja, aber ich glaube, die haben Angst um ihre Blumenbeete. Sie sind so stolz auf ihre Rosen.«

Voller Erstaunen wurde ihm bewußt, daß er über so alltägliche Dinge sprechen konnte, obwohl seine Kehle vor Aufregung ausgetrocknet war und das Herz ihm bis zum Hals schlug. Er streifte mit einem verstohlenen Blick ihr klares, herbes Profil im Widerschein der letzten Straßenlaterne, den Schimmer des schwarzen Haares, das in ihrem Nacken zu einem kunstvollen Knoten geschlungen war. Dann waren sie auf der dunklen, von Bäumen beschatteten Straße. Die Strahlen der Scheinwerfer zerrten einen schlanken Stamm nach dem anderen aus der Finsternis, im grellen Licht flogen die Stämme an ihnen vorbei, um wieder in der Schwärze der Nacht zu versinken. Irgendwo auf der rechten Seite, jenseits der Baumreihe, glänzte der Fluß, bitter kalt unter dem frostklaren Sternenhimmel. Im Sommer parkten hier immer einige Autos, in denen sich Pärchen, von der Außenwelt abgeschlossen, umschlungen hielten, und andere Paare schlenderten Hand in Hand unter den Bäumen oder lagen im Gras an den Flußhängen – aber im Winter nicht.

Hier wird es geschehen, dachte er, hier unter den Bäumen. Er umklammerte den Rand des lederbezogenen Sitzes, spürte, wie seine Hände feucht wurden, weil er nicht mehr sicher war, daß er es durchstehen würde. Es ist nicht nur Angst, dachte er. Was soll man machen, wenn man einen Schlag oder einen Schuß kommen sieht und weiß, daß man sich nicht wehren darf, daß man nicht ausweichen darf, sondern ihn hinnehmen muß? Er bewegte seine verkrampften Finger. Er war stark, er konnte sich verteidigen, aber er durfte es nicht, bevor die Zeugen zur Stelle waren. Sie mußten selbst sehen, welches Schicksal ihm zugedacht worden war, sein Wort würde niemals ausreichen. Wenn sie nicht folgten, wenn sie nicht rechtzeitig eintrafen, dann würde wenigstens das, was ihm geschehen war, Kitty reinwaschen.

Miss Hamilton streckte die linke Hand aus und öffnete das Handschuhfach. Hastig wühlte sie in dem Durcheinander verschiedener Dinge, bis sie eine Packung Zigaretten zum Vorschein brachte. Sie hatte das Tempo zu Schrittgeschwindigkeit verringert, während sie mit einer Hand steuerte, und schüttelte sich eine Zigarette in den Schoß. Mit einer selbstverständlichen Bewegung steckte sie sie zwischen die Lippen. Wieder griff sie in das Fach, suchte nach dem Feuerzeug, fand es nicht.

»Ach natürlich, es ist ja in meiner Handtasche«, sagte sie und hielt den Wagen an. »Kannst du mir bitte die Tasche geben, Dominic.«

Er warf einen Blick auf das Gewirr von Sachen auf dem Rücksitz. Die Handtasche war in die Ecke gerutscht, wo auch die Taschenlampe lag. Der alte Wagen war geräumig, zwischen den Vorder- und den Rücksitzen war mehr Platz als genug, und er mußte sich umdrehen und auf den Sitz knien, um sich weit genug hinüberbeugen zu können. Angst und Entsetzen umkrallten ihn vor dem, was jetzt kommen würde, und er durchlebte es tausendmal, bevor es Wirklichkeit wurde. Halb gelähmt vor Grauen zwang er sich zur Ruhe, obwohl jeder Nerv sich dagegen wehrte. Wie ein Tier in der Falle, so beugte er sich mit ausgestrecktem Arm über die Lehne. Bitte laß es schnell gehen! Ich kann es nicht mehr aushalten, ich muß mich umdrehen. Ich kann nicht! O Kitty. Vielleicht wirst du es nie erfahren!

Ein Schlag traf ihn mit voller Wucht, die Dunkelheit schien ihn zu verschlucken. Er sank über der Lehne zusammen. Die Finsternis sog ihn hinab, er fiel und fiel, und als der Fall beendet war, befand er sich in einem Vakuum, in dem es weder Schmerz noch Angst gab, weder Furcht noch blinde, hoffnungslose Liebe. Nichts.

16

»Ich wollte, wir wüßten, wonach wir eigentlich Ausschau halten«, meinte Jean, die angestrengt durch die Windschutzscheibe von Barney Wilsons Lieferwagen spähte. »Ein Auto – was für ein Auto? Es kann ja auch ein Taxi sein oder sonst was. Wir wissen gar nichts.«

»Es ist kein Taxi«, erklärte Leslie mit Sicherheit. »Er hat etwas getan, um die Dinge ins Rollen zu bringen. Das klingt, als wolle er es mit dem Täter selbst aufnehmen.«

»Aber wir wissen ja nicht mal, ob sie auf dieser Straße kommen werden. Es kann ja auch die Hauptstraße sein.«

»Wir wissen gar nichts. Aber die Polizei bewacht beide Straßen. Was können wir sonst noch tun? Wir können nicht an zwei Orten zugleich sein, aber das hier ist die dunkelste und einsamste Straße. Achtung, da kommen Scheinwerfer. Paß auf!«

Die Lichter waren noch mehrere Kurven entfernt, ab und zu verschwanden sie hinter den Bäumen, doch sie kamen rasch näher. Sie schossen in die S-Kurve, um jetzt auf der kurzen Geraden aufzutauchen. Leslie ließ das Fernlicht an und kroch in der Mitte der Straße dahin, um den entgegenkommenden Fahrer zu blenden und zu behindern. Die näher kommenden Lichter, die bereits abgeblendet waren, als sie auf dem geraden Stück auftauchten, blitzten ein paarmal ärgerlich auf, und als Leslie nicht reagierte, ließ der Fahrer des anderen Wagens sein Fernlicht ebenfalls aufgeblendet. Leslie kniff die Augen zusammen, versuchte, die blendende Helligkeit zu durchdringen. Er konnte nur ein Gesicht erkennen, ohne unterscheiden zu können, ob es das einer Frau oder eines Mannes war.

Eine Hupe dröhnte empört. »O Gott!« rief Leslie, »siehst du was?«

»Nichts«, meinte Jean und stemmte sich im gleichen Augenblick gegen das Armaturenbrett, um nicht gegen die Windschutzscheibe geschleudert zu werden. »Leslie! Warum bremst du?«

Er beantwortete ihre Frage nicht, und gleich darauf wußte sie, was er vorhatte. Er drehte wie ein Wahnsinniger das Steuerrad, um zu wenden.

»Was ist denn los? Was hast du gesehen? Er war doch nicht drin.«

»Jedenfalls nicht zu sehen«, erwiderte Leslie. »Hast du den Wagen nicht erkannt?« Die Reifen quietschten, als er Tempo gewann. »Hammies Auto. Das kann kein Zufall sein. Gott sei Dank, daß ich die Hupe kenne. Dafür hat sie diesen Lieferwagen noch nie gesehen.«

Jean kuschelte sich fröstelnd an ihn. »Leslie, wenn sie es ist, nimm einmal an, er ist nicht mehr bei ihr? Vielleicht ist schon etwas geschehen.« Sie sagte nicht, daß es undenkbar war, Miss Hamilton des Verbrechens zu verdächtigen. Jetzt war nichts mehr unvorstellbar, jede Regel war gebrochen. »Kann sie ihn nicht irgendwo da hinten auf der Straße liegengelassen haben?«

Daran hatte er nicht gedacht. Es versetzte ihm einen Schrekken. In der Hand eines Mörders konnte der Riley ein tödliches Werkzeug sein. Doch seine Augen waren unverwandt auf die Schlußlichter gerichtet, und sein Fuß lag auf dem Gaspedal. »Die Polizei folgt uns.«

»Ja, aber die Straße ist so dunkel.«

»Sie biegt ab«, stellte er plötzlich aufgeregt fest und gab noch mehr Gas. Warum, wenn sie allein war und nichts Böses im Sinn hatte, wollte sie in den kleinen Weg nach rechts einbiegen? Es war eine Sackgasse, die unmittelbar zum Fluß führte und früher durch ein Gatter abgeschlossen war, das jedoch seit langem schief in den Angeln hing. Leslie kannte die Stelle noch von Ausflügen im Sommer her. Beim Fluß war eine weite Wiesenfläche. Dort konnten Autos bis ans Wasser fahren und mit Leichtigkeit wenden. Aber was hatte eine einsame Frau an einem kalten Abend hier zu suchen?

Er bog in den Pfad ein und hielt an. »Du steigst aus und wartest hier auf die Polizei.«

»Nein«, protestierte sie und klammerte sich an seinen Arm. »Ich komme mit.«

»Steig aus. Du mußt sie einwinken. Bitte, Jean, halt mich nicht auf.«

Sie stolperte hinaus. Er sah ihr blasses Gesicht mit den großen Augen, als er in die Dunkelheit unter den Bäumen hineinfuhr. Sie hatte Angst um ihn. Sie sah dem Lieferwagen nach, der über den unebenen Weg holperte, und stand dann fröstelnd allein, die Augen gehorsam auf die Straße gerichtet. In dieser Entscheidung hatte sich Leslies Überlegenheit gezeigt, es war die Probe gewesen, ob sie bereit war, sich ihm zu beugen oder nicht. Die härteste Probe, die ihr hatte widerfahren können. Er hatte sie gebeten, ihn allein der Gefahr ins Auge sehen zu lassen, gerade jetzt, da sie von neuem entdeckt hatte, wieviel er ihr bedeutete.

Der Lieferwagen schwankte über die Löcher und Wurzeln der Bäume. Er konnte die Rücklichter des Riley jetzt nicht sehen, er hörte auch den Motor nicht. Er mußte sich ganz darauf konzentrieren, den Wagen so rasch wie möglich zu der Lichtung am Ufer zu fahren. Das Gewirr der Bäume wurde dünner. Er verringerte die Fahrt und schaltete das Licht ab, in der Hoffnung, lange genug unentdeckt zu bleiben.

Sie hatte den Wagen bis zu dem niedrigen Vorsprung froststarren Grases gefahren, der unmittelbar über dem Wasser lag, hatte einen Bogen geschlagen, um gleich wieder starten zu können. Beide Türen standen offen, und auf halbem Weg zwischen Wagen und Ufer zerrte sie etwas über den Boden, etwas Schlaffes, Schmales. Auf der anderen Seite zog sich das silberne Band des Flusses hin, rasch und bewegungslos zugleich.

Während der Fahrt über den holprigen Weg hatte Leslies Verstand kühl und klar gearbeitet, und er hatte sich genau überlegt, was er zu tun hatte: den Fluchtweg versperren, den Lieferwagen querstellen. Doch als es soweit war, tat er nichts von alledem. Es war keine Zeit zu verlieren. Sie war zu nah am Wasser, und er kannte die tückischen Strömungen. Er überlegte nicht, sondern stieß einen gellenden Schrei aus, schaltete das Fernlicht ein und fuhr direkt auf sie zu. Sollte sie ruhig entkommen, wenn sie nur den Jungen losließ.

Der Wagen rüttelte und schwankte, als er auf sie zuraste. Wie ein Schatten stand sie im Strahl der Blendlichter. Er sah, wie sie zusammenfuhr und den Jungen fallen ließ. Mit einer wilden Bewegung hob sie den Kopf, und er erkannte das Gesicht, tödlich blaß, hart und glatt, wie aus Marmor gehauen, der Mund leicht geöffnet, die Augen funkelnd vor Zorn. Dann bückte sie sich und ergriff den Jungen unter den Achseln, zog ihn mit wilder Entschlossenheit vom Boden hoch und schleppte sich mit ihrer Last stolpernd zum Wasser. Einmal entglitt der leblose Körper ihren Händen, und sie beugte sich hinunter, um ihn zu packen und ihr Werk zu vollenden.

Erst im letzten Augenblick, als der Lieferwagen mit kreischenden Bremsen wenige Meter vor ihr zum Stehen kam, gab sie auf. Mit einem plötzlichen Wutschrei stieß sie den Jungen von sich und raste wie gehetzt zu ihrem Wagen. Ihr Haar hatte sich gelöst und fiel in Strähnen um ihre Schultern. Leslie sprang aus dem Wagen, versuchte vergebens, sie an den Armen zu pakken, und stürzte dann zu dem Jungen, der wie ein regloses Bündel dort lag, wo sie ihn hingestoßen hatte.

Beinahe wäre ihr Plan gelungen. Einige Minuten noch, und der Junge wäre im Fluß ertrunken. Sein Kopf und ein Arm hingen schlaff über den Rand. Leslie fiel neben ihm auf die Knie und zog ihn an sich heran, drehte ihn so, daß er mit dem Rükken im Gras lag. Unter dem wirren, kastanienbraunen Haar war Dominics Gesicht grau und still, die Augen waren geschlossen. Doch durch die leicht geöffneten Lippen drang mühevoll der Atem. Leslie hob ihn auf seine Arme. Gerade richtete er sich vorsichtig auf, da hörte er den Motor des Riley aufheulen.

Er hatte vergessen, daß sie noch immer diese letzte Waffe besaß. Der Kampf war noch nicht zu Ende. Zwischen Wasser und Lieferwagen war genug Platz. Sie konnte mit Vollgas auf sie zufahren und zwei Menschen ebenso kaltblütig töten, wie sie es mit einem vorgehabt hatte.

Die Scheinwerfer des Riley tanzten um den Lieferwagen und schossen wie zwei böse Augen auf ihn zu. Mit dem Jungen als Last verlor er das Gleichgewicht, taumelnd begann er zu laufen. Es bestand keine Hoffnung, die schützenden Bäume zu erreichen. Doch er rannte auf den Lieferwagen zu, um sich und den Jungen dahinter in Sicherheit zu bringen. Sie würde den Wagen nicht rammen, nicht ihr eigenes Fluchtmittel ruinieren. Denn sie war nicht wahnsinnig, war ganz und gar bei Verstand. Die gleißenden Lichter blendeten ihn, er konnte den Lieferwagen nicht sehen und auch nicht den Boden oder den Sternenhimmel, er konnte sich nur noch vor dem nahenden Wagen hinüberwerfen auf die andere Seite, in die Dunkelheit.

Er rutschte auf dem glitschigen Gras aus, fiel über den Jungen in seinen Armen und unter die Hinterräder des Lieferwagens. Um Zentimeter brauste der Riley an seinen Füßen vorbei. Dann waren die Lichter und die schwarze Silhouette weg, und sein Körper entspannte sich in einem Aufschluchzen der Erleichterung. Er schob sich vom Körper des Jungen und legte seinen Kopf auf den Arm. Keuchend blieb er einen Augenblick liegen.

Das Heulen des Wagens verhallte, er schwankte den Pfad hinauf, an dessen Ende Jean wartete. Leslie riß sich aus seiner Betäubung, sprang auf und begann zu laufen. In wenigen Minuten würde der Riley die Straße erreicht haben. Er legte die Hände um den Mund und rief, so laut er konnte: »Jean! Paß auf! Der Wagen kommt!«

Sie würde eine Tat der Verzweiflung versuchen. Er konnte dessen sicher sein, gerade bei Jean, die es nicht ertragen konnte, geschlagen zu werden, die lieber starb als nachgab.

Auf der gewundenen Straße von Comerbourne näherten sich zwei Autos. Sie kamen spät, aber sie kamen schnell. Jean stand in der Mitte der Straße und winkte, als sie den brummenden Motor des Riley hörte, der sich den Pfad hinaufquälte. Sie fuhr zusammen, als Leslies Ruf sie erreichte. Angestrengt starrte sie in die Dunkelheit. Es war nicht der Lieferwagen, es war der Riley. Was war dort unten geschehen? Wo war Leslie? Was tat er? Die Hamilton durfte jetzt nicht entkommen, sie durfte nicht, auch wenn es im Grunde vielleicht keine Rolle mehr spielte. Wie eine Wahnsinnige raste Jean zu dem Gatter, drückte mit der Schulter unter die oberste Querlatte und zog mit aller Kraft. Mit einem protestierenden Ächzen gab das Gatter nach, sie stolperte über den Weg und rammte es gegen den Pfosten auf der anderen Seite. Krachend schob sie den großen hölzernen Riegel vor und warf sich in die Hecke, als der Riley in voller Fahrt dagegenprallte.

Die Holzlatten zerbarsten, ein Pfosten sank ins Gras. Holz- und Glassplitter flogen durch die Luft. Der Wagen hatte nicht genug Tempo, um das Hindernis zu überrennen, er neigte sich nach vorn und kam schwankend in den Trümmern zum Stehen. Der Motor erstarb.

Jean öffnete die Augen und nahm die Hände von den Ohren. Zitternd kam sie aus ihrem Versteck. Hinter dem Riley kroch der Lieferwagen die Anhöhe herauf. Sie sah Leslies wirres Haar und sein ängstliches Gesicht. Neben ihm schwankte Dominic bewußtlos hin und her. Die beiden Wagen aus Comerbourne standen am Straßenrand. Fünf Männer in Zivil waren herausgesprungen. Zwei von ihnen stellten sich rechts und links neben den Riley. Zwei weitere legten den Wagen von Holztrümmern frei. Der fünfte, George Felse, rannte auf den Lieferwagen zu, öffnete die Tür auf der Seite seines Sohnes.

Eine Welle der Angst und des Schmerzes spülte Dominic an die Oberfläche, er spürte, daß ihn jemand in den Armen hielt wie ein Baby, und fühlte die Berührung liebevoller Finger. Dankbar schmiegte er sich noch enger an die tröstliche Schulter und verbarg sein Gesicht, als er in seinen Augen das Brennen aufsteigender Tränen fühlte.

»Mami, ich hab' Kopfweh«, jammerte er. Aber es war die Stimme seines Vaters, die antwortete. »Ja, mein Junge, ich weiß. Lieg still, es wird bald aufhören.«

Es überraschte ihn, die Stimme seines Vaters zu hören, und er öffnete die Augen, um sich zu vergewissern, daß er nicht träumte. Schnell schloß er sie wieder, diese Anstrengung bereitete ihm Schmerzen. Doch er hatte das Gesicht gesehen, das sich über ihn neigte. Es war wirklich sein Vater. Nun, wenn er die Ereignisse so aufnahm, dann war ja alles nicht so schlimm. Dominic hatte damit gerechnet, daß er sich seinen Zorn zuziehen würde.

In seinem schwebenden Zustand zwischen Traum und Wirklichkeit fiel ihm plötzlich ein, worauf es ankam, das einzige, was wirklich eine Rolle spielte.

»Es war nicht Kitty«, murmelte er nicht sehr deutlich, doch George verstand. »Das weißt du doch, nicht wahr?«

»Ja, Dom, das wissen wir jetzt. Alles ist in Ordnung. Ruh dich aus.«

Widerstandslos versank er in einer Welt der Müdigkeit und Erleichterung. Tränen rannen aus seinen geschlossenen Augen, als ein plötzlicher gräßlicher Laut ihn aus seiner Dämmerwelt riß. Jemand hatte schrill gelacht oder gellend geschrien.

Er schlug die Augen auf; über Georges Kopf hinweg, über Ducketts breite Schultern, jenseits von Jean und Leslie, sah er ein wildes Geschöpf in einem zerfetzten schwarzen Kostüm, die Wange blutig, schwarze Strähnen schüttelnd. Sie drohte mit gefesselten Händen, den Mund vor Haß verzerrt.

»Ja, ich habe ihn getötet! Jeder soll es wissen. Meint ihr, ihr könnt mir Angst einjagen? Es war kein Vorsatz. Glaubt ja nicht, daß ihr mich hinrichten könnt. Ich kenne das Gesetz. Zwanzig Jahre«, schrie sie wild, »zwanzig Jahre meines Lebens hat er mir genommen. Ein dutzendmal hätte ich heiraten können, aber nein, ihn mußte ich haben. Zwanzig Jahre seine Geliebte, immer darauf warten, daß diese alte Hexe, seine Frau, endlich sterben würde –«

Dominic begann zu zittern und schluchzte. Er konnte es nicht unterdrücken, und als er einmal angefangen hatte, konnte er nicht mehr aufhören. Ihre ganze Würde, ihre Selbstbeherrschung, sie riß alles in Fetzen und warf es ihnen zu Füßen. Er konnte es nicht ertragen. Er vergrub seinen schmerzenden Kopf verzweifelt an der Schulter seines Vaters, doch ihrer Stimme war nicht zu entkommen.

»Dann habe ich weiter gewartet, nachdem sie tot war. Nichts geschah. Mein ganzes Leben habe ich vergeudet. Meine Zeit kam nie. Immer nur er. Und dann ruft sie mich plötzlich an, dieses einfältige Wesen, ich soll ihr helfen, ausgerechnet ich. Daß er sie heiraten wolle, hat sie gejammert. Und ich? Jahre meines Lebens geopfert und alles umsonst! Bitte, Hammie, schreiben Sie! So hieß es tagsüber, und nachts durfte ich ihn im Bett haben, wenn ihm der Sinn danach stand. Und sie, die junge Gans, sollte das Zepter schwingen. Ja, ich habe ihn getötet«, keuchte sie, »aber es war nicht genug. Er hätte bei Bewußtsein sein müssen. Er hätte es fühlen sollen – jeden einzelnen Schlag. Hundertfach hätte er den Tod fühlen müssen für das, was er mir angetan hat.«

17

An die Heimfahrt konnte sich Dominic später nicht mehr erinnern. Er war bei Bewußtsein, doch völlig geistesabwesend. Eine leichte Gehirnerschütterung, hatte der Arzt festgestellt, später würde er sich wieder an alle Ereignisse des Abends erinnern können. Doch die Erinnerung an die Heimfahrt kehrte nicht zurück. Seine Eltern brachten ihn zu Bett und flößten ihm irgend etwas ein, das den Schmerz betäubte. »Es ist nicht schlimm«, erklärte der Arzt. »Morgen werden wir ihm ein Beruhigungsmittel geben, dann wird er gegen Abend schon wieder ganz auf dem Damm sein.«

Einmal in der Nacht erwachte er, schlug um sich und schrie,

unfähig, im Traum die Selbstbeherrschung zu bewahren, zu der er sich Stunden früher gezwungen hatte. Bunty brachte ihm etwas zu trinken. Er schluckte gierig, fragte sie verwundert, was denn los sei, und schlief in ihren Armen wieder ein. Gegen Morgen begann er wild zu schluchzen, doch als sie seine heiße Stirn mit einem feuchten Tuch kühlte, beruhigte er sich und fiel in tiefen Schlummer. Am Morgen erwachte er hungrig, mit klarem Kopf und wollte mit seinem Vater sprechen.

»Heute abend«, sagte Bunty fest. »Im Augenblick erledigt er gerade die Formalitäten zur Freilassung von Miss Norris. Das beschäftigt dich doch, nicht wahr? Nur keine Aufregung, alles ist in bester Ordnung.«

»O Mami«, stellte er vorwurfsvoll, beinahe beleidigt fest, »du bist so entsetzlich gelassen.« Wahrscheinlich, dachte sie, hätte er dieses Wort kaum gewählt, wenn er ihr Gesicht gesehen hätte, als sie ihn am Abend gebracht hatten. »Du bist doch nicht wütend auf mich, oder?« fragte er schmeichelnd.

»Nun«, erwiderte Bunty liebenswürdig und legte das Thermometer weg, »eigentlich nur ein kleines bißchen.«

»Wirklich? Gut. Ja, also hör mal, ich habe mein Taschengeldkonto überzogen. Die Handschuhe haben dreiundzwanzig Schilling gekostet. Ich hätte nie gedacht, daß sie so teuer sind. Kann ich das nicht als Sonderbelastung absetzen?«

»Wir können es nicht zulassen, daß der Privatdetektiv bei seiner Arbeit auch noch Verluste hat«, stellte sie fest. »Es überrascht mich, daß du nicht einfach zu Hayward gegangen bist und sie auf mein Konto hast aufschreiben lassen.«

»Na, so was«, erklärte Dominic, »daran habe ich überhaupt nicht gedacht.«

Gegen Abend erlaubte man ihm, soviel zu sprechen, wie er wollte. Später würde man seine Aussage zu Protokoll nehmen, doch im Augenblick kam es nur darauf an, daß er sich die ganze Sache bei seinem Vater von der Seele reden konnte.

»Ist alles in Ordnung?« erkundigte sich Dominic eifrig, noch ehe George sich einen Stuhl ans Bett gezogen und gesetzt hatte. »Ist Kitty frei?« Es gelang ihm nicht ganz, das Zittern in seiner

Stimme zu unterdrücken.

»Ja, Kitty ist frei.« Mehr sagte er nicht. Sie selbst sollte ihm den Rest sagen. George wußte, was er für sie getan hatte. Was immer Dominic auch sagen wollte, es konnte die Bedeutung seiner Handlungsweise nicht vergrößern. »Du brauchst dir nicht mehr den Kopf zu zerbrechen. Du hast es geschafft. Wie geht's deinem Kopf?«

»Tut noch ein bißchen weh, und mein Hals ist steif. Aber nicht schlimm. Womit hat sie mich geschlagen?«

»Du wirst es nicht glauben, so eine Art Totschläger, wie ihn hier die Halbstarken haben.«

»Nein!« Dominics Mund blieb vor Erstaunen offen. »Wo hatte sie das Ding her?«

»Na, von irgendeinem Jungen aus dem Klub. Vor ein paar Wochen hat sie es ihm abgenommen und ihm einen Vortrag darüber gehalten, daß der Besitz solcher Waffen verboten ist. Wie bist du eigentlich auf sie gekommen?«

»Daran war im Grunde genommen Jean schuld. Mir fiel plötzlich ein, daß alle, die in den Fall verwickelt sind, Mr. Armiger doch schon seit Jahren gekannt haben. Ich überlegte mir, weshalb einer von ihnen ganz persönlich den Gedanken gefaßt haben sollte, ihn an jenem Abend zu töten. Da kam ich zu dem Schluß, daß das wahre Motiv in einer Wendung liegen mußte, die genau an jenem Abend eintrat und für den Täter große Bedeutung haben mußte. Als wir über Kittys Anruf Bescheid wußten und es ziemlich sicher schien, daß die Person, die Kitty angerufen hatte, auch der Täter war, überlegte ich, daß Kitty das Motiv unabsichtlich am Telefon verraten haben mußte. Darauf baute ich dann einen Verdacht gegen Mr. Shelley auf und unterbreitete meine Theorie Leslie und Jean. Aber Jean behauptete sofort, daß es so nicht gewesen sein könne. Sie meinte, Kitty hätte sich niemals an einen Mann, sondern an eine Frau gewandt. Sie sagte«, fuhr Dominic fort und stählte seine Stimme, um dieselben Worte zu gebrauchen, mit denen Jean es ausgedrückt hatte, »daß Kitty doch gerade vom Sexuellen her eine äußerst widerwärtige und abstoßende Szene mitgemacht habe, die noch schlimmer gewesen sei, weil dieser eklige alte Mann sich ihr aufgedrängt hatte, und zwar nicht etwa aus Liebe, sondern aus rein geschäftlichen Überlegungen. Das, siehst du, hat alles noch viel widerlicher gemacht. Und das schlimmste war –«

Er wandte seinen Kopf gegen die Wand. Er konnte es nicht sagen, nicht einmal jetzt. Das schlimmste war, daß sie Leslie noch immer liebte, und daß gerade deshalb der Heiratsantrag seines Vaters ein grauenhafter Schock für sie gewesen sein mußte. »Jean sagte, daß sie unter solchen Umständen sich an eine Frau gewandt hätte, wenn sie Hilfe brauchte.«

»Aha«, meinte George und dachte daran, daß Bunty ihm in der Nacht ähnliches angedeutet hatte. »Und dann ist dir eine Frau eingefallen, die älter war, die sie gut kannte und die an jenem Abend mit ihr zusammen war.«

»Ja. Ich überlegte, was Kitty zu ihr gesagt haben konnte, das einem Mordmotiv gleichkam. Da fiel es mir ein, es sprang mir förmlich ins Auge. Ich möchte wetten«, meinte Dominic, »daß Kitty der einzige Mensch ist, der nicht weiß, was die Leute über Mr. Armiger und Miss Hamilton getratscht haben. Sie steht so weit über solchen Dingen. Selbst wenn es ihr jemand erzählen würde, hätte sie es im nächsten Augenblick vergessen. Sie hört gar nicht, was sie nicht interessiert.«

»Als wir die Handschuhe nicht fanden, hast du dich also entschlossen, es mit einem Bluff zu versuchen. Wie hast du das angestellt?«

Dominic berichtete ihm die Geschichte in allen Einzelheiten. Es war schwer, sich hier an diesem vertrauten Ort die Angst vorzustellen, die er durchlebt hatte, doch manchmal zitterte er noch.

»Ich bin hingegangen, nachdem Mr. Shelley das Haus verlassen hatte, und behauptete, ich wollte ihn sprechen, es handle sich um den Fall. Als sie so schnell anbiß und vorschlug, ich solle statt dessen mit ihr sprechen, war ich sicher, daß ich auf dem richtigen Weg war. Dann erzählte ich ihr, ich hätte die Handschuhe gefunden, es seien Damenhandschuhe. Ich tat so, als glaubte ich, sie gehörten Kitty, und als wollte ich euch nichts davon sagen. Da wurde ich mir meiner Sache noch sicherer, weil sie meinte, ich könnte sie ihr geben, sie würde es auf sich nehmen. Damit wollte sie mir zu verstehen geben, daß sie sie vernichten würde. Na ja, und es ist doch nicht normal, daß jemand eine solche Verantwortung auf sich nimmt, schon gar nicht für einen fremden Menschen. Oder? Meiner Ansicht nach jedenfalls mußte sie ihre eigenen, dringenden Gründe haben. Sie wollte mich wohl aushorchen, wo ich sie gefunden hatte und wie sie aussahen, um sich zu vergewissern, ob sie tatsächlich etwas zu befürchten hatte; aber ich benahm mich ganz hysterisch, und sie konnte nichts aus mir rausbringen. Ihr blieb nichts anderes übrig, als meine Geschichte zu glauben, denn sie durfte ja nicht das geringste Risiko eingehen. Also schlug sie mir vor, sie ihr zu geben. Wenn ich es gleich dort getan hätte, dann weiß ich nicht, was passiert wäre. Ich konnte förmlich fühlen, daß sie mich für ebenso gefährlich hielt wie die Handschuhe und daß sie entschlossen war, auch mich verschwinden zu lassen. Aus meinem kindischen Benehmen mußte sie schließen, daß ich niemals den Mund halten, sondern früher oder später alles meinem Vater erzählen würde. Ich glaube, daß sie mich gleich dort im Büro beseitigt hätte, weil ja schon alle weg waren. Aber ich sagte, ich hätte die Handschuhe nicht bei mir, weil die Jungen in der Schule manchmal so neugierig sind; ich würde sie ihr geben, wenn ich zu meiner Musikstunde ginge. Du hättest sehen sollen, wie sie anbiß. Kein Mensch hätte jemals von der Verabredung erfahren, und wenn ich verschwand, würde niemand sie damit in Verbindung bringen. Sie wollte an der Ecke auf mich warten. Dann mußte ich ihr versprechen, keinem Menschen etwas davon zu sagen. Da war ich ganz sicher. Sie hatte die blutbefleckten Handschuhe tatsächlich irgendwo in der Nähe des Tanzsaales weggeworfen, und sie hatte auch Mr. Armiger getötet. Warum sonst hätte sie dieses Theater mitgemacht?«

»Und warum«, erkundigte sich George sanft, »bist du nicht zu mir gekommen? Warum mußtest du die Sache unbedingt allein erledigen? Hast du mir nicht vertraut?«

Der Unterton des Vorwurfs, wenn auch ganz schwach, war ein Fehler. »Schon gut, ich weiß«, meinte George hastig. »Es war kein Beweis, und du meintest, du müßtest den Beweis erbringen. Aber mußtest du denn dein Leben dafür einsetzen?«

»Ich konnte nicht auf halbem Wege stehenbleiben. Wenn ich es dir erzählt hätte, dann hättest du mich daran gehindert. Du hättest mich daran hindern müssen. Ich konnte es tun, aber du hättest es nicht zulassen können. Du machst mir doch keinen Vorwurf?«

»Dir nicht, nur mir selbst. Ich hätte es dir leichter machen sollen, mir mehr zu vertrauen. Aber das spielt jetzt keine Rolle. Du hast getan, was du glaubtest tun zu müssen. Dabei wollen wir es belassen. Woher wußtest du, was für Handschuhe du ihr geben mußtest? Wenn es die falschen waren, dann genügte ihr ein Blick, um festzustellen, daß du lügst.«

»Aber dann hätte sie auch gewußt, daß ich sie verdächtigte und versuchte, ihr eine Falle zu stellen. Das wäre auf dasselbe herausgekommen. Sie hätte erst recht versucht, mich loszuwerden. Aber ich habe mich trotzdem bemüht, mein Bestes zu tun. Ich sah, daß sie keine Handschuhe trug, als wir das Büro verließen, deshalb folgte ich ihr zum Wagen, und dort hatte sie tatsächlich Handschuhe, kurze, schwarze aus Rehleder, die noch ganz neu aussahen. Ich überlegte mir, daß sie wahrscheinlich ähnliche wiedergekauft hatte, und fuhr zurück in die Stadt, um auch so ein Paar zu kaufen. Ich tauchte sie ins Wasser und drückte sie zusammen und machte sie schmutzig, und dann wickelte ich sie ganz klein zusammen. Den Rest weißt du«, erklärte Dominic. »Ich habe ja nicht ahnen können, daß mein Brief an Leslie erst so spät überbracht würde, sonst hätte ich acht Uhr geschrieben, statt halb neun.«

»Das glaube ich«, meinte George voller Wärme. »Es war fast neun, als sie mich fanden. Wenn Leslie nicht gewesen wäre –«

»Angenommen, sie nimmt ihr Geständnis zurück? Könnt ihr auch ohne die Handschuhe beweisen, daß sie es getan hat?«

»Ohne weiteres. Ihr Wagen ist voller Blutspuren, überall in

den Nähten des Fahrersitzes. Das Leder ist gewaschen worden, aber sie hat den üblichen Fehler gemacht und warmes Wasser benützt, und aus den Fasern bringt man es sowieso nicht heraus. Außerdem haben wir den Reißverschluß des schwarzen Rockes gefunden, den sie am Tatabend trug, und zwei Metallknöpfe von ihrem Rock. Sie lagen im Aschenkasten. Sie muß gedacht haben, die Jacke weise keine Spuren auf, denn sie überließ sie der Gemeindefürsorgerin, die für Bedürftige sammelt. Aber wir haben sie gefunden und auf dem rechten Ärmel Blut festgestellt. Ja, wir können sie überführen. Sie muß neben ihm auf dem Boden gekniet haben, kein Wunder, daß Kittys Rock Spuren trug.«

Dominic starrte auf den Zipfel des Bettuches, den er in seinen Händen zerknüllte. »Hast du sie heute gesehen?«

»Wen? Ruth Hamilton?«

»Nein, Kitty. Als sie – als sie entlassen wurde.«

»Ja.«

»Wie sah sie aus? Hat sie etwas gesagt?«

»Sie sah noch ein bißchen benommen aus«, erwiderte George vorsichtig. »In ein oder zwei Tagen wird sie wieder ganz sie selbst sein. Zuerst war die Wahrheit natürlich nur ein weiterer Schock für sie, aber dann erholte sie sich ganz gut. Sie wollte zum Friseur gehen und sich ein neues Kleid kaufen.«

Dominic schwieg. Seine Finger spielten unablässig mit dem Saum des Bettuches. Seine Augen waren niedergeschlagen.

»Und sie sagte, sie würde dich gern heute abend besuchen, wenn das erlaubt ist.«

Dominic drehte sich um und setzte sich in einem Durcheinander von Decken und Bettüchern auf, seine Augen strahlten. »Das hat sie wirklich gesagt? Ehrlich? Du hast ihr wohl eingeschärft, ich müßte Ruhe haben?« fragte er argwöhnisch.

»Ich sagte ihr, daß es dir gutgeht«, erwiderte George grinsend. »Sie wird gegen acht Uhr hier sein. Du hast noch eine Viertelstunde Zeit, um dich schön zu machen.«

Dominic war schon halb aus dem Bett und rief nach Bunty. George packte ihn wieder hinein und brachte ihm seinen neuen grünseidenen Morgenrock, den er nur bei besonderen Gelegenheiten zu tragen pflegte. »Du bleibst im Bett. Du siehst sehr vorteilhaft aus in deiner Rolle als Leidender. Hier.« Er warf Kamm und Spiegel auf Dominics Bett und ging.

Er schloß schon die Tür, als Dominic plötzlich rief: »He! Irgend jemand muß ihr doch von mir erzählt haben – ich meine, was ich getan habe.«

»Ja«, meinte George. »Wer das wohl gewesen ist?«

Auf der Treppe begegnete er Bunty, die hinaufeilte, um die Wünsche ihres Sprößlings zu erfüllen. George breitete mit einer plötzlichen Bewegung der Dankbarkeit und der Erleichterung, für die er gar keinen Grund wußte, die Arme aus und schwang sie hoch. Er küßte seine Frau und setzte sie dann behutsam wieder auf die Erde. Sie erwiderte seinen Kuß voller Wärme, ehe sie weiterrannte.

Bunty begegnete der ungewohnten Eitelkeit ihres Sohnes mit mehr Respekt als George. Sie lächelte nicht darüber, sie war ebenso ernst wie Dominic, wenn sie ihn auch behandelte, als sei er ein kleiner Junge. Sie brachte ihm einen Seidenschal von George und drapierte ihn kunstvoll um seinen Hals. Er war viel zu aufgeregt, um ihr die mütterliche Fürsorge übelzunehmen; er ließ sich sogar das Gesicht waschen und die Haare kämmen, wie ein hilfloses Kind.

»Jetzt reg sie nur nicht zu sehr auf«, riet Bunty, »du darfst nicht vergessen, daß sie viel durchgemacht hat. Du mußt ruhig und behutsam sein, damit sie sich wieder erholt.«

Kitty kam pünktlich. Sie war dünner und blasser, als er sie in Erinnerung hatte, und auf ihren Lippen lag das kleine, ein wenig traurige Lächeln, das er so gut kannte. Sie sah wunderschön aus. Das neue Kleid war ein Kostüm aus Rohseide, in einer Farbe zwischen Honiggelb und Bernstein gehalten. Der Duft des lichtbraunen Haares, das in weichen Wellen ihr Gesicht umrahmte, verzauberte ihn. Sie setzte sich an sein Bett und streckte ihre langen, schmalen Beine in den hauchzarten Nylons aus. Erst starrte sie auf die Spitzen ihrer Schuhe, dann blickte sie Dominic an.

Sie waren beide befangen und sprachen nicht, um den seltsamen Zauber nicht zu brechen. Dann kräuselte sie plötzlich die Nase und lächelte spitzbübisch, und da wußte er, daß alles gut war, daß es der Mühe wert gewesen war. Noch hatte sich der Schatten nicht verflüchtigt, das Lächeln war noch nicht ganz wahr, aber die Zeit würde kommen.

»Was soll ich dir nur sagen?« begann Kitty. »Man sieht, daß jede gute Tat belohnt wird. Wenn ich nicht plötzlich die Anwandlung gehabt hätte, Blut zu spenden, dann hätte ich dich vielleicht nie kennengelernt, und was wäre dann aus mir geworden?«

»Sie hätten auch ohne mich die Wahrheit entdeckt«, erwiderte Dominic bescheiden. »Mein Vater war schon auf der Spur, nur ich wußte nichts davon. So bin ich eben, einfach eingebildet. Ich habe geglaubt, niemand außer mir sei auf dem richtigen Weg.«

»Ich weiß schon, wie du bist«, meinte Kitty bestimmt. »Geht es dir jetzt gut? Keine Schmerzen? Nichts?«

»Ich fühle mich ganz gesund, sie wollen mich nur nicht vor morgen aus dem Bett lassen. Wie geht es Ihnen?«

»Oh, gut. Ich habe im Gefängnis zehn Pfund abgenommen«, sagte Kitty, und diesmal war ihr Lächeln wärmer und sicherer. »Man soll versuchen, die guten Seiten zu sehen. Seh' ich schlecht aus?«

»Nein, wunderbar«, erwiderte Dominic feurig.

»Gut. Alles für dich.« Sie beugte sich vor und spielte mit dem Rand seiner Steppdecke. »Ich wollte dir als erstem von meinen Plänen erzählen, Dominic. Armigers Geld will ich nicht haben. Am liebsten möchte ich die Erbschaft ausschlagen, aber vorher muß ich sicher sein, daß sie dann an Leslie geht. Sonst muß ich sie annehmen und mir überlegen, wie ich sie später Leslie und Jean übergeben kann, ohne daß es wie ein Almosen wirkt. Ich werde morgen mit Ray Shelley über die verschiedenen Möglichkeiten sprechen.«

»Leslie nimmt das bestimmt nicht an«, meinte Dominic zögernd.

»Das weiß ich. Aber ich glaube, daß er es doch tun wird, um mich nicht unglücklich zu machen.« Beinahe hätte sie gesagt »noch unglücklicher«. Der Junge war so ernst und teilnehmend, daß es ihr schwerfiel, nicht zu vergessen, daß auch er litt. »Ich glaube, daß Jean aus demselben Grund einverstanden sein wird. Ich fahre weg. Wenn ich im Prozeß gebraucht werde, muß ich solange warten, aber danach reise ich ab. Ich könnte hier nicht mehr leben, Dominic, jetzt nicht.«

Sie hob den Kopf, ihre großen tiefvioletten Augen blickten ihn an, und er sah die Einsamkeit in ihnen und war glücklich über ihr Vertrauen.

»Ja«, entgegnete er. »Das kann ich verstehen. Sie haben recht, daß Sie gehen.«

»Es ist nicht, weil ich im Gefängnis war oder weil ich Angst habe, den Leuten ins Gesicht zu sehen«, erklärte sie. »Es ist nur das Gefühl, daß ich von hier weg muß.«

»Ich weiß«, sagte Dominic.

»Ja? Weißt du, wie es ist, wenn man jemanden liebt, der nicht einmal weiß, daß man da ist?«

Darauf antwortete er nichts; er konnte nicht. Sein Herz hämmerte wild, schlug bis zum Hals hinauf, und er war unfähig, ein Wort zu sprechen. Doch plötzlich verstand sie die Antwort, die er ihr schuldig geblieben war. Mit einem Laut der Reue und der Zärtlichkeit beugte sie sich über ihn, nahm seine Hände in die ihren und legte ihre Wange darauf.

Sein Herz schien zu bersten, er konnte wieder atmen, wieder sprechen. Er entzog ihr eine Hand und begann behutsam ihr Haar zu streicheln. »Sie werden einen anderen finden«, sagte er wie ein Mann. »Die Zeit heilt alle Wunden. Sie werden von hier weggehen, und alles wird anders werden.« Überrascht und ehrfürchtig lauschte er seiner eigenen Stimme. Die Worte, von denen er geglaubt hatte, sie würden bitter klingen, waren süß wie Honig. Sie schmeckten nicht nach Verzicht, sondern nach Vollendung. »Ziehen Sie nicht einfach irgendwo anders hin, Kitty. Noch nicht. Reisen Sie. Fahren Sie um die ganze Welt. Sie werden ihn finden. Bestimmt.«

Sie saß ganz still und lauschte dem Klang seiner tröstenden Worte und erkannte, daß er einen großen Schritt auf dem Weg zum Erwachsenwerden getan hatte. Und sie hatte das bewirkt. Den ganzen Tag hatte sie sich den Kopf zerbrochen, was sie ihm mitbringen sollte als Dank für alles, was er für sie getan hatte; es war ihr nichts eingefallen, was nicht seinen Triumph geschmälert hätte, anstatt ihn zu vollenden. Jetzt, ohne es zu beabsichtigen, hatte sie ihm das größte Geschenk gemacht, ihr Leben für sein Leben, das Geschenk, ihr eigenes einsames, hilfloses Selbst trösten, ermutigen und auf eine neue Bahn lenken zu können. Warum nicht? Er hatte sie gerettet, er hatte auch das Recht, über sie zu verfügen. Comerbourne war nicht die Welt. Ein Mann konnte nicht das Leben sein. Ich darf mich vor dem Leben nicht verschließen, dachte sie. Ich bin ein Stück seines Lebens, ich bin es ihm schuldig, zu leben.

»Weißt du was?« sagte sie weich. »Du hast ganz recht. Genau das werde ich tun.«

»Fahren Sie nach Indien, nach Südamerika, an all die Orte mit den aufregenden Namen. Es gibt überall Menschen, nette Menschen. Sie müssen sich ihnen nur offen gegenüber zeigen.«

»Vielleicht sogar solche, die so nett sind wie du«, meinte sie und lächelte ihn an. Sie war in einem inneren Zwiespalt. Einerseits hätte sie ihm gern das Vergnügen gegönnt, mit ihr Pläne zu schmieden, doch dann entschied sie sich dagegen. Nur noch eines konnte sie für ihn tun. Sie konnte diesen Besuch zu seinem Höhepunkt bringen und dann aus seinem Leben verschwinden, um ihm eine wunderbare, reine Erinnerung zurückzulassen, die ihm keiner nehmen konnte und der niemals die Ernüchterung folgen würde. Eine Weile würde er unglücklich sein, den süßen Schmerz kultivieren.

Sein Schmerz ist nicht wie der meine, dachte sie, der sich von einem Tag zum anderen, von einem Monat zum anderen hingeschleppt hat. Ich werde nicht zulassen, daß ihm das geschieht. Es war allein meine Schuld. Wenn ich genug gefühlt hätte, dann hätte ich all das verhüten können. Dann wäre Armiger noch am Leben, und die arme, verbitterte, berechnende, rachedurstige

Hammie wäre keine Mörderin. Aber ich habe nur mein eigenes Elend gesehen. Jetzt blicke ich Dominic an und sehe mich selbst nicht mehr so klar, sondern ich sehe ihn, er ist Wirklichkeit für mich. Ich werde nicht wieder in den gleichen Fehler verfallen.

»Genau das werde ich tun«, wiederholte sie. »Und wenn ich ihn gefunden habe, dann erfährst du es als erster.«

Sie beugte sich über ihn und strich mit zögernder Hand leise über sein Haar. Die Berührung ihrer Finger war so behutsam, daß er sie kaum fühlte, und das Gesicht mit den großen, warmen Augen war so dicht vor ihm, daß es leicht verschwamm. Plötzlich legte er die Arme um sie und zog sie an sich und küßte sie. Unerfahren, aber nicht plump, mit einer unvermittelten, unschuldigen Leidenschaft.

Sie hielt ihn zart umfaßt, solange er es wollte, und als er sich wieder an seine Rolle des Erwachsenen erinnerte und sie losließ, richtete sie sich auf und trat von ihm weg.

»Auf Wiedersehen, Dominic! Danke für alles. Ich werde dich nie vergessen.«

Sie hatte das Zimmer verlassen und die Tür geschlossen, noch ehe er mit dünner, erstaunter Stimme hervorbrachte: »Auf Wiedersehen, Kitty! Viel Glück!« Er sagte nicht, daß er sie nie vergessen würde, doch sie wußte es ohnehin.

Als Bunty eine halbe Stunde später einen Blick ins Zimmer warf, lag Dominic zusammengerollt in seinen Kissen und schlief. Ein kleines Lächeln der Erfüllung und Befriedigung, wie das eines satten Kindes, lag auf seinen Lippen.

Kitty hielt Wort. Neun Monate später, im Hochsommer, lag eine Postkarte aus Rio de Janeiro neben Dominics Frühstücksgedeck.

Ich habe ihn gefunden. Er heißt Richard Baynham und ist Ingenieur. Wir heiraten im September. Ich bin schrecklich glücklich.

Alles Liebe,
Kitty.

Dominic las den Text mit verständnislosem Gesicht und runzelte die Stirn, als er die unbekannte Handschrift sah. Er war noch nicht ganz wach, und neun Monate sind eine lange Zeit. Am Ende sagte er fragend: »Kitty?« Und dann, in einem ganz anderen Ton: »Oh, Kitty!« Das war alles. Doch er ließ die Karte nicht herumliegen, sondern steckte sie in seine Brieftasche, und niemand bekam sie mehr zu sehen. Er stand auf, mit einem Strahlen der Erinnerung in den Augen, und sah plötzlich viel älter aus, ein Mann mit einer Zukunft und einer Vergangenheit.

Hexenflug

Aus dem Englischen
von Edda Petri

Die Originalausgabe erschien unter dem Titel
»Flight of a Witch«

1

Es war im Oktober, Halbjahresmitte, an einem Donnerstag um vier Uhr nachmittags, als Tom Kenyon sah, wie Annet Beck den Hallowmount hinaufstieg und über dem Kamm verschwand.

Plötzlich brach nach Westen hin ein gespenstischer Lichtstrahl durch die Regenwolken, fiel auf den dunklen Hügel und ließ das Oktobergras noch einmal aufleuchten. Der Wolkenspalt wurde breiter, so daß sich das grelle Licht auf den ganzen Hang ergoß und ein saphirblau leuchtender Fleck sichtbar wurde, der langsam durch das ausgebleichte Grün bergauf stieg. Das Blau ihres Mantels war ihm dunkel und unauffällig vorgekommen, als sie am Tor gestanden und ihn mit Augen, so undurchdringlich wie Felsengestein, zurückgewiesen hatte. Doch jetzt leuchtete der Mantel wie herrlichster Enzian.

Was tat sie dort? In der kurzen Pause zwischen den Regenschauern wirkte sie im Lichtstrahl wie eine Erscheinung, wie ein Omen.

Er fuhr auf die Kurve vor dem Wastfieldtor, wo im Gras tiefe Spuren zu sehen waren, und hielt an. Er sah ihr zu, wie sie hinaufstieg, und hütete den kleinen Funken Trauer um sie, der ihm angesichts der riesigen, alles verdeckenden bedrohlichen Dunkelheit besonders kostbar und tröstlich vorkam.

Nach Westen hin verschwanden die Berge von Wales in einer bleifarbenen Wolke, doch auf dieser Seite des Hallowmount leuchtete ein Ring uralter altersschwacher Bäume wie orangerotes Feuer. Der enzianblaue Fleck hatte den Kamm erreicht. Für einen Moment zeichnete sich ihre Silhouette vor dem Himmel ab. Dann war sie verschwunden. Im selben Augenblick schloß sich der Spalt in den Wolken. Das Licht verlosch.

Der Berg war dunkel. Der sanfte Oktoberregen rieselte wieder hernieder. Er drehte den Zündschlüssel um und ließ den Mini über das glänzende blaßgrüne Gras zurück zur Straße rollen. Es blieben noch fast drei Stunden Tageslicht – wenn man das Tageslicht nennen wollte. Mit etwas Glück würde er kurz nach Einbruch der Dunkelheit zu Hause in Hampstead sein. Seine Mutter hätte gewiß ein besonderes Abendessen für ihn vorbereitet. Sein Vater würde vielleicht sogar zur Ehre seines Sohnes das jeden Donnerstag stattfindende Bridgespiel ausfallen lassen, und wahrscheinlich würde Sybil – angeblich rein zufällig – gegen neun Uhr vorbeikommen, mit entliehenen Illustrierten bewaffnet, um sie zurückzubringen, oder mit Strickmustern für seine Mutter. Selbstverständlich hatte sie sich bereits vor Wochen genau informiert, wann die Herbstferien der Comerbourne Grammar School begannen und ob er mit dem Auto oder mit der Bahn kommen würde. Bestimmt wollte sie alles bis zur völligen Erschöpfung über seine neue Schule hören, über seine sechste Klasse und deren Leistungen, seine Bude und alle Menschen, die er kennengelernt hatte, alle neuen Freunde. Wenn er ihr jedoch die wirklich wichtigen Dinge erzählte, würde sie völlig verwirrt sein.

Wie konnte man eine halbfeudale Grafschaft an der walisischen Grenze einer Frau aus der Stadt erklären? Besonders wenn man selbst in der Stadt geboren und aufgewachsen war, eine schnelle, doch ungenaue Auffassungsgabe hatte und sich forsch, aber unsicher zwischen diesen unbeweglichen Familien und mittelalterlichen Wohnsitzen fühlte, verwirrt von diesen eleganten Damen im Grenzgebiet, die einerseits so aktiv und emanzipiert waren, andererseits an ihren dunklen rassischen Erinnerungen hingen, die so viel von dem bestimmten, was sie taten und sagten. Sybil hatte keine Vergleichspunkte. Sie würde ebenso verwirrt und verloren sein, wie er sich während jener ersten Woche des Halbjahres gefühlt hatte.

Gottlob war die Mathematik überall gleich, und er war ein äußerst kompetenter Lehrer. Er mußte sich nur ein paar Wochen auf seine Arbeit konzentrieren, dann würde alles übrige schon gut werden. Er wußte, daß er unterrichten konnte, das mußte ihm kein Schulleiter sagen. Und wenn er alles in allem betrachtete, war die erste Hälfte seines ersten Schulhalbjahres nicht übel verlaufen.

Die Schulgebäude waren alt, aber gut. Nach hinten waren neue Räume angebaut worden. Der Parkplatz war klein, aber mit dem Mini brauchte er sich deshalb nicht den Kopf zu zerbrechen. Er war nicht darauf vorbereitet, daß so viele Söhne reicher pendelnder Geschäftsleute aus dem Black Country in diese Schule ins Grenzgebiet gingen. Ihr etwas übertriebener Lebensstandard hatte ihn anfangs eingeschüchtert, bis er unerwartet mit der Nase auf die für den Schulleiter charakteristische Notiz am Schwarzen Brett im Korridor gestoßen war:

»Die Schüler der sechsten Klasse der Oberstufe werden gebeten, den Parkplatz des Lehrkörpers nicht mehr zu benutzen, da ihre Jaguars und Bentleys den hiesigen 1955er-Fords Komplexe machen.«

Das hatte ihm sein Selbstwertgefühl wiedergegeben. Und die langbeinigen Siebzehn- und Achtzehnjährigen, die trotz ihrer eigenen Luxuskarossen aus den Autos ihrer Eltern stiegen, waren ansonsten nicht ganz hoffnungslos verzogen. Sie konnten genau einschätzen, wieviel Arbeit sie vor Schwierigkeiten schützte, und genausoviel Mühe gaben sie sich auch – allerdings den Faktor Glück mit eingerechnet. Diese Schüler waren Tom Kenyon gleich viel reifer, entwickelter, dennoch spontaner und jünger vorgekommen als die Produkte des Südens, die ihm vertraut waren. Wenn die Schüler durch etwas völlig Unerwartetes aus dem Gleichgewicht geraten waren, verhielten sie sich zwar beunruhigend freimütig und abrupt, aber sie waren flexibel und gewannen ihr Gleichgewicht mit bewundernswertem Selbstbewußtsein bald wieder. Für gewöhnlich nahmen sie ihn bereits auf den Arm, ehe ihm selbst klargeworden war, daß sie nicht mehr getröstet werden mußten. Nein, diese Schüler waren kein übler Haufen.

Mit dem Lehrerkollegium kam er auch gut aus. Sogar mit den drei Frauen, auf die er nicht vorbereitet gewesen war. Jane Darrill, Referendarin für Geographie, konnte manchmal ein bißchen kurz angebunden oder feindselig sein, aber sie war sehr jung, nicht über fünfundzwanzig. Und Tom war sechsundzwanzig.

Jane hatte ihm vorgeschlagen, sich im Dorf Comerford eine Wohnung zu suchen, und ihn mit den Becks bekannt gemacht, die ein für sie zu großes Haus und ein ziemlich kleines Einkommen hatten.

»Sie wollen doch ein Landmann hier werden«, hatte Jane mit ihrem verdächtig intimen Lächeln gesagt, bei dem sich ihm immer die Nackenhaare aufstellten, weil er sich von ihr verspottet fühlte. »Dann sollten Sie das hundertprozentig tun und ein richtiger werden. Werden Sie ein Grenzbewohner – wie ich. Comerford ist das einzig Wahre. Dieses Kaff hier wird rapide schnell zu einer Vorstadt von Birmingham.«

Das war eine Übertreibung, vielleicht auch eine Prophezeiung. Jane war mit einem äußerst kompetent wirkenden Auftreten gesegnet – oder verflucht. Sie war fröhlich, hatte ein rundes Gesicht, einen hellen Teint, war kräftig und hübsch, wenn sie nicht gerade ihre schroffe oder aggressive Phase hatte, um die untere Sechste im Zustand gesunder Angst vor sich zu halten. Manchmal verstärkte sie diesen Eindruck, indem sie zusätzlich noch in Zynismus und Weltuntergangsstimmung machte.

Tom schaute aus dem Fenster des Aufenthaltsraums auf Comerbourne hinab, das ihm als Städter klein, begrenzt, uralt und bezaubernd vorkam. Er sah die Wipfel der Linden in den Gärten am Fluß, einem dünnen Silberband, und das Geländer der Brücke über den Comer. Eine Provinzhauptstadt, deren wöchentlicher Bauernmarkt immer noch die Hälfte aller Hausfrauen und Bäuerinnen aus einem Viertel von Wales und sogar aus Midshire anzog, um zu kaufen oder zu verkaufen. Schmale Straßen direkt aus dem Mittelalter, mehrere hervorragende Tudor-Pubs, ein schwindender Landadel, der so exklusiv und auf Herkunft bedacht war, wie er das in der Mitte des Zwanzigsten Jahrhunderts nie für möglich gehalten hätte. Immer noch wiesen sie Eindringlinge eisig zurück. Es war irgendwie rührend, wie sie gar nicht bemerkt hatten, daß ihre Privilegieninsel längst eine Insel des Stillstands in einem toten Flußarm der Rückständigkeit geworden war, die Stück für Stück unter ihren großen, in vernünftigem Schuhwerk steckenden Füßen abbröckelte. Sie merkten gar nicht, daß neue Menschen – geschäftig, forsch und selbstbewußt – überall vordrangen und daß diese neuen Kräfte mit Geschäften, Banken, Industrien und Verwaltung eine expandierende Zukunft anstrebten und mit leichter Ungeduld und ohne viel Aufhebens an den versteinerten Überbleibseln einer feudalen Vergangenheit vorbeimarschierten.

Das alles sah Tom in Comerbourne. Und um die Wahrheit zu sagen, hielt er das Vordringen der industrialisierten Midlands in das vorsintflutliche Leben dieser abgelegenen Hauptstadt eher für gut als für abstoßend. Aber er hatte nie in einem Dorf gelebt, und daher schien ihm die Vorstellung davon (wahrscheinlich zu Unrecht) ganz reizvoll. Vage dachte er an ländliche Vergnügen und sah sich ganz in die Dorfgesellschaft eingebunden. Bestimmt hatten diese Leute nichts dagegen, einem jungen und vorzeigbaren Mann einen Platz unter sich zu gewähren – ohne Rücksicht auf seine Herkunft. So könnte er das Beste aus beiden Welten haben: Comerbourne nur wenige Meilen entfernt, nahe genug, um mühelos hinzufahren, wenn nötig, und weit genug entfernt, um ihm aus dem Weg zu gehen, wenn er die Schule nicht brauchte. Es war eigentlich immer gut, abends wenigstens ein paar Meilen zwischen sich und dem Arbeitsplatz zu haben.

»Wie sind diese Becks denn so?« hatte er gefragt. Obwohl ihm der Gedanke durchaus zusagte, war er vorsichtig gewesen.

»Oh, Durchschnitt. Nicht jung, nicht alt, zurückgezogen, vielleicht ein bißchen spießig. Schrecklich gewissenhaft. Wahrscheinlich würden sie dauernd Angst haben, nicht genug für Sie zu tun. Nicht sehr amüsant, aber Sie brauchen die beiden ja nicht, um sich zu amüsieren, oder? Mr. Beck hat bis vor einigen Jahren an der Modern School unterrichtet. Er ist nie Schulleiter geworden, hatte nicht das Zeug dazu«, fügte sie trocken hinzu. Tom Kenyon, zuversichtlich, klug und ehrgeizig, hatte offenbar das Zeug dazu – und das wußte er sehr genau.

»Er hat doch keinen Sohn hier, oder?« hatte Tom ziemlich scharf gefragt. Plötzlich hatte er die Vorstellung, er könnte den kleinen Liebling seiner Vermieterin dann ständig um sich haben, während die liebende Mama hinten kräftig anschob. – Unsinn, alberne Frage! Jane war nicht so töricht, ihn in eine derartige Situation zu bringen. Das wäre gegen alle Instinkte als Lehrerin – und die waren bei ihr scharf und ausgeprägt. Er hatte sich eine Blöße gegeben, als er mit diesem schrecklichen Gedanken laut herausgeplatzt war. Doch Jane gewährte ihm nur ein mitleidiges Lächeln und legte ein halbes Dutzend Gesteinsproben zurück in die Schreibtischschublade.

»Keine Sorge, er hat überhaupt keine Söhne, nur eine Tochter – ein ungewöhnliches und schönes Mädchen.«

»Reden Sie weiter!« Er war nicht besonders interessiert gewesen, aber er schaffte es, das von ihm erwartete Funkeln im Auge aufleuchten zu lassen. Übertrieben sorgfältig rückte er die Krawatte zurecht. »Wie alt?«

»Achtzehn, glaube ich. Im vorigen Frühling war sie siebzehn, als der Ärger . . .« Sie verschluckte das letzte Wort und schob einige Papiere zusammen. Aber Tom hatte nicht genau genug zugehört, um das zu merken oder ihr eine diesbezügliche Frage zu stellen.

»Achtzehn und ungewöhnlich hübsch! Das reicht! Die werden mich nicht mal ansehen, sondern suchen bestimmt einen alten Drachen, eine alte Jungfer, als Mieterin.«

Jane schüttelte ihren modischen braunen Haarschopf und lächelte ihn herablassend an. »Ach, hören Sie doch auf! So gefährlich sind Sie auch wieder nicht.« Es war nur ein Scherz gewesen, aber sie hätte nicht so erschütternd selbstsicher reagieren müssen. Tom hatte mit Mädchen nie große Probleme gehabt – abgesehen davon, daß sie zu lange und zu eng geklammert hatten – und immer zum falschen Zeitpunkt.

»Wie heißt sie?« hatte er gefragt.

»Annet.«

»Nicht Annette?«

»Nein, nur Annet. Schlicht und einfach Annet.«

»Was ist daran so schlicht? Annet Beck. Das ist der Name einer Hexe.«

»Annet – eine Hexe? Wundern würde es mich nicht.« Jane dachte wieder an die Vergangenheit, sagte jedoch nichts. Hexe oder nicht – keiner der beiden war besonders an Annet interessiert – noch nicht. »Schauen Sie sich das Haus trotzdem mal an«, sagte sie mit ihrer üblichen knappen Art. »Wenn Ihnen die ländliche Einsamkeit an der Grenze nicht zusagt, ist die Sache erledigt.«

Er war ihrem Vorschlag gefolgt und hatte sich Comerford angeschaut. Er war der Straße am Fluß gefolgt, durch niedrige Wäldchen mit scharlachrotem und goldenem Laub. Einige Bäume waren kahl wie feines Filigran. Die Stadt war nicht mehr zu sehen, auch nicht mehr in der Erinnerung vorhanden. Die Straße führte zwischen Bauernhöfen entlang, die feuchten

11

Wiesen stiegen zu den höher gelegenen Weiden an. Purpurfarbene Heide bedeckte die offenen Flächen bis hin zum Fluß.

Das Dorf lag zu beiden Seiten der Furt. Die alten Häuser standen eng beisammen. Comerford war größer, als er erwartet hatte, und viel gepflegter. Am Rand lagen ausgebaute Landhäuser in wunderschönen Gärten, offensichtlich im Besitz von Pendlern mit Pioniergeist oder reichen Geschäftsleuten im Ruhestand. Die Stadt hatte Comerford in der Tat eingeholt, so daß es beinahe selbst eine Kleinstadt geworden war. Als Tom das gesehen hatte, war er enttäuscht gewesen. Doch als er die Bergrücken betrachtet hatte, war die Zeit über seinem Kopf rückwärts gelaufen und hatte sich abgespult wie ein Seidenfaden.

Ein Berg reihte sich an den nächsten, die Gipfel verschwanden im blassen Nebel. Zwischen den kupferfarbenen Wolken drangen schwache Sonnenstrahlen hindurch und tauchten die Welt in ein unheimliches Licht. Wales hüllte sich in feinen Regen, wohingegen England im kalten Sonnenlicht lag. Wiesen und dunkle niedrige Hecken zogen sich an den Abhängen hinauf. In der Ferne sah man auf dem Bergrücken im Nordwesten deutlich die horizontalen Spuren uralter Minenarbeiten. Wahrscheinlich Blei, längst abgebaut – zumindest lange verlassen. Um den Kamm desselben Berges zog sich der mit grünem Rasen bedeckte Erdwall einer Befestigungsanlage aus der Eisenzeit. Er wirkte so frisch, als hätte man ihn erst gestern erbaut. Die langen grünen Wälle, die tiefen Gräben, einige zerstörte schwarze Minenschächte, die stahlgrauen Abbauhalden fügten sich problemlos aneinander. Auch das einstige Dorf mit den kunstvollen neuen Fassaden und Einkaufsstraßen schmiegte sich in den Windschatten der Ruinen aus der Römerzeit, ohne sich etwas dabei zu denken. Zeit war hier relativ – oder vielleicht war die gesamte Zeit hier gleichzeitig. Nichts hier war fremd oder unheimlich, selbst wenn es aus grauer Vorzeit stammte, ehe der Mensch den aufrechten Gang gelernt hatte.

Tom fuhr durch Comerford. Ihm war es gleichgültig, ob man es für ein Dorf oder eine Stadt hielt. Die Berge tauchten auf und verschwanden wieder, änderten ständig ihre Gestalt hinter einem grünen Schleier, der die dahinterliegenden zahlreichen Höhen verbarg.

Arthur Becks Haus lag eine viertel Meile hinter dem Dorf an einer engen, aber asphaltierten Straße, die die Höfe an der Grenze miteinander verband. Rechts von ihm war der Fluß nur noch ein schmaler Forellenbach, der sich durch die Wiesen auf dem Talgrund dahinschlängelte. Die Berge waren braun mit weißen Flecken, wo das Gras ausgebleicht war. Riedgras und Heide schlossen sich an. Links drängte ein kahler Hügel die Straße immer näher an Wales heran. Ein Ring halbnackter knorriger Bäume – offensichtlich von Menschenhand gepflanzt – krönte den Kamm. Auf halber Höhe ragten Felsen aus dem gebleichten Gras hervor, ebenso auf dem Kamm, nahe den Bäumen. Schafe hatten sich seit Jahrhunderten sorgfältig ihre Pfade getrampelt. Es waren die Vorfahren dieser niedlichen furchtlosen Bergschafe, von denen er jetzt lernte, daß sie Cluns und Kerrys hießen. Sie hatten gleichsam Halsbänder um die Hänge angelegt, so daß diese den Stufenpyramiden glichen.

Zum ersten Mal fuhr Tom am Hallowmount vorbei. Die Nachmittagssonne schien auf das dürre hellbraune Gras. Trotzdem hatte er das Gefühl, als trenne ihn irgendein Schatten und das Alter sowie die Stille der Gegend von der Sonne. Er fühlte sich keineswegs bedroht. Eigentlich kam es ihm ganz natürlich vor, daß er von dem ausgeschlossen war, was alle übrigen Geschöpfe hier umfing. Er war ein Fremder. Man wies ihn nicht zurück und drohte ihm auch nicht. Er gehörte nur nicht hierher. Plötzlich wurden ihm die Stille und die Dauerhaftigkeit dieses überaus einsamen Landstrichs bewußt, in dem niemand zu wohnen schien, obgleich hier Menschen gelebt hatten, seit sie angefangen hatten, wilde Tiere zu zähmen, noch ehe man probeweise die ersten Grassamen ausgesät hatte, ehe der erste Stein die Erde aufkratzte und ehe die ersten Handwerker kunstvoll die Steine behauten und glätteten.

Ehe der Weg in einer Schonung von Nadelhölzern verschwand, führte eine Abzweigung nach rechts zum Fluß, vorbei am Tor der Wastfieldfarm, an der niedrigen Steinmauer entlang, durch ein Wäldchen zu Arthur Becks Tor.

Da stand es: Fairford. Ein altes Haus. Nein, eigentlich ein neues, das aus zwei alten steinernen Häusern bestand. Die bernsteingelben Steine stammten aus dem oberen Talabschnitt. In dem von einem Mäuerchen geschützten Garten herrschte das übliche herbstliche Chaos. Dahinter sah man einen ziemlich ungepflegten Rasen und Bäume, die für einen normalen Garten zu groß, aber wunderschön waren. Warum sollte er sich wegen des Laubs Gedanken machen, das überall herumlag und verrottete? Er mußte den Garten ja nicht instand halten. Er wollte hier nur wohnen und ihn genießen. Er stellte sich den Sommer vor und war bezaubert. Sogar der Name Fairford war zutreffend: In knapp fünfzig Metern Entfernung war eine Furt, wo der Fluß seine silbrigen Wellen über die hellen Kiesel und Halbedelsteine ergoß, die in der Sonne wie Edelsteine glänzten. Das Mauerwerk der ursprünglichen Cottages war bestimmt dreihundert Jahre alt. Wahrscheinlich gab es Fairford schon, seit die Vorhut der Dänen sich hier auf dem walisischen Ufer für kurze Zeit festgekrallt hatte, ehe sie fünfzig Meilen zurück nach England gejagt wurde, und nie wieder so weit vorgestoßen war.

Tom war sich eigentlich sicher, daß er hier wohnen wollte, aber irgendein wunderlicher Instinkt riet ihm zur Vorsicht. Er öffnete das Tor nicht, sondern parkte das Auto auf dem Grasstreifen neben dem Fluß. Dabei machte er einen langen

14

Spaziergang auf den Berg, bis es Zeit war, zurück nach Comerbourne zu fahren.

»Nicht übel«, sagte er zu Jane während der Freistunde im Aufenthaltsraum. »Aber ich weiß nicht. Im Sommer ist es prima, aber in einem harten Winter doch recht abgelegen. Dort könnte man wochenlang eingeschneit sein, glaube ich.«

»Für diese zusätzliche Annehmlichkeit sollten die Becks mehr Miete verlangen«, meinte Jane und betrachtete mit saurer Miene das »Glanzstück« einer Hausaufgabe aus ihrer 4 B, nicht gerade die gescheiteste Klasse.

»Stellen Sie sich vor: ein hieb- und stichfestes Alibi, um mehrere Wochen diesem Irrenhaus fernbleiben zu dürfen! Aber keine übertriebenen Hoffnungen, alter Junge! Sogar 1947 war die Straße offen. Dafür sorgen die Wastfield-Traktoren. Schnee oder nicht Schnee – hier kann sich keiner drücken.«

Sie fragte ihn nicht, wie er sich entscheiden würde; denn dann hätte er vielleicht genau die Gegenrichtung gewählt, weil er keinem Menschen nur lautere Motive zutraute und sie ja wohl nicht völlig desinteressiert an ihm sein könnte. Sie wohnte selbst in Comerford, das wußte er. Allerdings hatte sie bis jetzt kein Interesse an ihm bekundet. Falls sie allerdings weiterhin auf eine günstige Gelegenheit wartete, würde es ihr schwerfallen, ihn im Auge zu behalten, da das Haus ihrer Familie eine viertel Meile auf dieser Seite des Dorfes stand und Fairford ein ganzes Stück jenseits war. Er hatte ziemlich viel Übung, weiblichen Wesen aus dem Weg zu gehen, die er nicht sehen wollte – aber ebensoviel, diejenigen zu stellen, die er sehen wollte. Nein, wegen Jane brauchte er sich keine Sorgen zu machen.

Am Samstagnachmittag fuhr er wieder nach Fairford. Von Westen her lächelte ihm auf der gesamten Fahrt in diese prähistorischen Zeiten die Sonne zu und bestärkte seine Absicht, dort zu bleiben. Als er am Abend zurückfuhr, hatten

15

sich dunkle Wolken über dem Hallowmount und den walisischen Bergen zusammengeballt. Ein eisiger Wind pfiff durchs Tal und zauste die jungen Schößlinge. Noch hätte er seine Meinung ändern können, wäre er nicht von dem Augenblick an verloren gewesen, in dem er in Fairford den Türklopfer betätigt und die leichten Schritte der Person gehört hatte, die ihm die Tür geöffnet hatte.

Ja, von diesem Augenblick an war er auf ewig verloren; denn es war Annet, die ihm die Tür aufgemacht hatte.

Es gibt eine Art Schönheit, der die Männer instinktiv hinterherpfeifen, und eine andere Schönheit, bei der alle verstummen und ihnen die Kehlen trocken werden. Vor Annet hatte es Tom Kenyon bei keinem Menschen je die Sprache verschlagen. Jetzt wohnte er bereits ein Vierteljahr lang mit ihr im selben Haus und begegnete ihr täglich. Trotzdem erstarrte er immer noch in Ehrfurcht, wenn er sie sah. Mit jungen Frauen oder Mädchen, die ihm nichts bedeuteten, plauderte er fröhlich und unbefangen, aber bei Annets Anblick war sein Kopf wie leergefegt. Kein Wort fiel ihm ein. Aber warum? Sie war aus Fleisch und Blut – wie jeder andere Mensch. Oder etwa nicht?

Aber warum kletterte sie an diesem düsteren Oktobernachmittag im Regen den Hallowmount hinauf? Sie war zwar seltsam und immer distanziert, aber was zog sie an solch einem Tag dort hinauf?

Für ihre achtzehn Jahre war sie normal groß, aber so schlank, daß sie größer wirkte, und das um so mehr, als sie den Kopf immer ein wenig nach hinten gelegt trug, damit die dunkle weiche Haarflut ihr nicht ins Gesicht fiel. Wollte sie sich verstecken, saß sie vornübergebeugt da. Dann verhüllten zwei glänzende blauschwarze Gardinen ihr Gesicht. Ihr Haar wirkte wie eine Art Helm: Links ein Scheitel, dann fiel es in einer Innenrolle zu beiden Seiten glatt bis knapp über die

Schultern herab. Nie sah Tom, daß sie mit dem Haar spielte. Nur manchmal strich sie es nach hinten. Jedes einzelne Haar wirkte wie ein Seidenfaden, voller Kraft und Leben. Selbst nach einem Windstoß legte sich die Mähne wieder ordentlich um ihren Kopf, ruhig, wie eine Woge, die zurückflutet.

Unter diesem prächtigen dunklen Helm sah man das cremefarbene Oval ihres zarten Gesichts mit seinen feinen Knochen. Es waren leidenschaftliche, beredte Züge, hätte die elfenbeinerne Haut die Knochen nicht wie eine feste, stumme Hülle umschlossen. Obwohl kaum ein Hauch von Rot in ihrem Gesicht war, wirkte sie nicht blaß. Als er Annet zum ersten Mal gesehen hatte, leuchtete ihre Haut nach dem Sommer wie Honig. Ihr Mund war ernst und voll, oft schmollend oder traurig, trotzdem stets bereit zu lächeln – aber nie über einen Scherz von ihm oder eine Freude, die er ihr hätte machen können. Ihre Augen leuchteten zwischen den schwarzen dichten Wimpern so tiefblau wie die Enziane, die der Sonnenstrahl soeben auf dem Hallowmount beschien.

Annet hatte ihm damals sein Zimmer gezeigt, das er sofort genommen hatte, ohne die hübschen Möbel zu beachten. Er hatte nur ihre Hand gesehen, als sie die Tür aufgemacht hatte, und in die tiefblauen Augen geschaut, die ihn höflich, aber distanziert gemustert hatten, während sie darauf wartete, daß er etwas sagte. Sie hatte eine tiefe ruhige Stimme. Doch jetzt wurde ihm bewußt, wie wenig sie je zu ihm – oder zu anderen – sprach. Sie bewegte sich wie eine typische Achtzehnjährige: schnell, einem jungen Füllen gleich. Ihre Hausarbeit verrichtete sie flink und ohne Murren, aber stets irgendwie ungeduldig und resignierend, als müßte sie rituelle Handlungen vornehmen, die nun mal nötig wären, an deren Bedeutung sie jedoch nicht glaubte. Auch Tom behandelte sie so. Das tat ihm weh, aber er konnte diese Tatsache leider nicht leugnen.

Sein Leben in Fairford war allmählich zu einem Rahmen um Annet geworden. Das Kaleidoskop aller anderen Gesichter, die seine neue Welt bevölkerten, war nur wie eine Galaxis zu ihrer Ehre. Arthur Beck war auf seine pedantische Art durchaus sympathisch. Er hatte das dünne Haar sorgfältig nach hinten verteilt. Mit der Brille auf der kräftigen Nase wirkte er meist leicht verwirrt und aus irgendeinem Grund enttäuscht, aber gelegentlich auch aufgeblasen, um würdig zu erscheinen. Ältere Menschen sollten keine Kinder mehr bekommen, weil sie den Altersunterschied niemals überbrücken konnten. Annets Mutter mußte bei der Geburt schon vierzig gewesen sein. Wer kann vierzig Jahre überspringen?

Mrs. Beck war entscheidungsfreudiger als ihr Mann und stand mit beiden Beinen auf der Erde, aber auch eine der reizlosesten Frauen, die Tom je gesehen hatte. Ganz selten überraschte sie ihn jedoch, wenn sich in einer ihrer Bewegungen oder in einem Blick Annets Schönheit offenbarte. Die dunklen Haare waren gekräuselt und stumpf. Ihre blauen Augen wirkten wie verwaschen. Meist machte sie ein freundliches, aber besorgtes Gesicht. Ihre Stimme war kontrastlos, nüchtern.

Das Ehepaar wirkte auf einen Neuankömmling, der mehr Selbstsicherheit als Geduld besaß, langweilig und undurchsichtig. Und die unglaublich schöne Blüte, die sie – schon ziemlich alt – hervorgebracht hatten, wandte das Gesicht von ihnen ab, als sei ihre Sonne stets woanders aufgegangen.

Tom hatte gehört, daß die Kinder relativ alter Eltern oft seltsam und schwierig seien – so wie Kinder in ärmlichen Verhältnissen. In gewissem Sinn litten sie auch Mangel. Eine verlorene Generation schnitt sie von ihren Wurzeln ab. Sie hatten Großeltern als Eltern. Und die Becks waren keine Großeltern mit junggebliebenen Herzen, sondern langweilig, enttäuscht und alt. Manchmal leuchtete in Arthur Becks Gesicht eine Spur früherer Begeisterung für die Wissenschaft auf. Mrs. Beck behauptete ihren gesellschaftlichen Platz im Dorf. Sie kleidete sich wie eine Dame des Landadels, aber du lieber

Gott, was hieß das schon, da diese Damen – selbst hier, wo die Vergangenheit noch so real und bestimmend wie das Morgen war – lebende Anachronismen waren, Museumsstücke?

Anfangs hatte Tom – mit seinem gewohnten gesunden Vertrauen auf seine charmante Art – geglaubt, einen frischen Wind in Annets zurückgezogenes Leben bringen zu können, indem er ihr die junge Gesellschaft bot, die sie brauchte. Doch nach zwei Wochen mußte er feststellen, daß sie fast nie zu Hause war und ihn leider überhaupt nicht zu brauchen schien. Sie arbeitete tagsüber als Sekretärin für Mrs. Blacklock auf Cwm Hall. Dieses Privileg erfüllte ihre Mutter mit großer Genugtuung. Annet schien weniger beeindruckt davon zu sein. Die Lady brauchte eine Sekretärin, da sie offenbar überall mitmischte: bei jedem Club, bei jedem Komitee und jedem gesellschaftlichen Ereignis und bei jeder Wohltätigkeitsveranstaltung. Ohne Regina Blacklocks Segen fand in und um Comerford nichts statt. Deshalb war ihre schützende Hand über Annet und Mrs. Beck ein wahres Labsal fürs Herz. Aus anderer Quelle – niemals von Annet selbst! – hörte Tom, daß Annet gern diese tiefste Provinz verlassen und sich eine Stelle in London gesucht hätte, aber ihre Eltern waren über diese Idee entsetzt gewesen und verweigerten stur ihre Einwilligung dazu. Vielleicht, weil es ihnen bewußt war, daß sie dann hoffnungslos weit von ihrer Tochter entfernt wären, und sie Angst hatten, sie aus den Augen zu lassen. Vielleicht, weil sie die Trennung von ihrem Augapfel nicht ertragen konnten. Bei Mrs. Blacklock war Annet sicher. Regina war übermäßig besorgt. Niemals durfte Annet allein nach Hause gehen, wenn es spät geworden war; sie ließ sie immer im Bentley vom Chauffeur heimfahren. Mrs. Blacklock paßte auch genau auf, daß Annet keine unerwünschten Bekanntschaften schloß, sondern sorgte dafür, daß sie nur Menschen mit untadeligem Ruf kennenlernte.

Um Himmels willen, dachte Tom in ohnmächtiger Wut.

Annet war achtzehn! Und intelligent und tüchtig, denn sonst hätten die Blacklocks sie nicht behalten. Und benahm sie sich denn so, als brauchte sie eine Anstandsdame?

Sie war halt sehr beschäftigt: Chorprobe am Freitagabend, Tanzen oder Kinobesuche im Comerbourne am Samstag. Fast immer ging Myra Gibbons von der Wastfield-Farm mit ihr. Die jungen Männer, die sie zum Tanz begleiten durften, waren handverlesen. Mrs. Beck hatte altmodische Ansichten. Leider blieb die traurige Tatsache bestehen, daß Annet Tom Kenyon nicht brauchte. Es gab in Comerford keinen jungen Mann, der ihr nicht irgendwann mal den Hof gemacht hätte. Es gab aber auch in Comerford keinen jungen Mann, der bei ihr weiter gekommen wäre als Tom Kenyon.

Distanziert, fremdartig und wunderschön schwebte Annet über allem. Ohne Protest fügte sie sich der elterlichen Kontrolle und behielt ihre Geheimnisse für sich. Tom kannte sie überhaupt nicht – und würde es nie tun.

Alles drehte sich um Annet. Man hatte ihn freundlich aufgenommen und ihn bereitwillig in das Leben einbezogen. Man hatte ihm eine Rolle zugeteilt. Das war mehr, als sie je einem Menschen zugestanden hatte. Trotzdem sah er alle, die ihr nahestanden, nur in ihrem Licht: die Blacklocks, den Pfarrer mit der kräftigen Stimme und den unsteten, alles herabsetzenden Augen, die Gibbons-Familie und alle Bewohner von Fairfords.

Zum Glück wohnten einige seiner Schützlinge aus der sechsten Klasse in Comerford, und ihre Eltern öffneten ihm gern die Türen: Miles Mallindines junge und moderne Eltern, Dominic Felses Vater, der Polizist, und seine hübsche, clevere, amüsante Mutter. »Polizist« stimmte genaugenommen nicht. George Felse war ein Detective-Inspector bei der Kriminalpolizei von Midshire und vor kurzem zum Detective-Sergeant befördert worden. Die Sprößlinge dieser netten Menschen tolerierten Tom Kenyon, hielten aber vornehm

Abstand und benahmen sich bei Einladungen übertrieben untadelig, wenn sie mal allein mit ihm waren. Die Eltern dagegen hießen ihn ungezwungen willkommen und bereiteten ihm nie Kopfzerbrechen. Sie lachten sogar insgeheim über das Getue ihrer Söhne. Tom fühlte sich bei allen wohl. Sie nahmen ihm das Gefühl, auf Annets Almosen angewiesen zu sein, obwohl er davon träumte, sie mit seiner Großzügigkeit zu beglücken.

Tom fuhr durch den Regen. Vor seinen Augen tauchten alle die neuen Gesichter auf – und immer wieder Annet. Und immer hatte sie die enzianblauen Augen nach vorn gerichtet, weg von ihm.

Eve Mallindine hatte ihn einmal von der Comerford-Bushaltestelle in die Stadt mitgenommen, als sein Mini zum Kundendienst in der Werkstatt war. Rein zufällig hatte er Annet erwähnt – falls irgend etwas in Zusammenhang mit Annet überhaupt zufällig geschah. Es war doch eher richtig, daß er so von ihr erfüllt war, daß er ihren Namen nicht lange auf der Zunge behalten konnte. Hatte er etwa verraten, daß er auf die jungen Männer eifersüchtig war, die samstags mit ihr tanzten, und auf die Fürsorge ihrer Mutter? Er hatte schreckliche Angst, daß ihm das passiert wäre. Zum Glück war es Mrs. Mallindine; sie war die Bilderbuchmutter eines Sechstkläßlers: jung, gebildet und hübsch, mit einem Zwinkern in den kunstvoll mit blauem Lidschatten betonten Augen und mit Beinen wie die der Frauen in den zwanziger Jahren, ehe diese klobigen Schuhe ihren Gang ruinierten. Eve Mallindine trug übrigens Schuhe mit Bleistiftabsätzen. Wie konnte sie damit nur so stolz wie ein junges Fohlen gehen? Und wie schaffte sie es, so fabelhaft Auto zu fahren?

Eve Mallindine blickte ihn prüfend an. Dann wendete sie die goldbraunen Augen wieder auf die Straße. Sie dachte kurz nach und sagte: »Ich erzähle es Ihnen lieber, Tom. Haben Sie etwas dagegen, wenn ich Sie Tom nenne? Schließlich vertreten Sie sozusagen die Elternstelle bei meinem Schlingel.«

Er hatte nichts dagegen gehabt. Er konnte sich nicht erinnern, wann er so wenig gegen etwas gehabt hatte. Allein neben dieser Frau zu sitzen gab ihm das Gefühl, zehn Zentimeter größer zu sein. Und er konnte jede Rückenstärkung gebrauchen, wenn er an Annet dachte.

»Barbara Beck ist nicht so verrückt, wie sie Ihnen vorkommt«, hatte Eve Mallindine mit leicht zynischem Lächeln gesagt. »Im vorigen Frühjahr wäre Annet beinahe abgehauen – mit meinem hoffnungsvollen Sprößling. Wenn Sie ihm aber sagen, daß ich Ihnen das erzählt habe, drehe ich Ihnen den Hals um. Aber das würden Sie ja nicht tun. So sind Sie nicht. Entschuldigen Sie die Voreingenommenheit einer Mutter. Ich möchte nicht, daß man ihm weh tut. Und wenn ich siebzehn wäre und ein Junge, hätte ich diese Chance auch nicht ausgelassen. Die beiden sind aber nur bis zum Bahnhof in Comerford gelangt. Bill hatte Wind davon bekommen – keine Ahnung, wie. Ich habe ihn auch nie gefragt. Ich habe einfach so getan, als sei alles normal und daß ich von dem Streit nichts mitgekriegt hätte. Bill hat Annet heimgefahren und dann den Burschen zurückgebracht. Danach hat er sich im Schlafzimmer mit ihm eingeschlossen. Ich bin sicher, beide haben sich äußerst würdig benommen – keiner hat die Stimme erhoben! Miles war über siebzehn und ein Meter achtzig groß. So verdammt erwachsen. Aber Sie kennen ihn ja. Der arme Bill muß sich hoffnungslos unterlegen vorgekommen sein – wäre er nicht so wütend gewesen. Ich weiß nicht, welcher von beiden mir mehr leid getan hat. Ich habe mich rausgehalten und ein Käsesoufflé gemacht. Das erschien mir am vernünftigsten. Beide sind verrückt nach meinem Käsesoufflé, und auch ein Liebender mit gebrochenem Herzen muß essen.« Wieder streifte sie Tom mit einem Blick und lächelte. »Eine Stunde lang haben sie sich gestritten. Keiner wollte nachgeben. Meine armen Lieblinge, sie sind sich so ähnlich. Finden Sie das nicht auch?«

Tom hatte das nicht gefunden. Wenn er sie anschaute, sah er Miles Mallindine. Der Junge war der bei weitem bestaussehende Bursche seiner Klasse sechs der Oberstufe. Er fragte nur zurückhaltend: »Wohin wollten die beiden?«

»Sie hatten Fahrkarten nach London, einfach. Die armen Lämmer. Sie waren zwanzig Minuten zu früh auf dem Bahnhof. Ein Fehler! Ich hatte furchtbare Mühe, Miles nach dieser Katastrophe wieder aufzutauen. Für einen Siebzehnjährigen ist es sehr schlimm, zu glauben, daß jemand ihm etwas nicht übelnimmt, Tom. Aber ich war ihm nicht böse. Wären Sie ihm böse gewesen? Sie haben Annet gesehen.«

»Nein«, sagte Tom gequält. »Nein, ich könnte es ihm nicht übelnehmen.«

»Sehen Sie, Tom, ich habe gewußt, daß Sie human denken. Aber der arme Bill hat ein soziales Gewissen, verstehen Sie. Ich habe nur ein humanes. Die beiden Männer waren ziemlich wütend aufeinander. Bill fand, Miles sollte ihm offen alles beichten, und Miles wollte nicht. Aber beide haben mein Käsesoufflé gegessen«, fügte sie zufrieden hinzu, als wäre das eine Bestätigung dafür, daß ihre Männer weder körperlich noch gefühlsmäßig verkrüppelt waren. »Und – ehrlich gesagt – habe ich einen kräftigen Schuß in den Kaffee getan. Das schien mir richtig zu sein.«

Durfte er Fragen stellen? Und wenn ja, wie weit konnte er gehen? Bestimmt gab es eine Grenze, und die meisten interessanten Fragen würden diese wohl überschreiten. Zum Beispiel: Warum? Warum hielt Miles es für nötig, mit Annet durchzubrennen? Viele junge Männer, die weit weniger präsentabel waren, durften mit ihr ausgehen, vorausgesetzt, sie holten sie in allen Ehren zu Hause ab, und ihre Eltern hatten sie auf Herz und Nieren geprüft und für gut befunden. Die Becks hätten keinen gutaussehenden jungen Mann mit reichen Eltern und ausgezeichneten Zukunftschancen abgewiesen, zumal Miles – wenn er wollte – charmant genug sein konnte, um einen Vogel vom Ast zu locken. Wenn er Annet haben wollte, hätte er sie nur überzeugen müssen. Ihre Eltern hätten mit Sicherheit zustimmend gelächelt. Also warum? Warum durchbrennen? Offensichtlich war es keine Frage eines Fehltritts, weshalb die beiden durchbrennen und möglichst schnell hätten heiraten müssen.

»Jetzt ist natürlich längst Gras über die Sache gewachsen«, hatte Eve gesagt und vor der ersten Ampel am Rand von Comerbourne gebremst. »Niemand hat mehr als ein romantisches Abenteuer darin gesehen. Aber Mrs. Beck denkt immer noch, Miles wollte ihr armes Mädchen ruinieren. Ich hielt es für besser, Ihnen das zu erzählen, damit Sie nicht völlig überrascht sind, falls Sie es mal aus heiterem Himmel erfahren.«

Jetzt war es für die Warumfragen zu spät. Alles, was Tom noch sagen konnte, war: »Und ist er immer noch – ich meine, ist er inzwischen über sie hinweg?«

»Keine Ahnung. Ich frage ihn nicht. Wenn er mir etwas erzählen will, tut er es freiwillig. Niemand kann ihn zwingen, etwas zu sagen, wenn er nicht will. Ich versuche das auch nicht. Aber über Annet hinwegzukommen, dürfte ein ziemlich schmerzlicher Heilungsprozeß sein, meinen Sie das nicht auch?«

»Schon möglich«, sagte Tom vorsichtig. Eve war eine gefährliche Frau. Sie war imstande und erkannte, daß Miles nicht der einzige chronisch Kranke war.

»Ach, was soll's«, meinte sie fröhlich und trat aufs Gaspedal, als die Ampel grün wurde. »Nächstes Jahr geht er aufs Queen's College und ist mehr als genug beschäftigt. Ich habe gehört, er wird nächstes Wochenende mit Ihnen zelten. Dreißig aus der Unterstufe müssen gehütet werden, wie er sagte. Der Himmel steh euch allen bei!«

»Wir werden es überleben«, sagte Tom. Wenn man das jüngste Mitglied des Lehrkörpers war und einen Anorak und kräftige Stiefel besaß, fiel einem die Aufsicht bei allen Aktivitäten im Freien zu, und man mußte stöhnen und das Gesicht eines Märtyrers machen, ganz gleich, wieviel Spaß es machte, einen Haufen Jungen einen Berg hochzujagen und im Zelt mit ihnen zu schlafen. Das durfte man niemals zugeben. »Lassen Sie mich bitte hier bei Cooks raus. Ich habe ein paar Landkarten bestellt.«

Nach dem Aussteigen hatte er sich zu ihr ins Auto gebeugt, um sich zu bedanken. Er genoß es, daß die Leute ihn mit ihr sahen und sie grüßten. Da lächelte diese faszinierende Frau ihn an und sagte ruhig: »Aber Sie werden mit denen doch nicht auf den Hallowmount steigen, oder?«

Danach wartete sie nicht auf seine Antwort. So sicher war sie, daß er sie verstanden hatte. Sie winkte kurz, damit er den Kopf zurückzöge. Doch das tat er nicht. Überrascht schaute sie ihn lächelnd an. Zweifellos hielt sie ihn für einen typisch männlichen Trottel – ebenso wie die beiden sturen Köpfe zu Hause.

»Ich soll mit denen nicht auf den Hallowmount steigen?« fragte Tom vorsichtig, um sicherzugehen, daß er sich nicht verhört hatte.

»Nein – aber das würden Sie natürlich nicht tun. Wie blöd von mir!«

»Aber warum nicht? Oder ist das eine idiotische Frage? Und warum, ›natürlich nicht‹?« Er hatte sich ihr so nahe gefühlt, aber jetzt kam er sich plötzlich so fern vor wie ein Nichtschwimmer in tiefem Wasser. Da saß diese Frau in ihrem bernsteinfarbenen Herbstkostüm, dessen sie sich auch auf der Bond Street nicht schämen müßte, mit dem braunen hochgesteckten Haar, den langen eleganten Beinen und unglaublich dünnen unpraktischen Schuhen – so modern wie die Zukunft, so selbstsicher, wie Geld, Erziehung, Reisen und Temperament einen nur machen können – und warnte ihn, übers Wochenende ja nicht mit den Schülern auf dem Hallowmount zu zelten. Sie hatte das ohne jegliche Geheimnistuerei gesagt, als erinnere sie ihren Mann daran, die Garagentür abzuschließen.

»Oh, wir würden das einfach nicht tun«, sagte sie lächelnd, aber erstaunt. Freilich, er war ja neu in dieser Gegend. »Ich würde mir keine allzu großen Sorgen machen, aber die anderen Mütter vielleicht. Sie hatten doch nicht wirklich vor, dort raufzugehen, oder?«

»Nein, hatte ich nicht. Da ist es im Oktober auch zu kalt. Ich wollte mit ihnen zwischen den Westlyns hochgehen.«

»Gut! Prima!« hatte Eve Mallindine zufrieden gesagt. Er hatte den Kopf zurückgezogen und die Tür zugemacht. Sie hatte durchs offene Fenster zu ihm hinauf gelächelt. »Man muß doch nicht unnötig Schwierigkeiten heraufbeschwören, oder?« hatte sie heiter gesagt und war davongeschossen, ehe die Ampel wieder umsprang.

Er hatte die Schüler nicht auf den Hallowmount hinaufgeführt. Früher hätte er es schon aus Prinzip getan, weil man ihn davor gewarnt hatte. Aber jetzt nicht mehr. Und eigentlich hatte Eve Mallindine ihn ja nicht direkt gewarnt, sondern ihn nur freundlich darauf hingewiesen, daß sozusagen die Herdplatte heiß sei und er sich nicht die Finger verbrennen sollte. Sie hatte es als selbstverständlich angesehen, daß mehr bei einem vernünftigen Erwachsenen mit normaler Intelligenz nicht nötig wäre. Und er war mit den Schülern nicht auf dem Hallowmount zelten gegangen – vielleicht ein Beweis für seinen gesunden Menschenverstand oder seine Reife.

Als er abends zwischen den schützenden Bergrücken der Westlyns am verglühenden Zeltfeuer saß und mit einem Ohr lauschte, ob in den Zelten der 3B noch Unfug getrieben wurde, blickte er nachdenklich zum Hallowmount in der

Ferne hin. Die Felsen und die Bäume hoben sich schwarz gegen den milchigen Himmel zwischen den Sternen ab. Er hatte den Sohn das gefragt, wozu er bei der Mutter keine Zeit mehr gehabt hatte:

»Woher stammt der Name Hallowmount? Und warum sind sich alle so sicher, daß niemand dort mit seinen Schülern zeltet?«

»Ist das so?« fragte Miles, der neben ihm auf einer Decke auf dem Rücken lag. Der schwache Feuerschein fiel schräg auf seine glatten Wangen mit den hohen Backenknochen und die breite Stirn. Er schien sich zu wundern. »Na ja, das ist schon möglich, wenn ich es mir recht überlege. Tagsüber hätte bestimmt keiner was dagegen, aber nachts würde es wohl keiner machen. Nach dem Prinzip: Man kann ja nie wissen.«

»Ich weiß es nicht«, sagte Tom. »Sagen Sie es mir. Was ist mit dem Namen?«

»Ehrlich gesagt, glaube ich nicht, daß jemand viel über den Namen weiß. Aber viele behaupten es. Er stammt aus prähistorischer Zeit . . .«

»So ungefähr«, meinte Dominic Felse, um die genaue Zeitangabe seines Freundes zu verbessern.

»Über ein paar hundert Jahre wollen wir uns doch nicht streiten. Wann auch immer – wir wissen nicht genau, wie der Name entstanden ist. Irgendwie soll es nicht mit rechten Dingen zugegangen sein. Aber ich nehme an, alles hier in der Gegend und alle Bewohner sind ein bißchen unheimlich.« Er blickte zum Himmel hinauf und setzte sich auf. Vielleicht fand er es nicht würdevoll genug, im Liegen zu diskutieren. »Nehmen Sie die alten Bleiminen«, fuhr er fort. »Es gibt doch kaum etwas Realeres, aber gleichzeitig spukt es auch nirgendwo mehr als dort. Wir haben Poltergeister – wie in den Zinnminen in Cornwall. Wild Eldric wohnt dort unten – mit seiner Feenfrau Godda. Und noch ein halbes Dutzend mehr, soweit wir wissen. Beim Hallowmount ist es genauso. Manche behaupten, der Berg heiße ›hallow‹, weil er ein heiliger Ort sei, wo in vorchristlicher Zeit Opfermysterien stattgefunden hätten. Andere meinen, das ›hallow‹ bedeute nur ›hohl, leer‹, also gar nichts. Angeblich sind Menschen im Berg verschwunden und wurden nie wieder gesehen.«

»Oder sind nach vielen Jahren zurückgekommen«, half Dominic ihm weiter. »Wie Kilmeny, der sich an nichts erinnern konnte und so jung aussah wie an dem Tag, an dem er verschwunden war.«

»Das gibt es in jedem Land in Europa«, sagte Tom enttäuscht. »Beinahe zu jedem Hügel oder Berg, der eine auffällige Gestalt hat oder in grauer Vorzeit besiedelt war, gehört so eine Sage. Seid ihr sicher, daß nicht König Artus da unten ist und darauf wartet, daß jemand ins Horn stößt und ihn weckt?«

»Nein, Sir, wir haben hier Wild Eric, andere Erlöser brauchen wir nicht«, erklärte Milvers, der dritte Mann seines Freiwilligenkorps für dieses Wochenende. Milvers war ein kluges Kerlchen und bis oben hin mit Sagen und der Geschichte der Grenze vollgestopft – wahrscheinlich, weil er nicht aus dem Grenzland stammte. Vielleicht wußte er mehr über Hallowmount als Miles Mallindine? Aber nichts, was er sagen könnte, würde so enthüllend sein wie Miles' schlichte Aussage: »Ich nehme an, alles in dieser Gegend und auch alle Einwohner sind ein bißchen unheimlich.« Ohne falsche Scham und ohne zu zögern hatte er diese Behauptung auch auf sich bezogen, genau wie seine Mutter. Sie fanden nichts dabei, mit einem Bein im zwanzigsten Jahrhundert und mit dem anderen auf den Wurzeln der Zeit zu stehen.

»Manche behaupten auch, daß die Hexen sich dort versammelt hätten«, sagte Milvers, der sich für das Thema erwärmte. »Wissen Sie, daß der Felsbrocken in der Mitte hier ›Altar‹ genannt wird?«

Tom wußte das nicht, aber er war nicht überrascht davon. Ein verrufener Ort, an dem sich alle möglichen abergläubischen Vorstellungen angesammelt hatten.

»Also nichts als schlechte Zauberei«, sagte Tom.

»Nein, eigentlich nicht. Nicht *schlecht*. Ebensowenig, wie Blitze gut oder schlecht sind. Oder Feuer. Oder die Toten.« Miles richtete sich auf. Die Kühnheit seiner Gedanken hatte ihm offenbar einen Energiestoß versetzt. Er riß die leuchtenden Augen zwischen den dichten Wimpern weit auf. »Hat Ihnen jemand gesagt, es sei ein Unglücksort?«

Tom berichtete – allerdings sehr zensiert – über die Fahrt in die Stadt. »Offensichtlich glaubte Ihre Mutter, man sollte sich von diesem Ort fernhalten. Ich nehme an, das ist das Erbe der Hexen.«

»Ich glaube nicht, daß es je Hexen gegeben hat. Aber die Kette des Lebens geht so unglaublich weit zurück – und alle haben irgendeinen Abdruck hinterlassen und . . .« Er konnte nicht die richtigen Worte finden und wollte nicht mit einem Ersatz vorliebnehmen. Hilflos schlang er die Arme um die Knie und wiegte sich mit finsterem Ausdruck hin und her, während sein Gehirn nach Erklärungen suchte. Wenn man ihn nicht aufrüttelte, war er gern faul. Es war nicht leicht, ihn auf Touren zu bringen.

»Aber warum haben dann alle vor dem Berg Angst?«

Dominic blickte zu Miles, dieser zu Dominic. Tom hatte diese Art Blickwechsel bereits früher beobachtet. Die beiden stummen Gesichter entspannten sich in absoluter Übereinstimmung. Danach sprach dann immer nur einer, aber für beide.

»*Wir* haben keine Angst«, erklärte Miles deutlich und bemühte sich, nicht zu grinsen. »Warum sollten wir? Wir wurden hier geboren. Wir sind *in* der Kette und müssen keine Angst haben. Wir gehören dazu.«

»Ihr habt aber Ehrfurcht, oder?«

Sie berieten sich mit einem blitzschnellen Blick und nahmen diese Möglichkeit einstimmig an.

»O ja, Ehrfurcht, ja. Aber das ist doch etwas ganz anderes, oder?«

»Ist Ehrfurcht so weit von Angst entfernt?« fragte Tom, nicht überzeugt.

Miles krabbelte auf die Knie und beugte sich über das nur schwach glimmende Feuer. Bald müßten sie die Glut auslöschen. »Mußte meine Mutter bei der Ampel am Technischen College anhalten, als sie Sie in die Stadt mitgenommen hat?«

»Ja. Die Ampel war rot.« Tom sah keinerlei Verbindung zu dem Thema, aber wieder reichten sich das zwanzigste Jahrhundert und das urzeitliche Dunkel einfach und problemlos die Hände. Er spürte, wie sich die Zeiten verschränkten. Seine Handflächen juckten und kündigten eine Enthüllung an, die ihn verstummen lassen würde.

»Und hatte meine Mutter Angst?«

Geduldig und willig zu lernen – was nichts Neues für ihn war –, antwortete Tom: »Selbstverständlich nicht.«

»Na, logisch, Sir. Selbstverständlich nicht. Vor einer roten Ampel hat keiner Angst. Das wäre doch albern. Aber man fährt auch nicht einfach weiter, oder?«

Jane Darrill hatte Tom an die Archäologische Gesellschaft verwiesen. Doch auch dort hatte er nichts Genaueres gefunden. Jane hatte das wohl aus purer Bosheit getan, weil sie genau wußte, daß man ihn dort nach einer Frage nicht mehr entkommen lassen würde, bis er jedes Wort über den Hallowmount in jedem existierenden Manuskript oder jedem Druckwerk gelesen hätte. Untereinander waren sie uneins, aber ihm ersparten sie nichts.

Aber er hatte es ja nicht anders gewollt! Der Pfarrer ging mit ihm die Kirchenbücher durch und schleppte ihn zu Miss Winslow, die das Heimatarchiv führte. Miss Winslow marschierte mit beiden Herren in die feuchte, dunkle, aber prächtige Cwm Hall, die ein Juwel aus der schwarzweißen mittleren Elisabethanischen Epoche war.

Regina Blacklock war unter anderem auch Präsidentin der Archäologischen Gesellschaft, und Peter Blacklock fungierte freundlich und resignierend – wie üblich – als ihr Sekretär und pflichtbewußtes Ego. Geld, Geburt und gesellschaftliche Stellung waren auf ihrer Seite. Es war beinahe zu viel, daß sie darüber hinaus noch einen so starken und entschiedenen Charakter hatte. Wer konnte es mit ihr aufnehmen? Sie war eine Autorität in allem, was mit Comerford und dem Umland zu tun hatte. Ihr Wort galt für alles, was die Folklore betraf. Erbarmungslos ließ sie einen Strom von Details über Toms Kopf rauschen und ertränkte ihn mit Berichten über das Treiben der Druiden, die einst zur Mittsommernacht und bei der Wintersonnenwende den Hallowmount belebt hätten. Der Pfarrer hatte vor Begeisterung ganz rote Ohren bekommen und spielte den Chor, wenn sie mal Luft schöpfen mußte. Beide waren tief überzeugt, und ihre Begeisterung war gewiß echt, aber irgendwie war Miles mit seiner vagen Aussage und seiner heiteren Gelassenheit weit überzeugender gewesen.

»Sie müssen die Borough-Bibliothek aufsuchen, Mr. Kenyon«, sagte Regina, beinahe berstend vor Hilfsbereitschaft und Enthusiasmus. »Das müssen Sie unbedingt. Ich rufe Mr. Carling gleich morgen früh an und avisiere Sie. Dann hat er die Walisische Chronik für Sie bereit, wann immer Sie kommen können. Er hat auch die Luftaufnahmen der Feste aus der Eisenzeit am Cleave: Maelduns Ring. Die sollten Sie sich unbedingt ansehen. Sie sind eine Offenbarung. Peter hat ein paar hier, aber nicht alle. Peter, Liebling, wo sind die Vergrößerungen?«

Peter-Liebling brachte sie. Zum Glück brachte er auch Whisky und Soda. Auf seinem langen, ziemlich müden Gesicht lag ein mildes, mitleidiges Lächeln. Er war ein großer,

schlanker Mann mit knappen Bewegungen und einem nachdenklichen Gesicht. Auf seine traurige Art sah er gut aus.
Manchmal brach sogar ein Fünkchen Humor durch. Er betrachtete seine furchteinflößende Gattin stets liebevoll, aber
auch belustigt. Die beiden schienen sich hervorragend zu
verstehen, aber es war unverkennbar, daß sie das Regiment
führte. Schließlich war sie die letzte der Wayne-Morgans und
Besitzerin des halben Tals und einer Seite des Hallowmount.
Peter Blacklock war Anwalt gewesen, praktizierte jedoch
nicht mehr, da er voll damit beschäftigt war, den Besitz seiner
Frau zu leiten, was er – da waren sich alle einig – sehr gewissenhaft tat.

Wie alt mochten die beiden sein? Vielleicht fünfundvierzig.
Der Altersunterschied konnte kaum mehr als ein oder zwei
Jahre betragen – so oder so. Sie war eine sehr bemerkenswerte
Frau, wenn sie das nur nicht so furchtbar hervorkehren wür-
de. Doch ihre unerschöpfliche Energie mußte sich irgendwie
Bahn brechen. Und wenn es nur schmale Kanäle gab, mußten
diese eben über die Ufer treten. Regina Blacklock erklärte die
Geschichte der Grenze, als hänge die Zukunft der Menschheit
davon ab. Eve Mallindine hielt ihre Vorfahren für nicht so
außergewöhnlich, daß sie darüber sprechen müßte.

Wie gut erinnerte sich Tom an jenen Abend. Regina hatte
leidenschaftlich gesprochen und sich über den hellen Schaf-
fellteppich zu ihm gebeugt. In ihrem kurzen rötlichen Haar
waren interessante Silberfäden. Sie hatte ein breites, meist vor
Aufregung gerötetes Gesicht, weiche blaue Augen, hohe
Brauen, die etwas zu dünn gezupft waren. Ihr kräftiger, etwas
plumper Körper steckte in gutem einheimischem Tweedstoff.
Auch Peter Blacklock trug ein älteres bequemes Sportjackett
mit Lederflecken an den Ellbogen und eine weite Cordhose,
als sei er darin geboren worden.

Der Pfarrer war ungefähr gleich alt, mit athletischem, har-
tem Körper und einem jugendlichen, begeisterungsfähigen

Verstand – das perfekte Echo für Mrs. Blacklocks Loblied. Hier machte keiner dem anderen etwas vor. Es waren echte Menschen. Tom hatte so etwas noch nie kennengelernt und war von ihnen schlichtweg fasziniert.

Und im Hintergrund hatte Annet gestanden, wie immer gleichgültig und doch aufmerksam, als sei ihre Seele ganz weit weg. Sie hatte an diesem Abend länger gearbeitet und wartete – wahrscheinlich gelangweilt – darauf, daß alle nach Hause gingen. Mit großen Augen und regungslosem Gesicht betrachtete sie alle, dachte dabei an irgend etwas und hatte sich so in sich zurückgezogen, daß sie ebensogut in einer anderen Welt hätte sein können. Der schwere, weiche Bogen ihres Haars, das ihr Gesicht beschattete, glich einem dieser Seile, die die Welt im Gleichgewicht hielten. Der Whisky war so wunderbar groß gewesen, daß er Toms Blick trübte und Annet eine kosmische Bedeutung verlieh oder diese enthüllte.

»Im siebzehnten Jahrhundert«, hatte der Pfarrer gesagt, vor Begeisterung glühend, »soll es in dieser Gegend einen Hexenbund gegeben haben, der sich oben auf dem Berg zu versammeln pflegte.« Seine Stimme klang irgendwie leicht und atemlos, seltsam bei diesem kräftigen Körper.

Ich wette, er war ein prima Rugbyspieler, dachte Tom. Dann versetzte ihm die Unsicherheit und Seichtheit des Gesichts wieder einen Schock. Dank dieser ebenmäßigen Züge sah der Pfarrer eher so aus, wie ein Schüler der sechsten Klasse früher aussah – nicht wie Toms jetzige Schüler. Und warum begeisterte er sich so für Schwarze Messen, Hexen und den Teufel? Natürlich mußte er sich für diese gotteslästerlichen Dinge interessieren. Was wäre sein Beruf ohne sie?

»Aber wie können Sie Harleys Tagebuch so einfach ablehnen? Einer meiner Amtsvorgänger in der Mitte des siebzehnten Jahrhunderts hinterließ mir sehr aussagekräftige Aufzeichnungen, Mr. Kenyon ...«

»Ihr Amtsvorgänger war ein geisteskranker Hexenjäger«, unterbrach Regina ihn. »Er hat nicht nur sein Tagebuch hinterlassen, sondern auch einen schlechten Ruf. Also, mir wäre es lieber, wenn man mich eine Hexe nennen würde als so manches, was seine Zeitgenossen ihn nannten. Wäre es nach ihm gegangen, hätte er das halbe Dorf durchsucht und aufgehängt, aber zum Glück kannte ihn die Obrigkeit zu gut und nahm seine Anklagen leicht. Deshalb konnte er nicht viel Schaden anrichten. Aber zitieren Sie *den* nicht als Zeugen! Nein, Mr. Kenyon«, sagte sie und sah Tom mit einem lächelnden, aber auch strengen Blick ihrer blauen Augen an. »Ich verbürge mich für die Berichte, daß sich gelegentlich Menschen ins Feenland oder ins Fegefeuer – oder was auch immer in solchen Zauberbergen ist – verirrt haben. Ich meine nicht, daß diese genau wie Rip van Winkle verschwunden sind, aber ich akzeptiere, daß die Menschen, die hier gelebt haben, *überzeugt davon waren*, daß es sich so ereignet hat. Aber Hexen – nein! Auf dem Hallowmount hat es nie Hexen gegeben und wird es auch in Zukunft niemals geben.«

Das war die Summe dessen, was Tom an jenem Abend erfahren hatte. Das und fünfzehn Minuten unglaublicher Qual und des Glücks auf dem Heimweg, als Annet stumm neben ihm auf dem Beifahrersitz gesessen hatte. Das war der Abend, als ihm bewußt geworden war, daß es diesmal anders war, daß es zu nichts führte, er sich jedoch nicht mehr zu befreien vermochte, daß er nie über sie hinwegkommen würde und daß er nie wieder so sein würde, wie er war, ehe er sie kennengelernt hatte. Anfangs hatte er es nur für eine harmlose Schwärmerei gehalten, vielleicht ein bißchen ernster als das halbe Dutzend Liebeleien, die er genossen und beendet hatte, doch jetzt waren seine Gefühle stärker geworden und tiefer, bis sie seine gesamte Welt der Empfindungen erfüllten, ihn schmerzten und quälten. So war Annet. Er hätte es auf den ersten Blick sehen müssen. Aber beim ersten Blick war es bereits zu spät gewesen, die Flucht zu ergreifen ...

Und jetzt dieser Donnerstag zur Halbjahresmitte. Er hatte die letzte Stunde frei gehabt und war gleich nach Fairford gefahren, um zu packen und dann nach Hause zu fahren. Als er am Tor aus dem Auto stieg, war Annet in ihrem dunkelblauen Mantel herausgekommen. Als Regenschutz hatte sie eine Nylonhaube um den Kopf gebunden. Sie hatte drei Briefe in der Hand gehalten. Als sie ihn sah, war sie stehengeblieben. Sofort legte sich der spürbare Schleier des Sichabkapselns über ihr schönes Gesicht. Sie kannte seine Sehnsüchte, und es tat ihr leid. Sie begehrte ihn nicht, auch das tat ihr ein bißchen leid. Jedenfalls kam es ihm so vor. Wenn sie ihn nicht gemocht hätte, würde sie sich nicht die Mühe machen, ihm aus dem Weg zu gehen, oder wäre nicht bei einer unverhofften Begegnung zurückgewichen. Sie mochte ihn, aber es war ihr lieber, ihn nicht mit jeder Berührung daran zu erinnern, daß sie ihm nichts zu geben hätte, seine Sehnsucht niemals würde stillen können.

»Sie werden naß«, hatte Tom dümmlich gesagt. »Es wird regnen. Lassen Sie mich die Briefe aufgeben.«

»Mir macht der Regen nichts aus«, sagte sie. »Ich möchte etwas Luft schöpfen.«

»Dann fahren Sie wenigstens mit mir zum Briefkasten.«

»Danke, aber nein. Ich möchte ein paar Schritte gehen.« Sie sah, daß ihm die nächste Bitte schon auf den zitternden Lippen lag. »Allein«, fügte sie mit ihrer tiefen Stimme hinzu. Es klang wie eine Entschuldigung und gleichzeitig wie eine Bitte. Ihre Augen hielten ihn in Schach. Sie leuchteten wie die Augen aus Lapislazuli in einer ägyptischen Totenmaske.

»Tut mir leid«, sagte sie. »Seien Sie mir nicht böse. Ich wäre nur schrecklich ungesellig, wenn Sie mitkämen. Und das möchte ich nicht sein.«

Sie, die niemals einfach plauderte, machte sich die Mühe,

ihm noch etwas Freundliches zu sagen, um ihre Ablehnung zu mildern. Warum hatte er sie gezwungen, abzulehnen? Sie sprach davon, daß seine Familie ja auf ihn wartete, und über den weiten Weg und gab ihm den Rat, möglichst früh aufzubrechen, um bei Tageslicht wenigstens die M1 zu erreichen. Er war dankbar auf sie eingegangen und war auch froh, wieder festen Boden unter den Füßen zu haben.

»Ihre Familie freut sich bestimmt schon sehr, daß Sie wieder nach Hause kommen.«

Er hatte ihr zugestimmt. Was konnte er sonst sagen?

»Gute Fahrt! Und ein schönes Wochenende.«

»Danke, Ihnen auch. Ich sehe Sie dann am Dienstagabend wieder. Auf Wiedersehen, Annet.«

»Auf Wiedersehen.«

Sie ging den Weg entlang zum Briefkasten, der vor dem Tor der Wastfields hing. Tom ging ins Haus, trank schnell eine Tasse Tee, packte seinen Koffer und fuhr mit dem Mini wieder in Richtung Comerford.

Rein zufällig blickte er hinauf zum Hallowmount, als die Wolken sich teilten und ein Lichtstrahl auf den saphirblauen Punkt fiel, auf Annet, wie sie den Berg hinaufstieg und hinter dem Kamm verschwand . . .

2

Es war Dienstag, nach acht Uhr abends, als Tom Kenyon den Türklopfer von Fairford betätigte. Mit gespitzten Ohren lauschte er auf die schnellen Schritte, die sich vom Wohnzimmer näherten, um ihm aufzumachen. Er hatte seinen Schlüssel nicht mit in den Süden genommen. Es gab nur zwei, und am Dienstagabend war immer die gesamte Familie zu Hause. Er würde nicht ausgeschlossen sein.

Später erklärte er, daß er in dem Augenblick, als er den Türklopfer fallen ließ, wußte, daß hier etwas nicht stimmte. In Wahrheit war er verstört, als er hörte, daß es Mrs. Becks Schritte waren. Es gab keinen Grund in der Welt, warum das ein Omen wäre. Aber wir schaffen uns unseren eigenen Aberglauben und die Vorzeichen.

Damals hatte Annet ihm die Tür aufgemacht, und sie müßte es jetzt wieder tun. Hätte sie ihm geöffnet, hätte er darin ein Zeichen gesehen, daß ihm noch eine zweite Chance gewährt würde, wenn er diesmal mehr Verstand zeigte, sie zu nutzen. Aber die Schritte waren schwerer und kürzer als ihre. Die Hand, die den Riegel zurückschob, war ungeschickter. Er wußte, daß es Mrs. Beck war, noch ehe sie ihn einließ.

»Ah, da sind Sie ja, Mr. Kenyon!« Sie hielt ihm die Tür auf. Die Eingangshalle lag im Halbdunkel. Ihre spröde helle Stimme sollte wohl das mangelnde Licht wettmachen. »Hatten Sie ein schönes Wochenende?«

War es schön gewesen? Er kehrte zurück, nachdem er ein paar Tage zu Hause einen leeren Platz eingenommen hatte, der ihm nicht mehr groß genug erschienen war, zurück zu einem begehrten, doch vagen Wohnrecht in einem Haus, das ihn noch nicht ganz aufgenommen hatte. Eigentlich fühlte er sich nirgends daheim. Aber trotz der bohrenden Zweifel erklärte er, ja, es sei schön gewesen. Was konnte man sonst sagen? Zu Hause waren alle beinahe überglücklich gewesen, ihn zu sehen, und hatten so viel Mühe um ihn gemacht, wie er es sich nur hätte wünschen können. Nach seinen alten Maßstäben wäre es ein großartiges Wochenende gewesen.

»Wir haben Sie vermißt«, sagte Mrs. Beck und hängte umständlich seinen Mantel auf. Bei diesen Worten erstarrte er. Mrs. Beck pflegte so etwas nicht zu sagen. Sie war viel zu realistisch, und bis jetzt war das Verhältnis zwischen ihnen nicht so innig gewesen. Jetzt hatte er das Gefühl, daß der Boden unter seinen Füßen bebte. Etwas stimmte hier nicht . . .

Im Wohnzimmer war keine Annet. Sie hob nicht widerwillig den Kopf mit dem glänzenden Haarhelm, um ihm ein paar freundliche Worte über seine Rückkehr zu sagen. Nur Beck saß neben der Stehlampe. Sein Gesicht wirkte aschfahl. Auch er begrüßte Tom ebenso überschwenglich wie seine Frau. Aber er verhaspelte sich mehrmals. Hinter der Brille huschten seine Augen verängstigt hin und her.

»Arbeitet Annet noch?« fragte Tom, den diese unerkläriche Unruhe auch aus der Bahn geworfen hatte.

Die Pause war höchstens eine halbe Sekunde lang. Wenn die Becks einen Blick ausgetauscht hatten, wäre es blitzartig geschehen.

»Nein«, antwortete Mrs. Beck. »Sie ist mit Myra nach Comerbourne ins Kino gegangen. Sie wollten einen dieser Schinken sehen, der drei Stunden dauert. Wenn sie den letzten Bus erwischen wollten, müßten sie den Schluß verpassen. Deshalb übernachten sie bei Myras Tante in Mill Fields.«

Wäre sie nicht so krampfhaft bemüht gewesen, Haltung zu bewahren, hätte sie sehen müssen, wie enttäuscht Tom dreinschaute. Aber er schluckte die Erklärung und gab die Hoffnung auf, Annet an diesem Abend noch zu sehen. Ein öder kalter Abend lag vor ihm. Hätte er nicht seiner tiefen Enttäuschung nachgegeben und wäre feige vor der Aussicht geflohen, in den nächsten Stunden vor den Eltern das Gesicht wahren zu müssen, hätte sich der Ablauf der Ereignisse vielleicht radikal verändert. Aber er überließ sich seiner Enttäuschung und ergriff die Flucht. Lieber fuhr er in den Club nach Comerford, als daß er hier säße und gute Miene zum bösen Spiel machte. Er entschuldigte sich wortreich. Plötzlich hatte er das Gefühl, offene Türen einzurennen; denn Annets Eltern äußerten kein Wort darüber, daß es ihnen leid täte, ohne seine Gesellschaft auskommen zu müssen.

Sofort nach dem Abendessen zog er sich zurück. Er hätte die Mahlzeit auch ausfallen lassen, wenn er nicht so hungrig gewesen wäre oder wenn er in Comerford um diese Zeit noch etwas zu essen bekommen hätte. Als er sich in der Eingangshalle den Schal umband, sah er, daß er noch die alten Schuhe trug, die er nur zum Autofahren benutzte. Er öffnete den großen Wandschrank, um ein besseres Paar herauszunehmen.

Plötzlich überfiel ihn eine Erinnerung, ein Zweifel, eine böse Vorahnung. Er suchte nach dem enzianblauen Mantel mit dem großen Kragen. Annets bester bernsteingelber Mantel hing da. Sie hatte ihn erst vor wenigen Wochen gekauft. Auch ihr zweitbester Regenmantel war vorhanden. Aber nicht der blaue Mantel. Wann war Annet je in ihrem Alltagsmantel ins Kino gegangen? Er suchte nach der blauen Regenhaube, die sie für gewöhnlich einfach über die Stange hängte, da sie nicht knitterte. Er konnte sie nicht finden. Und wo waren ihre festen Schuhe, die sie am Donnerstag für den Spaziergang im Regen angezogen hatte? Ihre guten Schuhe standen alle in ihrem Zimmer. Hier unten bewahrte sie nur die Wanderschuhe auf. Wo waren die?

Langsam ging er zurück ins Wohnzimmer. Stumm und verzweifelt blickten die Becks ihn an.

»Es ist ein schöner Abend«, sagte er. Sofort war er sich dessen bewußt, wie grauenhaft falsch das klang. »Die Sterne scheinen. Kein Regen in Sicht. Ist sie mit ihren festen Schuhen und der Regenhaube losgegangen – an solch einem Abend?«

Die beiden nahmen ihm anscheinend nicht übel, daß er sie über Annets Tun und Lassen so unhöflich verhörte, als hätte er ein Recht auf Antwort. Die Becks tauschten einen langen traurigen Blick miteinander – und brachen zusammen.

»Sie ist nicht mit Myra weggegangen, stimmt's?«

»Nein«, antwortete Mrs. Beck und blickte ihn voller Verzweiflung an. Sie schien ihm nicht böse, sondern dankbar zu sein. Allein hatten die beiden sich gegenseitig verrückt gemacht und griffen jetzt nach einem Dritten wie Ertrinkende nach einem rettenden Baumstamm. »Nein, ist sie nicht.« Sie ließ die Hände in den Schoß sinken und seufzte tief.

Tom benetzte seine trockenen Lippen. »Sie ist am Donnerstag weggegangen, gerade als ich herkam«, sagte er. »Sie hat den blauen Mantel getragen und die Regenhaube. Das war sinnvoll, weil es geregnet hat. Bei uns hat es inzwischen nicht geregnet. Ich weiß natürlich nicht, wie es hier war. Aber die Straßen waren auf der gesamten Strecke knochentrocken.«

»Hier hat es auch nicht geregnet«, sagte Mrs. Beck mit ausdrucksloser Stimme. Beck räusperte sich, aber sie winkte ab und fuhr mit erhobenem Ton fort: »Was soll's? Er kann es ruhig erfahren. Über kurz oder lang werden ohnehin alle Bescheid wissen. Wir dürfen uns nicht einbilden, alles geheimhalten zu können. Ja, am Donnerstag ist sie nachmittags weggegangen. Sie sagte, sie wollte die Briefe einstecken und vor dem Tee noch einen kleinen Spaziergang machen. Sie käme bald wieder.«

»Mutter!« wies Beck sie zurecht. Mrs. Beck warf ihm einen überraschten, beinahe spöttischen Blick als Dank für dieses unpassende Wort zu. Doch dann heftete sie ihre Augen gleich wieder auf Toms Gesicht. Er hatte das Gefühl, als flehte diese Frau jeden um Hilfe an. Dann wurde er sich dessen bewußt, daß sie ihn anflehte.

»Und sie ist nie nach Hause gekommen«, sagte Mrs. Beck.

Sobald alles ausgesprochen war, konnten sie wieder atmen und sich normal unterhalten. Die Spannung hatte beträchtlich nachgelassen. Hat man ein Problem zugegeben, kann man sich ihm stellen. Und das mußten sie jetzt tun. Sie hatten keine Wahl. Alle drei zitterten. Die Beziehung zwischen ihnen, die bis jetzt so neutral und oberflächlich gewesen war, würde niemals wieder so werden.

Vorsichtig fragte Tom, um weder sich selbst noch die Eltern aus dem Gleichgewicht zu bringen: »Haben Sie schon die Polizei benachrichtigt, daß sie verschwunden ist?«

Das hatten sie nicht. Stumm schüttelten sie den Kopf und blickten sich beschwörend an. Das hätte er sich denken können. Jeder forderte den anderen auf, ihm die Gründe mitzuteilen, die für sie beide auf der Hand lagen, ihm jedoch unverständlich erscheinen mußten. Sie stellten sich vor, daß er die gefährlich-schöne Annet tot in einem Graben liegen sähe.

Sie konnten nicht wissen, daß er Annet ähnlich wie sie sah: lebendig, entschlossen, leidenschaftlich, in Gesellschaft eines Mannes – oder Jungen. Oder wie auch immer man Schüler der Klasse 6 der Oberstufe heutzutage nennen sollte, deren Körper so erstaunlich weit entwickelt waren, deren Köpfe sich mit dem Erwachsenwerden herumschlugen, die sich gegenseitig so tief verletzten und die sich nie wieder ganz versöhnten. Tom verstand die Eltern, die alles vertuschen wollten. Am liebsten hätte auch er sein Wissen vertuscht. Aber dann schüttelte er diese Versuchung ab und schlug eine Bresche für die Wahrheit. Schließlich ging es nicht darum, die Gefühle der Eltern zu schonen, sondern um Annets Sicherheit.

»Ich weiß vom letzten Mal«, sagte er. »Ich weiß, warum Sie das vertuscht haben. Aber spielt das jetzt noch eine Rolle, wenn sie vielleicht in größeren Schwierigkeiten als damals steckt? Jemand muß sie finden! Und die Polizei hat die besten Möglichkeiten. Sie müssen sie benachrichtigen.«

»Ja«, meinte Beck, grau wie Spinnweben. »Das sollten wir tun. Aber sie ist schon einmal weggelaufen – jedenfalls hat sie es versucht. Und jetzt wieder. Die Leute werden sagen . . . sie werden sie . . . nennen. Das wollten wir vermeiden. Nicht noch einen Skandal. Wie wird ihr Leben sein, wenn . . . Es ist doch nur zu ihrem eigenen Wohl!«

»Und auch zu unserem«, erklärte seine Frau kalt. »Denn wir wissen, daß wir auch Schuld haben. Wir sind uns fremd. Wir wissen nicht, warum. Wir haben keinen Einfluß auf sie.

Was haben wir falsch gemacht? Wo und wann haben wir den Kontakt zu ihr verloren?« Sie drehte den Kopf mit der krausen Dauerwelle und blickte Tom mit wütenden, hilflosen Augen an. »Wer hat es Ihnen erzählt? Reden die Leute immer noch darüber?«

»Nein, nicht so, wie Sie glauben. Jemand hat es mir erzählt, um dem Klatsch die Spitze zu nehmen. Aber ich verstehe, daß Sie gehofft haben, Annet würde irgendwann wieder heimkommen oder schreiben. Und daß es niemanden etwas angehe. Haben Sie sie *gesucht*?«

Eine blöde Frage. Oder vielleicht die eines Liebenden, der keinem anderen Menschen zutraute, seine Göttliche richtig einzuschätzen oder sich genügend für sie einzusetzen. Selbstverständlich hatten die Becks ihre Tochter gesucht. Beck hatte den ganzen Abend und die halbe Nacht die Landstraßen abgesucht und Comerford durchkämmt. Dann war er mit dem Bus zu seiner Schwester nach Ledbury und zu seinem Vetter nach Teme gefahren, in der Hoffnung, Annet sei dort aufgetaucht. Mrs. Beck war am Telefon geblieben und hatte sich vorsichtig bei allen Leuten erkundigt, die vielleicht etwas wissen könnten. Bei Leuten, die den Bahnhof sehen konnten oder einen Teenagersohn hatten, den sie irgendwie unverfänglich erwähnen und von der Liste streichen konnte. Aber es gab noch viele Mütter, mit denen sie nicht zu telefonieren pflegte, viele Tanzpartner, die sich nicht in ihren Kreisen bewegten. Und sie hatte nichts, gar nichts erreicht.

»Und Mrs. Blacklock? Hat die nicht angerufen und sich nach dem Verbleib ihrer Sekretärin erkundigt?«

»Regina ist übers Wochenende zu einer Konferenz nach Gloucestershire gefahren – irgend etwas über Kinderpsychologie. Sie hat Annet die ganze Woche freigegeben. Wenn Annet jetzt zurückkäme, würde niemand etwas wissen – niemand, außer uns dreien. Mrs. Blacklock kommt erst morgen abend wieder.«

Sie klammerte sich an diese Hoffnung wie an einen Rettungsring. Denn wenn Annet pünktlich zur Arbeit erscheinen wollte, würde sie vielleicht heute schon zurückkommen – oder morgen. Aber nur, wenn ihr Schritt nicht endgültig wäre, wenn sie nur einmal ausbrechen wollte, um zu beweisen, daß sie fähig wäre, ihren eigenen Weg zu gehen. Darauf hoffte die Mutter. Das erkannte Tom. Der Schaden wäre zwar angerichtet – und zwar irreparabel –, aber der größte Schaden wäre, wenn er bekannt würde. Abgesehen vom schlimmsten Fall, würde eine kurze Eskapade nicht bekannt werden. Würde Tom nicht so intensiv alles fühlen, was Annet betraf, hätte nicht einmal er etwas erfahren.

»Sie ist klug und hat einen starken Willen«, sagte Mrs. Beck gequält. »Und sie kommt im praktischen Leben zurecht. Sie kann auf sich selbst achtgeben; sie ist nicht dumm. Wir haben gedacht, sie käme rechtzeitig nach Hause. Wir haben getan, was wir konnten, um sie zu finden, aber wir wollten kein großes Geschrei, denn dann wäre sie ruiniert.«

»Sie müssen das verstehen«, sagte Beck flehend, als sei er ein seniler Mann, der seinen Sohn bittet, etwas für ihn aus den Scherben zu retten, die er aus seinem Leben gemacht hat.

»Ich verstehe es, aber es sind jetzt fünf Tage! Und kein Anruf, kein Brief, nichts.«

»Nichts.«

»Und was ist, wenn es nicht so ist, wie Sie glauben? Haben Sie davor keine Angst? Was ist, wenn ihr etwas zugestoßen ist, während wir hier sitzen und ihr die Schuld geben? Wir müssen zur Polizei gehen. Wichtig ist jetzt nur, daß wir sie finden.«

Die Eltern verstanden. Vor seinen Augen zerbrach ihr Widerstand. Hilfesuchend lehnten sie sich an ihn. Wenn er ihnen die Tochter heil und gesund zurückbrächte und dafür sorgte, daß sie nicht das Gesicht verlören, würden sie ihm Annet mit Freuden geben.

Aber Tom wollte Annet nicht geschenkt bekommen, er wollte, daß sie aus eigenen Stücken zu ihm käme – so wie sie ihm aus eigenen Stücken den Rücken zugekehrt hatte. Er sah in ihren Handlungen alle nur erdenklichen Wunderlichkeiten, aber er hätte sich die rechte Hand abhacken lassen, wenn sie gesund zurückkäme – ob zu ihm oder nicht.

»Ich habe sie gesehen«, sagte er. »Am vorigen Donnerstag, als ich wegfuhr. Hinter der Farm kam die Sonne heraus und schien auf den Hallowmount. Da habe ich Annet gesehen. Sie ist den Berg raufgestiegen. Dann sah ich, wie sie über dem Kamm verschwunden ist. Haben Sie eine Ahnung, was sie dort oben wollte?«

Verständnislos, beinahe ungläubig, blickten die beiden ihn an und schüttelten den Kopf. Aber dann griffen sie sofort nach diesem Strohhalm.

»Sind Sie sicher? Dann kann sie nicht zum Bahnhof oder zur Bushaltestelle gegangen sein. Und sie hatte kein Gepäck?« sagte Mrs. Beck. Hoffnung belebte ihr Gesicht.

»Nein, aber vielleicht hatte sie irgendwo einen Koffer versteckt und hat ihn später abgeholt.« Wie konnten sie – wie konnte er – jetzt nur so über Annet sprechen? Es ging nicht um irgendeine gewöhnliche Verbrecherin, sondern um Annet, deren aufrechte, flammende Reinheit er jetzt zum ersten Mal erkannte. Aber sie war weggegangen – und gewiß nicht allein. Warum sollte sie fortgehen, wenn sie allein war? Sie verstand es doch so vorzüglich, sich vor allen in ihre Einsamkeit zurückzuziehen. Sie brauchte keine räumliche Distanz zwischen sich und den Männern. Aber was konnte er tun, außer auf diese prosaische, häßliche Art für sie zu kämpfen? Sie lebte in dieser Welt. Und wenn sie mit der Schlechtigkeit dieser Welt nicht rechnete, mußten andere es für sie tun.

»Beim letzten Mal war es Miles Mallindine«, sagte er. »Ich kann zumindest nachsehen, ob er jetzt zu Hause ist. Bill hat bestimmt nichts dagegen, wenn ich vorbeischaue. Ich werde irgendeine Entschuldigung vorbringen.« Bill und er sprachen sich mit Vornamen an. Er war jederzeit im Haus der Mallindines willkommen. Sie würden nicht merken, daß er nur käme, um zu sehen, wo ihr Sohn steckte. Dafür würde er sorgen. Eve hatte ihrem Sohn keine Vorwürfe gemacht und würde dem Mädchen auch keine machen. Sie war fair und sehr nett. Er wünschte, Annet hätte Eve zur Mutter und Miles zum Bruder. Dann gäbe es jetzt vielleicht kein Problem.

»Wir sollten auf den Hallowmount gehen«, schlug Beck vor. Als sie ihn verblüfft anschauten, fuhr er fort: »Sie ist aufgestiegen. Das ist das letzte, was wir mit Bestimmtheit wissen. Vielleicht wird uns dort etwas über sie verraten. Wie können wir sicher sein, daß es nicht so ist? Wir sollten raufgehen. Zumindest nachsehen, wohin sie gegangen sein könnte.«

»Wir können uns mal umsehen«, meinte Tom ohne große Begeisterung, da für ihn feststand, daß sie Annet dort nicht finden würden. Was auch immer sie auf dem einsamen Berg gewollt hätte, war längst vorbei. Ihren Koffer? Aber warum dort oben?

»Bitte! Es würde nicht lange dauern. Der Mond scheint. Hinterher könnten wir immer noch zu den Mallindines fahren«, sagte Beck.

Die beiden Männer machten sich im Schein des Vollmonds auf den Weg. Es war beinahe taghell.

»Bei den Mallindines bleiben Sie lieber im Auto«, sagte Tom, als er mit dem Mini auf der hellen Straße dahinfuhr.

»Ja, selbstverständlich. Ein Besuch wäre zu auffällig.« Beck hätte ihm alles versprochen. Er bebte wie ein Greis. Er liebte seine Tochter trotz allem – oder quälte ihn eine geheime Schuld? Hatte er deshalb so große Angst?

»Hier war sie, als ich sie gesehen habe«, erklärte Tom keuchend. Er stand knöcheltief im dürren Herbstgras. »Ungefähr hier. Dann ist sie in dieser Richtung weitergegangen. Schnell.«

Sie stiegen weiter hinauf. Über ihnen wölbte sich der Bergkamm im Mondlicht. Ab und zu sahen sie dürre Heidestauden im welken, dürren, sterbenden Gras, das hellem verfilztem Haar ähnelte. Die sternenklare Nacht war still. Plötzlich raschelte das trockene Gras. Einige Büschel lösten sich und wirbelten vor Toms Füßen bergauf. War es irgendeine verirrte Brise, ein Trick der Natur gegen diese fremdartigen menschlichen Wesen, die in die geschlossenen Räume der Nacht eindrangen? Oder eine Bodenbrise, die nicht bis zu seinen Knien reichte? Oder ein Schemen, der unsichtbar vor ihm wandelte, ihm winkte und ihm den Weg wies? Den rechten Weg – oder den falschen?

Beck kam keuchend hinterher. Aber Tom konnte nicht auf ihn warten. Das Gras zog ihn gleichsam hypnotisch weiter empor. Die untere Felsgruppe, die wie abgebrochene schwarze Zähne dort aufragte, lag rechts hinter ihnen. Auf dem Kamm sah Tom die bläulichen Immergrünpflanzen, darüber die Spitzen der Altarfelsen und dahinter die riesige Mondscheibe. Die Felsen, die man den Altar nannte, waren über zehn Meter hoch und ähnelten einem Hufeisen. Das Oval zwischen den Armen war hervorragend für Picknicks geeignet. Das Gras war hier niedergetrampelt. Von der Höhe aus konnte man den Ring der niedrigen Bäume – krumme Fichten, deren Rinde teilweise abgelöst war – nicht sehen.

Tom blickte hinaus auf das schüsselförmige Tal zwischen den Bergen. Ohne Farbe wirkte es im fahlen Mondlicht so einsam und fremdartig wie ein Krater auf dem Mond. Mit Gewalt löste er die Augen davon und stieg so schnell weiter, als hinge sein Leben – oder ein Leben, das ihm noch teurer als sein eigenes geworden war – davon ab, daß er den Gipfel möglichst schnell erreichte. Dabei würden sie dort oben nichts finden. Wenn Annet im Gras Fußspuren hinterlassen hätte, hatte das scharfe Licht des Mondes sie längst ausgebleicht.

Hier oben wehte ein richtiger Wind, kein geheimnisvoller Lufthauch, der ihm den Weg wies. Nein, hier wehte eine stete Brise, die von hinten, von den Bergen im Westen, kam. Deshalb hörte er nichts, als er keuchend das letzte Stück zum Altar hinaufstürmte.

Plötzlich sah er schmale Fesseln vor sich, die friedlich und zuversichtlich durchs Gras schritten. Weder die Schuhe noch die Strümpfe waren farbig. Alles grau in grau. Auch der Mantel war jetzt nicht mehr enzianblau, sondern dunkelgrau. Vor dem hochgeschlagenen Kragen tiefschwarzes Haar, das ein blasses ovales Gesicht umrahmte.

Als Toms Augen das Gesicht erreicht hatten, blieb er stehen. Vor Erleichterung und Dankbarkeit wurden ihm die Knie weich. In wenigen Minuten würden die Vorwürfe und Fragen die Verbindung zwischen ihnen zerreißen. Aber was zählte das? Er hatte Annet vor sich. Annet – lebendig, unversehrt und allein.

Mit leichten Schritten kam sie den Berg herab. Sie beeilte sich keineswegs. Eine Hand hatte sie in die Manteltasche gesteckt, mit der anderen hielt sie den Kragen hoch. Ihr Gesicht war blaß, ihre Augen riesig geweitet. Sie sah Tom. Sie sah die beiden Männer. Sie kannte beide sehr gut. Trotzdem schien sie durch sie hindurchzusehen. Ihre Gedanken und ihr Herz schienen an einem unendlich fernen, unerreichbaren Ort zu sein.

Tom konnte sich die Unruhe, die sich bei ihrem Anblick plötzlich seiner bemächtigte, nicht genau erklären, auch nicht die seltsame Helligkeit, die sie bei jeder Bewegung ausstrahlte. Er wußte nur, daß er Angst hatte und sich vor den Antworten auf die Fragen fürchtete, die unweigerlich folgen würden. Sie kam immer näher. Es gab kein Entkommen vor dem Augenblick der Begegnung und vor dem Funkenschlag.

Doch als der Funken sprühte, war Beck außer Atem und Tom wie gelähmt. Annet blickte erstaunt von einem Mann zum anderen und fragte: »Was macht *ihr* denn hier? Was ist passiert?« Ihre Stimme klang beleidigt, aber auch besorgt.

Was war passiert! Als ob sie sie beleidigt hätten, weil sie sie vom letzten Bus abholten, als trauten sie ihr nicht, allein nach Hause zu kommen. Sie hielt den Kopf hoch und machte ein ausgesprochen feindseliges Gesicht, als sei sie sich überhaupt nicht dessen bewußt, daß sie allen mehr Sorgen gemacht hatte als durch ihr übliches hochmütiges Benehmen. Vielleicht war sie sich ihrer Schuld tatsächlich nicht bewußt? Ihre Augen waren so groß und verschleiert, als sei sie soeben erst aus dem Schlaf aufgewacht. Tief in dieser Leere sah Tom ein kleines Flämmchen, das Besorgnis verriet. Nicht Furcht, nur Besorgnis, als hätten die Männer ihr Kummer bereitet.

»Wir haben Sie gesucht«, sagte Tom. Was hätte er sonst sagen sollen.

Immer noch atemlos stieß ihr Vater wütend hervor: »Wo bist du gewesen? Beim Weggehen hast du gesagt, du wärst zum Tee wieder zurück.« Phantastisch, welche Gemeinplätze einem auf der Zunge lagen. Vielleicht war es gut so; was konnten Worte jetzt noch ändern?

»Ich weiß«, sagte Annet, beinahe versöhnlich. Sie schien über die Absurdität der Situation zu lächeln. »Das hatte ich auch vor. Ich weiß, daß ich furchtbar viel zu spät komme. Ich habe einen langen Spaziergang gemacht und gar nicht gemerkt, wie weit ich gegangen war. Ich konnte es nicht glauben, daß es schon so spät war, als es plötzlich dunkel wurde. Aber ihr mußtet ja nicht gleich mit einem Suchtrupp ausrücken. Ich dachte, Sie seien inzwischen zu Hause bei Ihrer Familie, Mr. Kenyon. Sie sind doch nicht etwa meinetwegen geblieben, oder?«

Dann lächelte sie reumütig und sanft. In der Stille der Nacht und im Schein des Mondes wirkte sie immer noch wie eine Träumende. Dann verschwand das Lächeln von ihren Lippen, als sie die verstörten Gesichter der Männer sah. Deren

Verständnislosigkeit und Angst spiegelte sich in Annets großen Augen wider.

»Was ist denn los? Es tut mir leid, daß ich mich verspätet habe, aber warum regt ihr euch wegen ein paar Stunden so auf? Das verstehe ich nicht. Ich bin nicht einmal naß. Es hat aufgehört zu regnen. Was ist denn bloß los?«

»Und was ist mit den fünf Tagen, die du fort warst?« fragte Beck mit heiserer Stimme.

Sie blickte beide an. Ihr Lächeln war so tot wie die Felsen, die im Mondlicht lagen. Sie benetzte sich die Lippen und zog den Kragen fester ums Kinn. Jetzt brannten die Flämmchen in ihren dunklen Augen lichterloh. Es waren Flämmchen nackter Angst.

»Ich weiß nicht, was du meinst«, sagte Annet leise. »*Welche fünf Tage?*«

3

Tom stand auf, sobald es hell war, zog sich an und ging hinaus. Warum sollte er im Bett bleiben? Er hatte die ganze Nacht immer nur zehn Minuten am Stück geschlafen. Ständig hörte er ihre Stimme: Geduldig, verzweifelt, müde hatte sie immer wieder dasselbe erzählt. Unbeirrt war sie verstockt geblieben.

»Ich wollte die Briefe einwerfen. Am Tor habe ich Mr. Kenyon getroffen. Er hat mir angeboten, die Briefe für mich zum Briefkasten zu bringen, aber ich wollte ein bißchen Luft schnappen. Deshalb habe ich einen Spaziergang gemacht. Mehr kann ich euch nicht sagen. Ich habe einen langen Spaziergang gemacht, über den Hallowmount und am Bach entlang. Ich wollte durchs Moor zurückgehen, aber es ist so schnell dunkel geworden. Da habe ich meine Meinung geändert und bin wieder über den Hallowmount zurückgegangen. Und da habe ich Vater und Mr. Kenyon getroffen. Das ist alles.

Es ist Donnerstag. Ganz gleich, was ihr behauptet – es muß Donnerstag sein. Ich bin am Donnerstag mit den Briefen weggegangen. Was ist denn bloß mit euch los?«

Die Eltern hatte sie in die Mitte genommen. Sie hatten Angst und waren wütend, fürchteten sich jedoch, zu wütend zu werden und sie noch weiter von sich wegzutreiben. Mitfühlend, zornig und verbittert stellten sie ihr immer wieder die gleichen Fragen:

»Wo bist du gewesen? Wo hast du die Nächte verbracht? Wer war bei dir? Was ist dir nur eingefallen? Erwartest du etwa, daß wir solch ein Märchen glauben?«

Tom hatte die beiden nach Hause gefahren und sich dann so unauffällig wie möglich zurückgezogen. Aber den Anfang des Verhörs hatte er mit anhören müssen. Welches Recht hatte er, bei dieser Familienszene dabei zu sein? Annet brauchte ihn nicht, wollte ihn nicht. Und er wollte nicht hören, wie man sie eine Lügnerin nannte.

Er verließ das Haus und fuhr nach Comerford. Während er die Viertelmeile auf der einsamen Straße im Mondschein an der Flanke des kahlen Bergs dahinfuhr, sagte er sich immer wieder, daß Annet lebte und gesund war. Wo auch immer sie gewesen wäre und was auch immer die Wahrheit über diese fünf Tage wäre – es zählte nur, daß sie lebte und wieder gesund und munter zu Hause war. Aber die schrecklichen Schmerzen in seiner Brust sagten ihm, daß das nicht stimmte. Er wußte, daß Annet am Schluß siegen würde, ganz gleich, ob sie die Wahrheit sagte oder nicht. Alle waren verurteilt zu schweigen, auch wenn sie sich dabei keineswegs wohl fühlten.

Aber etwas konnte er tun. Und tat es. Er parkte den Mini in der Einfahrt vor Bill Mallindines modernem Haus am Fluß. Als Vorwand für den unerwarteten Besuch gab er an, ein geborgtes Buch zurückbringen zu wollen. Eve war auf irgendeiner Frauenversammlung, aber Bill bot ihm einen Sessel am Kamin und einen Drink an. Er freute sich ehrlich über

Toms Besuch. Miles Mallindine und Dominic Felse saßen am Tisch in einer Ecke des Wohnbereichs. Wie sie den Raum bei dieser verrückten Form so erfolgreich heizten, war Tom ein Rätsel. Die Jungen nahmen Filme aus den Kameras und steckten sie in gelbe Tüten, um sie zum Entwickeln zu versenden. Sie steckten die Köpfe zusammen und behandelten Tom nur mit einem Minimum an Höflichkeit. Bill forderte Miles auf, einige seiner besten Fotos zu zeigen. Unaufgefordert erzählte er Tom, daß die Jungen übers Wochenende beim Tryfan gezeltet hätten und geklettert wären. Die zwei Paar dreckigen Stiefel auf dem Korridor sprachen für sich selbst.

Damit war dieser Punkt auch geklärt. Miles war zu Hause und hatte ausreichende Requisiten für ein Alibi, außerdem einen verläßlichen Verbündeten, der jederzeit für ihn bürgen würde. Wenn Miles tatsächlich etwas mit Annet geplant hatte, hätte sie dann nicht ihre Spuren ebenso verwischt wie seine?

Außerdem gab es immer noch die unglaublich überzeugende Art bei ihrer Rückkehr. Dutzende von Details, die man nicht einfach abtun konnte: ihre Überraschung, als sie ihn gesehen hatte, weil sie geglaubt hatte, er sei längst auf dem Weg zu seiner Familie; ihre Versicherung, sie sei nicht mal naß, weil es aufgehört hätte zu regnen. Dabei hatte es seit fünf Tagen nicht mehr geregnet. Er sah wieder ihr entrücktes Gesicht vor sich. Dann ihre plötzliche Angst. Konnte jemand das alles vorspielen? Es fiel ihm schwer, das zu glauben.

Ebenso schwer fiel es ihm zu glauben, daß sich die Erde aufgetan und ihr Zugang zu ihren schrecklichen Geheimnissen gestattet hatte, um sie nach fünf Tagen wieder freizugeben, ohne daß sie sich an die Zwischenzeit erinnerte und ohne eine Minute älter geworden zu sein. Auch Kilmeny war sehr, sehr spät in der Abenddämmerung zurückgekommen, doch wußte niemand, ob der gute Bonny Kilmeny aus einem unterirdischen Feenreich käme oder aus einem billigen Hotel in Irgendwo. Und Kilmeny war angeblich so lauter wie Gold, sagte Tom sich auf der Heimfahrt. Wer bist du, Tom, daß du zu behaupten wagst, Annet sei das nicht?

Als er nach Fairford kam, war es noch nicht vorbei. Er hatte gebetet, daß sie im Bett sein möge und daß ihre Eltern zu erschöpft wären, um mit ihr noch einmal alles durchzugehen. Aber Annet war noch da. Die einzige Veränderung war, daß sie ihre Geschichte nicht mehr leidenschaftlich vortrug, sondern nur immer wieder die dürren Fakten aufzählte – oder das, was sie für Fakten hielt. Gleichgültig leierte sie alles herunter. Glaubten sie ihr – gut. Glaubten sie ihr nicht, konnte sie das auch nicht ändern. Sie war müde, aber gelassen. Auf ihrem Gesicht lag immer noch ein Hauch seltsamer Verzückung und Zufriedenheit. Das sprach am meisten für sie. Mochten ihre Eltern auch noch so sehr flehen, klagen und drohen, Annet brauchte sich nur in ihr Herz zurückzuziehen, und schon war sie vor allem Ärger in Sicherheit. Das war die Wahrheit. Etwas davon spürte er jetzt: In ihr war eine Quelle von Wärme, Freude und Sicherheit, als wenn sie sich an etwas vollkommen Beglückendes erinnerte. Vielleicht war es nicht nur eine Erinnerung, sondern sie fühlte es auch jetzt noch. Mein Gott, aber das konnte nicht *wahr* sein! *Oder doch?*

Als sich alle wie relativ zivilisierte Menschen eine gute Nacht wünschten, war plötzlich klar, daß sie nie wieder darüber sprechen würden. Annet konnte erst durch einen Brief überzeugt werden, der eine Antwort auf einen Brief war, den sie am Donnerstag abgeschickt hatte, und durch die abgerissenen Kalenderblätter – und weil sich alle drei absolut sicher waren.

Mit diesen Beweisen konfrontiert, sank sie verwirrt und erschrocken zusammen. Jetzt mußten sie sie trösten. Glaubte ihr auch nur ein einziger Mensch? War es überhaupt möglich, ihr zu glauben? Woanders hätte man keinen Gedanken an ihre phantastische Geschichte verschwendet, aber hier an der walisischen Grenze waren auch die Grenzen der Erfahrungen ungewöhnlich weit gezogen und ließen der Phantasie viel Spielraum. Die Eltern scheuten sich, Annet zu sehr unter Druck zu setzen. Wahrscheinlich waren sie dankbar, daß sie sie nicht tatsächlich bei irgend etwas Verbotenem erwischt hatten. War es nicht besser, die Vergangenheit ruhen zu lassen und ein bißchen zu beten? Dennoch hatten alle panische Angst, daß irgendeine Enthüllung alles wieder zunichte machen würde.

Keiner wußte etwas! Nur sie vier wußten Bescheid, sonst niemand. Das war ihre Zuflucht. Und gebe Gott, daß auch niemand etwas erfahren würde! Er – Tom – gehörte jetzt zur Familie und würde sich nie von ihr lösen können. Vielleicht waren seine Bande zu Annet jetzt – abgesehen vom Blut – so fest, daß alle ihn gleichsam als ihren Bruder betrachten mußten.

Vielleicht konnte er deshalb nicht schlafen und war so früh aufgestanden und wie ein halbwegs vernünftiger Mensch losgegangen, um sich alles bei Tageslicht noch mal genau anzusehen, was der Mond mit silbrigem Licht verklärt hatte. Sie mußte doch lügen! (Mußte sie?) Und wenn sie log – wo war sie gewesen? Weiter weg als auf der anderen Seite des Hallowmount. Und was hatte sie gemacht? (Und mit wem? Diesen Gedanken schob er schleunigst wieder beiseite.) Selbst wenn man die einfache Lösung eines Gedächtnisschwunds annahm, mußte sie irgendwo gewesen sein. Und von dort war sie wieder zum Hallowmount zurückgekehrt, als könnte sie nur mittels dieses geheimnisvollen Ortes ihr Zuhause wieder erreichen. Das war ebenso ein Beweis für ihren Aufenthalt im Feenreich, als hätte sich die Erde wirklich geöffnet und sie nach fünf Tagen wieder ausgespuckt.

Wieder stieg Tom den Berg hinauf, diesmal im Licht eines wolkenverhangenen Morgens. Auf der anderen Seite blickte er auf die sanfteren Wellen eines anderen Moortals mit einem Bach, an dessen Ufern Heidekraut wuchs. Es war menschenleer, kahl und wunderschön in dem Farbenspiel aus zartem

53

Lila, Braun und Ginstergelb. Kein Haus in Sicht. Außer den Schafen sah ihm niemand zu, als er in weiten Sprüngen den Hang hinablief. An einem regnerischen Donnerstag machte hier bestimmt niemand ein Picknick oder einen Spaziergang, der hätte sehen können, wie Annet Beck in der Unterwelt verschwand.

Es war nicht so wie damals, als sie mitten am Tag mit dem Koffer auf dem Bahnhof erschienen war, wo Hunderte von Menschen sie kannten. Wenn man davon ausging, daß sie sich von hier aus nicht ins Feenreich, sondern woandershin begeben hatte, mußte es eine Möglichkeit geben, dieses menschenleere Moorgebiet mit irgendeinem Fahrzeug zu verlassen. Tom sah ein wahres Labyrinth von Fußwegen, die wohl um die gefährlichen Stellen im Moor herumführten, wo zerfleddertes Wollgras stand.

Mit einem Pony käme man ziemlich schnell vorwärts, aber Annet war nicht Mitglied in einem Reitclub. Außerdem hätte sie hoch zu Roß mit Sicherheit Aufmerksamkeit erregt, falls sie einem Menschen begegnet wäre. Konnte man mit einem Auto durchs Moor fahren? Tom war lange genug in der Gegend, um zu wissen, daß es im Grenzland nur wenige Orte gab, zu denen die Einheimischen nicht hinfuhren. Sie mußten das auch, denn manche wohnten in den abgelegensten Winkeln.

Im Norden führte Weideland wie ein Schüsselrand aus dem langen ovalen Tal nach Comerford. Im Süden wurde es flach. Von dort aus gelangte man nach Abbot's Bale. Beide Orte konnte man nicht sehen. Obwohl das Moor wenig Deckung bot, konnte man sich mit entsprechender Kleidung beinahe unsichtbar machen. Man brauchte nur neutrale Farben.

Der Weg nach Abbot's Bale schien am einfachsten zu sein, um diese Schüssel zu verlassen. Auf der anderen Seite des Bachs gab es einen offensichtlich häufig benutzten Pfad; der folgte dem Wasserlauf und wurde breiter. In der Ferne sah

Tom einige Steine. Dort konnte sogar ein Bauernwagen fahren, wie die beiden tiefen Rillen verrieten. Ab und zu verschwand der Weg im hohen Gras, tauchte jedoch immer wieder auf. In der Ferne grenzte er an smaragdgrüne Wiesen. Dort sah Tom auch ein Tor. Wahrscheinlich gab es mehrere. Tore kann man öffnen. Man könnte also mit einem Motorrad mühelos hierherfahren, wenn einem die Stöße nichts ausmachten. Und wer auch immer Annet hier abgeholt hätte, würde sich bestimmt nicht an ein paar Schlaglöchern oder Kratzern im Lack stören.

Von Abbot's Bale aus konnte man überall hinfahren. Und weder in Comerford noch in Comerbourne würde es ein Mensch erfahren, da man beide Orte umgehen konnte. Der Alltagsmantel, eine Regenhaube, keinen Koffer – diesmal war Annet kein Risiko eingegangen. Niemand sollte Verdacht schöpfen. Keinerlei Warnung. Und hinterher? Ach was, nach uns die Sintflut. Was spielte es schon für eine Rolle, was hinterher geschehen würde ...

Tom sprang über den Bach und marschierte den Weg mit den Wagenspuren entlang. Oft stand in den tiefen Rillen dunkles Moorwasser, das wohl niemals ganz austrocknete. Seltene Vögel huschten umher oder sangen irgendwo unheimlich in der Ferne. In die Mitte des Weges hatte man Steine gelegt, so daß man das Gefühl hatte, auf einer Art Damm zu gehen. Tom konnte keine Spuren dafür entdecken, daß in letzter Zeit ein Auto hier gefahren wäre. Er hatte auch in der vergangenen Nacht keinen Motor gehört. Aber der mächtige Bergkamm könnte jedes Geräusch abgeschirmt haben.

Fünf trockene Tage mit anständigem Wind hatten den Boden hart werden lassen. Spuren würde er nur an den weichen Stellen sehen, wo das Moor den Weg fast berührte.

Dann kam er zu einer Stelle, wo die Steine verrutscht waren und das Gras seine grüne Zunge vorgeschoben hatte. Um seine Stiefelspitzen quoll Wasser herauf. Er blieb sofort stehen und verlagerte sein Gewicht nach hinten. Die Wagenrillen waren auf beiden Seiten glatt und unversehrt. Kein Gewicht hatte sie eingedrückt – weder gestern nacht noch in den letzten Tagen. Aber in der Wegmitte waren die grünen Halme niedergedrückt. Der Boden war zu elastisch, um einen Reifenabdruck zu bewahren, aber Tom erkannte deutlich, daß hier ein Motorrad gefahren war.

Ja, das bildete er sich nicht ein, denn er fand die Spur noch dreimal. Er folgte ihr zum ersten Tor. Nirgends war ein deutlicher Reifenabdruck, aber er wußte, daß er recht hatte. Jemand war aus Richtung Abbot's Bale mit dem Motorrad heraufgefahren – und zwar gestern. Ein Motorrad oder ein Motorroller. Das konnte er nicht sicher bestimmen.

Die Sonne stand jetzt bereits hoch am Himmel. Er würde zu spät zum Frühstück kommen. Hoffentlich machten sie sich keine Sorgen, daß auch ihm etwas zugestoßen sein könnte. Er drehte um und stieg zu dem Baumring hinauf.

Miles Mallindine besaß eine Vespa. Und ganz gleich, wie viele junge Männer mit Annet getanzt und geflirtet hatten, blieb die Tatsache bestehen, daß Miles schon einmal mit ihr hatte durchbrennen wollen. Andere kamen auch in Betracht, aber er war Nummer eins auf der Liste der Verdächtigen.

Aber er hatte mit Dominic Felse in der Nähe von Llyn Ogwen gezeltet und war im Tryfan herumgeklettert. Wirklich? Das ganze lange Wochenende? Mit einer Vespa konnte er die Strecke von dort leicht in ein paar Stunden zurücklegen. Würde Freund Felse für ihn lügen? Eigentlich hielt Tom keinen der beiden für einen Lügner, aber er war sich ziemlich sicher, daß sie, wenn es nötig wäre, ohne mit der Wimper zu zucken, füreinander lügen würden.

Um das herauszufinden, kann ich nur eins tun: fragen, sagte er sich, während er den westlichen Hang des Hallowmount hinabstürmte. Nicht irgendwelche neugierigen Leute befragen, ob sie *vielleicht* etwas gesehen hätten, auch nicht den Freund, der sich verpflichtet fühlen würde, Miles zu decken. Nein, er mußte Miles direkt fragen. Zumindest mußte er dem Jungen eine Chance geben, den Verdacht auszuräumen.

Als ob das so leicht wäre!

Tom brauchte den gesamten Vormittag, um sich dazu durchzuringen. Schließlich ließ er in seiner Freistunde Miles Mallindine zu sich rufen.

»Sie wollten mich sprechen, Sir?«

Der Junge war fröhlich und unbefangen eingetreten. Jetzt zog er die Brauen leicht in die Höhe. Er schien keine Ahnung zu haben, warum Tom mit ihm reden wollte. Er war auch aus dem Alter raus, in dem die Aufforderung, ins Lehrerzimmer zu kommen, mit Sicherheit Ärger bedeutete.

»Ja, machen Sie die Tür zu. Es wird nicht lange dauern.« Sie hatten das Lehrerzimmer für sich, solange sie wollten, aber Tom wollte es kurz und schmerzlos machen und Miles nichts erzählen, was nicht unbedingt nötig wäre. »Sie besitzen doch eine Vespa, richtig?«

»Jawohl, Sir«, sagte Miles.

»Sind Sie am Wochenende zum Capel Curig raufgefahren?«

»Ja, mit zwei Mann und Zelt und Ausrüstung war es nicht so einfach, aber wir haben es geschafft.« Freundlich streute er noch einige Details ein, um das »Ja« nicht so in der Luft hängenzulassen. Aber Tom sah, daß er krampfhaft alle Möglichkeiten durchging, was diese Frage bedeuten sollte.

»Und Sie sind die ganze Zeit über da oben geblieben? Wann sind Sie abgefahren, und wann sind Sie gestern zu Hause angekommen?«

»Na ja, ich bin so gegen halb fünf am Donnerstag losgefahren, Sir. Dann habe ich Dom abgeholt. Gepackt hatten wir bei mir. Und wir waren ungefähr seit einer halben Stunde wieder da, ehe Sie gestern bei uns reingeschaut haben – gerade lange genug, um uns zu waschen und etwas zu essen.«

Er fragte nicht direkt: »Warum?«, aber die leichte Neigung des Kopfes und sein Blick stellten diese Frage auf diplomatische Art und Weise. Ein kleiner Funken in den Augen fügte hinzu: »Was zum Teufel geht Sie das eigentlich an?« Und dann – mit dem herausfordernden Lächeln, das er von seiner Mutter geerbt hatte – kam das abschließende »*Sir?*«

Tom war versucht, sein offenbar sinnloses und nicht zu rechtfertigendes Verhör durch Erklärungen oder eine Entschuldigung zu mildern, aber der Junge war viel zu gescheit, als daß er mit Worten zu beschwichtigen war. »Tut mir leid, wenn das für dich keinen Sinn ergibt, aber *wenn* es keinen Sinn ergibt, hast du nichts zu befürchten.« Nein, das reichte nicht! Ebensowenig konnte er einfach großspurig erklären: »Ich habe meine Gründe für diese Fragen.« Miles war es klar, daß er seine Gründe hatte, tappte nur noch im dunkeln. Beim ersten Hinweis würde er die Spur aufnehmen. Je weniger Worte, desto besser. Je unmittelbarer, desto besser. Es war nicht leicht, die Jungen heutzutage zu bluffen, aber er mußte es versuchen.

»Sind Sie am Donnerstagnachmittag mit Ihrer Vespa gefahren, vielleicht einen Probelauf, nachdem Sie daran gearbeitet hatten? Sagen wir – nach Abbot's Bale und durchs Moor hinter dem Hallowmount?«

Wenn Miles keine Ahnung hatte, was das Ganze sollte, wußte er zumindest, welche Rolle er zu spielen hatte. Er hatte sofort die höfliche, steife, geduldige Maske eines Oberstufenschülers übergestreift. Die saß ziemlich knapp, aber er konnte sie noch tragen. Motto: Wir dürfen nicht nach den Gründen fragen. Aber die spinnen sowieso alle. Wir dürfen nichts sagen – außer: »Jawohl, Sir« oder »Nein, Sir!« Je nachdem. Die Maske hatte noch einen weiteren Vorzug – beziehungsweise einen Nachteil für Tom: Aus den schmalen Augenschlitzen konnte man alles mit unschuldigen Augen beobachten, ohne selbst etwas preiszugeben.

»Nein, Sir, bin ich nicht. Ich hatte sie am Vorabend fertig gemacht. Da war es nicht nötig, sie noch einmal auszuprobieren.«

»Und Sie waren gestern auch nicht auf dem Heimweg in dieser Gegend?«

»Nein, Sir.« Miles wartete. Er war ruhig, aber nicht beruhigt. Dafür war er zu intelligent. Die Maske hatte sich unmerklich verändert: Ein junger Mann – noch kein Mann von Welt, aber ein junger Mann – blickte aufmerksam durch die Augenschlitze. Tom stand auf und drehte sich zur Seite, um dem durchdringenden Blick zu entgehen, aber der folgte ihm.

»Ich vermute, Sir, daß ich nicht fragen darf, warum Sie mich haben holen lassen?« Auch die Stimme hatte sich verändert. Das war nicht mehr der Ton eines Schuljungen. Miles war zu interessiert, um die intellektuellen Spielchen zu machen, die ihm so lagen.

»Sagen wir, ich ermutige Sie nicht, mich zu fragen. Aber wenn Sie die Wahrheit gesagt haben, spielt das doch sowieso keine Rolle, oder? Danke, Mallindine, das wäre alles. Danke.«

Tom blickte weiter zum Fenster hinaus und beobachtete, wie sich das mittägliche Sonnenlicht im Fluß unter der Brücke spiegelte. Er wartete darauf, daß die Tür geöffnet und wieder geschlossen würde und Miles den Raum verließ. Aber nichts geschah.

Gleich darauf sagte eine veränderte Stimme entschlossen: »Darf ich Sie etwas fragen, das eine Rolle spielt?« Kein »Sir« diesmal, wie Tom feststellte. Plötzlich fand das Gespräch auf ganz anderer Ebene statt.

»Wenn es sein muß.«

»Ist Annet etwas zugestoßen?«

Die Frage traf Tom so stark, daß man ihm den Schock auch von hinten anmerkte. Er spürte, wie ihm das Blut in die

Wangen stieg. Aber er wollte unter keinen Umständen, daß Miles die falschen Schlüsse zöge. Dieser Junge war gefährlich und benutzte Worte wie Dynamit, ohne sich wirklich dessen bewußt zu sein, was für eine ungeheure Sprengkraft er auslöste. Ist Annet etwas zugestoßen? Mein Gott, wenn wir das nur wüßten! Aber der Junge verdiente eine Antwort, auch wenn er bei ihrer letzten Flucht ihr Komplize gewesen war und beharrlich wie gedruckt gelogen hatte. Jetzt mußte er ihm eine Antwort geben, um ihn zu beruhigen.

»Ich hoffe – nicht«, sagte Tom möglichst freundlich. »Jedenfalls war sie frisch und munter, als ich heute morgen abgefahren bin.«

Jetzt hatte er sein Gesicht wieder einigermaßen unter Kontrolle. Die Röte war verschwunden. Er drehte sich um und blickte Miles gütig an, um ihm zu zeigen, daß er für das Interesse des Jungen an Annet Verständnis aufbrachte, weil er die Vorgeschichte kannte, daß es jetzt aber unangebracht, ja naiv, sei. Doch als er dem Blick aus den goldbraunen Augen begegnete, die denen von Eve so ähnelten, wurde ihm bewußt, daß es nicht Miles sein würde, wenn jemand bei diesem Gespräch unfreiwillig etwas verriete. Alles, was er hatte sagen wollen, blieb ihm in der Kehle stecken. Aber er konnte den Jungen nicht mit einem nachsichtigen Lächeln abspeisen. Jetzt konnte er die Tür, die er geöffnet hatte, nicht einfach wieder zuschlagen.

Tom ging wieder zum Tisch und setzte sich mit ernster Miene auf dessen Kante. »Reden Sie ruhig weiter. Warum haben Sie diese Frage gestellt?« Eigentlich wollte er nur fragen: Wieso weißt du das? Wenn Miles ihr Geliebter war, wußte er ohnehin Bescheid. Allerdings gab es keinen zwingenden Grund, zu zeigen, daß er es wußte. Und wenn er es nicht war – ja, hier waren eben alle ein bißchen unheimlich, er auch. Vielleicht war Eve eine Hexe und hatte ihm ihre magischen Kräfte vererbt, da sie keine Tochter hatte.

»Meine Mutter hat am Donnerstagabend einen merkwürdigen Telefonanruf bekommen«, erklärte Miles mit bewundernswerter Direktheit. »Von Mrs. Beck.«

Zwischen den beiden Frauen hatte in den letzten Monaten bestimmt nicht viel Kommunikation stattgefunden. Kein Wunder, daß Eves Daumen gejuckt hatten.

»Sie hat sich erkundigt, wann der Grammophonclub mit dem Winterprogramm anfinge. Aber das war ein Vorwand, um sich nach mir zu erkundigen. Sie wollte hintenrum rauskriegen, wo ich das Wochenende verbracht habe. Meine Mutter hat mir von dem Anruf erzählt, als ich gestern abend zurückgekommen bin. Eigentlich habe ich mir nichts dabei gedacht – bis Sie mir heute so ähnliche Fragen gestellt haben. Sie haben nichts verraten«, sagte er schnell. Er hob ziemlich arrogant den Kopf und blickte Tom jetzt herausfordernd an. »Meine Mutter kann eins und eins zusammenzählen, wissen Sie. Aber andere auch. Und ich vermute, daß Mrs. Beck nicht nur uns angerufen hat.«

Wir hätten es wissen müssen, dachte Tom. In einem kleinen Nest, wo jeder jeden kennt, wo die Hälfte aller Frauen regelmäßig ihre Beobachtungen austauschen, hätten wir wissen müssen, daß etwas durchsickern würde. Wie konnte sie nur annehmen, daß niemand Verdacht schöpfen würde, wenn sie das ganze Dorf und halb Comerbourne anrief?

»Nein, leider nicht.«

»Sie war sich über die Konsequenzen nicht im klaren«, sagte Miles großzügig. Vielleicht verfügte er nicht gerade über okkulte Kräfte, aber er hatte Augen, die durch Tom Kenyon wie durch eine Glasscheibe hindurchblickten. »Meine Mutter hat gute Gründe, unter die Fußmatte zu schauen – wenn Sie wissen, was ich meine. Meine Mutter klatscht nicht. Aber viele genießen es richtig, sich das Maul zu zerreißen.«

Wie war es zu dieser Rollenumkehrung gekommen? Der Junge warnte ihn – freundlich, von oben herab, als sei er der

Ältere – vor möglichem Ärger. Er warnte ihn, obgleich er wußte, wie tief er in der Sache drinsteckte und wie groß die Gefahr war, daß er verletzt würde. Ohne ein Wort zu sagen, waren sie zu Rivalen geworden, die auf derselben Ebene kämpften. Jeder hatte Mitleid mit dem anderen.

Es wurde höchste Zeit, dieses Gespräch abzubrechen, ehe einer etwas sagte, das beide später bitter bereuen würden. Schließlich mußten sie den Rest des Jahres gemeinsam im Klassenzimmer verbringen und konnten sich keine nicht wiedergutzumachenden Taktlosigkeiten leisten.

»Zu viele«, pflichtete Tom ihm bei. »Aber unbegründeter Klatsch bringt nichts. Und ich bin sicher, daß Sie und ich nicht zu den Klatschmäulern gehören, nicht wahr, Mallindine?«

»Jawohl, selbstverständlich, Sir.«

Das »Sir« war prompt gekommen. Auf diesen Jungen mußte man wirklich verdammt gut aufpassen. Er kapierte alles viel zu schnell.

»Falls Sie mich noch etwas fragen wollen, tun Sie es bitte jetzt. Aber ich kann Ihnen nicht versprechen, daß ich antworte.«

»Da gibt es nichts mehr, Sir. Wenn . . .« Er war einen Moment lang unsicher und drehte den Kopf beiseite. Dann blickte er Tom zweifelnd, aber hoffnungsvoll an. ». . . wenn mit Annet alles in Ordnung ist.«

»Ja, alles ist bestens.« Beinahe hätte er »selbstverständlich« gesagt. Aber bei diesem außergewöhnlich intelligenten Schüler wäre das beleidigend und unklug gewesen. Zum Glück hatte er die hochmütige Haltung noch rechtzeitig aufgegeben. Allerdings zuckte um Miles' Lippen ein leises Lächeln, als hätte er Toms Seelenkampf durchschaut. Der junge Mann hatte sich bewundernswert im Griff.

»Danke, Sir. Das wär's dann.« Jedenfalls für mich, sagten diese herausfordernden Augen mitleidig. Wie steht's mit dir?

»Stimmt. Sie können gehen. Und machen Sie sich keine Sorgen.«

Und du? fragte das kurze Lächeln, diesmal weniger von oben herab. Entweder hörte Tom allmählich überall verborgene Stimmen, die überhaupt nicht existierten, oder Miles wollte mit seinem letzten nachdenklichen Blick doch sagen: Gib auf! Du weißt so gut wie ich, daß da ein anderer Kerl im Spiel war – sie ist weder für mich noch für dich bestimmt. Und jetzt sage mir, daß das nicht weh tut.

Tom wußte ganz sicher – ebenso sicher, wie er seinen eigenen Namen kannte –, daß Miles sofort zu Dominic Felse laufen und ihm Wort für Wort berichten würde, was er ihn soeben gefragt hatte. Aber es blieb ihm keine Wahl. Da er mit dieser wahrscheinlich ergebnislosen Befragung begonnen hatte, konnte er einen wichtigen Zeugen nicht auslassen. Vielleicht hatte sein Freund ihn bereits darüber instruiert, was er sagen sollte. Dieses Risiko bestand wohl bei allen Zeugen. Aber aus irgendeinem Grund war Tom überzeugt, daß Miles mit niemandem über ihr Gespräch geredet hatte. Wenn es möglich war, nahm er sich immer die Zeit, alles durchzudenken. Und er war ziemlich aufgewühlt weggegangen. Vielleicht würde er nicht für immer den Mund halten, aber er würde sich seinem Freund erst dann anvertrauen, wenn er genau wußte, was er sagen wollte.

Tom ließ also Dominic Felse rufen, obwohl er Gewissensbisse dabei hatte. Aber er hatte nun mal angefangen und konnte jetzt nicht einfach aufhören. Dominic bestätigte, daß er und Miles das gesamte Wochenende gemeinsam verbracht hätten. Ja, sie hätten gemeinsam gepackt und wären gegen halb fünf abgefahren. Nein, sie wären während der gesamten Zeit nicht getrennt gewesen – abgesehen von der halben Stunde, in der Miles mit dem Motorroller zum Einkaufen gefahren wäre und Dominic gekocht hätte. Miles war als Koch eine Katastrophe. Ja, sie wären direkt zu den Mallindines zum Abendessen gefahren.

Warum?

Dominic war fast ein Jahr jünger als Miles. Ihn hielten Würde und intellektuelle Blasiertheit nicht davon ab, direkte Fragen zu stellen. Außerdem war er der Sohn eines Detective-Inspectors und wußte daher genau, welche Rechte jemandem zustanden, der verhört wurde. Das machte ihn zu einem schwierigen Kunden. Mit sonniger Fröhlichkeit beantwortete er Fragen und stellte seinerseits Fragen mit ebenso großem Interesse. Tom wimmelte ihn schnell ab, weil er Angst hatte, er könnte mehr preisgeben, als er selbst erführe.

Nach Unterrichtsschluß sah er die beiden Freunde auf dem Korridor. Beide schenkten ihm ihr höfliches Zwillingslächeln und sagten wie aus einem Munde: »Guten Abend, Sir!«

Der Anblick der beiden – so Schulter an Schulter, beide Gesichter verschlossen, die Augen undurchdringlich – machte Tom klar, daß sie alles, was sie wußten, ausgetauscht hatten und jetzt darauf vorbereitet waren, sich gegenseitig den Rücken gegen eine feindliche Welt freizuhalten, falls sie angegriffen würden.

Das hatte er kommen sehen und beging daher nicht den Fehler, anzunehmen, daß einer der beiden sich leichtfertig einem Dritten anvertrauen würde. Trotzdem tat es ihm leid, daß er so viel Staub aufgewirbelt hatte. Wem wäre damit geholfen, wenn er herausfände, was geschehen war und wer dafür verantwortlich war? Wäre es nicht besser, sich in den nächsten Tagen mit angehaltenem Atem und Daumendrücken bedeckt zu halten, auf Zehenspitzen zu gehen und zu beteuern, nichts zu wissen – nichts wissen zu müssen – wie Mr. und Mrs. Beck? Sie waren für jeden Tag dankbar, der ohne Enthüllung zu Ende ging. Sie hatten vor jedem Kontakt auf der Straße Angst und schreckten jedesmal hoch, wenn das Telefon klingelte. Aber von Tag zu Tag nahm ihre Angst ab.

Annet kam und ging und sprach noch weniger als zuvor, aber ihr Gesicht war ruhig. Etwas von dem Wunder lag immer noch darauf, manchmal auch Spuren von Traurigkeit. Tom hatte aber auch gesehen, wie ihre Augen durch die Mauern des Hauses durch den Hang des Hallowmount tief in die Unterwelt blickten, die sie hinter sich gelassen hatte. Dann loderte in ihren Augen eine geheime Begeisterung auf, die jedoch nie zu wahrer Freude wurde. Morgens ging sie zur Cwm Hall. Abends fuhr Regina Blacklocks Chauffeur sie nach Hause. Niemand konnte an ihr oder ihrer Arbeit etwas aussetzen. Gott sei Dank, daß da alles so glattlief! Regina hatte von der Konferenz riesige Stapel mit Notizen mitgebracht, die abgetippt werden mußten. Annet brachte am Donnerstagabend den langen Bericht für das Komitee sogar mit nach Hause, um ihn dort ins reine zu schreiben. Das Thema lautete: Häufigkeit und Ursachen für die Kriminalität bei Kindern mit Liebesentzug!

Sie arbeitete daran, als Tom nach dem Abendessen hinausging, um den Mini in die Garage zu fahren. Er hörte die Schreibmaschine in dem schmuddligen kleinen Zimmer mit vielen Bücherregalen klappern, das Beck immer noch seine Bibliothek nannte, obwohl er dort nur endlose Zitate obskurer Autoren abschrieb, um eines Tages seinen eigenen Kommentar zu irgendeinem fragwürdigen Werk herauszugeben. Niemand glaubte, daß er das schaffen würde, nicht einmal Beck selbst. Aber niemand hielt das für einen großen Verlust für die Nachwelt.

Tom machte die Tür auf und blickte hinein. Sie saß allein am Schreibtisch. Es war das erste Mal, daß er seit ihrer Rückkehr auch nur eine Sekunde lang mit ihr allein war. Er trat schnell ein und schloß leise die Tür.

»Annet ...«

Sie hatte ihn kommen hören. Konzentriert beendete sie den Satz, ehe sie aufschaute. Ihr Gesicht verhärtete sich nicht. Er sah keine Spur von Mißtrauen. Überhaupt keine Veränderung. Nachdenklich blickte sie ihn an, sagte jedoch nichts.

»Annet, ich möchte Ihnen sagen, daß ich Ihnen jederzeit

gern helfe, falls ich etwas für Sie tun kann. Ich würde mich freuen, wenn Sie mich um etwas bitten würden.«

Sie blickte ihn an, dann auf ihre Hände, die immer noch auf den Tasten lagen, dann wieder ihn. Er glaubte den Anflug eines Lächelns und eine Spur von Wärme in ihren Augen zu entdecken.

»Es wäre besser, wenn Sie mich weiter für eine Lügnerin halten würden«, sagte sie ohne Vorwurf oder Bitterkeit. »Es ist nett von Ihnen, aber ich brauche wirklich keine Hilfe.«

»Das hoffe ich, Annet. Aber ich fürchte, Sie werden Hilfe brauchen. Ich weiß – nein, ich fühle es, daß es nicht vorbei ist. Und ich will nicht, daß man Ihnen weh tut.«

»Ach, *das* ist doch völlig unwichtig!« sagte sie. Sie war so überrascht, daß sie noch weitersprach.

»Wirklich, das spielt überhaupt keine Rolle! Sie brauchen sich um mich keine Sorgen zu machen.«

Und dann lächelte sie ihn zum ersten Mal offen an. Hätte sie ihn in diesem Moment aufgefordert, ans Feenreich zu glauben, hätte er es getan. Er hätte für sie jedes Wunder bewirkt. Doch der Augenblick war vorüber, ehe er richtig begonnen hatte; denn gleichzeitig ertönte der Türklopfer.

Bei dem Geräusch zuckte Tom zusammen und blieb wie gelähmt stehen. Annet lächelte spöttisch. »Das wird Myra sein, um mich abzuholen«, sagte sie. »Wovor haben Sie Angst?«

Doch es war nicht Myra. Sie hörten Mrs. Beck mit schnellen nervösen Schritten durch die Eingangshalle laufen, als gälte es, ein Unglück zu verhüten. Dann sagte sie etwas. Eine tiefe Männerstimme antwortete. Jetzt ging der Mann in die Halle, blieb jedoch nach wenigen Schritten stehen.

Die Tür öffnete sich. Mrs. Beck schaute mit aschfahlem, starrem Gesicht und angstvollen Augen herein.

»Annet, da ist jemand, der dich sprechen möchte.«

Da stand der große hagere Mann mit dem langen nachdenklichen Gesicht bereits hinter ihr. Seinen täuschend ruhigen Augen war nicht entgangen, wie Tom wieder zusammengezuckt war, auch nicht Annets Staunen.

»Tut mir leid, daß ich Sie bei der Arbeit störe, Miss Beck«, sagte Detective-Inspector George Felse freundlich. »Aber ich muß Ihnen ein paar Fragen stellen und würde das – in Anbetracht der Umstände – gern in Anwesenheit Ihrer Eltern tun.«

<h2 style="text-align:center">4</h2>

Annet wirkte anfangs erschrocken und verwirrt, aber sie schien keine Angst zu haben. Es war nur natürlich, daß sie einen Schreck bekommen hatte. Schließlich war George Felse Polizist und eindeutig dienstlich hier. Doch schien sie keine Spur eines schlechten Gewissens zu haben.

»Schon gut«, sagte sie und schob den Schlitten der Schreibmaschine in die Mitte. Dann stand sie auf. »Sollten wir nicht ins Wohnzimmer gehen? Da ist es gemütlicher.«

»Aber Mr. Kenyon...«, begann Mrs. Beck hilflos. Wo sollte der Untermieter in diesem alten und kalten Haus abends sitzen, wenn sie das Wohnzimmer belegten?

»Das ist schon in Ordnung«, sagte Tom, allerdings widerwillig. »Ich verschwinde.«

Aber er wollte gar nicht gehen. Er mußte wissen, was er ihr angetan hatte. Denn er war sicher, daß der Besuch der Polizei sein Werk war. Er hätte sich nicht einmischen sollen. Warum hatte er Mallindine befragt? Und warum hatte er sich von Dominic Felse noch die Geschichte bestätigen lassen, obgleich es Lügen sein könnten? Die beiden Jungen hatten sofort miteinander gesprochen, und dann hatte Dominic zu Hause seinem Vater alles genau erzählt. Eine andere Erklärung gab es nicht.

Aber nein, das stimmte nicht. Das wurde ihm klar, als er die Sache noch einmal überdachte. Wenn Dominic Annet verraten hätte, dann, weil an diesem verlorenen Wochenende noch etwas passiert sein mußte, das mit einem weggelaufenen Mädchen und einer eher märchenhaften Geschichte zu tun hatte. Etwas, das die Polizei interessierte, deren einziges Interesse an einem Paar Achtzehnjähriger, die durchgebrannt waren, darin bestand, sie ihren besorgten Eltern zurückzubringen. Danach überließ sie es den beiden Familien, alles zu klären. Aber die Polizei griff selbst nur ein, wenn man sie um Hilfe gebeten hatte. Nein, da mußte noch etwas sein, etwas, das Dominic solche Angst eingejagt hatte, daß er sich entweder unabsichtlich verplappert hatte oder daß ihm die Verantwortung zu schwer erschienen war, um sie allein zu tragen.

»Es ist durchaus möglich, daß ich Sie auch kurz sprechen muß, Mr. Kenyon«, sagte George Felse freundlich, aber distanziert. Schließlich war er dienstlich hier und mußte ihre persönliche Freundschaft außer acht lassen. »Würden Sie sich irgendwo zur Verfügung halten?«

Tom nickte zögernd und ging in sein Zimmer hinauf. Dabei beeilte er sich nicht, weil er hoffte, man würde ihn zurückrufen und nicht ausschließen. Einerseits hätte er alles darum gegeben, weit weg zu sein. Doch da das unmöglich war, verstand er nicht, warum man ihn jetzt ausschloß, nachdem er bereits so weit in das Familiengeheimnis eingeweiht war. Er war noch auf der Treppe, als Beck auf der Schwelle des Wohnzimmers erschien. Mit gesträubten Haaren, kreidebleich und verängstigt suchte er verzweifelt nach einem Verbündeten.

»Was ist los, Mr. Felse? Habe ich recht gehört? Sie wollen mit Annet sprechen?« Seine Augen wanderten zu Tom, der stehengeblieben war. »Nein, nein, gehen Sie nicht, Kenyon. Es ist bestimmt nicht so ernst, daß Sie es nicht hören dürften. Bitte, ich wäre froh, wenn Sie bleiben würden. Sie gehören doch praktisch zur Familie, oder? Selbstverständlich nur, wenn Sie nichts dagegen haben.«

Panik schimmerte hinter seinen dicken Brillengläsern auf. Nicht für Geld und gute Worte wollte er mit Annet und seiner Frau allein bleiben – angesichts der Bedrohung durch George Felse. Seine Frau würde von ihm erwarten, daß er einen männlichen Schutzwall vor seinen Frauen aufbaute. Wenn sie das nicht erwartete, würde sie seine Hilflosigkeit mit bitterem, verächtlichem Lächeln beobachten – und das wäre noch schlimmer. Und Annet würde so tun, als wäre er gar nicht vorhanden, weil sie wußte, daß sie sich selbst verteidigen mußte. Nein, er brauchte Tom. Er legte ihm die zitternde Hand auf den Arm und hielt ihn krampfhaft fest.

»Ich weiß nicht, ob Felse irgendwelche Einwände dagegen hat«, sagte Tom und blickte den Kriminalbeamten fragend an.

»Nein, das ist ja kein amtliches Verhör – noch nicht. Später muß ich Sie vielleicht bitten, eine offizielle Aussage zu machen. Das hängt davon ab, was Sie mir zu sagen haben.«

Er blickte Annet in die Augen, ohne zu lächeln, doch mit der gezielten Freundlichkeit, mit der man einem Kind eine schlimme Nachricht beibringen will. Er hatte Annet schon als kleines Mädchen gekannt, als sie noch mit Rattenschwänzen herumgelaufen war, nicht sehr gut, aber so, wie ein aufmerksamer Beobachter die jungen Geschöpfe kennt, die so alt wie seine eigenen Söhne und Töchter sind, die im Dorf heranwachsen. Er hatte im Laufe der Zeit ähnliche Besuche in vielen Häusern abstatten müssen und kannte alle Fallstricke, über die die Leute stolperten, wenn sie verunsichert waren.

»Ich sage Ihnen alles, was ich weiß«, erklärte Annet. Dann runzelte sie die Stirn. »Aber ich kann mir nicht vorstellen, was Sie mich fragen wollen.«

»Um so besser«, meinte er und folgte ihr ins Wohnzimmer. Er stellte einen Stuhl so hin, daß Annet das Licht ins Gesicht schien. Sie verstand diesen eindeutigen Schachzug, lächelte, nahm aber ohne offensichtlichen Widerstand Platz. Die Eltern blieben stumm und zitternd stehen. Tom schloß die Tür und setzte sich etwas abseits.

»Nun, Annet, erzählen Sie mir bitte, wie Sie das vergangene Wochenende verbracht haben.«

George Felse saß dicht vor ihr und schaute sie aufmerksam, aber freundlich an. Wenn er die erdrückende Spannung im Raum spürte, ließ er sich das nicht anmerken. Sie legte den Kopf zurück und schüttelte die Haare nach hinten, als wollte sie ihm die Ruhe auf ihrem Gesicht noch deutlicher zeigen.

»Das kann ich Ihnen nicht sagen«, erklärte sie ruhig.

»Ich glaube, das können Sie, wenn Sie nur wollen.« Als sie schwieg und als nur ihre Mutter aufseufzte, fuhr er gleichmütig fort: »Waren Sie zum Beispiel zu Hause?«

»Sie sagen – nein«, antwortete Annet leise.

»Das sollen die mir selbst sagen. Ich frage Sie, was Sie sagen.«

»Ich kann Ihnen nur das sagen, was ich denen auch erzählt habe. Aber Sie werden mir nicht glauben.«

»Versuchen Sie es«, forderte er sie geduldig auf.

Sie schaute ihm in die Augen. Ohne mit der Wimper zu zucken, trug sie in knappen Worten ihre phantastische Geschichte vor:

»Mrs. Blacklock hat mir ab Donnerstag vormittag fast eine ganze Woche freigegeben, weil sie nach Gloucester gefahren ist – zu einer Konferenz über Kinderpsychologie. Sie bat mich, am Mittwoch – gestern – wiederzukommen und einige Korrespondenz zu erledigen. Sie kam erst abends zurück. Ich hatte also fünf freie Tage. Aber ich hatte keine besonderen Pläne gemacht. Am Freitagabend wollte ich, wie immer, zur Chorprobe gehen. Vielleicht zum Tanzen am Samstag. Aber ich hatte mich noch nicht entschieden. Weil Myra mit Freunden ins Theater nach Wolverhampton fahren wollte, hatte ich keine Begleitung. Bei der Chorprobe hat man mich wohl vermißt – auch am Sonntag in der Kirche. Hätte ich vorgehabt, nicht hinzugehen, hätte ich doch Bescheid gesagt, oder?«

»Mr. Blacklock hat Freitag abend angerufen«, sagte Mrs. Beck mit belegter Stimme. »Nach der Chorprobe. Er machte sich Sorgen, weil Annet nicht gekommen war, und erkundigte sich, ob sie krank sei. Ich habe ihm gesagt, sie sei leicht erkältet. Er war sehr beunruhigt und wollte gleich vorbeikommen. Ich habe ihm aber erklärt, es sei nicht schlimm und Annet schlafe schon. Selbstverständlich wollte er sie nicht stören. Dann hat er am Sonntag nach der Kirche noch mal angerufen und sich nach ihrem Befinden erkundigt.«

»Er hat nur vier Altstimmen«, warf Beck mit pathetischem Eifer ein. »Und Annet läßt die anderen nie im Stich. Mr. Blacklock weiß, daß er sich für seine Alt-Soli immer auf sie verlassen kann.«

Um Annets schmale Lippen zuckte ein kurzes verächtliches Lächeln. Das alles gehörte zu den vereinten Bemühungen ihrer Eltern, sie beschäftigt und bei Laune zu halten. Das wußten alle. Mrs. Beck hatte die Blacklocks nach der heimlichen Affäre mit Miles Mallindine widerwillig, aber notgedrungen ins Vertrauen gezogen. Mit der ihr eigenen Kompetenz hatte Regina auch noch die letzte Lücke in dem Schutzzaun um das Mädchen geschlossen und jede freie Minute mit irgendeiner Verpflichtung ausgefüllt. Vermutlich machte der Chor ihr am meisten Freude. Regina konnte keine Note singen. Es war Peter, der mit seiner geduldigen, gewissenhaften Freundlichkeit das ihm zur Verfügung stehende Sangesmaterial dazu brachte, in der ländlichen Kirche recht ordentliche Musik zu machen. Kein Wunder, daß er von Annets tiefer melodischer Knabenstimme begeistert war. Auf Anordnung seiner Gattin fuhr er Annet immer selbst – oder mit Chauffeur – nach Hause. Das gehörte zu seiner Verantwortung. Sollte Annet je wieder ausbüchsen, dürfte das nicht passieren, solange er für sie verantwortlich wäre.

»Sie hatten also von Donnerstag vormittag an frei«, sagte George, ohne sich ablenken zu lassen. »Was haben Sie mit Ihrer Freiheit angefangen?«

»Ich war den ganzen Donnerstag nachmittag zu Hause und habe ein paar Sachen gewaschen, Schallplatten gehört und einen Brief geschrieben. Meine Mutter hatte auch zwei Briefe. So um halb vier habe ich ihr gesagt, daß ich zum Briefkasten gehen wollte, um die Briefe einzuwerfen, und zum Tee wieder da wäre. Am Tor habe ich Mr. Kenyon getroffen. Er hat mir angeboten, die Briefe für mich wegzubringen, aber ich wollte etwas Luft schöpfen und einen Spaziergang machen. Es fing gerade an zu regnen, aber das hat mir nichts ausgemacht. Ich gehe gern im Regen spazieren. Dann habe ich die Briefe in den Kasten bei der Farm geworfen und bin auf den Hallowmount gestiegen. Auf der anderen Seite bin ich zum Bach runtergegangen, wo das Moor ist. Ich erinnere mich an den Weg neben dem Bach, aber ich weiß nicht, wie weit ich dann gegangen bin, auch nicht, in welche Richtung, oder ob es aufgehört hat zu regnen, aber plötzlich habe ich gemerkt, daß es dunkel war, und bin umgekehrt. Da hat es nicht mehr geregnet. Ich wollte den kürzesten Weg nach Hause nehmen. Deshalb bin ich wieder über den Hallowmount gegangen. Dort war das Gras trocken. Meine Stiefel waren auch trocken, und der Mond schien. Unter den Felsen habe ich Mr. Kenyon und meinen Vater getroffen, die mich gesucht hatten. Sie haben *gesagt*, daß sie nach mir suchten. Ich fand das albern, weil ich dachte, ich hätte mich nur um ein paar Stunden verspätet. Aber sie erklärten, es sei Dienstag.«

Sie sprach ernst, mit leicht verschleiertem Blick, doch ohne sich von George Felses durchdringenden Augen einschüchtern zu lassen. »Sie haben behauptet, ich sei fünf Tage weg gewesen. Ich habe ihnen erst geglaubt, als sie mir zu Hause einen Brief zeigten, der eine Antwort auf den war, den ich am Donnerstag eingeworfen hatte. Aber ich konnte ihnen nicht mehr sagen, als ich Ihnen jetzt gesagt habe. Ich weiß, daß sie mir nicht glauben. Sie hätten mich das ganze Wochenende lang gesucht, behaupten sie, und sie hätten vertuscht, daß ich nicht da war.«

George saß stumm da und betrachtete sie einen Moment lang gedankenverloren. Von seinem Gesicht konnte man nicht ablesen, ob er ihr glaubte oder nicht, auch nicht, ob er sie verdächtigte. Ebensogut hätte er sich Mrs. Dales Einkaufsliste anhören können. Annet schwieg jetzt auch. Sie schaute ihn an, fügte jedoch nichts hinzu. Sie wartete ruhig ab, die Hände im Schoß gefaltet.

»Ist Ihnen auf dem Berg jemand begegnet? Oder später am Bach?« An einem regnerischen Donnerstagnachmittag war das äußerst unwahrscheinlich, aber er mußte auch dieser Möglichkeit nachgehen.

»Nein, niemand.«

»Mr. Kenyon hat sie gesehen«, warf Mrs. Beck ein.

»Ich bin gegen vier Uhr losgefahren, um das Wochenende bei meiner Mutter zu verbringen«, bestätigte Tom. »Zufällig habe ich zum Hallowmount aufgeschaut, als die Sonne durchbrach, und da habe ich gesehen, wie sie hochgestiegen ist – so wie sie es erzählt hat.«

»Wie konnten Sie bei dieser Entfernung sicher sein, daß es Annet war?«

»Ich hatte sie beim Weggehen getroffen und wußte, welchen Mantel sie trug.« Sorgfältig verheimlichte er die schmerzende Wahrheit, daß er Annet überall erkannt hätte, ganz gleich, was sie anhätte. Ihr Gang, ihre Kopfhaltung, ihre Bewegungen waren für ihn einzigartig. »Ich war mir ganz sicher. Als ich am Dienstagabend hierher zurückkam und erfuhr, daß sie vermißt wurde, habe ich Mr. und Mrs. Beck erzählt, daß ich sie gesehen hätte. Dann sind wir losgegangen, um nach etwaigen Spuren zu suchen. Eigentlich hatten wir uns keinen Erfolg davon versprochen, aber dann fanden wir sie.«

»Sie war überrascht, uns zu sehen«, beteuerte Beck eifrig. »Sie hat gefragt, was wir dort täten und ob etwas passiert wäre. Sie sagte, sie wüßte, daß sie sich verspätet habe, aber deshalb hätten wir doch keinen Suchtrupp aufstellen müssen.«

»Sie war besonders überrascht, mich zu sehen«, fügte Tom hinzu. »Sie glaubte, ich sei inzwischen nach Hause gefahren. Sie meinte, hoffentlich sei ich nicht hiergeblieben, weil ihre Eltern sich Sorgen um sie gemacht hätten.«

Alle erwähnten jetzt noch Einzelheiten über die Suche, über ihre Rückkehr, über ihre veränderte Haltung seitdem. Mit unerschütterlicher Geduld hörte George Felse zu, ließ dabei aber Annet nie aus den Augen. Als er alles gehört hatte – abgesehen von den Reifenspuren, von denen ihre Eltern nichts wußten und von denen Tom ihm, wenn überhaupt, nur unter vier Augen erzählen wollte –, wandte er sich wieder an Annet:

»Sie sind also den Hallowmount raufgestiegen«, sagte er, »und dann wie Tabitha Blount im siebzehnten Jahrhundert aus Zeit und Ort verschwunden. Und – wie Tabby – sind Sie zurückgekommen mit dem sicheren Gefühl, daß Sie sich nur um ein paar Stunden verspätet, aber niemals diese Welt verlassen hätten. Sie konnte nie eine Beschreibung ihres Feenreichs liefern. Wie ist das bei Ihnen?«

»Ich weiß, daß ich glücklich war«, erklärte Annet. Sie schien nur das zu hören, was sie wollte. Plötzlich leuchteten ihre blauen Augen warm, leidenschaftlich und triumphierend, so daß George überrascht zurückwich.

»Glücklich« ist ein großes Wort, aber nicht zu groß, um das Leuchten zu beschreiben, das für einen Moment in ihren Augen stand.

»Sie wollen mir also wirklich nichts mehr erzählen? Und Sie wollen auch Ihre Aussage nicht ergänzen? Es liegt ganz bei Ihnen, Annet.«

»Ich kann Ihnen nicht mehr sagen«, beteuerte sie. »Das habe ich Ihnen gleich gesagt. Fragen Sie die anderen, ob ich mich verändert habe. Ich habe Ihnen gesagt, daß sie mir nicht glauben. Ich kann es nicht ändern, wenn auch Sie mir nicht glauben.«

»Stimmt, ich glaube Ihnen nicht«, erklärte George einfach. »Ebensowenig wie Ihre Eltern und Kenyon Ihnen diese Geschichte abkaufen. Irgendwo haben Sie diese fünf Tage verbracht. Und ich bin sicher, daß Sie genau wissen, wo. Ich rate Ihnen: Überlegen Sie noch mal ganz genau, und sagen Sie mir dann die Wahrheit. Letztendlich werden Sie das ohnehin tun.«

Ihr Vater war neben sie getreten und hielt ihre kalte Hand. Ihre Mutter stützte sich auf die Lehne des Stuhls.

»Mr. Felse, Sie müssen die Möglichkeit einräumen, daß . . ., daß . . ., daß es zwischen Himmel und Erde mehr gibt . . . Sie wissen schon. . . . Wie dürfen wir uns einbilden, alles zu wissen?« Beck stotterte vor Nervosität.

»Ihre Schilderung ist doch absolut folgerichtig«, unterbrach Tom das Gestammel. Einer mußte den Eindruck vermitteln, bei klarem Verstand zu sein, und andere Theorien ins Spiel zu bringen. »Ich fordere Sie nicht auf, an Feen zu glauben – aber das hat Annet auch nicht von Ihnen verlangt. Sie hat auch nicht behauptet, daß ihr irgend etwas Übernatürliches zugestoßen sei. Nur, daß sie sich an nichts mehr erinnere, was zwischen ihrem Spaziergang auf der anderen Seite des Hallowmount und dem Augenblick geschehen sei, in dem sie merkte, daß es dunkel war, und sie schnell nach Hause ging. Daran ist doch nichts Phantastisches. Es passiert nicht oft, aber es passiert. Sie kennen die Fälle so gut wie ich. Selbstverständlich hat sie die fünf Tage irgendwo verbracht. Das ist uns klar. Aber es könnte doch gut sein, daß Annet nicht weiß, wo.«

»Gedächtnisschwund«, sagte Mrs. Beck gequält. Dann erschrak sie über die theatralische Wirkung des Wortes und verstummte.

Warum regen sie sich so auf? Wovor wollen sie Annet

unbedingt schützen? Warum kümmerte sich die Polizei um ein verbummeltes Wochenende, wenn kein Gesetz gebrochen worden war?

»Es war ein schönes trockenes Wochenende«, erklärte George ruhig. »Bestimmt sind zehn Prozent der Bewohner des Black Country am Samstag und Sonntag durch die Berge an der Grenze gestreift, und es ist sehr wahrscheinlich, daß viele auch auf dem Hallowmount waren. Es ist unmöglich, daß keinem ein offenbar verwirrtes Mädchen aufgefallen ist. Leute aus der Gegend hätten Annet angesprochen. Alle kennen sie. Und ist sie etwa erschöpft, hungrig, verängstigt oder schmutzig zurückgekommen? Offenbar nicht. Sie kam völlig unbefangen, sauber und nicht halbverhungert daher und stellte vernünftige Fragen. Vielleicht kam sie aus dem Feenreich, möglich. Aus einer Amnesie – dem Gedächtnisschwund – würde man weniger klar denkend auftauchen.«

Er schob seinen Stuhl näher zu Annet hin und nahm ihre Hände, damit sie ihm ihre volle Aufmerksamkeit schenkte.

»Ich bezweifle nicht, daß Sie glücklich waren, Annet«, sagte er freundlich. »Ich glaube sogar, daß Sie mir in gewisser Weise die Wahrheit gesagt haben – eine Teilwahrheit. Aber nun erzählen Sie mir lieber den Rest. Sie waren nicht näher an der Unterwelt dran als bis – sagen wir – Birmingham. Nicht wahr?«

In das beklemmende Schweigen rief Beck mit hoher hysterischer Stimme: »Was soll das heißen? Und wenn sie tatsächlich in Birmingham war? Das ist noch lange kein Verbrechen, selbst wenn sie ihre Familie belogen hat. *Warum* stellen Sie all diese Fragen? Das sollten Sie uns mal erklären.«

»Ja, vielleicht sollte ich das. Es sei denn, Annet möchte zuvor noch ihre Geschichte ändern.«

»Ich kann nicht«, sagte Annet. Sie blickte ihn gespannt an. Er war nicht sicher, ob ihr Gesichtsausdruck Unverständnis bedeutete oder die feste Entschlossenheit, alles zu leugnen.

»Na schön. Sie wollen wissen, warum ich diese Fragen
stelle«, sagte George. »Am vorigen Samstag haben zwei un-
abhängige Zeugen bei Geschäftsschluß eine junge Frau gesehen, die an der Ecke einer – zu dieser Zeit fast menschenleeren
– Seitenstraße in Birmingham stand, ungefähr fünfunddreißig
Meter von einem kleinen Juweliergeschäft entfernt. Es sah so
aus, als wartete sie auf jemanden. Die erste Zeugin, eine alte
Frau, die in der Straße wohnt, lieferte eine ziemlich gute
Beschreibung, die durchaus auf Annet paßt. Der zweite Zeuge, ein junger Mann, konnte noch genauere Angaben machen.
Er hat nämlich mit ihr ungefähr fünf Minuten lang gesprochen, weil er sie abschleppen wollte. Er hat sie haarklein
beschrieben. Mädchen wie Annet ziehen nun mal die Aufmerksamkeit junger Männer magisch an.«

»Ganz gleich, wie gut Ihre Personenbeschreibung auch
ist«, protestierte Tom, »wie kommen Sie ausgerechnet auf ein
Mädchen aus Comerford, wenn sich das in Birmingham abgespielt hat?«

»Gute Frage. Darauf komme ich noch.«

»Ich nehme an, Ihr Sohn hat Ihnen erzählt, daß Annet an
diesem Wochenende verschwunden war«, platzte Tom heraus.

George blickte ihn mit hochgezogenen Brauen lange und
nachdenklich an.

»Nein, Dominic hat mir nichts erzählt – aber danke für den
Tip. Nein, die Birminghamer Polizei hat sich an uns gewandt,
weil diese junge Frau – laut Aussage des enttäuschten Kava-
liers – sich die Wartezeit damit vertrieb, ihre Taschen auszuräumen. Jeder hat einen abgebrochenen Bleistift, einen
Glückspenny, eine Haarnadel oder sonst etwas unten in den
Manteltaschen. Diese junge Frau hatte eine Busfahrkarte. Sie
spielte damit, als er sie belästigte. Sie war nervös, was er lustig
fand. Dabei bemerkte er, daß sie diese Fahrkarte zu einem
winzigen Fächer faltete – Sie wissen schon: enge Falten, hin

und her, dann das Ganze in der Mitte geknickt. Als er sie zu sehr bedrängte – was er selbstverständlich nicht zugegeben hat –, trat sie schnell ein paar Schritte zurück. Dabei ließ sie den Fächer fallen. Der Zeuge behauptet, danach sei er weggegangen. Wenn sie ihn nicht wollte, dann eben nicht. Aber als die Polizei ihn am nächsten Tag dorthin zurückbrachte, beschrieb er genau, wo die Fahrkarte gelegen hatte: in einer Ritze zwischen den Pflastersteinen, unter einem Fenster. Dort hat man sie auch gefunden. Er hat sie eindeutig identifiziert.

Und es war eine Fahrkarte für ein Pfund und vier Penny der Egerton-Buslinie zwischen Comerbourne und Comerford. Damit und mit der Personenbeschreibung war es nicht schwierig, auf Annet zu kommen. Leider hat niemand die Person gesehen, auf die sie gewartet hat. Dem aufdringlichen Jüngling hat sie erzählt, sie warte auf ihren Freund und dieser sei Amateurboxer. Er blieb nicht lange genug, um rauszukriegen, ob das stimmte.«

»Na und? Was soll das Ganze?« fragte Beck immer noch erregt. »Warum sucht die Polizei nach diesem Mädchen – wer immer es sein mag?«

»Weil an jenem Abend ein Polizist auf seinem Kontrollgang bemerkte, daß das Stahlgitter vor dem Juweliergeschäft nicht ganz geschlossen war, obwohl kein Licht drinnen brannte. Er stellte fest, daß das Gitter nicht verschlossen war. Selbstverständlich ging er der Sache auf den Grund. Die Kasse stand offen und war leer, mehrere Vitrinen waren eingeschlagen und ausgeräumt. Der Verlust an Schmuck – hauptsächlich Ringe – dürfte sich auf etwa zweitausend Pfund belaufen.

Und der Besitzer – ein alter Einzelgänger, der über dem Geschäft wohnte – lag hinten in der Werkstatt. Man hatte ihm mit einem silbernen Kerzenleuchter den Schädel eingeschlagen.« Plötzlich klang Georges Stimme hart und kalt. »Er war tot.«

Alle waren vor Entsetzen wie gelähmt. Nur Annet war mit

verzerrtem Gesicht aufgesprungen und bewegte krampfhaft die Hände. Ihre Augen waren geweitet und vor Schock starr und leer. Dann schrie sie auf. »Nein! Nein! Neiiin!« Danach versagte ihr die Stimme. Sie rang nach Luft.

Tom sprang auf, um ihr zu helfen; aber George Felse hatte sie bereits aufgefangen, als sie bewußtlos umsank.

5

»Rufen Sie den Arzt«, sagte George und beugte sich über den schlaffen Körper. »Es wäre mir lieber, wenn er herkäme.«

Er schob Mrs. Beck mit der Schulter beiseite, die wie in Panik ihren Liebling betätschelte und dabei ungewohnte schmerzliche Tränen vergoß, und trug Annet zur Couch. »Tom, rufen Sie ihn an. Nennen Sie meinen Namen, dann kommt er schneller.«

Tom war bereits am Telefon, als ihm bewußt wurde, daß er keine Ahnung hatte, wie der Hausarzt hieß. Es gab auch keine Notrufnummer auf dem Notizblock, die ihm hätte weiterhelfen können. Er mußte Beck von der Couch wegzerren, um an die notwendige Information zu gelangen. Annet lag blaß und reglos da. Man hatte ihr ein Kissen unter den Kopf geschoben und den engen Rock ordentlich über die Knie gezogen. Mit Sicherheit hatte George Felse das getan. Tom wählte mit zitternden Fingern. Er haßte George mehr wegen seines tadellosen Verhaltens und seiner Menschlichkeit als wegen der Bedrohung als Polizist. Welches Recht hatte er? Mit welchem Recht durfte er Annet so fertigmachen und sie dann so liebevoll auf den Armen zur Couch tragen und ihr das zerzauste Haar aus den Augen streichen?

»Doktor Thorpe? Ich rufe Sie im Namen von Mr. Beck auf Fairford an. Können Sie sofort herkommen? Bitte, es ist dringend! Miss Beck – Annet – ist ohnmächtig geworden.

Detective Inspector Felse ist auch hier. Ich soll Ihnen von ihm ausrichten, Sie möchten sich bitte beeilen. Ich weiß auch nicht – eine Art Schock, nehme ich an – bitte, kommen Sie so schnell wie möglich. – Gut, danke.«

Er legte auf. Seine Hand zitterte so, daß der Hörer klapperte. Dann ging er zurück ins Wohnzimmer. Beck klammerte sich an seinen Arm.

Mrs. Beck hatte sich wieder unter Kontrolle. Auf den Wangen sah man noch die Spuren der wenigen Tränen. Ihr vom vielen Färben stumpfes Haar war etwas in Unordnung geraten. Doch war sie wieder Herr ihrer Sinne, ein zweites Mal würde sie nicht so aus dem Gleichgewicht geraten. George hatte Annet ihrer Mutter überlassen, aber nicht, weil es ihm peinlich gewesen oder er nicht in der Lage war, sich um sie zu kümmern. Er beobachtete auch genau jede ihrer Bewegungen.

»Fällt sie öfter in Ohnmacht?«

»Sie ist noch nie in Ohnmacht gefallen«, erklärte Mrs. Beck und funkelte ihn wütend an. »Sie haben ihr Angst eingejagt. Sie haben ihr einen Schock versetzt.«

»Sie hätte die meisten Einzelheiten morgen in der Abendzeitung lesen können«, sagte George. »Aber ich bezweifle, daß das dieselbe Wirkung gehabt hätte. Ihr wäre nicht klar gewesen, was sie jetzt weiß: daß der Mord fünfunddreißig Meter von ihr entfernt stattfand, während sie auf ihren ... Freund gewartet hat. Ich bin sicher, hätte er nur Zigaretten in einem Tabakladen um die Ecke gekauft, hätte Annet die Nachricht vom Tod eines unbekannten alten Mannes ohne Ohnmacht überstanden.«

»Aber, du lieber Gott«, protestierte Tom und wies den Gedanken weit von sich, »Sie tun ja gerade so, als hätte sie an der Ecke für ihn Schmiere gestanden!«

»Es ist eine Möglichkeit. Es gibt noch andere.«

Auf die ging er jedoch nicht ein. Er stand da und blickte

80

hinab auf das blasse reglose Gesicht auf dem Kissen, die zusammengepreßten bläulichen Lippen, die zusammengezogenen Brauen. Das blauschwarze Haar war wie Flügel ausgebreitet, als treibe sie ertrunken auf dem Wasser dahin.

So zart, so fern, so unberechenbar. Wäre es möglich, sie eines Tages so gut kennenzulernen, daß sie ihre Barrieren abbauen und entspannt und friedlich mit ihm würde umgehen können? Er hatte ja nie engen Kontakt mit ihr gehabt. Vielleicht war es nur ihre unglaubliche Schönheit, die ihm das Gefühl gab, sie sei anders als ihre Mitmenschen, und daß ihr diese Sonderstellung von außen auferlegt war, nicht, daß sie diese gewählt hatte. Die Schönheit und ihr Alter. Sie hätte Dominics um ein Jahr ältere Schwester sein können. Das hätte Dominic gefallen, auch Bunty. Blieb Annet wohl auch so abgekapselt, gleichsam in einem Elfenbeinkästchen mit einer geheimen Feder, wenn sie mit X zusammen war? Oder öffnete sie sich da wie eine Blume unter der Sonne? Dieser unausweichliche X. Man mußte X finden, weil er mit an Sicherheit grenzender Wahrscheinlichkeit einen einsamen, schrulligen alten Mann getötet hatte, um die Kasse und drei Vitrinen auszurauben.

»Bis jetzt haben Sie nicht bewiesen, daß Annet dort war«, sagte Beck mit dem Mut des schwachen, aber verzweifelten Vaters. »Es muß viele Mädchen geben, auf die diese Beschreibung auch paßt. Wie Sie sehen, ist Annet krank. Sie ist noch nie ohnmächtig geworden. Sie ist am Wochenende irgendwo umhergelaufen. Sie ist krank und verängstigt. Warum haben Sie sie so brutal behandelt?«

»Es tut mir leid, wenn Sie mein Vorgehen für brutal halten. Ich glaube nicht, daß ich ganz allein Annet den Boden unter den Füßen weggezogen habe. Das hat jemand anders getan, als er den alten Mann über den Schädel geschlagen hat. Nein«, sagte George Felse und blickte traurig auf die sich hebende und senkende Brust von Annet, »ich habe nicht bewiesen, daß

81

sie dort war. Ich habe nicht bewiesen, daß sie die junge Frau war, die an der Ecke gewartet hat. Aber das brauchte ich auch nicht. Annet hat uns das ziemlich deutlich selbst gesagt. Das ist das einzige, was sie uns bis jetzt erzählt hat.«

Nein, das stimmte nicht ganz. Annet hatte ihm – wenn auch unfreiwillig – erzählt, wie tief und hoffnungslos die Liebe sei, die sie bei lebendigem Leib verzehrte. Wenn die anderen das nicht gesehen hatten, wenn sie es nicht spüren konnten, war das deren Schuld. Und es sah so aus, als ob die Unfähigkeit der anderen Annet den Tod bringen könnte. Ein bißchen ehrliche Brutalität hätte sie vielleicht aufgeheitert und gewärmt und sie dazu gebracht, sich jemandem anzuvertrauen.

Er schaute hoch und fing Tom Kenyons Blick auf. Ja, da war noch einer, der seine Auffassung nicht bestreiten würde, daß Annet sich selbst verraten hatte. Er hatte von ihr eine Reaktion haben wollen, und die hatte er letztendlich bekommen – und damit hatte sie sich leider eindeutig zu erkennen gegeben.

»Aber Ihnen ist doch auch klar, daß sie sich selbst wieder freigesprochen hat?« sagte Tom. »Ja, ich weiß! Wenn es nicht Annet war, die Ihre Zeugen gesehen haben, warum sollte es dann solch ein Schock für sie gewesen sein. Aber da es solch ein Schock war, kann sie es nicht gewußt haben, oder? Sie kann unmöglich etwas über den Mörder gewußt haben, vielleicht nicht einmal etwas von dem Raub. Sie war dort, gut, aber sie hat völlig unschuldig auf ihn gewartet. Vielleicht hat er ihr erzählt, er wollte gerade etwas kaufen, vielleicht ein Geschenk für sie. Nur weil sie gemeinsam durchgebrannt waren, hat sie sich nicht getraut, zuzugeben, wo sie gewesen ist. Um ihm Ärger zu ersparen, ja, aber nicht *diesen* Ärger – weil sie davon erst erfahren hat, als Sie es ihr vorhin gesagt hatten. Warum wäre sie sonst wie vom Blitz getroffen zusammengebrochen?«

»Sie verteidigen sie ziemlich gut. Wenn das die Wahrheit wäre«, sagte George.

»*Wenn?* Mein Gott, Mann, sehen Sie sich das arme Kind doch an!«

George hielt es für überflüssig, Tom darauf hinzuweisen, daß er Annet kaum aus den Augen gelassen hatte. Aber er wollte über ihren Zusammenbruch keine weiteren Erklärungen abgeben. Er war lange genug Kriminalbeamter, um zu wissen, daß die Täuschung viele Schichten hatte und daß Frauen auch die tiefsten kannten. Annets Ohnmacht war unbestreitbar, ebenso ihre Qual. Aber er hatte schon öfter erlebt, daß Menschen ohnmächtig werden konnten, wenn es für sie günstig war. Und diese Ohnmachten waren ebenso entwaffnend wie die von Annet gewesen und hatten alle Anwesenden getäuscht. Wenn man die Fragerei nicht mehr ertragen konnte, wenn man Zeit zum Denken brauchte, verschloß man die Quellen der Vernunft und der Kraft und fiel wie ein toter Vogel in einer kalten Winternacht von der Stange. Solange man stumm im Dunkeln verharrte, konnte einen niemand quälen.

Annet blieb beunruhigend lange stumm im Dunkeln. Eine kalte Kompresse auf der Stirn rief keinerlei Bewegung ihres verkniffenen Gesichts hervor.

»Wir bringen sie lieber ins Bett«, sagte ihre Mutter. »Arthur, hilf mir.«

»Ich trage sie nach oben.«

George schob seinen Arm unter die Schultern des Mädchens und zog sie behutsam an seine Brust. Ihr Kopf fiel schlaff über seine Schulter. Die schwarze Mähne verdeckte ihr Gesicht. Man sah das schmale schwarze Samtband, das sie unter dem gelben Pullover um den Hals trug.

George hielt sie fest und löste behutsam den Knoten des Bandes hinten im Nacken. Sie bewegte sich nicht. Auch nicht, als er den Schatz herauszog, den sie zwischen den Brüsten verborgen hatte.

Er hielt den Gegenstand hoch, damit alle sehen konnten,

was dort am Band hing: ein schmaler Goldring, ein nagelneuer Ehering.

Der Arzt und die Mutter blieben lange mit Annet oben. Endlich kamen sie wieder nach unten. George hatte den Ring am Band die ganze Zeit über mit finsterem Gesicht betrachtet. Jetzt stand er auf und ging ihnen entgegen. Noch nie im Leben hatte er sich so geschämt wie vorhin, als er der Ohnmächtigen den Ring abgenommen hatte, der für sie das Kostbarste und Privateste war, das sie besaß. Aber er konnte ihr dieses Symbol all dessen, was sie sich wünschte, nicht lassen. Er wog den Ring in der Hand und hatte das Gefühl, er sei schwer wie Blei. Der Geselle des alten Juweliers, der kurz vor Ladenschluß nach Hause gegangen war, hatte ja aus dem Gedächtnis eine Inventarliste aller gestohlenen Stücke angefertigt. Es bestand kein Zweifel, daß die Polizei diesen würde identifizieren können; denn neben dem Goldstempel hatte der Goldschmied sein Zeichen eingeritzt.

»Ist sie wieder bei Bewußtsein?«

»Wie geht es ihr?«

Tom und George hatten es gleichzeitig gefragt. Arthur Beck wirkte plötzlich um Jahre gealtert. Zitternd und stumm saß er da.

»Ja, sie ist wieder bei Bewußtsein«, antwortete Dr. Thorpe. Dann machte er seine Arzttasche zu und musterte alle Anwesenden mit seinen forschenden grauen Augen. »Aber Sie können ihr heute abend keine weiteren Fragen stellen.«

Unter den Umständen war es verständlich, daß sein Ton leicht feindselig war. Aber Georges Ohren nahmen jede Nuance wahr, wenn jemand über Annet sprach. Der Arzt war fünfunddreißig, sah nicht übel aus und kümmerte sich seit fünf Jahren beruflich um Annet – soweit sie überhaupt einen Arzt gebraucht hatte. Ja, Doktor Thorpe könnte durchaus ein weiteres ihrer vielen stummen unbekannten Opfer sein.

»Das hatte ich auch nicht vor. Sie wird doch sicher wieder ganz gesund?«

»Körperlich fehlt ihr nicht viel. Es war zwar eine ziemlich lange Ohnmacht, aber sie hat sich recht gut davon erholt. Sie scheint jedoch unter einem echten und tiefen Schock zu stehen. Da sie so gesund wie ein Pferd ist, dürfte es keine Nachwirkungen geben. Lassen Sie sie heute abend in Ruhe, das wäre alles.«

»Können Sie morgen früh noch mal nach ihr sehen? Ich hätte gern Ihre Unbedenklichkeitserklärung, ehe ich wieder mit ihr spreche. Ich werde auch ganz behutsam vorgehen. Aber es ist dringend. Ich muß so bald wie möglich mit ihr reden.«

»Na gut«, sagte der Arzt mit schmalen Lippen. »Ich komme morgen früh vorbei, ehe ich operiere. Rufen Sie mich gegen neun Uhr an, dann kann ich Ihnen Bescheid sagen.«

»Vielleicht ist sie bereit, offener mit mir zu sprechen, nachdem sie alles überschlafen hat. Verstehen Sie, das ist das einzige, womit sie ihre Lage verbessern kann. Falls Sie Einfluß auf sie haben, sollten Sie ihr das klarmachen.« George schloß alle in diese Bitte ein. Er sah, wie sich das Gesicht des Arztes etwas entspannte. »Ich muß meine Arbeit erledigen, aber dazu gehört nicht, Annet weh zu tun. Im Gegenteil, ich möchte retten, was für sie zu retten ist.«

»Das werde ich mir merken«, sagte der Arzt.

»Ich möchte Sie noch um einen Gefallen bitten. Mit Ihrer Erlaubnis, Mrs. Beck, werde ich einen Constable herschicken, um das Haus zu bewachen. Ich wäre Ihnen sehr verbunden, Doktor Thorpe, wenn Sie bei Annet blieben, bis der Mann eintrifft.«

Die beiden Männer blickten sich eine Sekunde lang stumm an. Dann sagte der Arzt: »Gut, ich gehe wieder zu ihr.«

Beck schlurfte hinter Doktor Thorpe zur Treppe. Er war eine armselige, schlaffe Figur, die täglich Platitüden plapperte und vergeblich so tat, als gäbe es noch ein Fünkchen Normalität in seinem Leben. Dabei war es ein einziger Schrottplatz.

»Ich gehe jetzt«, sagte George. Anscheinend war er froh, nur noch mit Mrs. Beck verhandeln zu müssen. »Ich muß den Ring mitnehmen, das verstehen Sie doch, oder?«

»Ja, das verstehe ich.« Sie betrachtete den glänzenden Reif mit scheelen Augen. »Halten Sie es denn für möglich . . ., daß die beiden . . .?«

»Das halte ich für höchst unwahrscheinlich. Dieser Ring ist ein Symbol, nichts weiter. Und ein Versprechen. Es ist nicht so leicht, schnell zu heiraten, wenn man nicht viel Geld hat. Und die beiden können nicht viel gehabt haben.«

Sie zuckte zusammen. Georges Gründe für diese Annahme waren nur allzu klar.

»Unter den gegebenen Umständen sollten Sie hoffen und beten, daß sie es nicht geschafft haben«, fügte er freundlich hinzu.

Kaum hörbar flüsterte sie: »Ja.«

»Lassen Sie Annet morgen nicht zur Arbeit gehen, selbst wenn sie es will. Ich möchte sie vorläufig nicht aus den Augen lassen. Und ziehen Sie niemanden ins Vertrauen, jedenfalls vorerst nicht. Rufen Sie lieber Mrs. Blacklock morgen an, und sagen Sie ihr, Annet hätte sich wieder erkältet.«

»Ja, das ist wohl am besten«, stimmte sie ihm teilnahmslos zu.

»Und ich brauche noch ein gutes Foto von Annet, möglichst neueren Datums.«

Es gab kaum Fotos von Annet in diesem Haus, mußte Tom denken. Ein weiterer Hinweis darauf, wie wenig eitel sie war. Hatte er je gesehen, daß sie sich vor dem Spiegel hingebungsvoll schminkte wie die meisten Mädchen in ihrem Alter? Nein – Mrs. Beck brachte ein Porträt in Postkartengröße. George warf einen nachdenklichen Blick auf das ernste Mädchengesicht, dann steckte er es ein.

»Danke. Sie bekommen es sofort zurück, wenn ich es nicht mehr brauche. Das verspreche ich Ihnen.« Würden sie das Original auch so gewiß zurückbekommen? Er wünschte, er wüßte die Antwort darauf. »Jetzt lasse ich Sie in Ruhe. Und glauben Sie mir, es tut mir wirklich leid.«

»Ich bringe Sie raus«, sagte Tom und geleitete George durch die düstere Eingangshalle hinaus in die milde Nacht. Die Tür schloß sich beinahe wie von selbst, als wollte sie die Tragödie im Haus versiegeln.

»Es kann einfach nicht wahr sein!« sagte Tom. Alles in ihm empörte sich plötzlich. Der Kontrast zwischen dieser immerwährenden Stabilität des Grenzlandes, dieser Kontinuität, wo Kriege, Jahrhunderte und Streitigkeiten keine Rolle spielten, und dem jähen Absturz in eines der billigsten und alltäglichsten Verbrechen, die es gab, war zu scharf. Ein kleiner Überfall, ein Schlag auf den Kopf – alles nur wegen Geld, um Annet schöne Dinge zu kaufen und sie großartig auszuführen – alles, was Annet nicht wollte. Das Verbrechen an ihr, daß man ihre übergroße Liebe in den Schmutz gezogen hatte, war beinahe ebensolch ein Kapitalverbrechen wie der Mord an dem alten Mann. Sie hatte nichts von dem Überfall wissen können. Es war der Tod all dessen, was sie sich von der Liebe erhofft hatte. Nein, nie und nimmer hatte sie es gewußt!

»Doch, es kann«, sagte George mit finsterer Miene. »Es passiert dauernd.«

Meinte er nur diesen schmutzigen, typischen Raubüberfall mit Totschlag aus reiner Geldgier oder die unfaßbare Besudelung der Liebe, die darin eine Rolle spielte? Tom hatte keine Ahnung. George hatte viel mehr Tiefgang, als es den Anschein hatte. Man sah den Abgrund erst, wenn man bereits hinabstürzte.

»Da glaubt man, eine intakte Beziehung zu haben«, sagte George und beantwortete damit Zweifel mit Zweifel, »und aus heiterem Himmel fällt ein Wort, oder es passiert etwas, das so unfaßbar ist, daß man plötzlich mutterseelenallein dasteht und weiß, daß man den Partner niemals an irgendeinem Punkt wirklich berührt hat oder ein Wort in derselben Sprache gesprochen hat. Wenn das geschieht, ist man jedoch nicht gleichzeitig von der Liebe befreit. Das ist die Hölle daran.«

»Ich kann auch nichts tun«, sagte Tom. »Ich kann Ihnen nur alles sagen, was ich weiß. Eigentlich ist da nur noch ein Punkt. Annets Eltern wissen es auch nicht, weil ich ihnen nichts davon gesagt habe: Gestern morgen war ich auf dem Hallowmount, um nachzusehen, ob es irgendwelche Spuren gäbe, daß in letzter Zeit ein Fahrzeug dort gewesen ist. Ich habe Reifenspuren eines Motorrads oder Motorrollers gefunden. Denen bin ich bis zum ersten Tor gefolgt. Meiner Meinung nach hat jemand Annet am Vorabend dorthin gefahren. Nach den Regenschauern heute nachmittag haben sich das Gras und das Moos wieder aufgerichtet und alles geglättet, aber vielleicht findet man doch noch hier und da eine Spur. Ich kann Ihnen genau zeigen, wo ich die Abdrücke gesehen habe.«

»Gut, morgen früh. Ist Ihnen sieben Uhr zu früh? Eine Spur von Süden her – aus Abbot's Bale und noch weiter. Ja, verstehe«, sagte George. Nachdenklich stand er unter den dunklen Stechpalmen am Tor. »Aber warum denselben Weg zurück? Sie ist am Tag ohne Gepäck in Alltagskleidung weggegangen und hat diese ausgefallene Route gewählt. So weit verstehe ich das. Aber in der Dunkelheit hätte er sie leise an der Abzweigung zum Haus absetzen können.«

»Aber dann hätte er einen viel längeren Heimweg gehabt, denn er hätte um den Berg herumfahren müssen. Und vielleicht mußte er schnellstens nach Hause. Vielleicht hat er auch mißtrauische Eltern.« Tom lächelte gequält.

»Vermutlich! Oft haben diese Lausebengel die angesehensten Bürger als Eltern«, meinte George. »Die sind dann völlig verblüfft und verstehen nicht, was sie angerichtet haben, um nun solch eine Schande zu erleben.«

»Aber Annet . . .« Tom blickte verzweifelt zu dem erleuchteten Fenster hinauf. Kein Schatten bewegte sich hinter den hellen Gardinen. »Müssen Sie einen Polizisten als Wache postieren? Wohin könnte sie denn fliehen, falls sie es versuchen sollte?«

»Ich hatte weniger daran gedacht, daß Annet fliehen könnte«, sagte George mit trügerisch milder Stimme. Als er Toms fragenden Blick auffing, fuhr er fort: »Ist Ihnen nie der Gedanke gekommen, daß ihr Liebhaber bereits einen Menschen umgebracht hat? Und daß nur Annet weiß, wer er ist?«

Dann verschwand er in der Dunkelheit. Tom war bis ins Mark erschüttert. »Aber er würde *ihr* doch nicht weh tun! Verdammt, schließlich *liebt* er sie!« rief er ihm nach.

»Stimmt! Aber das war, ehe er Angst haben mußte, daß sie *ihn* erwischen«, rief George zurück. Dann knallte er die Autotür zu und fuhr los.

Mrs. Beck war nirgends zu sehen, als Tom zurück ins Haus kam. Arthur Beck saß zusammengesunken im Sessel und umklammerte ein Glas. Er zitterte so, daß der Whisky-Soda auf seine Hosen überschwappte. Als er das Glas zum Mund führte, klapperte es gegen seine falschen Zähne. Er preßte es gegen die Brust. Seine Brille saß schief und bedeckte nur ein Auge. Offenbar war das nicht sein erster Drink. Den vorigen hatte er auch zur Hälfte verschüttet. Er hatte jedoch nicht vergessen, ein zweites Glas hinzustellen.

Tom rutschte das Herz in die Hose, als er das sah, obwohl er einen Schluck dringend nötig hatte. Aber wenn das die Flucht aus allem sein sollte, wollte er nicht mitmachen. Er brauchte seinen Verstand. Er mußte über vieles nachdenken. Aber er konnte nicht einfach weggehen und dieses armselige

Wrack hier allein schwitzend und zitternd sitzen lassen. Nein, man konnte ihn nicht allein lassen.

»Er ist weg, was? Kommen Sie, und trinken Sie einen Schluck, Kenyon. Sonst trinke ich kaum, aber heute brauchte ich etwas, um meine Nerven zu stärken.« Er warf einen verzweifelten Blick zur Decke. »Meine Frau ist bei Annet. Ich weiß nicht, glauben Sie nicht, es könnte alles ein Mißverständnis sein?« fragte er, vermied es jedoch, Tom in die Augen zu sehen. »Nein, ich vermute nicht. Wenn der Mann tot ist . . . Aber bei Annet müssen die sich irren. Sie hätte nie solch einen jungen Mann genommen. Bei ihr weiß man zwar nie, aber das kann nicht wahr sein. Solch einen Typ würde unsere Annet nie ermutigen. Man kann es ihr nur schwer recht machen. Diese Angeber hat sie nie gemocht. Wenn diese Teddyboys sie zum Tanz aufgefordert haben, hat sie zwar höflich mit ihnen getanzt, aber sie sind nie weit bei ihr gekommen. Myra erzählt uns immer alles über diese Abende.«

Myra erzählt uns! Nicht Annet. Und Annet wußte genau, daß Myra den Eltern alles erzählte, ja, daß es ihre Aufgabe war, ihnen über alles Bericht zu erstatten. Je genauer man aufpaßte, desto weniger sieht man, dachte Tom. Warum traut ihr eurer Tochter nicht? Es muß doch eine Zeit gegeben haben, als man ihr vollkommen trauen konnte – aber ihr habt ihr nie getraut. Ihr habt ihr nie gestattet, eine eigene Seele zu haben. Aber sie hat trotzdem eine – und euch davon ausgeschlossen. Und jetzt ist es zu spät, darüber zu klagen, was sie damit getan hat – ohne Hilfe und ohne Ratschläge . . .

»Aber Sie haben ja noch nichts zu trinken, lieber Junge. Schenken Sie sich ein. Ich bin sicher, daß Sie – daß wir alle – eine kleine Stärkung vertragen können. Bitte, lassen Sie mich!« Er bemühte sich, die Flasche zu erreichen. Um ihm zuvorzukommen, goß Tom sich Soda ins Glas und hielt die Hand darum, um die blasse Farbe zu verbergen.

»Und dann Birmingham! Ist das überhaupt möglich? Ich

frage Sie. Nein, nein, es ist ein Mißverständnis! Das war ein anderes Mädchen. Wie könnte Annet einen jungen Mann aus Birmingham kennen? Sie hat dort nur ein- oder zweimal übernachtet, mit Mrs. Blacklock, wenn sie an einer Konferenz teilgenommen haben. Ansonsten war sie dort nur ab und zu mit ihrer Mutter oder mit Myra zum Einkaufen, aber nur tagsüber. Es ist absurd! Wie könnte sie eine enge Bindung mit einem jungen Mann in der Stadt eingegangen sein, wenn sie so wenig Gelegenheit hatte? Es ist ein Mißverständnis, nicht wahr? Es muß ein Mißverständnis sein!«

»Wenn es eins ist, wird die Polizei es rausfinden«, sagte Tom, um dem alten Mann Hoffnung zu machen, obgleich er diese keineswegs teilte. »Darauf können Sie sich verlassen. Am besten wäre es, wenn Annet diesem George Felse genau erzählen würde, was sie am Wochenende gemacht hat. Es muß doch Leute geben, die sie gesehen haben und ihre Geschichte bestätigen können. Wenn sie doch nur reden würde!«

»Ja . . ., ja, das stimmt. Es gibt immer Möglichkeiten, solche Aussagen zu bestätigen. Wenn sie uns nur alles erzählen würde! Aber selbst hier zu Hause geht sie doch kaum länger als zwei Stunden allein weg. Wenn sie tanzen geht oder ins Kino, ist immer Myra dabei, und wir sorgen dafür, daß die Mädchen anständige Begleiter haben. Und wenn sie abends noch arbeiten muß, schicken die Blacklocks sie immer mit dem Auto nach Hause. Mr. Collins bringt sie von der Chorprobe heim – manchmal auch Mr. Blacklock. Wir waren doch wirklich nicht nachlässig. Alle unsere Freunde halten große Stücke auf sie und passen auf sie auf, als wäre sie ihr eigenes Kind. *Wann* hätte sie solch einen schlechten Kerl kennenlernen können? Wir hätten es gemerkt. Jemand hätte uns gewarnt.«

Aber sicher hätten sie das! Deshalb hatte Annet ja lernen müssen, alle Spuren auszulöschen und ihre eigenen Luken ins Feenreich unter dem Hallowmount aufzumachen . . .

»Da war natürlich die Affäre mit dem jungen Miles. Aber das war eine verständliche Dummheit. Seitdem haben wir sie noch genauer im Auge behalten.«

Was nützte es, wenn er dem Vater jetzt erklärte, daß genau das der Fehler gewesen war? Nein, es war ein ganzer Dschungel von Fehlern, nicht ein einziger tödlicher. In Annets Kindheit war irgend etwas grundsätzlich und unheilbar schiefgelaufen.

»Regen Sie sich nicht auf«, sagte Tom. »Das hilft nichts. Sie haben immer ihr Bestes für sie getan. Das weiß jeder.« Er beugte sich vor und nahm Beck das Glas aus den zitternden Fingern. Der nahm es kaum wahr, schien aber erleichtert zu sein, die Hände frei zu haben. Er legte sie an den Kopf und starrte durch einen Schleier aus Tränen und Alkohol dumpf vor sich hin.

»Wir haben unser Bestes getan. Die werden feststellen, daß sie einen Fehler gemacht haben. Es war nicht Annet. So konnte es nicht gewesen sein!«

Trotz seiner lauten Proteste wußte er genau, daß es so gewesen war. Ihr verbissenes Schweigen, ihre Entschlossenheit, jedem Druck standzuhalten und ihre Sünden hartnäckig zu leugnen, um ihren Partner zu schützen, ihr leidenschaftlicher Aufschrei, als sie gezwungen war, eine Sünde zur Kenntnis zu nehmen und sich ihr zu stellen, von der sie nichts gewußt hatte, ihr Rückzug in einen todesähnlichen Zustand und der Ring am Samtband um ihren Hals ...

Der alte Mann wimmerte leise vor sich hin. Ohne es zu merken, ließ er den Tränen freien Lauf, die ihm über das aschfahle verzweifelte Gesicht rannen.

»Es war nicht gut genug, das ist alles. Unser Bestes war nicht gut genug. Was haben wir falsch gemacht? Bin ich schuld? Ich habe nie viel Einfluß gehabt, wissen Sie. Bei niemandem. Manchmal war ich nicht in der Lage, mit den Kindern in der Schule fertig zu werden. Das haben die natürlich gemerkt«, sagte er traurig. »Die wissen genau, wer ihnen gewachsen ist und wer nicht. Ich habe nie rausgekriegt, wie man das schafft. Aber bei Annet versagt zu haben, das ist bitter! Sogar bei ihr habe ich versagt!«

»Unsinn, Sie haben doch nicht ständig versagt! Das dürfen Sie nicht denken. Wozu sollte das gut sein? Das beste Mädchen der Welt kann sein Herz an einen schlechten Kerl verlieren. Das passiert doch oft, wie wir wissen. Das ist doch nicht Ihre Schuld.«

Tom sprach in freundlichem und vernünftigem Ton. Er staunte über sich selbst. Am besten, er würde den alten Mann mit Whisky abfüllen und ihn dann ins Bett schaffen. Dann würde er endlich still sein. Aber vermutlich würde ihm schlecht werden, und er würde dann das Bett vollkotzen. Nein, das Risiko war zu groß. Laß ihn weiterreden, dachte Tom. Wenn es ihm half, hatte wenigstens einer etwas davon.

Mit schwerer Zunge wanderte Beck weiter auf dem langen Weg der Geständnisse. Wie Meilensteine setzte er seine Unzulänglichkeiten. »Aber warum sollte ich auch bei ihr Erfolg haben? Sie wissen das nicht, Tom . . ., das über Annet. Ich hab' es Ihnen nie erzählt. Wir haben es niemandem erzählt. Das ist nicht etwas, das man seinen Freunden schreibt . . .«

Er lachte kurz auf, weinte aber weiter. Vielleicht wirkte der Whisky bald, und er würde umkippen. Tom rüttelte ihn behutsam am Arm. »Ist schon gut. Sie brauchen es mir nicht zu erzählen. Warten Sie bis morgen. Vielleicht sieht dann alles anders aus, und sie haben das richtige Mädchen gefunden.«

»Das haben sie schon gefunden«, sagte Beck mit schrecklicher Klarheit und packte Tom am Arm. »Ich will es Ihnen sagen. Es geht mir schon so lange im Kopf rum. Ich muß es jemandem erzählen. Sie ist nicht meine Tochter, müssen Sie wissen. Alles wäre vielleicht ganz anders geworden, wenn sie es wäre. Ich habe sie nie verstanden und hatte nie Einfluß auf sie. Ich hatte immer Angst und habe mich geschämt, weil ich nicht mal eine Tochter zustande gebracht habe.«

Er sank an Toms Schulter und blieb dort – beinahe dankbar – liegen. Mein Gott, was soll ich jetzt bloß sagen? dachte Tom. Was kann ich sagen? »Sie haben ein bißchen viel getrunken. Gehen Sie lieber ins Bett und ruhen Sie sich aus. Das haben Sie nicht ernst gemeint. Alle Eltern haben früher oder später solche Zweifel. Das ist eben das Risiko der Vaterschaft.«

Seine Stimme klang hohl, falsch – wie die eines Menschen mit insgeheimen schrecklichen Schmerzen. Er stand abrupt auf, um diese unglaubliche Party abzubrechen. Beck klammerte sich an ihn. Tom machte sich frei und legte ihn gegen die Armlehne, um ihn richtig in den Griff zu bekommen. Beck gehorchte. Wann hatte er nicht gehorcht und nachgegeben, wenn jemand ihn herumschubste oder herumzerrte? Dabei redete er jedoch gnadenlos weiter und füllte den Raum und die leere Eingangshalle mit seinem Kummer und seinem Schmerz.

»Sie glauben mir nicht. Aber es stimmt. *Meine Frau hat es mir gesagt.* Sie hatte lange genug gewartet, um von mir ein Kind zu empfangen. Am Ende bekam sie, was sie wollte. Sie hat mir nie verraten, von wem. Sie sagte, das ginge mich nichts an. Ich konnte ihr nicht helfen. Das nimmt sie mir heute noch übel.«

Irgendwie schaffte Tom es, ihn die Treppe hinauf ins Schlafzimmer zu schleppen. Dort überließ er ihn seinem Schicksal. Ihm war schlecht vor Ekel und Mitleid. Er wusch sich Becks Schande mit kaltem Wasser vom Gesicht ab. Er hatte das Gefühl, sich gleich übergeben zu müssen, aber er hatte nicht genug Whisky getrunken. Vielleicht sollte er nach unten gehen und sich sinnlos betrinken. Das war eine Möglichkeit, sich für eine gewisse Zeit abzuschotten.

War es wahr? Hatte sie das tatsächlich zu ihrem Mann

gesagt? Möglich wäre es. Sie war eine Frau, die unter Druck so etwas tat, und er war der Mann, der sich das gefallen ließ. Beck war so leicht zu treten, daß man letztendlich nichts anderes tun konnte, als ihn ein für allemal zu zertreten. Aber selbst wenn sie das zu ihm gesagt hätte, mußte es doch nicht unbedingt wahr sein. Vielleicht war es nur Ausdruck von Haß oder von Grausamkeit gewesen, die sich durch die bittere Enttäuschung im Laufe der Ehe angestaut hatten?

Tom hörte im Geist noch einmal die schrecklichen Sätze, die er nicht hatte hören wollen und die er jetzt nicht vergessen konnte. Er konnte nicht entscheiden, was davon wahr war, und was nicht, auch nicht, wenn es um sein Leben gegangen wäre.

Annet war der einzig stichhaltige Beweis. Hatte sie in ihrer klaren, in sich selbst ruhenden Würde etwas von Beck? Wenn sie anders war und das der Grund für die Entfremdung zwischen den Becks war, war es durchaus vorstellbar, daß sie umherirrte und sich ihren eigenen Weg in der Wüste suchte, ohne von irgend jemandem Hilfe zu erbitten. Und wenn sie es wußte . . .? Wie konnte sie es wissen? Niemand konnte so unmenschlich sein, so wahnwitzig egoistisch, es ihr zu erzählen. Aber *wenn* sie es wußte . . .?

Und er konnte nichts für sie tun. Nichts, um ihr zu helfen oder sie zu trösten. Nichts, gar nichts, um sie auf seine Existenz aufmerksam zu machen.

6

Sie stiegen in der frischen Morgenluft bei Sonne vom Hallowmount herab. Auf der Straße trennten sie sich. Tom fuhr in die Schule, George nach Süden, in das weitläufige Abbot's Bale in dem langen kahlen Tal von Middlehope.

Er hatte noch eine Stunde Zeit, bis er den Arzt würde

anrufen können, um dessen Urteil über Annet zu erfahren. Wenn er heute nach Fairford fuhr, mußte er einen Constable und einen Sergeant mitnehmen. Inzwischen konnte er sich den möglichen Fluchtweg und dessen strategische Möglichkeiten ansehen. Vielleicht bekäme er bei den Tankstellen oder von den Einheimischen wertvolle Beweise. Annet war solch eine auffällige Erscheinung, daß man sie auch auf einem Motorrad (wahrscheinlich frisiert, ohne Schalldämpfer, mit Vollgas gefahren) nicht übersehen konnte. Falls sie an einer Tankstelle haltgemacht hatten, die keine weibliche Bedienung hatte, würde sich jeder normale junge Mann an sie erinnern. Irgend jemand würde sich gewiß erinnern.

»Miss Myra Gibbons erstattet also immer Bericht?« sagte George skeptisch. Tom hatte ihm etwas von Becks Bekenntnissen am Vorabend erzählt, selbstverständlich nichts über Annets Herkunft. Abgesehen von einem ausgesprochenen Notfall wäre es einzig und allein Becks Sache, jemanden darüber ins Vertrauen zu ziehen.

»Vermutlich waren ihre Berichte nicht so vollständig, wie der Vater glaubt. Ich wette, daß ich ein oder zwei Dinge weiß, von denen die Eltern keine Ahnung haben. Zum Beispiel mußten mehrere Polizisten in Uniform bei einem Tanz am Samstagabend eine erstklassige Schlägerei verhindern, die wegen Annet auszubrechen drohte. War aber nicht ihre Schuld. Es sei denn, man wollte Annet ihr Aussehen ankreiden. Eine Handvoll der örtlichen Motorradgang ist zehn vor zehn in den Tanzsaal gekommen – gerade rechtzeitig, um das Eintrittsverbot nach zweiundzwanzig Uhr zu unterlaufen. Diese Burschen haben ein Auge für hübsche Mädchen und glauben, jede Schönheit müsse automatisch auch für sie eine Schwäche haben. Annet hat nichts weiter getan, als mit dem Anführer zu tanzen, nachdem er sie aufgefordert hatte. Aber ihr Begleiter erhob Einwände, als der Typ sie nochmals aufforderte. Es gab schon öfter Zusammenstöße, aber keine so ernsten. O ja,

Annet steckt die Herzen der angesehenen und ultra-angesehenen Männer in Brand.«

»Hatte der Bursche, der sie da bedrängt hat, ein Motorrad?« fragte Tom hoffnungsvoll. »Die meisten dieser Angeber, die nur um den Block fahren, haben doch starke Maschinen, viele Fünfhunderter. Was ich nicht kapiere, ist, daß sie damit offenbar nie irgendwohin fahren – immer nur um den Block.«

»Oh, das stimmt nicht ganz. Jetzt fahren sie eine dreiviertel Meile zwischen ihrem Lieblingsbalzplatz an der Ecke des Platzes bis zum Rainbow-Café am Stadtrand hin und her.« George dachte kurz nach. »Einer oder zwei sind vielleicht wagemutig genug, bis nach Birmingham zu düsen. Nicht mehr als zwei fahren vielleicht noch weiter. Aber mehr als zwei sind das bestimmt nicht. Und einer dieser beiden ist der Bursche, der sich beim Tanz in Annet verliebt hatte.« George schob sich auf den Fahrersitz seines fast neuen MGs. »Und er arbeitet bei einer Abschleppfirma in Abbot's Bale.«

»Ach, wirklich?« Tom war freudig überrascht. Als Lehrer lag ihm natürlich daran, daß die Jagd möglichst weit von seiner Schule wegführte. Keiner von seinen Schülern! Einer dieser Halbstarken in schwarzem Leder, die geborenen Sündenböcke! Aber konnte eine derartig enge Bindung bei einem Tanz entstehen, ohne spätere Treffen unter vier Augen? Möglich wäre es, doch höchst unwahrscheinlich. Der Bursche hatte Annet nie nach Hause gebracht. Sie war immer mit Myra gekommen. Oder vermuteten ihre Eltern das nur?

»Aber eigentlich ist es doch wahrscheinlicher, daß es jemand aus Birmingham war, der sie hier abgeholt hat«, sagte Tom. »Den würde man hier nicht kennen.«

»Wenn Annet die gesamte Planung übernommen und ihm den Weg zu der Stelle genau beschrieben hat, wo er sie abholen sollte, ist das durchaus möglich«, pflichtete George ihm bei.

Tom nickte. Annet verstand es, Anordnungen zu geben,

und sie war so leidenschaftlich, daß es für zwei reichte, falls ihr Partner schwächer war. »Wir arbeiten ohnehin an beiden Enden«, sagte George. »Strenggenommen ist es ein Fall der Polizei in Birmingham, nicht unserer.«

Er drehte den Zündschlüssel, als Tom ihn noch schnell fragte: »Sie haben Ihren Sohn doch nicht gefragt, warum ich die beiden Jungen verhört habe, oder?«

Tom war froh, daß er sich diese peinliche Geschichte von der Seele geredet hatte, wollte aber nicht, daß Dominic davon erführe. Bis jetzt war noch nichts über Annet an die Öffentlichkeit gedrungen. Und das würde auch nicht geschehen, wenn sie alle notwendigen Informationen auf andere Weise beschaffen konnten. Und sicher – ganz sicher – würde sie heute morgen sprechen, um sich zu retten. Es wäre übermenschlich, weiterhin zu schweigen. Angenommen, sie erzählte alles und zeigte sich kooperativ und es würde sich herausstellen, daß sie über das Verbrechen nichts hatte wissen können, dann konnte man ihre Rolle zwar nicht völlig unter den Tisch fallen lassen, aber zumindest so herunterspielen, daß ihr Name niemals in den Schlagzeilen erscheinen würde.

»Ich habe ihn wegen des Wochenendes befragt«, sagte George. »Er hat mir das gleiche erzählt wie Ihnen.« Seine Augen verrieten nicht, ob er seinem Sohn glaubte. Ein Lächeln huschte über sein Gesicht. »Ich hatte ihm nicht gesagt, daß ich ein ernstes Motiv hätte, ihn zu fragen. Ich habe ihm auch nicht gesagt, daß Sie mir den Tip gegeben haben – wenn auch unabsichtlich. Aber ich nehme an, er riecht den Braten.«

»Hat er etwas gesagt, das Sie zu dieser Annahme berechtigt?«

George lächelte wieder. In Wahrheit hatte Dominic ziemlich wütend gesagt: »Was geht das Tom, diesen Teufel, an?« Aber das mußte er ja nicht ausposaunen. »Mein Daumen hat gejuckt, das ist alles«, hatte er seinem Sohn geantwortet. Jetzt ließ er den Motor an. »Bis bald, Tom. Und danke.«

George fuhr um die Flanke des Hallowmount nach Süden, vorbei an der Abzweigung nach Wastfield, vorbei an den neuen Schonungen, zum langgestreckten Fuß des Berges, der sich so weit hinzog, daß man eine Straße darauf angelegt hatte. Ja, wenn der Junge schnell nach Hause hatte zurückfahren müssen, war es denkbar, daß er diesen weiten Umweg vermeiden wollte und Annet deshalb an der Stelle abgesetzt hatte, wo er sie abgeholt hatte. Und danach war sie zu Fuß über den Berg nach Hause gegangen. Aber warum hatte er sie nicht einfach an der Bushaltestelle abgesetzt? Sie hätte mit dem Bus ins Dorf fahren können, als wäre sie aus dem Kino gekommen. Wer hätte sich etwas dabei gedacht, wenn er sie abends im Bus gesehen hätte? Vielleicht hätte das sogar jeden entwaffnet, der mit Vergnügen einen neuen Skandal gewittert zu haben glaubte. Aber bei einem Verbrechen mußte die Hälfte aller »Warums« ohne zu große Ansprüche an die Logik beantwortet werden. Selbst im günstigsten Fall besteht der Mensch ja nicht ausschließlich aus Vernunft und Folgerichtigkeit. Und wenn er jemand umgebracht hat, schon gar nicht.

Es blieb ihm nur noch Zeit, nach Abbot's Bale zu fahren und einen kurzen Blick auf die Straße zu werfen, die zu dem Tor führte, hinter dem der Feldweg durchs Moor und zum Hallowmount begann. Unterwegs könnte er noch ein Wort mit dem alten Hopton wechseln, der um diese Zeit mit Sicherheit in der Tankstelle werkelte. Hopton war ein eigensinniger älterer Mann, der meist ein finsteres Gesicht machte und niemanden lange anschaute. Aber er war einer der wenigen Menschen, bei denen George und der Bewährungshelfer ihre schwierigsten und auch gefährlichsten Jugendlichen unterbringen konnten, und das mit gutem Gewissen und Zuversicht. Wenn ein Jugendlicher hier scheiterte, konnte man ihn praktisch abschreiben. Einige schafften es nicht. Im zwanzigsten Jahrhundert gab es genug von denen, daß man den Glauben an die Menschheit verlieren konnte. Aber viele faßten –

entgegen allen Erwartungen – wieder festen Fuß, und das machte Mut und Hoffnung.

George erkundigte sich nach dem letzten Schützling, als Hopton mit dem Leder quietschend die Windschutzscheibe trockenrieb. Hopton meinte, der Bursche sei ein fauler und frecher Schlägertyp mit einer Unmenge von Problemen. Aber er wäre zuversichtlich, daß sich das einigermaßen auswachsen würde. George faßte diesen Bericht zu Recht als viel günstiger auf, als er klang, und kam nun auf die Angelegenheit, die ihm am Herzen lag.

»Haben Sie in letzter Zeit den jungen Geoff Westcott gesehen? Er fährt immer noch für Lowther's, oder?«

»Ich höre ihn mehr, als ich ihn sehe. Manchmal donnert er am Wochenende her, um zu tanken. Ja, er arbeitet noch da. Ist ein guter Lastwagenfahrer. Schade, daß er seine guten Manieren im Führerhaus läßt, wenn er mit der Arbeit fertig ist. Seine Dreihundertfünfziger fährt er wie der Teufel.«

»Hat er voriges Wochenende auch getankt?« fragte George.

»Hab' ihn nicht gesehen. Warum? Liegt was gegen ihn vor?« Hopton kniff die listigen Augen zusammen und blickte George erwartungsvoll an. »Wenn ich es mir recht überlege, habe ich ihn seit letztem Donnerstag nicht mehr gesehen.«

»Er ist sauber, soweit ich weiß«, antwortete George. »Wann am Donnerstag? Es geht um ein Motorrad, nicht speziell um ihn. Ich will nur die Namen von der Liste streichen, die nicht in Frage kommen.«

»Er war nachmittags hier. Ich erinnere mich, daß der junge Sid ihn gefragt hat, was er während der Arbeitszeit hier zu suchen habe. Er meinte, er hätte noch drei Tage Resturlaub vom Sommer und wollte die ausnutzen, ehe das Wetter umschlägt.«

George hörte diese Antwort mit zufriedenem Prickeln der Kopfhaut. Er holte aus der Brieftasche einen noch kaum trockenen Abzug von Annets Foto, den der Polizeifotograf gemacht hatte.

»Und welchem armen Mädchen gibt er zur Zeit einen Korb, um ein neues armes Mädchen aufzureißen?«

»Mann, da sind Sie auf dem Holzweg«, bemerkte Hopton trocken. »Heutzutage gibt es nicht mehr so viel Mädels wie früher. Jetzt bekommen die Männer die Körbe, sogar die mit Dreihundertfünfzigern. Und wenn ihnen das nicht paßt, können sie sich begraben lassen. Heute ist einer froh, wenn ein Mädchen fest mit ihm gehen will. Keiner traut sich mehr, die alten Tricks auszuspielen; denn sonst sitzt er auf dem trockenen.«

»Wollen Sie mir etwa sagen, daß der junge Geoff eine feste Freundin hat?«

»Allerdings! Ich würde es nicht wagen, Martha Blount etwas anderes als eine feste Freundin zu nennen, Sie etwa?«

»O nein!« beteuerte George. »Das würde ich nicht.« Wenn Martha Blount heiraten wollte, würde sie keine Zeit verschwenden. Auch dreihundert Jahre nach Tabbys Ausflug ins Feenreich gab es immer noch Blounts im Umkreis des Hallowmount. »Und wie lange geht das schon?«

»Ein paar Wochen. Aber jetzt scheint es dauerhaft zu werden.«

»Haben Sie ihn jemals mit diesem Mädel gesehen? Vorher oder nachher?« George hielt ihm das Foto hin und setzte das ernste, verschlossene Gesicht mit den großen offenen Augen auf, die eine derartig alltägliche Bezeichnung wie eine Entweihung klingen ließen.

»Ach *die*! Ja, die kenne ich. Das ist die Tochter von dem alten Schulmeister, oben im anderen Tal. Er war der Lehrer meines Neffen. Die Schüler haben ihn beinahe an die Decke getrieben, ehe er aufgehört hat und nach Fairford gezogen ist. – Das Mädel ist eine richtige Schönheit«, meinte er und beugte den Kopf über Annets Foto, um sie aus der Nähe zu bewundern. »Nein, mit *der* habe ich Geoff Westcott nie gesehen. Das hätte mich auch gewundert.«

Nein, natürlich hätte es keiner der Burschen gewagt, gegen das zu verstoßen, was im Dorf für normal und richtig gehalten wurde, selbst wenn sie nicht dieser Meinung waren. Trotzdem hatte er fragen müssen.

»Wäre was anderes, wenn Sie nach *dem* gefragt hätten«, sagte Hopton und nickte zur Straße hin.

Vor dem einzigen Haushaltswarengeschäft im Ort stellte ein junger Mann gerade ein schweres Motorrad auf dem Gehsteig ab und ging dann in den Laden. Seine Lederjacke war eher praktisch als modisch. Er war hochgewachsen, mit dunklem Teint, ungefähr fünfundzwanzig, kaum älter, eher jünger. Sein dunkelbraunes Haar war kurz geschnitten und gepflegt. Sein Gang wirkte selbstsicher, doch nicht so verkrampft wie bei vielen Jugendlichen. Sein Gesicht war auffällig, dunkelhäutig wie ein Zigeuner, mit einem stolzen, geschwungenen sensiblen Mund. Er blieb nur eine Minute im Geschäft. Offenbar holte er nur etwas ab, das er bestellt hatte und das für ihn bereit lag: irgendwelche Werkzeuge. Als er das nur zur Hälfte eingewickelte Bündel in der Satteltasche verstaute, glänzte Metall auf. Lässig schwang er sich in den Sattel. Sein Körper wurde vom Kopf bis in die Zehen lebendig, als er auf den Starter trat. Dann brauste er auf der einzigen Straße des Ortes davon. In wenigen Augenblicken war er verschwunden.

»*Den* habe ich oft mit ihr gesehen«, sagte Hopton, als sei das das Normalste von der Welt.

»Ach ja? Und wer ist das? Ich kenne ihn nicht.«

»Heißt Stockwood. Gehört nach oben. Wenn er im Bentley am Steuer sitzt, kann er kein Wässerchen trüben. Aber setze ihn auf eine von den BSAs, mit denen sie auf die Farmen und die Schonungen fahren, und ihm wachsen Hörner. Er kümmert sich aber um die Maschinen, das muß ich zugeben. Ab und zu lassen sie die hier warten – die werden ja auch ziemlich hart rangenommen auf dem großen Besitz, da sieht man, ob eine Maschine gepflegt ist oder nicht.«

Langsam dämmerte es George. »Wollen Sie mir sagen, daß das Mrs. Blacklocks Chauffeur ist? Seit wann? Das war doch immer so ein dünner grauhaariger Bursche. Er hieß Braidie.«

»Ist vor ungefähr drei Monaten in Pension gegangen. Dann ist dieser Stockwood gekommen. Ich habe oft gesehen, wie *er* das Beck-Mädel nach Hause gefahren hat.«

Nachdenklich blickte George der dünnen Staubwolke nach, die der Motorradfahrer aufgewirbelt hatte. Also das war die zuverlässige menschliche Maschine, die Annet vor unerwünschten Begegnungen schützte, indem sie sie regelmäßig nach Hause fuhr. Reines Glück, daß er den jungen Mann gleich beim ersten Mal nicht im Auto, sondern auf einem der schweren Motorräder gesehen hatte, die sich die Blacklocks für die Arbeit auf ihrem Besitz hielten; denn normalerweise trug der Chauffeur immer eine Livree. Chauffeure sind anonym, automatisch, unsichtbar. Aber dieser junge Mann wirkte ausgesprochen lebendig und individuell. War es so unmöglich, daß Annet – überrascht, anstelle des alten, vertrauten Braidie plötzlich den jungen Stockwood zu sehen – auf den Heimfahrten im Bentley mehr den Mann als den Chauffeur gesehen hatte?

»Na schön«, sagte George, »brechen wir ab. Es hat keinen Sinn, weiterzumachen. Lassen Sie mich mit ihr allein.«

Er stand auf und ging zum Fenster des Wohnzimmers und blickte wie durch einen Nebelschleier hinaus, als hätte er eine Brille getragen, deren Gläser durch die Anstrengung beschlagen waren. Schweiß lief ihm langsam zwischen den Schulterblättern über den Rücken. Wer hätte gedacht, daß sie die Kraft hatte, so unerbittlich Widerstand zu leisten? Sie wehrte sich gegen besorgte Freundlichkeit so heftig wie gegen Vorhaltungen. Dabei sah sie so zart aus, daß man glauben konnte, sie würde einem unter den Händen zerbrechen. Doch anscheinend war sie unzerstörbar und unerschütterlich.

Er hörte, wie Price mit seinem Notizblock, auf dem nur die Liste der unbeantworteten Fragen stand, hinausging. Sergeant Grocott folgte ihm und schloß leise die Tür. Mrs. Beck hatte sich von ihrem Stuhl neben der Couch nicht erhoben.

»Allein«, wiederholte George scharf.

»Ich habe das Recht dabeizusein. Annet ist meine Tochter. Wenn sie mich hier haben will . . .«

»Fragen Sie sie«, sagte George, ohne sich umzudrehen, »ob sie will, daß Sie bleiben.«

»Schon gut, Mutter«, sagte Annet und brach zum dritten Mal in zwei Stunden ihr Schweigen. Vorher hatte sie »guten Morgen« gesagt und einmal »Tut mir leid«. Danach allerdings nichts mehr. Und jetzt: »Bitte! Mr. Felse hat das Recht dazu. Und mir ist es egal!«

Der Stuhl quietschte über den Parkettboden. Mrs. Beck zog sich zurück. Mit kaltem Klicken fiel die Tür ins Schloß. George und Annet waren allein im Zimmer.

Er zog einen Stuhl dicht vor die Couch, auf die man sie fürsorglich gebettet hatte. Bestimmt hatte Mrs. Beck dieses Stilleben so sorgfältig arrangiert, um ihn zu entwaffnen und ihm ein schlechtes Gewissen zu suggerieren, falls er ihre Tochter wieder schikanierte. Er bezweifelte, daß Annet das überhaupt bemerkt hatte. Stumm, blaß und in sich zurückgezogen lag sie da. Die Schmerzfalte auf der Stirn verriet ihm, daß sie unter einem Problem litt, bei dessen Lösung ihr niemand helfen konnte. Sie blickte ihn an, entzog sich ihm jedoch gleichzeitig, als sähe sie ihn aus unendlich weiter Ferne, doch besonders deutlich. Nachdem man ihr den Phantasietrauring genommen hatte, klammerte sie sich an ihr Schweigen und schwieg nun ganz.

»Annet, hören Sie. Wir wissen, daß Sie dort waren. Die

beiden Zeugen haben Sie eindeutig identifiziert. Und Ihr Ring stammt aus dem Geschäft des Toten. Das alles sind unbestreitbare Tatsachen. Wir wissen ferner, daß ein Mann bei Ihnen war. Wir wissen, daß Sie an der Ecke auf ihn gewartet haben. Wir kennen die genaue Uhrzeit. Sie paßt zu dem von den Medizinern angenommenen Todeszeitpunkt des alten Mannes. Ein harmloser alter Mann, der Ihnen nie etwas getan hat, der Sie nicht einmal kannte. Der seinen Mörder nie zuvor gesehen hatte. Ein zufälliges Opfer, weil die Zeit stimmte und die Straße leer war. Er hatte gerade Kasse gemacht. Ein schneller Profit. Was zählt da schon ein Leben? So sind Sie nicht, Annet. Ich weiß, die Gesellschaft ist oft geistlos und kritisiert gern und irrt sich häufig. Ich weiß, ihre Werte sind nicht immer die höchsten. Aber wenn Sie von diesem Niveau abweichen wollen, dann bestimmt nicht nach unten. Sie können jetzt nur noch etwas dazu tun, um sich auf die richtige Seite zu stellen. Sie müssen mir sagen, was passiert ist. Erzählen Sie mir die ganze Geschichte.«

Mit großen Augen schüttelte sie den Kopf, schaute ihn jedoch weiter an. Sie ließ es zu, daß er ihre Hände nahm und drückte. Ihre Finger schienen den Druck sogar leicht zu erwidern. Aber sie sagte kein Wort.

»Muß ich sie Ihnen also erzählen? Ich glaube, daß ich dazu imstande bin, und zwar ziemlich genau: Sie sind gemeinsam an dem Geschäft vorbeigegangen. Vielleicht hat der alte Mann gerade das Gitter runtergezogen, um zu schließen. Ihr Begleiter blieb plötzlich stehen und bat Sie zu warten. Wahrscheinlich waren Sie überrascht. Wahrscheinlich wollten Sie mit ihm gehen, aber er ließ es nicht zu. Er ließ Sie an der Ecke warten, damit Sie weder hören noch sehen konnten, was er beabsichtigte. Ihnen hat er gesagt, er wollte ein Geschenk für Sie kaufen, es sollte eine Überraschung sein. Sie haben getan, was er wollte, weil Sie nichts anderes in der Welt wollten, als seine Wünsche zu erfüllen und ihm nie etwas abzuschlagen. Vielleicht plante er zu diesem Zeitpunkt nur einen Raub und wollte nicht so kräftig zuschlagen. Aber beim ersten Mal werden die Burschen, wenn sie Angst haben, oft gewalttätig.«

Die Hände, die er in seinen hielt, wehrten sich kurz gegen ihre Gefangenschaft. Annets Gesicht zuckte, war aber gleich wieder starr.

»Ich weiß«, sagte George, dem vor Mitleid ganz schlecht war. »Aber ich habe Ihnen doch gesagt, daß man Ihnen an alledem keine Schuld geben kann. Ihr Vergehen ist, daß Sie ihn lieben. Aber das passiert eben. Wer kann Ihnen das vorwerfen? Ich bin überzeugt, daß Sie weder von dem Raub noch von dem Mord etwas wußten, bis ich Sie gestern abend damit überrumpelt habe. Er kam zurück und gab Ihnen den Ring. Sie waren darüber so begeistert – ein Geschenk, ein Versprechen, eine Art privates Sakrament –, daß Sie nicht darauf geachtet haben, ob er aufgeregt oder durcheinander war. Er ist schnell mit Ihnen weggegangen. Alles, was Sie wußten, war, daß er Ihnen ganz impulsiv – aus einer sentimentalen Regung heraus – einen Trauring gekauft hatte, obwohl er sich den eigentlich nicht leisten konnte. Was für eine verrückte liebenswerte Geste! Aber er ließ Jacob Worrall tot oder sterbend in der Werkstatt liegen, schaltete das Licht aus und zog das Sperrgitter vor der Tür herunter. Und niemand hat ihn gesehen. Niemand weiß, wer er ist. Niemand außer Ihnen, Annet.«

So weit war er gekommen, als er sah, daß sie weinte. Über ihr starres Gesicht flossen stille Tränen der Verzweiflung. Sie schluchzte nicht, sondern lag still da und überließ sich dem Schmerz – in dem Bewußtsein, daß alle Bewegungen und Laute ja sinnlos wären.

»Sie sehen doch sicher ein, daß es für Sie – und letztendlich auch für ihn – das beste ist, wenn Sie mir jetzt die ganze Geschichte erzählen. Wer ist er, Ihr junger Mann? Ja, er liebt Sie sehr – das weiß ich. Er wollte mit Ihnen zusammensein und Ihnen schöne Dinge schenken, weil er Sie liebt. Er wollte mehr als nur ein gestohlenes Wochenende. Er wollte für immer mit Ihnen fortgehen. Aber er hatte kein Geld, um das zu tun. Also mußte er sich Geld beschaffen. Er ergriff die – wie er dachte – günstige Gelegenheit. Aber überlegen Sie mal, wie er sich jetzt fühlen muß, Annet. Glauben Sie, daß es ein beneidenswerter Zustand ist, ein Mörder zu sein? Nicht einmal dann, wenn man nicht erwischt wird. Denken Sie mal darüber nach, Annet!«

Vielleicht dachte sie nach, als sie ihn mit großen Augen anblickte. Ob sie sich dessen bewußt war, daß die Tränen ihr übers Gesicht strömten? Sie sagte nichts. Sie hörte zu, und sie verstand ihn. Zweifellos bestand zwischen ihnen eine Kommunikation, aber die war immer noch einseitig. Er schaffte es einfach nicht, sie zum Sprechen zu bringen.

»Wenn Sie ihn lieben«, sagte George sehr behutsam, »und ich glaube, das tun Sie, dann wollen Sie doch sein Bestes und ihn vor dem Schlimmsten bewahren. Und eine Verurteilung – sogar der Tod – ist nicht unbedingt das Schlimmste, wissen Sie.«

Das Wort traf sie wie ein vergifteter Pfeil. Sie zuckte zusammen, aber sie hatte sich sofort wieder gefaßt.

»Ich lüge Sie nicht an. Mord ist ein Kapitalverbrechen – das wissen wir beide. Vielleicht kommt es auch nicht zum Äußersten, aber die Möglichkeit besteht natürlich. Aber selbst dann, Annet. Wenn ich Sie wäre, würde ich lieber bezahlen als weglaufen. Sie können ihn vor dem Mord nicht mehr schützen, aber Sie können ihm die ständigen Erinnerungen, das Verstecken, die Flucht ersparen, daß er nicht mehr jede Nacht mit dem Toten einschlafen und jeden Morgen mit ihm aufstehen muß . . .«

Immer noch bewahrte sie ihr Schweigen – soviel davon noch übrig war. Aber plötzlich setzte sie sich auf und legte den Kopf an Georges Schulter. Dann wurde sie schlaff, die tränennasse Wange gegen seine Brust gepreßt. Er legte den Arm um sie und hielt sie fest. Das Mitleid und die Achtung, die er für sie empfand, machten es ihm unmöglich, jetzt weiter in sie zu dringen.

Endlich löste sie sich von ihm und stieß einen Seufzer aus, der aus dem Innersten kam. Sie schaute zu ihm auf und sagte leise, aber eindringlich: »Lassen Sie mich in Ruhe! Zichen Sie Ihren Mann vom Haus ab, und lassen Sie mich in Ruhe.«

»Annet, das kann ich nicht.«

»Bitte! Bitte! Schicken Sie ihn weg, und lassen Sie mich allein. Sagen Sie Ihren Leuten, sie sollen mich nicht mehr bewachen. Wenn Sie wollten, könnten Sie das tun.«

»Nein«, sagte George mit schwerem Herzen. »Das ist unmöglich.«

Sie wendete das Gesicht ab. Das Schweigen legte sich wie eine unsichtbare Rüstung um sie, die er nicht durchdringen konnte. Langsam stand er auf und blickte traurig auf sie hinunter.

»Ihnen ist doch klar, Annet, daß wir – wenn Sie uns die Information, die wir brauchen, nicht geben – uns die woanders beschaffen müssen. Bis jetzt haben wir Sie aus der Presse rausgehalten, aber wenn Sie uns nicht helfen, müssen wir Ihren Namen und Ihr Foto veröffentlichen. Es werden sich Leute melden, die Sie während des Wochenendes gesehen haben. Es muß jemand geben, der weiß, wo Sie die Nächte in Birmingham verbracht haben. Die Zeit drängt. Ich kann Sie nicht länger schonen. Das verstehen Sie doch, oder?«

Sie nickte. In ihrem von ihm abgewandten Gesicht zuckte es kurz auf, aber sie erhob keinen Protest.

»Ich bitte Sie noch einmal, damit das alles nicht nötig ist: Reden Sie! Dann müssen wir Sie nicht an den Pranger stellen.«

»Nein«, erklärte Annet entschieden. Dann fügte sie gleichmütig hinzu: »Es ist doch egal.« Er verstand, daß sie jede Schonung für sich ablehnte und ihm das Recht zuerkannte, seine Pflicht zu tun. Ja, mit der ihr eigenen Art tröstete sie ihn sogar.

Müde drehte er sich um und ging wortlos hinaus. Er konnte Tränen von ihr bekommen; er konnte Wärme von ihr bekommen – aber keine Aussage. Warum sollte er diese sinnlose Belagerung fortsetzen? Aber er war sicher, daß er noch einmal herkommen würde, ehe der Tag vorbei wäre. Er konnte sie doch nicht sich selbst überlassen, damit sie sich zerstörte!

»Ich lasse einen Mann als Wache hier«, teilte er Beck in der Eingangshalle mit. »Und als zusätzliche Vorsichtsmaßnahme würde ich gern eine Polizistin bei Annet im Haus postieren. Es ist zu ihrem Schutz, das ist Ihnen doch klar, oder? Sorgen Sie dafür, daß immer jemand bei ihr ist. Lassen Sie sie nicht aus den Augen. Und lassen Sie außer der Polizei niemand zu ihr.«

Er wollte Annet nicht verlieren, wenn er es verhindern konnte, auch wenn sie sich willig als Opferlamm anbot. Lassen Sie mich in Ruhe! George zog sich den Mantel an und fuhr los, um den Chef der Kriminalpolizei von seinem Mißerfolg zu unterrichten.

»Wollen Sie, daß sie verhaftet wird – oder nicht?« fragte der Detective-Superintendent Duckett, noch ehe George seinen Bericht beendet hatte. »Ich habe den Eindruck, Sie können sich nicht entscheiden. Wenn es mein Mädchen wäre, würde ich sie schnellstens hinter Gitter bringen und erleichtert aufatmen. Und ich würde dafür sorgen, daß sie aus dem Verkehr gezogen ist, ehe die Abendzeitungen um ein Uhr auf die Straßen kommen. Das wär's.«

»Stimmt«, sagte George mürrisch. »Wir kriegen nichts aus ihr raus, und wir können es uns nicht leisten, den heutigen Tag zu verlieren. Ich habe sie gewarnt. Sie weiß, was ihr blühen kann. Aber trotzdem tragen wir die Verantwortung.«

»Also, ich sehe nicht, wie ihr etwas passieren könnte. Sie

haben unsere beste Polizistin bei ihr im Haus postiert und Lockyer als Wache draußen.«

Trotz allem, sie hatten den Rubikon überschritten, ein Zurück gab es nicht mehr. Dessen waren sie sich bewußt. Sobald die »Evening News« auf die Straßen kämen, würde die ganze Welt wissen, daß man annahm, Annet Beck werde in der Lage sein, der Polizei bei der Aufklärung des Mords in der Bloome Street zu helfen, und daß sie von Zeugen in der Nähe des Tatorts gesehen worden sei und daß man weitere Zeugen suchte, die etwas über ihren Aufenthalt in Birmingham wüßten. Falls jemand den Namen nicht kannte, würde die Zeitung auch ein Foto von Annet bringen.

»Nein«, sagte George, »ich will sie nicht verhaften. Ich gebe zu, daß ich an diesen leichten Ausweg gedacht habe. Damit wäre sie seinem Zugriff entzogen. Vielleicht hat er nicht viel Vertrauen, daß sie schweigt. Auch wenn ich sicher bin, daß er das Verbrechen für sie begangen hat, dürfte er jetzt nur daran denken, die eigene Haut zu retten. Er muß jetzt schon ziemlich fertig sein. Wenn er die Zeitung sieht, bekommt er Todesangst. Aber das Foto ist drin. Ich will sie nicht verhaften, weil ich von ihrer Unschuld überzeugt bin, abgesehen von ihrer verdammten Loyalität nach der Tat.«

»Nun, dann wollen wir hoffen, daß sich auf das Foto hin jemand meldet, der die beiden in Birmingham gesehen hat und sich an sie erinnert. Jemand, der uns eine gute Beschreibung des Jungen liefern kann. Was wissen wir denn bis jetzt über ihn? Keiner hat ausgesagt, daß er ihn gesehen hat. Er hat keine verwertbaren Fingerabdrücke auf den Scheiben der Vitrinen oder der Türklinke oder auf dem Kerzenleuchter hinterlassen – vermutlich hat er weiche Lederhandschuhe getragen. Das Problem ist nur, daß die Burschen inzwischen alle Tricks kennen. Bis jetzt ist er für alle, mit Ausnahme der kleinen Beck, völlig unsichtbar und anonym. Er könnte überall herkommen. Er könnte jeder X-Beliebige sein. Das einzige, was wir mit einiger Gewißheit sagen können, ist, daß er jung und attraktiv genug sein muß, um die Aufmerksamkeit eines jungen Mädchens zu erregen. Und was heißt das? Heutzutage sehen die meisten jungen Männer so aus, daß man annehmen möchte, ein junges Mädchen würde lieber tot sein, als sich mit so einem zu zeigen, aber trotzdem brechen sie die Herzen reihenweise. Was wissen wir noch über ihn? Daß er kein Geld hat. Er mußte es sich auf die schnelle, moderne Art und Weise verschaffen, um seine Freundin groß auszuführen. Aber wer von den Burschen hat schon Geld? Sie verdienen zwar so viel, daß andere davon eine ganze Familie ernähren, aber vor dem Ende der Woche sind sie immer schon pleite. Und das ist alles. Eine dicke, fette Null!«

»Außer, daß er vielleicht ein Motorrad hat«, sagte George und steckte mit finsterer Miene seine Notizen wieder in die Tasche. »*Wenn* wir die Spuren in Middlehope als relevant betrachten. Ist aus London noch nichts über das Wochenende unseres Freundes gekommen?«

»Nichts, was uns weiterhilft. Er war zu Hause. Soviel steht fest. Aber er ist auch öfter ausgegangen. Ich habe sie gebeten, den Samstagabend genau zu untersuchen und den Rest sausenzulassen. Von London aus kann man leicht einen Abend in Birmingham verbringen. Mit dem Bus über die M1 ist das ein Kinderspiel. Ich habe vor einer halben Stunde noch mal angerufen, aber die lassen sich nicht hetzen. Ich hatte gehofft, daß wir wenigstens das hätten, ehe wir das Flugblatt rausbringen, aber es macht keinen Unterschied. Wir mußten den Fall veröffentlichen, sonst hätte die Presse hintenrum Wind davon bekommen. Und wie sieht's an Ihrem Ende aus? Was macht Ihre Liste der möglichen Täter?«

»Alles offen. Ihre Eltern glauben, sie hätten einen männerdichten Zaun um sie errichtet, aber Sie und ich wissen, daß es so etwas nicht gibt. Es gab drei oder vier ziemlich langweilige und ordentliche Burschen, die sie zum Tanz begleiten durften,

111

aber immer mit dem Gibbons-Mädchen im Schlepptau. Aber wer weiß, ob sie langweilig und ordentlich bleiben, sobald die Alten sie nicht mehr sehen können? Hier sind die Namen der genehmigten Kandidaten. Wir überprüfen sie noch, aber ich verspreche mir nicht viel davon. Aber man kann ja nie wissen! Dann ist da noch der junge Geoff Westcott, den die Mutter mit Sicherheit *nicht* gebilligt hätte. Er hat mit Annet mehrere Male getanzt und beim letzten Mal ihretwegen eine Schlägerei anfangen wollen. Er hat am vorigen Wochenende ein paar Tage Resturlaub genommen, den er bei Lowthers vom Sommer her noch gut hatte. Am Donnerstagnachmittag hat er beim alten Hopton getankt. Scott hört sich mal um, was er so in seiner Freizeit gemacht hat. Und dann gibt es noch einen sehr interessanten Außenseiter. Den habe ich heute morgen in Abbot's Bale gesehen. Mrs. Beck hat mir versichert, daß die Blacklocks Annet immer mit dem Wagen nach Hause gebracht hätten, wenn sie länger arbeiten mußte oder wenn es früh dunkel wurde oder schlechtes Wetter war. Wenn Regina oder ihr Göttergatte sie nicht heimfuhr, schickten sie sie mit dem Chauffeur los. Alles schön und sicher, damit sie keine unliebsame Bekanntschaft schließen würde. Aber war es so schön und sicher?

Braidie war fünfundsechzig und jenseits von Gut und Böse, aber er ist vor etwa drei Monaten in Pension gegangen. Jetzt haben sie einen gewissen Stockwood – allerdings bin ich mir nicht sicher, daß die Becks das überhaupt mitbekommen haben. Er ist um die Fünfundzwanzig, gutaussehend und rundum präsentabel. Und weil Mrs. Blacklock bei ihrer Konferenz war und Blacklock lieber selbst fährt, hat man Stockwood das Wochenende freigegeben, nachdem er Mrs. Blacklock nach Gloucester gefahren hatte. Er mußte erst am Mittwoch wieder antreten, um sie abzuholen. Annet hatte reichlich Gelegenheit, *ihn* näher kennenzulernen. Drei- oder viermal die Woche war sie mit ihm allein im Auto.«

»Und das ist alles?«

George blickte starr auf die Dächer der Hill Street vor dem Fenster. Eine Sorgenfalte stand ihm auf der Stirn. »Ich finde, es würde nichts schaden, mal die Kollegen in Capel Curig zu bitten, sich anzusehen, wo die Jungen gezeltet haben. Das brauchte eigentlich nicht lange zu dauern. Wir können ihnen genaue Ortsangaben machen.«

»Habe ich schon getan«, sagte Duckett im Rauch der Pfeife und verzog die Lippen unter dem struppigen unmilitärischen Schnurrbart zu einem selbstgefälligen Grinsen. Alles, was ihn einmal am Tag richtig zum Grinsen brachte, war ihm mehr als willkommen. »Ich hätte es Ihnen schon früher sagen sollen: Den jungen Mallindine können Sie von der Liste streichen. Die Jungen waren tatsächlich dort, beide. Wir haben Zeugen, die sie drei- oder viermal am Tag gesehen haben. Ein Paar ist mit ihnen den ganzen Sonntag geklettert. Und wissen Sie, wo die beiden am Samstagabend – zu der Zeit, die uns interessiert – waren? Im dortigen Pub. Sie haben ein paar Pints gelüpft; der Barmann erinnert sich an sie, weil er sie – um sie zu ärgern – gefragt hat, ob sie denn schon achtzehn wären. Er sagt, daß der eine ihn arrogant von oben herab gemustert hat und laut ›ja‹ gesagt habe. Der andere aber habe ganz heiße Ohren bekommen.«

»O mein Gott!« sagte George nur. Ihm war ein Stein vom Herzen gefallen. »Ich wußte nicht, daß er dazu fähig ist.«

»Sie können jede Wette eingehen, daß Sie vieles über Ihren Dom nicht wissen. Aber sein Freund ist dadurch auch aus dem Schneider, und Ihr Sohn braucht nicht für ihn zu lügen. Und was das kriminelle Delikt des Ausschenkens von Alkohol an Minderjährige betrifft ..., George, ich gebe Ihnen einen Tip: Ignorieren Sie das. Heben Sie's auf, bis er wieder mal eine große Lippe riskiert. Dann schmettern Sie ihn damit zu Boden. Er wird wochenlang auf Zehenspitzen gehen, weil er Sie für einen zweiten Sherlock Holmes hält.«

»Ich wünschte, ich wäre einer!« stieß George hervor und stand seufzend auf. Als er den Mantel anzog, war er froh, daß Miles nicht mehr als Täter in Frage kam. Er betete, daß ein vernünftiger, vertrauenswürdiger Mensch irgendwo in Birmingham beim Lunch die Zeitung lesen, über Annets Gesicht stutzen und es wiedererkennen möge. Und dann, lieber Gott, laß ihn noch ein zweites Gesicht daneben sehen – deutlich und schnell –, noch ehe der andere die gleiche Seite aufschlägt und voller Panik mit zitternden Händen zu dem unausweichlichen Schluß kommt! Jetzt heißt es Annet oder ich!

»Ich gehe einen Happen essen«, sagte er und nahm seinen Hut von Ducketts Schreibtisch. »Ich komme wieder.«

Er hatte die Tür bereits geöffnet, als das Telefon klingelte. Ganz leise machte er die Tür wieder zu und blickte zu Duckett hin, der den Kopf mit dem struppigen Haar schiefgelegt hatte und mit zuckenden Brauen zuhörte.

»Ah, verstehe!« sagte Duckett nach einigen Minuten. Dann lachte er kurz und keineswegs fröhlich auf. »Ja, danke, das reicht. Auf alle Fälle sehen wir jetzt klarer und haben zumindest einen winzigen Hoffnungsschimmer. Ja, schicken Sie uns bitte die Berichte. Nochmals vielen Dank!« Er knallte den Hörer auf und schob das Telefon mit einem Grunzen weit von sich, das sowohl Genugtuung als auch Abscheu bedeuten konnte – oder eine Mischung von beidem. »Und?« fragte George und lehnte sich gegen die Türfassung.

»Sie können noch einen streichen. Seine Eltern haben ihn am Samstag kaum gesehen. Er ist erst nach Mitternacht nach Hause gekommen. Aber es gibt eine Freundin. Scheint eine Klette zu sein. Sie hat ihn den gesamten Samstag nachmittag und abend nicht losgelassen. Alles, was er Ihnen erzählt hat, stimmt – trotz Reifenspuren und sonstwas. Ihre Nummer eins hat jedenfalls den alten Worrall nicht über den Schädel gehauen.«

114

7

Gegen fünf Uhr steckte der Bote die Abendzeitung in den großen Briefkasten. Bunty Felse war allein, als sie eintraf. Sie hatte den Tee fertig, aber weder Mann noch Sohn waren da. Dominic kam fast immer zu spät vom Rugbytraining. Trotzdem hätte er um diese Zeit zu Hause sein müssen. Und George? Wenn er an einem Fall wie diesem arbeitete, wußte sie nie, wann sie ihn sehen würde.

Sie setzte sich mit der Zeitung auf die Couch und wartete geduldig auf ihre Männer. Es war Annet Becks Gesicht, das sie von der Titelseite mit großen, stummen, beunruhigenden Augen anschaute. Darunter stand: »Wer hat diese junge Frau gesehen?«

Im folgenden Text war die Frage präziser formuliert: »Wer diese junge Dame mit einem männlichen Begleiter im Zentrum oder Süden Birminghams am vergangenen Wochenende gesehen hat, möchte sich bitte an die Polizei wenden.«

Bunty las den ganzen Artikel. Er war so zurückhaltend wie möglich geschrieben, vermittelte jedoch den Zweck und die Dringlichkeit des Aufrufs. Sie senkte den Kopf und fuhr sich mit den Händen durch das dichte kastanienbraune Haar, das nur eine Schattierung dunkler als das von Dominic war, und dachte lange über Annet nach. »Mit einem männlichen Begleiter«, »es wird angenommen«, »der Polizei bei ihren Nachforschungen helfen« – diskrete, sterile Formulierungen, nichts dagegen einzuwenden. Aber sie betrafen eine junge Frau aus Fleisch und Blut und einen, wenn auch noch unbekannten, ebenso lebendigen jungen Mann, der vielleicht nicht älter als Dominic war.

Die Polizei war sich bezüglich der Fakten recht sicher, das stand fest. Sie wußte, daß sie Jacob Worralls Mörder haben würden, sobald sie den Partner von Annets Ausflug in die

Finger bekämen. Aber sie wußten nicht – und außer Annet wußte das niemand –, wer es war. Und Annet verriet ihn nicht. Bunty brauchte weder sich noch ihren Mann zu fragen, wie es ihm im Augenblick ginge – sie wußte es jetzt.

Niemand außer Annet konnte ihn identifizieren. Und sie tat es nicht; denn sonst würde sich die Polizei nicht mit der Bitte um Informationen an die Öffentlichkeit wenden und Annet als Köder auslegen. Er konnte jeder X-Beliebige sein. Er konnte überall sein. Vielleicht verlangst du im Lebensmittelgeschäft ein Pfund Käse von ihm, und seine Hände zittern derartig, daß er kaum das Messer halten kann. Vielleicht stößt du mit ihm an einer Ecke zusammen und hältst dich an seinem Arm fest, während du dich entschuldigst. Vielleicht zuckt er eine Sekunde lang zurück – aus Angst vor dem Arm des Gesetzes. Vielleicht steht er im Bus auf, um dir seinen Platz anzubieten. Oder er donnert auf seinem Motorrad auf einer Kreuzung an dir vorbei und beschimpft dich, weil du so langsam fährst. Er hat einen Mann getötet, und er war auf der Flucht, aber nur ein einziges Mädchen konnte ihm ein Gesicht oder einen Namen geben.

Wie gut kannte er seine Annet? Kennt man überhaupt jemals einen anderen Menschen gut genug, um ihm oder ihr sein Leben anzuvertrauen? Wenn alle Ansprüche der Familie und der Gesellschaft und der Erziehung in die andere Richtung zielen; wenn er sich ihrer Loyalität absolut sicher war, bestand die Hoffnung, daß er nicht versuchen würde, sich ihr zu nähern, sondern seine Sachen packen und sich heimlich verdrücken würde, solange er noch anonym war, und es Annet überließ, die Last zu tragen. Konnte sie solch einen jungen Mann lieben? Vielen jungen Mädchen war es schon so ergangen, warum dann nicht auch Annet? Vielleicht wäre es am besten, wenn er die Flucht ergriffe; denn dann würde er unweigerlich irgendwann die Nerven verlieren und zu schnell davonlaufen. Und nur ein einziger Fehler würde die Verfolger auf seine Spur bringen. Irgendwo, weit weg von ihr, wo er nicht umkehren und in seiner letzten Verzweiflung den einzig gefährlichen Zeugen beseitigen könnte.

Aber wenn er sich Annets nicht sicher sein konnte, wenn er – was unter den gegebenen Umständen durchaus möglich war – fürchtete, daß sie letztendlich dem Druck nicht standhalten und ihn verraten würde – ja, dann war Annets Leben in großer Gefahr. Wenn man Todesangst hatte, hörte man auf zu lieben. Man hörte auf zu denken oder zu fühlen. Man kämpfte nur noch verzweifelt ums eigene Leben und tötete alles, was dieses bedrohte. Bunty war sich sicher, daß ein noch nicht ganz gefestigter junger Mann so reagieren würde, um so mehr ein unreifer Halbwüchsiger, der das brutale Verbrechen aus Habgier an dem Juwelier in der Bloome Street begangen hatte. Heutzutage war solch ein Verbrechen alltäglich: dem Ladenbesitzer eins über den Schädel hauen, die Kasse ausleeren und abhauen! Schnelles Geld, um sich etwas leisten zu können. Es passierte dauernd. Opfer waren vorzugsweise alte Männer oder alte Frauen in kleinen Läden in Seitenstraßen, weil sie dort oft allein waren. Nein, der Junge, der das getan hatte, würde seine Liebe schnell verraten, wenn er sich zwischen seinem und Annets Leben entscheiden müßte.

Bunty stand auf und ging zum Telefon im Flur. Eigentlich machte sie sich um ihren Sprößling keine großen Sorgen, aber sie wollte plötzlich nicht mehr in diese Richtung weiterdenken und hatte das Gefühl, die Nähe eines anderen würde ihr helfen, vielleicht sogar beim Denken. Wie konnte sie ein Problem wegschieben, das George so quälte?

»Eve? Ist Dominic zufällig bei dir?«

»Ja, meine Liebe. Er war hier, für ungefähr zehn Minuten, aber das war vor einer halben Stunde. Die Jungen kamen reingestürmt, haben die Köpfe zusammengesteckt, telefoniert und sind wieder losgezogen. Sie haben die Zeitung mitgebracht. Ich hatte gedacht, sie wären zu euch gegangen. Sie haben kein Wort gesagt. Aber als ich einen Blick auf die ›News‹ warf – na ja, du hast es sicher auch gesehen.«

»Ja«, sagte Bunty und biß sich auf die Lippe. »Eve . . ., die beiden waren doch da, wo sie gesagt haben, oder? Am Wochenende. Keiner der beiden könnte doch . . .?«

»Nein«, unterbrach Eve sie ganz entschieden. »Keiner von beiden hätte es gekonnt. Unter keinen Umständen.«

»Nein, natürlich nicht! Mein Gott, ich habe wohl nicht mehr alle Tassen im Schrank. Aber bald wird im Ort die Hölle losbrechen. Und ich habe Angst, daß ich unsere Jungen für Engel gehalten habe – wie arrogant! Und da *war* dieses erste Mal . . ., und daran war Miles beteiligt. Geh mir nicht gleich an die Gurgel, Eve. Aber es ist passiert.«

»Hör mal, meine Liebe«, sagte Eve. Ihre sonst so fröhliche, unbeschwerte Stimme klang ungewohnt ernst. »Es ist *nichts* passiert! Aber sag das niemandem. Ich habe Miles versprochen, ich würde ihn nichts fragen oder etwas sagen. Das würde ich auch jetzt nicht tun, wenn wir nicht alle in dieser scheußlichen Lage wären. Miles hat nie versucht durchzubrennen, weder mit noch ohne Annet Beck. Diesen Gedanken kannst du dir aus deinem Kopf verbannen.«

»Aber man hat sie doch auf dem Bahnhof aufgegriffen«, sagte Bunty. »Mit zwei Koffern und zwei Fahrkarten nach London.«

»Stimmt. Zwei Koffer. Aber beide gehörten Annet.«

»*Beide*? Das hätte Bill doch gewußt. Du meine Güte! Er hat Annet mit einem Koffer nach Hause gefahren und Miles mit dem anderen. Willst du damit sagen, daß er eure Koffer nicht kennt?«

»Ach, George muß ja ein schrecklich ordentlicher Mann sein, wenn du soviel Vertrauen in Ehemänner setzt, Bunty«, sagte sie. Der Neid war nicht zu überhören. »Aber Bill?« Sie lachte kurz auf. Es war, als hätte sie Bill einen Klaps auf den Kopf gegeben und so auf die richtige Größe zusammengestaucht. »Bill erkennt nicht mal seine eigenen Oberhemden. Jedesmal, wenn wir die Koffer vom Boden holen, um zu packen, schwört er Stein und Bein, die Hälfte nie zuvor gesehen zu haben. ›Wann hast du *den* denn gekauft, Liebling?‹ ›An *die* Tasche erinnere ich mich überhaupt nicht.‹ Ich könnte eine Krawatte aus seiner Schublade nehmen und sie ihm zum Geburtstag schenken, und er würde es nie merken.«

»Aber, wie . . .? Ich meine . . .«

»Keine Ahnung. Ich habe nie gefragt. Als Bill die beiden erwischt hat und die falschen Schlüsse zog, hat Miles alles so arrangiert. Und sie hat ihn gelassen. *Ich* habe Annet den Koffer zurückgegeben. Ich habe dazu Regina Blacklocks Auto mißbraucht, aber sie hat es nie erfahren. Sie kannten doch Braidie. Er war so korrekt und hat nie etwas gehört, was er nicht hören sollte. Alles war kinderleicht. Ich habe Annet bei den Blacklocks angerufen und sie gebeten, Braidie zu sagen, er solle bei uns vorbeikommen, wenn er sie nach Hause fährt – und wenn ihre Eltern nicht daheim wären. Also, ich weiß, wovon ich rede, meine Liebe. Ich hatte gedacht, das arme Lamm hätte den Koffer für Miles gekauft. Zum Glück war Bill nicht dabei, als ich aus reiner Herzensgüte und Hilfsbereitschaft anfing, ihn auszupacken. Annets beste Kleider! Sie hätten Miles' Gesicht sehen müssen! Nachdem er sie so edelmütig gedeckt hatte, mußte ich mich einmischen! Ich sage dir: Die Ehre aller Mütter lag in meinen Händen!«

»Ich breche gleich in Jubel aus«, sagte Bunty und schluckte, was auf andere Möglichkeiten hinwies. »Na gut, ich bin dir dankbar, daß du unseren Ruf auf so edle Art gerettet hast. Aber wenn du glaubst, daß ich mich zu deiner hehren Haltung aufschwinge und keine Fragen stelle . . .«

»Es würde nichts bringen, meine Liebe. Ich habe keine weiteren Antworten.«

»Nicht mal darauf, für wen die zweite Fahrkarte bestimmt war?«

»Ich habe keinen blassen Schimmer, weil Miles das auch nicht weiß.«

»Dann gebe ich auf. Aber *warum* hat er . . .?«

Sie brach ab, denn es konnte nur einen einzigen Grund geben. Plötzlich erschien ihr der junge Miles in ganz neuem Licht. Sie fühlte Sympathie und Respekt, aber auch Sorge und Bestürzung. Wenn Miles jetzt einen derartig erstaunlichen Beweis seiner Reife geliefert hatte – ohne den kindischen Wunsch nach Anerkennung, Belohnung und Lob –, wie lange würde es dauern, bis Dominic auch kein Kind mehr wäre? Sie wollte nicht, daß die Jungen zu früh zu Männern wurden. Sie brauchte noch etwas Zeit, um sich an diesen Gedanken zu gewöhnen, obwohl die Symptome sich längst gezeigt hatten. Sie holte tief Luft. »Eve, was meinst du, gibt es einen Abendkursus, den wir belegen könnten: ›Wie werde ich mit Anstand alt?‹«

Sie erwartete eine aufmunternde Reaktion von Eve, aber es kam nur Schweigen, als hätte ihre Freundin den Hörer aus der Hand gelegt. Dann brach auch über Bunty eiskalt die Erkenntnis herein.

»Bunty . . .«, sagte Eve langsam.

»Ja, ich bin noch dran. Denkst du, was ich denke?«

»Es würde mich nicht wundern«, sagte Eve. »Große Geister denken eben vereint!«

»*Könnte* es dieselbe Person sein? Nachdem es Miles damals nicht gewesen ist . . ., wäre das doch möglich. Aber dann könnte alles, was Miles weiß – ganz gleich, was –, ungeheuer wichtig sein. Jedes Wort, das Annet damals gesagt hat . . ., ein Name . . ., alles, was ihm damals aufgefallen ist. Mit wem hat er sie gesehen? Sie hat sich auf Miles verlassen und sich von ihm helfen lassen. Vielleicht hat sie ihm irgendeinen Hinweis gegeben.«

»Nein, Miles weiß nichts«, sagte Eve, immer noch mit besorgter leiser Stimme. »*Er* – wer auch immer es sein mag –

120

war immer ein Geheimnis. Sie hat Miles damals nichts gesagt – niemandem –, genau wie jetzt. Aber jetzt ist alles viel schrecklicher.«

»Aber vielleicht weiß er irgend etwas, ohne daß ihm das bewußt ist. Eve, er *muß* mit George reden.«

»Du hast mir das Wort aus dem Mund genommen. Ruf mich an, wenn er bei dir auftaucht. Und falls er sich hier zeigt«, erklärte Eve mit finsterer Entschlossenheit, »werde *ich* dafür sorgen, daß er zu dir geht und sich alles von der Seele redet – wie ein vernünftiger Mann –, und wenn ich ihn an den Ohren hinzerren müßte.«

Aber niemand mußte Miles an den Ohren hinzerren. Als Bunty um sieben Uhr abends die Vorhänge im Wohnzimmer zuzog, sah sie die beiden Jungen mit entschiedenen Schritten durch den Garten zum Haus kommen. Dominic ging voran. Es waren aber drei Gestalten. Bunty dachte, sie hätten noch einen Klassenkameraden mitgebracht, der ein schlechtes Gewissen hätte und etwas wüßte, das er noch niemandem anvertraut hatte. Aber als sie ihnen die Tür aufmachte, sah sie, daß der dritte Tom Kenyon war.

Nie im Leben hätte sie erwartet, daß die Jungen sich ausgerechnet an ihn um Rat wenden würden. Er war ihnen zu gefährlich nahe und gleichzeitig durch die unsichtbare Barriere zwischen Lehrer und Schüler getrennt. Er war zu alt, um als Gleichaltriger akzeptiert zu werden, und zu jung, um als Vaterfigur eine Bedrohung darzustellen oder Vertrauen zu verströmen. Mit Einschränkungen mochten diese nur schwer zufriedenzustellenden hochnäsigen jungen Gentlemen ihn, obwohl sie ihn Tom, den Teufel, getauft hatten: ihre Deutung der Mittelinitiale T auf seiner Aktentasche. Aber nie hätte sie geglaubt, daß die Jungen sich mit ihren Sorgen an ihn wenden würden.

»Hallo«, sagte Bunty – aus der Gewohnheit, selbst das

Verrückteste auf das Normale herunterzuschrauben. »Kommt rein! Ihr kommt gerade rechtzeitig zum Kaffee, wenn ihr welchen wollt.«

»Tut mir leid, wenn es wie eine Invasion aussieht«, sagte Tom mit kurzem, verhaltenem Lächeln. »Aber es ist dringend. Ist George schon zu Hause? Wir müssen mit ihm reden.«

»Ja, nur herein!« Ihr Sohn warf ihr einen Blick zu, mit dem er sich für die Verspätung entschuldigte. Miles, untadelig wie immer, sagte: »Guten Abend, Mrs. Felse.« Tom folgte ihnen wie eine Glucke, worüber Bunty lächeln mußte. Doch dann erinnerte sie sich an den Anlaß des Besuchs. »Besuch für dich, Liebling!« sagte sie und schloß die Tür. Dann rief sie Eve an, um sie zu beruhigen.

George hatte die Füße in Pantoffeln auf das niedrige Kaminsims gelegt. Die Kaffeetasse stand neben seinem Sessel auf dem Kamin. Er blickte ihnen mit müden Augen entgegen, schien jedoch über die Prozession überrascht zu sein.

»Hallo, Kenyon, was ist los? Haben Sie Ärger mit diesen Burschen?«

Zwei vorwurfsvolle Mienen waren die Antwort. Tom Kenyon sah sie nicht.

»Sie sind zu mir gekommen, nachdem sie die Zeitung gelesen hatten. Offenbar haben sie sich gegenseitig alles erzählt und zwei und zwei zusammengezählt. Sie kamen zu dem Schluß, daß sie einige Informationen und eine Theorie hätten, die sie jemandem mit Autorität vortragen sollten. Natürlich wollte Ihr Sohn sofort zu Ihnen gehen, aber Miles wollte es zuvor bei mir probieren, ehe er Sie belästigte.«

So konnte man es auch ausdrücken. Tom wußte natürlich, warum die Jungen zuerst zu ihm gekommen waren. Anfangs hatte ihr Anruf ihn überrascht und entwaffnet. Er war versucht gewesen, zu glauben, daß er im ersten Halbjahr bessere Arbeit geleistet hätte, als er es sich zugetraut hatte, und zu einer Art Beichtvater geworden war, an den sich seine Schüler wendeten, wenn sie in Schwierigkeiten steckten. Aber er war zu vernünftig, um sich auf diesen vermeintlichen Lorbeeren lange auszuruhen. Bei genauer Betrachtung der Umstände kannte er den wahren Grund. Keiner der beiden wäre je zu ihm gekommen, hätte er sich nicht vor Miles in jenem kurzen Gespräch so völlig verraten. Danach war Miles absolut sicher, daß Tom, der Teufel, sich in seiner Krise nicht durch fromme Gedanken oder das Wohl der Gesellschaft oder seine moralische Pflicht leiten lassen würde, sondern daß für ihn einzig und allein eine Überlegung wichtig wäre: Was ist das Beste für Annet Beck? Wenn Tom, nachdem sie ihm alles erzählt hatten, der Meinung wäre, sie sollten zur Polizei gehen, dann würden sie zur Polizei gehen, in der Gewißheit, das Beste für Annet zu tun.

Tom bildete sich auch nicht ein, nach dem Gespräch den beiden gegenüber im Vorteil zu sein. Nein, sie hatten ihn um seinen Rat gebeten – wie er sich traurig, aber ehrlich eingestand –, weil sie bei ihm eine Schwäche entdeckt hatten, die sie ausbeuten konnten. Und Jungen können erbarmungslos sein. Das wußte er. Schließlich war es noch nicht lange her, daß er selbst einer gewesen war. Andererseits waren sie zu erstaunlicher Großherzigkeit fähig. In Miles steckten Fähigkeiten, die ihn immer wieder verblüfften: wie er ihn in dieser schwierigen Situation direkt angesprochen hatte, wie er das »Sir« plötzlich vermied, es jedoch durch größeren Respekt und mehr Vertrauen ersetzte. Einige Dinge würde der Junge nie gegen einen Lehrer einsetzen: Er würde nie eine wirkliche Notlage ausnutzen, um sein eigenes Los zu verbessern.

»Ich habe mir nicht alles angehört, was sie zu sagen haben. Aber was ich gehört habe, reicht. Ich fand, wir sollten schnurstracks zu Ihnen gehen und Ihnen alles berichten. So, und jetzt sind wir da.«

Waren seine Motive wirklich so lauter und nur auf eins ausgerichtet, wie die Jungen gedacht hatten? Selbstverständlich würde er alles, was die Identität von Annets Liebhaber aufdecken könnte, sofort zu George tragen, weil er damit vielleicht die Lebensgefahr von ihr abwenden könnte. Und gleichzeitig – so sagte ihm der Dämon ganz hinten im Kopf – konnte er damit den unsichtbaren Rivalen aus dem Weg schaffen, der ihr widerspenstiges Herz besetzt hielt, und Platz für einen neuen Bewohner schaffen. Er fürchtete sich davor, die dunkle Rückseite seines Motivs zu genau anzuschauen: Sie könnte der Hauptbeweggrund seines Handelns sein. Mein Gott! Aber es war alles so schrecklich kompliziert!

»Setzen Sie sich, ihr auch«, sagte George und schenkte ihnen Kaffee ein. »Also gut, Miles, ich höre. Was hast du auf dem Herzen?«

»Ich bin davon ausgegangen, daß ich logischerweise auf der Liste der Verdächtigen gestanden habe, bis Sie unser Wochenende überprüft hatten. Wegen des letzten Mals. Ich habe Mr. Kenyon gar nicht gefragt, ob er darüber . . .«

»Ich weiß Bescheid«, sagte Tom.

»Ich weiß, daß Sie es wissen, Mr. Felse. Das klingt jetzt so, als wollte ich mich drücken, aber ich kann es nicht ändern.«

»Mach dir deshalb keine Sorgen«, sagte George. »Wir haben bereits alles überprüft. Mit dir ist alles in Ordnung. Wir wissen, wo ihr am Samstagabend wart und was ihr gemacht habt. Sprich ruhig weiter.«

»O gut, das macht es leichter«, sagte Miles und blickte George mit seinen ernsten braunen Augen direkt ins Gesicht. »Sehen Sie, ich wollte beim letzten Mal überhaupt nicht durchbrennen – mit niemandem. Es war nicht so, wie es ausgesehen hat. Ich habe das nie erzählt und würde es auch jetzt nicht tun, wenn damals nicht jemand die Absicht gehabt hätte, mit ihr durchzubrennen. Und vielleicht – ich weiß es ja nicht –, aber *vielleicht* war es dieselbe Person, die auch jetzt mit ihr weggefahren ist. *Einen* Mord hat es schon gegeben, und vielleicht ist Annet das nächste Opfer, wenn wir ihn nicht finden«, erklärte Miles mit brutaler Direktheit.

Das »wir« war bedeutsam. Aufmerksam beobachtete er Georges Gesicht. »Das stimmt doch, oder?«

»Es stimmt. Weiter.«

»Also müssen wir ihn finden. Und das Verdammte daran ist, daß ich keinerlei Fragen über ihn gestellt habe, als ich die Gelegenheit dazu hatte. Annet hatte mich gebeten, ihr zu helfen, abzuhauen. Sie wollte nach London. Ich wußte, daß ihre Eltern sie nicht gehen lassen würden und daß es in gewisser Weise falsch war, ihr zu helfen, sang- und klanglos zu verschwinden. Aber sie hatte mich gebeten, und ich habe es getan. Sie sagte, ihre Eltern wären an dem Freitag nicht zu Hause und würden glauben, sie sei bei ihrer Klavierstunde, aber sie würde in dieser Zeit ihre Koffer packen. Dann bat sie mich, sie von daheim abzuholen und zum Bahnhof in Comerbourne zu fahren. Ich sagte ja. Ich hatte zwar erst drei Wochen zuvor meine Fahrprüfung bestanden und durfte nur fahren, wenn mein Vater neben mir saß, aber ich sagte trotzdem ja. Ich habe sie noch gefragt, ob ich ihr eine Fahrkarte besorgen sollte, damit niemand sie am Schalter sähe. Sie wollte zwei Fahrkarten, nicht eine. London einfach.«

Er war blaß geworden und senkte die Augen auf die fest zusammengepreßten Hände. Doch im nächsten Moment hatte er sich wieder im Griff. »Ich habe die Fahrkarten für sie an dem Tag, bevor sie fahren wollte, bestellt.«

»Das klingt, als hätte sie dich ziemlich schamlos ausgenutzt«, sagte George ruhig.

»Nein! Nein, Sie verstehen das falsch. So war's nicht. Sie war mir gegenüber absolut ehrlich. Ich hätte es ablehnen können. Ich habe es aus freien Stücken getan. Ich habe ihr geholfen und keine Fragen gestellt. Wenn sie so unbedingt weg mußte, wollte ich sie nicht aufhalten. Sie schuldete mir nichts. Ich konnte mich frei entscheiden, und ich habe mich

125

entschieden. Ich habe die Fahrkarten für sie gekauft und habe die letzte Stunde geschwänzt. Dann bin ich zum Hof hinter Vaters Büro gegangen, wo er immer sein Auto parkt. Von seinem Fenster aus kann man es nicht sehen. Das wußte ich. Ich hatte den Reserveschlüssel. Dann habe ich Annet und ihre beiden Koffer in Fairford abgeholt. Ihre Eltern sollten in einer halben Stunde zurückkommen, aber sie erwarteten Annet erst nach der Klavierstunde, so gegen sechs. Sie hatte also ein paar Stunden Gnadenfrist. Ich fuhr sie zum Bahnhof. Wir waren zwanzig Minuten vor Abfahrt da, aber der Zug steht schon immer vorher bereit. Sie sagte, *er* würde mit einer Bahnsteigkarte später zusteigen. Als die Gelegenheit günstig war, gingen wir rein. Ich habe aus dem Automaten noch eine Bahnsteigkarte für mich gezogen, um wieder rauszukommen. Wir wollten, daß beide Fahrkarten nach London ordnungsgemäß geknipst waren. Keine Fragen, keiner hat sich gewundert.«

»Und du hast sie nie gefragt, wer *er* war? Oder dich umgeschaut, ob jemand euch heimlich gefolgt wäre? Irgend jemand, der der Junge hätte sein können, mit dem sie sich treffen wollte?«

»Nein«, sagte Miles und wurde abwechselnd blaß und rot. Offenbar fiel es ihm furchtbar schwer, das alles einzugestehen. Es vertrug sich nicht mit seiner Würde.

»Schon gut. Jetzt geht es nicht darum, jemanden zu verraten, sondern es geht um Annets Sicherheit«, sagte George beschwichtigend. »Ich glaube dir, daß du sie nicht gefragt hast. Ich glaube dir, daß du dich nicht umgeschaut hast. Lassen wir das jetzt. Rede weiter.«

»Na ja, Sie wissen ja, wie es geendet hat. Oder auch nicht ganz. Ich wollte den Wagen wieder auf den Hof stellen, ehe Vater ihn vermißte. Und an neunundneunzig Tagen von hundert hätte ich es geschafft, aber das war der hundertste Tag. Er hatte einen Anruf von einem Kunden gekriegt, der seine Bahnreise für eine Nacht im Bahnhofshotel unterbrechen und dabei etwas Geschäftliches besprechen wollte. Und natürlich war kein Auto da. Er dachte, es sei gestohlen. Damals waren mehrere geklaut worden, obwohl sie abgeschlossen waren. Sie erinnern sich? Eine Bande mit den Taschen voller Schlüssel. Auf alle Fälle hat er den Diebstahl bei der Polizei gemeldet. Danach konnte man die Affäre natürlich nicht mehr vertuschen. Er ist mit dem Taxi zum Bahnhof gefahren, und da hat er als erstes sein Auto gesehen. Es parkte auf der Zufahrt zum Bahnhof. Na ja, er hat den Constable an der Ecke gebeten, den Wagen im Auge zu behalten, und ist zum Schalter gegangen, um zu fragen, ob jemand gesehen hätte, wer den Wagen gefahren und dort geparkt hätte. Die Leute kennen ihn – jeder kennt ihn. Und natürlich . . .«

Unter der Last der Erinnerung zog Miles die Schultern ein.

»Das war's dann! Wir standen mit zwei Koffern auf dem Bahnsteig. Ich hatte zwei Fahrkarten in der Hand. Ich darf ihm keine Vorwürfe machen. Eigentlich hat er sich verdammt anständig benommen, wenn man bedenkt . . . Aber damit war Annets Plan auch ins Wasser gefallen. Wir haben nichts gesagt und haben ihn denken lassen, was er wollte. Dazu brauchten wir uns nicht zu beraten. Wir konnten gar nicht anders. Es gab schon meinetwegen so viel Geschrei, warum sollten wir den anderen Kerl auch noch reinreißen. Annet konnte nur ihr Geheimnis bewahren. Vater sagte nur: Los, ins Auto! Und wir sind wie die Lämmer eingestiegen. Er ist nach Fairford gefahren und hat Annet aussteigen lassen. Dann hat er sich die Koffer angeschaut. Bekannt kam ihm keiner vor, aber er erinnert sich nicht mal an die Farbe seines eigenen Koffers. Mama kauft ihm einen neuen, wenn der alte zu schäbig ist. *Ihm* würde das nie auffallen. Ich habe ihm einen Koffer gegeben, war doch egal, welchen. Dabei habe ich Annet zugezwinkert. Sie hat sofort kapiert. Später hat Mama ihr den anderen irgendwie zurückgegeben.«

»Sie meinen, Ihre Mutter hat Bescheid gewußt?« fragte

Tom verblüfft. Seine Achtung vor Eves unweiblicher Diskretion stieg in ungeahnte Höhen.

»Ja, klar! Ich glaube nicht, daß sie lange gebraucht hätte, es rauszukriegen, weil *Mama* nie etwas entgeht. Aber sie hat den Koffer schon am selben Abend aufgemacht. Sie wollte meine Sachen auspacken. Na ja, da war die Katze aus dem Sack!«

»Und sie hat nie ein Wort dazu verlauten lassen. Nicht einmal zu deinem Vater?« fragte George.

»Nein, kein Wort. Sie hätte mich zwar vor einigen bösen Zungen retten können, aber dann hätten wir Annet noch tiefer reingeritten. Und das wollte ich unter gar keinen Umständen. Bei mir war's nicht so schlimm, weil meine Eltern nicht in Panik waren. Und Annet wurde nicht mit Fragen gequält: Wer oder wie oder warum, weil alle dachten, sie kannten die Antworten. Wenn ich ausgeschieden wäre, hätte man ihr ernsthaft zugesetzt. Mama ließ mich die Sache auf meine Art erledigen, und deshalb gab es keine Fragerei. Aber sehen Sie«, sagte Miles mit finsterem Blick, »darum bin ich teilweise schuld an dem, was jetzt passiert ist. Ich habe ihn gedeckt. Dadurch ist *er* ein Geheimnis geblieben. Sie hatte ihn aber noch und konnte es noch mal probieren. Aber diesmal hat sie niemanden um Hilfe gebeten. Sie haben auch nicht riskiert, mit dem Zug zu fahren oder sich an einem Ort zu treffen, wo die Leute sie vielleicht kannten. Und diesmal haben sie es durchgezogen – wenn auch nur für ein Wochenende. Vielleicht ein Probelauf für die richtige Flucht. Aber diesmal ist ihm das Geld ausgegangen, und er hat einen Mann umgebracht«, schloß er lakonisch.

»Es muß nicht unbedingt so abgelaufen sein«, meinte George vorsichtig. »Aber ich gebe zu, daß die Wahrscheinlichkeit sehr hoch ist.«

»Ich halte es für schlüssig. Wenn da Zweifel bestünden, hätte Annet geredet. Aber sobald sie von dem Mord erfahren hat, schien sie zu wissen, wessen Leben auf dem Spiel stand. Warum würde sie sich sonst so einpuppen?«

»Sogar Annet könnte sich irren«, sagte George. »Sie hat dir wirklich nie einen Hinweis gegeben? Dir ist nie etwas aufgefallen? Und du hast sie nie mit jemandem gesehen, der dir komisch vorkam?«

Miles schüttelte entschieden den Kopf. »Vielleicht wollte ich nichts wissen. Keine Ahnung. Ich zermartere mir schon den ganzen Abend den Kopf nach einem nützlichen Hinweis. Aber ich kann nur mit einer Schlußfolgerung dienen. Er stammt hier aus der Gegend. Das ist sicher – wegen der Fahrkarten. Sie hat mich bestimmt nicht angelogen, als sie mir gesagt hat, er würde in Comerbourne einsteigen. Damals wollten sie nach London, diesmal nach Birmingham. Alles paßt zusammen. Sie war nie lange von Comerford weg. Da ist es doch nur logisch, daß sie etwas mit jemand aus der Umgebung angefangen hat, mit jemand, den sie oft gesehen hat, der nicht weit weg wohnte. Und der hoffnungslos unpassend sein muß«, sagte er und blickte George gespannt an. »Noch unpassender als ich jetzt. Ich habe die Warnung erst nach dem Fiasko bekommen. Dieser große Unbekannte hätte nie in ihre Nähe gedurft. Das liegt auf der Hand. Da war dieser gutaussehende Bursche, der Fernfahrer. Er hat mit ihr getanzt . . .«

»Über den wissen wir Bescheid«, unterbrach George ihn.

»Ich will ihn bestimmt nicht schlechtmachen. Ich wollte nur sagen, daß ihre Eltern ihn mit Sicherheit abgelehnt hätten. Dann gibt's da noch den technischen Zeichner in Langfords Konstruktionsbüro. Er ist oft für die Firma nach London gefahren. Er ist mit ihr ein- oder zweimal ausgegangen, aber dann erzählte man sich über ihn alle möglichen Geschichten, und ihre Mutter hat der Sache sofort ein Ende bereitet. Sie mochte ihn aber schon vorher nicht. Aber jemand wie der paßt ins Bild. Jemand, der viel unterwegs ist und sich auskennt. Denn *sie* hat nicht viel Ahnung. Trotz ihrer Selbstsicherheit und allem ist sie ein Unschuldslamm.«

Die ganze Zeit über hatte Miles eindringlich und entschlossen im selben Tonfall gesprochen. Doch plötzlich klang seine Stimme sehr deutlich, unendlich auf Schönheit konzentriert und so sehnsüchtig, als hätte er Annet damit in ihren Kreis hineingezaubert. Es war, als ob diese elektrische Spannung gemeinsamen Wissens von einem auf den anderen übergriff. Alle machten angespannte Gesichter, hinter denen sich ihre eigene Qual aufgestaut hatte. Tom starrte wie blind vor sich hin. Seine Augen hatten die Richtung gewechselt und kämpften nun mit den unkontrollierbaren Visionen in seinem Innern. Dominic betrachtete Miles mit Sorge und Eifersucht und hielt die Lippen fest zusammengepreßt, um nichts von seinen inneren Kämpfen preiszugeben. George sah, daß alle in diesem Augenblick dennoch hoffnungslos voneinander isoliert waren. Einsamkeit ist ein menschlicher Zustand. Wir greifen nach jeder Linderung, die wir finden können, aber meist müssen wir uns mit flüchtigen Illusionen von Gemeinschaft begnügen. Ganz selten – wenn sie Glück haben – wachsen Familien und wirklich gute Freunde zusammen und leben in gleichen Welten, aus denen man sie nicht so leicht wieder vertreiben kann.

»Und dann«, fuhr Miles fort. Sein Jagdinstinkt war so stark, daß er sich über alle schmerzlichen Hemmungen, selbst die eigenen, rigoros hinwegsetzte. »Dann ist da noch ihr Wiederauftauchen. Bis jetzt scheint es niemandem aufgefallen zu sein, wie seltsam das ist und wie vielsagend.«

»Und was weißt du über ihr Wiederauftauchen? In der Zeitung hat nichts darüber gestanden.«

»Ich weiß, aber Mr. Kenyon hat uns am Tag nach den Herbstferien ein paar ziemlich bezeichnende Fragen gestellt. Wo wir am Wochenende gewesen seien – wo *ich* gewesen sei«, verbesserte sich Miles. »Und über den Feldweg auf der anderen Seite des Hallowmount. Und Mrs. Beck hat meine Mutter angerufen und sich auch hintenrum erkundigt, wo ich wäre. Da war uns klar, daß auf Fairford etwas nicht stimmte und daß logischerweise *mir* die Schuld zugeschoben würde, wenn ich kein Alibi hätte, und daß der Feldweg hinter dem Hallowmount etwas damit zu tun haben mußte. Es *mußte* um Annet gehen. Warum wären sie sonst hinter mir hergewesen? Aber als ich Mr. Kenyon gefragt habe, erklärte er, Annet ginge es gut, sie sei zu Hause. Die Fragen über den Weg hinterm Berg konnten nur bedeuten, daß sie dort verschwunden oder wieder aufgetaucht war. Aber das ist noch nicht alles. Jetzt kursieren die wildesten Gerüchte. Die Leute haben alle Stücke zusammengesetzt und phantasiereich ausgeschmückt – wie immer. Jetzt erzählt man sich, daß Annet nachts, auf dem Hallowmount umherirrend, gefunden wurde und daß sie geschworen habe, sie sei nirgendwo gewesen, habe nur einen Spaziergang gemacht und sei jetzt auf dem Heimweg. Andere behaupten, sie sei diese fünf Tage für die Welt verloren gewesen und habe sie im Innern des Hallowmount zugebracht, wie diese Dorfmädchen im achtzehnten Jahrhundert, aber sie erinnere sich an nichts. Die Leute reden darüber irgendwie zweideutig, wenn Sie wissen, was ich meine. Halb glauben sie, was sie sagen, halb machen sie sich lustig darüber, als wäre es nur eine Geschichte, die man erfunden hat, um zu vertuschen, wo sie tatsächlich gewesen ist. Die Menschen hier sind Experten für zweideutige Geschichten.« Er blickte von George zu Tom und dann wieder zu George. »Hab' ich recht?«

»Im großen und ganzen, ja. Mr. Kenyon hat gesehen, wie sie am Donnerstag auf den Hallowmount gestiegen ist, und er ist mit ihrem Vater am Dienstagabend raufgegangen und hat sie dort knapp unter dem Kamm getroffen.«

»Und sie hat tatsächlich dieses Märchen erzählt, daß sie sich nicht erinnern könnte, wo sie die fünf Tage gewesen wäre?«

»Ja«, sagte Tom.

»Dann hat sie das aus einem ziemlich triftigen und dringenden Grund getan. Dom und ich haben darüber nachgedacht«, sagte Miles. »Keiner weiß besser als ich, wie Annet sich in einer solchen Klemme benimmt. Ich habe mit ihr in so einer dringesteckt. Sie hat nie gelogen. Sie ist mit einer Art rücksichtsloser Würde wieder ins Haus gegangen, hat von der Wahrheit so viel gesagt, wie sie wollte, und danach kein Wort mehr. Sie hat mich nicht ausgelassen, weil ich ihr klargemacht hatte, daß ich das nicht wollte. Aber sie hat auch nie etwas zugegeben, was gegen mich gesprochen hätte. Und jetzt will sie es wieder so machen. Da bin ich mir ganz sicher. Wenn Sie glauben, sie hätte sich die seltsame Geschichte als Alibi für das Wochenende ausgedacht und sei auf dem Hallowmount aufgetaucht, um der Geschichte Farbe zu verleihen, liegen Sie völlig schief. Nein, es ist genau andersrum. Sie hat das erzählt, *weil sie dort erwischt wurde.*«

»Du willst uns also klarmachen«, sagte George mit gespannter Aufmerksamkeit, »daß Annet einen privaten und triftigen Grund gehabt hätte, da auf dem Berg zu sein, und daß sie, als sie über den Kamm kam und nach Hause gehen wollte, völlig überrascht war, als sie dort ihren Vater und Mr. Kenyon traf.«

»Genau. Und sie mußte sich blitzschnell etwas einfallen lassen. Hätte sie Zeit zum Nachdenken gehabt, wäre ihr etwas Besseres eingefallen, aber so mußte sie sekundenschnell handeln. Sie hat zu den alten Sagen Zuflucht genommen, aber nicht um ihr verlorenes Wochenende zu vertuschen, sondern um die Aufmerksamkeit von dem abzulenken, *was sie gerade tat.*«

»Sprich weiter«, sagte George nach einer kurzen Pause, in der es war, als würden sie aus tiefem Schlaf aufwachen. »Was *hat* sie denn deiner Meinung nach *getan*?«

»Sie könnte etwas versteckt haben«, sagte Dominic, der

132

bisher still und stumm in einer Ecke gesessen hatte. »Etwas, das keiner der beiden mit nach Hause nehmen wollte oder konnte.«

»Und was zum Beispiel?«

»Zum Beispiel Schmuck für zweitausend Pfund und den Rest des Geldes, nachdem sie ihre Rechnungen bezahlt hatten.«

»Nein!« protestierte Tom Kenyon lautstark und richtete sich kerzengerade auf. »Genausogut könnte man sagen, daß sie bei dem Verbrechen mitgemacht hat. Das glaube ich nicht. Das ist unmöglich!«

»Nein, Sir. Das habe ich nicht gemeint. Sie muß überhaupt nichts davon gewußt haben. Angenommen, er hat ihr eine Schachtel gegeben oder eine Tasche und hat gesagt: Hier, paß gut darauf auf. Es ist alles, was ich zusammensparen konnte. Das ist unser gesamtes Kapital. Oder er hat gesagt: Verstecke es irgendwo, wo wir es jederzeit holen können, wenn wir einen festen Plan haben und für immer abhauen. *Er* hätte natürlich gewußt, was wirklich drin ist und daß der Inhalt ihn verraten würde, wenn er gefunden würde. Aber *sie* nicht. Sie hätte nur gedacht, daß er Angst hätte, daß seine Familie schnüffeln und ihm wegen seiner Ersparnisse neugierige Fragen stellen könnte oder sie ihm sogar wegnehmen würde – wenn er aus der entsprechenden Familie kam. Und das wäre doch leicht möglich. Vielleicht hat er aber auch zur Untermiete gewohnt oder einen Vater gehabt, der ihn nicht aus den Augen ließ, oder habgierige Brüder. Es könnte ein Dutzend Gründe geben, warum es in einem Versteck in den alten Bleiminen oder in einem hohlen Baum auf dem Berg sicherer wäre als zu Hause, wo es neugierige Augen gab. *Sie* hätte nicht gewußt, wie heiß das Päckchen wirklich war, aber seine Gründe hätten ihr eingeleuchtet. Und sehen Sie nicht den Riesenvorteil, so etwas im Freien und nicht zu Hause zu verstecken? Falls er das Pech hätte, daß es ein Fremder findet, kann niemand und nichts es mit ihm in direkte Verbindung bringen. Sie hätte keine Fragen gestellt, sondern getan, worum er sie gebeten hatte, und sie wäre sich keines Unrechts bewußt gewesen – bis Sie ihr zwei Tage später von dem Mord erzählt haben. *Da* hat sie verstanden.«

»Gut, angenommen, du hast recht. Warum hat er sie dann nicht überredet, gleich für immer mit ihm wegzulaufen? Warum noch mal nach Hause zurückkommen? Warum hat er sich mit ihr und der Beute nicht aus dem Staub gemacht, solange beide noch die Chance hatten?«

»Weil er sich absolut sicher fühlte, daß ihn nichts auf der Welt mit dem Mord in Verbindung bringen könnte. Wäre er aber ohne Grund, gerade zu diesem Zeitpunkt, untergetaucht, hätte das Verdacht erregt. Stimmt doch, oder?« Dominics strahlende Augen hingen herausfordernd am Gesicht seines Vaters.

»Sie vergessen den Casanova, der sie angesprochen hat«, platzte Tom heraus. Verlegen blickte er George an. »Tut mir leid. Das hätte ich wohl nicht sagen sollen. Es ist noch nicht veröffentlicht, oder?«

»Nein, aber da wir uns ein Bild von dem Ganzen machen wollen, spielt es keine Rolle.« George berichtete kurz über diese Episode: »Es ist mit Sicherheit ein wichtiger Punkt. Sobald er von dieser Begegnung erfährt, weiß er, daß es einen möglichen Zeugen gibt, der Annet zur Tatzeit und in der Nähe des Tatorts identifizieren könnte. Es ist nicht schwer, eine zutreffende Beschreibung von Annet abzugeben. Es wäre unmöglich, sie auf einem einigermaßen passablen Foto von ihr nicht zu erkennen, nachdem man sie aus der Nähe gesehen hat.«

»Aber sie hätte keinen Grund gehabt, ihn vor dem Zeugen zu warnen, da sie von dem Verbrechen nichts wußte. Und ohne zwingenden Grund hat sie ihm bestimmt nichts von dem Mann erzählt.«

»Sie hätte ihm also nicht erzählt, daß ein Typ sie belästigt hat?«

Allein die Annahme, daß jemand ihr zu nahe getreten sein könnte, führte bei beiden verliebten Männern zu Empörung und Eifersucht. Ohne daß Kenyon es merkte, sprach er mit der Stimme des gönnerhaften Schulmeisters, was Miles auf die Barrikaden brachte. Er blickte Tom mit dem arroganten und herablassenden Gesicht eines modernen Oberstufenschülers an, mit dem dieser seine inneren Kämpfe tarnt. Der blitzschnelle Austausch von gemeinsam empfundenem Schmerz zwischen den beiden machte sie zu Gleichaltrigen, ob es ihnen nun paßte oder nicht. Dominics scharfe und intelligente Augen musterten die beiden unter gesenkten Wimpern, aber er behielt seine Gefühle für sich. Die Luft war erfüllt von dem unlösbaren Konflikt zwischen Sympathie und Haß. Einen Moment lang warteten alle angstvoll auf eine Entladung.

»Nein«, sagte Miles etwas freundlicher, doch nicht weniger entschieden, »so etwas hätte sie nie erzählt. Vor allem nicht *ihm*.«

»Nun, wenn du recht hast, hat er keine Ahnung, daß es jemanden gibt, der eine Beschreibung von ihnen beiden liefern könnte«, sagte George. »Er weiß, daß er keine Spuren hinterlassen hat. Er wiegt sich in Sicherheit. Alles Gründe, warum er sich eine Zeitlang bedeckt halten will, bis der Raub in Birmingham vergessen sein wird. Ja, das ergibt Sinn. Es ist sogar möglich, daß er anfangs gar nicht gewußt hat, daß der alte Mann tot war. Vermutlich hat er zugeschlagen, alles eingesackt und ist weggelaufen, in der Meinung, der Mann sei lediglich ohnmächtig.«

»Und selbst wenn er wußte, daß es Mord war, gab es nichts, was ihn damit in Verbindung bringen könnte. Da lag es doch auf der Hand, wieder nach Hause zu fahren, wie immer zur Arbeit zu gehen und sich unauffällig zu verhalten. Deshalb mußte er den Schmuck und das Geld verstecken.« Hartnäckig verfolgte Dominic seinen Gedanken weiter. »Oder ihn von Annet verstecken lassen – natürlich an einem sicheren Ort, von dem sie annehmen konnten, daß niemand so schnell dort nachsehen würde, der andererseits aber so beschaffen war, daß er nicht in Verdacht geriete, falls jemand den Schatz fände. Aber das kann er sich jetzt abschminken. Es *gab* einen Augenzeugen, von dem er nichts gewußt hat. Und Annet *wurde* identifiziert. Fest steht, daß Annet und der Mann, der das Wochenende mit ihr verbracht hat, mit dem Raubmord etwas zu tun haben. Nur Annets Widerstand steht zwischen ihm und der Anklage wegen Mord. Das ist die Situation, in der er sich jetzt befindet.«

»Da ist noch ein Punkt.« Mit finsterer Miene betrachtete Miles seine Hände, die sich unwillkürlich jedesmal verkrampften, wenn ihr Name fiel. »Angenommen, unsere Vermutungen stimmen und er hat ihr aufgetragen, Geld und Schmuck zu verstecken, dann könnten sie sich doch über das Versteck bereits vorher abgesprochen haben. Vielleicht ist es ein Ort, den sie früher schon für andere Dinge benutzt haben. Vielleicht aber auch nicht. Angenommen, niemand außer Annet weiß, wo sich der gestohlene Schmuck und das Geld jetzt befinden. Er weiß, sein Leben hängt von ihrem Schweigen ab. Wenn er nun in Panik gerät und fliehen will, kann er nicht mit seiner Beute abhauen, ohne mit Annet Kontakt aufzunehmen. Und wenn er das tut . . .«

»Kann er nicht«, versicherte George. »Wir haben ständig einen Wachposten im und vorm Haus. Uns war auch klar, wie stark Annet gefährdet ist. Und wir haben nicht vor, sie aus den Augen zu verlieren. Darauf könnt ihr euch verlassen.«

»Ja, gut . . .« Ein dankbares Lächeln zuckte über Miles' blasses Gesicht. »Aber er hat jetzt nichts mehr zu verlieren, und er braucht Geld für die Flucht. Und wenn er doch eine Möglichkeit findet, zu ihr zu gelangen, könnte er sich erinnern, daß sie . . ., daß kein anderer ihn identifizieren kann . . ., und dann . . .«

Miles' Lippen waren plötzlich so trocken, daß er nicht weitersprechen konnte.

»Ja, das ist mir auch klar. Aber ich habe einen Mann vor dem Haus postiert, Miles, und eine Polizistin drinnen bei ihr. Und ganz gleich, wie verzweifelt er auch sein mag, wir haben es nur mit einem einzigen Mann zu tun. Es steht doch nach alledem fest, daß er allein ist.«

»Nicht ganz allein«, widersprach Miles fast unhörbar. »Er hat jemanden, der ihm vielleicht hilft, zu ihr zu gelangen, sobald man ihr auch nur für eine Minute den Rücken zukehrt.«

George stand auf und blickte Miles wortlos an. Es war Tom Kenyon, der sich immer noch gegen die absolute Sicherheit des Jungen sträubte und der jetzt fragte: »Und wer soll das sein?«

»Annet«, antwortete Miles.

Sie hatten sich leergeredet. Beklemmendes Schweigen herrschte im Raum. Die beiden Jungen saßen gefaßt und still da; ihre Augen hafteten gespannt an Georges grübelndem Gesicht, während der in Gedanken noch einmal alle Punkte durchging, die sie vorgebracht hatten. Sie hatten guten Grund, um Annet Angst zu haben. Viele Gründe sprachen dafür, immer wieder zu dem düsteren Hallowmount und seinem charakteristischen Gipfel hinaufzublicken, der Annet mit ihrem Liebhaber verband und gleichzeitig von ihm trennte. Mußte sie unbedingt einen besonderen Grund gehabt haben, in jener Nacht ihrer Rückkehr auf dem Hallowmount zu sein? War es nicht einfach ihr Heimweg? War es nicht natürlich, daß sie auf demselben Weg zurückkam, auf dem sie weggegangen war? Sie hatte auch in der Dunkelheit keine Angst vor dem Hallowmount. Aber dann hätte sie nicht – laut Miles – ihre Abwesenheit mit dieser phantastischen Geschichte vertuscht, selbst wenn sie über die Begegnung mit dem Vater und Tom völlig überrascht gewesen war. Sie hatte sich den Tarnschleier übergeworfen, weil sie etwas ganz Bestimmtes verbergen mußte. Wer könnte das besser wissen als Miles?

Doch selbst wenn sie den Auftrag gehabt hätte, die Beute auf dem Heimweg irgendwo zu verstecken, war es ja nicht gesagt, daß sie ein Versteck gewählt hatte, das ihrem Partner nicht bekannt war. Möglich wäre es, doch höchst unwahrscheinlich. George hielt es immer mehr für wahrscheinlich, daß sie bereits ein Versteck hatten, das sie oft als geheimen Briefkasten benutzt hatten, zu dem man von beiden Seiten des Berges – schnell und ohne Verdacht zu erregen – gelangen konnte. Und wenn sie solch ein Versteck hatten, das sie über lange Zeit als verläßlich erprobt hatten, würde keinem der beiden der Gedanke kommen, ihren Schatz woanders zu verstecken. Es wäre dann auch die natürlichste Sache der Welt, daß Annet ihn dort versteckte, wenn er direkt auf ihrem Heimweg lag.

Der Junge mußte sich um sein Motorrad und seine Familie kümmern. Es sah so aus, als hätten die beiden den Hallowmount zur Wasserscheide ihres Lebens gemacht, so daß der Akt des Überschreitens zu einem Ritual geworden war. Der Berg war die Barriere zwischen ihrer Welt der Realität und der der Phantasie, zwischen dem geheimen Leben, das sie miteinander teilten, und dem Alltag, in dem sich ihre Pfade nie kreuzten – jedenfalls nicht als Liebespaar. Der Berg war der Hohlweg zu einem Traumland, jenseits der Zeit, so sicher, als hätte die Erde sich geöffnet und sie verschlungen.

Sicher war auch, daß sie einen Schatz gehabt hatten, den sie verstecken mußten. Wahrscheinlich war, daß sie einen Platz hatten, der sich durch langen Gebrauch als sicher erwiesen hatte. Fraglich war, ob ihr Schatz sich noch dort befand. Bis zum Erscheinen der Abendzeitung hatte er es kaum für erforderlich gehalten, die Beute schleunigst zu holen, sondern hatte es bestimmt vermieden, auch nur in die Nähe des Verstecks zu gehen.

Jetzt wußte er seit mehreren Stunden, daß man ihm dicht auf den Fersen war. Wie lange würde er brauchen, um einen Entschluß zu fassen, so verängstigt und unerfahren wie er war? Er durfte sich auf niemanden außer auf sich selbst verlassen. Oder wie lange würde es dauern, bis er in Panik geriete? Es war durchaus möglich, daß er das Geld inzwischen geholt hatte. Vielleicht aber auch nicht. Ganz gleich, ob all ihre Schlußfolgerungen richtig wären oder falsch – sie konnten nichts falsch machen, wenn sie den Hallowmount observierten. Vielleicht holte er seine Beute und lieferte sich selbst ans Messer. Himmel noch mal, ihre einzige Spur zu ihm war das stumme Mädchen auf Fairford.

Price würde ihm nicht gerade aus Dank die Füße küssen, wenn er allein in der kalten Nacht um den Berg rumpatrouillieren müßte, aber jeder Versuch war es wert. George entschuldigte sich und ging zum Telefon. Als er ins Zimmer zurückkam, hatte sich keiner darin bewegt. Alle blickten ihn erwartungsvoll an.

»Ich lasse einen Mann Wache gehen für den Fall, daß er die Beute nachts holen will«, sagte George. »Ihr könntet durchaus recht haben, daß sie irgendwo da oben auf dem Berg versteckt ist. Falls er weiß, wo er suchen muß, kommt er wahrscheinlich nachts. Es ist nicht so leicht, die Gegend tagsüber im Auge zu behalten. Unter keinen Umständen möchte ich ihn verscheuchen, und der Anblick von Kriminalbeamten in Zivil auf dem Gipfel des Hallowmount dürfte ihn kaum ermuntern. Außerdem haben wir keinen Überschuß an Männern.« Er kaute nachdenklich an einem Fingerknöchel.

»Wir könnten jede Menge Jungen bereitstellen«, sagte Tom Kenyon. »Das könnte ein ziemlich guter Ersatz sein. Miss

Darrill macht morgen mit dem Geographie-Club der Schule eine Wanderung. Eigentlich wollten sie zum Cleave gehen, aber es gibt keinen Grund, warum sie nicht zum Hallowmount umdirigiert werden könnten. Der ist geologisch interessant, das würde überzeugend klingen. Und wir können ungefähr vierzig Schüler über den Berg ausschwärmen lassen. Dann könnte mit Sicherheit niemand irgend etwas dort suchen, ohne gesehen zu werden. Und dabei haben wir drei Gelegenheit, uns ein bißchen umzusehen. Falls Sie, Gentlemen« – Tom schaute seine beiden Sechstkläßler mit ernstem Blick an –, »nichts dagegen haben, mit mir an dieser Exkursion teilzunehmen.«

Sie hatten sich aufgerichtet und erwiderten den Blick strahlend und begeistert, aber auch eine Spur mißtrauisch, eben wie zwei Mitverschworene.

»Wenn wir irgendwie helfen können, gern«, sagte Miles und blickte George fragend an. »Und finden Sie nicht, daß wir Miss Darrill einweihen sollten? Wir müssen ihr sagen, warum wir mitkommen wollen.«

»Das würde mir einen Tag schenken«, sagte George, »den wichtigsten Tag, denn an dem Tag dürfte er kommen. Er weiß jetzt, wo er steht. Natürlich muß Miss Darrill erfahren, worum es geht, aber sonst niemand. Und wenn sie mitmacht, soll sie nichts anderes tun als das, was sie sonst auch mit den Schülern auf einer Exkursion macht. Alle sollen sich ganz normal beschäftigen. Für mich ist es wichtig, daß ihr auf dem Berg seid und dadurch verhindert, daß er zu seinem möglichen Versteck gehen kann. Wenn er die Beute schon geholt hat, können wir auch nichts machen. Aber wenn nicht, führt er uns vielleicht zu ihr.«

»Jane macht mit«, erklärte Tom. »Und was ist, wenn *wir* das Zeug finden? Was sollen wir dann tun?«

»Liegenlassen, wo es ist, aber den Platz scharf beobachten. Ich muß für den Großteil des Tages nach Birmingham fahren, bin aber zurück, ehe es dunkel wird. Dann kann ich euch ablösen. Könnt ihr bis dahin die Stellung für mich halten?«

»Ja, bis Sie kommen, ganz gleich, wann das ist.« Es war seine einzige Möglichkeit, Annet zu helfen. Vielleicht würde sie es ihm nicht danken, vielleicht würde sie ihn deshalb hassen, aber es gab keine andere Wahl.

»Gut! Ich werde mich bemühen, um halb fünf auf der Polizeistation zu sein. Könnten Sie mich dann anrufen? Falls irgend etwas vorher passiert, werde ich versuchen, Ihnen so schnell wie möglich Bescheid zu sagen.«

»Ich werde Sie anrufen. Darf ich jetzt gleich mit Jane Darrill telefonieren? Ich möchte sie möglichst früh warnen, daß wir ihren Terminplan umwerfen wollen.«

Tom rief Jane an. Sie antwortete fröhlich und leicht amüsiert, ohne eine Spur von Überraschung. Seltsamerweise glaubte er dann übers Telefon eine gewisse Reserviertheit herauszuhören, die ihm bei ihren alltäglichen Begegnungen nie aufgefallen war.

»Das heißt, wir müssen den Tee irgendwo in Comerford einnehmen«, sagte sie und seufzte. »Die Zeit reicht nicht, um mit ihnen bis zur Grenze zu gehen. Und was sollen die Elliots mit dem Futter machen, das sie für vierzig hungrige Mäuler vorbereitet haben?«

»Daran hatte ich nicht gedacht«, sagte er bestürzt. »Na ja, wenn Sie das nicht tun können, dann . . .«

»Wer sagt, daß ich es nicht tun kann? Nur für das Unmögliche ist eine Vierundzwanzig-Stunden-Vorwarnung nötig. Ich wohne doch hier und kann für Tee und Brote sorgen. Übrigens – wer bittet mich eigentlich um diesen Gefallen? Sie oder die Polizei?«

»Ich«, erklärte er schlicht, ohne auch nur im geringsten vorzutäuschen, die Sache sei ganz legal.

»Hauptsache, wir wissen Bescheid«, sagte Jane und lachte. »In Ordnung, alles klar.«

Sie legte auf und überließ Tom ganz neuen Gefühlsregungen, die er jetzt plötzlich bei sich entdeckte, obwohl er doch geglaubt hatte, Annet hätte all seine diesbezüglichen Quellen ausgeschöpft. Als er zurück ins Wohnzimmer ging, um George Bericht zu erstatten, fragte er sich, warum er sich eigentlich schämen sollte. Aber er konnte dem Wunsch, die dunkleren Nischen seines Verstandes näher zu erforschen, jetzt nicht nachgeben. Es gab doch nur einen Menschen, der wirklich wichtig war – und zum ersten Mal in seinem Leben war das nicht er selbst.

»Alles klar«, meldete er. »Ich glaube, wir sollten für heute Schluß machen, wenn wir morgen den ganzen Tag auf Patrouille gehen wollen. Kommen Sie, Miles, ich fahre Sie nach Hause.«

Tom ließ den Jungen in die kalte Nacht vorausgehen, weil er George noch etwas fragen wollte. Er konnte sich nicht erinnern, daß er sich jemals für einen Schüler so verantwortlich gefühlt hatte wie jetzt für Miles. Das vertrauliche Gespräch hatte sie enger zusammengeführt, als ihm wirklich angenehm war, und wahrscheinlich fühlte der Junge sich auch nicht besonders wohl dabei.

»Es stimmt doch tatsächlich, was Sie über den jungen Mallindine gesagt haben?« fragte er George an der Tür. »Ich meine, die beiden waren doch die ganze Zeit in Snowdonia, oder?«

»Ganz bestimmt. Wir haben ihr Wochenende überprüft.« George erinnerte sich an die mündliche Ohrfeige, die Dominic noch bevorstand, wenn der richtige Zeitpunkt gekommen wäre. Er lächelte. Die beiden Jungen unterhielten sich leise neben dem Mini. Sie gaben sich Mühe, unbefangen zu sprechen und nicht zu verraten, was ihnen wirklich im Kopf herumschwirrte. »Keine Sorge, die beiden sind einwandfrei.«

»Ich vermute, Sie haben noch nie so gern den Hauptverdächtigen von der Liste gestrichen«, sagte Tom, der erleichtert

aufatmete, obwohl all seine leidenschaftlichen Herzensregun-
gen eigentlich nur einem anderen hilflosen jungen Geschöpf
galten, für das es keine Erleichterung gab.

»Nun, eigentlich stand er ziemlich unten auf der Liste.
Aber es hat sich rausgestellt«, sagte George und blickte Tom
scharf an, »daß wir die Nummer eins auch verloren haben.«

»Was? Wen?« Aber vielleicht durfte er die Frage nicht
stellen. Kaum war die Obrigkeit mal freundlich, nahm man
an, sie würde einem auch vertrauliche Dinge erzählen. »Tut
mir leid, ich ziehe die Frage zurück. Selbstverständlich können Sie darüber nicht sprechen.«

»Ach, in diesem Fall kann ich.« George schaute ihn an und
sah, daß Toms junges hübsches Gesicht zwar blasser als sonst
war und nachdenklicher, aber die Augen blickten ihn felsenfest und unschuldig an. »Die Nummer eins bot sich geradezu
für eine Überprüfung an: täglicher Kontakt mit ihr, dann
während des Wochenendes, an dem sie verschwunden war,
auch nicht in der Gegend. Bei ihrem Auftauchen ebenfalls
beteiligt, als wüßte er, wo man sie finden würde. Interessiert
daran, die richtige Atmosphäre für ihre Rückkehr zu schaffen.
Aufgeregt, als ich anfing, Fragen zu stellen. Und begierig, die
Ergebnisse zu erfahren. Und übermäßig bemüht, mir Hinweise zu geben, daß noch jemand am Tatort gewesen wäre.«

Verständnislos starrte Tom ihn an. Er dachte in alle möglichen falschen Richtungen, war jedoch nicht imstande, diesen
Liebhaber irgendwo auszumachen.

»Aber da war kein anderer. Von Anfang an bestand das
Problem darin, daß niemand so engen Kontakt mit ihr hatte,
daß er . . .«

»Niemand?« unterbrach George ihn lächelnd. »Doch, einen Burschen hat es gegeben: richtiges Alter, richtiger Typ,
täglicher Kontakt mit ihr. Wollen Sie mir sagen, daß Sie den
nie gesehen haben? Aber wir haben sein Alibi fürs Wochenende ebenfalls überprüft. Er ist absolut sauber. Er ist wie ein

Lämmchen nach Hause gefahren – genau, wie er gesagt hatte – und war mit einer anderen jungen Frau im Theater, als Jacob Worrall umgebracht wurde. Himmel noch mal!« fuhr George ihn beinahe wütend an. »Soll ich Ihnen noch sagen, welches Stück Sie gesehen haben?«

Da traf Tom die Erkenntnis wie ein Blitz aus heiterem Himmel. Er rang nach Luft, blieb wie angewurzelt stehen und vergrub die Absätze im Kies der Auffahrt. Dann starrte er George mit großen Augen an und suchte nach Worten. Er konnte es nicht fassen, daß ihm diese auf der Hand liegende Möglichkeit nie eingefallen war. Was für ein selbstzufriedener Trottel er doch war! Jetzt betrachtete er sich wie auf Armeslänge mit den Augen eines Fremden. Auch das war für ihn eine völlig neue Erfahrung.

»Ist Ihnen dieser Gedanke tatsächlich nie gekommen? Warum habe ich wohl an jenem Abend Doktor Thorpe gebeten, bei Annet zu bleiben, bis mein Wachmann käme, um auf sie aufzupassen? Wer wußte zu dem damaligen Zeitpunkt, daß wir dabei waren, ihr auf die Schliche zu kommen? Wer hätte wissen können, daß sie für ihn eine Bedrohung darstellte? Haben Sie etwa geglaubt, ich wollte sie vor ihrem Vater schützen? Allerdings wirkten Sie keineswegs wie ein Mörder auf mich«, sagte George freundlich und zog den entsetzten jungen Mann weiter zum Auto, wo die Jungen warteten. »Bei dem ersten Fluchtversuch vor sechs Monaten konnten Sie nicht ihr Partner gewesen sein, das ist richtig. Aber es ist keineswegs sicher, daß der Mann, den wir jetzt suchen, dieselbe Person ist. Das ist lediglich eine Theorie, die sich nur auf Indizien stützt. Bis Miss MacLeods Aussage Sie heute von jedem Verdacht befreit hat, waren Sie zweifellos die Nummer eins.«

8

George kam absichtlich ganz früh nach Fairford, ehe ihn jemand erwartete. Annet war noch im Morgenrock. Blaß und stumm, war sie nicht auf den erneuten Angriff vorbereitet. Aber es schien keine Zeit – weder am Tag noch in der Nacht – zu geben, zu der sie nicht gegen ihn und alle anderen gerüstet war. Ihre großen Augen schienen beinahe das halbe Gesicht einzunehmen. Sie war noch schlanker geworden und sah aus, als hätte sie überhaupt nicht geschlafen, sondern nur die ganze Nacht hindurch in der Dunkelheit durchs Fenster auf den Hallowmount gestarrt, der sich wie ein schlafendes Raubtier vor dem östlichen Horizont abzeichnete.

Er stellte ihr die alten Fragen, und sie antwortete mit dem alten geduldigen, totalen Schweigen. Er setzte sich neben sie und erzählte ihr in knappen, ruhigen Worten alles, was er über Jacob Worralls begrenztes schäbiges Leben wußte, und daß dieser in seiner armseligen kleinen Werkstatt das heimische Midlandporzellan gesammelt hätte, und über die beiden Schläge, die seinen Schädel zertrümmert hatten, daß das bißchen Blut des alten Mannes auf die Dielen der Werkstatt spritzte. Er wählte Worte, bei denen es sie schauderte. Er stieß sie ihr wie Dolche in die Brust, aber sie gab keinen Laut von sich. Der Raum war erfüllt von Schmerz; aber die einzigen Worte, die man vernahm, waren seine Worte. Er wollte aufhören, aber sie *mußte* sprechen! Er mußte sie zum Sprechen bringen.

Erst nach einiger Zeit – warum nicht gleich, wußte er nicht – kam ihm der Gedanke, die Polizistin Crowther aus dem Zimmer zu schicken. Sie sollte unten warten, bis er sie wieder rein riefe. Sobald die Tür geschlossen war, beugte Annet sich vor und nahm seine Hand in ihre beiden Hände. Sie umklammerte sie und sah ihn aus verzweifelten Augen flehend an.

»Lassen Sie mich in Ruhe«, hauchte sie. Dann preßte sie seine Hand an die Wange. Ihre dunkle Haarflut ergoß sich darüber. »Schicken Sie sie weg von mir! Schicken Sie alle weg, und lassen Sie mich allein! Bitte, bitte, schicken Sie alle weg, und lassen Sie mich in Ruhe!«

»Nein, Annet, das kann ich nicht tun. Das wissen Sie genau.«

Wie gut George sie doch verstand und wie genau er wußte, welche Gefahr ihr jetzt drohte. Ob sie sich darüber klar war, was sie tun wollte, war eine ganz andere Sache. George war sicher, daß er nur alle Wachen abziehen und warten müßte, dann würde sie ihn zu ihrem Liebhaber führen. Und das konnte er nicht tun. Er konnte ihr Leben nicht aufs Spiel setzen – nicht einmal, um einen Mörder zu fangen. Er konnte sie nicht zum Sprechen bringen, und sie konnte ihn nicht dazu bringen, ihr die Bewegungsfreiheit zu geben, die sie haben wollte, weil sie dann ihr Leben ebenso verloren hätte wie der alte Mann.

»Sie müssen! Bitte! Ich habe nichts getan. Lassen Sie mich in Ruhe! Sie müssen mich in Ruhe lassen!«

»Nein.«

»Dann kann ich nichts tun, gar nichts. Bitte, bitte, helfen Sie mir! Schicken Sie alle weg, und lassen Sie mich allein.«

Das dunkle Haar teilte sich. George sah ihren schlanken Nacken. Diese Kindlichkeit und die Zerbrechlichkeit waren mehr, als er ertragen konnte. Beinahe heftig entzog er ihr die Hand und ging schnell aus dem Zimmer. Ihr langer verzweifelter Seufzer verfolgte ihn noch auf der Treppe.

»Nein«, sagte er müde, als ihre Mutter ihm von der Schwelle zum Wohnzimmer fragend entgegenblickte. »Hat sie nicht irgend etwas gesagt, das uns weiterhelfen könnte?«

»Sie hat nichts gesagt. Ebensogut könnte sie taubstumm sein. Und so ist sie gegen alle.«

»Ist jemand gekommen, um sie zu besuchen? Oder wollte jemand sie am Telefon sprechen?«

»Nein, sprechen wollte niemand mit ihr. Der Pfarrer hat angerufen und sich nach ihr erkundigt. Und Regina natürlich.« Selbst in dieser Extremsituation konnte sie den Stolz in ihrer Stimme darüber nicht unterdrücken, daß sie Mrs. Blacklock von Cwm Hall beim Vornamen nennen durfte. »Sie hat gestern angerufen, gleich nachdem die Zeitung gekommen war. Sie und Peter waren sehr besorgt um Annet. Sie haben gefragt, ob sie irgend etwas tun könnten oder ob sie sie besuchen sollten. Gegen Annet ist ja schließlich keine Anklage erhoben worden.« Mrs. Beck blickte George streng an. »Und wir haben das Recht, wenn wir wollen . . .«

»Selbstverständlich haben Sie das. Aber Sie haben auch genügend Verstand, um die Gründe zu verstehen, warum Sie auf mich hören und das tun sollten, was ich sage. Wenn Sie nicht mehr meiner Meinung sind, lassen Sie alle Leute rein«, sagte George geduldig.

»Wir wissen natürlich, daß Sie nur Ihre Arbeit tun. Es sieht immerhin so aus, als würden Sie etwas tun, wenn Sie meine Tochter bewachen lassen. Etwas anderes ist Ihnen ja anscheinend nicht eingefallen. Selbstverständlich wollen Sie Ihren guten Ruf wahren . . .«

»Hauptsächlich möchte ich Annet am Leben erhalten«, unterbrach George sie und ging an ihr vorbei zur Tür.

Er trat in den hellen Morgen hinaus. Die Sonne stand hoch über dem Hallowmount und schien von einem wolkenlosen Himmel. Gott sei Dank! Jane Darrill hatte einen wunderschönen Samstag für ihre Exkursion mit dem Geographie-Club erwischt. Kein Mensch würde sich wundern, wenn sie mit vierzig kleinen Jungen an einem schönen Oktobernachmittag auf dem Berg herumkrabbelte. Niemand würde vermuten, daß sie einen Dieb und Mörder davon abhalten sollten, seine

Beute zu holen. (Natürlich vorausgesetzt, daß er sie noch nicht geholt hatte.) Und niemand würde vermuten, daß die Aufsichtspersonen nach etwas Spektakulärerem als Proben der heimischen Fauna und der verschiedenen Gesteinsvorkommen des Hallowmount Ausschau hielten, einem Stückchen Galenit oder einem schimmernden Quarz von den Felsen.

Ich danke euch allen für diesen einen Tag Galgenfrist, dachte George, als er die Autotür zuschlug und nach Wastfield fuhr. Es bedrückte ihn sehr, daß er in dieser kurzen Zeit unbedingt Ergebnisse würde bringen müssen. Bei diesem ungeheuren Zeitdruck fiel es ihm manchmal schwer, sich zu erinnern, daß der Mord an Jacob Worrall eigentlich ein Fall der Polizei in Birmingham war und nicht seiner.

George hatte der Mutter die Namen von Annets engsten Schulfreundinnen abgerungen. Er ging die Liste mit Myra noch einmal durch, da diese ja Annets Busenfreundin war. Nachdem er sie dazu ermutigt hatte, gab sie ihm einen detaillierten Bericht über deren Lebensläufe. Vermutlich verschwendete er nur seine Zeit, aber vielleicht auch nicht. Bis jetzt hatte ihm niemand einen Hinweis geben können, wo Annet und ihr Partner die Nächte in Birmingham verbracht hatten. Inzwischen waren alle Hotels ausgeschieden, und die Zahl der noch nicht überprüften Privatpensionen nahm ständig ab.

Eine von Annets ehemaligen Klassenkameradinnen studierte englische Literatur an der Universität von Birmingham, eine andere war auf der Kunsthochschule. Beide dürften bei hochanständigen Leuten zur Untermiete wohnen, aber manchmal fanden die jungen Damen auch solche Wohnungen, wo sie über die Stränge schlagen konnten. Und selbst wenn sie ihrer Freundin kein Bett bieten konnten, hatte sich Annet vielleicht bei ihnen gemeldet, als sie in Birmingham war. Sie mußten den Jungen nicht unbedingt gesehen haben.

Er könnte sich leicht im Hintergrund gehalten haben – aber vielleicht auch nicht. Es war eine winzige, aber reale Chance.

Von der Telefonzelle am Dorfrand rief er Duckett an und meldete die mageren Fortschritte: drei Adressen, wo vielleicht etwas zu holen wäre. Die beiden Studentinnen und eine alte pensionierte Lehrerin, die sich mit der damals vierzehnjährigen Annet auf der Girls' High School in Comerbourne außergewöhnlich gut verstanden hatte.

»Die hätten sich doch gemeldet, wenn sie etwas wüßten«, sagte Duckett. »Auf alle Fälle die Lehrerin.«

»Das sollte man meinen. Aber wir können es uns nicht leisten, irgend etwas auszulassen. Haben Sie noch mal mit den Kollegen in Birmingham gesprochen? Ich vermute, die haben auch nichts.«

»Nichts? Mann, die haben alles, bis auf das, was sie wollen. Wie üblich ruft jeder Irre an und behauptet, die Kleine gesehen zu haben, aber immer am falschen Ort und eine ganz andere junge Frau. Diese Wichtigtuer kriechen unter jedem Stein hervor«, sagte Duckett verbittert, »und rennen zum nächsten Telefon. Bis jetzt kein brauchbarer Hinweis, aber irgendwo müssen die beiden geschlafen haben. Und selbst mit Sonnenbrille oder anderer Frisur könnte sich das Mädchen keine Minute lang verstecken. In irgendeiner Toilette in einem Restaurant oder Café mußte sie sich frisieren und dabei den Hut abnehmen, falls sie einen getragen hat.«

»Ich glaube nicht, daß sie versucht hat, sich zu verkleiden«, sagte George. »Sie hat nur eine private ›Sünde‹ begangen. Sie hatte keine Angst und schämte sich auch nicht, sobald sie Comerford hinter sich gelassen und bekommen hatte, was sie wollte. Ich glaube auch nicht, daß sie sich besondere Mühe gab, sich zu verstecken. Wenn sie es getan hätte, wäre sie mehr aufgefallen. Aber wie Sie sagten, müssen die beiden irgendwo geschlafen haben, und sie müssen auch was gegessen haben. Öffentliche Verkehrsmittel brauchten sie nicht. Sie hatten ja das Motorrad. Und wenn sie gemeinsam durch die Straßen gingen, taten sie es in der Dunkelheit. Die beiden Augenzeugen, die Annet identifiziert haben, hätten uns auch nicht viel genützt, wenn sie nicht direkt unter einer Straßenlaterne gestanden hätte.«

»Wie Sie sagen – für jemanden, der sich keine Mühe gab, hat sie sich sehr erfolgreich unsichtbar gemacht.«

»Zugegeben, aber nicht absichtlich. An jenem Abend hatte sie auch nichts dagegen, daß man sie sah. Sie stand direkt unter der Straßenlaterne und hat nicht versucht, sich zu verstecken, als der Casanova vorbeikam. Sie hat ihn erst abgewimmelt, als er zu frech wurde. Sie hatte keinen dringlicheren Grund, sich oder ihren Liebhaber zu verstecken, als den, ungestört ein Wochenende miteinander zu verbringen. Und rein zufällig hat es sich ergeben, daß ihr Aufenthalt in der Stadt unbemerkt geblieben ist. So sehe ich das.«

»Sie könnten recht haben«, meinte Duckett. »Machen Sie so weiter.«

»Sonst gibt es nichts Neues? Hat Scott etwas über Geoff Westcott rausgefunden?«

Ein kurzes heftiges Lachen drang an Georges Ohr. Wenn Duckett lachte, hieß das, daß jemand Ärger bekommen würde, aber nicht, daß er am Galgen enden würde.

»Und ob er das hat! Alles sehr interessant, aber ich bezweifle, daß es Ihnen viel nützt, George. Also Geoff hat Scott gestern erzählt, daß er mit seinem Techtelmechtel, Smoky Brown, in Südwales gewesen sei und bei Smokys Vettern in Gower gewohnt habe. Er erklärte, der gesamte Clan würde das bezeugen. Das bezweifelte Scott nicht, da er unsere Browns kennt. Deshalb hat er sie auch gar nicht befragt, sondern ist gleich zu Martha Blunt gegangen – noch ehe Geoff bei Lowther's Feierabend hatte. Er hat ihr erzählt, Geoff behaupte, am Wochenende mit den Browns in den Süden gefahren zu sein und bei den Vettern gewohnt zu haben. Dann fragte er sie, ob sie diese Behauptung bestätigen könne. Er tat vollkommen harmlos und meinte, sie würde sicher Bescheid wissen – und so weiter. Da Smoky Browns Schwester die einzige andere Brown war, die in Frage käme – übrigens eine sehr heiße Nummer –, zog Martha natürlich sofort die unausweichliche Folgerung und ging sozusagen an die Decke. ›Diese Ratte!‹ schrie sie. ›Also *das* hat er gemeint mit der Fernfahrt, um einem Freund einen Gefallen zu tun! Und ich habe dem verdammten Idioten jedes Wort geglaubt!‹

Scott mußte nur die üblichen Fragen einwerfen, wenn sie mal Luft holte: Was für ein Freund? Wohin? Welche Ladung hat er gefahren? Martha hat ihm alles erzählt, was er ihr gesagt hatte, und das war weitgehend die Wahrheit. Zwar hat er ihr nicht gesagt, wo er die Ladung abholen, aber wo er sie hinbringen sollte. Zwei Fahrten, zwei Lastwagen voll auf einen Hinterhof in Bolton. Liebe ist etwas Schreckliches.«

»Auf alle Fälle stört sie beim Geschäft«, stimmte George zu. »Meinen Sie, die Kollegen werden die Ladung beschlagnahmen können?«

»Mit etwas Glück, ja. Die Empfänger können ja nicht wissen, daß er so blöd war, seiner Freundin den wahren Grund zu nennen, warum er am Samstag nicht mit ihr ausgehen konnte. Selbstverständlich hat er ihr nicht erzählt, daß die Ware geklaut war, aber viel hat nicht gefehlt.«

Wieder einer weniger auf der Liste der Verdächtigen, dachte George, als er den Hörer einhängte. Arme Martha! Aber wenn sie beschloß, Geoff den Laufpaß zu geben, würde keiner sterben. Und wenn sie ihn trotz allem behalten wollte, konnte sie ihn vielleicht dank ihrer Charakterstärke vor dem Gefängnis bewahren. Nachdem er ihr einmal die Wahrheit gesagt hatte, würde es sinnlos sein, sie später anzulügen. Sie würde immer wie ein Schießhund aufpassen und die Leine straffziehen. Und wenn der junge Geoff sie tatsächlich liebte – und so sah es seltsamerweise aus –, würde er nach diesem Schreck beinahe alles tun, um nicht zu riskieren, sie zu verlieren. Vielleicht konnte sie ihm verzeihen und auf ihn warten, weil er nicht untreu, sondern nur ein kleiner Krimineller geworden war.

Nun, über die Geschichte der beiden brauchte er sich nicht den Kopf zu zerbrechen. Noch ein paar mehr lächerliche Komödien wie diese – und seine Liste der Verdächtigen löste sich in Rauch auf.

Er fuhr durch Comerford, über die Brücke und um die östliche Flanke des langen, dreimal gefalteten Höhenzugs nach Cwm Hall. Vor ihm lag die lange Auffahrt, der herrliche Park, links, etwas abseits, der Viereckbau der Stallungen, der zweihundert Jahre jünger als das wunderschöne Herrenhaus war, das wie ein E gebaut war. Dahinter standen die Scheunen und die Taubenschläge, die die ziegelroten Dächer überragten.

Regina Blacklock saß an ihrem Schreibtisch vor einem großen Fenster und ackerte – ohne Annets Hilfe – gnadenlos die Korrespondenz des Morgens durch. Als sie den Wagen auf dem großen Kiesplatz halten sah, winkte sie und stand auf, um George auf der Türschwelle zu begrüßen.

»Mr. Felse, ich freue mich sehr, Sie zu sehen. Ich wollte Mrs. Beck noch mal anrufen, aber ich hielt es für grausam, die arme Frau zu belästigen.« Hinter der Lesebrille wirkten ihre wachen hellblauen Augen etwas erschrocken. Aber dann überfuhr sie ihn beinahe mit ihren schroffen, entschiedenen Bewegungen, denen weder Tod, Verdächtigungen oder Leid etwas anhaben konnten. Kein Wunder, daß die Menschen, denen sie ihr ehrlich gemeintes Beileid aussprach, bei ihren Besuchen oft ablehnend reagierten und verärgert schwiegen. Dennoch war Regina eine freundliche, aufrichtige Frau, die – um alles auf der Welt – Menschen in Not oder Leid nicht einfach allein lassen konnte.

»Erzählen Sie mir von Annet. Das ist solch eine schreckliche Geschichte. Ich verstehe nicht, wie sie in so was reingeraten konnte. Wir haben immer so gut auf sie aufgepaßt. Und sie ist von Natur aus kein hinterhältiges Kind. Da bin ich mir ganz sicher. Nie habe ich ein Anzeichen dafür entdeckt. Wie konnte es geschehen, daß wir nicht gemerkt haben, daß ihr jemand den Kopf verdreht hatte? Wie geht es dem armen Mädchen jetzt?«

»Körperlich fehlt ihr nichts«, sagte George und stemmte geistig die Fersen in den Boden, um sich gegen diesen Energiesturm zu schützen.

»Sie haben wohl noch etwas dagegen, daß wir sie besuchen? Ich möchte die Dinge für Sie auf keinen Fall komplizieren, aber sagen Sie uns sofort, wenn wir zu ihr dürfen. Wir machen uns wirklich große Sorgen. Falls es in der Zwischenzeit irgend etwas gibt, das wir tun können, sagen Sie es, bitte. Wir würden ihr gern helfen!«

Das würden viele andere auch! George erinnerte sich an die feindseligen Blicke zwischen Tom Kenyon und Miles Mallindine in seinem Wohnzimmer. Auch die beiden konnten nichts tun, obwohl sie mehr Rechte als Sie haben, dachte er.

»Möchten Sie mit Peter sprechen? Er ist mit Stockwood bei den Stallungen. Ich glaube, sie arbeiten an einem Auto.«

»Eigentlich bin ich nur hergekommen, um ein paar Worte mit Stockwood zu wechseln«, sagte George.

»Oh!« sagte sie und trat einen Schritt zurück, um ihn mit ihren wachen blauen Augen näher zu betrachten. »Ich dachte, er hätte bereits alles gesagt. Gestern nachmittag war einer Ihrer Männer hier und hat ihn wegen des Wochenendes befragt.«

»Ich weiß. Da wäre nur noch ein Detail, über das ich selbst mit ihm sprechen möchte – falls Sie nichts dagegen haben?«

»Natürlich nicht. Aber ich sollte Ihnen sagen, daß ich diesem jungen Mann voll und ganz vertraue. Ich habe ihn noch nicht lange, das ist wahr, aber für gewöhnlich kann ich mir sehr schnell ein Bild von den Menschen machen«, erklärte sie hoheitsvoll. »Aber ich verstehe, warum Sie ihn als eine Möglichkeit in Betracht ziehen müssen. Trotzdem bin ich sicher, daß Sie damit nur Ihre Zeit verschwenden.«

»Er ist einfach ein Mann, der zumindest gelegentlich Kontakt mit Annet gehabt hat. Und das genügt für eine Befragung.«

»Und er sieht gut aus und – ist jung«, sagte Regina und fuhr sich durch die ordentlichen Wellen ihrer kurzen roten Haare.

Das letzte Wort klang irgendwie bitter. Sie verzog dabei den Mund. Hatte sie selbst dem Chauffeur zu oft und zu tief in die Augen geschaut? Es wäre nicht das erste Mal, daß eine selbstbewußte, stets tätige Frau plötzlich schockartig erkennen mußte, daß die Jugend sie verlassen hatte. Wenn ja, hatte Regina bestimmt nicht mehr getan, als einen Blick zu riskieren. Sie war zu selbstsicher, als daß sie einen Teil ihrer Persönlichkeit einem Angestellten geopfert hätte – ganz gleich, wie groß die momentane Versuchung auch sein mochte.

»Wieviel wissen Sie über ihn? Er hat Ihnen doch sicher Referenzen vorgelegt?«

»Eine von seinem letzten Arbeitgeber«, sagte sie. »Ein Geschäftsmann unten in Richmond. Selbstverständlich können Sie den Brief lesen, wenn Sie wollen. Davor sei er ein Jahr in Kanada gewesen, hat er erzählt, und habe als Chauffeur gearbeitet oder Gelegenheitsjobs angenommen. Bis jetzt fanden wir ihn vollkommen zufriedenstellend.« Sie benutzte das »wir« wie eine Monarchin. George verstand. Peter brauchte keinen Chauffeur und hatte auch kein Interesse daran, solange Regina zufrieden war.

»Das bezweifle ich nicht. Und er wohnt in Braidies alter Behausung?«

»In der südlichen Jagdhütte.«

Die befand sich hinter dem Herrenhaus. Man konnte sie jedoch nicht sehen, da sie in einer alten Schonung stand, die Peter hervorragend hegte und pflegte.

»Allein? Oder ist er verheiratet?«

»Er ist geschieden – genauer gesagt: Seine Frau hat die Scheidung eingereicht – allerdings wird die erst in einem Monat oder so rechtskräftig. Wegen einer Affäre mit einer anderen Frau. Sehen Sie, er war mir gegenüber sehr offen, als er sich um die Stellung beworben hat.«

»Dann lebt er also ganz allein dort?« – In einer Hütte im Wald, an einer ruhigen Straße, wo er kommen und gehen konnte, ohne gesehen zu werden. – »Und versorgt er sich auch selbst?«

»Ja, angeblich ist er sehr sparsam und sehr sauber.« Sie lächelte kurz. »Unser Obergärtner hat eine ziemlich kecke Tochter, die ihm ihre Dienste angeboten hat. Doch bis jetzt ist sie nicht weit gekommen. Allem Anschein nach hat er für Frauen keine Verwendung.«

Nein, vielleicht nicht, dachte George. Nein, bestimmt hatte er für andere Frauen kein Auge, wenn er Annet im Blick hatte.

»Ich gehe mal zu ihm, wenn ich darf.«

»Selbstverständlich. Sie kennen ja den Weg.«

George ging um den Flügel des Herrenhauses herum und dann die Böschung hinab. Die Stallungen, jetzt auch Garagen, waren ein zweistöckiger viereckiger Bau mit großem Innenhof und vielen Fenstern, der aus dem achtzehnten Jahrhundert stammte.

Peter Blacklock – in Cordhosen und altem Rollkragenpullover – beugte sich gerade unter die Motorhaube eines Jaguars, Typ E, von dem man sich glaubhaft erzählte, es wäre Reginas letztes Geburtstagsgeschenk für ihn gewesen. Stockwood – im Overall – wusch den Bentley. Als er die Schritte im Torbogen hörte, wandte er den Kopf um. Sein dunkles Gesicht – stolz, verschlossen und abweisend – glich dem eines Zigeuners. Einen Moment lang rührte er sich nicht. Wasser lief aus dem Schlauch über den Wagen und in den Gulli.

Peter Blacklock zog den Kopf aus den Eingeweiden des

155

Jaguars hervor und schüttelte sich mit nervösem Ruck das Haar aus der Stirn.

»Ach, hallo, Felse!« Über sein langes übersensibles Gesicht huschte erst Ärger, dann Resignation. Doch sogleich lächelte er mit der ihm eigenen gewinnenden Höflichkeit. »Tut mir leid, ich habe Sie nicht kommen hören. Suchen Sie mich?«

Er beugte sich in den Wagen und stellte den Motor ab. Dann wischte er sich die Hände mit einem Wattebausch ab. »Darf ich mich nach Annet erkundigen? Wir haben uns – wir *machen* uns große Sorgen um sie. Gibt es etwas Neues?«

»Nein, nichts Neues.« George wollte mit niemandem über Annet sprechen. Er wollte niemandem auch nur einen Teil von den Problemen offenbaren, die sie ihm gemacht hatte. »Wir ergänzen Einzelheiten, soweit wir können – vor allem über die Menschen. Haben Sie etwas dagegen, wenn ich Herrn Stockwood ein paar Fragen stelle?«

»Wenn es sein muß«, sagte Peter und runzelte die Stirn. »Aber ich dachte, Sie wären mit ihm fertig. Er hat doch gestern mit einem Ihrer Männer gesprochen. Funktioniert bei Ihnen die Kommunikation nicht?«

»Nein, da ist alles bestens. Aber doppelt genäht hält besser. Nur um sicherzugehen. Aber wenn Sie wollen, könnten Sie mich vorher noch über den zeitlichen Ablauf Ihres Wochenendes aufklären. Ihre Frau ist am Donnerstag nachmittag nach Gloucester gefahren. Stockwood hat sie mit dem Wagen hingefahren und wieder abgeholt, weil sie dort eine Freundin hatte, die sie auf Kurzstrecken fahren konnte. Wenn ich recht verstanden habe, haben Sie ihm dann das Wochenende freigegeben. Wann genau ist er von hier weggefahren, und wann ist er zurückgekommen?«

In dem sehr kurzen Augenblick der Stille drehte Stockwood das Wasser ab. Er legte die Bürste weg und trat einen Schritt auf sie zu. Dann wartete er. Sein dunkles Gesicht wurde noch dunkler, dann blaß.

»Er hat den Wagen ungefähr um Viertel vor fünf in die Garage gebracht«, erklärte Blacklock mit brüchiger Stimme. Sein langes Gesicht wurde vor Widerwillen und Ärger noch länger. »Ich habe ihm gesagt, er könnte bis zum folgenden Mittwoch mittag frei nehmen und dann meine Frau mit dem Bentley abholen. Ich habe ihm auch gesagt, falls er sich übers Wochenende ein Motorrad ausleihen wollte, wäre das in Ordnung. Er meinte, das würde er gern tun. Ich habe keine Ahnung, um welche Zeit er die Jagdhütte verlassen hat, aber es war um sechs Uhr ja bereits dunkel. Am Mittwoch war er pünktlich um zwölf Uhr zur Stelle und fuhr nach Gloucester, um Regina abzuholen.«

»Sie haben ihn nicht gefragt, wo er am Wochenende war?«

»Nein, selbstverständlich nicht. Er ist der Angestellte meiner Frau, nicht meiner; aber selbst dann hätte ich wohl kaum das Recht, ihn zu fragen, wie oder wo er seine freie Zeit verbringt. Nur seine Arbeitszeit ist gekauft und wird bezahlt.« Dann fügte er noch gelangweilt hinzu: »*Sie* mag das natürlich etwas angehen. Sie können ihn ja fragen.«

Der junge Mann trocknete sich sorgfältig und mechanisch die Hände ab und betrachtete die beiden Männer mißtrauisch. Er hatte es versäumt, gegen die nochmalige Befragung zu protestieren. Jetzt war es viel zu spät, so zu tun, als sei er überrascht oder verärgert. Er leckte sich die Lippen und wartete. Seine Augen blitzten. Das mochte Ärger sein, aber bei näherem Hinsehen wirkte es eher wie Verzweiflung.

»Ich glaube, ich spreche mit Herrn Stockwood lieber allein«, sagte George nach kurzem Nachdenken. »Wenn Sie nichts dagegen haben?«

Blacklock hatte sehr wohl etwas dagegen, das war nicht zu übersehen. Er fühlte sich auch für alle Angestellten seiner Frau verantwortlich und zögerte, einen der Willkür der Polizei zu überlassen, auch wenn er – theoretisch – der britischen Justiz nichts Böses zutraute. Nach kurzem Zögern machte er auf dem Absatz kehrt und nahm seine Jacke von der Steinbank in der Mitte des Hofs.

»In Ordnung! Ich sehe Sie doch noch, wenn Sie fertig sind, Felse? Kommen Sie doch auf einen Moment ins Haus, falls Sie mich draußen nicht antreffen.«

Er verschwand mit schnellen nervösen Schritten durch den breiten Torweg.

»Nun?« sagte George. »Wo haben Sie denn Ihr Wochenende verbracht?«

Widerwillig – oder verängstigt? – verzog der junge Mann den Mund und holte tief Luft. »Das habe ich bereits gesagt. Ich habe dem Typen, der gestern hier war . . .«

»Sie haben ihm gesagt, Sie wären in einem Gasthaus im Temetal gewesen, um dann dort zu angeln – ich weiß, weil Sie ja keine Familie hätten.«

Stockwood warf den Kopf zurück. Sein Zigeunergesicht wurde vor Trotz flammend rot. Doch er unterdrückte diese Aufwallung sofort. »Sie haben gedacht, der Wirt wäre ein Freund von Ihnen und würde Sie decken. Vielleicht hat er Ihnen das versprochen, als Sie mit ihm telefoniert haben. Vielleicht würde er das bei einem einfachen Raub auch tun. Aber sobald er hörte, daß es um Mord ging, hat er ausgepackt. Er will mit der ganzen Sache nichts zu tun haben, mein Junge. Und Sie waren am Samstag nicht im ›Angler's Arms‹. Also – wo waren Sie?«

Aus Stockwoods Gesicht war die Farbe so schnell gewichen, daß man Angst haben mußte, sein Herz bekäme nicht mehr genug Blut, um weiterzuschlagen. George nahm ihn am Arm und führte ihn zur Bank. Das schmale junge Gesicht blickte ihn trotzig an. Doch dann wurden die Linien weicher.

»So ist's besser. Ganz ruhig. Alles ist ganz einfach. Sie haben uns ein Märchen aufgetischt. Und jetzt will ich wissen, wo Sie das Wochenende tatsächlich verbracht haben. In Ihrem eigenen Interesse wäre es besser, wenn Sie mit der Wahrheit rausrücken würden. Das hätten Sie gleich tun sollen, als Sie sich hier um die Stellung beworben haben. Warum haben Sie Mrs. Blacklock nicht gesagt, daß Sie im Gefängnis waren? O nein, ich habe ihr auch nichts davon gesagt. Also, das ist zwischen Ihnen und mir. Aber Sie haben sich doch sicher vorher erkundigt und müßten gewußt haben, daß sie Sie auch als entlassenen Strafgefangenen genommen hätte – vielleicht sogar gerade deswegen.«

»Das habe ich nicht gewußt«, sagte der junge Mann mit schmalen Lippen. »Wie sollte ich auch? Ich wollte den Job, und ich war sauber. Ich wollte kein Risiko eingehen. Ich wußte nicht, wie sie reagieren würde.«

»Ich sage Ihnen, sie hätte Sie genommen. Sie würde sich etwas darauf einbilden, Ihnen eine Chance gegeben zu haben.«

»Das sagt Ihr Burschen alle. Und das sagen auch alle Frauen wie sie immer. Aber wie konnte ich dessen sicher sein? Ich habe meine Arbeit ordentlich gemacht«, verteidigte er sich, reckte stolz den Kopf und blickte George an, ohne mit der Wimper zu zucken. »Sie haben nicht lange gebraucht, um mein Vorstrafenregister zu bekommen, stimmt's?«

»Nein, sobald wir rausgefunden hatten, daß Sie uns wegen des Wochenendes belogen hatten, kam uns diese Eingebung. Wir können kombinieren. Daraus folgt jedoch nicht, daß wir Sie unbedingt für den Täter in der Bloome-Street-Sache halten«, sagte George. »Es ist ein weiter Weg vom Klauen einer Ladung Zigaretten bis zu einem Mord. Aber niemand lügt einfach so, es sei denn, er hat etwas zu verbergen. Also – wo waren Sie?«

Stockwood biß die Zähne zusammen, um die Worte zurückzuhalten, die er diesem Kerl am liebsten ins Gesicht geschleudert hätte. Er umkrampfte die Steinbank. Eine zweite Lüge wäre aussichtslos. Er mußte unbedingt eine andere Verteidigungslinie aufbauen. Nach kurzem Kampf machte er den Mund auf und stieß hervor: »Bei einer Frau.«

»Miss Beck?« fragte George im Plauderton.

»Nein, nicht Miss Beck.«

»Wieder Rosalind Piper?«

Oder sollte es »noch« heißen anstatt »wieder?« Er hatte ebensowenig Grund, die Verbindung zu Rosalind zu verheimlichen, als sie fortzusetzen oder wiederaufzunehmen. Den Akten nach hatte sie ihn ein Jahr Gefängnis gekostet, weil sie ihn in die Bande hineingezogen hatte. Sie hatte ihn offenbar auch seine Ehe gekostet, da er ja jetzt in Scheidung lebte.

George fragte sich, wie diese Frau wohl aussähe. Ein blondes Gift mit frechem Gesicht oder ein kleines, unschuldiges Geschöpf mit großen blauen Augen? Der Junge konnte damals erst ein- oder zweiundzwanzig gewesen sein und frisch verheiratet, wahrscheinlich ein ordentlicher junger Mann mit guten beruflichen Aussichten, aber den üblichen Geldproblemen. Da war die Aussicht auf schnelles Geld, wenn er bei einem krummen Ding mitmachte, verlockend gewesen, vor allem, wenn Miss Piper sich ihm als Bonus draufgelegt hatte.

»Nein!« stieß Stockwood entschieden hervor und drehte den Kopf trotzig zur Seite.

»Ihr Privatleben interessiert mich nicht, solange Sie das Gesetz nicht brechen«, sagte George nachsichtig. »Aber sagen Sie mir lieber ihren Namen. Wenn sie Ihre Angaben dann bestätigt, vergesse ich das sofort wieder.«

»*Sie* vielleicht«, sagte Stockwood, »aber *sie* niemals.«

»Wenn sie das Wochenende mit Ihnen genossen hat, wird es ihr auch nichts ausmachen, Ihr Alibi zu bestätigen. Es kann doch nicht so schlimm sein, sie zu fragen, ob sie Ihre Geschichte bestätigen kann. Natürlich nur – wenn die diesmal stimmt.«

»Sie ist wahr!«

160

»Und wenn Sie nichts getan haben, wofür sich das Gesetz interessieren könnte.«

»Nein, ich habe nichts verbrochen. Sie werden mir auch keine Straftat nachweisen können, weil ich keine begangen habe.«

»Dann seien Sie doch kein Narr. Sagen Sie mir, wer die Frau ist. Damit helfen Sie sich und mir.«

»Nein – ich kann es nicht sagen.«

»Letztendlich müssen Sie es sagen. Kommen Sie, wir werden ihr keine Schwierigkeiten machen. Wir sind doch an ihr nicht interessiert. Aber wenn Sie uns ihren Namen nicht nennen, sitzen Sie ganz schön in der Klemme. Dadurch wird alles, was Sie mir schon erzählt haben, unglaubwürdig.«

»Ich kann es nicht ändern«, erklärte Stockwood trotzig und leckte sich einen Schweißtropfen von der Oberlippe. »Ich kann es Ihnen nicht sagen.«

»Sie können nicht, weil diese Frau ebenso eine Lüge ist wie Ihr Angelausflug. Sie existiert überhaupt nicht.«

»Sie existiert! O mein Gott«, sagte er leise und plötzlich so hoffnungslos, als wäre sie das einzige Wesen, das es für ihn gab, aber als quälte ihn die Unsicherheit, ob sie tatsächlich existierte. »Aber ich kann Ihnen nicht sagen, wer sie ist.«

»Sie wollen nicht.«

»In Ordnung! Ich will nicht!«

George ging unter den schattigen Torbogen und wartete, bis er sich etwas abgekühlt hatte. Nach wenigen Minuten kam er zurück und fing von neuem an. Zweimal, dreimal, viermal wiederholte sich das elende Frage-und-Antwort-Spiel. Am Ende war es immer noch: nein. Stockwood bebte vor Erschöpfung und Angst und blickte George feindselig an. Er wartete auf das, was nun unausweichlich kommen würde.

»Na schön«, sagte George endlich und seufzte. »Wenn Sie es nicht anders wollen, müssen wir sie auf andere Art und Weise finden.«

Aber würde ihnen das gelingen? Hatte er bis jetzt auch nur eine Möglichkeit gefunden, den Mann aufzuspüren, der mit Annet nach Birmingham gefahren war? Die Kollegen in der Großstadt mußten bessere Möglichkeiten haben.

»Dann lassen wir das jetzt für den Augenblick«, sagte er. »Es geht aber um Ihren Kopf.«

»Nehmen Sie mich fest?« fragte der junge Mann mit trockener Kehle.

»Nein, noch nicht. Aber Sie werden doch keinen Blödsinn machen, oder? Wie zum Beispiel den, sich schnell von hier abzusetzen. Wenn ich Sie wäre, würde ich das nicht tun. Weit würden Sie nämlich nicht kommen.«

»Ich gehe nirgendwohin«, erklärte Stockwood fest. Er hatte immer noch die Hände um die Knie verkrampft, als George den Hof verließ.

Peter Blacklock wartete auf dem mit Laub bedeckten Seitenstreifen neben der Auffahrt, wo man ihn vom Haus aus nicht sehen konnte.

»Nun, sind Sie zufrieden?« Sein Gesicht war düster. Neugierig schaute er George an. »Wissen Sie, Felse, Sie bellen vor dem falschen Baum. Ich bin mir sicher, daß Stockwood nichts mit der Sache zu tun hat.«

»Für heute bin ich mit ihm fertig«, sagte George freundlich und nichtssagend.

»Da bin ich aber froh. Ich war mir sicher . . .« Hilflos schüttelte er den Kopf und suchte nach Worten.

»Wissen Sie, Regina und ich machen uns wegen Annet große Sorgen. Aufgrund der Zeitungsberichte muß man doch annehmen, daß sie tief in die Sache verstrickt ist. Was ich sagen wollte . . . oder fragen . . .: Ihnen ist doch sicher klar, daß sie völlig unschuldig in diese schreckliche Lage reingezogen wurde, oder? Sehen Sie, wir kennen Annet sehr gut. Es ist ganz unmöglich, daß sie freiwillig jemandem weh tun würde. Sie

162

kann nichts gewußt haben – überhaupt nichts – von diesem Verbrechen. Vor der Tat nicht – und hinterher auch nicht.«

Er wartete, aber George schritt wortlos neben ihm weiter.

»Verzeihen Sie, aber ich mußte Ihnen sagen, wie wir fühlen. Wir kennen sie vielleicht besser als jeder andere. Wir haben sie sehr gern, Mr. Felse. Sicher verstehen Sie das.«

»Das kann ich verstehen«, sagte George. »Langsam glaube ich, daß ich sie auch ziemlich gut kenne.« – Und ich könnte sie auch sehr gern haben, fügte er insgeheim hinzu, sagte es aber nicht laut.

»Dann muß Ihnen doch klargeworden sein, daß sie unmöglich von dem Diebstahl oder dem Mord etwas gewußt haben kann.« Er blickte George mit einem Abklatsch der autoritären, selbstsicheren Miene seiner Frau an. »Ich weiß, daß das sich mit Ihrer Berufsehre nicht verträgt, aber ich wäre Ihnen sehr dankbar, wenn Sie uns versichern könnten . . ., ein kleiner Hinweis, wie Sie über Annet denken . . .«

»Für mich ist sie ein menschliches Wesen«, sagte George verärgert. »Keine Puppe. Und sie ist viel komplizierter und gefährlicher, als Sie es sich anscheinend vorstellen können. Sie ist nicht das hilflose Opfer und nicht eine Figur im Spiel eines anderen. Und wenn sie mir leid tut, weiß ich, daß ich meine Zeit vergeude. Aber wenn es Ihnen ein Trost ist, kann ich Ihnen sagen, daß ich sie *nicht* für eine Mörderin halte.«

Er stieg in den MG und zischte los, daß der Kies aufspritzte. Als er auf der mit alten Limonenbäumen gesäumten Auffahrt in den Rückspiegel blickte, sah er Blacklock mit einem leisen Lächeln und tiefer Trauer in den Augen dastehen. In seinen alten, aber eleganten Sachen wirkte er wie ein Monument einer Gesellschaftsschicht, in die er gerade noch rechtzeitig zwangsverpflichtet worden war, um mit ihr zu vermodern.

Von zu Hause aus rief George den Polizeichef Duckett an, während der das Mittagessen hinunterschlang, das Bunty mit so viel Sorgfalt gekocht hatte. Aber er hatte keine Zeit, es zu genießen.

»Vielleicht sollten Sie es noch mal mit dem Motorrad versuchen«, schlug Duckett hoffnungsvoll vor. »Vielleicht hat jemand das Motorrad in der Gegend gesehen, wo sie übernachtet haben. Und dann sieht es für unseren Freund ziemlich mies aus. Aber warum – um Gottes willen – sagte er, daß er das Wochenende mit einer Frau verbracht habe, wenn er in Wirklichkeit mit dem Beck-Mädel zusammen war? Man hätte erwartet, daß er irgendeine wilde Geschichte auftischt, aber nicht eine, die so nahe an der Wahrheit ist.«

»Ursprünglich hat er ja auch erzählt, er sei zum Angeln gewesen. Die Angabe konnten wir zerpflücken. Diesmal habe ich ihn unter Druck gesetzt«, sagte George. »Und natürlich besteht immer noch die Möglichkeit, daß die jetzige Geschichte wahr ist – beweisbar wahr, sonst hat er sein Leben verspielt. Er sieht verdammt gut aus. Es könnte andere Frauen geben, die so denken, nicht nur Annet. Vielleicht auch einige, für die er viel riskieren würde, ehe er deren Namen preisgibt.«

»Denken Sie an einen bestimmten Namen?« fragte Duckett. Er wußte, wie er den nachdenklichen Tonfall bei George zu interpretieren hatte.

»Tu ich, ist aber weit hergeholt. Ich möchte zuvor ein anderes Feld pflügen, das bessere Ernte verspricht.«

Er konnte sich Ducketts Gesicht lebhaft vorstellen, wenn er aus dem Hörer folgende Botschaft empfänge: »Na ja, er *hätte* zurück nach Gloucester fahren und das Wochenende damit verbringen können, Mrs. Blacklock zwischen Vorträgen und Diskussionen zu verwöhnen. Sie hat ihn durchaus bemerkt. Sie verteidigt ihn, als wisse sie, wo er gewesen ist, aber es nicht sagen wollte – sie ergreift seine Partei etwas heftiger, als man es normalerweise für einen Chauffeur tun würde, den man erst drei Monate hat und der einem nichts bedeutet. Und was wäre logischer, als ihm den Mund zu stopfen und ihn lieber unter einer Mordanklage schwitzen zu lassen, als die Tatsachen auf den Tisch zu legen? Ein Riesenskandal! Sie ist ihren guten Ruf los, er seinen Job. Und wo würde er so schnell eine neue Stelle finden? Wenn es Regina wäre, ergäbe das alles einen Sinn.«

Nein, das war zwar alles wahr, aber nicht für eine Veröffentlichung geeignet und im Augenblick auch nicht wichtig. Damit konnte er den Mörder nicht fangen, selbst wenn er es beweisen könnte. Es würde nur eine weitere Möglichkeit ausscheiden. Er konnte damit warten, bis Stockwood an die Reihe käme, von der Liste gestrichen zu werden.

»Ich fahre jetzt nach Birmingham«, sagte George laut. »Das sieht mir im Moment vielversprechender aus.«

»Bestellen Sie liebe Grüße von mir«, sagte Duckett. »Und treten Sie niemandem auf die Hühneraugen.«

George fuhr nach Birmingham. Die Gespräche mit den Kollegen waren kurz und freundschaftlich. Sie hatten bei anderer Gelegenheit schon zusammengearbeitet und verstanden sich sehr gut. Die Kriminalpolizei der Stadt war unterbesetzt und überarbeitet. Jemand, der mit einer Handvoll Vorschlägen, wenn auch zweifelhaften, kam, wurde warm begrüßt, um so mehr, wenn er bereit war, die Nachforschungen selbst durchzuführen.

Ihre Fahndungsergebnisse waren zwei Verkäuferinnen, die in einem großen Geschäft Kleidung an Annet verkauft hatten, und ein älterer Zeitungsverkäufer, bei dem sie am Freitagabend eine Zeitung gekauft hatte.

»Der Kerl liest das verdammte Blatt nie selbst«, schimpfte der Polizeichef. »Nur die Seite mit den Pferderennen. Er sagt, er hätte zu viele Mädchenfotos gesehen, als daß die ihn noch interessieren. Während des Rush-hour-Verkehrs schwenkt er den Passanten das Gesicht des Mädchens vorm Gesicht herum, wirft aber selbst keinen Blick drauf.«

»Sie wurde nur allein gesehen?«

»Ja, jedesmal.«

»Na schön, dann wollen wir mal schauen, ob wir aus ihren alten Klassenkameradinnen was rausholen können.«

Die Literaturstudentin war übers Wochenende nicht in der Stadt. Daran hätte er natürlich denken müssen. Aber mühelos fand er ihre Adresse. Sie wohnte mit drei anderen Studentinnen bei einer über fünfzigjährigen Vermieterin, die selbst eine Familie großgezogen hatte und alle Fallstricke kannte. Innerhalb von zehn Minuten war ihm klar, daß es unmöglich wäre, in ihrem wohlgeordneten Haushalt irgendwelche Unregelmäßigkeiten zu begehen. Keines der Mädchen würde sich schlecht benehmen oder es wagen, einen Besucher, der sich schlecht benahm, in diese heiligen Hallen zu bringen.

Es wäre möglich, daß Annet mit Beryl Kontakt aufgenommen hatte, aber ziemlich unwahrscheinlich. Die eine Studentin, die das Wochenende in der Stadt zugebracht hatte, weil sie eine wichtige Seminararbeit schreiben mußte, hatte Annets Namen nie gehört, sie auch nie gesehen. George schloß aus ihren Worten, daß Beryl mehr an der Gesellschaft von männlichen Freunden als an der von anderen Frauen interessiert war. Er strich sie von der Liste und machte sich auf den Weg zu der pensionierten Lehrerin, die Annet gern gemocht und zu der sie Vertrauen gehabt hatte.

Diese Miss Roscoe war rosig, grauhaarig und geschwätzig. Ihr Erinnerungsvermögen war nicht das beste, doch war sie ganz sicher, daß sie von Annet Beck über ein Jahr lang nichts gehört oder gesehen hatte

Es brauchte geraume Zeit, um die Kunststudentin ausfindig zu machen, da Myra Gibbons deren Adresse nicht gewußt hatte. George mußte sich erst bei der Sekretärin der Kunsthochschule erkundigen. Aber er hatte Glück und ging dann gleich zu dem kleinen alten Haus in einer stillen Straße. Durch eine Gartentür gelangte man auf den Hof und zur Tür der Einliegerwohnung. Mary Clarkson machte ihm selbst auf.

Nein, sie hätte Annet Beck am Wochenende nicht gesehen, weil sie eine Woche lang zu Hause in Comerford gewesen wäre. Die Wohnung wäre abgeschlossen gewesen. Sie hätte natürlich Annets Foto in der Zeitung gesehen und den Aufruf gelesen. Aber sie hätte keine Informationen. Selbstverständlich machte sie sich große Sorgen um Annet, aber hauptsächlich wäre sie erstaunt, weil alles so unwahrscheinlich klänge.

Sie schrieben sich gelegentlich. Wann sie zum letzten Mal geschrieben hätte? Ach, ungefähr vor einem Monat. – Und hätte sie erwähnt, daß sie in den Ferien zur Semestermitte für eine Woche nach Hause fahren würde? Ja, jetzt, wo er sie frage, glaube sie, sich zu erinnern. Die Sache mit Annet wäre einfach schrecklich, nicht wahr? Nein, sie hätte ihr – Mary – nie etwas von Jungen erzählt, auch nicht von einem speziellen Freund. Annet vertraute derartige Dinge niemandem an. Nein, nichts, nie ein Wort, woraus man schließen könnte, daß sie verliebt wäre oder in Schwierigkeiten steckte. Da wäre sie sich ganz sicher. Wenn sie auch nur den kleinsten Hinweis zwischen den Zeilen gelesen hätte, hätte sie keine Ruhe gegeben, bis sie Einzelheiten erfahren hätte.

Offenbar hatte George wieder eine Niete gezogen. Die Stunden dieses einzigen unwiederbringlichen Tages verrannen, ohne daß er etwas gewonnen hatte. Aber als Mary ihn hinausließ, fiel ihm bei einem Blick auf den Hof auf, wie abgeschlossen der war: kein Fenster, auch keine zweite Tür. Da juckten seine Daumen.

»Wo ist der eigentliche Eingang zum Haus?«

»Ach, der ist um die Ecke in der anderen Straße. Ursprünglich war das hier die Hintertür. Als die Besitzerin umbaute, um einen Teil zu vermieten, ließ sie zwischen der Küche und dem Korridor eine Wand ziehen. Deshalb liegt die Wohnung so herrlich separat.«

Stimmt, sie lag so herrlich separat, daß er sich bestimmt

nicht irrte. Jetzt wollte und konnte er nicht weggehen, ohne ein Ergebnis mitzunehmen.

»Hat Annet Sie jemals hier besucht?«

»Ja, zwei- oder dreimal. Einmal hat sie bei mir übernachtet, aber das ist lange her.«

»Hat sie nie gefragt, ob sie wiederkommen dürfte? Oder ob sie die Wohnung auch in Ihrer Abwesenheit mal benutzen könnte?«

»Nein, eigentlich nicht. Ich meine, *sie* hat nie gefragt. Aber ich erinnere mich, daß *ich* ihr bei ihrem letzten Besuch angeboten habe, sie könnte die Wohnung jederzeit benutzen, wenn sie in Birmingham wäre – auch wenn ich nicht da wäre. Und ich habe auch Mrs. Brookes Bescheid gesagt – nur für den Fall, daß sie mal kommen würde. Aber sie ist nie gekommen . . .«

Sie sprach nicht weiter, sondern blickte George mit großen Augen stumm an.

»Ich glaube, wir sollten ein Wort mit Mrs. Brookes wechseln«, sagte George und ging zur Gartenpforte. Mary folgte ihm. »Wann sind Sie in die Stadt zurückgekommen?«

»Heute morgen. Wir haben erst am Montag wieder Unterricht, aber ich habe heute abend eine Verabredung, sonst wäre ich bis morgen abend geblieben. Ich habe Mrs. Brookes noch nicht gesehen oder gesprochen. Glauben Sie wirklich . . .?«

»Ja«, sagte George und drückte energisch auf die Klingel neben der blaugestrichenen Eingangstür. »Gab es irgendwelche Anzeichen dafür, daß jemand bei Ihnen gewohnt hat?«

»Mir ist nichts aufgefallen. Alles war sauber und ordentlich, genauso wie vorher. Aber das ist kein Wunder. Annet war immer ordentlicher als ich. Und ich habe mich nicht so genau umgesehen. Warum auch? Ich war gar nicht auf den Gedanken gekommen.«

Die Tür öffnete sich langsam. Eine dünne kleine ältere Frau in Schwarz – sie wirkte ausgesprochen vornehm – musterte

George scharf. Als sie Mary hinter ihm sah, lächelte sie sogleich freundlich.

»Ah, da sind Sie ja, meine Liebe«, sagte Mrs. Brookes. »Ich habe Sie heute morgen von weitem gesehen, als Sie vom Einkaufen kamen. Ich habe mir schon gedacht, daß Sie heute irgendwann vorbeischauen würden. Ihre Freundin war am Wochenende da – ich nehme an, sie hat Ihnen eine Nachricht hinterlassen, oder? Ich habe ihr den Schlüssel gegeben, und sie hat versprochen, alles ordentlich zu hinterlassen. So ein hübsches Mädchen. Ich habe mich gefreut, sie wiederzusehen. Und man hat kaum gemerkt, daß sie da war«, sagte sie fröhlich und lächelte wohlwollend, als sie sich an Annet erinnerte: scheu, stumm, ein bißchen verkrampft. »Sie war so still wie ein Mäuschen. Und sie hat mir so süß gedankt, als sie mir am Dienstagabend den Schlüssel zurückgebracht hat. Wenn doch nur alle jungen Mädchen heutzutage so gute Manieren hätten. Dann gäbe es keinen Grund, sich ständig über die junge Generation zu beklagen.«

»Sie ist einundsiebzig«, sagte George. Er erstattete bei einer Tasse starken Tees und einem Brötchen mit Wurst aus Birmingham – der einzigen Mahlzeit, für die er Zeit hatte – Bericht. »Eine Witwe, keine nahen Verwandten, ein paar Freunde, aber die kommen zu allen Tages- und Nachtstunden. Sie ist weder sehr aktiv noch sehr kräftig. Lebensmittel und Wäsche werden gebracht. Kein Hund, mit dem man rausgehen muß. Erstaunlich, wie völlig isoliert man in einer Stadt leben kann, wenn man will. Und sie gehört zu der Sorte Menschen, die das nicht stört. Sie ist nicht einmal besonders neugierig. Sie bezieht die Zeitung nur sonntags, weil sie die Nachrichten auf moderne Art und Weise erfährt. Wir haben einen Fehler gemacht. Wir hätten das Foto gar nicht in die Zeitung setzen müssen, sondern gleich im Fernsehen zeigen sollen. Sie verfolgt alle Sendungen mit einer Art religiösen

Eifers. Aber so war es möglich, daß sie – trotz unserer Anstrengungen – nicht wußte, wie unser Mädchen aussah. Nun, sie kann uns jetzt auch nicht viel sagen, aber zumindest wissen wir jetzt, wo Annet und ihr Liebhaber die Nächte verbracht haben. Mrs. Brookes ist nicht neugierig, aber es muß in der Straße eine Person geben, die ständig durch die Gardinen späht und aufpaßt, wann jeder kommt und geht. Jemand muß die beiden gesehen haben – vielleicht noch ein altes Mädchen, das keine Zeitung liest oder das nicht in die Sache verwickelt werden wollte. Bei uns draußen gibt es solche Menschen. Ich weiß nicht, ob in Birmingham auch.«

»Doch, die gibt es bei uns auch«, versicherte ihm der Polizeichef mit finsterer Miene und machte sich weiterhin Notizen.

»Auch wenn ein alter Mensch zu blind ist, um ein Foto zu erkennen, hat er manchmal doch ein gutes Auge für Größe, Gangart und allgemeine Erscheinung seiner Mitmenschen. Jetzt fängt das Klinkenputzen in der ganzen Straße an. Gott sei Dank ist das Ihre Aufgabe, nicht meine.«

»Meine auch nicht«, sagte der Chef mit gequältem Lächeln. »Die Abneigung, mit den Beinen zu arbeiten, hat mich auf diesen Stuhl gebracht. Ich möchte noch mal alles mit Ihnen durchgehen. Also: Annet hat sich am Donnerstagabend gegen sieben Uhr den Schlüssel geholt – da war es schon dunkel. Sie hat Mrs. Brookes daran erinnert, daß ihre Freundin Mary ihr erlaubt hätte, die Wohnung mal übers Wochenende zu benutzen. Mrs. Brookes erinnerte sich und gab ihr den Schlüssel. Annet sagte, sie brauchte nichts weiter, und die alte Dame überließ sie ihrem Schicksal. Der Eingang ist separat. Im Garten könnte ein Motorrad liegen, ohne daß jemand es sieht.

Die alte Dame hat Annet ein paarmal gesehen, wenn sie vom Einkaufen kam. Nicht nur Lebensmittel, sondern auch Tüten aus einer Boutique – sehr normal für eine junge Frau. Aber immer allein. Zweimal haben sie für ein paar Minuten miteinander geplaudert, aber das war alles. Nie wurde ein Mann dort gesehen. Stimmen dringen nicht durch die Wand – das glaube ich. Diese alten Häuser sind sehr solide gebaut. Keine Erwähnung eines Mannes, aber ihre Fenster liegen auf der anderen Seite, und sie schaut ohnehin die meiste Zeit fern. Sie kann uns also nichts über einen Mann erzählen, und sie will auch von keinem Mann hören – nicht in Verbindung mit diesem engelsgleichen Mädchen. Und Sonntag war Annet Beck zum Morgengottesdienst in der Kirche der Gegend – allein. Das verstärkt Mrs. Brookes Meinung, daß wir sie völlig falsch einschätzen. Am Dienstagabend brachte sie den Schlüssel zurück, bedankte sich höflich und verschwand. Mrs. Brookes weiß nicht, mit welchem Verkehrsmittel. In diesem Fall hätten wir es lieber mit einer neugierigeren Hauswirtin zu tun gehabt«, schloß der Chef mit saurer Miene.

»Bestimmt gibt es eine Nachbarin mit plattgedrückter Nase. Die Verkäuferinnen, die Annet das Kleid und das Nachthemd verkauft haben, konnten auch nicht viel mehr sagen.«

»Sie war allein einkaufen. Jedesmal. Und dann im Supermarkt und einer Boutique in der Stadt, nicht im Tante-Emma-Laden um die Ecke. Wenn er sie begleitet hat, hat er draußen gewartet. Das machen die meisten Männer. Ja, das wär's dann. Mehr haben wir nicht. Aber zumindest hat sich etwas bewegt. Jetzt können wir weitermachen.«

»Ja, das wär's. Ich muß wieder los«, sagte George und schob die leere Tasse beiseite. »Mrs. Brookes hat mir versprochen, sie würde sich noch bemühen, sich an jedes Wort und an jede Kleinigkeit zu erinnern. Falls ihr noch etwas einfällt und sie Ihnen das mitteilt, rufen Sie mich bitte an. Ich melde mich bei Ihnen, sobald ich wieder in meinem Büro bin. Vielleicht haben wir am anderen Ende etwas Neues. Allerdings rechne ich nicht damit«, sagte er ehrlich und stellte den Mantelkragen hoch. Gegen Abend war ein kalter Wind aufgekommen.

»Noch nicht«, fügte er hinzu und ging auf den Parkplatz zu seinem Auto.

Er kam später in sein Büro in Comerbourne zurück, als er angekündigt hatte. Tom Kenyon hatte bereits einmal angerufen. Aber er hatte nur berichtet, daß alle Geographen den ganzen Tag über ziemlich chaotisch tätig gewesen seien und daß er und seine Helfer Hallowmount weiter beobachten würden, bis sie zurückgepfiffen oder abgelöst werden würden. Er wollte in einer halben Stunde wieder anrufen. Das hieß, er müßte jede Minute an der Strippe sein.

Aber als das Telefon klingelte und George abhob, tönte die Stimme des Polizeichefs aus Birmingham an sein Ohr.

»Ich habe mir gedacht, Sie müßten inzwischen dort sein«, sagte er mit Genugtuung. »Zwei Neuigkeiten. Aber viel ist es nicht. Erstens: Wir haben einen kleinen Jungen aufgetan, der drei Häuser neben Mrs. Brookes Garten wohnt und auf der Straße Fußball spielt. Er hat am Freitag morgen den Ball über die Mauer in Miss Clarksons Garten gekickt. Er wußte, daß sie weg war, und ist selbst reingegangen, um den Ball zu holen. Er sagt, da war ein Motorrad abgestellt. Eine BSA 350. Paßt das?«

»Es paßt«, sagte George. Damit hätten sie also einen gewaltigen Schritt nach vorn getan. Er hatte das Gefühl, auf einem Pferd durch einen schmalen Weg zwischen leeren Wänden dahinzupreschen. »Der Junge konnte sich nicht zufällig an die Nummer erinnern?«

»Nein, leider nicht. Ein helles Köpfchen, aber nur bei Dingen, die ihn interessieren. Bei Zahlen ist es stockdunkel. Aber wenn das Motorrad da war, werden wir jemanden finden, der es gesehen hat. Wir müssen uns nur anstrengen. Jemand muß auch den Fahrer gesehen haben. Es wird verdammt mühsam, aber wir wissen zumindest, wo wir suchen müssen. Und zweitens: Mrs. Brookes ist noch etwas eingefallen. Fragen Sie mich nicht, was es bedeutet oder ob es etwas bedeutet. Ich hätte gedacht, daß sie es erfunden hat, um ihr Bild dieses Engels, der sie besucht hat, auszuschmücken, wenn ich sie nicht bei ihren anderen Beobachtungen für absolut ehrlich und zuverlässig halten würde. Sie hat gesagt, ein Mann sei *erwähnt* worden. Als sie mit Ihnen sprach, sei es ihr nicht eingefallen, weil sie sicher gewesen sei, Sie wollten sich nach einer ganz anderen Person erkundigen. Aber später habe sie sich erinnert und geglaubt, ihre Aussage korrigieren zu müssen, ganz gleich, wie irrelevant ihre Information auch sein mochte.«

»Der Stil kommt mir bekannt vor«, sagte George.

»Gut, dann suchen Sie den Sinn. Ich sehe keinen bis jetzt. Sie sagte, daß Annet, als sie am Donnerstag den Schlüssel holte, ihr erzählt habe, sie würde am Wochenende wohl Besuch bekommen. Er hätte in Birmingham zu tun und würde bei ihr vorbeischauen . . .«

»Er?« George spitzte plötzlich die Ohren. Klar, hier endete die Sackgasse, und er mußte blitzschnell bremsen, wenn er sich nicht den Schädel brechen wollte.

»Er. Der Mann, auf dessen Anwesenheit sie Mrs. Brookes offensichtlich vorbereitet hatte, falls diese ihn zufällig sehen sollte. Der einzige Mann in diesem Fall. Und wissen Sie, wer dieser Mann sein soll? Das wird Sie umwerfen! *Ihr Vater!*«

9

Pünktlich um halb sechs rief Tom Kenyon wieder an.

»Nichts Neues hier. Es war ein schöner Tag, aber es ist überhaupt nichts passiert. Genau das konnten wir erwarten, wenn wir mit zweiundvierzig Mann auf dem Berg rumkriechen. Falls es hier etwas zu finden gibt, hat heute keiner danach gesucht. Darauf können Sie Ihr Leben verwetten. Aber wir haben es auch nicht gefunden.«

»Konnten Sie denn überhaupt suchen?« fragte George. Das war gewiß nicht leicht, wenn scharfäugige Schüler jede ausgefallene Idee ihrer Altvordern kritisch unter die Lupe nahmen.

»Ein bißchen schon, aber wir wollten keine Aufmerksamkeit erregen. Deshalb haben wir nur oberflächlich bei den Felsen gesucht, wo die Schüler ausgeschwärmt waren. Wir haben uns den Baumring genauer angesehen und den alten Fußweg darunter. Aber dann haben die Jungen nach Kristallen gesucht. Wir alle haben uns die Taschen mit Janes Gesteinsproben vollgestopft. Sie hat immer den nächsten menschlichen Packesel beladen, um es für sie nach Hause zu schleppen. Frauen wissen, warum sie keine Hosentaschen haben.«

»Inzwischen haben alle den Berg verlassen, nehme ich an«, sagte George.

»Ganz ostentativ. Ich hielt es für richtig, mit so viel Lärm wie möglich zu verschwinden, falls jemand darauf wartete. Aber Mallindine und Ihr Sohn sind noch oben«, versicherte er George. »Sie sind in Deckung gegangen und behalten alles im Auge, bis ich zurückkomme. Ich gehe jetzt wieder rauf und schicke die Jungen runter, damit sie im Pub Tee trinken und etwas essen können.«

»Die anderen sind alle weg?«

»Ja, sie sind mit dem Bus nach Comerford zum Tee gefahren. Jane hat das arrangiert. Und dann weiter nach Comerbourne und nach Hause. Oben ist es jetzt totenstill.«

George spürte förmlich die Stille auf dem Hallowmount. Sie bewegte sich, wuchs und ergoß sich in der Abenddämmerung auf das Dorf, überflutete Fairford und Wastfield, ertränkte die einsame Telefonzelle am Rand. Über die dunkler werdenden Flanken des Berges flossen die Ströme des Schweigens: sanft und langsam kräuselten sie sich um die verstreuten Farmen und Scheunen. Den ganzen Tag über wartete es wie ein großes schlafendes Raubtier. Jetzt in der Dämmerung reckte und streckte sich der Bergrücken. Der trügerische

Bodenwind erhob sich und bahnte sich einen wabernden Pfad durch das hohe Gras.

»Können Sie dort ausharren, bis ich komme?«

»Ja, ich werde irgendwo in der Nähe des Gipfels sein. Ich habe schon Tee getrunken. Ich schicke die beiden Jungen dann runter und warte auf Sie.«

»Gut! Ich komme, sobald ich mit dem Chef gesprochen habe. Vielleicht schaue ich auf Fairford noch mal kurz vorbei, wenn es Ihnen nichts ausmacht, eine halbe Stunde länger zu warten.«

»Macht mir nichts aus. Ich werde da sein, wann immer Sie kommen. Erledigen Sie nur vorher alles, was sein muß.« Tom zögerte, weil er sich nicht sicher war, ob er das Recht hatte, Fragen zu stellen. Aber dann quälten sie ihn doch zu sehr. Er konnte sie nicht zurückhalten: »Sind Sie an Ihrem Ende auf irgendeinen nützlichen Hinweis gestoßen?«

»Vielleicht. Noch kann ich nichts Genaues sagen. Wir haben rausgefunden, wo sie in Birmingham gewohnt haben. Kein Hotel – sondern in einer Wohnung, die eine Freundin von Annet gemietet hat. Das Motorrad ist wieder aufgetaucht. Annet hat der alten Dame, der Besitzerin des Hauses, die um die Ecke wohnt, erzählt, daß sie einen Besucher erwartete. Sie hat behauptet, es sei ihr Vater.«

Tom sog die Luft so laut ein, als hätte ihm jemand einen Dolch in die Brust gestoßen. »Ihr *Vater*?«

»Fällt Ihnen dazu was ein?«

Tom fiel dazu viel zuviel ein. Dinge, die er nie hatte hören wollen und an die er sich nicht erinnern wollte. Möglichkeiten tauchten auf, über die er nicht nachzudenken wagte. Er schluckte den heftigen Protest hinunter, mit dem er einen Teil der Last auf Georges Schultern abgeladen hatte. Der lag ihm wie Blei im Magen.

»Das klingt, als müßten wir unsere Vorstellungen überdenken, nicht wahr?«

»Stimmt«, sagte Tom. Die Kehle war ihm wie zugeschnürt.

»Warum hat sie das erzählt? Doch nur, um den Weg zu ebnen, falls sie mit diesem Mann gesehen würde. Offenbar handelte es sich um einen Mann, den man für ihren Vater halten könnte. *Und der so alt ist.*«

»Kein durchgedrehter Teenager«, sagte Tom.

»Nicht einmal ein Jüngling zwischen zwanzig und dreißig. Eine Vaterfigur. Um sich als Annets Vater auszugeben, müßte er zumindest um die Vierzig sein, aber kaum jünger. Irgendwelche Ideen?«

»Keine«, sagte Tom heiser. Klar, das klang wenig überzeugend.

»Denken Sie mal darüber nach«, sagte George und legte ohne ein weiteres Wort den Hörer auf. – Was hieß denn das nun? Noch ein Hammer nach all den Schlägen, die ihn seit Mittag getroffen hatten. Was wußte der junge Tom Kenyon, das er – George – nicht wußte? Dachte er an einen bestimmten Mann, der nicht Annets Vater war? Und warum hatte er wie in Panik dieses Wissen runtergeschluckt, das ihm schon auf der Zunge gelegen hatte – trotz seiner Gefühle für Annet? Er mußte sich doch auch danach sehnen, die Unsicherheit zu beenden, die ihren möglichen Tod bedeuten könnte. Warum hatte er den gesunden Bürgersinn unterdrückt, alles der Polizei in die Hand zu geben und die Verantwortung los zu sein?

George schaltete das Licht im Büro aus, verschloß die Tür und ging los, um Duckett, dem Polizeichef, persönlich Bericht zu erstatten. Auf dem Weg tanzte alles in seinem Kopf durcheinander: Annets Vater, Annets angeblicher Vater, Annets Vater-Besucher und die zufälligen Intimitäten und unwillkürlichen Reaktionen auf Nähe...

Es war beinahe halb sechs, als George Fairford erreichte. Warum nur verspürte er den starken Drang, unbedingt dorthin zu fahren? Er hatte keinen Grund zu der Annahme, daß dort etwas Neues geschehen wäre. Mit Sicherheit hatte Annet weder ihr Schweigen bereut noch ihre Lippen entsiegelt. Er würde ihr auch dann kein Wort entlocken, wenn er ihr erzählte, was er herausgefunden hatte. Das wußte er nun nach den vielen Versuchen. Nein, er mußte sich irgendwie davon überzeugen, daß es noch eine Annet gab, ein lebendes Wesen, einen Menschen, dessen einzigartiges Leben nicht von irgendeinem anderen Wesen abhing, eine junge Frau, die noch zu retten war. Denn wenn sie jenseits aller Rettung wäre, hätte er den Hauptgrund für seine Verfolgung verloren. Der alte tote Mann hatte ein Recht auf die Justiz, aber die junge lebendige Frau lag ihm im Augenblick mehr am Herzen.

Er bog an dem von Ranken überwucherten Tor in die Dunkelheit der von den alten herbstlichen Bäumen gesäumten Zufahrt ein. Das feuchte Laub war wie ein Schwamm unter den Reifen. Hinter dem schattigen Baumtunnel blendeten ihn grelle Lichtstrahlen. Die Eingangstür des Hauses stand weit offen. Alle Lampen waren eingeschaltet, die Gardinen zurückgezogen. Jemand schlug in den Büschen, die sich zum Bach hinabzogen, wie wild um sich. Im Garten hinter dem Haus schrie jemand laut – wie ein Mutterschaf, dem man das Lamm weggenommen hatte. Erst als George den Motor ausgeschaltet hatte, konnte er die Stimmen erkennen und die Worte verstehen. Er rannte zum Haus.

»Annet, Annet!« schrie Beck und bahnte sich einen Weg durch die Büsche.

George stürmte die Stufen zur Eingangshalle hinauf. Die Polizistin Lilian Crowther steckte den Kopf aus dem Wohnzimmer. Sie hielt den Telefonhörer ans Ohr, ließ ihn aber gleich los, als sie George sah. »Gott sei Dank! Ich habe versucht, Sie zu erreichen. Sie ist weg!«

»Wann?« Er fing den pendelnden Hörer auf und legte ihn auf die Gabel. Dann packte er die Frau am Arm und zog sie ins Wohnzimmer. »Schnell! Wann? Wie lange ist es her?«

»Nicht länger als fünf Minuten. Wir haben es gerade gemerkt. Lockyer sucht sie draußen – und ihr Vater. Weit kann sie nicht sein.«

»Sie hätten sie nicht allein lassen dürfen.«

»Sie ist zusammengebrochen! Wie beim letzten Mal. Sie lag mit dem Kopf in der Nähe des Kamins. Ich konnte sie nicht allein hochheben und bin zu ihrer Mutter gelaufen . . .«

Das Fenster stand weit offen. Die Gardinen blähten sich im Abendwind. Mrs. Beck rannte wie blind hin und her. Ihr Gesicht war verzerrt, als weinte sie, aber es kamen keine Tränen und auch kein Laut. Es war, als lauere außerhalb des Lichtscheins draußen um das Haus herum der Tod, und alle hätten das gewußt – nur Annet nicht. Es war, als wäre sie auf immer verloren, sobald sie den Lichtkreis verlassen hatte, um ihre Sehnsucht zu stillen, und niemand würde sie jemals wiedersehen. Es war, als sei sie mit dem Sprung aus dem Fenster auch aus der Welt rausgesprungen.

George stieg aufs Fensterbrett. Mrs. Beck blieb bei ihm stehen und starrte ihn mit verschleierten Augen an. Dann packte sie seinen Arm.

»Sie ist weg! Ich konnte es nicht verhindern. Niemand konnte sie aufhalten. Sie wollte unbedingt weg. Niemand ist schuld daran. Was hätten wir tun können?«

»Ich mache Ihnen ja keine Vorwürfe«, sagte er und sprang auf den ungepflegten Rasen hinunter. Dann lief er durch die Bäume zum Zaun. Kein Mond. Im Licht der Sterne konnte er sehen, daß alles um Fairford herum wie steril wirkte, keinerlei Bewegung. Auf der Straße war ihm auch keine junge Frau begegnet. Annet würde sich im Schutz der Bäume halten, solange sie konnte. Er lief um das Grundstück herum. Ab und zu blieb er stehen und lauschte. Er hörte Beck am anderen Ende des Gartens rufen. Dann traf er auf Lockyer, der systematisch die Büsche absuchte.

»Kein Zeichen von ihr?«

»Nein, Sir. Ich habe Ihr Auto gehört. Crowther hat Ihnen sicher schon gesagt . . .«

»Suchen Sie weiter«, sagte George und rannte zurück zum Haus. Mrs. Beck war ebenfalls hinausgelaufen. Er zog sie mit sich ins Haus.

»So, setzen Sie sich ans Feuer, und halten Sie den Mund! Lilian, schließen Sie bitte das Fenster, und geben Sie ihr einen Drink.« Er knallte die Tür zu und lehnte sich dagegen. »So, was ist passiert?«

»Wie ich Ihnen schon sagte – sie ist zusammengebrochen und beinahe ins Feuer gefallen. Wie sollte ich wissen, daß das alles Theater war? Ich bin losgelaufen, um Mrs. Beck zu holen – sie war oben und hat mich nicht gehört, als ich gerufen habe. Als wir zurückkamen, war Annet weg.«

»Sie ist aus dem Fenster geklettert«, sagte Mrs. Beck und rang die Hände im Schoß. »Ohne Mantel – nur in den dünnen Hausschuhen!«

»Ja, ja, das weiß ich alles.« – Lockyer hatte pflichtbewußt draußen patrouilliert, aber er konnte nicht an allen Seiten des Hauses gleichzeitig sein. Annet konnte sich wie eine Katze bewegen. Es war ihr nicht schwergefallen, ihm auf dem eigenen Grundstück zu entkommen. »Aber was ist vorher passiert? Jemand muß ihr den Befehl gegeben haben. Warum heute abend? Warum jetzt? Sie hat diese Zeit gewählt. Sie hatte einen Grund. Hat sie Briefe erhalten? Telefonanrufe?«

»Nein«, erklärte Lilian Crowther entschieden. »Ich war die ganze Zeit bei ihr, bis sie umgekippt ist. Und Mrs. Beck liest ihre Briefe – aber heute sind keine gekommen.«

»Und Besucher?« fragte George. Er war wütend über die eigene Hilflosigkeit, fing aber den Blick auf, den die beiden Frauen miteinander tauschten. »Keine Besucher? Jemand war hier.«

»Ich habe ihn gebeten, herzukommen«, sagte Mrs. Beck laut. »Ich habe ihn gebeten, mit ihr zu sprechen, um ihr vielleicht zu helfen. Schließlich ist es seine Aufgabe, Menschen zu helfen, wenn sie Probleme haben. Ich dachte, er würde vielleicht etwas aus ihr rausbringen. Der Gedanke kam mir gestern abend bei der Chorprobe. Ich habe ihn angerufen und gebeten, heute herzukommen. Schaden konnte es ja nicht. Selbst Kriminellen erlaubt man, den Pfarrer zu sehen.«

»Also gut«, sagte George und tastete sich wie in Panik auf diesem unbekannten Weg weiter vor. »Der Pfarrer ist gekommen. Sonst niemand?«

»Sonst niemand. Sie müssen zugeben, daß ich das Recht hatte . . .«

»Schon gut! Sie hatten das Recht! Haben Sie den Pfarrer mit ihr allein gelassen?«

»Nein«, erklärte Lilian entrüstet. »Ich war die ganze Zeit dabei. Mrs. Beck ist ausgegangen, aber ich bin geblieben.«

»Gott sei Dank! Und Annet hatte nichts dagegen?«

»Ihr schien es völlig egal zu sein, ob ich blieb oder ging.«

Und dennoch hatte sie abgewartet und war ihnen dann kurz entschlossen entflohen. Etwas war passiert, das ungemein wichtig gewesen sein mußte. Warum hätte sie sonst gerade diesen Zeitpunkt gewählt, nachdem sie so lange so stoisch gewartet hatte? »Und was haben die beiden miteinander geredet? Sagen Sie mir alles, woran Sie sich erinnern.«

Lilian zitierte einige verlegene Platitüden. Der Pfarrer war offenbar von Mitleid geschüttelt worden, das er nicht hatte verbergen können. Er hatte ihr gegenüber wohl sein mitfühlendes Herz geöffnet. Er war trotz seines Alters ein Junge geblieben mit einem Kinderhimmel, wo die Engel beschnittene Flügel hatten – wie seine eigenen.

»Er sagte, er sollte ihr ausrichten, daß der Chor sie bei der Probe vermißt hätte und für sie beten würde. Alle würden sie Trost in dem Gedanken finden, daß sie sie um halb sieben am Altar träfen – natürlich nur im Geiste, sagte er. Und das war ungefähr alles.« Lilian zerbrach sich den Kopf nach einer weiteren, wichtigeren Bemerkung, aber vergeblich. »Mir scheint nichts dabei zu sein, was ihre plötzliche Flucht erklärt.«

Und trotzdem mußte sie irgendwie eine Botschaft empfangen haben, eine Aufforderung, woraufhin sie in die Dunkelheit hinausgelaufen war. Darin konnte er sich nicht irren. Wenn diese Botschaft nicht in den trivialen Trostworten des Pfarrers gesteckt hatte, mußte es etwas anderes sein. Etwas, das ihm bisher entgangen war . . .

»Sonst war nichts? Er hat ihr keinen Brief von jemand anders übergeben?«

»Nein, ehrlich nicht. Er ist nie nahe genug an sie rangegangen, um ihr etwas zu geben. Man hätte glauben können, er hätte Angst vor ihr – ich vermute, irgendwie stimmte das auch«, sagte die Polizistin. Sie hatte mehr Beobachtungsgabe, als George ihr zugetraut hätte.

»Sie hat doch die Zeitung nicht gesehen, oder?« George hatte sie selbst noch nicht gesehen. Er wußte nicht, ob etwas drinstand, das ihr einen Hinweis gegeben hätte. Irgendwo baumelte der verlorene Faden runter und mußte wieder aufgenommen werden.

»Nein, sie hat nie danach gefragt.«

Vielleicht, dachte George, weil sie wußte, daß sie ihr die Zeitung nicht geben würden, selbst wenn sie sie hätte lesen wollen. Vielleicht, weil sie mit tödlicher Gewißheit auf die einzige Botschaft gewartet hatte, die sie brauchte, und weil sie wußte, daß die ihr nicht durch die Zeitung zukommen würde.

Aber dann blieben nur die wenigen kahlen Sätze, die der Pfarrer aus der Außenwelt zu ihr gebracht hatte. Und wenn der Hinweis nirgendwo sonst war, mußte er in diesen Worten stecken. Der Chor hatte sie vermißt – Mrs. Becks Anruf hatte den Pfarrer wohl gerade noch vor der Chorprobe erreicht. Dort hatte er sich dann das Herz erleichtert und die Last auf die anderen Chormitglieder verteilt. Und die hatten irgendwie nobel reagiert. – Hatten sie das eigentlich wirklich? Der Ton der Botschaft klang eindeutig wie der des Pfarrers oder war es eine hervorragende Parodie? Es klang, als hätte er es diktiert und sie hätten Amen dazu gesagt. Sie würden für sie beten. Sie würden Annet um halb sieben am Altar treffen. Wenn auch nur im Geiste. Um halb sieben wurde das Abendlied gesungen, das war eindeutig. Ja, aber morgen, nicht heute. Warum war sie heute abend rausgelaufen? George schwitzte Blut und Wasser. Die Erkenntnis traf ihn nicht wie ein Blitz, sondern wie tiefste Dunkelheit:

Halb sieben am Altar. Halb sieben am Altar!

Halb sieben!

Jetzt war es zwanzig vor sieben auf seiner Uhr, und Annet war irgendwo da draußen in der Dunkelheit und hatte einen Vorsprung von mindestens einer Viertelstunde. Sie keuchte sich auf dem steilen Hang das Herz aus dem Leib, um möglichst schnell zu ihrem Liebsten zu kommen . . .

Er riß die Tür auf und rannte zu seinem Auto. Dann rief er Lockyer. Als er den MG auf dem engen Platz gewendet hatte, so daß die Schnauze auf die Zufahrt gerichtet war, kam der Polizist schon aus dem Gebüsch und lief zu ihm. George machte die Tür auf.

»Schnell, steigen Sie ein! Lassen Sie die Sucherei. Hier werden Sie nicht gebraucht. Ich weiß, wo wir suchen müssen.«

Lockyer ließ sich auf den Beifahrersitz fallen und zog die Tür zu. Sie brausten durchs Tor und bogen links auf die enge Straße ein.

»Wohin fahren wir?« Lockyer stemmte sich gegen das Armaturenbrett. Er schwitzte und keuchte, weil er so gerannt war.

»Auf den Hallowmount.«

»Um Himmels willen, warum will sie denn da rauf?«

»Ihren Liebsten treffen. Er hat sie rufen lassen.«

Ihr Liebster – wenn er das noch war. Schließlich jagten sie ihn seit Tagen. Ihm mußte immer mehr bewußt geworden sein, daß die Anklage gegen ihn einzig und allein von ihrer Aussage abhing. Da war es inzwischen wahrscheinlicher, daß sie nicht dem Mann, der sie liebte, sondern ihrem Mörder in die Arme lief. Einer kann schneller laufen und billiger leben als zwei. Er kann sich leichter verstecken und anonym in Sicherheit leben als zu zweit. Außerdem würde die größte Beweislast mit Annet sterben. Selbst wenn er sich entschlossen hätte zu fliehen, konnte er das nicht wagen, ehe er nicht Annet zum Schweigen gebracht hatte. Gott allein wußte, was sie von ihm erwartete. Gemeinsam bis ans Ende der Erde fliehen? Vielleicht. Das Motorrad irgendwo in den Garten werfen, per Anhalter weiter bis ans Meer und dann eine Schiffspassage nach Frankreich?

Vielleicht! Vielleicht hatte sie auch ganz andere Pläne: eigene, leidenschaftliche, die niemand auf der Welt erraten würde, weil sie zu intim waren und weil niemand in der Welt Annet gut genug kannte, um genau zu wissen, was sie tun würde. Aber George Felse kannte sie inzwischen zumindest so gut, daß er demütig wartete und zugab, daß sie ein Geheimnis war.

Hinter dem Wastfieldtor wurde der Weg holprig. Wegen der tiefen Wagenspuren wurde der MG tüchtig durchgeschüttelt. George fuhr zwischen den Weiden dahin. Zaunpfosten bildeten eine blasse Wand. Der halbe Himmel über ihnen war dunkel. Im schwachen Schimmer der Sterne traten helle Gegenstände aus dem Dunkel hervor, so wie der hohe Torpfosten, wo die Schonung begann, oder die weiße Scheunenwand im Feld gegenüber. Vor ihnen erhob sich der Hallowmount – riesig und träge, aber wachsam – und nahm den jungen Bäumen den Himmel weg.

»Aber *wie* konnte er sie verständigen? Oder hatten die beiden dies alles vorher abgesprochen?«

Abgesprochen vielleicht, allerdings dürften sie erwartet haben, ihre Fahrt in die Freiheit unter anderen Umständen anzutreten. Alles abgesprochen – bis auf den Zeitpunkt und den Ort. Letzterer könnte ihnen aufgrund alter Erfahrungen natürlich bekannt sein. Und den Zeitpunkt hatte er bestimmt. Und sie hielt die Verabredung ein. Sogar ohne Mantel, in ihren dünnen Hausschuhen.«

»Ihr Besucher hat heute nachmittag die Nachricht gebracht.«

»Ihr Besucher? Aber es war doch niemand da, nur der . . .«

Geistliche waren wie Ärzte oder Briefträger oft beinahe unsichtbar. Doch jetzt tauchte vor Lockyers Augen die große, gutaussehende Gestalt des Mannes auf. Er sah das freundliche Gesicht deutlich vor sich. Angewidert schluckte er. »Was, der Pfarrer?« Er saß wie betäubt da.

Ihr Vater! Nun, der Pfarrer war alt genug, um die Rolle zu spielen, wenn auch knapp. Auf ihn würde die Beschreibung gut passen. Und niemand hatte überprüft, wo und wie er das Wochenende verbracht hatte. Warum auch? Gut, er war bei der Chorprobe an dem Abend, als Annet gefehlt hatte, und mit Sicherheit war er sonntags seinen Pflichten in der Kirche nachgekommen. Aber man kann um halb acht in Comerford in der Kirche sein und um neun Uhr – oder kurz danach – in Birmingham. Einer hatte das gekonnt.

»Aber – der Pfarrer!« bohrte Lockyer nach. Er konnte es einfach nicht fassen.

George sagte nichts. Er war damit beschäftigt, den Wagen auf dem schlechten Weg zu halten, ohne langsamer zu fahren. Jetzt wußte er Bescheid. Diesmal konnte er sich nicht irren! Und er war nicht in einer Sackgasse, wo eine leere Wand am Ende darauf wartete, daß er mit voller Geschwindigkeit dagegen führe.

Er sah, wie der Berg mit dem rauhen Gras hinter dem Zaun langsam Gestalt annahm und sich in seiner wahren Größe zeigte. Beim Tor zur zweiten Schonung fuhr er auf den Grasplatz davor und hielt. Er stieg aus und kletterte durch die Drähte des Zauns. Keuchend folgte Lockyer ihm. Mit gesenktem Kopf nahm George den ersten Hang in Angriff. Bald fand er zu seinem Rhythmus und stieg schneller auf den Hallowmount, als er in seinem ganzen Leben bisher auf einen Berg gestiegen war.

Tom Kenyon saß in einer Felsnische auf dem höchsten Punkt des Altars und blickte über den Bergkamm. Er war zum ersten Mal allein hier oben, aber er hat das seltsame Gefühl, als sei es nicht das erste Mal. Das Schweigen, das mit der Dämmerung in die Täler hinabströmte, war jetzt vollkommen. Wie ein Mantel, der sich in alle Mulden des ausgestreckten Körpers schmiegte, lag es über dem riesigen wachen Berg und den Weiden. Manchmal spürte er ein rhythmisches Beben unter sich wie tiefes und leichtes Atmen. Unwillkürlich stimmte er sein Atmen auf dasselbe Maß ein. Bisweilen verfiel er – ohne es zu merken – in eine derartige Stille, daß seine kaum sichtbaren Arme, die die Knie umschlangen, so hart wie der Fels zu sein schienen, als sei er in das Quarzgestein des Altars hineingewachsen. Aber es war nicht so, als ob er eine neue Erfahrung machte. Es kam ihm eher wie eine Erinnerung vor, die so tief aus seinem Inneren stammte, daß er ihren Ursprung nicht erforschen wollte, denn dann hätte er seine eigene Identität sezieren oder ihren Wert in Frage stellen müssen. Und das hätte bedeutet, daß er an ihr zweifelte. Er spürte die Zugkraft der vielen Generationen von Menschen, die hier gelebt hatten. Sie zog ihn hinein in die Erde, verschlang ihn und machte ihn zu einem Teil dieser ununterbrochenen Menschheitskette.

Miles hatte recht gehabt. Angst war nicht angebracht und war irrelevant. Ehrfürchtiges Staunen blieb in ihm und wuchs, aber keine Angst. Und wenn Miles darin recht gehabt hatte, dann stimmte es auch, daß es einzig und allein darum ging, dazuzugehören. Es konnte geschehen, ohne daß man es durch irgendeine Bewegung bewirkte. Plötzlich war es da, und man war eingeschlossen. Man gehörte dazu, man nahm teil und trug einen Teil dazu bei. Diese Erde und alle Schichten der Gebeine der Vorfahren nahmen einen auf. Es war eine bessere und unverbrüchlichere Sicherheit, als die Zugehörigkeit zu einem Stamm oder die Anpassung an die Gesellschaft einem geben konnte.

War es nicht eigenartig, daß man allein zu solch einem abgelegenen einsamen Ort hinaufsteigen mußte, zu diesem sprechenden Schweigen und dieser fließenden Einsamkeit, um herauszufinden, woher man kam und wohin man ging – und in welcher Gesellschaft? Ich gehöre dazu, also bin ich.

Der Bodenwind hatte nachgelassen. Die Grashalme regten sich nicht. Die kalte klare Luft war ganz still. Ohne daß das tiefere Schweigen gebrochen wurde, hörte er in der Ferne die Laute aus den Außenbezirken von Comerford, das schwache Brummen der Autos auf den Landstraßen. Ein Motorrad kroch stetig höher herauf. Leise Echos aus anderen Welten.

Und die ganze Zeit über – zugleich mit dieser unglaublichen Heiterkeit des Geistes – quälte ihn das Entsetzen, das ihn ergriffen hatte, als George Felse gesagt hatte: »Sie hat behauptet, es sei ihr Vater.«

Er vermochte nichts Neues zu denken oder zu fühlen, aber er konnte den Gedanken auch nicht ausschalten. Ständig lief er in seinem Kopf herum in einem nie endenden schmerzlichen Kreis, ohne zur Ruhe zu kommen.

Vielleicht hatte Annet lediglich von einem Mann gesprochen, der alt und stattlich genug wäre, um als ihr Vater gelten zu können, für den Fall, daß man sie zusammen sehen sollte. Aber angenommen, sie hatte die Bezeichnung viel präziser benutzt? Angenommen, sie hatte tatsächlich den Mann gemeint, den alle Welt für ihren Vater hielt?

Er hatte sich bemüht, diesen Gedanken zu verdrängen, doch es war ihm nicht gelungen. Alle die Einzelheiten, die ihn – wenn sie widersprüchlich gewesen wären – von diesem Alptraum hätten befreien können, paßten plötzlich verräterisch gut zusammen: Beck wäre das gesamte Wochenende über zu Hause gewesen? O nein, wie er selbst und seine Frau erklärt hatten, war das nicht der Fall: Am Donnerstagabend hatte er die Feldwege und die Straßen von Comerford abgesucht, aber danach war er mit dem Bus zu seiner Schwester nach Ledbury und zu seinem Vetter ins Temetal gefahren, falls Annet dort auftauchen sollte. Er war erst am Montagabend zurückgekommen. Niemand hatte seine Aussagen überprüft. Warum auch? Nicht einmal seine Frau. Niemand wußte, daß er in Wahrheit nicht Annets Vater war – niemand außer Mrs. Beck und – Tom Kenyon.

Es sei denn, Annet wußte es auch. Das war der springende Punkt. *Wußte* Annet es? Und wenn, seit wann? Tom zermarterte sich den Kopf. Er konnte die Angst davor nicht abschütteln, daß sie es vielleicht wußte, und zwar seit langem. Das erklärte nur allzu logisch ihre Unzugänglichkeit, ihre Entfremdung von beiden – von Beck als ihrem Vater. Aber Beck als Mann?

War dieser Gedanke zu weit hergeholt? Es wäre eine scheußliche Tragödie, aber nicht undenkbar. Erbarmungslos drängte sich noch ein schlimmerer Gedanke auf: Beck hatte ihm die Wahrheit gesagt, weil er Annet nicht die Gefühle eines Vaters zu seiner Tochter entgegenbringen konnte, da er wußte, daß sie es nicht war, und sein Gewissen ihn nicht hatte ruhen lassen, bis er eine Beichte abgelegt hatte. Auf seine umständliche Art war er ein hartnäckiger Verfechter der Wahrheit und pflichtbewußt. Vielleicht hatte er nur das Beste beabsichtigt?

Und Annet – wie konnte er bei ihr sicher sein? Vielleicht hatte sie mit Wärme, Unmut und Zärtlichkeit reagiert, aber von dort ist der schlüpfrige Pfad zur Liebe nicht mehr weit. Wenn man nun von dieser Möglichkeit ausginge, waren die beiden in einer verzweifelten und bedauernswerten Situation gefangen. Flucht, Raub, Mord war ihnen vielleicht als einziger Ausweg erschienen, da sich kein anderer anbot.

Tom wünschte sich jetzt, er hätte George alles erzählt, und gelobte sich feierlich, ihm alles zu sagen, sobald er käme. Aber tief im Herzen wußte er, daß er es nicht tun würde. Er konnte nicht das wiederholen, was er von einem betrunkenen und völlig überdrehten Mann erfahren hatte. Er hatte kein Recht, diesen schmerzlichen Vertrauensbeweis zu mißbrauchen.

Jedesmal wenn er an das Ende dieser Überlegungen kam und alles noch einmal kritisch betrachtete, war er überzeugt, daß er den Verstand verloren hätte, daß es unmöglich wäre und daß er eine abwegige Phantasie hätte. Aber sobald er die Details wieder überprüfte – in der Hoffnung, sie dann über Bord werfen zu können, wußte er, daß es möglich war, daß derartige Dinge passierten und daß es auch in einer normalen Welt keine Immunität gegen das Abnormale gab, und daß man sich nirgends vor der Liebe verstecken konnte, wenn sie einen heimsuchte. Er brauchte sich nur seinen eigenen Fall vor Augen zu führen! Hatte er sie je lieben wollen? Will überhaupt jemand ins Feuer laufen?

Er blickte auf die Uhr. Halb sieben. Die winzigen leuchtenden Punkte der Zahlen waren das einzige Helle in dieser ruhigen, uralten geheimen Dunkelheit. In der Kälte hatten sich seine Beine verkrampft. Er rutschte von seinem Hochsitz hinab ins Gras. George müßte bald kommen. Und die beiden Jungen würden mit Sicherheit nach dem Tee nicht nach Hause gehen, wie er ihnen gesagt hatte, sondern darauf beharren, zurückzukommen, um den Rest seiner Wache mit ihm zu teilen. Wahrscheinlich würde auch Jane kommen, nachdem sie ihre Schüler in der Obhut von ein paar Aufsichtspersonen in den Bus nach Comerford gesetzt hätte. Sie würde wissen wollen, wie es ihm ergangen wäre. Lange konnte es nicht mehr dauern.

Beinahe tat es ihm leid, seine Einsamkeit wieder mit lebenden Menschen teilen zu müssen. Mit den unzähligen Generationen der Toten aus grauer Urzeit, noch ehe die Römer herkamen, um Blei zu gewinnen, noch ehe in Middlehope Feuerstein zu Werkzeug behauen wurde – mit denen allen brauchte er keine Sprache, um sich auszutauschen. Denen mußte er keine langen Erklärungen abgeben. Er war eins mit ihnen – ohne Anstrengungen, ohne Riten oder Rituale.

Regina hatte bestimmt recht. Es gab keine Hexen auf dem Hallowmount – und hatte es nie gegeben. Sie wären hier unpassend, lächerlich, überflüssig, fremd und falsch gewesen. Beschwörungen waren etwas für Außenstehende.

Ich werde durch das Alleinsein schrullig und fange an zu spinnen, dachte er. Irgendwo da draußen gibt es ein zwanzigstes Jahrhundert, und wir stecken mittendrin in Schwierigkeiten, und ich sehe keinen Ausweg.

In diesem Augenblick drang das leise Geräusch, das seit Minuten gegen seine Sinne hämmerte, ohne daß er es wahrgenommen hatte, in sein Bewußtsein ein. Und damit kehrten Zeit und Streß zurück und die unausweichliche Erinnerung an Annet, die mit stummem Herzen ihrem rührenden Traum vom Glück nachhing, obwohl alles um sie herum in Scherben lag. Er verließ den Felsenring, um besser zu hören.

Ein Motor summte regelmäßig und eifrig, während das Geräusch immer näher kam, aber nicht von der Fairforder Seite, sondern von Middlehope her. Auf der Westseite des Bergs konnte man es nicht hören. Hier oben auf dem Kamm jedoch war es ganz deutlich. Tom trat an den Hang heran und blickte in die flache Talschüssel hinunter. Da sah er den Scheinwerfer eines Motorrads wie ein Glühwürmchen auf dem Schafspfad von Abbot's Bale heraufkriechen. Licht und Geräusch kamen immer näher. Jetzt hatten sie das Moor hinter sich gelassen und die trockene Weide erreicht, wo der Pfad sich wie eine Rauchfahne am hellen Himmel auflöste. Dicht unter dem Altar blieb das Motorrad stehen, und der Motor verstummte.

Wie ein aufgescheuchter Vogelschwarm flog das Schweigen auf, kreiste und ließ sich wieder nieder. Das winzige Licht verlosch. Eine kleine dunkle Gestalt stieg vom Sattel und machte sich an den Aufstieg.

10

Tom kletterte schnell wieder in seine Felsennische über dem Altar zurück. Sein Herz schlug wie verrückt. Die Vergangenheit fiel von ihm ab. Das Knirschen der Steine unter seinen Sohlen klang wie Steinschlag. Mit den Fußspitzen tastete er nach Grasflecken, wo kein Geräusch entstand. Endlich hatte er die schützende Nische in der Dunkelheit erreicht. Er legte die Wange gegen den kalten Stein. Von hier aus konnte er zwischen den Felsvorsprüngen den hellen Streifen des Himmels über dem Aufstieg von Middlehope sehen. Falls er den Eindringling übersähe, würde er ihn mit Sicherheit hören.

Ein Motorrad, ein einsamer Fahrer, der nachts zielsicher zu diesem einsamen Platz heraufstieg! Sie hatten mit ihren Vermutungen gar nicht so sehr danebengelegen. Sie hatten den Tag nicht vergeudet. Und jetzt saß er hier – allein – und konnte nichts anderes tun, als zu beobachten und zu identifizieren. Vor allem identifizieren! Das mußte er schaffen, ganz gleich, was es kostete. Es konnte kein Zufall sein. Nein, der Mann, der den Berg hinaufstieg, war Jacob Worralls Mörder.

Wie lange brauchte man vom Ende des Wegs am Bach nach oben? Nicht lange. Tom wartete mit angehaltenem Atem, aber das Pochen des Blutes in seinen Ohren verdrängte alle Laute in der Ferne. Es wehte auch kein Wind, der Geräusche von unten herauftragen konnte. Die Minuten verrannen so langsam wie die Schweißtropfen, die ihm zwischen den Schultern über den Rücken flossen. Immer noch nichts! Er glaubte schon, der Mann sei abgebogen und ginge unterhalb des Altars zu den Bäumen.

Dann hörte er, wie ein Stein sich unter einer Sohle gelöst hatte und nach unten rollte. Jemand holte tief Luft. Beide Geräusche waren beängstigend nahe. Er erstarrte in seiner Nische und preßte die Wange noch dichter an den Fels. Seine Augen waren auf die Stelle geheftet, wo Himmel und Erde sich trafen.

Ein Kopf und Schultern, beim Steigen vornübergebeugt, lösten sich von der dunklen Erde und zeichneten sich vor dem blauschwarzen Himmel ab. Keuchend erreichte die schemenhafte Gestalt den Kamm und richtete sich mit einem Seufzer der Erleichterung auf, als der Boden eben war. Gegen den Himmel zeichneten sich langgezogene Umrisse ab, vor den Felsen war die Gestalt beinahe unsichtbar. Sie bewegte sich schnell und schien genau zu wissen, wohin sie ging, und glaubte zweifellos, ganz allein zu sein.

Tom hörte die Schritte durchs Gras schleifen und die tiefen pfeifenden Atemzüge. Er keuchte nach dem anstrengenden Aufstieg noch immer. Er ging diagonal über die Fläche zwischen den Felsen, in einigem Abstand zu Toms Versteck. Er war mehr zu hören als zu sehen, als er pfeilgerade auf die zerklüfteten Flußspatgesichter der Altarbasis zuschritt.

Tom reckte den Hals und spitzte die Ohren, um den Mann zu erkennen. Sobald er einen Hinweis zu haben glaubte, zweifelte er den sogleich wieder an. Das meiste war blinde Raterei. Jetzt wurde der Schemen kleiner. Er schrumpfte. Aus dem unterdrückten Ächzen schloß Tom, daß der Mann nicht mehr ganz jung wäre. Das paßte, nachdem die Frau in Birmingham ihnen den Hinweis auf den Vater gegeben hatte. Der Mann kniete dicht vor den Felsblöcken, die den Altar stützten. Scheinbar kopflos beugte sich der Schemen vor und griff mit beiden Armen in eine Felsspalte. Der schwere Atem wurde regelmäßig. Das leise Pfeifen am Ende eines jeden Atemzugs schwang wie ein Pendel durch die Luft.

Dann ein unterdrückter Fluch, Kratzen. Dann rieb Stein gegen Stein, als zöge man einen schweren Stöpsel aus einer Keramikflasche. Jetzt richtete der Mann sich auf. Tom sah den Kopf. Er legte etwas neben sich ins Gras. Dann beugte er sich wieder vor und holte etwas aus der Spalte heraus. Mit dankbarem Seufzer drehte er sich um und betrachtete seinen Schatz.

Tom schlug das Herz heftig und unregelmäßig. Das war doch nicht Beck! Das Motorrad wäre kein Hinderungsgrund gewesen. Zwar besaß Beck kein Motorrad, aber man konnte diese Maschinen auch mieten oder heimlich kaufen und verstecken. Obwohl die Vorstellung dieses etwas engstirnigen, weltfremden, sanften Gelehrtentyps auf einem Motorrad absolut grotesk war, gab es ja viele Männer, die älter als er waren und deren Charakter es noch unwahrscheinlicher machte, die dennoch Motorrad fuhren. Nein, es war nicht Beck – aber eigentlich nur, weil Tom sich verzweifelt wünschte, daß er es nicht sein möge. Aber jetzt versteifte er sich darauf.

Zwischen dem vornübergebeugten Körper und den Felsen fiel plötzlich ein dünner Lichtstrahl aufs Gras. Von dem kleinen hellen Fleck schloß Tom, daß es sich um eine Taschenlampe in Form eines Bleistifts handelte. Trotzdem schirmte der Mann das Licht mit der Hand ab, weil er wohl nicht riskieren durfte, daß man um diese Zeit oben auf dem Hallowmount Licht sähe. Aber anscheinend brauchte er für seinen Schatz die Taschenlampe für ein paar Augenblicke.

Jetzt fiel der Lichtstrahl auf eine kleine lederne Aktentasche. Der Mann hielt sie gegen ein Knie gepreßt. Mit der freien Hand drehte er den kleinen Schlüssel im Schloß um. Dann öffnete er die Aktentasche und tastete darin herum. Er mußte sich wohl vergewissern, daß sein Schatz unangetastet war. Schließlich war er sein gesamtes Vermögen, seine Hoffnung zu entkommen, die einzige Zukunft, die er hatte. Er brauchte zwei Hände und beugte sich zur Seite, um die Taschenlampe in eine Spalte zu stecken. Als Blendschutz legte er ein Taschentuch darüber.

Wenn er jetzt nur den Kopf drehen würde! Wenn nur ein Windstoß käme und das Taschentuch fortwehte! Dann würde der feine Lichtstrahl auf sein Gesicht fallen. Aber es war absolut windstill. Die Luft war nur erfüllt von Gleichgültigkeit und Schweigen.

Fieberhaft untersuchte er den Inhalt der Tasche. Er stieß sich das Knie an der scharfen Kante des Steins, den er wie einen Stöpsel aus dem Spalt gezogen hatte. Er zuckte zusammen und rang nach Luft. Aber weder das Zischen der eingesogenen Luft noch der unterdrückte Schmerzenslaut verrieten die Stimme.

Offenbar kannten sie diesen Spalt seit langem und hatten ihn bereits früher als Briefkasten oder Schließfach benutzt. Aber mit Sicherheit hatte darin noch nie Schmuck für zweitausend Pfund gelegen. Paßte in solch eine kleine Tasche so viel Schmuck rein? Offensichtlich ja. Das meiste waren Ringe gewesen, dazu noch Diamanten und Saphire und ein paar Uhren. Das nahm nicht viel Platz ein.

In der Aktentasche hatte anscheinend nicht nur der gestohlene Schmuck Platz, sondern noch etwas anderes. Hastig holte der Mann den Gegenstand heraus und hielt ihn einen Moment lang in den Lichtstrahl. Tom sah den kurzen Lauf einer Pistole.

Es war eine kleine kompakte Waffe. Eine Kleinkaliberpistole. Tom verstand nichts von Waffen, hatte auch noch nie eine in der Hand gehabt. Doch dieser Mann schon. Er ging mit der Pistole so gekonnt um, daß man auf lange Übung schließen konnte. Seine Finger umschlossen sie automatisch, als sei er in Gedanken ganz weit weg. Aber Männer, die alt genug waren, um Annets Vater zu sein, hatten im letzten Krieg fast alle Uniform getragen, und geübte Hände vergessen nichts. Viele Männer hatten nach Kriegsende ihre Waffen mit nach Hause genommen und sie trotz Aufforderung der Polizei nicht abgeliefert.

Jetzt war der Mann zufrieden. Mit tiefem Seufzer setzte er sich auf die Fersen und legte die Pistole zurück in die Aktentasche. Seine Hand war bis zum Handgelenk darin verschwunden, als ein Windstoß plötzlich ein Geräusch von der Fairforder Seite her über den Kamm trug. Vielleicht hatte das Geräusch schon eine Minute lang an ihr Bewußtsein gepocht, doch sie waren zu konzentriert gewesen, um es zu bemerken; denn jetzt war es erstaunlich nahe und deutlich. Jemand stieg eilig durch das dürre Gras herauf. Man hörte, wie er ausrutschte, sich wieder fing und weiterhastete.

Der kniende Mann hörte es und drehte sich in Panik um. Schnell holte er die Pistole wieder aus der Aktentasche. Dabei fegte er mit der Schulter die Taschenlampe samt Taschentuch weg. Fluchend griff er nach der über den Boden rollenden Stablampe und schaltete sie hastig aus. Doch für einen Augenblick hatte der Lichtstrahl sein angespanntes, angstvolles Gesicht getroffen.

Tom zitterte vor Erregung in seiner Nische. Immer noch tanzte das Oval des Gesichts in der Dunkelheit vor seinen Augen. Nicht Beck! Keiner der jungen Angeber in Lederjacken, die sich an der Ecke des Platzes in Comerbourne trafen, um ihre schweren lauten Maschinen, ihre armseligen Statussymbole miteinander zu vergleichen. Auch nicht der junge Stockwood. Auch kein Fremder, den man gnädig hätte vergessen können. Nein, es war Peter Blacklock, Verwalter eines großen Besitzes, Gatte einer der reichsten Frauen in West-Midshire, Sekretär eines halben Dutzends ehrenwerter Gesellschaften, die unter ihrem Schatten tätig waren, Chorleiter, Organist, Mann für alles im Dorf und Prinzgemahl auf Cwm Hall . . .

Mit dem Gesicht fand alles schlagartig seinen Platz. Tom sah die Zusammenhänge mit unfehlbarer Sicherheit – blitzschnell, noch ehe der Lichtstrahl verlosch –, und er bemerkte, daß er halb hysterisch eine Felsspitze umklammerte.

Ihr Vater – ja, Blacklock könnte sich ohne weiteres für Annets Vater ausgeben. Bedenkenlos hätte sie ihn Mrs. Brookes vorstellen können. Anfang Vierzig, freundlich und charmant, sanft, manchmal von einem Hauch Melancholie umgeben – in den Augen ihrer Eltern eine Art Onkel. Wer hätte diese Rolle besser spielen können? Aber es sprach noch viel mehr für ihn: die Qualitäten, die er nicht besaß, die leeren Räume, die sie hätte füllen dürfen. Er war ebenso unvermeidlich wie unmöglich.

Wer sonst hatte solch einen engen Kontakt mit ihr gehabt? Viele Stunden in Reginas Haus, zusammengezwungen durch Reginas gnadenlose Arbeit bei unzähligen Komitees, war es leicht für die beiden, sich in den Abgrund der Liebe zu stürzen, darin zu ertrinken – und zu sterben. Eigentlich hatten sie gar keine Wahl gehabt. Und dann war der Zeitpunkt gekommen, als sie es nicht länger ertragen konnten. Sie mußten fliehen, mußten aus Reginas Schatten heraus und woanders zusammensein. Und wie konnten sie diese verzweifelte Ekstase vergessen, nachdem sie einmal davon gekostet hatten? Auch der Gelegenheitsraub, der auf den ersten Blick unverständlich erschien, war jetzt leicht zu erklären. *Denn Peter Blacklock besaß keinen Penny!*

Es war kaum zu fassen, aber es stimmte. Was besaß er denn schon? Seit er Regina geheiratet hatte, war er nur damit beschäftigt gewesen, ihren Besitz zu verwalten. Und wozu brauchte er einen Beruf, wenn sie ihm doch mit Freuden alles gab, was er wollte? Nur das eine nicht, nach dem er sich verzehrte und worum er sie nicht bitten konnte. Das mußte er sich selbst verschaffen.

Armer Teufel!

All diese Gedanken zuckten wie das Flackern einer Kerze in den Sekunden durch Toms Kopf, während er den schnellen Schritten lauschte, die er sofort erkannt hatte. Er wollte ihr zurufen, sie möge umkehren, solange es noch Zeit wäre, aber er zögerte zu lange. Dann war es zu spät. Annets zarte Gestalt zeichnete sich gegen den Himmel ab. Ihr Haar wehte im Wind.

Blacklock hatte die Pistole sinken lassen. Jetzt erkannte er sie und lief ihr mit ausgebreiteten Armen entgegen. Aber die eigentliche Triebkraft, welche die beiden in eine wilde, leidenschaftliche Umarmung riß, ging von Annet aus – und war immer von ihr ausgegangen. Sie war nicht sein Opfer. Er war ihres. Sie hatte ihn durch ihre Liebe zerstört. Hätte sie in ihm nur einen Mann mittleren Alters gesehen, eine Vaterfigur, hätte er seine Gefühle für sie bezwungen. Aber sie hatte sich ihm geöffnet, sie hatte ihn geliebt. Danach war er gezwungen gewesen, Sehnsucht und Träume in die Tat umzusetzen. Nein, Annet war niemandes Opfer. Sie hatte getan, was sie beschlossen hatte. Sie hatte ihn genommen, weil er der schwächste, der hilfloseste, der untüchtigste und der unglücklichste Mann war, den es gab. Alles gute Gründe. Und jetzt konnten die beiden nicht mehr zurück.

»Annet!« sagte Blacklock, wie ein Verdurstender »Wasser« gesagt hätte. Er hatte die Arme um sie geschlungen. Die Pistole, die er immer noch in der Hand hielt, gegen ihren Rücken gepreßt. Und dann herrschte Schweigen, während die beiden sich küßten. Tom litt Höllenqualen.

»Ich hatte Angst, du würdest nicht kommen!«

»Ich bin losgelaufen, sobald ich konnte. Du wußtest doch, daß ich komme!« Wieder eine kurze, schmerzliche Stille. »Liebster! Liebster!« Ihre tiefe, kehlige Stimme voller verzweifelter Zärtlichkeit, in der die Wärme streichelnder Hände mitschwang, der bewußte, sein Verlangen stillende Druck ihres Körpers, der ihn tröstete, liebkoste und schützte . . .

»Ja, ich habe es gewußt! Wenn du kannst, würdest du kommen! Aber ich hatte trotzdem Angst. Wir müssen uns beeilen«, sagte er. »Das Motorrad steht unten. Wenn wir eine Stunde Vorsprung schaffen, können wir sie abschütteln. Sie werden nicht nach Westen hin suchen. Und von Irland aus . . .«

Er brach ab, um sie genauer zu betrachten. »Du hast ja keinen Mantel angezogen! Wir müssen dir morgen irgendwo einen kaufen. Heute abend kannst du meine Windjacke nehmen.« Er bückte sich, um die Aktentasche aufzuheben. Dann packte er Annet am Handgelenk. »Komm, schnell! Sie werden bald hinter uns her sein.«

Sie würden jetzt gehen. Er würde Annet, die bisher kein Verbrechen begangen hatte, den Berg hinabziehen und gleichzeitig in sein Verbrechen hinein. Das war mehr, als Tom ertragen konnte. Das durfte nicht geschehen! Sie durfte sich nicht zur Komplizin machen, zu einer Gesetzlosen und Schwerverbrecherin – nicht einmal aus Liebe. Es war wert zu sterben, um sie davon abzuhalten.

Ehe ihm bewußt wurde, was er tat, war es bereits geschehen. Schreiend kam er aus seinem Versteck im Schatten hervor und sprang zwischen die beiden und den Rand des Berges.

»Annet! Hören Sie nicht auf ihn! Gehen Sie nicht mit! Machen Sie sich nicht zur Mörderin! Sie . . .«

Blacklock stieß einen leisen verzweifelten Schrei aus und ließ Annets Arm los. Er preßte die Aktentasche an sich und feuerte blindlings auf die Person los, die er in der Dunkelheit nicht deutlich sehen konnte. Eigentlich schoß er mehr auf die schreiende Bedrohung als auf einen Gegner aus Fleisch und Blut.

Die Kugel traf Tom. Er taumelte nach hinten und drehte sich halb um die eigene Achse, ehe er zu Boden stürzte.

Er tastete den Boden ab. Er war verblüfft, aber bei klarem Verstand. Er hatte keine Schmerzen . . . Für einen Augenblick verwirrten ihn die am Himmel kreisenden Sterne. Dann fühlte er, wie kalt und hart der Boden war. Und dann kamen die Schmerzen. Eine Sekunde nach dem Einschlag hatte er das Gefühl, als hätte ihm jemand ein Messer in die Schulter gestoßen. Er stieß einen lauten Wut- und Schmerzensschrei aus. Himmel und Erde verstummten. Er lag vor Annets Füßen und spürte, wie sie vor Entsetzen erstarrt war. Dann faßte er sich an die linke Schulter. Warmes, klebriges Blut. Als er versuchte, sich auf den Ellbogen zu stützen, sank er kläglich wieder ins Gras zurück.

Dunkelheit verschlang ihn, zog sich zurück und hüllte ihn wiederum ein. Er wehrte sich dagegen und hob eigensinnig den Kopf hoch, Annets unsichtbarem, erstarrtem Gesicht entgegen.

»Geh nicht! Laß dich nicht von ihm zwingen!« Seine Stimme klang matt und weit entfernt. Sie verklang wie ein schwaches Radiosignal. Er glaubte, er hätte mehr Worte herausgewürgt, als er gehört hatte. Sie mußten verlorengegangen sein . . . Aber er gab nicht auf, sondern versuchte es noch einmal. Mehr konnte er für sie jetzt nicht tun. »Du hast niemanden umgebracht . . ., du hast nicht gestohlen . . . Laß dich von ihm nicht zu dem machen, was er ist.«

Es gab nur eine Möglichkeit, ihn zum Schweigen zu bringen! Zitternd und schwitzend und halbblind wischte sich Blacklock mit dem Unterarm über die Augen, um besser sehen zu können, und stieß Annet mit der Aktentasche beiseite.

»Annet, lauf los!«

Peter zielte mit dem Revolver auf den dunklen stammelnden Haufen auf dem Boden. Seine Finger schlossen sich krampfhaft um den Abzug. Die Stimme *mußte* aufhören! Sie war wie eine Barriere zwischen ihnen und der Freiheit. Es gab kein Entkommen, bis sie zum Schweigen gebracht wäre.

198

Annet erwachte aus ihrer Erstarrung.

»Nein, nicht!« Mit ausgebreiteten Armen warf sie sich zwischen die Männer.

»Annet, bitte!« rief er verzweifelt und ließ die Aktentasche fallen, packte sie am Arm und zerrte sie aus dem Weg.

Sie riß sich von ihm los, legte sich auf Tom und schlang die Arme um ihn. Sie preßte ihre Wange gegen sein Gesicht. Kühl legte sich ihr seidenes Haar ihm auf Stirn und Augen. Warm, Brust an Brust, ihr Kinn auf seiner Schulter, schützte sie ihn vor der Gefahr.

»*Annet!*«

»Nein, du wirst nicht schießen! Ich werde es nicht zulassen.«

Dabei empfand sie doch nichts für ihn, überhaupt nichts! Das war schlimmer als der Blutverlust seiner brennenden Schulter, schlimmer als der Schrecken des Todes. Sie empfand nichts für ihn. All ihre Qual und Entschlossenheit war nur darauf gerichtet, ihren Liebsten davor zu bewahren, noch mehr Schuld auf sich zu laden – einen zweiten und diesmal klar beabsichtigten Mord . . .

Tom war übel; er fühlte sich schwach und zitterte. Gerade hatte er eine neue Seite an Annet kennengelernt. Sie hatte ihn nie gebraucht, damit er ihr zeigte, was ihre Pflicht sei. Das hätte er wissen müssen. Sie war zu diesem Stelldichein sogar ohne Mantel gelaufen, ohne auch nur ein Taschentuch als Gepäck mitzunehmen. *Sie wollte nie fliehen!* Sie war aus einem ganz anderen Grund gekommen. Und was hatte er mit seiner Einmischerei und seinem grauenvollen Wunsch zu verstehen erreicht? Bestenfalls setzte er sich ihrem beschämenden Mitleid aus, schlimmstenfalls hatte er sich zerstört. Lebendig oder tot – nur dies jetzt war die einzige Möglichkeit, je in ihren Armen zu liegen.

Kraftlos stemmte er sich mit seinem heilen Arm gegen ihre Schulter und versuchte, sie wegzuschieben. Nein, nur ihrer

Mildtätigkeit wollte er sich nicht ausliefern, ausgeschlossen aus ihrem Herzen! So zart sie war, so zäh hielt sie sich fest. Er war zu schwach, um selbst ihr geringes Gewicht abzuschütteln. Er konnte sich nicht einmal aus ihrer Umarmung lösen. Er spürte, wie ihm die Tränen aus den Augen schossen und ihre Wangen benetzten. Doch sie schien es nicht zu merken. Er konnte nicht einmal den Kopf zur Seite drehen, um ihr den Anblick seiner Erniedrigung und seines Kummers zu ersparen. Er vermochte seine beschämende Lage nicht zu ändern. Er mußte sich fügen; er mußte den letzten Streit der beiden mit anhören.

»Steh auf, Annet. Wir haben keine Zeit mehr . . .« Blacklock war kurz davor, loszuheulen.

»Nein! Du wirst ihn nicht anrühren! Ich lasse es nicht zu. Diesmal nicht!«

»Gut, laß ihn leben. Mir ist es egal. Alles, was du willst, aber bitte komm jetzt! Steh auf. Ich werde ihm nicht weh tun. Ich werde ihn nicht anfassen. Aber komm jetzt. Wir haben höchstens noch ein paar Stunden.«

Behutsam löste sie ihre Arme von Tom und richtete sich auf. Mit ausgebreiteten Armen verharrte sie zwischen dem Verletzten und der Pistole, bereit, beim ersten falschen Wort oder der ersten falschen Bewegung ihn wieder mit ihrem Körper zu schützen. Langsam stand sie auf und blickte ihren Geliebten ernst an.

»Nein«, sagte sie deutlich, »ich komme nicht mit.«

Er konnte es nicht fassen und starrte sie an. Seine Hand zitterte. Er ließ die Waffe sinken. »*Annet!*«

»Peter, geh nicht! Komm mit mir zurück. Das ist die einzige Möglichkeit. Du mußt dich stellen. Oh, warum hast du das getan? *Warum?* Ich wollte doch nichts außer dich. Das mußt du doch gewußt haben. Und jetzt können wir nichts anderes tun, als gemeinsam zurückgehen. Verstehst du das nicht?«

»*Annet!*« wiederholte er wimmernd, war vor Angst und Entsetzen wie erstarrt.

»Ich halte zu dir. Du brauchst keine Angst zu haben.« Sie ging zu ihm und wollte ihn berühren, aber er wich vor ihr zurück wie vor einem Feuer. »Ich bleibe bei dir, solange man mich läßt. Ich werde dich nicht im Stich lassen. Aber lauf nicht weg, und versteck dich nicht oder töte noch jemanden. Das würdest du aber müssen, wenn du fliehst. Hör jetzt auf! – *Der arme alte Mann*«, sagte sie verzweifelt. »Komm mit mir zurück und stell dich. Liebster, vertrau mir und komm mit! Alles andere könnte ich nicht ertragen. Es ist zu grauenvoll.«

Er konnte es nicht glauben. Er holte tief Luft und ging schluchzend auf sie zu. Dann blieb er stehen und wollte wieder zurück. »Du mußt mitkommen! Du hast gesagt, du würdest mitkommen! O mein Gott! Annet, du kannst mich nicht verlassen!« Seine Stimme war kaum lauter als die Brise, die so spät gekommen war. Und hilflos mußte Tom das mit anhören.

»Ich verlasse dich nicht. Ich bin hier – bei dir. Solange man mich läßt, werde ich bei dir bleiben. Immer, überall. Aber ich werde nicht mit dir davonlaufen. Was wir getan haben, haben wir getan. Jetzt müssen wir dazu stehen. Komm mit mir zurück!«

Auf dem Boden liegend – sein Blut versickerte im Gras – schloß Tom die Augen und Ohren und bot seine gesamte Willenskraft auf, um sie nicht mehr zu hören, sondern in der Dunkelheit zu versinken. Aber es gab kein Entrinnen. Er wollte den Kopf wegdrehen und griff mit der heilen Hand nach einem Grasbüschel, um sich daran weiterzuziehen. Aber er kam nur zentimeterweise vorwärts. Es gab keinen Ort, wo er sich hätte verstecken können.

Wo war seine hohe Auffassung von Liebe geblieben – angesichts dieser quälenden Leidenschaft? Sie hatten ihn völlig vergessen. Nur der andere existierte: Er flehte sie an, mit

ihm zu fliehen, und weigerte sich verzweifelt, mit ihr zurückzugehen. Sie war unbeugsam entschlossen, ihn vor einem
weiteren Verbrechen zu bewahren, und bat ihn inständig, sich
freiwillig zu stellen und damit einen Schritt zu tun auf dem
Weg zu Buße und Rettung.

»Du willst, daß sie mich fangen? Willst du, daß sie mich
hängen?«

»Du weißt, daß ich das nicht will. Ich möchte dich unversehrt. Ich will, daß du frei bist. Es nützt alles nichts, wenn du
es nicht freiwillig tust.«

Wie konnte er eine Entscheidung treffen? Er war viel zu
schwach und verängstigt dazu.

»Du liebst mich nicht«, stöhnte er, nicht imstande, zu
bleiben oder zu gehen.

»Nein, ich sage das, *weil* ich dich liebe.«

»Dann mußt du mit mir kommen. Du *mußt* mitkommen«,
rief er in äußerster Verzweiflung. »Sonst bring' ich dich um.
Lieber töte ich dich, als daß ich dich hier zurücklasse.«

»Ja!« Es war unglaublich. Sie sah darin die Lösung für ihre
tiefsten Ängste. Ihre Stimme klang fröhlich. Feurig und zuversichtlich ging sie auf den Geliebten zu. »Ja, bring mich um!
Das wäre das Beste! Töte mich! Ich will, daß du es tust.«

Sie trat zwei schnelle Schritte auf ihn zu. Dann nahm sie die
Hand mit der Pistole und richtete sie langsam auf ihre Brust
– behutsam, um ihn nicht zu erschrecken. Ihre langen Finger
umschlossen sein Handgelenk wie eine Liebkosung.

»Ja, bring mich um, Peter. Ich meine es ernst. Dann werde
ich dort auf dich warten, und du wirst nicht allein sein und
mußt auch keine Angst haben. Fürchte dich nicht, ich werde
dich nicht verlassen. Ich liebe dich! Töte mich!«

Leidenschaftlich, ernsthaft und überzeugend sprach sie
auf ihn ein. Sicher und bestimmend führte sie seine Hand.
O Gott! O Gott, sie meinte es tatsächlich ernst! Es gab nichts,
was sie nicht für ihn tun würde. Sterben war nicht einmal das

größte Geschenk, das sie ihm anbot. Das Nachher hatte sie in der anderen Hand, geduldige Begleitung durch das Fegefeuer, die Hälfte seiner Schuld auf ihren Schultern und keine Vergebung für sie, bis ihm vergeben worden wäre . . .

Tom rollte sich aufs Gesicht und stemmte sich mit dem gesunden Arm vom Boden ab. Er mußte zu ihnen! Es war kein anderer da. Er schrie – oder glaubte zu schreien. Doch sie schienen nichts zu hören. Rotglühende Zangen gruben sich in seine linke Schulter. Der Arm baumelte herab und störte sein Gleichgewicht. Als er endlich einen Fuß auf den Boden stellte, rollte der Boden davon, und er fiel wieder aufs Gesicht. Er schluchzte vor Schmerzen und Verzweiflung. Aber da stieß seine ausgestreckte Hand gegen einen Felsvorsprung. Ganz langsam zog er sich daran hoch, erst auf die Knie, dann auf die Beine. Taumelnd hielt er sich am Felsen fest. Mit letzter Kraft wandte er sich zu den beiden um, die nicht einmal wußten, daß er da war.

Mit der rechten Hand packte er seine blutende Schulter, stieß sich vom Felsen ab und stolperte kopfüber auf die beiden zu. Dann wurde es schwarz um ihn; die Dunkelheit würgte ihn und zwang ihn zu Boden. Einen Moment lang sah und hörte er nichts, fühlte nur noch den Schmerz in den Fingerspitzen, die sich an dem dürren Gras wundgerieben hatten.

Daher sah er nicht, wie Annet die Mündung der Pistole gegen ihre Brust drückte und lächelnd – allerdings hatte die Dunkelheit ihm ihr wunderschönes, seltsames Lächeln verborgen – auf ihr Herz richtete.

Sein Gehör kam mit einem Knall zurück; donnerndes Getöse traf seine erschreckten Ohren wie Bombeneinschläge. Plötzlich trennten sich die Donnerschläge und kamen regelmäßig. Sekundenlang ergaben sie keinen Sinn, weil er nicht die Kraft hatte, den Kopf zu drehen. Er glaubte eine Stimme zu hören, die sehr eindringlich sprach. Das mußte Annet sein. Eine andere Stimme widersprach. Sie klang hilflos und entsetzt, aber so wenig überzeugend, daß ihm klar war, daß sie nicht mehr lange widersprechen würde. Dann kam ein Schlag, ein scharfer Schrei. Dann ein Fall.

Zwei Dinge stürzten zu Boden. Eines prallte gegen die Felsen und rollte dann bis zu seiner ausgestreckten Hand. Er schloß die Finger darum. Es war hart und schwer und schmiegte sich in seine Handfläche. Ein Stein, den jemand geworfen hatte? Aber kein gewöhnlicher Stein, wie er an der Schwere und Beschaffenheit merkte. Eine von Janes Galenitproben. Einer der Schüler mußte ihn in der Tasche gehabt haben. Aber hier oben gab es keinen Galenit. Er stammte von unten, aus der Nähe der alten Bleivorkommen.

Einer der Jungen! Das riß ihn voll ins Bewußtsein zurück. Mit schwerem Kopf kam er auf die Knie und strengte die Augen an. Das Schattenpaar unter dem Altar war auseinandergerissen worden. Ein kleiner metallischer Gegenstand war gegen die Felsen geprallt. Die Pistole war Blacklock aus der Hand geschlagen worden, lag knapp drei Meter entfernt im Gras. Der bleistiftdünne Lichtstrahl der Taschenlampe suchte und fand sie. Von allen Seiten liefen Schemen herbei. Die Schritte bildeten einen Kreis und legten sich um ihn wie eine Kette, als er sich auf die Pistole stürzte und sie aufhob.

Er richtete sich wieder auf, als ihn ein anderer Lichtstrahl traf und blendete. Jemand war um den Altar herumgelaufen, stand jetzt da und richtete eine starke Taschenlampe auf ihn. Geblendet zuckte er zusammen. Seine Augen waren geweitet und leer wie Glas. Sein Gesicht vor Verzweiflung und Qual verzerrt, aber reglos.

Er hätte in das Licht schießen können. Er hätte zumindest einen dieser sich nähernden Schemen mit sich aus dieser Welt nehmen können. Jetzt waren sie überall um ihn. Sie kannten ihn. Es gab kein Entrinnen. Er wußte, daß es vorbei war. Sein Ende nahte, starrte schon in die tragische Maske, die sein

Gesicht war. Er hatte es akzeptiert. Dann blickte er noch einmal ins Licht und setzte die Pistole an seine Schläfe und – drückte ab.

Der Schuß und Annets kurzer, herzerweichender Schrei brachen sich an den Felsen und verhallten in unendlich weiter Ferne. Der Lichtstrahl zuckte in der zitternden Hand und fiel neben dem zusammenbrechenden Körper ins Gras.

George Felse erreichte den Tatort eine halbe Minute später – Lockyer dicht auf seinen Fersen –, und Jane Darrill kam mit weichen Knien heran, die baumelnde Taschenlampe in der zitternden Hand. Sichtlich erschüttert standen die beiden Jungen hinter ihr. Dominic hielt immer noch ein Stück Schwerspat in der Hand. Annet saß im niedergetrampelten Gras, ihren Liebsten im Arm. Sie preßte die Wange an seinen Kopf; ihr dunkles Haar verbarg das kleine kreisrunde Loch mit den Schmauchspuren in der Schläfe. Sie hatte die Arme, ja den ganzen Körper, um ihn geschlungen, als wolle sie ihn nie wieder loslassen, sich nie wieder von ihm trennen. Sie bewegte sich nicht, als sie zu ihr traten. Sie sprach nicht oder zeigte in irgendeiner Weise, daß sie sie bemerkt hätte.

Eine Ohnmacht senkte sich wie ein Vorhang aus Samt zwischen Toms Augen und den Gestalten herab, die sich von beiden Seiten näherten. Stimmfetzen drangen zu ihm. Er hörte, wie George zu jemandem sagte, er solle sich um Tom kümmern. Dann spürte er behutsame Hände, die ihn auf den Rücken drehten und seine steifen Finger von den Grasbüscheln lösten, an denen er sich vorwärts gezogen hatte. Jemand hob ihn ein wenig hoch und lehnte ihn gegen ein Knie. Durch seine Dunkelheit drang ein Lichtstrahl, der auf ihn gerichtet war. Die Hände, die sich an seiner blutenden Schulter zu schaffen machten, gehörten einem Mann. Aber die Hände, die seinen Kopf stützten, waren Frauenhände. Er machte die Augen auf und blickte in Janes Gesicht, das von unten beleuchtet wurde. Ihre Augen waren vor Schreck geweitet.

Das Pendel des Bewußtseins schlug gleichmäßiger aus, das Licht wurde heller. Mit Mühe hob er den Kopf und blickte über Janes stützenden Arm hinweg. Jemand stand zwischen ihm und Annet: die Silhouette eines jungen hochgewachsenen Mannes, der aus ehrfürchtigem Staunen vor dem Tod wie erstarrt war.

»Dom, lauf runter und ruf von der Telefonzelle aus an«, sagte Georges Stimme. »Ruf in der Polizeistation an und sage ihnen, daß wir einen Krankenwagen brauchen – dringend. Dann ruf Duckett an und erzähl ihm, was passiert ist. Und dann gehst du nach Hause. Kapiert?«

»Ja«, sagte Dominic leise, ohne zu widersprechen. Er löste die Finger von dem Stück Schwerspat, das er nun nicht mehr werfen mußte, und ließ es zu Boden fallen. Dann fiel ihm ein, daß Jane es hatte haben wollen. Er hob es wieder auf und steckte es in die Tasche. Er wühlte mit den klammen Fingern nach Münzen, die er aber nur als kalte Scheibchen fühlte. Er löste den Blick von Annet und ging mit den steifen Schritten, die für einen Schock so typisch waren, zum Rand des westlichen Abhangs. Gleich darauf kam er zu sich und sprang wie ein Hase den Hang hinunter.

Nachdem er weg war, wurde der Blick auf die beiden Gestalten, die unauflöslich ineinander verschlungen waren, wieder frei. Annet hatte sich nicht bewegt. Sie hatte sich eingepuppt in das versiegelte Schweigen der Trauer. Tom hielt die Augen mit aller Kraft auf sie gerichtet. Seine eigenen Schmerzen waren nur eine lästige Störung, die ihn ablenkte, ohne ihm Erleichterung zu bringen, eine Bedrohung, daß ihm die Sicht durch eine Ohnmacht geraubt würde, obgleich er sich doch so sehnlichst wünschte, dort hinzuschauen. Er stöhnte, als sie den Mantel von der Wunde lösten. Aber er schüttelte die nahende Dunkelheit ab und blickte weiter zu Annet hin – wie einer, der kurz vor dem Verhungern war.

George kniete neben den beiden reglosen, wie verschmolzen daliegenden Liebenden nieder und strich behutsam den schwarzen Vorhang ihrer Haare zurück, der ihre Gesichter verhüllte, um die Wunde näher zu betrachten, die sie beide zu Boden gestreckt hatte. Aber was sollte er zu Annet sagen? Sie wußte ja, daß Peter Blacklock tot war. Niemand brauchte ihr diese Nachricht zu überbringen. Es gab keinen Aspekt dieses Todes und dieses Überlebens, den sie nicht bereits kannte. Und George hatte nichts zu sagen. Ohne viel Gewese – wie einer, der tat, was zu tun war – hob er ihren Kopf an und löste ganz sanft ihre verkrampften Finger aus der starren Umklammerung. Dann nahm er die Leiche aus ihren Armen und legte sie ins Gras. Danach ergriff er Annet bei den Händen und zog sie hoch.

Und sie wandte sich zu ihm hin, nicht weg von ihm! Freiwillig lehnte sie sich an seine Schulter und seufzte tief auf. Er hielt sie eine Zeitlang fest – freundlich, aber unpersönlich. Als sie den Kopf hob und einen Schritt zurücktrat, nahm er langsam seine Arme fort und ließ sie allein stehen.

»Miles!«

Er hatte bis jetzt kein Wort gesagt und sich nicht bewegt, nur reglos ein Stück entfernt in der Dunkelheit der Felsen gestanden und abgewartet. Tom hatte ihn vergessen, bis er ihn mit ruhiger Stimme sagen hörte: »Hier bin ich.«

»Bring Annet nach unten zu meinem Wagen und fahre sie nach Hause. Sie wird jetzt mit dir gehen.«

11

Er tauchte aus einem Brunnenschacht der Schwäche und des leichten Fiebers auf. Noch nicht ganz wach, nahm er wahr, daß sich in einem kahlen weißen Raum Gesichter über ihn beugten. Er war im Cottage Hospital, allerdings erfuhr er das erst später. Er sprach sofort laut das aus, was ihm am meisten am Herzen lag und was er aus den unruhigen Träumen ins Bewußtsein mitgenommen hatte, ohne zu wissen, wie oft er die Worte schon hervorgestoßen hatte.

»Annet hat es nicht gewußt. Sie war keine Komplizin. Sie wußte nichts von dem Raub – oder dem Mord.«

Die Gesichter zeigten keine Überraschung. Sie beruhigten ihn schnell. »Schon gut. Wir wissen. Niemand gibt Annet die Schuld.«

»Sie ist nur gekommen, um ihn zu überreden, mit ihr zurückzugehen und sich zu stellen.«

»Ja, machen Sie sich keine Sorgen. Wir wissen.«

»Sie hat ihm gesagt, es würde nichts nützen, wenn er es nicht freiwillig täte. Sie hat sich geweigert, mit ihm wegzugehen. Sie wollte . . .«

»Ja, das haben Sie uns gesagt. Es ist alles in Ordnung, wir wissen alles.«

Er versuchte zu sagen, daß Annet gewollt hatte, daß er sie tötete, aber die Worte blieben ihm im Hals stecken, und wieder überwältigte ihn die bleierne Last des Schmerzes und zog ihn wieder in die Tiefen seiner Einsamkeit hinab. Keiner dieser Menschen hatte gehört, was er gehört hatte, und auch nicht durchlitten, was er durchlitten hatte. Sie konnten Annet wieder ins Gesicht blicken und ihre Berührung und ihren Anblick ertragen. Er jedoch niemals. Er fragte nicht einmal nach ihr. Es war sinnlos. Für ihn gab es dort nichts. Sein einziges Recht an ihr war das, sie für unbefleckt zu erklären. Und das tat er jedesmal, wenn er das Bewußtsein für kurze Zeit wiedererlangte. Dann erleichterte er seine gequälte Seele und verströmte seine unerwiderte Liebe, nur um ihre Unschuld zu bezeugen.

»Niemand darf Annet die Schuld geben. Sie hat nichts getan . . .«

»Nein, nein. Machen Sie sich keine Sorgen. Annet wird nichts geschehen.«

Als es ihm später etwas besserging und er mit verbundener Schulter, auf Kissen gestützt, aufrecht sitzen konnte, kamen alle, um ihn zu besuchen. Sie brachten ihm Bruchstücke, die nicht nur kleine Puzzleteile waren, sondern Steine, mit denen man einen Steinmann errichten konnte, ein Monument, um an eine Katastrophe oder einen Tod zu erinnern – oder vielleicht an eine Leistung oder eine Entdeckung. Zum Beispiel die seiner eigenen Grenzen, wie ein Kind entdeckt – unangenehm, aber heilsam –, daß Feuer brennt oder daß man ertrinken kann, wenn man sich zu weit ins tiefe Wasser vorwagt.

George Felse brachte ihm die wenigen Teile, die ihm noch im Puzzle fehlten: den neugierigen kleinen Jungen, der das Motorrad in Mrs. Brookes Hof bemerkt hatte, die Botschaft, die der Pfarrer überbracht hatte, und den wahren Grund für Annets Flucht von Fairford.

»Das Motorrad schien auf Stockwood hinzuweisen, der sich eine der schweren Maschinen der Blacklocks fürs Wochenende ausgeliehen hatte. Er konnte nicht der Bursche gewesen sein, der vor sechs Monaten mit Annet hatte durchbrennen wollen, aber das schloß ihn nicht völlig aus. Man war sich nicht sicher, ob es sich beide Male um denselben Mann gehandelt hatte. Er hatte sich selbst verdächtig gemacht, weil er zuerst über seine Aktivitäten am Wochenende gelogen und dann behauptet hatte, das Wochenende mit einer Frau verbracht zu haben, ohne deren Namen preiszugeben.«

George erwähnte nicht, daß er die kaum vertretbare Theorie entwickelt hatte, daß Regina Blacklock diese Frau gewesen sein konnte. Gott sei Dank hatte er diese Theorie nie überprüfen müssen!

»Außerdem hatte er eine Zeitlang im Gefängnis gesessen. Ein Jahr wegen Raub. Ein Mädchen hat ihn da reingezogen, und seine Frau reichte die Scheidung ein. Es war durchaus eine Möglichkeit. Aber als Mrs. Brookes in ihrer Aussage Annets *Vater* ins Spiel brachte, war Stockwood aus dem Schneider.

Er war bei weitem nicht alt genug, um ihren Vater zu spielen. Als ich mit Ihnen telefonierte, hatte ich den Eindruck, Sie wüßten etwas, daß Sie mir aber nicht gerade aufdrängen wollten – etwas, das ins Bild zu passen schien.«

»Stimmt«, sagte Tom und erinnerte sich daran, als wäre es unendlich weit weg und nicht wirklich. »Ich dachte, ich wüßte etwas. Aber es spielt jetzt keine Rolle mehr. Außerdem hatte ich mich geirrt. Sie mußten also nicht rauskriegen, wer diese Frau war, bei der Stockwood gewesen ist.«

»Nein, das mußten wir nicht, aber es kam dann doch heraus. Der Polizeichef ließ seinen Namen in den Handzettel einfließen, der mit der Samstagszeitung verteilt wurde. Sie kam mit fliegenden Fahnen angerannt, um zu erklären, daß er bei ihr gewesen sei. Es war seine Frau, verstehen Sie. Sie *ist* seine Frau«, verbesserte er sich lächelnd. »Kein Schaden, wo nicht auch ein Nutzen ist. Dieser Bloome-Street-Fall hat diese Scheidung ein für allemal aus der Welt geschafft.«

Tom, der durch dieses seltsame Nebenprodukt eines Mordes von seinem tiefen Schmerz, der schon an Besessenheit grenzte, abgelenkt wurde, fragte mit wachsender Verwunderung: »Aber warum hat er es nicht gesagt, wenn es doch seine Frau war?«

»Weil er Monate gebraucht hatte, sie dazu zu bringen, auch nur mit ihm zu sprechen. Er wollte sie zurückhaben und hatte sie gerade kurz vor der Kapitulation. Für ihn war es ein Triumph, daß er so große Fortschritte gemacht hatte, daß sie ihn die paar Tage bei sich wohnen ließ. Aber er wußte, daß er immer noch auf Bewährung war, und hatte furchtbare Angst, sie könnte denken, er wollte sie unter Druck setzen und zwingen, die Scheidung zurückzunehmen, wenn er preisgäbe, daß er bei ihr gewesen war. Er kannte ihr Temperament, und beim ersten Mal war sie sehr verletzt. Sie hätte ihn sehr wohl zur Hölle schicken können, wenn sie sich ausgenutzt fühlte. Als sie aber hörte, daß sich die Polizei für ihn interessierte, kam sie wie eine Furie angestürmt, um ihn zu beschützen. Wenigstens ein Happy-End, auch wenn es rein zufällig dazu gekommen ist.«

»Ich bin froh, daß wenigstens etwas Gutes dabei herausgekommen ist«, sagte Tom.

»Wir hatten also ein Motorrad, das eines der drei von Cwm Hall sein könnte; aber es mußte nicht so sein. Und die Vorstellung von einem Mann, den man für Annets Vater halten könnte. Als sich herausstellte, daß der Pfarrer Annet am Abend die Botschaft überbracht hatte, schien ihn das auf den ersten Blick verdächtig zu machen. Aber er verbrachte den ganzen Sonntag in Comerford – er feierte die heilige Kommunion und hielt zwei Gottesdienste. Hinterher läßt er sich immer noch im Kindergottesdienst sehen. Außerdem mußten wir sofort noch andere Überlegungen anstellen: Die Botschaft stammte vom Chor – so hat er gesagt. Aber praktisch hieß das: vom Chorleiter Peter Blacklock. Nun, wer – außer ihm – hatte solch einen leichten Zugang zu Annet? Er konnte jederzeit – und tat es auch – mit einer BSA-350 durch die Schonungen und über den Besitz brausen. Er konnte also jederzeit ein Motorrad nehmen, um kein Aufsehen zu erregen, und er konnte sich als Annets Vater ausgeben. Anfangs schien der Gedanke beinahe abwegig – aber nicht sehr lange.«

»Aber er war doch auch in der Kirche und bei der Chorprobe Freitag abend. Und hinterher hat er angerufen und gefragt, warum Annet nicht gekommen sei – ob sie krank sei.«

»Das gehörte zum Schlachtplan. Er mußte ja herausfinden, ob die Eltern irgendwelche Schritte unternommen hatten – zum Beispiel, ob sie zur Polizei gegangen waren. Annet war sicher, daß sie das nicht tun würden, aber er war nicht beruhigt. Er wollte es genau wissen. Er hat seine Zeit minutiös eingeteilt. Am Donnerstag hat er Annet nach Birmingham gefahren. Am Freitag ließ er sie gegen Abend allein dort und fuhr zur Chorprobe. Danach spielte er am Telefon den Besorgten, fragte sogar, ob er sie besuchen dürfte. Dann fuhr er zu ihr zurück und blieb bis Sonntag morgen bei ihr. Was Samstag abend passiert ist, wissen Sie. Ich bin sicher, daß es nicht geplant war. Es geschah aus Verzweiflung und weil sich die Gelegenheit bot. Er hatte keinen Mord vorgehabt, aber er brauchte Geld. Und das dringend. Und dann lag es verlockend in Reichweite – nur der alte Mann war im Weg. Er schenkte Annet den Ehering – weder sie noch wir werden je genau wissen, warum. Vielleicht war es nur, um seine Tat zu vertuschen. Oder der Ring war der wahre Grund, daß er den Laden betreten hat – weil er ihn für sie kaufen wollte, als Symbol der Dauerhaftigkeit ihrer Liebe und der geheimen Traumehe; denn etwas anderes würden sie nie miteinander erleben können. Das Verbrechen geschah vielleicht aus einem schrecklichen Impuls heraus, weil Zeit und Umstände so günstig waren und er die Sehnsucht nach ihr nicht länger zu ertragen vermochte. Ich weiß es nicht. In mancher Hinsicht habe ich ihn unterschätzt. Vielleicht sollte ich überhaupt keine Mutmaßungen wagen.

Also, das war Samstag. Am Sonntag kam er zum Morgengottesdienst nach Comerford – um sich zu zeigen und sich durch die Meinung der Leute, daß *er* normal sei, darin bestärken zu lassen, daß alles andere auch normal sei. Er wußte nicht, daß der alte Mann tot war. Das erfuhr er erst, als er wieder zurückfuhr. Er bat seinen Stellvertreter, am Sonntagabend für ihn die Orgel zu spielen. Das kam manchmal vor, und keiner dachte sich etwas dabei. Und er kam erst am Dienstagabend zurück, nachdem er Annet auf der Rückseite des Hallowmount abgesetzt hatte.«

»Dann hat Annet also die Aktentasche versteckt?«

»Ja, das war Annet. Sie hat sie am alten Platz versteckt und ging dann über den Kamm nach Hause, wo Sie und ihr Vater ihr begegnet sind.«

Mühsam, das Gesicht abgewandt, brachte Tom die Worte heraus: »Hat sie Ihnen das erzählt?«

»Ja, das hat sie uns erzählt. Jetzt gibt es ja keinen Grund mehr, es zu verschweigen.«

»Aber sie hat nicht gewußt, was in der Tasche drin war. Das kann er ihr nicht gesagt haben.«

»Sie wußte nur, daß ihre gemeinsamen Ersparnisse in der Tasche waren, alles, was sie besaßen, und das sollte an einem Platz aufbewahrt werden, wo sie es jederzeit holen könnten, wenn sie bald – das hatten sie fest beschlossen – für immer weggehen würden.«

Tom wehrte sich gegen diesen Gedanken, weil er ihn noch zu sehr schmerzte. »Ich kann mir vorstellen, daß es wegen der Dienerschaft im Haus nicht ganz leicht war. Aber es gab ja auch keinen Grund, seine Aktivitäten genau unter die Lupe zu nehmen. Aber wenn Sie nachgefragt hätten, hätte man Ihnen sicher gesagt, daß er in der fraglichen Zeit nicht zu Hause war.«

»Welche Dienerschaft?« fragte George und lächelte. »Die Tage der Dienerschaft sind längst vorbei – auch auf Cwm Hall. Haben Sie das nicht gewußt? Na ja, warum sollten Sie auch, wenn ich es mir recht überlege. Heutzutage hat niemand mehr Bedienstete, die im Haus leben, sondern eine Putzfrau, die morgens kommt und saubermacht, und – wenn man Glück hat – noch eine Köchin. Und am Wochenende haben beide frei. Dann kocht die Herrin persönlich, und wenn sie nicht zu Hause ist, ißt ihr Gatte auswärts. Stockwood hatte frei und war hochbeglückt zu seiner Frau gefahren. Mrs. Bell hatte Bescheid gesagt, daß sie zum Wochenende Besuch von ihrer Tochter und deren Baby erwartete und nicht aushelfen könnte. Blacklock hatte gesagt, daß er sich schon behelfen würde. Die Putzfrau, die jeden Morgen kam, hatte einen Schlüssel und sah ihn auch sonst nicht immer. Die einzige Schwierigkeit waren die Chorprobe und der Gottesdienst.

213

Ansonsten hielt jeder sein Wochenende für ganz normal und war überzeugt, er hätte es zu Hause verbracht.«

»Ich vermute«, sagte Tom und starrte auf den steifen Saum des Lakens, »das ging schon eine ganze Weile – zwischen ihm und Annet.«

»Das hängt davon ab, was Sie damit meinen. Ich glaube, daß er sich vom ersten Augenblick an in sie verliebt hat, als sie anfing, für seine Frau zu arbeiten. Mit Sicherheit kurz danach.«

Kurz danach! Wie konnte er auch anders! Er war verheiratet mit dieser geschäftigen öffentlichen Person, deren Kapazität an menschlicher Wärme er vor langer Zeit ausgeschöpft hatte. Und dann kam er täglich in Berührung mit diesem strahlenden, heißblütigen Geschöpf, dessen Potential an Schönheit und Leidenschaft noch unversehrt war, dessen Unerschöpflichkeit für ihn wie eine Quelle in der Wüste gewesen sein mußte.

»Ich habe keine Ahnung, wann er den tödlichen Fehler beging, ihr seine Liebe zu gestehen«, sagte George. »Wahrscheinlich kurz vor dem ersten Mal, als sie durchbrennen wollten. Ich glaube, daß es damals eine völlig neue Entdeckung war. Meiner Meinung nach mußte sie reagieren, sobald sie es erfuhr. Und als sie seine Liebe dann erwiderte«, – es war, als ob er die bedeutungsvollen Worte langsam, eines nach dem anderen, auf ein Grabmal fallen ließ –, »war er erledigt. Ihm blieb keine andere Wahl. Sie war die Stärkere von beiden.«

»Aber *sie* hat ihn nicht zum Mörder gemacht«, sagte Tom empört. »Ich glaube nicht, daß irgend jemand Annet die Schuld geben kann.«

»*Ich* gebe Ihnen völlig recht. Und wohl die meisten Menschen, wahrscheinlich alle«, sagte George. »Aber Annet nicht. Als es zu spät war, wußte sie, was sie getan hatte. Sie *wußte* es. Hätte sie ihn nicht erhört, wäre er mit dem zufrieden gewesen, was er hatte: Blicke, ihre Nähe, ihre Gesellschaft, das Vergnügen der gemeinsamen Arbeit. Im Lauf der Zeit hätten sich seine Drüsen beruhigt, und alles wäre zu einer netten Vater-Tochter-Beziehung geworden. Sie hat den Fehler begangen, ihn beim Wort zu nehmen. Von da an war es nur ein kleiner Schritt, bis sie ihn liebte. Und danach war *sie* die Dominierende. Sie hat ihn unwissentlich in eine Situation hineingezogen, die sie überblicken, er jedoch nicht ertragen konnte. Für sie war die Liebe nichts Passives. Und nachdem sie ihn erhört hatte, konnte er nicht mehr nur verliebt von ihr träumen, sondern war gezwungen, zu handeln. Der erste Versuch war ein Fehlschlag, aber der zweite – diesmal mit viel mehr Vorsicht und eigentlich nur die Generalprobe – war erfolgreich. Als die beiden an jenem Samstagabend an Worralls Geschäft vorbeikamen, hatten sie nur zwei gemeinsame Nächte vor sich, und die Welt brannte lichterloh. Nachdem er das gekostet hatte, konnte er nicht mehr darauf verzichten, oder? Sie mußten fortgehen, diesmal für immer. Alles andere genügte ihnen nicht mehr. Aber dazu brauchte er Geld, ziemlich viel Geld, nicht die zwanzig Pfund oder so, die er von Reginas Gnaden zum Tanken oder als Taschengeld kriegte. Er brauchte eine beträchtliche Summe, um irgendwo neu anzufangen. Aber solch eine Summe besaß er nicht – beinahe das einzige, was er nicht besaß.«

»Ich weiß«, sagte Tom leise. »Aber es dauert ein bißchen, bis einem das klar wird. Die Autos, die Kleidung – und alles.«

»Früher war er ein recht guter Anwalt, aber nach der Heirat beanspruchte die Verwaltung ihres Besitzes seine gesamte Zeit. Ihr ist nie der Gedanke gekommen, ihm etwas dafür zu zahlen, da ja alles, was ihr gehörte, auch seins war. Er brauchte nur etwas zu bewundern oder zu mögen – gar nicht mal zu wollen –, schon hat sie es ihm gekauft. Es gab nichts, was sie ihm nicht geschenkt hätte – abgesehen von einem soliden Gehalt für seine Arbeit. Sie saß nicht auf ihrem Geld. Ihr ist nur nie der Gedanke gekommen, er könnte sich beengt und gedemütigt fühlen, weil er sie um das bitten mußte, was sie ihm dann großzügig gab. Vielleicht fühlte er sich auch nicht schlecht, bis er etwas wollte, um das er sie nicht bitten konnte, weil sie es ihm nicht kaufen konnte. Verzweifelt wie ein pubertierender Jugendlicher nahm er die Abkürzung des zwanzigsten Jahrhunderts: ein schneller Schlag über den Kopf und die besten Stücke aus den Vitrinen eingesteckt. Aber wie jeder Halbwüchsige war er bei seiner ersten Gewalttat schier verrückt vor Angst und hat zu kräftig zugeschlagen. Und diesmal ging es um mehr als Kopfschmerzen oder etwas, dessen Schaden die Versicherung schon ersetzen würde. Nein, er hatte keine große Chance – im Vergleich zu ihr. Aber Annet besaß die Ehrlichkeit und den Mut, die Rolle zu erkennen, die sie bei dem Ganzen gespielt hatte, und nahm mehr als ihren Teil der Schuld auf sich. Sie war bereit, ihr Leben zu geben, um ihn vor noch Schlimmerem zu bewahren – als eine Art Wiedergutmachung für ihn und die Welt. Regina ist tief verletzt – und wird es ewig bleiben –, aber sie trifft keine Schuld.«

»Ja, für sie war er immer der Größte«, sagte Tom, ehrlich erstaunt. »Und sie *ist* eine gute Frau.«

»Eine gute Frau, aber keine gute Ehefrau! Sie war freundlich, aber nicht einfühlsam«, sagte George nachdenklich. »Sie war verschwenderisch, aber nicht großzügig, intelligent, aber ohne Phantasie.«

Tom hatte das Gefühl, die Sätze droschen wie Knüppelschläge auf ihn ein. »Das klingt wie eine Grabinschrift.«

»Es ist auch eine Grabinschrift«, sagte George, »aber nicht für sie.«

Miles und Dominic brachten ihm Obst und Zigaretten und pflichtschuldig die Grüße ihrer Eltern. Sie setzten sich an Toms Bett und machten eine halbe Stunde lang mühsam Konversation. Sie plauderten über alltägliche Dinge: Neuigkeiten in der Schule und harmlose Ereignisse aus dem Dorfleben. Pedantisch sagten sie ständig »Sir« und bemühten sich krampfhaft, keine Schuljungenausdrücke zu verwenden. Jetzt verstand er sofort – früher hatte er es nicht verstanden –, daß sie auf diese feinfühlige Art die Distanz zwischen ihnen wiederherstellen wollten, die ihm das Leben erleichtern würde.

Er reagierte darauf entsprechend zurückhaltend-freundlich und war ihnen dankbar – früher wäre er das nicht gewesen.

Die Becks kamen, Seite an Seite. Sie hatten einen stummen Waffenstillstand miteinander geschlossen; die Katastrophe, die über sie hereingebrochen war, hatte sie geeint. Ob Mrs. Beck gelogen oder die Wahrheit gesagt hatte, war unwichtig, denn Annet gehörte zu beiden. Um ihretwillen mußten sie an einem Strang ziehen. Sie erzählten ihm, daß sie ihr und sich einen neuen Anfang ermöglichen und deshalb in den Süden umziehen wollten. Sie hätten in einem Dorf in der Nähe von Cambridge ein kleines Haus gefunden. Mrs. Beck sei in dieser Gegend geboren worden. Annet könnte dort eine neue Stelle antreten. Sie würde wieder Freunde finden und sich in der neuen Umgebung und unter den neuen Lebensumständen auch wieder erholen. Natürlich sollte er zu ihnen zurückkommen, wenn man ihn in der nächsten Woche aus dem Krankenhaus entließe. Sie würden noch mehrere Wochen auf Fairford bleiben, und er brauchte ja eine Zeitlang, um eine neue Unterkunft zu finden.

Tom atmete auf, als er erfuhr, daß sie fortziehen würden; denn sonst hätte er kündigen und sich woanders eine Stelle suchen müssen. Es wäre ihm unmöglich gewesen, täglich Kontakt mit ihr zu haben – nach dem, was er so hautnah miterlebt hatte. Es gab Dinge, bei denen es keine Zeugen geben durfte.

Er fragte nach Annet – es war eine Qual für ihn. Eigentlich brauchte er ihre Antworten gar nicht: Er sah sie deutlich vor sich, wie sie ihre sonnenlosen Tage verbrachte. Es war nur Annets Hülse – stumm, verschlossen, tief im Unglück versunken, den Verlust nur überlebend, weil sie mußte, das Leben konnte nicht einfach aufhören. Ihre Eltern malten ein freundlicheres Bild. Sie richteten ihm mit leicht traurigem Lächeln sogar Grüße von ihr aus. Er glaubte ihnen nicht, aber er wußte auch keinen Grund, warum sie sich das hätten ausdenken sollen.

Erst nachdem sie gegangen waren, kam ihm der Gedanke, daß sie ihn vielleicht für eine heilsame Chance hielten: Er würde gut für Annet sein und ihr gefährdetes Kind zähmen und zu einer geachteten Lehrersgattin machen. Sie wollten, daß er sie ihnen abnähme und ihr den Heiligenschein eines echten Traurings verschaffte.

O nein, dachte er. Nicht ich! Ich habe mich wieder zurückgezogen. Ich habe aufgegeben. Ich weiß, wann ich verloren habe. Annets Vorstellung von Liebe können nur sehr wenige Männer mit Würde erfüllen. Und – Gott steh mir bei! – ich gehöre nicht dazu.

Und Jane kam. Jane besuchte ihn am häufigsten. Sie war ungezwungen wie immer und machte auch nicht viel Getue um ihn und versuchte nicht, ihm einzureden, daß er eine Heldentat vollbracht hätte. Er wußte genau, daß er eine Riesendummheit begangen hatte, für die er sich schämte. Sie erzählte ihm, daß Regina in ihrer Ehrbarkeit unendlich tief verletzt sei, aber auch in ihrem Herzen; denn unter der Kruste der Last ihrer vielen Ämter hatte sie ein Herz. Sie sei jetzt für eine Weile ins Ausland gereist.

»Und die Becks haben irgendwo im Süden – Cambridgeshire, glaube ich – ein Häuschen gekauft. Sie hoffen, Weihnachten schon umgezogen zu sein.«

»Ich weiß«, sagte er. »Sie haben es mir erzählt. Das ist das Beste, was sie tun konnten – für Annet und für sich.« Er zögerte, die Frage zu stellen, die ihm am meisten am Herzen lag, aber sie kam wie von selbst aus seinem Mund: »Haben Sie Annet gesehen?«

»Ja«, sagte Jane und warf ihm einen der Blicke zu, die ihn zum Grübeln darüber brachten, ob sie Absichten auf ihn hätte oder nicht. Aber jetzt bedeutete das wohl nur, daß sie Nachsicht mit ihm hatte.

»Sie wird leben«, sagte sie kurz, ehe er weiterfragen konnte. Dann – über ihren schroffen Ton wohl selbst erschrocken: »Ich habe das nicht spöttisch gemeint. Ich meine das buchstäblich: Sie *wird* leben: hundertprozentig – eines schönen Tages. Na ja, sagen wir neunzigprozentig. Das ist mehr, als viele Leute schaffen. Sie ist viel zu positiv und zu lebendig, nachdem sie sterben wollte, weil sie ihrer Meinung nach Schuld auf sich geladen hatte, für die sie zu büßen hätte. Wenn Sie glauben, daß das Zeug, das in ihr steckt, durch diesen Schicksalsschlag oder einen anderen aus der Fasson gerät, dann haben Sie sich geirrt, mein Guter. Machen Sie sich wegen Annet keine Sorgen. Sie braucht Ihnen auch nicht leid zu tun. Aber machen Sie sich auch keine Hoffnungen, daß Sie sie je bekommen«, fügte sie hinzu. »Denn ich glaube nicht, daß das passieren wird. Tut mir leid, aber so ist es nun mal.«

Er sagte nicht, daß er mit ihr übereinstimmte oder daß er sich bereits vom Schlachtfeld zurückgezogen und sich seine Niederlage eingestanden hätte. Er sagte auch nicht, daß er sich langsam mit dem Gedanken tröstete, eines Tages ein anderes Ziel – kein so unvergleichbares – ins Auge zu fassen. Aber in seiner neuen Demut war er bereit, auf die leise Stimme in seinem Innern zu hören, die ihm sagte, er könnte sich verdammt glücklich schätzen, wenn er eines Tages jemanden wie Jane bekäme.

Es war bereits November, als er aus dem Krankenhaus entlassen wurde und nach Fairford zurückkehrte. Morgens und abends zog sich der Hallowmount in Nebelschleier zurück, die den Altar und den Ring der Bäume bedeckten. Er fragte sich, ob der unerklärliche Bodenwind wohl bis zum nächsten Frühjahr verschwunden wäre und erst dann seinen nächtlichen Aufstieg über die alten Pfade zu den Orten wieder aufnehmen würde, wo Annet für eine kurze Zeit in ihre geheime Welt entschwunden gewesen war, oder ob das Nachbeben ihrer Tragödie schon aufgenommen war wie das vergossene Blut vom bereits gesättigten Boden.

Er hatte in Comerford eine neue Unterkunft gefunden und begann mit dem Packen für den Umzug. Eines abends war er in der Eingangshalle und holte seine Windjacke und die Kletterschuhe aus dem Wandschrank, als der Türklopfer einen Besucher ankündigte.

Tom ließ seine Stiefel fallen und ging zur Tür. Es war Miles Mallindine, der ihm – mit einem Strauß der letzten Rosen in der Hand – gefaßt und würdig entgegenblickte. In dem geschützten Garten am Fluß blühten sie bis Weihnachten, wenn man sie ließ.

Nicht jeder begriff es, wenn er verloren hatte. Nicht jeder vermochte es zu erkennen, wenn er sich übernommen hatte. Er mußte – mußte er wirklich? – ihn aus reiner Herzensgüte warnen ...

»Darf ich reinkommen? Mrs. Beck hat gesagt, ich dürfte heute abend mal reinschauen.«

Er war bereits eingetreten. Er bewegte sich stets sehr unauffällig, kam aber immer dorthin, wohin er wollte – auch gegen Widerstände. Dabei wirkt er nie aggressiv oder auffällig entschlossen. Er hielt die Rosen in der Hand wie jemand, dem es nicht peinlich war, seine Absichten offenzulegen. Er lächelte nicht. Belagerungen, wie er sie plante, waren kein Scherz.

»Oh, selbstverständlich! Annet ist in der Bibliothek. Sie tippt etwas für ihren Vater, glaube ich.« Sie war noch nie so nachsichtig mit dessen angeblichen Forschungen gewesen und hatte sich noch nie so gern hinter der Schreibmaschine verschanzt, um seine endlosen Notizen abzutippen.

Er ließ Miles halb durch die Halle gehen. Doch dann hielt er ihn zurück. Der Junge marschierte in voller Rüstung tapfer in seinen Untergang.

»Miles . . .«

Der blieb stehen und drehte sich um. Er blickte Tom überrascht aus seinen großen braunen, wachsamen Augen an. Die geschwungenen Wimpern reichten beinahe bis an die Brauen. Seine Wangen erröteten. Er sah wie seine Mutter aus: Eve, entwaffnend jung und offensichtlich verletzlich, aber – und das stand außer Zweifel – bereits sehr gefährlich.

»Miles, ich würde es nicht tun, wenn ich Sie wäre. Für Sie ist nichts mehr übrig. Das Beste ist schon weg.«

»Ich weiß«, sagte Miles, ohne einen Schritt zurückzuweichen.

Er machte es völlig falsch, aber jetzt konnte er nicht mehr zurück. Die Distanz, die die Jungen so rücksichtsvoll wieder aufgebaut hatten, war in Gefahr, aber diesmal wenigstens nur zwischen ihm und Miles, Mann gegen Mann, ohne Zeugen.

»Sie wird noch ziemlich lange keinen Mann ansehen. Und wenn sie es je tut – was hat sie dann noch zu bieten . . .?«

»Ich weiß«, sagte Miles ehrlich, reumütig, ja sogar dankbar, doch ohne auch nur den kleinsten Hinweis zu geben, daß ihm das etwas ausmachte.

In seiner Stimme schwang ein Ton mit, bei dem Tom stockte. Er hatte Geduld und Nachsicht herausgehört. Und plötzlich sah er sich selbst in Miles. Wieder das alte Lied, dachte er: Du wolltest Annet retten, nicht wahr? Du, ohne einen blassen Schimmer davon zu haben, was in ihr vorginge oder wozu sie fähig wäre. Jetzt willst du Miles retten, der deine Hilfe wahrscheinlich ebensowenig nötig hat, weil er durchaus imstande ist, seine Kämpfe selbst auszutragen. Woher weißt du, was in ihm steckt? Nur weil du mehr abgebissen hast, als du runterschlucken kannst, muß er nicht auch aufgeben, oder? Wach auf und mache dich auf einen Schock gefaßt: Es gibt Besseres als dich!

Er hüllte sich in achtungsvolles Schweigen und betrachtete die ganze Situation noch einmal. Welche Zukunft gäbe es? Nächste Woche zog Annet mit ihren Eltern nach Cambridgeshire, und eines war gewiß: Sie würde nie nach Comerford zurückkehren.

Na ja, nächstes Jahr würde Miles aufs Queen's College in Cambridge gehen. Hing nicht oft alles von diesen kleinen glücklichen Zufällen ab? Er betrachtete das höfliche Gesicht des Jungen. Nein, für ihn – Tom Kenyon – gab es nichts mehr zu holen. Aber vielleicht für Miles Mallindine? Eines Tages, wenn seine Geduld ausreichte . . .

Für Miles mußte es etwas geben! Denn er hatte nicht die Absicht, jemals aufzugeben. Er wußte, was er wollte und hatte vor, es sich zu holen. Das Ganze – oder die Hälfte – oder was auch immer zu holen war. Er würde sich nie mit einem Ersatz zufriedengeben.

Und Annet war immer noch ein Schatz – heil oder zerbrochen, krank oder auf dem Weg zur Genesung. Früher oder später würde sie erkennen, was ihr da angeboten wurde.

»Schon gut, vergessen Sie es«, sagte Tom. »Gehen Sie Ihren eigenen Weg. Ich wünsche Ihnen viel Glück.«

»Danke«, sagte Miles. Würde er noch ein »Sir« hinzufügen? Es lag ihm auf der Zunge, aber er hielt es zurück. Dann schenkte er Tom das anziehende unverschämte Lächeln, das er von Eve geerbt hatte, machte geduldig, stur und unendlich selbstsicher kehrt und ging mit seinen Rosen zu Annet.

MAEVE HARAN

»... ist eine wundervolle Erzählerin!«
The Sunday Times
Exklusiv im Goldmann Verlag

41398

43584

42964

43055

JUNGE AUTORINNEN
BEI GOLDMANN –

Freche, turbulente und umwerfend komische Einblicke in
die Macken der Männer und die Tricks der Frauen

43750

43518

43608

43569

GOLDMANN

MEDIZINTHRILLER
BEI GOLDMANN

43312

41606

43678

43549

SCHMÖKERSTUNDEN
BEI GOLDMANN

42747

43250

43310

43746

GOLDMANN

GOLDMANN

*Das Gesamtverzeichnis aller lieferbaren Titel erhalten Sie
im Buchhandel oder direkt beim Verlag.*

Taschenbuch-Bestseller zu Taschenbuchpreisen
– Monat für Monat interessante und fesselnde Titel –
✳
Literatur deutschsprachiger und internationaler Autoren
✳
Unterhaltung, Thriller, Historische Romane
und Anthologien
✳
Aktuelle Sachbücher, Ratgeber, Handbücher
und Nachschlagewerke
✳
Esoterik, Persönliches Wachstum und
Ganzheitliches Heilen
✳
Krimis, Science-Fiction und Fantasy-Literatur
✳
Klassiker mit Anmerkungen, Autoreneditionen
und Werkausgaben
✳
Kalender, Kriminalhörspielkassetten und
Popbiographien

Die ganze Welt des Taschenbuchs

Goldmann Verlag · Neumarkter Str. 18 · 81673 München

Bitte senden Sie mir das neue kostenlose Gesamtverzeichnis

Name: _____

Straße: _____

PLZ / Ort: _____